GONZALO GINER

Der Reiter der Stille

Buch

Andalusien im 16. Jahrhundert. Yago ist das uneheliche Kind Luis Espinosas mit einer Dienstmagd. Doch dieser würde alles tun, um den Bastard aus der Welt zu schaffen, der seine Ehe und damit seine Macht gefährden könnte – denn der Familie seiner Frau verdankt er ein Vermögen, den Besitz einer Weinplantage und seinen Posten in der Leibgarde des Königs. Und so wächst Yago zunächst bei einer Verwandten auf, bis er in ein Kartäuserkloster abgeschoben wird. Und dort erfüllt sich sein Schicksal. Denn aufgrund schlimmer Erlebnisse in seiner frühen Kindheit ist Yagos Fähigkeit, mit Menschen zu kommunizieren, eingeschränkt. In den Pferden des Kartäusergestüts jedoch findet Yago seine Seelenverwandten – und legt damit den Grundstein seines bewegten Lebens als erster Pferdeflüsterer unserer Geschichte.

Autor

Gonzalo Giner, 1962 in Madrid geboren, studierte Veterinärmedizin und ist praktizierender Tierarzt. In seinen Romanen, die in mehrere Sprachen übersetzt werden, widmet er sich seinen beiden großen Leidenschaften, den Pferden und der spanischen Geschichte.

Bei Blanvalet von Gonzalo Giner außerdem lieferbar:

Der Heiler der Pferde (37330)

GONZALO GINER

Der Reiter der Stille

Historischer Roman

Aus dem Spanischen
von Barbara Reitz und Maria Zybak

blanvalet

Die Originalausgabe erschien 2011
unter dem Titel »El jinete des silencio«
bei Temas de Joy, Madrid.

Verlagsgruppe Random House FSC® N001967
Das für dieses Buch verwendete FSC®-zertifizierte Papier
Salzer Alpin wird produziert von UPM, Schongau
und geliefert von Salzer Papier, St. Pölten, Austria.

1. Auflage
Taschenbuchausgabe November 2014 bei Blanvalet,
einem Unternehmen der Verlagsgruppe Random House GmbH, München
Copyright © der Originalausgabe 2011
by Gonzalo Giner/Ediciones Planeta Madrid, S.A.
Copyright © der deutschsprachigen Ausgabe 2012 by Blanvalet Verlag,
München, in der Verlagsgruppe Random House GmbH, München
Umschlaggestaltung und –illustration: © www.buerosued.de
nach einer Vorlage von akg-images
Redakteur: Peter Kultzen
ES · Herstellung: sam
Druck und Einband: GGP Media GmbH, Pößneck
Printed in Germany
ISBN: 978-3-442-38399-3

www.blanvalet.de

INHALTSVERZEICHNIS

Für Pilar, mit der mich eine Liebe
aus Licht und Halbschatten verbindet.

ERSTER SCHAUPLATZ

Stille

Jerez de la Frontera
Anno 1522

I

Yago kam verdreht auf die Welt.

Geschickte Hände mussten ihm den Eintritt ins Leben erleichtern, so gut es eben ging, und erst als etwas in seinem Rücken knackte, begann er zu weinen. Doch im Nu verstummte das Jammern wieder, und der kleine Körper zeigte keinerlei Regung mehr. Es stand das Schlimmste zu befürchten.

Die Frau, die sich als Hebamme versucht hatte, betrachtete das Neugeborene voller Sorge. Mit einem Finger drückte sie gegen sein Köpfchen, presste auf seine Brust, kniff es in die Wange und wartete eine Zeit lang, bis ihr bewusst wurde, dass keine Reaktion kam.

Das Kind atmete nicht.

Den Rücken der Mutter zugekehrt, spürte Marta, Hebamme und Freundin, den Tod in ihren Armen, und Verzweiflung überkam sie. Da sie nicht wusste, was sie mit dem kleinen Körper anfangen sollte, gab sie ihrem ersten Impuls nach und trug ihn zu einem kleinen Verschlag in dem Stall, in den sie sich zu dieser heimlichen Entbindung zurückgezogen hatten. Allein um der Mutter den Anblick und damit Leid zu ersparen, warf sie das Kind auf die andere Seite der hölzernen Barriere. Doch nicht einmal der tiefe Fall entlockte dem Kleinen eine Reaktion. Es kam auf schmutzigem Stroh zu liegen, das einem alten, kränkelnden Pferd als Lager diente. Seit Stunden schon hatte das Tier beobachtet, was auf der anderen Seite vor sich ging.

Voller Neugier betrachtete das Pferd das kleine, mit Schleim bedeckte Wesen.

Der runzlige, reglose Körper erregte sein Interesse. Anfangs hielt es Abstand und bewegte sich nicht, doch da das unbekannte Wesen sich nicht regte, fasste es Zutrauen. Es näherte sich ihm, senkte den Kopf und blies ihm seinen Atem ins Gesicht, nachdem es den Körper von oben bis unten beschnuppert hatte. Als von der anderen Seite der Holzwand Geräusche herüberdrangen, hielt es irritiert inne, hob den Kopf und blickte zu den Frauen hinüber.

»Neiiin…«, klagte Isabel, die Mutter des Kleinen, bitterlich weinend und krümmte sich vor Schmerz zusammen. »Mein armes Kind…«, schluchzte sie. »Ich bin schuld, dass es gestorben ist. Dies ist kein Ort, um auf die Welt zu kommen…«

Das Pferd, das vom Leid der Frauen nichts wusste, wandte seine Aufmerksamkeit wieder dem seltsamen Bündel zu, das noch immer reglos vor seinen Hufen lag. Fast zärtlich stupste es den Körper an, doch es zeigte nicht die geringste Reaktion. Nun ganz ohne Angst und von dem Geruch, den es ausströmte, stark angezogen, begann es ihn von oben bis unten abzulecken und entfernte damit die klebrige, mit Blut vermischte Schmiere, bis es ganz sauber war. Und da, mit einem Mal, nieste der Kleine, zuckte mit einem erschrockenen Laut zusammen und öffnete die Augen, die sich im selben Moment mit denen der alten Mähre trafen.

Yago wurde noch einmal geboren.

Das Pferd wieherte erschrocken und wich zwei Schritte zurück. Es hatte mit seiner Massage das kleine Herz des Kindes zum Schlagen gebracht und es dem Leben zurückgegeben.

Yago, hilflos und schmutzig, schloss, nachdem er gerade das Licht der Welt erblickt hatte, wieder die Augen, gähnte und presste seine winzigen Kiefer zusammen, denn in diesem Moment spürte er einen scharfen Schmerz im Rücken.

Doch nicht dort saß seine Krankheit…

Er konnte es noch nicht wissen, aber er war kein gewöhnliches Kind, und die Menschen sollten ihn zeit seines Lebens für merkwürdig halten.

Isabel, seine Mutter, vernahm trotz ihres Schluchzens dieses Niesen. Es erschien ihr wie ein schwaches, kaum wahrnehmbares Echo, das dennoch ihre Aufmerksamkeit erregte. Forschend sah sie ihre Freundin an:

»Hast du das auch gehört …?« Sie wies mit dem Kopf auf den Verschlag, in dem sich das Pferd befand.

Marta blickte verwirrt zu dem Tier hinüber; sie konnte sich nicht erklären, warum es unablässig wieherte.

»Es wird diese alte, dickköpfige Mähre gewesen sein.«

»Das Pferd meine ich nicht … Mir war, als hörte ich das Kind …« Isabels Gesicht verriet, dass sie Hoffnung zu schöpfen begann. Ihr ganzer Körper schmerzte, die Geburt des Kindes hatte sie all ihre Kraft gekostet, aber dennoch beschloss sie, ihrer Intuition zu folgen und festzustellen, woher das Geräusch gekommen war. Sie strich den Rock glatt, den sie über ihrem Bauch zusammengerafft hatte, rollte sich auf die Seite, bis sie auf die Knie kam, und holte tief Luft. Mit größter Anstrengung gelang es ihr aufzustehen. Marta sah, dass sie im Begriff war, wieder zu Boden zu sinken, und fasste sie rasch unter. Nach den vier Stunden Wehen war sie vollkommen kraftlos, aber der mütterliche Instinkt und ihr eiserner Wille waren stärker. Mit zusammengebissenen Zähnen tat sie den ersten Schritt. Auch der scharfe Schmerz, der sie im selben Moment durchfuhr, hielt sie nicht von ihrem Vorhaben ab. Mit unglaublicher Willenskraft, einen Fuß vor den anderen setzend, überwand sie die kurze Distanz bis zu der Holzwand. Marta konnte sie nicht aufhalten.

»Du bist nicht bei Verstand!«, schimpfte sie. »Du hast gerade ein Kind geboren, dich bis zur Erschöpfung gequält, und dass du dabei nicht verblutet bist, ist nachgerade ein Wunder.«

»Er war's, ich bin sicher.« Isabel wandte sich Marta zu. »Warum hast du etwas so Schreckliches getan?«

»Ich …«, stammelte ihre Freundin nervös und hüstelte, »ich wollte nicht, dass du siehst …« Vor lauter Schuldgefühlen brachte sie kaum ein Wort heraus.

»Ich bin sicher, dass er lebt…« Isabel hustete schwach.

Bei der Vorstellung, wie ihre Freundin reagieren würde, wenn sie das tote Neugeborene sah, packte Marta das blanke Entsetzen. Doch sie wusste, dass ihre Freundin einen Dickkopf hatte, und beschloss deshalb, sie nicht daran zu hindern, sondern sich stattdessen innerlich zu wappnen. Sie fasste sie also um die Taille und stützte sie, bis sie am Tor des Verschlags anlangten.

»Bist du sicher, dass du das wirklich willst?«

»Es braucht mich!«

Blitzschnell erfassten Isabels Augen den Raum, und dann sah sie ihn, ihren Kleinen. Er lag zusammengekrümmt auf dem schmutzigen, vermoderten Stroh, strampelte aber zu ihrer großen Freude mit seinen winzigen Beinchen, und er atmete. Von ihren Gefühlen überwältigt, betrat sie den Verschlag. Der Wunsch, ihn möglichst schnell in den Armen zu halten, verlieh ihr neue Kraft. Ihr Herz kannte nur ein Ziel, den kleinen Jungen. Deshalb hatte sie auch keine Angst vor dem Pferd, obwohl es nervös reagierte.

»Ich begreife nicht, wie du auf eine solche Idee verfallen konntest… Du hättest ihn umbringen können…« Als sie sich Marta zuwandte, ließ Isabels Gesichtsausdruck erkennen, dass sie der Freundin heftige Vorwürfe machte.

»Aber, aber er war doch tot…« Marta bekreuzigte sich fassungslos. »Wie kann das sein? Ich verstehe nicht…«

Das Pferd reagierte auf Isabels Nähe zuerst mit einem fragenden Prusten, aber als der Eindringling nicht antwortete, begann es zornig zu schnauben. Es schlug mit den Hufen auf den Boden, drehte sich einmal um sich selbst und stellte sich auf die Hinterhand, in der Absicht, Isabel zu attackieren. Dieses Wesen, das es jetzt als zu ihm gehörig betrachtete, wollte es sich nicht mehr fortnehmen lassen.

Als Marta erkannte, was gleich geschehen würde, warf sie sich zwischen das Pferd und ihre Freundin, um sie zu schützen, und bekam nun den ganzen Zorn des Tiers zu spüren. Die Mutter hingegen, das Kind in den Armen geborgen, konnte ausweichen und verließ rasch den Verschlag, ehe es sich ihr erneut in den Weg stellte. Zornig trat das Pferd gegen die hölzerne Barriere.

»Marta, komm schnell!«, rief Isabel entsetzt, als sie die Freundin, von dem Pferd bedrängt, am Boden liegen sah. Suchend blickte sie sich um, ob sich etwas fände, mit dem sie das Tier in Schach halten könnte, aber sie entdeckte nichts dergleichen.

»Es lässt mich nicht hinaus … Geh, hol Hilfe!«, schrie Marta.

Isabels Atem ging schnell. Sie überlegte fieberhaft, was sie tun könnte. Das Pferd schnaubte unablässig, war überaus nervös, bis sich plötzlich ihre Blicke kreuzten, und da verspürte Isabel einen irrationalen Impuls, eine innere Verbindung zu dem Tier. Mit einem Mal wusste sie genau, was sie zu tun hatte. Sie verlor alle Angst vor dem Pferd und betrat, sehr zu Martas Erstaunen, erneut den Verschlag, das Kind wie eine Gabe auf den Händen tragend. Ohne zu wissen, warum sie es tat, streckte sie es dem Pferd mit einer symbolischen Geste der Dankbarkeit entgegen, als würde sie anerkennen, dass es ebenfalls ein Anrecht auf das kleine Wesen hatte.

Das Pferd schob den Kopf heran, bis sein Maul fast den Kleinen berührte, seine Augen hatten einen friedvollen Ausdruck, und dann senkte es zum Zeichen seiner völligen Unterwerfung den Kopf.

Isabel mit ihrem Söhnchen auf den Händen, keine zwei Fingerbreit von der alten Mähre entfernt, hielt den Atem an, als sie sah, wie seine Nüstern die unschuldige Stirn des Neugeborenen berührten und darauf verharrten, als würde das Tier es segnen, es küssen wollen. Bei dieser Szene überlief die Mutter ein heißer Schauder, was seltsam, aber angenehm war. Und ein Teil der Energie, die sie zwischen diesen zwei so verschiedenen Geschöpfen fließen spürte, bündelte sich und ging auf sie über.

In diesem überaus intensiven Moment erkannte sie in aller Klarheit, dass die Zukunft ihres Sohnes niemals ihr ganz allein gehören würde, denn nicht nur sie hatte ihm das Leben geschenkt. Wie um diese Erkenntnis zu bekräftigen, rollte ihr eine dicke, schmerzliche Träne über die Wange.

Yago war zwei Mal geboren worden, und durch seine Adern würde nicht nur menschliches Blut fließen, sondern auch die Seele der Pferde.

II

Zu dieser Schwangerschaft hätte es niemals kommen dürfen.
Schuld daran waren die Hungersnot, unter der man in der spanischen Stadt Jerez nun schon seit vier Jahren zu leiden hatte, Isabels Arglosigkeit und der Mangel an Arbeit für Leute von niederem Stand wie sie.

Doch das Mädchen hatte Glück.

Sechs Monate bevor Isabel überhaupt ahnte, dass sie ein Kind erwartete, hatte sie bei Doña Laura Espinosa eine Stellung als Kammerzofe gefunden. Dies verdankte sie der Empfehlung einer Cousine ersten Grades, die das Gut wegen einer seltsamen Erkrankung verlassen musste.

Nach einer zweimonatigen Lehrzeit war Isabel mit den Aufgaben, die sie erwarteten, vertraut und schätzte sich glücklich, einen Ort gefunden zu haben, an dem sie zu essen bekam und eine Schlafstatt hatte. Damals, in der ersten Zeit, gefiel ihr alles, sie machte sich nützlich und wurde gut behandelt.

Ihre Herrin war von geringem Liebreiz, der Umgangston ein wenig rau, bisweilen auch etwas schärfer. Doch trotz alledem fiel es Isabel nicht sonderlich schwer, sich an die Señora zu gewöhnen. Unter der Dienerschaft ging das Gerücht um, Doña Lauras schlechte Laune sei auf ihre Kinderlosigkeit zurückzuführen. Der Nachwuchs ließ auf sich warten. Lag das womöglich am Altersunterschied? Immerhin war Doña Laura fünf Jahre älter als ihr Gemahl. Oder an ihren spärlichen Zusammenkünften? Denn Don Luis weilte nur selten daheim.

In Wahrheit liebte Doña Laura ihren Gatten über die Maßen, und zwar so sehr, dass sie in seiner Gegenwart zu einem anderen Menschen wurde. In jenen Momenten zeigte sie sich gütig, entschieden und stets nachsichtig mit dem Gesinde. Wer sie kannte, wusste zudem, dass sie geschickt zu handeln verstand, klug und belesen war und überdies sehr fromm. Jeden Morgen besuchte sie im benachbarten Kartäuserkloster die Messe und war nicht nur für ihre großzügigen Spenden an die Kirche bekannt. Auch bis zu den stets vor ihrer Tür wartenden Armen hatte sich ihre Wohltätigkeit herumgesprochen.

Doch schon bald nahm das Unheil seinen Lauf, und zwar just zu der Zeit, als der edle Herr nach einer acht lange Monate währenden Reise im Gefolge Kaiser Karls auf seinen Landsitz zurückkehrte.

Bis dahin war ihr Leben wunderbar gewesen.

Während der kleine Yago selig in ihren Armen schlummerte, musste Isabel in dem dunklen und kalten Stall daran denken, was letztes Jahr alles geschehen war. Noch immer fragte sie sich, wieso sie sich derart von ihren Instinkten hatte treiben lassen. Darüber grübelte sie nicht das erste Mal nach. Mal schob sie es auf ihre jugendliche Arglosigkeit und Unerfahrenheit, mal auf ihr Sehnen, eine andere zu sein. Sie wäre selbst gern Herrin und war doch nur von niederem Stand. Aber vielleicht hatte es auch mehr damit zu tun, wie schmuck dieser Mann aussah.

Don Luis Espinosa war hochgewachsen, größer als die meisten, und zog allein schon deswegen alle Blicke auf sich. Doch was Isabel über die Maßen betört hatte, und zwar in dem Moment, als sein Blick zum ersten Mal auf ihr ruhte, waren seine blauen Augen, die so unglaublich klar und rein waren, dass es fortan um sie geschehen war. Und obwohl sie wusste, dass er für sie unerreichbar war, erlag sie seiner Anziehungskraft.

Wenn er sprach, war seine tiefe Stimme so volltönend, dass sie zu spüren meinte, wie seine Worte in ihren Körper eindrangen, ja, ihn zum Vibrieren brachten. Niemals zuvor war ihr ein solcher Mann begegnet, der stark wie ein Krieger und zugleich ungestüm und voller Leidenschaft war. Und so verliebte sie sich bis über beide Ohren in ihn.

Mit der Zeit wurde ihr Wunsch, ihn für sich zu gewinnen, übermächtig, beinahe zu einer Lebensnotwendigkeit wie Atmen oder Essen, und bald darauf versuchte sie auch schon, ihn zu verführen. Jedes Mal, wenn sich ihre Blicke trafen, zwinkerte Isabel ihm unauffällig, mit der Zeit jedoch immer eindeutiger zu. Dann versuchte sie es mit flüchtigen Berührungen, wenn sie einander trafen, mit Seufzern, die ihm Hoffnungen machten, mit zufälligen Begegnungen in Gängen, in denen sie beide ihre Schritte absichtlich verlangsamten, während sie sich nicht aus den Augen ließen, bis es ihr schließlich gelang, sein Verlangen zu entfachen.

Und eines Nachts, nur wenige Wochen nach seiner Rückkehr, kam Don Luis Espinosa zu ihr, und sie schenkte ihm ihren Körper, ihre Jugend – und auch ihr Herz.

Auf jener Lagerstatt verlor Isabel nicht nur ihre Unschuld, sie begann auch, sich mächtig zu fühlen. Ihr schien, als täte sich zwischen ihnen eine neue Welt auf, als gäbe es eine Zeit außerhalb der Zeit, einen Ort, an dem er sich ihr vollständig hingab, ihr allein gehörte. Doch Isabel hätte sich niemals träumen lassen, von welch kurzer Dauer dieses Abenteuer sein sollte. Das jähe Ende kam genauso überraschend, wie es schmerzhaft war, denn nach gut einem halben Dutzend Begegnungen bestieg Don Luis eines schönen Tages einfach sein Pferd und ritt – ohne ein Wort des Abschieds an sie zu richten – in nördlicher Richtung davon.

Doch nun, da sie ihr Kind, die Frucht ihrer Verfehlung, in den Armen hielt und betrachtete, bereute sie nichts. Sie küsste den Kleinen zärtlich, schenkte ihm ihre bedingungslose, ja unerschütterliche Liebe und entschied, dass es – trotz der erlittenen Unbill, der Schwangerschaft, die sie geheim halten musste, und Don Luis' geringschätzigem Verhalten – das wert gewesen war.

Sie wurde aus ihren Gedanken gerissen, als unerwartet eine Nichte von Marta den Stall betrat.

»Señora Laura ist auf der Suche nach dir. Und wie es scheint, ist sie sehr ungehalten...«

Die Nachricht ließ Isabel erschreckt auffahren. Sonst hatte sie um diese Zeit schon längst ihre Herrin hergerichtet, bevor sich diese in ihr Schlafgemach zurückzog. Sie nahm den Mantel, in den sie Yago gewickelt hatte, vom Köpfchen des Kindes und betrachtete es wehmütig, weil sie es nun für ein Weilchen sich selbst überlassen musste. Als sie versuchte, sich aufzurichten, hatte sie große Mühe, sodass Martas Nichte herbeieilte, um ihr aufzuhelfen. Da erst bemerkte diese voller Erstaunen, dass Isabel ein Neugeborenes in den Armen hielt. Überrascht blieb sie wie angewurzelt stehen und konnte gar nicht glauben, was sie da sah. Vom Anblick des Kleinen entzückt, streckte sie sogleich die Hände nach ihm aus. Gerührt füllten sich ihre Augen mit Tränen.

»Woher kommt denn dieser kleine Schatz auf einmal?«

Das Erstaunen des Mädchens war nicht weiter verwunderlich, hatte Isabel es doch zuwege gebracht, ihre Schwangerschaft – immerhin ein schwerwiegendes Vergehen, das für Aufsehen gesorgt und sie ihre Arbeit gekostet hätte – geheim zu halten. Lediglich Marta hatte sie eingeweiht.

Dieser Umstand hatte ihr viele Unannehmlichkeiten bereitet, gerade in den letzten Monaten der Schwangerschaft war es ihr fast unmöglich gewesen, ihren dicken Bauch zu verbergen. Um ihn zu kaschieren, wickelte sie sich jeden Morgen eine breite, mit Espartogras gefütterte Stoffbinde um den Bauch und zurrte sie so fest, dass nur noch eine leichte Wölbung zu erkennen war. Darüber zog sie einen weit schwingenden Rock. Ohne ihrer Herrin über die Maßen aufzufallen, konnte sie auf diese Weise unbehelligt ihrer Arbeit nach- und Spekulationen über den möglichen Kindsvater entgehen. Vor allem jedoch wollte sie vermeiden, dass man Mitleid mit ihr hatte.

Vielleicht war das für sie sogar am wichtigsten.

Von klein auf hatte ihre Mutter ihr immer wieder gesagt, dass ihre Seele vor Gott genauso viel wert sei wie die eines Königs oder die des mächtigsten Adligen. Diese Auffassung hatte sich mit den Jahren tief in ihre Seele eingebrannt, und so wollte Isabel stets stolz auf sich sein, egal, ob Magd oder Herrin, arm oder reich. Sie war felsenfest davon überzeugt, den gleichen Respekt zu verdienen wie jeder andere, trotz des Elends, das ihre Familie hatte erdulden müssen oder das sie womöglich noch kennenlernen würde.

»Bitte, sag es niemandem, wirklich niemandem«, flehte Isabel das junge Mädchen an. Diese legte feierlich eine Hand auf ihr Herz.

»Ich werde schweigen wie ein Grab«, gelobte sie.

Isabel, die dies mit großer Erleichterung hörte, liebkoste Yagos Kinn und küsste ihn zärtlich auf die Stirn. Der warme Mantel seiner Mutter war der beste Schutz für das Neugeborene, das in seinem erst kurzen Dasein dem Tode schon näher gewesen war als dem Leben. Sein friedlicher Gesichtsausdruck lud sie zum Verweilen ein, doch die Worte der Nichte hatte Isabel nicht vergessen. Und so wusste Marta nur zu gut, was nun kommen würde.

»Ich muss zu meiner Herrin.«

»Wie sehr ich dich auch drängen mag, ich weiß, du wirst doch tun, was du für richtig hältst. Doch bedenke, du bist nicht in der Verfassung zu arbeiten. Erfinde irgendeine Entschuldigung und kehre so schnell wie möglich zu deinem Sohn zurück.«

»Sei unbesorgt, ich werde tun, was ich kann, denn ich möchte ihn, wie du sicher verstehen wirst, nicht eine Sekunde alleine lassen. Außerdem muss ich ihn noch nach Sanlúcar zu meiner Schwester Aurelia bringen. Wie du weißt, hat es mich große Mühe gekostet, sie zu überreden, den Kleinen zu sich zu nehmen, solange ich mich nicht um ihn kümmern kann.«

Isabel übergab Marta das Kind, um sich auf den Weg zu machen. Bestimmt sah sie recht mitgenommen aus, und so ordnete sie rasch ihr Gewand, zog das Hemd zurecht und schob sich zwei saubere Tücher unter, um eventuelle Unannehmlichkeiten zu vermeiden. Sie zog energisch am Stoff ihres Rockes, den sie auf diese Weise zu glätten versuchte, kniff sich in die Wangen, damit sie wieder etwas Farbe bekamen, und band ihr Haar zusammen.

»Doña Laura wird schon nichts merken …«

Bevor sie ging, liebkoste sie ein letztes Mal das Köpfchen des Kindes und winkte den beiden Frauen noch zum Abschied. Sie schritt durch das große, klapprige Tor und beschleunigte ihre Schritte, obwohl ein stechender Schmerz in ihren Eingeweiden wütete. Es nahm sie sehr mit, dass sie ihr Kind zurücklassen musste, wo sie es doch erst so kurz gesehen hatte.

Draußen begrüßte sie eine frische Brise, die ihrem erhitzten Leib wohltat. Es war eine sternenklare und wolkenlose Nacht, sie sah zum Himmel hinauf und dankte ihm für dieses Geschenk. Sie schwor sich, dass es ihr gelingen würde, mit allen Schwierigkeiten fertig zu werden. Sie würde es schon schaffen, Yago großzuziehen – auch ohne Vater. Sie durchschritt den Hof, in dem sich die Lager und der Weinkeller der Familie Espinosa befanden, und sog den Geruch nach Most und Maische ein, der nach der jüngsten Weinlese in der Luft hing.

Die Espinosas besaßen nördlich von Jerez ausgedehnte Ländereien, auf denen in der Hauptsache Weinstöcke standen. Wenn die Erntezeit kam, fanden hier viele Männer und Frauen aus der Umgebung eine Arbeit, doch es war stets soviel zu tun, dass am Ende auch die Dienerschaft helfen musste. Obwohl sie schon hochschwanger war, hatte sie dieses Jahr auch mit anpacken müssen. Sie konnte sich noch gut an die heftigen Stiche in ihrem Bauch erinnern, als sie, über den rötlichen Sandboden laufend, die Trauben zu Hunderten von den Rebstöcken klaubte oder später die gestampften Trauben in die Körbe schaufelte.

Mit diesen Gedanken trat sie durch die mit Bougainvillen umrankte Tür des großen Hauses und erklomm unter Mühen und sich immer wieder an der Wand abstützend die Treppe. Vor der Tür zu Doña Lauras Gemach musste sie kurz innehalten, versuchte Kraft zu schöpfen. Aber woher nur? Sie klopfte an und bat mit schwacher Stimme um Einlass.

»Herein!«, ertönte ungehalten Doña Lauras Stimme.

»Verzeiht, aber ich wurde in der Küche aufgehalten.«

»Das ist ja wohl das Mindeste, dass du dich entschuldigst!« Die Augen ihrer Herrin blitzten wütend. »Das Einzige, was du um diese Zeit zu tun hast, ist, mir zur Hand zu gehen. Ich weiß wirklich nicht, was geschehen sein könnte, dass du deine Pflichten vergisst.«

Kraftvoll begann sie sich ihr langes Haar zu bürsten.

Eine Zeitlang hörte man nichts als den Atem der beiden Frauen. Isabel kannte ihre Herrin und wusste, dass diese über ihre nächsten Worte grübelte.

»Ich bin einfach viel zu nachsichtig mit dir«, rief sie schließlich und schleuderte die Bürste wütend hinter die Kommode. »Eigentlich müsste ich dich für dein ungebührliches Verhalten bestrafen, aber das tue ich ja doch nicht.«

Isabel hob die Bürste vom Boden auf und begann – sanfter als gewöhnlich – Doña Lauras Haar zu bearbeiten. Ein stechender Schmerz durchfuhr ihren Bauch. Sie schloss die Augen und biss die Zähne zusammen, um nicht aufzustöhnen.

»Ich ersuche Euch erneut, mir zu vergeben … Ich verspreche Euch, das wird nicht wieder vorkommen.«

»Ich möchte nur zu gerne wissen, mit welchem Unfug du dir die Zeit vertrieben hast«, schnaubte Doña Laura verärgert. »Sicher irgendeine Torheit …«

Vor ihrem inneren Auge sah Isabel, wie sie sich im Stall bei der schier endlos währenden Entbindung vor Schmerzen am Boden gewunden hatte und dachte mit Grausen an den Moment, als sie gemeint hatte, Yago sei eine Totgeburt.

»Eine Torheit, gewiss …«

Dieser ironische Unterton erregte den Zorn ihrer Herrin, die sich wutentbrannt erhob. Sie erinnerte sie mit lauter Stimme an die abendliche Verabredung im Hause von Martín Dávalos und die kurze Zeitspanne, die ihr noch blieb, um sich dafür fertigzumachen.

»Ich muss mich noch enthaaren, ein Bad nehmen, mir den Körper pudern, meine Frisur herrichten, ein Kleid auswählen und vielerlei andere Dinge eiligst verrichten, und das nur, weil ich eine pflichtvergessene Kammerzofe habe, die ausgerechnet heute ihre Zeit mit Unfug vertut.« Sie holte tief Luft und fuhr fort: »Als Erstes räumst du meine Kleider auf und bringst mir heißes Wasser. Ein Bad wird mir gut tun! Und vergiss ja nicht das Rosenöl!«

Isabel registrierte mit Entsetzen die Menge an Kleidungsstücken, die im Gemach verstreut am Boden lagen, und dachte bei ihrem Zustand mit Schrecken an die möglichen Auswirkungen, wenn sie sich zigmal bücken musste.

»Und außerdem«, fuhr die Frau mit ihren Ermahnungen fort, »möchte ich dich daran erinnern, mehr auf dein Äußeres zu achten. Immerhin bist du meine Kammerzofe! Es ist mir nicht entgangen, dass du heute etwas schlampig daherkommst ...« Schwer ließ sie sich in einen Sessel fallen und streckte die Beine aus. Sie hatte die Hoffnung bereits aufgegeben, von diesem Mädchen noch etwas Besseres zu erwarten.

Als Isabel sich anschickte, die Sachen aufzuheben, brach ihr der kalte Schweiß aus. Jedes Mal, wenn sie sich bückte, krampfte sich ihr Bauch so sehr zusammen, als hätte man sie mit der Peitsche geschlagen, sodass ihr fast die Luft wegblieb. Was die Sache noch verschlimmerte, war, dass sie auf einmal bemerkte, wie ihr etwas Feuchtes, Warmes die Beine hinablief. Von da an sah sie unablässig auf ihren Rock, um festzustellen, ob das Blut den Stoff schon durchtränkte.

Jede der Aufgaben, die Doña Laura ihr auftrug, wurde zu einer furchtbaren Bewährungsprobe. Um den Trog für das Bad zu füllen, musste sie mehr als zwanzig schwere Wasserkrüge schleppen, doch sie schaffte es, langsam zwar und ganz vorsichtig, wie bei allen Dingen, um die ihre Herrin sie bat. Trotzdem dachte sie mehr als einmal, dass sie gleich ohnmächtig werden würde. Ihr taten sämtliche Knochen weh, und sie war mehr als erschöpft.

Aber schließlich, nach zwei Stunden, geleitete sie Doña Laura endlich zur Kutsche. Als sie dort am Eingang des Anwesens stand, wurde ihre Erschöpfung übermächtig, und sie musste sich gegen die Pforte lehnen, um nicht zusammenzubrechen. Reglos blieb sie einige Zeit einfach nur stehen, atmete tief ein und aus und genoss die kurze Rast, um sich von der schier unmenschlichen Anstrengung zu erholen.

Doch plötzlich, als sie ein ihr bisher unbekanntes Ziehen in den Brüsten bemerkte, war ihr Kummer wie weggeblasen. Den Grund dafür konnte sie sich schon denken. Ein Leuchten huschte über ihr Gesicht, und sie wünschte sich nichts sehnlicher, als zu Yago zurückzukehren.

III

M arta betrachtete den kleinen Yago voller Zärtlichkeit.
Das Neugeborene öffnete den Mund, kniff die Augen zu
und presste die Fäustchen zusammen, als würde es weinen wollen.
Diese Szene spielte sich wieder und wieder ab, bis Marta sich allmählich Sorgen machte. Zu ihrer Erleichterung brach der Kleine schließlich in Tränen aus. Sicher kam er schier um vor Hunger. Und nun
konnte er nicht mehr aufhören zu brüllen, bis er so erschöpft war,
dass er in ihren Armen einschlief.

Sie konnte sich an diesem unschuldigen Geschöpf nicht sattsehen,
genoss jeden seiner Atemzüge, seinen friedvollen, engelsgleichen Gesichtsausdruck.

Neugierig und mit großem Interesse verfolgte das Pferd von seinem Verschlag aus das Geschehen.

Als Isabel endlich zurückkehrte, bemerkte Marta voller Sorge ihren
entkräfteten Zustand, obwohl sie freudestrahlend und zielstrebig
auf ihren Sohn zuging. Im schwachen Schein zweier Kerzen eilte
sie Yago entgegen, schloss ihn in die Arme und herzte ihn liebevoll.
Als könnte sie ihre Gefühle nicht länger für sich behalten, flüsterte
sie ihm Zärtlichkeiten ins Ohr, gestand ihm, wie sehr sie ihn ver-
misst hatte, und schwor ihm hoch und heilig, stets für ihn da zu
sein.

Als Yago die Augen öffnete, setzte sie sich sogleich auf einen Ballen Stroh, schnürte das Mieder auf und legte das Kind an ihre Brust.
Yagos Lippen reagierten. Der Geruch seiner Mutter tat seine Wirkung, und selig schmatzend nuckelte er seine erste Mahlzeit, wäh-

rend sie, gerührt seufzend, heiße Tränen vergoss. Erschöpft, aber unendlich glücklich.

Marta setzte sich neben sie.

Dieser Anblick war so überwältigend, dass sie darüber die zuvor durchlebten dramatischen Stunden einfach vergaß.

»Erzähl, wie ist es dir bei der Señora ergangen? Hat sie etwas gemerkt?«

»Doña Laura ist eine ungeduldige Frau, die manchmal die Beherrschung verliert, doch heute war sie so verärgert, dass sie an gar nichts anderes mehr denken konnte als an sich selbst. Ihr ist nichts aufgefallen, rein gar nichts, aber fast hätte sie mich umgebracht mit allem, was sie mir auftrug. Es war einfach nur schrecklich, glaub mir.«

»Du wirst eine gute Mutter sein.« Marta zupfte einen Strohhalm aus Isabels Haar und strich ihr, stolz auf ihr Durchhaltevermögen, sanft über die Stirn.

»Und du eine gute Freundin, die mir beistehen wird, nicht wahr?«

Die Freundin beantwortete die Frage mit einem zärtlichen Kuss auf Isabels Wange. Als auf dem Gut die Glocken der Familienkapelle neun Uhr schlugen, erinnerte sie sich daran, dass auch sie Verpflichtungen hatte und ihre Arbeit liegen geblieben war.

»Wie kommst du jetzt noch zu deiner Schwester?«

»Ich sollte mich bald auf den Weg machen, ehe es zu dunkel wird. Sobald ich den Kleinen gestillt habe, ruhe ich mich noch ein wenig aus. Kannst du mir bitte eines der alten Maultiere bereitstellen, die kaum noch gebraucht werden? Das ist dann aber wirklich der letzte Gefallen, um den ich dich heute bitte.«

Marta kümmerte sich um die Angelegenheit, dann verabschiedeten sich die beiden Frauen voneinander. Ehe sie ging, erinnerte die Freundin Isabel daran, dass die Stadttore von Sanlúcar um Mitternacht geschlossen wurden.

»Du darfst keine Zeit verlieren, sonst kommst du nicht mehr hinein. Soll ich dich wirklich nicht begleiten?«

»Also, das kommt überhaupt nicht in Frage! Ich würde mich

schrecklich fühlen, wenn du wegen mir Schelte bekämst. Du hast schon so viel für mich getan.«

Als Yago nach einer Weile zu saugen aufhörte, fiel er in einen tiefen Schlaf.

Seine Mutter ruhte sich aus, nickte dabei aber ein, bis sie erneut die Glocken schlagen hörte. Da wickelte sie sich in ein langes Tuch, das sie unter der Brust verknotete, und legte das Kind hinein. Doch als sie den Stall verlassen wollte, vernahm sie ein durchdringendes Wiehern. Verwundert drehte sie sich um. Die alte Mähre reckte den Hals, trat mit ihren Vorderhufen dreimal kräftig gegen die Stallwand und schüttelte die Mähne, als wollte sie sich auf diese Art von dem Kind verabschieden.

»Möge Gott dich beschützen, so wie du meinen Sohn beschützt hast. Sei gesegnet!« Isabel näherte sich dem Tier, das zufrieden schnaubte. Sie griff sich eine Strähne seiner Mähne und strich damit Yago über das Gesicht. Anschließend stupste sie sein Näschen auf die Stirn des Tieres, damit er sich stets an den Geruch des Pferdes würde erinnern können.

»Ich verspreche dir, wenn Yago größer ist, werde ich ihm von dir erzählen und dafür sorgen, dass er nie vergisst, was du für ihn getan hast.«

Am Ende eines langen Ganges, der als Lager für allerlei Ackergerät und Zaumzeug diente, fand Isabel das kastanienbraune Maultier, das Marta für sie hergerichtet hatte. Sie griff nach dem Halfter und führte es zu dem großen Tor, durch das man das Gut verließ. Dort angekommen, suchte sie nach einer Möglichkeit, aufzusteigen, ohne dass dabei das Kind oder sie selbst zu Schaden kamen. Sie beschloss, auf einen großen Stein zu klettern, von dem aus sie mühelos auf das Maultier kam. Als sie sich über den Rücken des Tieres schwang, verspürte sie einen stechenden Schmerz, der von einer Welle kalten Schweißes begleitet wurde. Sie versuchte sich damit zu beruhigen, dass dies nun wirklich die letzte Prüfung war, die sie an diesem Tag zu bestehen hatte, und dass der Schmerz bald vergehen würde.

Sie hatten noch nicht einmal die Hälfte des Weges zurückgelegt, als von einer Anhöhe bereits die Lichter der Stadt zu sehen waren. Auch die des Hafens, deren Schein sich im Wasser des Guadalquivir spiegelte. Isabels Körper schmerzte noch genauso wie zuvor, als sie aufgebrochen war, doch die Hoffnung, ihr Ziel bald zu erreichen, beflügelte sie. Der Mond stand bereits hoch am Himmel, ein untrügliches Zeichen dafür, dass es schon sehr spät war. Obwohl die Nacht stockfinster und die Wegverhältnisse schlecht waren, trieb Isabel das Maultier an, denn sie wusste, wenn sie nicht rechtzeitig zu ihrer Schwester käme, wäre die Rückkehr zum Gut mit dem Kind die schlechtere Wahl.

Nach der ersten Meile wurde der Pfad sehr abschüssig, und zu allem Überfluss war er seit den letzten Regengüssen mit Kieselsteinen übersät. Das Maultier drohte auf diesem Untergrund zu straucheln. Nun bedauerte es Isabel, dass Marta wegen seines Sanftmuts ausgerechnet dieses alte Tier ausgesucht und nicht ein jüngeres genommen hatte. Es blieb ihr nichts anderes übrig, als auf seinen Instinkt zu vertrauen. Es würde schon den besten Weg nehmen. Sie hatte genug damit zu tun, die Schmerzen auszuhalten, die inzwischen so schlimm geworden waren, dass ihr immer wieder die Luft wegblieb.

Mitgenommen vom holprigen Traben des Maultiers und ihrer körperlichen Erschöpfung verlor sie das Gefühl in den Beinen und mehrere Male für kurze Zeit auch das Bewusstsein. Wenn sie hochfuhr – oft nur, weil das Tier strauchelte –, erinnerte sie sich zwar, wo sie war, aber auch, welch weiter Weg noch vor ihr lag.

Yago bekam von alledem nichts mit. Selig schlummernd ahnte er nichts von den Strapazen seiner Mutter.

Schließlich erreichten sie einen breiteren Pfad und kurz darauf schon den Weg, der sie schnurstracks zum Nordtor führte.

Je näher sie den Stadtmauern kamen, desto schwerer fiel es Isabel, die Augen offenzuhalten. Sie sank auf dem Maultier immer mehr in sich zusammen, denn sie fürchtete die Folgen, wenn sie sich aufrecht hinsetzte. Doch sie tat es in dem Moment, als sie durch das Stadttor ritten und auf die ersten Gässchen zusteuerten.

Das Geschäft ihrer Schwester, ein Weinausschank, befand sich zum Glück ganz in der Nähe dieses Tors. Gleich wäre sie am Ziel. Beschwingt trieb sie das Maultier an und übersah dabei den tiefen Graben, der sich hinter der nächsten Ecke auftat. Und als sie ihn bemerkte, war es zu spät.

Das Tier versuchte noch auszuweichen, schaffte es jedoch nicht, und so stürzte es mitsamt Isabel und dem Kind hinunter, die sich nach Kräften bemühte, den Säugling zu schützen.

Ein durchdringender Schrei gellte durch die friedliche Nacht.

IV

Aurelia verströmte stets einen Geruch nach Wein. Und so wusste Isabel, noch bevor sie die Augen aufschlug, wo sie sich befand.

Ihre Hände ertasteten Laken aus feinster Baumwolle, und durch das Fenster drang die kräftige Morgensonne, die Sanlúcar de Barrameda zu einer der wärmsten Städte Andalusiens machte.

Rechts von ihr auf der Bettkante saß ihre Schwester, die den Säugling in den Armen hielt, für den sie soviel auf sich genommen hatte.

Ihr ganzer Körper schmerzte, aber vor allem verspürte sie ein lästiges Kitzeln an der linken Hüfte. Sie erinnerte sich an nichts mehr aus der letzten Nacht – außer an den tiefen Graben und den Moment, als sie hinabstürzte.

Als sie sich aufrichten wollte, um zu sehen, ob mit ihrem Kind alles in Ordnung war, ließ ein stechender Schmerz im Rücken sie innehalten.

»Geht es ihm gut? Was ist passiert?«, fragte sie ängstlich. »Wie hast du mich überhaupt gefunden?«

Aurelia legte den Kleinen zu ihr aufs Bett.

»Ein paar Nachbarn haben mich um Mitternacht geholt. Sie hatten dich am Boden ausgestreckt liegend entdeckt, und als du nicht reagiertest, hielten sie dich für tot. Das Maultier lag auf einem deiner Beine, und du hattest das Bewusstsein verloren, doch selbst in dieser misslichen Lage hieltst du schützend deinen Sohn umklammert. Deshalb ist dem Kind nichts geschehen.«

Der Kleine wurde unruhig und begann zu weinen.

»Der Arme, kaum ist er auf der Welt, bringt er nur Unannehmlichkeiten mit sich.« Gütig lächelnd betrachtete sie ihn. »Er hat sicher Hunger.«

Während Isabel den Säugling an die Brust legte, schilderte sie ihrer Schwester die Geschehnisse des vergangenen Tages.

Aurelia betrachtete Yago. Sie wollte nicht darüber reden. Seit sie von der Schwangerschaft erfahren hatte, tobte in ihrem Inneren ein Kampf. Ihre strengen moralischen Prinzipien hießen die Ankunft dieses Kindes nicht gut, doch da Isabel sie wieder und wieder um Hilfe und Verständnis gebeten hatte, wog die schwesterliche Liebe letztlich schwerer als ihr Gewissen. Zumindest hatte sie sich im Verlauf der letzten Monate zu dieser Einstellung durchgerungen. Doch nun, als sie ihre Schwester mit dem Kind sah, wurden ihre Bedenken mit einem Mal wieder wach.

»Du hast einen großen Fehler begangen«, rutschte es ihr heraus.

»Fängst du schon wieder damit an?« Isabel stellte mit Erleichterung fest, dass ihre Brüste genügend Milch gaben, viel mehr als am Tag zuvor. »Darüber haben wir doch schon so oft gesprochen.«

Selig trank Yago an der Brust seiner Mutter, während seine Tante vielsagend den Kopf schüttelte. Aurelia wollte wirklich gern alles tun, um ihrer Schwester zu helfen, aber für sie war und blieb Yago nun mal die Frucht der Sünde. Vor allem nach der letzten Nacht, als der Kleine nicht aufhören wollte zu weinen und sie manchmal befürchtete, er würde in seinen eigenen Tränen ertrinken. Dieses nicht enden wollende Geheul war, auch wenn es von ihrem eigenen Neffen kam, für sie nur sehr schwer zu ertragen gewesen. Aufgrund ihrer Erziehung und ihrer tiefen Gläubigkeit gelangte Aurelia zu der Überzeugung, dass dieses beharrliche Gebrüll lediglich ein Vorgeschmack auf die göttliche Strafe war, die ihre Schwester zu erwarten hatte, weil sie Gottes Gesetze missachtet hatte. Nervös wischte sie sich die Hände an ihrem Gewand ab und fuhr fort: »Du hättest das nie tun dürfen. Ich habe das ungute Gefühl, dass er uns allen Unglück bringen wird!«

Beunruhigt sah Isabel sie an.

»Ich weiß, dass du meine Schwangerschaft missbilligt hast, aber was du da gerade sagst, ist unsinnig und verletzend. Und du merkst es nicht einmal.« Tränen stiegen ihr in die Augen.

Ohne ein weiteres Wort verließ Aurelia eilig das Zimmer. Kurz darauf kehrte sie mit einer Schale Wasser zurück, benetzte den Finger und machte damit ein Kreuz auf Yagos Stirn.

»Ich taufe dich im Namen des Vaters, des Sohnes und des Heiligen Geistes ...«

Ungehalten unterbrach Isabel sie in ihrem Tun.

»Kannst du mir sagen, was du da machst? Er wird schon noch getauft, wie Gott es befohlen hat, und zwar in einer Kirche. Hast du den Verstand verloren?«

Schwer atmend ließ sich Aurelia aufs Bett sinken. Sie verspürte das tiefe Bedürfnis, mit Isabel zu sprechen, ihr zu sagen, was sie dachte. Für sie war dieses Kind nämlich nicht nur die fleischgewordene Sünde, eine schreckliche Verfehlung, die ihre Schwester mit einem Unbekannten begangen hatte. Sie schloss die Augen und bemühte sich, ruhig und gleichmäßig zu atmen.

»Wenn er, wie du mir erzählt hast, gestern beinahe gestorben wäre, kommt es dir da nicht merkwürdig vor, dass er von einem Tier ins Leben zurückgeholt wurde?« Ihr Blick wurde kalt. Aurelia glaubte nicht an Zufälle. »Und in derselben Nacht besuchte ihn der Tod erneut, ohne dass dem Kleinen auch nur ein Härchen gekrümmt worden wäre. Das hat doch sicher etwas zu bedeuten, meinst du nicht?«

»Deine Worte beunruhigen mich ...« Isabel versuchte zu begreifen, was ihre Schwester ihr damit sagen wollte. »Du machst mir Angst.«

»Er wird uns alle ins Unglück stürzen«, beharrte diese.

Da konnte Isabel sich nicht länger zusammennehmen und fing bitterlich zu weinen an. Zu ihren Schmerzen, der Erschöpfung und den Verletzungen gesellte sich nun auch noch der übertriebene religiöse Eifer ihrer Schwester, der sie ausgerechnet dann befiel, als sie Yago in ihre Obhut geben wollte. Aurelia hätte ihre Schwester gerne getröstet, doch sie entschied, dass dieser ein wenig Reue nicht schadete.

»Ach, und ich habe dir noch gar nicht gesagt, dass wir das Maultier töten mussten. Es hatte sich ein Bein gebrochen und deshalb ...«

Das hatte Isabel gerade noch gefehlt. Sie hatte sich das Tier ja unerlaubterweise genommen und vorgehabt, es noch in der gleichen Nacht in den Stall zurückzubringen, sodass niemand es bemerkt hätte. Sie wollte sich gar nicht erst vorstellen, wie die Espinosas sich aufführen würden, wenn sie davon erfuhren. Zu allem Überfluss hatte sie an diesem Morgen ja auch noch ihre Pflichten vernachlässigt. In ihr stieg Angst auf. Sie betrachtete ihren Sohn. Wenigstens er schien glücklich zu sein, zumindest wirkte er sehr friedlich, während er trank. Kurz dachte sie an die zahlreichen Sorgen und Nöte, mit denen sie seit seiner Geburt zu kämpfen hatte.

»Ich muss so schnell wie möglich zurück auf das Gut der Espinosas.«

»Willst du mich etwa wieder mit dem Kind alleine lassen?«

»Was soll ich denn sonst tun?«, rief Isabel verzweifelt. »Ich dachte, du bist meine Schwester und wärst beinahe so glücklich wie ich. Ich verstehe überhaupt nichts mehr.«

Aurelia senkte den Kopf, damit ihre Blicke sich nicht begegneten, während sie sprach.

»Du machst also, was du willst, so wie immer. Aber du sollst wissen, dass ich heute gleich in aller Frühe deine Herrschaften davon in Kenntnis gesetzt habe, dass du einen Unfall hattest, als du mich besuchen kamst. Ich habe den Sohn meiner Nachbarin María mit der Nachricht losgeschickt.«

Isabel, keineswegs beruhigt, vermutete, dass die Espinosas der Nachricht keinen Glauben schenken würden.

»Ich brauche diese Arbeit, jetzt mehr denn je ...«

Sie schloss ihr Mieder, da Yago nun genug getrunken hatte. Dann legte sie den Säugling bäuchlings neben sich.

»Und was soll ich mit ihm machen, bis du zurück bist?«, fragte Aurelia auf das Kind deutend. Das war zuviel für Isabel, sie brach in

Tränen aus. Das Verhalten ihrer Schwester erschien ihr uneinsichtig und mitleidlos. Sie hatte sich in einen Mann verliebt, der ihre Liebe nicht erwiderte, nicht mehr und nicht weniger. Sie traf nicht die geringste Schuld, höchstens dafür, dass sie ihr gerade geborenes Söhnchen vergötterte.

»Du weißt genau, dass ich ihn nicht alleine großziehen kann, obwohl ich nichts lieber täte. Ich brauche dich, und er dich auch!« Sie griff nach ihren Händen und versuchte sich zu beruhigen. »Verzeih mir, wenn ich dir in den letzten Monaten Kummer bereitet habe ... Ich will versuchen, es wiedergutzumachen, wirklich, aber jetzt musst du mir einfach helfen. Wir beide wissen, dass dein Glaube sehr viel stärker ist als meiner. Und nun bietet sich dir die Gelegenheit, Gott eine neue Seele zuzuführen. Wenn du wirklich der Überzeugung bist, dass dieses Kind eine Frucht der Sünde ist, schenke Gott seine Seele, kümmere dich um ihn, verwöhne ihn, bitte ... Du würdest ihm damit einen Gefallen tun.«

Aurelia rührte ihre Demut, und so gab sie sich geschlagen. Ihre Schwester strich ihr zärtlich über die Wange, als sie diesen Sinneswandel bemerkte.

»Mir fällt ein, vor ein paar Tagen hast du mir von einer Kundin erzählt, die auch gerade ein Kind geboren hat. Meinst du, sie würde sich als Amme verdingen wollen?«

»Ich denke, sie wird nicht Nein sagen. Geld kann man immer brauchen.«

»Sag ihr, sie soll morgens und mittags kommen. Ich versuche, jede Nacht hier zu sein, um den Kleinen zu stillen. Zahl ihr, was sie verlangt. Ich werde dir das Geld zurückgeben. Leider muss ich dich darum bitten, aber ich möchte, dass du dich um Yago wie um deinen eigenen Sohn kümmerst. Zumindest bis ich eine Anstellung in der Stadt gefunden habe und mit ihm zusammen sein kann.«

»Wie hast du ihn genannt?«

»Yago, er soll Yago heißen«, sagte sie hoffnungsfroh, denn ihre Schwester schien das Kind offensichtlich anzunehmen.

»Ich nehme an, der Name des Vaters, oder? Dem werde ich hoffentlich nie über den Weg laufen!«

Isabel antwortete nicht, doch sie sah ihre Schwester beschwichtigend an. Auf keinen Fall wollte sie einen weiteren Disput vom Zaun brechen. Insgeheim hatte sie schon für sich beschlossen, ihr niemals den Namen des Kindsvaters zu offenbaren. Sie hatte Angst davor, wie Aurelia reagieren würde.

»Ich werde etwas essen, um wieder zu Kräften zu kommen, und dann suche ich mir jemanden, der mich zum Gut bringen kann. Doch heute Nacht kehre ich zu euch zurück.«

Sie betrachtete ihr Kind, küsste es und deckte es ordentlich zu. Yago zuckte zusammen, als er ihre Berührung spürte, und öffnete im selben Augenblick den Mund, um zu weinen, vielleicht weil ihn etwas ärgerte. Doch wenn, dann weinte er dieses Mal stumm. Von ihrer Schwester argwöhnisch beäugt, wiegte Isabel ihn in den Armen.

»Kinder brauchen viel Zuwendung, aber du wirst schon sehen, man bekommt auch viel zurück. Dann ist alles andere vergessen.«

Sie würde schon genug damit zu tun haben, Yago großzuziehen, dachte Aurelia bei sich. Da wollte sie das Verhätscheln lieber der Mutter überlassen.

V

Luis Espinosa wusste, wie man zu Geld kommt.

Das Weingut, das die Familie seiner Frau nun seit etwas über zweihundert Jahren betrieb, genoss unter Weinliebhabern einen ausgezeichneten Ruf. Doch seit Don Luis zum Gefolge Kaiser Karls V. gehörte, hatten sich die Erträge verzehnfacht.

Don Luis Espinosa verkörperte alle Tugenden und Schwächen des Adelsstandes, ohne ihm tatsächlich anzugehören. Dass er keine illustren Vorfahren besaß, machte er durch seinen maßlosen Ehrgeiz und die unstillbare Gier nach Reichtum wett. So war er mit erst zweiunddreißig Jahren einer der vierundzwanzig Ratsherren der Stadt Jerez und Hauptmann einer Schwadron der leichten Kavallerie.

Die *Vierundzwanzig* waren in Jerez eine Institution, die sich fast ausschließlich aus Adeligen zusammensetzte. Ihre Aufgabe war es, die städtischen Gelder zu verwalten und die Dienstbarkeiten zu regeln. Durch ihre Hände liefen praktisch alle wichtigen Entscheidungen und jede Menge Geld. Der Kaiser bestellte den Verweser und seinen Stellvertreter, während der örtliche Adel die *Vierundzwanzig* wählte, um dafür Sorge zu tragen, dass seine Interessen im Rat der Stadt gewahrt wurden.

Um solche Privilegien zu erlangen, hatte Luis in die richtige Familie, eine der besten von Jerez, eingeheiratet. Rasch hatte er zahlreiche Freunde aus den erlauchten Kreisen um sich geschart. Zu ihnen zählte auch der Großherzog von Medina Sidonia, dessen Macht und Einfluss sehr groß waren. Er seinerseits brachte Intelligenz, eine gewisse Skrupellosigkeit und sehr viel Talent im Umgang mit Pferden mit, das er sich selbst angeeignet hatte. Mit diesem Rüstzeug hatte er sich innerhalb kürzester Zeit einen guten Ruf erworben, der ihm wenig später zugutekam. Dank der Empfehlung des Großherzogs gelang ihm der Sprung an die Spitze der kaiserlichen Garde.

Diese Abteilung der Kavallerie genoss wegen ihrer exzellenten Pferde einen ausgezeichneten Ruf. Es waren einzigartige Exemplare darunter, um die man sie bei den Garden anderer Königshöfe in Europa beneidete. Der Elan und die Anmut der Truppe, die Luis anführte, waren unverwechselbar, ebenso wie der weiße Umhang, den er stets trug. Der elegante, harmonische und prächtige Anblick ihrer Reittiere zeugte von dem edlen Land, aus dem diese stammten: Andalusien.

Doch Don Luis war nicht nur Soldat. Seine Nähe zum Kaiser hatte dazu geführt, dass seine Weine nun im ganzen Reich bekannt waren.

Doña Laura freute sich so sehr, als sie an diesem Morgen völlig unerwartet ihren Gemahl erblickte, dass sie den restlichen Tag über nicht eine Minute von seiner Seite wich. Zwischen innigen Umarmungen und aufgeregten Küssen war sie bestrebt, jede noch so kleine Kleinigkeit, die er während seiner langen Abwesenheit erlebt hatte, aus ihm herauszukitzeln. Sie interessierte sich für alles: Wohin ihn der Weg geführt hatte, welche ihm bis dahin unbekannten Städte er gesehen und mit welchen Schwierigkeiten er zu kämpfen gehabt hatte.

Gebannt seinen Worten lauschend, griffen ihre Hände wie zufällig nach den seinen oder strichen zärtlich über seinen Bart. Und die ganze Zeit konnte sie kaum die Augen von ihm lassen. Sie brauchte ihren Mann. An seiner Seite war alles anders.

Der Vormittag verging wie im Flug. Gemeinsam unternahmen sie einen Ausritt, auf dem er ihr von dem Krieg berichtete, der ihn monatelang in Anspruch genommen hatte. Zudem hatte er allerlei von den neuesten Ereignissen an den fernen europäischen Höfen zu erzählen. Doch noch vor dem Mittagessen ließ ihnen ihre Sehnsucht nacheinander keine Ruhe mehr, und so fanden ihre Leiber wie die zweier frisch Verliebter zueinander. Später, nachdem sie ein wenig geruht hatten, begaben sie sich in den Speisesaal. Nach dem Essen beschlossen sie, einen Spaziergang über das Gut zu machen und nach den Weinstöcken zu sehen.

»Sieh nur, Anfang Februar bist du aufgebrochen und nun haben wir bereits die Weinlese hinter uns! Eine viel zu lange Zeit für eine Frau, die dich noch genauso liebt wie am ersten Tag.« Rettungslos verliebt küsste sie ihn auf die Wange.

Don Luis schloss sie in die Arme.

Vor ihnen erstreckte sich ihr Land mit nunmehr kahlen Weinstöcken, aber fruchtbarem, prächtigem Boden. Andächtig sog Don Luis die laue Luft ein. Der Geruch nach Rebstöcken und Erde, nach feuchtem Laub und Olivenbäumen war für ihn der schönste Duft der Welt.

»Ich bedauere es ebenso wie du, dass ich nicht bei dir sein kann. Aber was soll ich machen? Der Kaiser ist nun mal ständig auf Reisen«, meinte er achselzuckend. »Wenigstens bringe ich von dieser letzten besondere Neuigkeiten mit, die für uns von großem Interesse sein dürften ...« Mit einem Schlag wirkte er wie ausgewechselt. Diesen Gesichtsausdruck kannte Laura nur zu gut an ihm. So war er stets, wenn es um etwas ging, was ihn wirklich begeisterte.

»Willst du mir etwa sagen, dass du das nächste Mal noch länger fortbleibst?«, murrte sie. Luis geleitete sie zu einer Bank aus Stein. Als sie sich gesetzt hatten, ergriff er ihre Hände.

»Ich werde für mindestens sechs Monate bei dir sein. Der Kaiser hat vieles zu erledigen und möchte daher in Valladolid bleiben. Liebste, ich weiche nicht von deiner Seite, zumal wir Pläne haben, die wir voranbringen sollten ...« Er machte eine Kunstpause, durch die alles noch geheimnisvoller klang.

»Letztes Jahr hatten wir doch beschlossen, den Weinkeller zu vergrößern.« Doña Laura dachte, seine Anspielung hätte etwas mit ihrem Weinhandel zu tun. »Was hast du im Sinn? Noch mehr Rebstöcke anpflanzen, größere Fässer anschaffen, neue Absatzmöglichkeiten auftun?«

Er musste sich auf die Lippen beißen, so sehr brannte er darauf, ihr von seinem Vorhaben zu erzählen. Er kannte Laura jedoch gut genug, um zu wissen, dass er mit seiner Idee nicht einfach herausplatzen durfte, ohne ihr die näheren Umstände erläutert zu haben.

»Bevor ich dir sage, worum es geht, lass mich dir die Vorgeschichte erzählen...«

Er sprach von der Eroberung Granadas und den anschließenden Friedenszeiten, die den Niedergang der Schlachtrösser begründeten, die ja nun nicht mehr gebraucht wurden. In der Folge züchtete man in der Hauptsache Maultiere, da sie für die Arbeit auf dem Feld besser geeignet und deutlich günstiger im Unterhalt waren.

Gespannt wartete seine Frau darauf, wohin diese lange Vorrede führen sollte, doch Luis schien noch nicht bereit, zur Sache zu kommen. Er nannte ein paar Zahlen, bezifferte den Wert eines guten Pferdes und fuhr mit den Besorgnis erregenden Folgen dieses Wandels für den Gesamtbestand der Art fort. Zwar kannte Laura die Gesetze, die Isabella von Kastilien und Ferdinand von Aragón, die katholischen Könige, diesbezüglich erlassen hatten – so durfte seitdem kein Esel mehr mit einer Stute gepaart werden, darauf standen harte Strafen. Doch noch immer konnte sie sich nicht vorstellen, worauf ihr Gemahl hinauswollte.

»Alles gut und schön, aber ich kann beim besten Willen kein Geschäft dahinter erkennen...« Sie nestelte an ihrem kunstvoll aufgesteckten Haar und ließ ihre lange, dunkle Mähne über die Schulter fallen. Natürlich interessierte sie, was er sagte, doch sie beide hatten ja leider nur selten die Gelegenheit, sich zu lieben, und obwohl ihr letzter Beischlaf erst wenige Stunden her war, verlangte es sie wieder nach seinem Leib. »Es wird frisch... Wäre es nicht angenehmer, wenn wir diese Unterhaltung in unserem Schlafgemach fortsetzten?«

Don Luis war zwar von dem geringen Interesse an seinen Ausführungen ein wenig enttäuscht, doch ihr Vorschlag klang allzu verlockend. Ein leidenschaftlicher Kuss im Schatten einer hundertjährigen Eiche führte dazu, dass sie einander liebkosten und sofort beschlossen, sich an einen weniger öffentlichen Ort zurückzuziehen. Energisch erhob sie sich und zog ihn mit sich, um rasch nach Hause zu eilen. Ihr Gemahl ließ sich zwar mitreißen, doch er wirkte etwas ungehalten. Laura kannte Luis gut genug, um zu wissen, worum es ihm ging.

»Liebster, du hast ja gar nicht zu Ende erzählt … Um welches lukrative Geschäft handelt es sich denn?«

Am Ende des Weges kam das Gutshaus bereits in Sicht, und Don Luis fuhr nur allzu gern in seinen Ausführungen fort.

»Das wirst du gleich hören. Du wirst staunen!« Seine Augen strahlten. »Mir sind ein paar Dinge zu Ohren gekommen, die eine bislang wenig profitable Unternehmung in ein ertragreiches Geschäft verwandeln könnten …«

Laura konnte nicht umhin, an Martín Dávalos zu denken, dem Kompagnon ihres Mannes, über dessen Beziehung und Tätigkeiten sie nur Mutmaßungen anstellen konnte.

»Ich hoffe, es handelt sich nicht um eine weitere undurchsichtige Angelegenheit, bei der dieser Freund von dir die Hände im Spiel hat.« Sie ließ ihren Gemahl gar nicht erst zu Wort kommen. »Ich weiß, du findest, dass ich in diesem Punkt allzu beharrlich bin, doch mir gefällt überhaupt nicht, was ihr so treibt …« Trotz ihrer Liebe zu Luis plagten sie nicht selten große Zweifel.

»Ich weiß wirklich nicht, wie du auf so etwas kommst. Habe ich dir je einen Grund gegeben, an meiner Ehrlichkeit zu zweifeln?«, erwiderte Luis gekränkt.

»Ob du deine Geschäfte gut oder schlecht führst, kann ich nicht beurteilen. Was mich mehr bedrückt, ist deine lange Abwesenheit … Sicher haben viele schöne Frauen an diesem oder jenem Hof ein Auge auf dich geworfen. Kein Wunder, bei den vielen Festen und Empfängen, die du besuchst. Und du bist dort ganz allein.« Nach einer langen Pause entschloss sie sich fortzufahren. »Nun, mir sind gewisse Gerüchte zu Ohren gekommen, die mir gar nicht gefallen.«

»Alles nur Gerede, Liebste ...«

Kaum hatten sie die Tür des Schlafgemachs hinter sich geschlossen, sah sie ihm tief in die Augen auf der Suche nach einem Fünkchen Wahrheit, doch wie schon so oft konnte sie seinen Blick nicht deuten.

»Du kannst mir glauben, ich war dir stets treu.«

Laura hatte von einer Frau in Mailand gehört, zog es jedoch vor, keine direkten Anspielungen zu machen. Außerdem hatte sie keine stichhaltigen Beweise. Zudem wusste sie nur zu gut, dass ihr Gemahl sich möglichst bald Nachwuchs wünschte, nachgerade von diesem Gedanken besessen war. Und sie wollte nichts sehnlicher, als ihm diesen Wunsch zu erfüllen. Gab es einen günstigeren Moment als diesen?

»Schon gut, ich glaube dir.«

Die Antwort war ein stürmischer Kuss, der ihr beinahe den Verstand raubte. Wenn sie auch an seiner Aufrichtigkeit zweifelte, so musste sie doch zugeben, dass er ihr als Mann außerordentlich gefiel und sie keinen anderen haben wollte.

»Worum geht es denn nun bei dem neuen Geschäft, das dir vorschwebt?«

»Ein besseres gibt es nicht, Laura. Auf der Reise lernte ich einen Mann kennen, der das Vertrauen des Kaisers genießt. Seine Geschäfte führen ihn hauptsächlich in die Neue Welt. Auf den langen, zu Pferde zurückgelegten Wegstrecken sind wir im Laufe der Zeit gute Freunde geworden.« Er machte eine Pause, um das, was nun folgen sollte, noch zu unterstreichen. »Er hat mir die alleinigen Rechte an einer Unternehmung angeboten. Dabei handelt es sich um eine Ware, die sich dort wegen ihrer großen Seltenheit einer hohen und stetig steigenden Nachfrage erfreut ...« Er lächelte.

Laura dachte erneut, dass es sich um Wein handeln müsse. Das war natürlich eine gute Nachricht, aber doch keine außergewöhnliche Neuigkeit. Sie würden also einen größeren Weinkeller benötigen, mehr Land, und wesentlich mehr produzieren müssen.

Er ahnte, woran sie dachte.

»Nein, nein, es geht nicht um Wein. Wir werden Pferde verkaufen, Hunderte von Pferden.«

VI

Isabel klopfte an die Tür von Laura Espinosas Schlafgemach, ohne auch nur im Mindesten zu ahnen, wie ungelegen sie kam.

Doña Laura antwortete, sie wolle nicht gestört werden, doch leider vernahm Laura ihre Worte erst, als sie schon im Zimmer stand. Zunächst wunderte sie sich, wie dunkel es in dem Raum war, denn draußen war es noch hell, aber es sollte nicht lange dauern, bis sie begriff, warum.

Als Erstes sah sie Doña Lauras nackten Rücken und unter ihr entdeckte sie Don Luis, der sie aus erstaunten Augen anblickte.

Mit erstickter Stimme bat Isabel um Entschuldigung und machte schleunigst kehrt. Doch bevor sie verlegen die Tür hinter sich schließen konnte, vernahm sie noch die zornige Stimme ihrer Herrin.

»Wir sprechen uns noch! Komm gefälligst in einer Stunde wieder!«

Die Wartezeit entpuppte sich als doppeltes Martyrium. Ihr war klar, dass Doña Laura sie ordentlich zurechtstutzen würde, doch Don Luis bei ihr zu sehen, hatte sie noch mehr mitgenommen. Da sie in großer Eile aufs Gut gekommen war, hatte noch niemand sie von seiner Rückkehr in Kenntnis gesetzt.

Die letzten vierundzwanzig Stunden waren mehr als ereignisreich gewesen, doch dass sie hier vollkommen unerwartet auf den Vater ihres Kindes traf, den sie seit ihren gemeinsamen liebestollen Nächten nicht mehr gesehen hatte, traf sie härter als erwartet.

Wie oft hatte sie sich in den langen Monaten seiner Abwesenheit gefragt, was sie wohl fühlen würde, wenn sie ihm wieder begegnete. Wäre ihr Herz noch immer von ihm verzaubert? Doch vor allem hätte sie damals zu gerne gewusst, wie er auf ihre Begegnung reagieren würde. Und obwohl inzwischen viel Zeit verstrichen war, beschäftigte sie doch manche Frage: War sie in seinen Augen eine gute Liebhaberin gewesen? Dachte er gelegentlich an sie?

Ein Sturm der Erinnerungen und Gefühle tobte in ihr. Luis' Anblick hatte sie nicht kalt gelassen, das konnte sie nicht leugnen. Doch ansonsten kam sie sich vor wie ein dummes Huhn.

Marta hatte schon recht gehabt, als sie Isabel naiv und einfältig schalt. Sie hatte gesagt, dass ein Mann wie er niemals auch nur den kleinen Finger für sie rühren, geschweige denn seinen Reichtum und sein Ansehen wegen ihr aufs Spiel setzen würde. Doch sie hatte ja nicht hören wollen! Nichts lag ihr ferner, als die Gefühle eines anderen Menschen zu verletzen. Deshalb hatte sie ja auch ihre Schwangerschaft vor Doña Laura geheim gehalten. Und dennoch träumte sie noch immer von diesem Mann, in dessen Nähe sie sich als etwas ganz Besonderes gefühlt und der ihr versichert hatte, keine küsse besser als sie.

Immer wieder hatte sie sich eingeredet, dass sie ihn schon längst vergessen hatte, doch sie musste sich eingestehen, dass dem nicht so war. Ihre Blicke hatten sich vorhin nur für einen Moment gekreuzt, und schon war sie ihm wieder verfallen und bereit, die gleichen Fehler noch einmal zu begehen – wenn er sie nur darum bäte.

Stunden später, während sie noch immer vor den Gemächern ihrer Herrschaften wartete, verspürte sie dieses Kribbeln in der Magengegend, das sie stets in Don Luis' Gegenwart überkam. Sowie sie hörte, dass man laut nach ihr rief, holte sie jedoch die Wirklichkeit wieder ein. Während sie noch rasch ihr Spiegelbild überprüfte, nahm sie all ihren Mut zusammen und bat um Erlaubnis, eintreten zu dürfen.

»Zeig mir deine Verletzung!« Doña Laura steuerte schnurstracks auf sie zu. Ganz gegen ihre Gewohnheit war sie nur spärlich bekleidet und ihr Haar zerwühlt. Doch immerhin stellte Isabel erleichtert fest, dass Don Luis nicht zugegen war.

»Welche Verletzung meint Ihr?«, fragte Isabel verwirrt und bedauerte es nun, sich nicht mehr daran erinnern zu können, welche Ausrede Aurelia für ihr Fortbleiben in dem Brief an ihre Herrin verwendet hatte. So hob sie schließlich ihre Röcke und zeigte den riesigen blauen Fleck, den sie dem Maultier zu verdanken hatte.

Nicht sonderlich interessiert, trat ihre Herrin näher, um sich die fragliche Stelle anzusehen, und schnaubte verächtlich, als sie merkte, dass die Geschichte wohl der Wahrheit entsprach. Isabel erspähte das malvenfarbene Mieder, das ihre Herrin tragen wollte. Unverzüglich begann sie, das lange Hemd aufzuschnüren, das diese trug.

Voller Argwohn beobachtete Doña Laura sie bei ihrem Tun.

»Mir sind Gerüchte zu Ohren gekommen, sehr ernste Gerüchte. Ist gestern irgendetwas Außergewöhnliches vorgefallen, etwas, was ich vielleicht wissen sollte?«

Der Kammerzofe stockte der Atem.

»Ich weiß nicht, was Ihr meint, meine Herrin …« Isabels Stimme zitterte.

»Bist du dir da auch ganz sicher?«

Isabel wurde unruhig. Wie war die Nachricht nur bis zu ihr durchgedrungen? Sie kannte Marta gut und vertraute ihr völlig, obwohl … War ihre Nichte ebenso zuverlässig? Isabel musterte ihre Herrin unauffällig, doch sie konnte in ihrem Gesicht keinerlei Regung erkennen. Sollte sie Doña Laura alles beichten oder abwarten, bis diese sie darauf ansprach? Ihr Zaudern endete, als ihre Herrin schließlich klare Worte fand:

»Und wenn ich dich nach dem Verbleib eines Maultiers fragte?«

Erleichtert seufzte Isabel auf. Sie schilderte ihrer Herrin, was dem Tier bei ihrer Ankunft in Sanlúcar geschehen war, wobei sie natürlich den Grund für den Besuch im Haus ihrer Schwester nicht erwähnte. Während ihres Berichts bat sie mindestens fünfmal um Verzeihung und versprach, für den entstandenen Schaden in jedweder Form aufzukommen. Doch nichts, was sie sagte, schien ihrer Herrin zu genügen.

Doña Laura setzte sich aufs Bett und bedeutete Isabel, ihr die Strümpfe anzuziehen. Als Nächstes folgte das Mieder. Während der Ankleideprozedur war die Señora auffallend still, was ihre Kammerzofe sehr beunruhigte. Während sie stumm den Anweisungen ihrer Herrin Folge leistete, vernahm sie nichts als das Pochen ihres Herzens. Die Luft schien mit der Zeit zum Schneiden dick zu werden, doch als sie merkte, dass Doña Lauras Atmung schneller ging, wusste sie, gleich würde das Gewitter losbrechen.

Mit durchdringender Stimme zählte ihre Herrin sämtliche Verfehlungen auf, die Isabel in ihrer Stellung als Kammerzofe begangen hatte: Sie hatte gelogen, um ihre gestrige Abwesenheit zu kaschieren; sie hatte die Taktlosigkeit besessen, ihre Herrschaften beim intimen Beisammensein zu stören; sie hatte den Espinosas durch den Verlust des Maultiers wirtschaftlichen Schaden zugefügt.

»Ich könnte dich wegen Diebstahls anzeigen …«

»Señora, ich bitte Euch …« Flehend warf sich Isabel ihr zu Füßen.

»Sich unerlaubt etwas zu nehmen, das einem nicht gehört, ist Diebstahl. Und ich möchte unter meinen persönlichen Bediensteten keine Diebin, hast du verstanden?«

Isabel schwor, dass so etwas nie wieder vorkäme.

»Ich werde Euch den Schaden bezahlen, bis auf den letzten Maravedí! Und außerdem werde ich Euch nie wieder einen Grund geben, über mich verärgert zu sein, meine Herrin. Bitte, seid so gütig und gewährt mir Eure Nachsicht. Seid gewiss, ich werde Euch nicht enttäuschen …«

Doña Laura musterte sie skeptisch. Zweimal setzte sie an, um etwas zu erwidern, unterließ es dann aber, weil sie noch keine endgültige Entscheidung treffen konnte. Dazu war sie sich ihrer Sache nicht sicher genug. Diese Zofe war schließlich nicht die schlechteste, arbeitete – mehr oder weniger – zu ihrer Zufriedenheit und lernte rasch. Doch innerhalb eines einzigen Tages hatte sie all das aufs Spiel gesetzt. Wenn das Mädchen seine Arbeit behalten wollte, gab es nur eine Möglichkeit: Es musste ihr Vertrauen zurückgewinnen.

»Schon gut, du bekommst deine Gelegenheit, doch es ist die letzte. Und in jedem Fall musst du deine Schulden begleichen. Zudem werde ich über dich eine Strafe verhängen, die sich an der Schwere deiner Verfehlungen misst.«

»Wie Ihr befehlt«, erwiderte Isabel unterwürfig.

»Da alles damit begann, dass du zu nachtschlafender Zeit auf dem Rücken dieses armen Tieres, aus welchen Gründen auch immer, das Gut verlassen hast, darfst du ab heute für einen Monat das Anwesen nicht mehr verlassen. Darüber hinaus werden wir dir selbstverständlich den Wert des Tieres vom Lohn abziehen, obwohl ich die Entscheidung, wie und in welchem zeitlichen Rahmen das vonstatten gehen soll, meinem Mann überlassen möchte. Er kann dir das sicher besser erklären.«

Der Schreck fuhr Isabel in die Glieder, denn sie musste sofort an Yago denken. Wie sollte sie nun bei ihrem Kind sein, es sehen oder stillen können? Daran konnte nichts und niemand sie hindern. Der erste Gedanke, der ihr durch den Kopf schoss: Sie musste von diesem Gut, von ihrer Arbeit, ihrer Herrin fliehen, für immer. Sie konnte Strafen, Kummer oder was auch immer erdulden, doch niemals würde sie es hinnehmen, dass man sie von ihrem Kind trennte, nicht auf diese Weise.

»Hast du mich verstanden?«

Das Mädchen schluckte und nickte bestätigend.

»Dann geh und bitte Gott um Vergebung!«

Noch in der gleichen Nacht versuchte sie zu fliehen, doch zwei Stallburschen, die zu ihrer Überwachung abgestellt worden waren und sich vor den drakonischen Strafen der Espinosas fürchteten, wenn ihr die Flucht gelänge, schnappten sie. Die beiden befolgten Doña Lauras Anordnung und brachten das Mädchen in die Keller des Gutes, in die weitläufigen Gewölbe, wo in alten Holzfässern der Wein lagerte. Sie sperrten sie in eine selten benutzte Nische, die vom Hauptgang abzweigte, die aber über eine Gittertür mit Schloss und Riegel verfügte. Doña Lauras Absicht war es, sie ein bisschen zu erschrecken. Isabel sollte in aller Ruhe über ihre Fehler nachdenken können und sich darüber klar werden, dass man dafür auch bezahlen musste. Schon am nächsten Morgen sollte sie jedoch wieder freigelassen werden.

Isabel, die von alledem nichts wusste und sich wie ein Stück Vieh behandelt fühlte, weinte wie noch nie zuvor in ihrem Leben. Der Schmerz darüber, den kleinen Yago nicht sehen zu können und zu wissen, dass er Hunger litt, dazu die ungerechte Strafe, all das quälte sie bitterlich.

Stundenlang hoffte sie, dass jemand kommen würde, doch die beunruhigende Stille wurde durch kein Geräusch gestört. Die Zeit verstrich unendlich langsam, ihre Verbitterung war inzwischen so groß, dass ihr ständig heiß und kalt wurde. Zudem verspürte sie seit der Entbindung starke Schmerzen im Unterleib.

Am frühen Morgen wurde die undurchdringliche Dunkelheit des Ortes auf einmal vom Schein einer Fackel erhellt. Gleich darauf erkannte sie Don Luis auf der anderen Seite der Gittertür.

»Isabel, wir müssen miteinander reden …« Der Mann hielt die Fackel in ihre Richtung, um sie besser sehen zu können. Hoffnungsvoll trat das Mädchen näher.

»Glaub mir, ich bedaure das alles sehr. Ich weiß wirklich nicht, warum meine Frau dich hier hat einsperren lassen.«

Als er ihr direkt in die Augen sah, wurde er ganz betrübt. Ihm fehlten die passenden Worte, und so sagte er lieber nichts. Sein bleiernes Schweigen und seine Verlegenheit nutzte sie, um ein paar Antworten von ihm zu bekommen. Sie verlor sich in seinem Blick, glaubte auf diese Weise die Erinnerung an alte Zeiten wiederaufleben lassen zu können, in denen sie für einen Moment glücklich gewesen war. Doch stattdessen: nichts, lediglich die Schatten ihrer eigenen Verzagtheit und die grausame Gewissheit, ihr Söhnchen in weiter Ferne zu wissen.

»Habe ich Euch je etwas bedeutet?«, fragte sie ihn unbedacht.

Während er über eine Antwort nachgrübelte, tat es ihr im selben Augenblick schon leid, diese dumme Frage gestellt zu haben. Denn in Wirklichkeit ging es ihr in diesem Moment gar nicht um ihn.

Im ersten Impuls senkte Luis Espinosa den Kopf, doch dann änderte er seine Meinung und sah ihr direkt und ohne Gewissensbisse ins Gesicht.

»Damals und heute war ich nur dein Herr und Gebieter. Nicht mehr und nicht weniger.«

Isabel biss sich auf die Lippen, um sich jedes Wort zu verkneifen, das sie gerne gesagt hätte.

»Warum seid Ihr dann gekommen?«

»Ich hatte die Absicht, die Sache mit dem Maultier beizulegen, das ist alles«, antwortete er schroff.

Eine lange zurückgehaltene Wut stieg in Isabel auf; sie fühlte sich gedemütigt.

»Ach, und ich dachte schon, dass Euch womöglich die Zukunft der Mutter Eures einzigen Sohnes am Herzen läge ...«

Diese Nachricht traf Don Luis völlig unerwartet, und das sah man ihm auch an. Rasch bemühte er sein Gedächtnis und rechnete in Gedanken die Zeitspanne dazu, die er weg gewesen war. Er war sprachlos und trat zwei Schritte zurück, um Abstand zu gewinnen. Dann ging er nervös auf und ab und dachte angestrengt über die möglichen Folgen der gerade gehörten Neuigkeit nach. Als er sich ausmalte, wie seine Frau auf diese Mitteilung reagieren würde, wo sie doch selbst noch keinen Nachwuchs vorzuweisen und er seine ehrgeizigen gesellschaftlichen Ziele noch lange nicht erreicht hatte, da verlor er die Beherrschung. Dank Laura verfügte er über ausgezeichnete Beziehungen, genoss inzwischen in Jerez einiges Ansehen, und dennoch gab es für ihn hier noch viel zu tun. Unter diesem neuen Vorzeichen aber, das sagte ihm sein scharfer Verstand, wäre das alles mit einem Schlag vorbei. Wenn seine Frau von seinem Fehltritt erfuhr, würde alles bisher Erreichte wie ein Kartenhaus in sich zusammenstürzen.

Als sein Blick nun auf das Mädchen fiel, empfand er nur noch Abscheu. Er verstand nicht, wieso er ihr ins Netz gegangen war.

»Was redest du da für Unsinn?«

»Ich lüge nicht, und ich habe nicht den geringsten Zweifel daran, wer der Vater ist.« Entschlossen sah sie ihn an. »Ihr könnt Euch sicher vorstellen, aus Rücksicht auf wen ich meinen Zustand verborgen gehalten habe, oder? Doch nun, wo sie mir das angetan hat ...«

»Dummes Ding, schweig still!« Don Luis hielt sich die Ohren zu. »Ich glaube dir kein einziges Wort ...« Er wischte sich seine schwitzigen Hände am Gewand ab. »Du lügst wie eine dahergelaufene Dirne!«

»Ich habe ihn gestern geboren ... und der Knabe ist wunderschön. Muss ich Euch daran erinnern, wie lange es her ist, seit Ihr mich liebtet?«

Isabel erkannte, welche Macht ihr die neue Rolle verlieh, und wollte sie gleich auf die Probe stellen.

»Wollt Ihr ihn nicht sehen, seinen kleinen Körper in Euren Armen halten und den kennenlernen, in dessen Adern Euer Blut fließt? Es ist ein wunderschönes Kind, und ob es Euch nun gefällt oder nicht, er wird stets ein Espinosa sein, auch wenn Ihr ihn nicht anerkennen wollt.«

Don Luis wurde mit einem Schlag der Ernst der Lage bewusst, und er erkannte, dass es keinen Sinn ergab, weiter mit Isabel zu reden. Es mussten Entscheidungen her.

»Weiß es sonst noch jemand?«

»Auf Eurem Gut niemand«, log sie instinktiv.

»Und wo ist er?«

Isabel wusste nicht, ob sie darauf antworten sollte oder nicht.

Er blieb hartnäckig. »Sag mir gefälligst, wo er steckt«, verlangte er mit lauter Stimme.

»Ich werde es Euch nicht sagen, und außerdem gefällt mir gar nicht, wie Ihr mich anseht«, erwiderte sie und war besorgt, weil er so finster dreinblickte.

Don Luis schnaubte wütend und versetzte der Gittertür einen Fußtritt. Anschließend suchte er im Schein der Fackel rund um die Tür nach den Schlüsseln.

Isabel wurde angst und bange.

Luis, der nichts fand, womit er die Türe hätte öffnen können, trat noch einmal wütend gegen das Gitter, sodass es in dem Keller widerhallte.

»Niemand darf von dem Kind erfahren …«, dachte er laut.

Am ganzen Körper zitternd, verkroch sich Isabel in den hintersten Winkel ihrer Nische.

»Lasst mich in Frieden.«

Der Widerschein der Fackel spiegelte sich in Don Luis' Gesicht, sodass sie seine kalten, blauen, vor düsteren Absichten funkelnden Augen sehen konnte.

»Ich lass dich schon in Ruhe, keine Sorge, aber du wirst sehr lange allein bleiben …«

VII

Yago hörte nicht auf, vor Hunger zu weinen.

Seine Tante sah immer wieder aus dem Fenster, in der Hoffnung, Isabel würde noch auftauchen, doch es war schon stockdunkel.

Verzweifelt ging sie zurück in die Küche. Was um alles in der Welt konnte sie noch anstellen, damit sich das Kind endlich beruhigte? So ging das nun schon seit dem Nachmittag. Aurelia stand kurz vor dem Zusammenbruch, ihr dröhnte der Kopf; sie konnte einfach nicht mehr.

Die Frau, die sich bei ihnen als Amme verdingte, stillte noch zwei weitere Kinder, und angesichts der Gier, die Yago an den Tag legte, hatte sie vielleicht nicht ausreichend Milch für alle.

Nervös ging Aurelia im Haus auf und ab, denn sie konnte nicht länger stillsitzen und warten. Wieder sah sie aus dem Fenster, doch außer einer Katze, die miauend über die Straße lief, war nichts zu sehen.

Als die Kirchenglocken elfmal schlugen, zählte Aurelia die Stunden, die vergangen waren, seit Yago das letzte Mal gefüttert worden war, und kam zu dem Schluss, dass die Sache keinen Aufschub duldete. Auch sie hatte noch nichts gegessen, und ihr knurrte ordentlich der Magen. Sie ging in die Küche und half dem Übel mit einem Stück Käse ab. Der Geschmack füllte ihr den Mund und milderte ein wenig das flaue Gefühl, während sie in Gedanken den schrecklichen Tag Revue passieren ließ. Ein einziges Drunter und Drüber und wesentlich schlimmer, als sie es sich je hätte träumen lassen.

Yagos Anwesenheit hatte den gewohnten Ablauf völlig auf den Kopf gestellt. Sie hatte nicht die Zeit gehabt, die Amphoren mit Wein zu füllen, die sie am nächsten Tag dem Verweser liefern musste. Und dann hatte sie noch immer nicht die drei großen Becken gereinigt, in denen sie den billigsten Wein lagerte. Das konnte unmöglich länger warten, wenn sie nicht wollte, dass die nächste Lieferung verdarb und die Kundschaft sich bei ihr beschwerte.

Erneutes Gebrüll riss sie aus ihren Gedanken, und ihr stellten sich die Haare auf. So ging es nicht weiter, sie musste handeln.

Rasch warf sie sich ein Tuch um die Schultern und hastete zum Haus des Töpfers, der gleich neben ihrer Schänke ein Dutzend Ziegen im Hof hinter seiner Werkstatt hielt.

Wiederholt klopfte sie an die Tür.

»Wer ist da?«, hörte sie jemanden von drinnen rufen.

»Ich bin's, Aurelia, eure Nachbarin, die Weinhändlerin.«

»Was willst du denn zu dieser unchristlichen Zeit?« Verschlafen öffnete eine ältere Frau die Tür.

»Ich brauche Milch!« Mehr sagte Aurelia nicht.

Die überraschte Frau merkte am Klang ihrer Stimme, dass die Sache keinen Aufschub duldete.

»Komm nur herein«, forderte sie ihre Nachbarin auf, »aber leider habe ich gerade keine Milch. Weißt du denn nicht, wie spät es ist?«

»Dann hol eine Ziege!«, forderte Aurelia nicht gerade freundlich.

Die Frau, die ihre Nachbarin schon seit Langem kannte, verstand noch immer nicht, was das Ganze sollte, doch es musste sehr wichtig sein, sonst wäre Aurelia nicht derart aufgeregt. Sie beschloss, keine weiteren Fragen zu stellen, sondern einfach zu tun, was die Nachbarin verlangte. Umso eher konnte sie wieder in ihr warmes Bett schlüpfen.

»Warte, Aurelia, vielleicht ist das gar nicht nötig. Ich glaube, ich habe noch einen kleinen Rest vom morgendlichen Melken übrig. Wie viel brauchst du denn?«

»Zwei Tassen müssten reichen.«

Gleich nachdem sie wieder zu Hause war, erwärmte Aurelia die Milch und seihte sie ab, um Reste von Stroh und die eine oder andere Fliege, die darin herumschwamm, zu entfernen. Sie wusste zwar nicht, ob diese Milch dem Kind guttun würde, aber immerhin füllte sie ihm den Magen. Sie schüttete die Flüssigkeit in ein kleines Gefäß, mit dem sie normalerweise ihre Weine probierte, und hielt es Yago an den Mund.

Der Kleine trank gierig, und obwohl er wegen des strengen Geschmacks anfänglich das Gesicht verzog, leerte er das ganze Gefäß und fiel wenig später in einen tiefen Schlummer. Aurelia atmete erleichtert auf. Endlich konnte sie ins Bett, und dieser vermaledeite, schier ewig dauernde Tag hatte ein Ende.

Kurz bevor sie einschlief, beschloss sie, so bald wie möglich mit Isabel zu reden, um ihr zu sagen, sie solle sich jemand anderen suchen, der sich um dieses anstrengende Kind kümmerte. Sie selbst hatte nie heiraten oder Kinder haben wollen, weil sie, neben anderen Dingen, ihr Alleinsein sehr genoss. Und nun sollte sie die Folgen einer Sünde büßen, die sie nicht begangen hatte?

»Ja, so mach ich's«, dachte sie laut. »Ich sage ihr, dass dieses Ärgernis aus meinem Leben verschwinden muss.«

Nur ein paar Meilen von Sanlúcar entfernt, tief unter der Erde, zwischen kalten Wänden aus Stein grübelte Isabel derweil darüber nach, wie sie aus der abgelegenen Nische im riesigen Weinkeller der Espinosas fliehen könnte.

Sie hatte schon längst keine Tränen mehr und wollte bloß noch fort von hier und ihren Sohn sehen, doch sie wusste beim besten Willen nicht, wie. Luis Espinosas Reaktion auf ihre Neuigkeit bereitete ihr große Sorgen, dennoch klammerte sie sich an den Gedanken, dass die Sache morgen schon ganz anders aussehen und man sie aus diesem finsteren Loch befreien würde. Es war derart dunkel, dass sie gar nicht sagen konnte, ob es Tag oder Nacht war.

Schließlich überkam sie eine große Müdigkeit. Als sie diesem

Gefühl nachgab, es die Oberhand zu gewinnen schien, hörte sie in der Nähe ein Geräusch. Sie presste sich an das Gitter und versuchte krampfhaft, etwas zu erkennen, doch sie konnte nichts sehen, lediglich in der Ferne den Widerschein einer Fackel. Sie hörte Geräusche und dann ein Hüsteln.

»Ist da jemand?«, rief sie, so laut sie konnte. »Helft mir!«

Niemand antwortete.

Eine ganze Weile rief sie immer wieder um Hilfe. Gleichzeitig vernahm sie ein Geräusch, das klang, als würden Steine gegeneinanderstoßen – Don Luis Espinosa war gerade dabei, eine Mauer zu errichten, die den Seitenarm, in dem sie sich befand, für immer vom Hauptgang trennen sollte! Als es nach einer Stunde in ihrer Nische immer stiller wurde, schrie sie erneut um Hilfe, bemerkte aber, dass ihre Rufe nun wie erstickt klangen. Man hatte sie soeben zum Tode verurteilt.

Am folgenden Tag erklärte Don Luis seiner Frau und diese dem Gesinde, dass Isabel in der Nacht davongelaufen sei.

Die Espinosas verlangten, dass alle Dienstboten gemeinsam für den Schaden aufkamen, der ihnen durch den Tod des Maultieres entstanden war, und sie machten sich auf den Weg nach Jerez, um beim dortigen Richter den Diebstahl des Maultiers und die Flucht des Mädchens anzuzeigen.

Als Aurelia diese Neuigkeit zwei Tage später zu Ohren kam, war ihre Besorgnis wegen Isabels Verschwinden mindestens genauso groß wie ihre Verzweiflung wegen des ständig greinenden Kindes. Sie behalf sich so gut es ging und wechselte zwischen Ziegenmilch und der Milch der Amme, die angesichts des gewaltigen Hungers des Kleinen nicht mehr ausreichte. Als Yago – wahrscheinlich wegen der unterschiedlichen Milchsorten, die er bekam – faulig riechenden Stuhlgang zu produzieren begann, und zwar jede Menge, war es mit ihrer Geduld endgültig vorbei.

Über ihr Schicksal mehr als erzürnt, fragte Aurelia sich, wo Isabel nur steckte, und glaubte nicht an ihre Flucht. Als sie die Espinosas deswegen aufsuchte, schwor Doña Laura Stein und Bein, dass es sich genauso zugetragen habe, wie ihr Mann und sie erzählt hatten: Isabel war geflohen, um der Strafe für den Diebstahl des Maultiers zu entgehen.

Aurelia erschien die Geschichte absurd, aber ihre Lage war äußerst delikat, durfte sie doch Yagos Existenz mit keinem Wort erwähnen. Sie kannte ihre Schwester nur zu gut und war sich sicher, dass nichts und niemand sie von ihrem Kind trennen konnte. Aurelias Machtlosigkeit wurde offenkundig, als das Ehepaar sie fast barsch hinauskomplimentierte. Don Luis begleitete sie, wobei er angespannt wirkte und sie möglichst rasch aus dem Haus haben wollte. Aurelia mutmaßte, dass er mehr wusste, als er zugab. Vielleicht war es nur Intuition, doch als ihre Blicke sich kreuzten, wurde ihr angst und bang. Seine blauen Augen hatte etwas Düsteres, dieser Mann war gefährlich.

Auf dem Rückweg verfluchte sie ihre Schwester und ihr Unglück, weil nun das Kind, das nur Ärger und Scherereien machte, bei ihr bleiben würde. Sie fand ihn schlafend und mit rosigen Bäckchen, ein kleiner süßer Engel, und dennoch weckte dieser Anblick keinerlei Gefühle in ihr.

VIII

Yago wurde zwei Jahre alt, ohne seine Mutter noch einmal gesehen zu haben.

Seine Tante war gereizt wie eh und je und beklagte ihr Schicksal. Sie hatte nie Freude an dem Kind gehabt, und seit sie die ersten Anzeichen einer anormalen Entwicklung bemerkt hatte, mochte sie sich überhaupt nicht mehr mit ihm abgeben.

Der Junge hatte schöne blaue Augen, anders als seine Mutter, aber die olivfarbene Haut erinnerte durchaus an sie. Kastanienbraune Locken umrahmten sein fein geschnittenes Gesicht, das dennoch nicht besonders anziehend wirkte; nein, das konnte man nicht behaupten. Irgendetwas war anders an ihm, schwer zu benennen, aber trotzdem sonderbar.

Als seine Tante bemerkte, dass sich der Junge nicht wie andere Kinder seines Alters verhielt, brachte sie ihm noch weniger Zuneigung entgegen. Wenn sie schon einmal etwas zu ihm sagte, schien der Junge ihr gar nicht zuzuhören, und er sah ihr auch niemals in die Augen. Sobald sie ihn nur leicht berührte, schrie er jedes Mal wie ein Verrückter. Am liebsten verkroch er sich allein in eine dunkle Ecke.

Als er drei Jahre alt wurde, beschloss Aurelia, mit ihm eine weithin gerühmte Heilerin aufzusuchen, die ihre Tür allen Menschen öffnete, die ihre Hilfe brauchten, wofür sie nicht mehr als eine kleine Gabe verlangte. Die Frau, eine mit den Jahren und vom vielen Essen dick und fett gewordene Alte, besah sich den Jungen in aller Ruhe und mit kundiger Miene, obwohl sie von Anfang an nicht begriff, was ihm fehlte. Das wollte sie jedoch nicht zugeben, und so erfand sie einfach eine Krankheit.

»Dieser Junge leidet an Zysten in der Schwarzen Galle, dort sitzt der Schaden, in seinem Bauch, und auch im Rücken, der leicht verdreht ist«, erklärte sie zum Schluss und klopfte ihn mit einem Büschel Rosmarin ab.

Aurelia führte alle möglichen Gegenargumente an, doch die Alte beharrte auf ihrer Diagnose. Was hatte beispielsweise die verfluchte Galle mit der Marotte zu tun, sich stundenlang in irgendeiner Ecke des Hauses zu verkriechen und ohne Unterlass zu schreien, sobald sie ihn nur leicht berührte oder sich irgendetwas nicht am gewohnten Platz befand? Den kleinen Schaden am Rücken hatte er seit seiner Geburt, man bemerkte ihn kaum, und er schien ihn auch nicht sonderlich zu behindern.

»Er spricht nicht, sagtet Ihr?«, fuhr die Frau dann fort. »Murmelt er vielleicht Unverständliches vor sich hin oder knurrt er?«

Das tue er tatsächlich, räumte Aurelia ein, aber auch hier konnte sie keinen Zusammenhang mit der Galle erkennen. Sie verstand zwar nichts von Medizin, stellte sich aber vor, dass die erwähnte Gallenkrankheit mit der Leber zu tun haben müsse, vor allem weil sich bei den treuesten Kunden ihres Weinausschanks die Haut gelb verfärbte, wenn sie sich die Leber ruiniert hatten, und man sagte, schuld daran sei diese verflixte Galle. Bei Yago hatte sie eine solche Hautverfärbung nicht bemerkt. Auch dass Yago noch kein einziges Wort sprach, wollte die Heilerin darauf zurückführen, aber Aurelia glaubte es ihr wiederum nicht, denn sie wusste, dass manche Kinder länger brauchten als andere, bis sie sprechen lernten.

»Reibt ihn am Bauch mit dieser Quittensalbe ein, und Ihr werdet sehen, in zwei oder drei Wochen sind all seine Marotten verschwunden«, empfahl die Frau zum Schluss und komplimentierte ihre Besucherin dann in aller Eile zur Tür hinaus.

Recht viel Vertrauen hatte Aurelia nicht in die Heilkunst der Alten, aber sie versuchte es mit der Quittensalbe. Doch statt Erleichterung zu bringen, wurde es nur schlimmer mit Yago, und er trat noch heftiger um sich, sofern das überhaupt möglich war. Eines Tages hatte seine Tante genug, und sie hörte auf, ihn mit der Salbe zu behandeln.

Der Junge war manchmal ganz ruhig und still, dann wieder bekam er plötzlich einen seiner Anfälle. Da seine Tante Aurelia wenig Zeit hatte, darüber nachzudenken, was seine wilden Ausbrüche verursacht haben mochte – der Weinausschank hielt sie den ganzen Tag auf Trab –, beschloss sie, ihn tagsüber in den Keller zu sperren, wo sie die Korbflaschen und Karaffen mit Wein lagerte, um ihn aus dem Weg zu haben. Dort konnte er wenig Schaden anrichten, und außerdem verscheuchte er ihr nicht die Kundschaft, wie es schon vorgekommen war, wenn er einen seiner Wutanfälle bekam und dann nicht mehr aufhören wollte, zu schreien.

Mit vier Jahren begann Yago die ersten Wörter zu sprechen, aber es waren nur wenige.

Es machte Aurelia krank, wenn er auf ihre Fragen mit unverständlichen Grunzlauten antwortete, von denen es eine ganze Skala gab, oder, nachdem er begriffen hatte, wie er hieß, alle Dinge mit seinem Namen bezeichnete. Ein Tisch war Yago, und wenn sie auf Wasser deutete und fragte, was das sei, erhielt sie die gleiche Antwort: »Yago.«

Noch mehr ärgerte sie sich, als der Junge anfing, sich über sie lustig zu machen, indem er ständig wiederholte, was sie sagte, manchmal als Antwort auf eine ihrer Fragen. Sagte sie zu ihm: »Gib mir das Brot«, dann gab er es ihr mit der Antwort: »Gib mir das Brot.«

So manche Nacht verbrachte sie im Gebet für ihn, denn sein Schicksal betrübte sie. Das Böse sollte nicht für alle Zeit in der Seele ihres Neffen Wohnung nehmen, wenngleich sie den Verdacht hatte, dass ihre Gebete zu spät kamen und er es bereits seit seiner Geburt in sich trug.

So sehr sie sich auch wünschte, dass sie sich täuschen möge, begann in ihrem Kopf doch allmählich eine Idee Gestalt anzunehmen, wenn sie sich wieder einmal einem seiner wilden Ausbrüche ausgesetzt fand, wenn sie die Verletzungen sah, die er sich zufügte, oder seine Arme und Beine wieder einmal von einem heftigen Zittern geschüttelt wurden.

Yagos seltsames Verhalten zermürbte Aurelia mit der Zeit, und ihre innere Distanz zu dem Jungen wuchs mit jeder neuen Auffälligkeit, die er an den Tag legte.

Sie hatte ihn noch nie sonderlich mit Zuwendung und Zärtlichkeit überhäuft, doch inzwischen hatte sie noch weniger Lust dazu, und da nichts und niemand sie dazu zwang, traf sie die Entscheidung, zukünftig jede liebevolle Geste zu unterlassen.

Seitdem wurde ihre ablehnende Haltung gegenüber Yago immer stärker. Sie bemühte sich, möglichst wenig Umgang mit dem Jungen zu haben. Sie gab ihm zu essen, wusch ihn, und wenn sie ihn ankleiden musste, dann tat sie es, mehr aber auch nicht. Seine Gegenwart wurde Aurelia zur reinsten Strafe.

Und Yago kam nicht mehr aus diesem Haus heraus.

Seine Tante schämte sich für ihn. Es wurde immer schlimmer mit dem Jungen, und seine zunehmend häufiger auftretenden Anfälle machten ihr schwer zu schaffen, einer Frau, die ihr Leben allein ihrem Geschäft und Gott hatte widmen wollen.

Eines schönen Abends gebärdete sich Yago noch wilder als sonst, und Aurelia traf eine endgültige Entscheidung. Der Junge hielt einen alten Türriegel in den Händen, den er gefunden hatte, und fuhr nun unaufhörlich mit dem Schieber hin und her, eine völlig sinnlose Beschäftigung. Als Aurelia versuchte, ihm sein Spielzeug wegzunehmen, brach der Junge in ein Wutgeheul aus, worauf sie die Beherrschung verlor, ihn voller Zorn ohrfeigte und ihm sein absurdes Verhalten vorwarf. Es war wahrlich nicht einfach, Yago etwas begreiflich zu machen, denn trotz seiner schmerzenden Wange griff er sofort wieder nach dem Türriegel und fuhr mit derselben gleichförmigen Bewegung fort.

Diese Marotten machten Aurelia wahnsinnig, und bald schlug sie ihn schon aus dem geringsten Anlass. Sie ertrug ihn nicht mehr und sehnte bloß noch den nächsten Morgen herbei, damit sie ihn wieder im Keller einschließen konnte, wo sie ihn wenigstens nicht hören musste, sodass in Haus und Geschäft eine Weile Ruhe herrschte.

Damit er nachts nicht schrie, stopfte sie ihm ein Stück groben Stoff in den Mund, an dem er fast erstickte, doch sie erreichte damit ihr Ziel – sie konnte schlafen. Und wenn er um sich trat, was auch häufig vorkam, band sie ihm die Hände um die Fußknöchel zusammen und ließ ihn so, ein zusammengerolltes Bündel Mensch, auf dem Boden liegen.

Yago begriff nicht, was ihm geschah. Aber er lebte in ständiger Angst. Sobald er seine Tante erblickte, begann er am ganzen Leib zu zittern.

Den schlimmsten Wutanfall bekam Aurelia an Yagos fünftem Geburtstag.

An jenem Tag begann Yago mit einem Mal wie verrückt zu schreien, er wollte einfach nicht mehr aufhören und trieb sie an den Rand des Zusammenbruchs. Aurelia konnte nicht in die Sonntagsmesse gehen, die ihr heilig war, und deshalb auch nicht den Leib Christi empfangen. Sie wurde fürchterlich wütend auf ihn, denn schließlich trug er die Schuld für diese Sünde; deshalb schimpfte sie ihn noch heftiger aus als gewöhnlich und ohrfeigte ihn, bis ihr die Hände wehtaten. Es fruchtete nichts. Yago reagierte nicht, nicht einmal, als ihm aus einer Platzwunde über der Augenbraue Blut übers Gesicht floss.

Yagos Leben war traurig und von Angst erfüllt. Er brauchte Zuneigung, wie jeder Mensch, hatte aber mit seinen fünf Jahren noch nie erlebt, wie sich diese ausdrücken könnte.

Aurelia hingegen, die immer verrückter wurde, erschienen die

Dinge mit der Zeit immer klarer. Eines Tages glaubte sie festzustellen, dass Yagos Anfälle meistens sonntags auftraten, und das konnte nur heißen, dass ein finsteres Wesen seine Finger im Spiel hatte: der Teufel.

Und von dieser fixen Idee kam sie nicht mehr los.

Wenig später, nach einem Kirchgang, begann in ihrem Kopf eine Lösung zu reifen. Der Pfarrer hatte in der Predigt von der Macht des Satans in der Welt gesprochen und von den drei Regeln, seinem unseligen Einfluss entgegenzuwirken: beten, sich kasteien und immer, immer auf der Hut sein …

Sie setzte seine Ratschläge in die Tat um und betete, betete sehr viel in den folgenden Wochen. Sie opferte sich auf, aß kaum noch etwas und gab auch dem Jungen nicht allzu viel zu essen, auf dass sie beide geläutert würden. Zur Buße unterzog sie sich sogar einer schweren körperlichen Züchtigung.

Was jener Gottesmann gesagt hatte, setzte sich so in ihrem Kopf fest, dass sie den Entschluss fasste, dem Bösen in ihrem Haus den Garaus zu machen. Von diesem Augenblick an wusste sie, dass sie zu einer höheren Aufgabe berufen war, nämlich die Welt und den Jungen vom Bösen zu erlösen. Yagos Probleme waren auf eine einzige Ursache zurückzuführen: Er war in Sünde empfangen worden.

Anfangs folgte sie dem Rat einer Freundin, die eher in dem Ruf einer Hexe als einer Heiligen stand, und gab ihm Weihwasser zu trinken, das sie sich heimlich in der Kirche beschafft hatte. Dann behängte sie sämtliche Wände im Haus mit Kruzifixen, und als sie keine mehr hatte, stellte sie Figuren der Jungfrau Maria auf. Und von da an nahm sie bei jedem Anfall des Jungen ihren persönlichen Kampf mit dem Teufel auf. Um dem Bösen richtig zu Leibe zu rücken, bewaffnete sie sich mit einer Gerte oder einem einfachen Stock. Sie schlug den Jungen dort, wo sie im jeweiligen Augenblick den Teufel vermutete: einmal auf die Beine, dann wieder auf den Kopf oder auf den Rücken.

Sie hielt erst inne, wenn der Junge still war und nicht mehr um sich trat. Erst dann fühlte sie sich in ihrem Kampf gegen die Mächte der Finsternis als Siegerin.

Nun verstand sie, welchen Sinn ihr Leben mit Yago hatte.

Sie würde diesen Kampf gewinnen.

Und Yago kam unterdessen schier um vor lauter Schmerz und Einsamkeit.

IX

Im Hafen von Sanlúcar de Barrameda wurde ebenso viel Gold wie Weizen umgeschlagen, und deshalb liefen auch jeden Tag mehr Diebe als Händler dort herum.

Dies war Fabián Mandrago nicht unbekannt, und so nutzte er die gleißenden Reflexe des ersten Sonnenlichts auf dem großen Fluss, um überraschend an Bord der *Fortuna* zu gehen, die im Hafen vor Anker lag. Nachdem er die beiden Wachposten mit fünf bewaffneten Männern seiner Eskorte ohne allzu große Schwierigkeiten überwältigt hatte, begann er das Schiff zu inspizieren.

In den Händen hielt er eine Anordnung des Oberamtmanns für die Ausfuhr verbotener Güter, der sogenannten *Saca de las Cosas Vedadas*, welche dieser am Vortag, in jenem Herbst des Jahres 1528, unterzeichnet hatte. Diese Anordnung entsprach einem Erlass des Kaisers, nach dem jede Ausfuhr von Gold, Silber und Schaffellen über die Häfen Kastiliens in die Gebiete der Mauren oder zu jedwedem anderen Bestimmungsort verboten war, und dazu zählte erstmals auch die Neue Welt. Ferner war es verboten, Brot, Weizen und anderes Getreide außer Landes zu schaffen, denn es hatte schon mehrere Missernten gegeben; und ebenso Pferde, die trotz der Gesetze zu ihrer Aufzucht und des strikten Verbots der Zucht von Maultieren allmählich zur Mangelware wurden. Der Kaiser war sehr erbost, dass all seine Erlasse so wenig Erfolg zeitigten, wo er doch überdies wegen der Kämpfe in Frankreich und Flandern dringend mehr und bessere Reittiere benötigte. Und deshalb ordnete er an, allen Handel mit der Neuen Welt einzustellen, obwohl er noch vor wenigen Jahren genau das Gegenteil getan hatte.

Und nun hatte der Verdacht, dass jenes Schiff Weizen nach Neuspanien bringen sollte, Fabián hierhergeführt.

Der Inspekteur war ein tatkräftiger, besonnener und sehr pflichtbewusster Mann. Diesen drei Eigenschaften, aber auch seiner unerschütterlichen Rechtschaffenheit verdankte er seinen wohlverdienten guten Ruf an der gesamten südlichen Atlantikküste. Bisher war es noch niemandem gelungen, ihn mit einem Beutel Geld von seiner Aufgabe abzuhalten, obwohl viele es versucht hatten. Deshalb konnte er sich die höchste Zahl an Beschlagnahmungen in allen Häfen Kastiliens zugute halten.

Fabián war mittelgroß, jedoch von kräftiger Statur, mit tiefliegenden, dunklen Augen, einer geraden Nase und markanten Wangenknochen. Die Farbe seiner Haare lag zwischen dunkelblond und kastanienbraun. Er war ein umgänglicher Mensch, der einen bescheidenen Lebensstil pflegte und sich unauffällig kleidete; allerdings achtete er stets darauf, dass sein Erscheinungsbild seinem Amt nicht abträglich war. Als Inspekteur für die Ausfuhr verbotener Güter und dem Oberamtmann der *Saca* unterstellt, übte er sein Amt hauptsächlich in den Häfen aus, aber seine Männer hatten ihre Augen und Ohren überall. Sie konnten in einer Taverne eine verdächtige Unterhaltung belauschen oder bestimmten Personen folgen, die an gewissen Stätten der Zügellosigkeit zu verkehren pflegten, und hin und wieder das Judenviertel aufsuchen, wo mit allem gehandelt wurde, was man sich vorstellen konnte, ja sogar den Kornmarkt selbst, wo der Kauf und Verkauf des kostbaren Getreides, dessen Besitz für die Städte lebenswichtig war, vonstattenging.

Wenn es ihnen gelungen war, eine Schiffsladung wie jene der *Fortuna* aus dem Verkehr zu ziehen, wurde das Schiff zum Eigentum der Krone erklärt. Zwei Drittel der Ladung wurden für die Ausgaben der Behörde verwendet, und das letzte Drittel ging an die Richter, die sich mit dem Fall befassen würden.

Es stand immer viel Geld auf dem Spiel, wenn er eingriff, das wusste Fabián. Deshalb hatte er besonders umsichtig vorgehen müssen, als er erfuhr, dass jenes Schiff nicht irgendjemandem gehörte: Die *Fortuna* befand sich im Besitz des vornehmen Hauses von Martín Dávalos, einem der vierundzwanzig Ratsherren der Stadt Jerez, den er schon seit Jahren in Verdacht hatte, genau wie dessen Busenfreund Don Luis Espinosa.

»Macht auf, verflucht!«, brüllte Fabián.

Vier seiner Männer mühten sich, die Luke zum Laderaum am Bug hochzustemmen, doch von innen, unter Deck, leistete die Besatzung heftigen Widerstand.

»Nicht ohne ordnungsgemäße Genehmigung!«, antwortete eine Stimme, die wohl dem Kapitän gehörte.

»Ich bin Inspekteur der *Saca*, und ich habe jedes Recht auf Zutritt.«

Von drinnen kam nur ein derber Fluch als Antwort. Auf ein Zeichen von Fabián hin folgten ihm seine Männer wieder auf die Brücke. Am Kai hatte sich mittlerweile eine Schar Gaffer versammelt, die neugierig beobachtete, was auf dem Schiff vor sich ging.

Fabiáns Leute suchten auf dem Mitteldeck die Öffnung, durch die man die Güter in die unteren Lagerräume beförderte, und ließen sich an einem dicken Seil hinunter, das ihnen als eine Art Ausleger diente, was ihnen den Beifall des versammelten Publikums einbrachte.

Als sie ihren Fuß auf das untere Deck setzten, zogen sie die Säbel, und dann wandten sie sich den Laderäumen im Bug zu. Sie wollten einen anderen Zugang zu dem Laderaum finden, wo sich die Matrosen verschanzt hatten. Auf einmal hörten sie Stimmen und Schritte über ihren Köpfen, und gleichzeitig spürten sie einen heftigen Schlag von der Seite, eine Bewegung, und das konnte nur bedeuten, dass das Schiff Anker gelichtet hatte. Man wollte also aufs Meer hinaus, wo Fabiáns Diensthoheit endete, wo aber vor allem keine Augen verfolgen und bezeugen konnten, was auf dem Schiff geschah.

»Hier werden gleich die Fetzen fliegen! Haltet euch bereit, und nehmt keine Rücksicht!«, wies Fabián seine Männer an, während er sein Schwert mit der bläulich schimmernden Klinge zog und mit der anderen Hand zu einem türkischen Dolch griff, um seine Seite zu schützen.

»Endlich rührt sich mal etwas, Señor«, warf Tomás, einer seiner Männer, mit zufriedener Miene ein.

Er war ein richtiger Hüne, wohl doppelt so schwer und beinahe doppelt so groß wie Fabián. Seine mächtigste Waffe waren seine Fäuste, mit denen er jedermann den Kopf zertrümmern konnte. Fabiáns zweiter Begleiter mit Namen Cosme, der nun hinter ihm stand, war nicht ganz so grobschlächtig, aber etwas wirr im Kopf: Er war schnell mit dem Messer bei der Hand, und seine Spezialität bestand darin, den Feind genau an der Stelle zwischen Hals und Brustkorb zu treffen, wo er mit einem Stoß Schlagader, Hals und Luftröhre durchschnitt und ihm damit den Todesstoß versetzte. Und dabei summte er stets ein Lied, immer das gleiche, das von der verbotenen Liebe zwischen einer edlen Dame und ihrem Diener erzählte.

Fabián und seine Männer waren zwar geübt im Kampf, wussten jedoch nicht, wie viele Matrosen sich ihnen entgegenstellen würden, und sie selbst waren nur zu fünft. Sie passierten zwei Türen, ohne auf jemanden zu stoßen, doch kurz vor dem Zugang zum großen Lagerraum kam plötzlich ein klein gewachsener Mann mit wirrem Haarschopf um die Ecke, das Schwert in der Hand, und stürzte auf Fabián zu.

Dieser konnte dem ersten Hieb ausweichen, und es gelang ihm, dem Angreifer einen Stich ins Bein zu versetzen, keinen sehr tiefen, doch er genügte, um den Mann zu irritieren, woraufhin er ihm die geschwungene Klinge seines Türkendolchs ins Auge rammen konnte. Der andere sank mit einem grässlichen Schmerzensschrei zu Boden, doch Tomás brachte ihn sofort zum Schweigen, indem er ihn mit seinen kräftigen Händen ohne Umstände erwürgte.

Als sie in den Lagerraum traten, sahen sie Berge von Säcken vor sich gestapelt, sicherlich mit Weizen gefüllt, doch es gab noch eine Fracht, mit der sie nicht gerechnet hatten – zwanzig Pferde, an den Wänden festgebunden, sehr nervös; die Luft war zum Ersticken.

»Dieses Schiff besaß keine Genehmigung für die Ausfuhr von Pferden«, erklärte Fabián, während er einer prächtigen kastanienbraunen Stute, die vor Nervosität bockte und die anderen zum Wiehern animierte, beruhigend den Rücken tätschelte. »Das ist ohne Zweifel das beste Geschäft, Pferde in die Neue Welt zu schaffen. Jedes von ihnen mag dort mehr als fünfzigtausend Maravedís einbringen. Ja, ja, der ehrenwerte Martín Dávalos!«

Es gab auch ein paar Fohlen, vor allem aber Stuten und auch den einen oder anderen Hengst, alle von bester Rasse.

Von draußen war Stimmengemurmel zu hören; es schien sich zu nähern.

»Señor, wir sollten diesen Lagerraum verlassen, er könnte zur Falle werden…« Als Tomás sich prüfend umsah, stellte er fest, dass es in einer anderen Ecke eine zweite Tür gab.

»Du hast recht. Aber lasst mich noch schnell nachsehen, ob ich irgendetwas finde, was uns einen Hinweis gibt, wer hinter diesen Machenschaften steckt.«

Er besah sich die Hinterhand einer schönen Stute, um ein Brandzeichen zu finden, doch das hatte offenbar jemand absichtlich zerstört, denn es war nichts mehr zu erkennen. Mit ebenso wenig Erfolg untersuchte er zwei Fohlen; bei beiden war das Brandzeichen entfernt worden. Auch bei anderen Tieren wurde er nicht fündig, doch dann, bei einem ausgewachsenen Hengst, entdeckte er die Umrisse eines Wappenschilds, in dessen Mitte er trotz einer starken Entzündung eine gebogene Linie und vielleicht einen Buchstaben ausmachen konnte. Er erkannte es nicht auf Anhieb, da er mit den Brandzeichen der Pferdezüchter von Jerez nicht vertraut war, prägte sich die Einzelheiten aber ein, um später danach zu forschen.

»Sie kommen, Señor! Wir müssen fort!« In Erwartung des Feindes, der sie jeden Augenblick überraschen musste, spannte Cosme bereits die Muskeln an.

Fabián und seine Männer eilten zur zweiten Tür, und sie hörten schon die ersten Schritte hinter sich, als sie hinausschlüpften. Noch ehe sie einen langen Gang, der weiß Gott wohin führte, hinter sich gelassen hatten, tauchten vor ihnen zwei Matrosen auf, jeder mit einem Schwert in der Hand.

Tomás trieb den ersten vor sich her auf einen Aufgang zu, um ans Deck zu gelangen, wo er mehr Bewegungsfreiheit hätte, falls es zum Kampf kam. Das Schlimmste, was ihnen passieren konnte, war, von beiden Seiten bedrängt zu werden – und genau das geschah. Drei Männer stürmten mit Gebrüll eine Treppe herab auf sie zu. Tomás mit seiner hünenhaften Gestalt zögerte nicht lange, warf sich ihnen entgegen und riss sie zu Boden, ehe sie überhaupt an Widerstand denken konnten. Fabián und seine Begleiter stiefelten über sie hinweg, ließen sich jedoch nicht die Gelegenheit entgehen, zweien der Angreifer die Kehle durchzuschneiden. Der dritte hielt Cosme am Bein fest, doch dieser stach blitzschnell auf die erprobte Weise zu, und der Mann ertrank in seinem eigenen Blut.

An Deck angelangt stellte Fabián fest, dass das Schiff bereits die Segel gesetzt hatte und auf die Flussmündung zuhielt. Auf der Brücke stand der Steuermann, und neben ihm ein Mann mit dichtem Bart und auffallend großer Nase, der ihm bekannt vorkam. Durch das Vorderkastell sah er seine beiden anderen Männer auftauchen, und im nächsten Augenblick eine halbe Hundertschaft von Verfolgern, die sie sofort umringten. Gegen diese Übermacht konnten sie nichts ausrichten. Es gab also nur eine Möglichkeit.

Mit einer unmissverständlichen Geste machte Fabián seinen Männern klar, was sie zu tun hatten.

Wenn sie von den vielen Schwertern nicht wie Bratenstücke tranchiert werden wollten, gab es nur einen Ausweg: Sie mussten ins Wasser springen. Das taten sie auch alle, ohne eine Sekunde zu zögern, und schwammen wild entschlossen auf das Ufer zu, um möglichst schnell vom Schiff fortzukommen. Dort stand der Kapitän und schwenkte mit gespielter Ehrerbietung zum Abschied den Hut.

»Ich werde dich finden, glaub mir!«, schrie Fabián, der vorerst erfolglos kapitulieren musste, dem Schiff hinterher, obwohl er bei dem starken Wellengang, den die Vereinigung von Fluss und Meer hervorbrachte, schwer kämpfen musste. Er hatte den Mann erkannt. »Dein Gesicht merke ich mir!«

X

D er Priester kannte sich mit Dämonen aus.
Das hatte zumindest ihr Beichtvater zu Aurelia gesagt, als sie sich entschloss, ihn um Hilfe zu bitten.

»Wenn Padre Tielmo das Problem nicht lösen kann, dann gelingt es niemandem. Er ist der Beste.«

Diese Worte hatten ihr am Ende doch wieder Mut gemacht, einen letzten Versuch zur Heilung ihres Neffen Yago zu unternehmen. Sie hatte alles versucht, hatte sich fast schon geschlagen gegeben. Mehr konnte sie ihn nicht prügeln, heftiger auch nicht. Er bekam nichts zu essen, wenn er wieder einen seiner Wutanfälle bekam, und oft endete es damit, dass sie ihn an einem Holzbalken festband, an einem Metallring an der Kellerwand oder an irgendeinem Stützpfeiler im Haus.

Yagos Existenz machte ihr das Leben zur Hölle. Wie zermürbend jeder einzelne Tag war, jede Nacht und jedes Jahr, das ließ sich in einem einzigen Satz zusammenfassen: Dieses Kind fügte ihr Schaden zu, großen Schaden, bis in die Tiefe ihrer Seele, denn der Hass, den sie gegen Yago empfand, war mit der Zeit geradezu übermächtig geworden.

Deshalb gab ihr der Gedanke, dass ein Mann Gottes den Dämon – und ein solcher hatte zweifellos in Yago Wohnung genommen – vertreiben könnte, wieder neue Hoffnung.

»Tretet ein, tretet ein in dieses bescheidene Heim.« Aurelia bedeckte ihr Haar mit einem Tuch, ehe sie die Tür zu ihrem Haus öffnete.

Der Priester erwiderte den Gruß mit einem herzlichen Lächeln.

Einen solch seligen, sanften Gesichtsausdruck hätte sie von einem Mann, dessen Aufgabe es war, keinen Geringeren als den Satan auszutreiben, nicht erwartet.

Als sie eintraten, spielte Yago still mit ein paar bunten Steinen, die er schnurgerade vor sich aufgereiht hatte. Nach vorne geneigt, den Kopf zur Seite gelegt, war er ganz in ihre Betrachtung versunken.

»Er wirkt recht friedfertig…« Padre Tielmo ging auf den Jungen zu und schickte sich an, ihm über das Haar zu streichen.

»Nein! Tut das nicht!«, rief Aurelia warnend. »Da wird er böse!«

Diese ablehnende Haltung gegenüber einem Mann Gottes könnte ein eindeutiges Zeichen für Besessenheit sein, dachte der Priester, während er einen Schritt zurücktrat. Zuerst musste er einen Beweis dafür finden, dass der Fall überhaupt in seine Zuständigkeit gehörte; vielleicht handelte es sich doch um ein anderes Problem. Wortlos löste er den Strick um die Mitte und streifte sein dunkles Habit ab, unter dem ein purpurrotes Gewand hervorkam – das, mit dem Exorzismen durchgeführt wurden.

»Hat er schon einmal in fremden Zungen geredet, oder lästert er Gott ohne Unterlass?« Er bekreuzigte sich mehrere Male und wartete darauf, dass Yago den Blick hob.

Aurelia zählte die wenigen Wörter auf, die Yago zu sagen wusste, und berichtete, dass er sich meist nur durch Grunz- oder andere seltsame Laute verständlich machte und außerdem die Angewohnheit hatte, ohne jeden Sinn fast alles zu wiederholen, was sie sagte.

»Ich verstehe…«, erwiderte der Priester mit selbstgewisser Miene.

Yago hob den Kopf und streifte den Mann mit dem Blick, ohne das geringste Interesse an ihm zu zeigen. Doch Padre Tielmo nutzte die Gelegenheit, den Jungen am Kinn zu fassen, und dann sprach er ihn mit fester, gebieterischer Stimme an.

»Wie viele seid ihr, und wie heißt ihr?«

Der Junge verweigerte den Kontakt, schlug nach dem Priester und wurde unruhig. Auf den Knien liegend, wiegte er den Körper in einem eigenartigen Rhythmus hin und her.

»Seine Unruhe hält an ...«, murmelte der Priester kaum hörbar, während er um den Jungen herumging, »und er zeigt sich verwirrt angesichts meiner Gegenwart ...«

Aurelia rieb geradezu zwanghaft die Hände an ihrem Kleid. Sie studierte jede Geste, jedes Wort des frommen Mannes, in der Hoffnung, ihre beklemmende Lage möge nun ein Ende finden.

»Was meint Ihr?«, fragte die Tante schließlich mit leiser Stimme.

Zur Antwort bekam sie einen kurzen Blick von dem Priester, der ihr empfahl, sie möge sich in Geduld fassen, er habe gerade erst mit seiner Arbeit begonnen.

Von Mittag bis zum Einbruch der Dunkelheit musste die arme Frau unendlich viele Fragen beantworten – was der Junge ihrer Meinung nach fühlte, sah oder dachte –, da Yago den Mund nicht aufmachte. Nein, er habe keinen aufsteigenden Juckreiz von den Füßen bis zum Kopf, kein Kribbeln unter der Haut, keine Blasen auf der Zunge, keine Gänsehaut auf Rücken oder Armen. Als der Priester feststellte, dass die typischen Zeichen einer Besessenheit bei dem Jungen nicht auftraten, interessierte er sich für immer merkwürdigere Dinge, die Aurelia zunehmend nervös machten.

Ob er denn singe oder ein Instrument spielen könne, ohne es gelernt zu haben? Ob er eine Neigung zeige, sich zu entleiben?

»Hat er Anfälle von panischer Angst, oder ist er mit einem Mal blind oder taub, oder wirkt er launisch?«

Angesichts dessen, dass die Frau alle seine Fragen verneinte und Yago so gut wie keine stichhaltigen Zeichen aufwies, hielt es Padre Tielmo für das Beste, den Jungen in eine Kirche zu bringen, um dort, auf geheiligter Erde, einige der Proben zu wiederholen. Dort ließe sich gewiss feststellen, wie viele von den siebenundvierzig Zeichen, die in den Exorzismus-Handbüchern aufgeführt waren, sich bei dem Jungen zeigten.

»Meine Tochter, ich kann noch nicht klar erkennen, was der Junge hat. Einige Aspekte, die er aufweist, scheinen für eine Besessenheit durch den Teufel zu sprechen, andere wieder nicht, und daher ...« Er machte Yago das Kreuzzeichen auf die Stirn, worauf der Junge mit einem bösen Knurren reagierte. »Seht ihr? Er wehrt sich gegen Gottes Wirken, doch wenn ich seinen Blick suche, finde ich darin keinen Widerschein des Bösen. Daher möchte ich mich, um ehrlich zu sein, noch nicht festlegen. Im Augenblick glaube ich nicht, dass es sich bei ihm um Besessenheit handelt …«

Aurelia lauschte erschöpft seinen Worten, inzwischen schmerzte ihr ganzer Körper vor Anspannung, doch die Haltung des Priesters erschien ihr unannehmbar, zumal sie bemerkte, dass er sich anschickte zu gehen.

»Einen Augenblick! Wartet!« Sie packte ihn am Arm. »Macht Ihr denn nicht einmal einen Exorzismus mit ihm? Wenn Ihr wüsstet, was es heißt, Tag für Tag mit diesem Ungeheuer zusammen zu sein … Ihr könnt Euch gar nicht vorstellen, wie peinigend es ist, seine ständigen Anfälle, seine Marotten zu ertragen, die Geräusche, die er macht, immer die gleichen Geräusche, Stunde um Stunde … Für mich braucht es keine weiteren Prüfungen. In dem Jungen wohnt der Satan, und der Beweis dafür ist, dass er seine gesamte Umgebung in eine Hölle verwandelt.«

Padre Tielmo hörte ihr voller Mitleid zu, erklärte ihr dann jedoch die Position der Kirche bei solchen Fällen, in denen keineswegs eine eindeutige Besessenheit vorlag.

»Bringt ihn nächsten Sonntag mit zur Kirche, dann werde ich vor der Messe einige andere Dinge versuchen.« Er strich Yago über den Kopf, und dieses Mal wehrte sich der Junge nicht dagegen, sondern blieb ruhig.

»Derlei Übel kuriert man mit Fasten und Gebet, indem man die Jungfrau Maria und Jesus Christus anruft, und natürlich würde ihm ein wenig Weihwasser täglich nicht schaden. Bringt mir einen Krug, und ich werde es für Euch vorbereiten. Träufelt ihm davon häufig auf den Kopf, und sprecht dabei ein Gebet.«

Doch das überzeugte Aurelia nicht. Sie wollte ihn keinesfalls gehen lassen, ohne dass er einen Exorzismus durchgeführt hatte, wie man es angeblich in solchen Fällen machte, wenn man ein Ergebnis erzielen wollte. Und das machte sie dem Priester mit derartiger Heftigkeit und Schroffheit deutlich, dass der Gottesmann besorgt aufblickte und ihm der Schreck in die Glieder fuhr, als er ihre drohende Miene sah.

»Kommt mit ihm in die Kirche, wie ich Euch gesagt habe, dann werde ich es vielleicht machen.« Mit diesen Worten lenkte er seine Schritte zum Ausgang.

»Ich lasse es nicht zu, dass Ihr geht!«, rief Aurelia aus und stellte sich mit ausgebreiteten Armen vor die Tür.

Nach dem Dafürhalten des Priesters war es nicht richtig, durfte er dieses Werkzeug Gottes nicht grundlos einsetzen, doch die Frau gab keine Ruhe. Resigniert warf er einen Blick auf Yago, legte sich die Stola um und hielt dann mit Segensgeste die Hände über den Jungen. Anschließend sprach er mit geschlossenen Augen:

»Ich treibe dich aus, dich überaus bösen Geist, ureigenste Inkarnation unseres Feindes, in allen deinen Formen. Im Namen Christi, fahr heraus aus diesem Geschöpf Gottes. Er selbst befiehlt es dir, Er, der dem Meer, den Winden und dem Sturm gebietet. Höre und fürchte dich, o Satan, Feind des Glaubens, Widersacher des Menschengeschlechts, der den Tod bringt, das Leben raubt, die Gerechtigkeit vernichtet, Wurzel alles Bösen.«

Daraufhin holte der Priester tief Luft und rief mit lauter, gebieterischer Stimme:

»Verlasse Yago für jetzt und alle Zeit. Denn Er will es so!«

XI

Fabián Mandrago saß in einem prächtigen, mit zahlreichen Jagdtrophäen geschmückten Salon und wartete darauf, von Luis Espinosa empfangen zu werden. Dieser war inzwischen der sechste Pferdezüchter, den er seit dem Vorfall auf der *Fortuna* aufsuchte, und zudem einer der einflussreichsten in der Gegend von Jerez. Ein Mann, den er unter einer ganzen Reihe von Honoratioren schon seit Jahren im Verdacht hatte.

Die Pferdezucht stand hier in der Gegend in voller Blüte, und die Verantwortlichen waren zu zahlreich, als dass der Inspekteur alle Brandzeichen hätte kennen können.

Die Pferde auf der *Fortuna* waren Fabián zu einer fixen Idee geworden, und das kaum erkennbare Brandzeichen war die einzige Spur bei seinen Nachforschungen. Er wusste, es war kein hinreichender Beleg dafür, dass der Besitzer wirklich in die Sache verwickelt war, doch es würden sich dadurch vielleicht bessere und solidere Beweise finden lassen.

Auf dem Landgut der Villavicencios, von dem er gerade kam, hatte man ihm erlaubt, sich ausgiebig in den Pferdeställen umzusehen, und so hatte er gewisse Ähnlichkeiten mit dem Brandzeichen festgestellt, das er auf dem Schiff entdeckt hatte. Das konnte aber auch reiner Zufall sein. Auf alle Fälle standen an oberster Stelle der Liste der Verdächtigen Don Martín Dávalos, der Eigentümer des Schiffes, den er noch nicht hatte sprechen können, weil er sich, wie man ihm versichert hatte, derzeit nicht in Jerez aufhielt. Und Don Luis Espinosa, der zu den wichtigsten Pferdezüchtern zählte und darüber hinaus ein enger Freund des Letzteren war.

»Señor Mandrago, bitte folgt mir. Man erwartet Euch im Weinkeller.« Die Bedienstete ging voraus, um ihm den Weg zu zeigen.

Nachdem sie eine direkt in den Fels gehauene Steintreppe hinuntergestiegen waren, gelangten sie zuerst in einen Vorraum und dann durch eine Maueröffnung in ein sehr großes Gewölbe, in dem der intensive Geruch sogleich verriet, was dort gelagert wurde.

Dort saßen in Erwartung des Gastes, vor sich auf dem Tisch mehrere offene Flaschen und drei Gläser, Don Luis Espinosa, anerkannter Pferdezüchter und Besitzer eines berühmten Weinkellers, und, zu seiner Überraschung, Don Martín Dávalos. Ein höchst erfreulicher Zufall, dachte Fabián im Stillen.

Er stand vor zwei mächtigen Männern. Martín war ein reicher Großgrundbesitzer und, ebenso wie Luis, einer der vierundzwanzig Ratsherren der Stadt Jerez. Von Ersterem sagte man, er sei der größte Viehzüchter weit und breit und ein überaus einflussreicher Geschäftsmann. Zudem besaß er mehrere Schiffe, zu denen auch die *Fortuna* gehörte.

Die einzige Frau in der Runde war Doña Laura, die ihm als Don Luis' Gattin vorgestellt wurde. Letzterer lud ihn ein, Platz zu nehmen und einen Wein zu probieren, über dessen Qualität sie gerade diskutierten.

»Eine kräftige Traube aus einem Weinberg, der sich seit über einem halben Jahrhundert in Familienbesitz befindet. Würdet Ihr uns Eure Meinung dazu wissen lassen?« Er ließ den Wein im Glas kreisen, ehe er es dem Besucher reichte.

»Wenn Ihr einen kundigen Mann sucht, bin ich vielleicht nicht der Richtige für Euch, denn ich kann nur sagen, ob der Wein mir schmeckt oder nicht«, erwiderte Fabián und nahm einen Schluck.

Sie sahen ihn neugierig an. Die beiden Männer wussten, wer ihr Gast war und vor allem, welche Aufgabe er wahrnahm. Sie verhielten sich überaus korrekt, aber es war ihnen durchaus klar, dass sein Besuch ihnen erhebliche Unannehmlichkeiten bringen konnte. Laura hingegen wusste nicht, welches Amt er ausübte.

»Wenn Ihr bei der Pferdezucht eine ebenso gute Hand habt wie beim Wein, dann dürfte Euch kaum jemand in den Schatten stellen, das versichere ich Euch …«

Don Luis bedankte sich für das Kompliment und pflichtete ihm bei, wohingegen Martín den Wein wegen seiner Rauheit und übermäßiger Säure kritisiert hatte.

»Doch ich vermute, Ihr seid nicht gekommen, um unseren Wein zu verkosten …«

»Das ist richtig, es waren andere Gründe, die mich zu diesem Besuch veranlassten.«

»Und welchem Umstand verdanken wir die Ehre, Euch in unserem Haus zu haben?«

Mit der Anwesenheit Martín Dávalos' hatte Fabián nicht gerechnet, doch er beschloss, kein Blatt vor den Mund zu nehmen.

»Sagt Euch der Beiname ›el Tripas‹ etwas?«, fragte er den Gast der Espinosas rundheraus. Er hatte vor Tagen eine sichere Information erhalten, wer der Mann war, der das Schiff steuerte.

Martín Dávalos war ein schlauer Kopf, galt als kaltblütig und intelligent. Er zögerte seine Antwort hinaus, vielleicht mit voller Absicht, damit sie eine größere Wirkung hatte, vielleicht aber auch, um Zeit zu gewinnen und sie bedenken zu können. Er war sich ganz sicher, dass es bei seinen Geschäftsbeziehungen keine einzige undichte Stelle gab, durch die dieser Inspekteur auch nur an die kleinste Information herangekommen sein könnte. Es kostete ihn viel Geld, sich das Schweigen aller Beteiligten zu erkaufen, wenn er Geschäfte außerhalb des Gesetzes machte, aber Verschwiegenheit war in diesem Fall unerlässlich. Außerdem betrieb er diese speziellen Geschäfte gemeinsam mit Luis Espinosa bereits seit fünf Jahren, und so lange verband sie auch schon eine solide Freundschaft, die noch kein einziges Mal bedroht gewesen war, und deshalb antwortete er, ohne sich sonderlich beunruhigt zu zeigen.

»Sprecht Ihr vielleicht von dem Mann, der mir mein Schiff *Fortuna* gestohlen hat?«

»›Gestohlen‹, sagt Ihr?« Mit dieser Wendung hatte Fabián nicht gerechnet. »Ich spreche von einem Mann, der auf ungesetzliche Weise eine erhebliche Menge Getreide und zwanzig Pferde außer Landes schaffen wollte, Pferde, die, wie ich vermute, natürlich ebenfalls Euch gehören.«

»Wenn dem so wäre, dann wüsstet Ihr es …«

Fabián war klar, dass Don Luis, nach einem raschen Blick zu Martín Dávalos, seinem Gast mit diesem Einwurf gerade aus der Patsche geholfen hatte.

Beunruhigt ob des Wortwechsels stellte Doña Laura ihr Weinglas ab, enthielt sich aber klugerweise eines Kommentars. Da ergriff Martín Dávalos wieder das Wort.

»Ich kann Euch versichern, dass mir kein einziges Pferd fehlt, doch ich danke Euch für Euer Interesse. Es ist eine angenehme Überraschung, dass jemand den Diebstahl meines Schiffes untersucht, ein bedauerlicher Vorfall, der mir beträchtliche Einbußen beschert. Bis Ihr davon spracht, hatte ich den Eindruck, dass sich niemand dafür interessiert.«

Er hatte hier einen Mann vor sich, der alles zu seinen Gunsten wenden konnte, dachte Fabián, doch er beschloss, keinesfalls einen Rückzieher zu machen. Seine langjährige Erfahrung sagte ihm, dass er nicht die Wahrheit gehört hatte.

»Ich bin mit der Untersuchung befasst, ja, aber nicht, weil Ihr den Vorfall angezeigt hättet … Vielleicht habt Ihr es vergessen, oder es ist Euch lieber, nicht allzu viel Wind darum zu machen, damit nicht jemand wie ich seine Nase hineinsteckt …?«

»Wie könnt Ihr es wagen, in Zweifel zu ziehen, was mein Gast sagt?« Sichtlich verärgert erhob sich Don Luis von seinem Stuhl. »Ihr kommt hierher, ohne Euch anzumelden, verletzt Don Martín Dávalos in seiner Ehre, und das ohne jeden Beweis. Verlasst mein Haus, auf der Stelle. Ich gedenke Eure unerträgliche Unhöflichkeit keine Minute länger zu dulden.«

Fabián machte keine Anstalten, sich zu erheben, entgegnete auch nichts, sondern wandte sich erneut an Martín Dávalos. Da die Unterhaltung nun einmal diesen Kurs genommen hatte, musste er die Karten möglichst schnell auf den Tisch legen.

»Ich beabsichtige lediglich herauszufinden, wem die zwanzig Pferde gehören, die ich im Laderaum des Schiffes sah, und festzustellen, ob das Getreide in den Frachträumen Eures war oder nicht. Solltet Ihr nicht der Eigentümer sein, müsste eine solche Menge in den Büchern unseres Kornspeichers unter anderem Namen verzeichnet sein. Ich werde es herausfinden!«

Fabián bezog sich auf die städtische Institution, die den Getreidehandel regelte und wo der jeweilige Verkäufer des Getreides, der Bestimmungsort der Ware, ihr Preis und alles andere festgehalten wurde, was mit dem Geschäft zu tun hatte.

Martín Dávalos enthielt sich jeden Kommentars. Der Inspekteur beschuldigte ihn unverhohlen, doch es fehlten ihm offensichtlich Beweise; schließlich hatten sie sich bereits darum gekümmert, dass die Aufzeichnungen jenes Registers nichts verrieten. Er blickte seinen Gastgeber abwartend an.

Und Luis Espinosa wiederholte seine Aufforderung, sein Haus zu verlassen. Fabián musste sich fügen, und er folgte einem der Diener in den Innenhof des Landgutes, wo ihn sein Pferd erwartete. Nicht einmal von der Dame des Hauses hatte er sich verabschieden können. Er fühlte sich noch ganz erhitzt von dem spannungsgeladenen Wortwechsel, als er auf sein Pferd stieg, und war enttäuscht, dass er nicht die Zeit gehabt hatte, sich eingehender nach den Pferden zu erkundigen, die ursprünglich der Anlass seines Besuches gewesen waren. Doch das Glück war ihm hold.

Gerade als er vom Hof reiten wollte, kam ein junger Stallbursche mit zwei kastanienbraunen Stuten am Zügel vorbei. Instinktiv warf er einen Blick auf ihre Hinterhand, und es traf ihn wie der Blitz, als er das Brandzeichen sah. Er stieg ab, um es zur Sicherheit aus der Nähe zu betrachten. Kein Zweifel, es war dasselbe, das er bei einem der Pferde auf dem Schiff gesehen hatte.

Nun hatte er den Beweis. Die Pferde auf der *Fortuna* gehörten Luis Espinosa, und diese Tatsache hatte er während des ganzen Gesprächs mit keinem Wort erwähnt. Warum verheimlichte er diesen Umstand? Verband diese beiden Männer mehr als nur Freundschaft? Eine Antwort auf diese Fragen würde sich erst finden, wenn er überprüft hatte, ob die Ausfuhr entsprechend deklariert worden war, und dem Kornspeicher einen Besuch abgestattet hatte.

Letztlich hatte er allen Grund zur Freude. Offenbar war er auf der richtigen Spur, und außerdem hasste er das dünkelhafte Auftreten, das diese Adligen an den Tag legten.

Es behagte ihm sehr, dass er nun zwei von ihnen im Visier hatte.

Am Nachmittag unternahmen Laura und Luis Espinosa einen Ausritt, um die neue Weide zu besichtigen, die sie vor Kurzem gekauft hatten. Luis hörte dem Geplauder seiner Gattin nur mit halbem Ohr zu. Er machte sich Gedanken, welche Folgen der Besuch des Inspekteurs der *Saca* haben mochte.

Martín hatte die Sache heruntergespielt, als sie allein gewesen waren, doch es passte ihm nicht, dass er unter Verdacht stand, und deshalb sann er über eine Lösung nach.

Seine Frau hatte schon auf diesen Moment gewartet, wo sie ganz unter sich waren, um endlich ihre Fragen stellen zu können.

»Kennst du diesen Kerl, diesen Tripas?« Sie gab ihrer Stute die Sporen, um zu ihrem Gatten aufzuholen, der einen kostbaren Falben ritt. Luis versuchte einer Antwort auszuweichen, indem er von den Vorzügen der neuen Weide sprach, auf der, seinem ersten Eindruck nach, an die fünfhundert Stuten mit ihren Fohlen ausreichend Nahrung fänden.

Doch Doña Laura ließ nicht locker.

»Dieser Inspekteur glaubte, dass die Pferde, die er auf Martíns Schiff entdeckte, deinem Freund gehören. Aber, wenn ich mich recht erinnere: Hast du mir nicht erzählt, dass wir zur selben Zeit eine ebenso große Partie verkauft haben…? Du weißt, ich ertrage keine Lügen. Hast du dich wieder auf eines dieser zweifelhaften Geschäfte mit Martín eingelassen?« Sie hatte nicht vor, sich mit Ausflüchten abspeisen zu lassen. »Vor Jahren dachten wir, dass es ein sehr ertragreiches Geschäft sein könnte, Pferde in die Neue Welt zu verkaufen, und deshalb haben wir begonnen, viel mehr Tiere zu züchten als zuvor. Aber seit derlei Geschäfte verboten sind, hast du wohl damit aufgehört, nehme ich an … Kannst du mir das bestätigen? Verschweig mir nichts, ich bitte dich, was es auch sei.«

»Woher plötzlich diese vielen Zweifel?«

Luis wollte das Thema meiden, doch da kannte er seine Frau schlecht.

»Ich weiß, wann du lügst, ich kenne dich viel zu gut.«

Ihr Mann zog die Zügel an, und sein Pferd blieb stehen.

»Wie kommst du darauf?«

»Sag einfach, dass ich mich irre …« Auf den Sattelknauf gestützt, sah Laura ihn mit ernster Miene an und gab ihm zu verstehen, dass sie keine Ausflüchte mehr hinnehmen würde. »Sag mir rundheraus, wer Tripas ist und welche seltsamen Geschäfte uns mit ihm und Martín Dávalos verbinden.«

Luis seufzte, er gab sich geschlagen. Nun musste er wohl beichten, schließlich kannte er seine Frau. Laura war dickköpfig und ließ sich nicht beirren, wenn sie sich einmal etwas vorgenommen hatte. Er hatte sie nicht geheiratet, weil sie so hübsch war oder so gut gebaut, denn beides war bei ihr nicht der Fall. In Wirklichkeit hatte er Beweggründe gehabt, über die man nur ungern spricht. Doch Laura besaß große Vorzüge, das musste man anerkennen, und zu ihnen gehörte ihre Intuition.

Laura wusste, dass er sie weder aus Liebe noch aus Selbstlosigkeit zur Frau genommen hatte, sie war nicht auf den Kopf gefallen. Doch sie hatte sich unsterblich in ihn verliebt, und diese starken Gefühle entschädigten für vieles.

Dennoch traute sie ihrem Gatten nicht ganz und argwöhnte, er habe zahllose Geliebte; und seinem Freund, diesem Martín Dávalos, traute sie ebenfalls nicht.

»Vor dir kann man wirklich nichts geheim halten«, gestand er.

»Wer ist der Mann …?«, beharrte sie.

»Lass uns zu der Anhöhe dort hinaufreiten, unterwegs erzähle ich es dir.« Sie befanden sich etwa auf halber Strecke. »Von dort oben hat man den schönsten Blick.«

Vom Meer her wehte eine sanfte Brise, während sie die Anhöhe hochtrabten und Doña Laura ihrem Gatten zuhörte.

»Ich gestehe, dass wir uns manchmal dieses Mannes bedienen, um Pferde in die Neue Welt zu verschiffen. Seit dieser Handel verboten worden ist, zahlt man uns zehnmal mehr als in Jerez.«

Das war zwar keine gute Nachricht, und vielleicht ging es auch um Geschäfte wesentlich größeren Umfangs, als er zugab, doch seine Frau verspürte eine gewisse Erleichterung, nachdem er seine Verfehlung eingestanden hatte. Es war eine Geste, die ihn ihr näher brachte.

»Ich danke dir für deine Aufrichtigkeit, aber es macht mir dennoch Sorgen, dass wir in unerlaubte Geschäfte verwickelt sind.«

»Ich verstehe deine Befürchtungen, aber vertrau mir. Wir haben alles unter Kontrolle.«

»Ich weiß nicht, ob ich noch mehr wissen will oder mich lieber dumm stellen soll.« Sie sah ihn zweifelnd an. Sollte sie ihn ermahnen oder die Sache lieber vergessen? »Hast du überlegt, was es für deinen Ruf als Hauptmann der kaiserlichen Garde und den guten Namen meiner Familie bedeuten kann, wenn eines Tages alles ans Licht kommt?«

Luis wollte seine Frau beruhigen, machte aber alles nur schlimmer.

»Es kommt schon nicht heraus, sei unbesorgt, und am wenigsten durch diesen Inspekteur.«

Diese letzte Bemerkung klang bedrohlich, sehr bedrohlich.

»Ich mag mir gar nicht vorstellen, was deine letzten Worte bedeuten … Es fällt mir schon schwer zu begreifen, auf welche geschäftlichen Abenteuer du dich einlässt, aber ich könnte niemals akzeptieren, dass du dich an etwas noch viel Schlimmerem beteiligst … Du verstehst, was ich meine, nicht wahr?«

»Mach dir keine Sorgen, es wird nichts geschehen. Ich verspreche es dir.«

Laura erinnerte ihn daran, wer das Dekret unterzeichnet hatte, durch das die Ausfuhr von Pferden verboten wurde, und fragte ihn, ob er denn nicht das Vertrauen verrate, das der Kaiser in ihn setzte.

»Du wirst meine Haltung verstehen, du wirst schon sehen …« Sie stiegen von ihren Pferden ab, um von einem Felsen aus das herrliche Panorama zu betrachten, das sich zu ihren Füßen ausbreitete. Nachdem er ihr noch einige Einzelheiten zu der neuen Weide mitgeteilt hatte, setzte er seine Rechtfertigung fort. »Dank des Verkaufs dieser Pferde, den er selbst verbietet, kann ich einen finanziellen Beitrag zu seiner Garde leisten. Ich weiß, das ist dir nicht bewusst, aber wir verzichten jetzt schon das dritte Jahr auf eine Entschädigung für die gewaltigen Kosten, die dieses Amt mit sich bringt. Da ihn die Schulden so sehr drücken, und dem Vernehmen nach sind die finanziellen Verpflichtungen des Hofes wirklich exorbitant, bestehe ich nicht auf Zahlung der Summen, die er uns schuldet. Aber in Wirklichkeit sieht es so aus, dass wir die Schulden unseres Kaisers mit unserem eigenen Geld bezahlen.«

Dieses Argument erschien Laura nicht überzeugend, aber zumindest bedeutete es nicht, dass nur reine Gier dahintersteckte, oder, schlimmer noch, ihr Gatte überhaupt keine Skrupel kannte.

»Wann musst du wieder beim Kaiser erscheinen?«

»In einem Monat.«

»Wie wäre es, wenn du ihn bitten würdest, dir persönlich eine Erlaubnis für diese Geschäfte zu erteilen, vielleicht würde er dir die Bitte nicht abschlagen … Auf diese Weise würden wir Schwierigkeiten vermeiden, und du könntest weiterhin Pferde in die Neue Welt verkaufen.«

Das war keine schlechte Idee, aber Luis wusste, dass sie sich nicht umsetzen ließ.

»So werde ich es machen. Dein Vorschlag gefällt mir. Ich verspreche es dir«, log er. Nur er wusste, dass ihn mit Martín Dávalos noch viele andere Geschäfte verbanden, von denen weder der Kaiser noch sonst jemand wissen sollte.

Die neue Weide für die Pferde erstreckte sich von der Anhöhe, auf der sie sich befanden, sanft abfallend weit ins Land. Es standen Hunderte uralter Korkeichen darauf, die mit ihrem Schatten nicht nur Kühle spendeten, sondern auch ein lebhaftes Wechselspiel von Licht und Dunkel boten. Luis zeigte seiner Gattin, bis wohin das neue Grundstück reichte, und wies sie auf die beiden stattlichen Bäche hin, die es durchflossen. Wenn er von seinem Land sprach, von den Weinstöcken oder Pferden, begann sein Gesicht zu leuchten, er wurde dann ein ganz anderer Mensch. Laura liebte es, ihn so zu sehen, doch es drängte sie, noch einen weiteren Zweifel aus der Welt zu räumen.

»Du hast mir einmal versichert, dass unsere Stuten und Zuchthengste einzigartig seien, die besten, die man heutzutage in Jerez findet. Seit wir mit der Zucht begonnen haben, vor immerhin sechs Jahren, haben wir viel Geld hineingesteckt, und dennoch habe ich den Eindruck, dass ihre Qualität nicht genügend geschätzt wird. Wäre es nicht besser, wir würden für die Neue Welt einfachere Pferde züchten und die besten für uns selbst behalten? Man weiß ihre Qualitäten dort doch gar nicht zu schätzen!«

Das habe er sich auch schon gedacht, räumte ihr Gatte ein, und begann ihr ein neues Dekret des Kaisers auseinanderzusetzen, das sich sehr zu ihren Gunsten auswirken konnte.

»Ihm liegt nicht nur daran, die Zahl der Pferde konstant zu halten, er hat nun auch den Ehrgeiz, die Vorzüge der Pferderasse zu bewahren, die seit undenklichen Zeiten südlich des Tajo ihre Heimat hat. Und zu diesem Zweck soll in jedem Stadtrat ein Inspekteur ernannt werden, der überwacht, von welchem Hengst die Stuten gedeckt werden. Es dürfen nur noch Hengste von guter Rasse eingesetzt werden, und das kommt uns sehr zugute. Bislang war man ja sehr nachlässig bei der Auswahl, sodass es heute nicht allzu viele Zuchthengste von unserer Qualität gibt, und deshalb werden die Tiere, die man jetzt benötigt, umso wertvoller. Ebendieses neue Dekret hat mich dazu bewogen, dieses ausgezeichnete Stück Weideland zu kaufen. Wir werden hier mehr Stuten halten können und zukünftig auch mehr Hengste. Die weniger guten Tiere, die in unseren Herden geboren werden, schicken wir dann in die Neue Welt, und die besten bekommt derjenige, der ihre Qualitäten auch zu schätzen weiß.«

Doña Lauras ursprünglich so zahlreiche Zweifel schwanden dahin. Es behagte ihr zwar ganz und gar nicht, dass ihr Gatte Umgang mit einem zwielichtigen Pferdehändler hatte, doch sein Vorhaben erschien ihr reizvoll und zudem machbar.

»Aber erspare mir, bitte, eine weitere Szene wie heute Morgen mit dem Inspekteur. Ich möchte nicht, dass er auch nur den kleinsten Anlass findet, uns noch einmal aufzusuchen.«

»Sei unbesorgt, dafür werde ich schon sorgen.«

Don Luis verschwieg, dass er sich, was das betraf, mit Martín Dávalos bereits über sehr konkrete Pläne verständig hatte, ehe dieser sich am Morgen verabschiedet hatte.

Dieser Inspekteur würde sie gewiss nicht mehr belästigen, dessen war er sich sicher.

XII

Die Institution, die *Pósito* genannt wurde, beschäftigte sich damit, in Zeiten reicher Ernte Getreide einzulagern, um es später, in weniger guten Jahren, an Einzelpersonen, an andere Dörfer oder Städte zur Broterstellung zu verkaufen – mit einem kleinen Aufschlag, versteht sich.

Ursprünglich nur als Lager gedacht, war daraus ein ausgezeichnetes Geschäft geworden, das die Schatullen der Städte füllte, denn die Handelsagenten kauften das Getreide billig ein und warteten dann ab, solange es notwendig war, ehe sie es zu einem wesentlich höheren Preis – je nachdem, wie groß der Mangel war – auf den Markt brachten.

Das alles war Fabián sehr wohl bekannt, und zudem führten ihn seine Nachforschungen bezüglich der *Fortuna* zwangsläufig zu dieser Warenbörse. Er hatte vorgehabt, mit den wichtigsten Mitgliedern des Direktoriums zu sprechen – mit dem Vorsteher, mit dem Stadtverordneten und dem Verweser persönlich, bisher jedoch ohne Erfolg. Blieb als Letzter der Depositär, bei dem er am Morgen um ein Gespräch ersucht hatte. Im Augenblick wartete er darauf, empfangen zu werden.

»Fabián Mandrago?« Ein junger Mann streckte den Kopf aus seiner Amtsstube heraus.

»Zu Diensten!« Der Inspekteur erhob sich und trat in einen hellen Raum, von dem aus man auf den Guadalquivir blickte.

Ein dürres Männchen mittleren Alters sah auf, als er eintrat, schob die für sein Gesicht viel zu große Brille hoch und erkannte den Besucher sofort.

»Was führt Euch her?«, fragte er und wies auf einen Stuhl.

»Wisst Ihr, wer ich bin?« Fabián nahm Platz, zog aus seinem Rock zwei Beutel hervor und legte sie auf den Tisch. Sein Gegenüber betrachtete sie ohne allzu großes Interesse.

»Ja, ja, natürlich. Und ich weiß auch, womit Ihr Euch beschäftigt. Aber ich weiß nicht, wie ich Euch helfen kann.«

Fabián öffnete den ersten Beutel und schüttete wortlos eine Handvoll Weizenkörner auf den Tisch. Als der Amtmann sah, dass der zweite Beutel Goldstücke enthielt, weiteten sich seine Augen vor Überraschung.

»Ich habe wenig Zeit zum Rätselraten, wisst Ihr?« Der Mann kratzte sich gelangweilt am Kopf.

»Ich biete Euch ein hervorragendes Geschäft an…« Fabián mischte Goldstücke und Weizen und schob den Haufen über den Tisch, zu den Händen des Mannes. »Ein Geschäft, wie es Euch noch keiner vorgeschlagen hat.«

Der Mann sah ziemlich verblüfft drein und bat ihn, sich ein wenig konkreter auszudrücken.

»Mir ist zu Ohren gekommen, dass dieses Jahr wenig Weizen in Euren Vorratslagern liegt und Euer Preis dennoch sehr hoch ist. Habe ich recht?«

Das hagere Männchen ihm gegenüber bestätigte seinen Eindruck.

Fabián erhob sich, ging einige Schritte zu dem großen Fenster und legte ihm dann, den herrlichen Ausblick genießend, seinen Vorschlag dar:

»Ich bin bereit, Eure Lager mit Getreide aufzufüllen, ohne einen einzigen Maravedí von Euch zu verlangen…«

»Um ehrlich zu sein, ich verstehe dieses Geschäft nicht. Irgendetwas werdet Ihr als Gegenleistung wohl haben wollen, meine ich.«

Fabián konnte über zwei Schiffsladungen Weizen aus früheren Beschlagnahmen verfügen. Mit ihnen wollte er die Informationen bezahlen, die er benötigte.

»Ich will offen sein. Vermutlich wisst Ihr bereits von den Vorfällen auf der *Fortuna*, nicht wahr?«

»Mir ist etwas zu Ohren gekommen, ja.«

»Und glaubt Ihr nicht, dass es sich – wieder einmal – um eine unrechtmäßige Ausfuhr handelt?« Er blickte seinem Gegenüber direkt in die Augen. »Meint Ihr nicht, dass der Eigentümer des Schiffes, Don Martín Dávalos, vielleicht auch letztlich der Verantwortliche für diese schmutzigen Geschäfte ist? Ich schon.«

Der Mann hüstelte nervös, war jedoch sofort mit einer Gegenfrage bei der Hand.

»Wollt Ihr die Ehrbarkeit eines Ratsherrn dieser Stadt in Zweifel ziehen?«

»Nicht nur seine, auch die eines anderen Herrn, der sich mit der Zucht reinrassiger Pferde beschäftigt … Ich spreche von Luis Espinosa.«

Das dürre Männchen mit Namen Tarsicio schob die Ärmelschoner zurück, die seine Handgelenke zierten, und verspürte plötzlich einen kalten Lufthauch im Nacken. Die Unterhaltung behagte ihm ganz und gar nicht. Allein schon der Umstand, dass diese beiden Männer – zum einen der größte Viehzüchter in Andalusien, zum anderen der Hauptmann der kaiserlichen Garde – mit einem illegalen Geschäft in Verbindung gebracht wurden, bedeutete eine Gefahr für seine Arbeit, wenn nicht Schlimmeres.

»Und wenn Ihr mir die Lager bis zur Decke fülltet: Ich würde meine Nase nicht in derlei heikle Angelegenheiten stecken wie die, von denen Ihr sprecht.« Mit diesen Worten erhob er sich und bedeutete Fabián mit unmissverständlicher Geste, sein Zimmer zu verlassen.

Doch der Inspekteur, der mit dieser Reaktion schon gerechnet hatte, blieb sitzen.

»Ich werde nicht eher gehen, als bis Ihr mir die Information gebt, die ich benötige. Und das werdet Ihr tun, denn andernfalls werde ich Euch denunzieren.«

»Und darf man erfahren, wessen Ihr mich beschuldigen wollt?«

»Der Mittäterschaft bei der Ausfuhr verbotener Güter... Sollte ich meine Vermutungen bestätigt finden, dann werdet Ihr einen langen Aufenthalt im Gefängnis genießen können, das versichere ich Euch.«

Tarsicio überlegte, was der Inspekteur wohl wissen mochte. Schon seit Jahren war er wegen jener beiden Männer gezwungen, die Registerbücher in erheblichem Maße zu fälschen. Ihm verkauften sie offiziell Weizen, damit dem Anschein nach alles seine Richtigkeit hatte, in Wirklichkeit aber gelangte das Getreide niemals in den Kornspeicher, sondern sie verschifften es in die Neue Welt. Fabián versicherte ihm, er sei über seine Vorgehensweise im Bilde, und warf ihm vor, die von anderen gelieferten Getreidemengen in den Büchern zu erhöhen, damit nicht auffiel, dass die Ratsherren weniger lieferten. Auf diese Weise stimmten die manipulierten Bücher genau mit den Mengen überein, die den Kornspeicher verließen, die Zu- und Abgänge waren somit ausgeglichen – betrügerische Machenschaften, für die er im Gegenzug eine stattliche Entschädigung erhielt.

Fabián konnte zwar nichts von alledem beweisen, doch er sagte es mit solchem Nachdruck, dass der Mann überhaupt nicht daran zweifelte.

»Ihr habt Euch eines schweren Vergehens schuldig gemacht.«

»Aber wie könnt Ihr so etwas von mir glauben?«

Dem Mann fiel nichts Besseres mehr ein, als sich zu seiner Verteidigung auf seine Ehre zu berufen. Er verstand einfach nicht, wie der andere hinter seine dubiosen Geschäfte gekommen war, hegte jedoch den Verdacht, dass einer seiner Untergebenen dahintersteckte. Wie auch immer, er merkte, dass der Inspekteur der Wahrheit zu nahe war, und fühlte sich in die Enge getrieben.

Ihm zitterten die Hände.

»Um Himmels willen, sprecht leiser, ich bitte Euch!« Er war ganz aufgelöst. »Ich weiß nicht, es ist... Es ist schrecklich! Wenn diese Männer dahinterkommen, ist das mein Verderben. Niemals hätte ich ihrem Vorschlag zustimmen dürfen. Ich sagte ihnen, dass ich es nicht machen wollte.«

»Von wem sprecht Ihr?« Fabián wollte von ihm Namen hören, doch gleichzeitig war er sich bewusst, dass er unbedingt das Vertrauen des Mannes gewinnen musste; das wiederum würde ihm nur gelingen, wenn er ihm Schutz garantieren konnte.

»Nein, nein, ich kann Euch … nicht erzählen …« Tarsicio packte Fabián am Arm und zerrte ihn beinahe zur Tür der Schreibstube. »Ich darf Euch hier nichts sagen! Hier haben die Wände Ohren!« Er wedelte nervös mit den Händen. »Ich kann Euch nicht mehr erzählen. Wir müssten uns an einem anderen Ort treffen, später vielleicht, nachher.«

Auf so eine vage Aussage wollte Fabián sich nicht einlassen, deshalb schlug er einen diskreten Ort vor, wo sie in aller Ruhe miteinander reden konnten: die Werft am Hafen.

»Ich werde dort sein, bei Anbruch der Nacht.«

XIII

In den riesigen Hallen, in denen Galeonen, Karavellen und Karacken gebaut wurden, mischte sich der harzige Geruch von Eichen-
und Pappelholz mit dem des Pechs, das zur Abdichtung der Fugen
verwendet wurde.

Fabián Mandrago genoss es, hin und wieder dort herumzuwan-
dern, wo alles ihn an das Meer erinnerte. Da sein Vater einer ge-
ächteten Religion angehörte, hatte er seinen großen Kindheitstraum
schon früh begraben müssen: die Ozeane auf diesen riesigen, von
Menschenhand geschaffenen Gebilden zu durchpflügen, die von den
Wellen sanft umspült und manchmal auch wie Streichhölzer zerbro-
chen wurden.

Als konvertierter Jude hatte sein Vater mehr Zeit im Kerker verbracht als in Freiheit. Jedes Mal wenn Fabián eine Bilanz jener
schwierigen Jahre zog, gelangte er zu demselben Schluss: Die Juden
hatten zwar dieselben Pflichten wie alle anderen Bürger, doch nur
wenige ihrer Rechte. Und, mochte es nun die Ursache oder die Wirkung sein, es hatte in seinem Elternhaus immer an Geld gefehlt.

Dennoch hatte er von seinem Vater eine Lektion für das Leben
gelernt, denn er hatte ihn nie kapitulieren sehen angesichts der vielen Widrigkeiten, die sich ihm entgegenstellten – ganz im Gegenteil, er hatte miterlebt, wie er sie ein ums andere Mal überwand.
Und er, der Sohn, folgte nun seinem Beispiel und bemühte sich, für
jede Ungerechtigkeit, die ihm zur Kenntnis gelangte, eine Lösung
zu finden.

Von diesem Gerechtigkeitssinn beseelt, hatte er sich zuerst der
Juristerei widmen wollen, bald aber festgestellt, dass er weder über

das Geld noch die reine Abstammung verfügte, die dafür verlangt wurden.

Doch eines schönen Tages erzählte ihm jemand am Hafen, welches Amt die Inspekteure der *Saca de las Cosas Vedadas* ausübten, und diese Vorstellung erschien ihm verlockend. Aufgabe dieser Institution war es, die lukrativen Geschäfte bestimmter skrupelloser Personen zu bekämpfen, die sich auf Kosten anderer, weniger vom Glück begünstigter Menschen ein schönes Leben machten. Ihr falsches Spiel bestand darin, dass sie mit Gütern handelten, deren Ausfuhr verboten war. Zuerst kauften sie die jeweilige Ware zu niedrigen Preisen von den bettelarmen Erzeugern, und dann spekulierten sie damit.

Nun, nach vielen Jahren, empfing ihn die Werft wie ein alter Freund, rief Erinnerungen an vergangene Tage, an unerfüllte Träume wach, aber auch angenehme Gefühle.

Es wurde bereits dunkel, als der Widerhall seiner Schritte ihn in die Wirklichkeit zurückholte. Er musste noch einige Zeit auf seinen Gewährsmann warten, und so spazierte er an den Schiffen entlang, die gerade im Bau waren.

Sonst galt sein Interesse ausschließlich den Schiffen, doch dieses Mal beanspruchte das bevorstehende Gespräch seine ganze Konzentration. Wenn er Tarsicios Aussage gegen jene beiden so einflussreichen Persönlichkeiten des öffentlichen Lebens erhielt, würde er einen beispiellosen Erfolg für sich verbuchen können und erneut an Ansehen bei der *Saca* gewinnen. Er wollte betrügerische Geschäfte ans Licht bringen, von denen nicht nur die immer gleichen Personen profitierten, sondern in die sicherlich auch bestimmte Männer der Obrigkeit verwickelt waren. Der hohe Stand der Verdächtigen würde einen ungeheuren Skandal auslösen, für ihn selbst gewiss einen Aufstieg bedeuten, vor allen Dingen aber würde es ihm innere Befriedigung verschaffen und ihn für alles entschädigen, was Menschen dieses Schlages seinem Vater angetan hatten. Er hatte immer daran geglaubt, dass die Gerechtigkeit über die Beutel voller Gold- und Silbermünzen, die manche Menschen mit Geld und Titeln gegen sie einsetzten, die Oberhand behalten könne. Deshalb machte sein Herz jedes Mal einen Freudensprung, wenn er von einem Strafurteil hörte. Doch ehe es dazu kam, musste er das Vergehen erst einmal beweisen. Im Falle der *Fortuna* war er zwar für den Augenblick zufrieden mit dem Ergebnis seiner Nachforschungen, sich jedoch auch bewusst, dass die Aussage des Verantwortlichen im *Pósito* entscheidend sein konnte.

»Hierher!«, rief ihn plötzlich jemand mit gedämpfter Stimme an.

Fabián drehte sich um, konnte bei dem wenigen Licht jedoch niemanden sehen. Es musste wohl Tarsicio sein.

»Hierher!« Die Stimme war nun ein Stück näher. »Setzt Eure Schritte mit Vorsicht. Ihr findet mich hinter dem Schiffsrumpf…«

Fabián stolperte mehrere Male, und dann meinte er den Schatten eines Mannes zu erkennen.

»Ah, mir scheint, ich sehe Euch schon.«

Als er vor dem Mann stand, erkannte er ihn nicht. Der andere trug eine Maske und hielt eine lange Holzstange in der Hand. Und schon im nächsten Augenblick tauchten aus dem Schatten weitere vier vermummte Gestalten auf, alle mit Knüppeln und Eisenketten bewaffnet, und stürzten sich auf ihn.

Die nächsten Minuten waren kein Zuckerschlecken für Fabián.

Anfangs leistete er Widerstand, doch den hatten sie schnell gebrochen, und dann konnte er nur noch seinen Kopf schützen und darauf hoffen, dass die Männer nicht den Auftrag hatten, ihn ins Jenseits zu befördern. Als ihm seine ausweglose Situation bewusst wurde, begann er zu beten.

In einiger Entfernung stand im Halbdunkel eine geheimnisvolle Gestalt und beobachtete die Szene, ohne einzugreifen. Ihre Kleidung verriet, dass der Betreffende von hohem Stand war, doch da das Gesicht von einem breitrandigen Hut beschattet wurde, konnte Fabián nicht sehen, dass es sich um Don Luis Espinosa handelte.

Die Schläger beherrschten ihr Geschäft. Es dauerte eine ganze Weile, bis sie innehielten. Fabián spürte, wie sie ihm die Rippen brachen, dann die Arme, und als er sein eigenes Blut auf der Zunge schmeckte, konnte er schon längst nicht mehr sagen, woher die Schläge kamen. Er spannte die Bauchmuskeln an, sodass die Schläge weniger Schaden anrichten konnten, doch dann schwanden ihm die Kräfte, und er überließ sich dem Schicksal.

Jede Faser seines Körpers schmerzte.

Irgendwann hörte er ihre Beschimpfungen, ihr wütendes Gebrüll nicht mehr, denn auch die Männer ermüdeten langsam, und da spürte er, dass sein Körper ganz taub geworden war.

»Ihr habt Glück«, flüsterte einer von ihnen ihm ins Ohr, »denn der Mann, der uns diesen Auftrag gab, möchte dies nur als erste Warnung verstanden wissen.«

Fabián öffnete halb ein Auge, dasjenige, das weniger zugeschwollen war, und sah, wie der geheimnisvolle Mann mit einem der anderen Schläger sprach. Welchen Befehl er ihm gab, konnte er nicht hören, doch er ahnte es, als der Mann auf seine gebrochenen Rippen trat und ihn ein grässlicher Schmerz durchfuhr.

»Er rät Euch, zukünftig nicht mehr in Dingen herumzustochern, die Euch nichts angehen. Andernfalls werden wir uns wiedersehen, dessen könnt Ihr sicher sein, und dann werde ich Euch mit meinen eigenen Händen das Herz herausreißen, das verspreche ich Euch.«

Das klang nach letzter Drohung, doch dem war nicht so.

Der Mann versetzte ihm noch einen Fußtritt ins Gesicht, ehe er seine Komplizen zum Aufbruch mahnte. Fabiáns Widerstandskraft war schon lange erlahmt, doch jetzt hörte er nichts mehr, sah nichts mehr, sogar sein Atem setzte aus. Er glaubte sich schon an der Schwelle des Todes. Da versuchte er ein Bild in sich wachzurufen, das Bild seines Vaters in den letzten Minuten seines Lebens, als er ihm auftrug, sich mit Leib und Seele dafür einzusetzen, die Ungerechtigkeit auszumerzen.

Doch dann rückte alles in weite, allzu weite Ferne.

Ihm war kalt, er hatte Angst, und er dachte, sein letztes Stündlein habe geschlagen.

XIV

Aurelia brachte Yago kein einziges Mal in die Kirche zu jenem unfähigen Priester, sondern traf eine viel weiter reichende Entscheidung, nämlich den Jungen für alle Zeit einzusperren.

Als wäre es eine göttliche Eingebung, wusste sie mit einem Mal, dass ihr Auftrag darin bestand, den Schatten des Bösen dort zu bekämpfen, wo es den größten Schaden anrichtete: in Yagos Seele.

In ihrem Wahnzustand glaubte sie, dass nicht allein der Junge zu ihr gekommen war, sondern auch das Böse, und das Schlimmste daran war: Es hatte sich in ihrem Haus, in ihrem Leben eingenistet.

Der Dämon war in Yago geboren, und er hatte ihm das Bewusstsein verwirrt.

So stellte es sich ihr dar, und sie handelte dementsprechend.

Und so kam es, dass Yago zwei Jahre lang die Sonne nicht mehr sah.

Sie sperrte ihn in einen alten Kohlenkeller, den sie nicht mehr benutzte, unter dem Gewölbe, wo sie den Wein lagerte. In dem schmutzigen, feuchten Verlies fand sich kaum Platz genug für eine Pritsche, einen Schemel und zwei Fässer mit einem verzogenen Brett darauf, das ihm als Tisch diente. Luft kam nur durch einen schmalen Spalt zwischen Kellerdecke und Falltür herein, durch den kaum ein Lichtschein drang, sodass man kaum sagen konnte, ob es draußen Tag war oder Nacht.

Die hölzerne Falltür öffnete sich nur ein Mal am Tag, nämlich wenn Aurelia etwas zu essen und zu trinken brachte. Und alle zwei Wochen stieg sie hinunter, um Yago zu waschen.

Yago zählte inzwischen sechs Jahre und hatte kaum je einen Menschen gesehen.

Anfangs dachte er, es sei ein Spiel, und er fand es sogar unterhaltsam. Es hatte seine Vorteile, in einer Art Höhle zu leben; er konnte sie Stück für Stück erforschen, sich jede Unebenheit, jede Ecke einprägen. Außerdem schimpfte Aurelia ihn dort nicht aus, und sie schlug ihn auch nicht, und das gefiel ihm.

Er verstand zwar nicht recht, was vor sich ging, und er mochte es auch nicht, wenn sich etwas änderte, doch angesichts der kaum vorhandenen Sinnesreize, die ihn in Unruhe hätten versetzen können, gewöhnte er sich bald an sein Schicksal. Dass er nahezu im Dunkeln lebte, hatte auch einen Vorteil: Er konnte sich besser auf seine Spiele konzentrieren und auch auf seine Gedanken.

Einen Gutteil des Tages verbrachte er damit, kleine Steine zu sammeln, denen er Namen gab. Waren sie zu groß, zerschlug er sie, und nur wenn sie die passende Größe hatten, stapelte er sie aufeinander, bis der Turm umfiel, und dann begann er von Neuem. Es machte ihm auch Spaß, die Steine umherzuwerfen, ohne zu wissen, wo sie landeten, damit er sie dann suchen konnte.

Er vertrieb sich die Zeit mit diesen und anderen Spielen, doch es kam der Augenblick, da wurde alles zu bloßer Routine. Ein Tag nach dem anderen verging, ohne dass er Licht sah, ohne dass er andere Geräusche hörte als die, die er selbst von sich gab, nicht einmal die Stimme seiner Tante.

Und da fing Yago an, Angst zu bekommen.

Seine Einsamkeit machte ihm keinen Spaß mehr, die Stille bedrückte ihn, und die ständige Dunkelheit begann ihn zu stören.

Die Stunden, die Tage, die Wochen vergingen, ohne dass er etwas anderes hörte als seinen eigenen Atem. Weil er nicht verstand, was vor sich ging, erwuchs in ihm eine starke innere Unruhe. Seine Einsamkeit war so groß, dass er schließlich zu schreien begann, nur um sich nicht so allein zu fühlen.

Er war sich dessen nicht bewusst, doch sein Körper hatte begonnen, sich für den Mangel an Nahrung zu rächen. Er hatte schlimme Bauchschmerzen, seine Magerkeit schwächte ihn zusehends, und die Schwindelanfälle wurden immer häufiger. Und das alles hatte keine andere Ursache als den Hunger.

Nachdem dieses seltsame Spiel schon einige Monate dauerte, wurde Yago krank. Sein Bauch reagierte immer gereizter auf das miserable Essen, das ihm seine Tante zubereitete, und der Mangel an sauberem, frischem Wasser löste einen heftigen Durchfall aus, der ihn fast umbrachte.

Er hatte nie gelernt, seine Notdurft an dem dafür vorgesehenen Ort zu verrichten, und in jenem Verlies erleichterte er sich, wo es ihn überkam, meistens sogar in die Kleidung. Aurelia wies ihn mit strengen Worten zurecht und säuberte ihn nur, wenn der Gestank unerträglich wurde. Manchmal lag er einen Tag oder sogar zwei in seinen Exkrementen.

Im ersten Jahr weinte und schrie Yago so viel, dass er zur Freude seiner Tante oft kaum noch einen Ton herausbrachte.

Obwohl sich sein gesundheitlicher Zustand verschlechterte, sich Probleme mit der Lunge und dem Magen einstellten und ihm mehr Zähne ausfielen als normal in seinem Alter, bewies er angesichts der gegebenen Umstände dennoch eine gewisse Robustheit.

Unberührt vom Leid des Jungen, konnte Aurelia zwei Stockwerke über ihm wieder in Ruhe und Frieden leben und nachts wieder tief und fest schlafen wie zu der Zeit, als Yago noch nicht in ihr Leben eingedrungen war.

Nach eineinhalb Jahren in seinem Kellerverlies hörte Yago auf zu weinen.

Das bedeutete jedoch nicht, dass er keine Angst mehr gehabt hätte, sondern nur, dass er immer schwächer und müder wurde. Oft sehnte er sich nach den spärlichen Liebkosungen, die er als kleiner Junge von seiner Tante empfangen hatte. Er brauchte Gesellschaft, und obwohl er es nicht auszudrücken wusste, fehlten ihm die Augen eines anderen Menschen, die ihn ansahen, und eine Stimme, der er lauschen konnte. Er erinnerte sich gern an diese Empfindungen, die ihm seit langer Zeit versagt blieben. Sein einziger Trost war, sie für die besonders schlimmen Stunden als die schönste Erinnerung seines Lebens, als seinen großen Schatz, in sich zu bewahren.

Manchmal fühlte er sich so schlecht, dass er ohne Unterlass schrie, um dadurch seine Tante an die Falltür zu locken und sie wenigstens kurz zu sehen, auch wenn sie ihn dann nur ausschimpfte. Doch Aurelia interpretierte diese Anfälle auf andere Weise. Sie sah darin nur eine Äußerung des Teufels persönlich, dem es sicherlich nicht gefiel, im Körper des Kindes eingeschlossen und damit in seinem Handeln vollkommen eingeschränkt zu sein.

Aus ihrer Sicht tat sie gewiss das Richtige. Und wenn sie doch einmal Zweifel beschlichen, sobald sie den Jungen sah, kam sie trotz allem immer zu demselben Schluss: Es konnte nur einer dahinterstecken, der Teufel selbst. Seine Strategie lag auf der Hand: Er flößte ihr Mitleid für den Jungen ein, damit sie schwach wurde und den Jungen aus seinem Kerker entließ. Doch Aurelia durchschaute die List und tat nicht, was der Teufel wollte; vielmehr sprach sie in solchen Momenten ein ums andere Mal, an Yago gewandt, ein Gebet:

»Unterwirf dich Gott, widersteh dem Teufel, und er wird aus dir ausfahren. Nähere dich Gott, und Er wird sich dir nähern.«

Manchmal widmete Aurelia ihrem Neffen ein wenig mehr Zeit, was dem Jungen sehr gefiel, und sie beobachtete ihn. Sie tat das nicht aus Mitleid, sondern um seine Entwicklung zu überprüfen, in der Erwartung, ihn eines Tages vom Bösen befreit zu sehen. Sie vertraute darauf, dass seine endlosen Tobsuchtsanfälle, seine zwanghaft wiederholten Bewegungen, eines Tages aufhörten und er in der Lage sein würde, dem Blick eines anderen Menschen standzuhalten, doch dieser Tag wollte und wollte nicht kommen.

Schließlich gab sie sich geschlagen.

In diesem unmenschlichen Kerker, in vollkommener Einsamkeit, wurde Yago nun acht Jahre alt, ohne zu wissen, was kommen würde; die wenigen Menschen, die von seiner Existenz wussten, fragten schon gar nicht mehr nach ihm.

Außer seiner Tante wusste niemand von seinem grausamen Schicksal, denn sie verbreitete schon seit über einem Jahr eine Lüge, die alle glaubten: Eines schönen Tages sei überraschend seine Mutter aufgetaucht, erzählte sie, und habe ihn mitgenommen. Sie stellte sich derart geschickt an, dass niemand an ihren Worten zweifelte, auch nicht, als sie schwor, nichts über seinen Aufenthaltsort zu wissen.

Irgendwann existierte für Yago keine andere Wirklichkeit mehr als die vier unbehauenen Wände, zwischen denen es nach Fäkalien stank. Alles andere hatte er vergessen.

Eines Tages hatte Aurelia einen Unfall in ihrem Weinausschank. Schuld war ein Fass mit hundert Litern, das aus seiner Halterung fiel und sie erschlug.

Ihr entfuhr nicht einmal ein Schrei.

Dafür blieb keine Zeit.

Und selbst wenn sie hätte schreien wollen: Ihre Zunge schwoll derart rasch an, dass sie erstickte.

Yago bemerkte nichts davon, aber am ersten Tag nach dem Unfall vermisste er sein karges Essen, und ebenso am zweiten, was einen entsetzlichen Angstanfall bei ihm auslöste. Er verstand nicht, was los war, er hatte Hunger und konnte nichts tun. Am dritten Tag schob er den Schemel unter die Falltür und stieg hinauf, doch nicht einmal mit ausgestreckten Armen kam er an den rettenden Ausgang heran.

Er schrie, so laut er konnte, weinte, rief ein ums andre Mal nach seiner Tante, doch es kam keine Antwort. Verzweifelt und hungrig legte er sich auf seine Pritsche und beschloss, zu warten; was hätte er sonst auch tun sollen.

Am vierten Tag indes nahm sein Leben eine entscheidende Wendung. Er war gerade damit beschäftigt, eine lange Folge von Heullauten auszustoßen, als sich die Falltür öffnete und ein unbekanntes Gesicht darin erschien. Es war ein Mann, der sich ob des Gestanks, der ihm entgegenschlug, eilig die Nase zuhielt, und voller Entsetzen auf die Szenerie hinunterblickte.

»Aber wie kann das sein ...« Er ließ eine Leiter hinab, die er neben der Falltür fand, und stieg zu dem armen Jungen hinunter.

Der alles durchdringende Gestank war derart ekelhaft, dass der Mann Mühe hatte, den heftigen Brechreiz zu unterdrücken.

»Herr im Himmel, wie konnte diese Hexe das tun?«

»Helft mir«, rief er zu seiner Frau und einer Schwägerin hinauf. Vorsichtig näherte er sich dem Jungen, um ihn nicht zu erschrecken, doch Yago floh angsterfüllt kreischend wie ein wildes Tier in die andere Ecke.

Im nächsten Augenblick kamen die beiden Frauen hinuntergestiegen und erstarrten vor Entsetzen über eine derartige Grausamkeit. Sie konnten nicht glauben, wie der arme Junge aussah. Sein Gesicht war fast vollständig von Schorf bedeckt, Haarbüschel klebten ihm am Kopf, und das einzig Saubere waren zwei strahlend blaue Augen, die der Junge immer wieder zusammenkniff, weil ihm das Licht weh tat, das durch die Öffnung fiel. Der Junge war nur noch Haut und Knochen.

Gerade hatten sie die Weinhändlerin tot aufgefunden. Sie musste schon drei oder vier Tage dort gelegen haben, als die Nachbarn Verdacht schöpften, weil sie ihren Ausschank nicht mehr öffnete, und vor allem wegen des unangenehmen Geruchs, der von dort nach draußen drang.

»Du musst keine Angst vor uns haben, mein Kleiner«, sagte eine der Frauen unter Tränen. Als sie ihm freundlich über den Kopf streicheln wollte, wich er ihr aus.

Dann versuchte der Mann ihn hochzuheben, aber Yago schlug nach ihm und setzte zu einem langen Wutgeheul an. Was sollten sie nur tun? Der Junge wies jede Annäherung zurück, aber um ihn aus seinem Gefängnis zu befreien, mussten sie ihn die Leiter hinaufschaffen. Die Sache war vertrackt.

Yago beobachtete die drei argwöhnisch, während sie miteinander redeten, doch bald nahm er keine Notiz mehr von ihnen, sondern begann mit den Pflaumenkernen zu spielen, die er in einer Ecke zu Häufchen aufgeschichtet hatte.

Sie hatten keine andere Wahl, als sich seiner mit Gewalt zu bemächtigen. Während der Mann Yago mit aller Kraft umfing, hielten die Frauen seine Hände fest, damit er sie nicht kratzte. Auf diese Weise schafften sie den ausgemergelten Jungen zur Leiter und anschließend vorsichtig ins Obergeschoss hinauf, während er wutschnaubend strampelte und um sich trat. In der Schänke legten sie ihn auf den Boden, deckten ihn mit einer Decke zu, und die ältere der beiden Frauen bekreuzigte sich mehrere Male, voller Mitleid für das arme Geschöpf.

»Wer hätte ahnen können, was diese böse Frau dir antut? Uns alle hat sie belogen und gesagt, deine Mutter habe dich geholt.« Sie zog ein Taschentuch hervor und begann, sein Gesicht zu säubern. Yago versuchte sich aus den Händen zu befreien, die ihn festhielten, doch er hatte kaum noch Kraft, und zudem schoss ihm plötzlich ein solcher Schmerz in den Rücken, dass er das Bewusstsein verlor.

Nach einigen Tagen war es dem Ehepaar, Nachbarn der Weinhändlerin, und der Schwägerin gelungen, den Jungen ein wenig herzurichten. Und sie hatten dafür gesorgt, dass er ein bisschen Fleisch auf die Rippen bekam, obwohl er stets erbitterten Widerstand leistete, wenn man ihm helfen wollte. Niemand wusste, was der Grund für sein merkwürdiges Verhalten war, das sich praktisch von der ersten Nacht an zeigte. Es konnte daran liegen, dass er so lange allein im Keller eingesperrt gewesen war. Oder war er vielleicht schon von Geburt an so? Niemand vermochte es zu sagen. Denn Aurelia hatte den Jungen so viele Jahre eingesperrt und ihm so wenig beigebracht, dass niemand sich erinnerte, wie er früher gewesen war. Anfangs machte ihnen das Verhalten des Jungen nichts aus, es erschien ihnen dringender, ihm zuerst seine Gesundheit wiederzugeben, als über seine Reaktionen nachzugrübeln.

Als Yago körperlich einigermaßen wiederhergestellt war, fingen die Diskussionen an. Das Ehepaar, schon betagt und zudem arm, erachtete eine Adoption für unmöglich, doch die Schwägerin hatte den Jungen lieb gewonnen und wollte sich um ihn kümmern. Sie verbrachte am meisten Zeit mit ihm und half ihm, wo es nötig war: beim Essen, beim Anziehen, beim Waschen, und nachts wachte sie sogar über seinen Schlaf. Doch zu ihrem großen Kummer überzeugten die anderen sie schließlich, dass sich ihr Wunsch unmöglich erfüllen ließ. Es zeigte sich nämlich, dass der Junge über ungeheure Kräfte verfügte, denen sie nichts entgegenzusetzen hatte, und jedes Mal, wenn er nicht essen wollte, mussten sie ihn zusammen zum Tisch tragen. Es war offensichtlich, dass der Junge Hilfe brauchte, viel Geduld und besondere Betreuung, vor allem aber Zuwendung, und die drei waren schon zu alt. Sicher, sie konnten sich eine Weile um ihn kümmern, aber dann …

Und so kam es, dass sie mitten in einer sternenklaren Vollmondnacht den tief schlafenden Jungen schweren Herzens mit aller Vorsicht auf einen Karren legten und ihn mit mehreren Decken sorgsam zudeckten. Sanlúcar hinter sich lassend, gingen sie auf Jerez zu. Sie betraten die Stadt jedoch nicht, sondern suchten einen Weg in Richtung Süden, der parallel zu einer Biegung des Río Guadalete verlief, nur wenige Meilen von den Stadtmauern entfernt, wo sich ein Kloster befand, das in dem Ruf stand, alte Menschen und Waisen aufzunehmen: das Kartäuserkloster Santa María de la Defensión.

Und in der Stille der Nacht wurde Yago, der nicht einmal aufgewacht war, vor die Eingangstür gelegt. Der Mann, der ihm einige Wochen zuvor das Leben gerettet hatte, drehte sich schweren Herzens noch einmal nach ihm um, beschleunigte dann aber den Schritt, um nicht gesehen zu werden. Doch sein Gewissen drückte ihn, und so wandte er noch einmal den Kopf und schluckte schwer, sich der traurigen Tat wohl bewusst, die er beging. Ihm war klar, dass er nicht mehr viel für den Jungen tun konnte, und er beruhigte sein Gewissen damit, dass die Mönche gewiss gut für ihn sorgen würden.

Nach einer Weile öffnete Yago ein Auge, und ihm war kalt.

Es war ihm einerlei, wo er sich befand, er tastete nur nach der Decke, die halb heruntergerutscht war, und zog sie sich wieder bis zu den Ohren hoch.

ZWEITER SCHAUPLATZ

Staunen

Kartause Santa María de la Defensión
Anno 1530

I

Frauen war es nicht gestattet, das Innere des Kartäuserklosters zu betreten, auch wenn manche sich dort täglich einfanden, um der Messe beizuwohnen.

Seitlich des gewaltigen Eingangsportals befand sich eine kleine Kapelle, die frühere Einsiedelei Virgen de la Defensión. Dort konnten auch Fremde, in der Mehrzahl Frauen, durch Gottes Wort Beistand finden, die Beichte ablegen und, im Rahmen des Möglichen, um Rat bitten.

Die Älteren erzählten sich, dass genau an dieser Stelle die Heilige Jungfrau den Christen geholfen habe, die Mauren zu besiegen, als diese nach der Reconquista versuchten, jenes Gebiet wieder für den Islam zu erobern. Zum Dank dafür wurde viele Jahre später innerhalb der Klostermauern diese kleine Kapelle errichtet, die nun den einzigen Kontakt zwischen Klausurbereich und Außenwelt darstellte.

Es kamen die Ehefrauen der reichsten Großgrundbesitzer, der größten Weingüter und Damen von Adel aus der Stadt Jerez. Sie kamen zu Pferde, in der Kutsche oder mit Fuhrwerken, die sie im Schatten der Klostermauern stehen ließen, wo bereits eine große Gruppe bedürftiger Menschen jeden Alters ihre Ankunft erwartete.

Vielleicht fiel deshalb das neue Gesicht vor den Toren des Klosters niemandem besonders auf: ein scheuer, in sich gekehrter Junge, der vor dem Portal auf dem Boden kauerte.

An jenem Tag hatte ein halbes Dutzend frommer Damen ihre Villen oder Landgüter verlassen, um an der ersten Messe teilzunehmen. Das Klingeln der Münzen in den Händen der Ärmsten, das Echo ihrer Dankesworte oder das Wiehern der Pferde waren die ein-

zigen Geräusche, die die Damen auf ihrem Weg in die Kapelle begleiteten, bis ein unerwartetes Ereignis den vertrauten allmorgendlichen
Ablauf ins Stocken brachte.

Yago öffnete die Augen und sah sich um.

Wohin waren die dunklen Mauern, die kalte Einsamkeit ent-
schwunden? Und wer waren all diese Menschen? Vielleicht war das
der Grund für die große Unruhe, die ihn mit einem Mal befiel. Und
als er laut zu heulen begann, fingen seine Beine plötzlich an zu zittern. Neugierig wurde er von allen Anwesenden beäugt, doch die
Wirkung, die sein Geheul auf die Pferde hatte, war noch viel er-
staunlicher: Ein Tier nach dem anderen begann zu wiehern, bis sie
einen wunderlichen Chor bildeten, der den Jungen zum Verstum-
men brachte. Sie drehten sich um sich selbst, schwenkten die Köpfe
und zogen an den Stricken, als ob sie sich losreißen und ihm Gesellschaft leisten wollten.

Neugierig geworden kamen drei in Lumpen gehüllte kleine Bengel
auf Yago zugerannt. Als er sie bemerkte, hörte zwar sein Zittern auf,
doch seine Schreie wurden noch durchdringender. Die vielen Leute
machten ihm Angst, ihn störte der Lärm ihrer Stimmen, die Nähe
der kleinen Jungen, und er litt unter ihren Blicken… Er fühlte sich
bedroht.

Um ihn zu ärgern, zog einer der Bengel an seinem Hemd, während der zweite ihn wie ein Tier mit einem Stock triezte und der
dritte mit viel zu großen Steinen auf seinen Kopf zielte, wobei sie
die ganze Zeit über schrien und lauthals lachten. Doch Yago suchte
nicht das Weite, sondern zog sich in sich selbst zurück, floh vor der
Außenwelt. Es schien, als ergebe er sich dem Schmerz, der Demütigung, allem.

Mit Entsetzen beobachteten zwei der adligen Damen, die täglich
hierherkamen, den Zwischenfall.

»Lasst gefälligst den Jungen in Ruhe!«, rief die eine.

Die andere, Doña Laura Espinosa, eilte zu ihm hin, als ein Stein
ihn an der Stirn getroffen und eine stark blutende Platzwunde hin-

terlassen hatte, und stellte sich schützend vor ihn, als man sich seiner noch einmal als Zielscheibe bedienen wollte.

»Was seid ihr nur für Unmenschen! Geht mir aus den Augen!«, schrie sie aufgebracht.

Als ihre Hand seine Wange streifte, wich Yago zur Seite, stieß einen spitzen Schrei aus und begann wild um sich zu treten. Er hatte nur die Röcke der Frau gesehen und glaubte, seine Tante komme auf ihn zu und wolle ihn schlagen.

Verwirrt von seiner Reaktion brachte sich Doña Laura rasch in Sicherheit. Vielleicht befand sich ja unter den Anwesenden jemand, der ihn kannte.

»Wer von euch sind seine Eltern?«

Niemand antwortete.

»Kennt jemand dieses Kind?«

Als wieder niemand antwortete, blickte sie Hilfe suchend zu ihrer Freundin Lucía Dávalos. Zur großen Erleichterung aller hatte Yago mit seinem Geschrei aufgehört und schaukelte nun kniend vor und zurück. Er wirkte wie ein verschrecktes Tier.

»Lasst uns Padre Andrés suchen gehen«, meinte Doña Laura schließlich. Eine andere Lösung sah sie nicht.

Obwohl gerade die Glocken zum Gottesdienst läuteten, wollte sie die Angelegenheit lieber gleich regeln. Unter den Anwesenden erblickte sie zwei junge Frauen, die ihr inmitten dieser Ansammlung von Hunger und Elend aufgrund ihrer liebreizenden Gesichter geeignet erschienen.

»Ihr zwei da drüben, kümmert euch um den Kleinen, bis wir aus der Messe kommen. Es soll euer Schaden nicht sein!«

Anders als ihre Freundin, war sich Lucía Dávalos nicht sicher, dass sie den Mönch für die Angelegenheit würde interessieren können. Die Kartäuser hielten sich strikt an ihr Schweigegelübde, und das Einzige, was aus ihrem Mund zu vernehmen war, waren Gebete. Jener Mann hatte noch nie das Wort an einen Gläubigen gerichtet, und schon gar nicht an eine Frau.

»Am besten, wir sagen es ihm während der heiligen Kommunion, das scheint mir der geeignetste Moment.« Doña Laura ging die Sache entschlossener an als ihre Freundin. »Ich werde ihn darum bitten, den Jungen in ihrem Waisenhaus aufzunehmen, und wenn er mir kein Gehör schenkt, rede ich mit meinem Mann, der besitzt mehr Einfluss.«

Die Kartause war vierzig Jahre zuvor mit der Schenkung eines reichen Ratsherrn, Don Álvaro Obertos de Valeto, gegründet worden. Dieser hatte dem Orden seine sämtlichen Güter übereignet, nachdem er von dessen wohltätiger Arbeit in der Diözese Sevilla erfahren hatte.

Den größten Wert stellten ohne Zweifel die Ländereien dar, zu denen unter anderem die besten Weiden der Gemeinde Jerez, zahlreiche Weingärten und mehrere wunderschöne Olivenhaine mit hundertjährigen Bäumen zählten. Wenige Jahre später kamen weitere Vermächtnisse von den vermögendsten Familien im Umkreis dazu, sodass der Kartäuserorden nach und nach zum größten Grundbesitzer in der Region wurde.

Inmitten jener ausgedehnten Ländereien nahe dem Río Guadalete war ein prächtiges Kloster errichtet worden, um dessen gotischen Kreuzgang herum das asketische Leben geführt wurde, das diesen Orden unverwechselbar machte. Auf je zwei Stockwerke verteilt gruppierten sich achtundzwanzig Klosterzellen. In der unteren Etage befand sich jeweils eine Werkstatt, in der oberen die Schlafstatt. Darüber hinaus konnte sich jeder der Mönche an einem kleinen, privaten Garten erfreuen, den er, je nach Wunsch, mit Gemüse oder Blumen bepflanzen durfte. Diese Gärtchen hatten den Zweck, den Mönchen, neben Gebet und Andacht, das Wunder der göttlichen Schöpfung näherzubringen. Um die finanziellen Mittel zu erwirtschaften, damit die Mönche ihr Leben ausschließlich der Kontemplation, der Verschönerung des Klosters mit den besten Kunstwerken und der Verköstigung der zahllosen, auf ihre Mildtätigkeit angewiesenen Armen weihen konnten, nutzten sie geschickt die Erträge ihrer ausgedehnten Ländereien. Mit dem Erlös konnten sie all ihre Ausgaben bestreiten.

Ihre größte Einnahmequelle war der Weizen, doch auch die Erträge der riesigen, dreißig *aranzadas*, fast fünfzehn Hektar umfassenden Weingärten oder der zahllosen Olivenbäume waren nicht zu verachten. Darüber hinaus besaßen sie eine Ölmühle und drei Öfen, um Ziegel zu brennen, außerdem mehrere Wassermühlen am Ufer des Río Guadalete, wo man den Weizen mahlen konnte, dazu Traubenpressen und jede Menge Vieh, das auf ihren Weiden graste, vor allem Kühe und Schafe.

Ganz in der Nähe des Klosters, am Ufer des Flusses, befand sich eine Anlegestelle für die Boote, die aus Puerto de Santa María wöchentlich frischen Fisch brachten und auf dem Rückweg Getreide und andere Waren mitnahmen.

Zudem unterhielten die Mönche zwei, Humeruelos und Lomopardo genannte Gestüte mit einigen Pferden, die ihnen geschenkt worden waren; es waren zwar keine Rassepferde, jedoch dank der fruchtbaren und durch den nahen Fluss stets grünen Weiden gut genährt.

Die Kartäusermönche waren sich ihres weitläufigen Besitzes wohl bewusst, doch der war nicht ihr größter Stolz. Was sie wirklich mit Freude erfüllte, war die Tatsache, dass sie den vielen Bedürftigen helfen konnten, die Tag für Tag an ihre Pforten klopften. Jeder, der hungrig des Weges kam, erhielt ein Stück Brot, egal welcher Religion er angehörte und egal, wie er in seine missliche Lage geraten war. Nach solchen Dingen fragten sie erst gar nicht. Jeder erhielt gut zu essen, und im Winter durfte man sich für ein paar Stunden aufwärmen. Unter diesen Voraussetzungen stieg natürlich die Zahl der Bedürftigen, und es gab selten einen Tag, an dem die Mönche weniger als zweihundert von ihnen verköstigten.

Auf Camacha, einer kleinen, zwischen dem Río Guadalete und dem Río Salado ganz in der Nähe des Klosters gelegenen Insel, hatten sie ein Waisenhaus errichtet, in dem sie sich um dreißig verwaiste oder ausgesetzte Kinder kümmerten. Dort bekamen sie nicht nur zu essen und hatten ein Dach über dem Kopf, sondern es gab auch eine Schule, in der ihnen ein Priester Lesen, Schreiben und Rechnen beibrachte, damit aus ihnen nicht nur gute Christen, sondern auch Menschen wurden, die eine Zukunft hatten.

Auf diese Insel wurde Yago nun, nicht ohne Schwierigkeiten, von drei Bauernburschen gebracht. Obwohl er sich mit Händen und Füßen wehrte, gelang es ihnen, ihn dort abzuliefern, wenn es ihnen auch zahlreiche Schrammen und Fußtritte einbrachte.

Kurz zuvor hatte Padre Andrés, der Koadjutor des Klosters, sich des Jungen gleich nach der Messe erbarmt, nachdem ihn die Gattin von Don Luis Espinosa benachrichtigt hatte.

Das Waisenhaus war voll, es war nicht sehr groß, und so verzog der Verantwortliche das Gesicht, als der Junge gebracht wurde, mehr noch, weil er nicht sagen konnte, ob es sich bei dem Neuankömmling tatsächlich um ein Kind oder nicht doch eher um ein wildes Tier handelte. Der Koadjutor überredete ihn, ein Plätzchen für den Jungen freizumachen, da er sicher nicht lange bleiben würde, nur solange, bis ihn seine Eltern wieder abholten.

Yago verkroch sich in eine Ecke des Arbeitszimmers, und wenn die Männer ihn ansprachen, grunzte er nur.

»Ich verstehe, dass Euch der Junge schwierig erscheint, aber vielleicht erklärt sich sein Verhalten dadurch, dass er sich verloren fühlt. Da er nicht spricht und auch nicht viel Verstand zu haben scheint, halte ich es für so gut wie sicher, dass er seine Familie aus den Augen verloren hat«, beharrte Padre Andrés. »Denkt nur daran, wie verzweifelt seine Eltern sein müssen! Ihr werdet sehen, es dauert sicher nur ein paar Tage, bis sie ihn wieder abholen.«

Aber dem war nicht so. Nach zwei Wochen hatte sich noch immer niemand nach ihm erkundigt, obwohl sie in ganz Jerez eine Bekanntmachung ausgehängt hatten. Schließlich hatten sie sie sogar in der viel besuchten Alhóndiga verbreitet, einem Ort, an dem zahlreiche

Händler und Käufer, Adlige und einfache Leute zusammenkamen. Doch niemand kannte ihn.

Don Fadrique Maroto, der Leiter des Waisenhauses und Lehrer der Kinder, erhielt nicht einen einzigen Hinweis, der ihm etwas über die Vergangenheit oder die Geschichte des Jungen hätte erzählen können. Doch was er in den ersten Tagen an ihm beobachtete, sein Verhalten gegenüber den anderen oder seine raschen Stimmungsumschwünge, ließen nur zwei Schlussfolgerungen zu: Entweder hatte der Junge unsagbar Schreckliches erlebt, oder er war vollkommen verrückt.

Von Anfang an lehnte Yago jegliche Gesellschaft ab, was den Lehrer nötigte, für ihn einen anderen Schlafplatz zu finden, denn er konnte unmöglich zusammen mit den anderen Jungen im Schlafsaal nächtigen. Doch weitaus beunruhigender waren seine ersten, beinahe krampfartigen Anfälle: das Zittern in Armen und Beinen, das eine ganze Stunde lang anhielt und sich fast täglich wiederholte. Don Fadrique begriff rasch, dass dies unwillkürlich geschah und zu einem Verhaltensmuster gehörte, ebenso wie seine Angewohnheit zu schreien. Anfangs fast unhörbar, steigerte Yago sich nach und nach in Lautstärke und Intensität, bis die Schreie schier unerträglich wurden; und wenn man dachte, lauter könne es nicht mehr werden, kehrte kurz Ruhe ein, bis das Ganze von vorne begann.

In der ersten Nacht musste er ihn in seinem eigenen Zimmer einsperren, anders war der Junge nicht zu beruhigen. Und nur so konnten auch die übrigen Kinder endlich friedlich schlafen.

Einem Kind wie ihm war er als Lehrer noch nie begegnet. Im ersten Augenblick hatte er Mitleid mit ihm verspürt, doch nach einigen Tagen ärgerte er sich über alles, was der Junge tat, vor allem, als er merkte, dass sich keinerlei Fortschritt abzeichnete.

Yago beunruhigten die ihm unbekannten Geräusche, dass man mit ihm sprach, die neuen Gerüche und auch die Stimmen der Kinder, oder anders gesagt: einfach alles. Er empfand jenen Mann als Bedrohung und wartete nur darauf, dass er ihn unvermittelt schlagen würde, so wie seine Tante es getan hatte, wenn er schrie. Er wusste, dass ihm seine Schreie lästig waren, aber Yago konnte sie einfach nicht unterdrücken. Er war sehr nervös und musste sich irgendwie beruhigen; und nur auf diese Weise gelang es ihm.

Yago mochte die Nächte lieber als die Tage, weil die Dunkelheit ihm vertrauter war. Deshalb stürzte er, sehr zum Erstaunen seines Lehrers, gleich auf jede Kerze oder jeden Kerzenleuchter in seiner Nähe zu und löschte die Flammen, damit es dunkel wurde.

Nach ein paar Tagen, als er seine Angst noch immer nicht überwunden hatte und sein merkwürdiges Verhalten bei den anderen Kindern für Gelächter sorgte, suchte er die Einsamkeit. Ihm behagte das Zimmer, das Don Fadrique ihm verschafft hatte, denn dieser war es leid, ihm ständig sein eigenes überlassen zu müssen. Der Raum war zwar mit altem Gerümpel vollgestopft, doch zumindest störte er hier niemanden.

Er hatte kein Glück mit diesem Lehrer, aber auch nicht mit seinen Kameraden.

Seine Anwesenheit im Unterricht verursachte mehr Durcheinander, als dass sie Vorteile mit sich brachte. Yago war nicht in der Lage, sich auf das zu konzentrieren, was während der Schulstunden erklärt wurde. Er konnte schlichtweg keinem Vortrag folgen, noch verstehen, wozu es gut sein sollte, ein paar Zahlen untereinander auf eine Schiefertafel zu malen, eine Linie unter das Ganze zu ziehen und verschiedene andere Zahlen darunter zu schreiben. Die Zahlen hatten für ihn keine Bedeutung, und mathematische Begriffe noch weniger. Vom ersten Tag an fühlte er eine immer größer werdende Angst, weil er nichts damit anzufangen wusste. Wenn er direkt gefragt wurde, war das Einzige, was ihm einfiel, den Kopf zwischen den Armen zu verstecken. Buchstaben und die Worte, die man daraus bildete, waren für ihn ebenfalls bloß unbekannte Zeichen, mit denen er nicht umzugehen verstand. Lediglich, wenn ein Gegenstand gezeichnet wurde und gleich daneben der entsprechende Begriff auftauchte, konnte er beides miteinander verknüpfen und es sich merken, doch das geschah leider nicht sehr häufig. Obwohl man ihm Zeit gab, sich einzugewöhnen, schaffte Yago es nicht. Es verwirrte ihn, wie schnell die anderen sprachen, und schon bald gab er auf – er litt nur noch.

Seine unverhältnismäßigen Reaktionen angesichts der kleinsten Unregelmäßigkeit sorgten unter den anderen Schülern für einen solchen Aufruhr, dass Don Fadrique beschloss, ihn nicht mehr in die Schule zu lassen; und so verbrachte Yago fast den ganzen Tag in seinem Kämmerchen.

Wieder war er eingesperrt, aber zumindest wurde er hier nicht geschlagen.

Nach ein paar Tagen holte Don Fadrique ihn zu sich in sein Arbeitszimmer. Ob ihn seine Gewissensbisse dazu bewogen? Oder die Angst, die Kartäuser könnten erfahren, wo er ihn versteckt hielt? Auf jeden Fall wollte er ihn zu irgendeiner Reaktion oder Besserung bewegen. Zunächst probierte er ihn zum Sprechen zu bringen, doch damit hatte er keinen Erfolg. Ein ums andere Mal versuchte er es mit ganz einfachen Sachen, doch aus Yagos Mund kamen nur Grunzlaute. Nicht einmal seinen Namen konnte er sagen. Trotz seiner Beharrlichkeit und Geduld verlor Don Fadrique allmählich die Nerven und fragte sich, ob dieses kleine Ungeheuer tatsächlich einen Schaden im Kopf hatte oder ihm nur das Leben schwer machen wollte. Von da an war der Lehrer wirklich verzweifelt.

Er konnte ihn nicht lange mit den anderen Kindern alleine lassen, weil er sie in Aufregung versetzte. Sie verspotteten ihn, zogen ihn an den Haaren und hatten sich sogar ein Spiel ausgedacht, das darin bestand, die Anzahl der Fußtritte zu zählen, die es brauchte, bis er schließlich reagierte. An dem Tag, an dem er die meisten aushielt, ehe er hinauslief, waren es zweiundsechzig.

Yago verstand sehr wohl, was sie zu ihm sagten, und hasste es, dass sie ihn schlugen. Er konnte ihnen aber nichts entgegnen, weil er sich nicht auszudrücken verstand, denn er hatte große Schwierigkeiten, die richtigen Worte zu finden, und hielt deshalb lieber den Mund.

Das Einzige, was ihm wirklich, sogar sehr gefiel, war sein Zimmer, obwohl er dort auf dem Boden schlafen musste. Doch hier war er für sich. Eines Tages gelang es ihm, eine kleine Maus zu fangen, die ihn über die Maßen faszinierte. Er befestigte an einer Pfote eine Schnur, damit sie nicht weglaufen konnte, und verbrachte Stunden damit, sie zu beobachten. Zum Zeitvertreib sammelte er verschiedene kleine Steine, die er im Waisenhaus oder draußen beim Spazierengehen auflas. Er stopfte sie sich in die Taschen und reihte sie später in seinem Zimmer unermüdlich wieder und wieder in immer neuen Reihen auf.

Doch es kam der Moment, wo Don Fadrique angesichts der Schwierigkeiten, die der Junge bereitete, ernsthaft darüber nachzudenken begann, wie er ihn wieder loswerden konnte. Ihn dazu zu bewegen, zur Schule zu gehen, war schier unmöglich, und viel mehr glaubte er nicht für seine Erziehung tun zu können, obwohl er es sogar schon mit Einzelunterricht versucht hatte. Diese Unterweisungen aber waren die wichtigste Aufgabe des Waisenhauses, und so zweifelte er immer mehr daran, dass dieser Ort für ihn der geeignete war. Der Junge machte nicht die geringsten Fortschritte, sondern nur Arbeit, Ärger und Verdruss.

Nachdem er zu diesem Schluss gekommen war, überlegte er, welche Möglichkeiten er hatte. Er war versucht, ihn auf freiem Feld auszusetzen, möglichst weit weg und mit verbundenen Augen, damit der Junge nicht wusste, wie er zurückkommen sollte. In seiner Verzweiflung spielte er noch andere Lösungen durch, doch er besaß nicht den Mut, sie in die Tat umzusetzen. Einmal betrat er dessen Zimmer, bereit, eine dieser Phantastereien zu probieren, doch als er in die blauen, so reinen und unschuldigen Augen des Kindes sah, war er wie gelähmt und bedauerte seine Feigheit.

Eines Tages, als der Junge nicht in seinem Zimmer war, entdeckte Don Fadrique die Maus und machte ihr angeekelt den Garaus. Als

Yago dies bemerkte, wurde er fuchsteufelswild und trat den Lehrer immer wieder gegen das Schienbein, hieb mit Fäusten auf ihn ein und biss ihn, wo er nur konnte. Don Fadrique konterte und entlud dabei den Zorn, den er sechs Monate lang unterdrückt hatte. Ohne jegliche Rücksichtnahme und Hemmung teilte er aus, und dabei versetzte er ihm einen derart harten Schlag gegen das Kinn, dass Yago zu Boden ging und ohnmächtig liegenblieb.

Ein für den Lehrer einschneidendes Ereignis.

Nun schmiedete er einen Plan, an dessen Verwirklichung nichts und niemand ihn würde hindern können.

II

Das Wirtshaus *Zum Kupferkessel* bot für die stets montags stattfindenden Treffen der beiden Männer die nötige Diskretion.

Ein gut zu überwachender Hintereingang verschaffte ihnen Zutritt zu einem Raum in unmittelbarer Nähe der Ställe, sodass sie nicht Gefahr liefen, erkannt oder belauscht zu werden.

Ihre Namen und die Posten, die sie bekleideten, besagten, dass sie zu den Mächtigen im spanischen Jerez gehörten. Beide zählten zu den *Vierundzwanzig* und bestimmten über Wohl und Weh der Stadt. Doch in ihrem Fall gesellten sich zu den Ratsgeschäften noch andere Unternehmungen, von denen man viele durchaus als zwielichtig bezeichnen konnte.

Wenn es ums Geldverdienen ging, waren sie beide gleich ehrgeizig, kühl kalkulierend und recht skrupellos; und obwohl sie ansonsten sehr verschieden waren, verfolgten sie doch die gleichen Ziele und konnten sich blind aufeinander verlassen. Nie hatte man sie miteinander streiten oder sich widersprechen hören, und beide fackelten auch nicht lange, wenn es darum ging, einen unzuverlässigen Untergebenen zu bestrafen.

»Ich habe lange darüber nachgedacht, und ich sehe keine andere Lösung: Der Mann muss weg...«, schloss Luis Espinosa, bevor er einen kräftigen Schluck Wein trank, den der Wirt ihm gerade eingeschenkt hatte. Juan Vélez war der Einzige, dem es gestattet war, diesen Raum zu betreten. »Ich sehe keine andere Möglichkeit, wenn wir den Markt nicht verlieren wollen.«

In ihrem Zweiergespann war er stets der Stratege, derjenige, der sich überlegte, wie man Probleme aus der Welt schaffen konnte. Martín kümmerte sich mehr um die praktische Durchführung, denn er besaß die dafür notwendige Entschlossenheit und die Fähigkeit, Leute herumzukommandieren.

»Wann brichst du nach Friesland auf?«

Martín Davalos wusste, dass sein Kompagnon zu den kompliziertesten Überlegungen fähig war, doch er war nicht imstande, sich vorzustellen, wie man gegen den Grafen Stephan, einen der erlauchtesten Adeligen der Region, vorgehen sollte.

Der Wirt bat untertänig um Entschuldigung, als er den beiden Reis mit Kichererbsen und warmem Schweinespeck servierte. Der köstliche Geruch, der von den Schüsseln aufstieg, veranlasste die Männer unverzüglich zu einer Lobeshymne auf den Koch. Geschmeichelt reichte Juan Vélez ihnen einen Korb mit knusprigem Weißbrot, das er gerade frisch aus dem Ofen geholt hatte, stellte eine Karaffe mit Wein aus eigenem Anbau auf den Tisch und ließ die beiden wieder allein. Don Luis beantwortete Martíns Frage.

»Nicht so bald, doch ich weiß, dass Seine Majestät noch vor Jahresende nach Haarlem reisen muss, um sich dort mit Fürst Wilhelm von Oranien-Nassau zu treffen, dem Herrn unseres Verräters.«

Vor über zehn Monaten hatte besagter Graf zuletzt bei ihnen Pferde bestellt, doch Luis wusste, dass er sie inzwischen in Ungarn kaufte. Und obwohl sie ihm mehrere Briefe geschickt – die beiden letzteren in einem recht harschen Ton – und ihn darauf hingewiesen hatten, dass er eine Fehlentscheidung getroffen habe und ihm die möglichen Folgen aufzählten, hatte dieser sich nicht einmal die Mühe gemacht, ihnen zu antworten. Angesichts der für sie nicht gerade rosigen Aussichten war ihnen klar, dass dieser Vorfall, falls sie nicht schnell und unmissverständlich Abhilfe schafften, ein schlechtes Beispiel für andere Kunden abgeben könnte, vor allem rund um Friesland, wo man schon begonnen hatte, später oder weniger zu bestellen.

Um dem Problem beizukommen, hatte Luis bereits einen Kandidaten auserkoren, der besagten Grafen ersetzen könnte und ihnen natürlich ergeben war, doch dazu musste erst einmal ein Nachfolger nötig werden, um den Kaiser anschließend von den Vorzügen ihres Mannes zu überzeugen.

»Weißt du schon, wie du ihn zum Schweigen bringst?«, erkundigte sich Martín Dávalos, der solche Angelegenheiten lieber persönlich regelte, doch Flandern lag in Luis' Verantwortung.

»Darüber denke ich unterwegs nach. Noch ist Zeit.«

»Ich möchte dir eine Neuentdeckung von mir ans Herz legen«, meinte Martín und holte aus seinem Rock ein kleines Futteral hervor. Als er es öffnete, verbreitete sich ein bestialischer Gestank im Raum.

»Mach das sofort wieder zu! Willst du mich etwa umbringen?«, schimpfte Luis. »Was ist das?«

»Cantarella. Ein Gift, ich habe es bereits zweimal verwendet und kann dir versichern, es besitzt eine durchschlagende Wirkung. Eine einzige Prise davon genügt. Ich trage es bei mir, um gleich morgen einen Verrat zu rächen, der mir heute zu Ohren gekommen ist. Ein Sevillaner, der unten im Hafen Probleme macht.«

»Das merke ich mir … Cantarella …« Nachdem die Gläser frisch gefüllt waren, stießen die beiden miteinander an. »Wenn alles so läuft wie geplant, werden wir nächstes Frühjahr nicht weniger als hundert andalusische Pferde verkaufen, jeder von uns. Eine hübsche Stange Geld!«

Don Luis war die Schlüsselfigur bei dem Handel mit jenen fernen Ländern.

Sein Status als Hauptmann der Kaiserlichen Garde sicherte ihm gewisse Privilegien. Bei den immerhin tausend Pferden seiner Schwadron fiel es nicht weiter auf, wenn er einfach hundert oder ein paar mehr aus seiner Zucht dazu nahm. Auf diese Weise konnte er das Verbot der *Saca* ohne große Schwierigkeiten umgehen und die Tiere später in den verschiedenen Staaten einem Netz rühriger Handelsagenten übergeben. Doch darüber hinaus nutzte Luis diese Taktik ein weiteres Mal zu seinem Vorteil, denn auf dem Rückweg nahm er ebenfalls wieder Pferde mit, diesmal Friesen oder Gelderländer. An diesen Rassen fand man wegen ihres angenehmen Stockmaßes in Kastilien und Navarra großen Gefallen. Man nutzte jene Tiere, um sie mit den eigenen von schlechterer Qualität zu kreuzen und so bessere Ergebnisse in Höhe und Statur zu erzielen. Auf diese Weise verdiente er doppelt, und das alles konkurrenzlos.

Seit sie sich kannten, wies das Leben dieser beiden Ratsherren viele Parallelen auf, doch das galt nicht für ihre Herkunft.

Martín Dávalos war von Adel und Spross eines illustren, inzwischen aber mittellosen Ahnengeschlechts. Luis dagegen konnte auf sein Elternhaus nicht so stolz sein, denn sein Vater war nur ein kleiner, wenn auch außerordentlich geschäftstüchtiger Kaufmann gewesen, der es zu einigem Wohlstand gebracht hatte. Doch der reichte nicht aus, um gesellschaftliche Anerkennung zu finden. Luis, der darunter stets gelitten hatte, bekam von seinem Vater jedoch zwei wichtige Lebensweisheiten mit auf den Weg. Die erste lautete: Wenn man es in der Gesellschaft zu etwas bringen wollte, musste man das Vertrauen derjenigen genießen, die wichtige Entscheidungen trafen. Und die zweite: Wenn man selbst keinen wohlklingenden Familiennamen besaß, gab es nur eine Möglichkeit, daran etwas zu ändern: Heirat.

Diese beiden Grundsätze stets beherzigend, hatte es Luis Espinosa in Position und Ansehen weit gebracht, vor allem nachdem er eine junge Frau aus dem Hochadel von Jerez geehelicht hatte, eine mit genügend blauem Blut und großem Vermögen, was ihm einen kräftigen Stoß in die gewünschte Richtung – nach oben – gegeben hatte.

Kurz nach seiner Hochzeit lernten sich die Männer auf einem Fest kennen, und Luis suchte gerade jemanden für seine ersten Vorhaben. Die beiden verstanden sich auf Anhieb prächtig, erst recht, nachdem Martín Luis gestanden hatte, dass er gerade in finanziellen Schwierigkeiten steckte. Seine Schulden beliefen sich auf mehr als fünfzig-tausend Dukaten.

Als Luis das hörte, bot er ihm ohne Umschweife an, seine Prob-leme zu lösen, und ermunterte ihn, sich an einer Unternehmung zu beteiligen, die sehr undurchsichtig war, jedoch einen hohen Gewinn versprach. Martín Dávalos zeigte bald Interesse an derlei Geschäften, umso mehr als er sah, wie rasch er auf diese Weise seine Konten wie-der ausgleichen konnte und welchen Luxus und welche Freuden ihm dieses leicht verdiente Geld bescherte. Dank dieses Wohlstands hatte sein Familienname nun nicht mehr nur einen guten Klang, sondern genoss – so wie früher – wieder großes Ansehen.

Die beiden lernten, viel Geld zu verdienen und sich die Gunst an-derer zu erkaufen.

Für Gefälligkeiten oder Stillschweigen genügte es, an die Habgier oder die niederen Instinkte zu appellieren. Niemand verweigerte sich. Ausnahmen von dieser Regel gab es keine – egal, wie hoch-gestellt die Person sein mochte und welchen Posten sie bekleidete. Sie waren noch nie jemandem begegnet, der sich nicht hätte in Ver-suchung führen lassen.

Luis Espinosa war ein Stratege. Er liebte alles Taktische, das Studie-ren des Schlachtplans, vor allem aber den Angriff über die Flan-ken. Er sagte immer, um eine Schlacht zu gewinnen, müsse man den Feind besser kennen als dieser seinen Gegner.

Martín Dávalos dagegen war mehr praktisch veranlagt und stets rasch bei der Sache. Seit er mit Luis zusammenarbeitete, hatte Martín ein Netzwerk von Verbündeten aufgebaut, die an den Stellen saßen, wo Geld floss. Sein Einfluss reichte hinauf bis zum *Pósito*, zur *Casa de Contratación de las Indias,* dem Handelshaus, von wo aus man die Geschäfte mit der Neuen Welt regelte, und zu einer stetig wach-senden Zahl von Stadträten. Innerhalb weniger Jahre kontrollier-ten seine Leute einen großen Teil der Geschäfte mit Neuspanien, Jamaika und Kuba, und sie hatten sich bereits das eine oder andere

Schiff auf diesen Routen angeeignet. Martín Dávalos bereitet gerne solche Transaktionen vor, doch am meisten gefiel es ihm, selbst dabei zu sein, wenn es gefährlich zu werden drohte. Er liebte es, wenn es hoch herging.

Der Pferdehandel mit der Neuen Welt hatte die Schatullen der beiden Männer gut gefüllt und war zu einem ihrer besten Geschäfte geworden. Lediglich der Handel mit Weizen warf noch mehr ab. Jede Bewegung im *Pósito* brachte ihnen eine Kommission ein, genauso wie alle Schiffe, die im Hafen von Sanlúcar de Barrameda vor Anker gingen: Jeder Kapitän wusste, dass er ein Zehntel seiner Ladung ein paar Männern aushändigen musste, die pünktlich erschienen, um ihn daran zu erinnern, kaum dass er angelegt hatte. Eine unbedingt notwendige Zahlung, wenn man keinen Ärger haben wollte. Sonst konnte es zum Beispiel passieren, dass man keine neue Besatzung fand oder an Bord Feuer ausbrach, was im vollen Hafen schon mal leicht passieren konnte, oder beim Beladen des Schiffes Ware fehlte.

Die größten Weinkellereien und Ölmühlen mussten ebenfalls einen Teil ihrer Einkünfte an diese Handlanger abtreten, die von den einen als Rüpel beschimpft wurden und von den anderen als Irre, je nachdem, was sie angerichtet hatten, um noch mehr Geld in die Taschen von Luis und Martín zu spülen.

»Übrigens, was gibt es Neues von diesem Inspekteur der *Saca*, der uns vor zwei Jahren soviel Ärger beschert hat?« Don Luis machte eine Pause, um die Aufmerksamkeit seines Teilhabers zu gewinnen. »Dieser ... wie hieß er doch gleich, Fabián ...?«

Martín trank einen Schluck Wein, ehe er antwortete.

»Nach der Abreibung, die wir ihm verpasst haben und bei der du ja dabei warst, konnte ich seine lebenslängliche Verbannung erwirken. Er versauert inzwischen in irgendeinem Walfängernest, ich glaube, es heißt Cudillero. Seitdem habe ich nichts mehr von ihm gehört. Weißt du noch, wie viel es uns gekostet hat, diese Anordnung bei seinen Vorgesetzten durchzusetzen, wo er doch von allen so geschätzt wurde? Wir mussten eine beträchtliche Menge Dukaten investieren, doch meiner Ansicht nach war das Geld gut angelegt, denn immerhin sind wir ihn ja losgeworden.«

»Sicher, das sehe ich genauso. Doch ich muss gestehen, seine Todesanzeige hätte mir noch mehr gefallen. Er weiß einfach zu viel über unsere Geschäfte.«

Dávalos tunkte ein Stück Brot in die sämige, köstlich schmeckende Sauce und wechselte das Thema.

»Wo du gerade von unseren Geschäften sprichst, da ist noch etwas, was du wissen solltest …«

»Nur zu!«

»Es geht um die Kartäuser …«, begann Martín kurz und bündig. Beide waren Wohltäter des Ordens, und ihre Frauen gingen dort regelmäßig zur Messe. »Mir ist zu Ohren gekommen, dass die Mönche erlesene Pferde züchten wollen …«

Bei diesen Worten schlug Espinosa mit der Faust so fest auf den Tisch, dass der Wein in den Gläsern schwappte und die tönernen Schüsseln klapperten. Auch ohne die genaue Tragweite dieser Nachricht zu kennen, erboste sie ihn bereits. Der Orden war reich und mächtig, und Luis konnte sich ausmalen, wie schwer es sein würde, den drohenden Problemen beizukommen. Wettbewerb behagte ihm nicht, und schon gar nicht, wenn es um Pferde ging. Zudem standen die Kartäusermönche in dem Ruf, alles, was sie anpackten, auch erfolgreich zu Ende zu bringen.

»Genügend Platz haben sie, und die besten Weiden auch«, fuhr Martín Dávalos fort. »In Lomopardo haben sie einen Stall mit Platz für fünfundvierzig Pferde und größere Fohlen. Und die Stallungen in Humeruelos sind ähnlich groß, allerdings noch fast leer.«

»Allein auf diesen beiden Weiden können sie praktisch zweihundert Stuten halten, und die dazu gehörigen Hengste und Fohlen auch. Zu viele, wenn du mich fragst!«

»Es kommt noch schlimmer. Ich habe gehört, dass sie sich für die

Mühle von Salado interessieren, zu der auch ein Pferdestall gehört. Und sie liegt gleich neben einer ihrer besten Weiden, der Catalana. Somit könnten sie sogar doppelt so viele Stuten halten.«

»Kriegen die denn nie genug? Sie haben doch schon Weizen, Weinstöcke, Öl und Kühe?« Luis dachte bereits ernsthaft darüber nach, wie man sie aufhalten könnte, denn bisher wurde der Pferdehandel von ihnen beiden allein kontrolliert.

Als er Martín Dávalos diesbezüglich die ersten Vorschläge unterbreitete, wies ihn jener darauf hin, wie viel Ärger ein Konflikt mit der Kirche nach sich ziehen könnte – so weit waren sie beide noch nie gegangen.

»Ich weiß, die Kirche wünscht sich keiner als Feind. Doch wir dürfen nicht vergessen, dass die Kartäuser in all ihren Vorhaben stets sehr erfolgreich sind … Ihren Eifer sollten wir auf keinen Fall unterschätzen«, meinte er abschließend.

Nach dem üppigen Abendessen musste Martín Dávalos zwei Knöpfe an seinem Rock öffnen. Der listige Gesichtsausdruck, der sich nun auf seinem Gesicht zeigte, war seinem Kompagnon nur allzu vertraut.

»Wusstest du eigentlich, dass ich einen Neffen habe, der Novize bei den Kartäusern ist?«

»Nein, das ist mir wohl entgangen.«

»Ich werde dafür Sorge tragen, dass er für uns Augen und Ohren offen hält. Danach werden wir weitersehen …«

III

Don Fadrique kam ganz schön ins Schwitzen, als er zum wiederholten Mal vergeblich versuchte, einen großen Sack auf den Karren zu hieven, dessen Inhalt sich fortwährend hin- und herbewegte. Er stemmte die Beine in den Boden, atmete tief durch, um sich mit ganzer Kraft auf sein Vorhaben zu konzentrieren, und versuchte es erneut, doch der Sack entglitt ihm immer wieder. Als er endgültig genug hatte, hob er unter Beschimpfungen und Verwünschungen einen Stein vom Boden auf und drosch damit auf den Sack ein, bis nur noch ein ersticktes Winseln zu vernehmen war und sich nichts mehr regte.

»Mein lieber Freund Fadrique, wenn ich meinen Ohren trauen darf, würde ich sagen, Ihr befördert einen Hund... Obwohl, dem Gewicht nach scheint es eher eine Kuh zu sein. Darf man fragen, was Ihr in dem Sack dort habt?«

Die Stimme gehörte einem der Kartäusermönche, der das Gewinsel im Vorbeigehen vernommen hatte. Neugierig geworden, drehte er kurzerhand um und trat näher. Bei seinem Anblick fuhr Don Fadrique der Schreck in die Glieder. Der Mönch war groß, korpulent und verfügte neben muskulösen Armen auch über einen sehr wachen Verstand. Die beiden kannten sich gut, denn der Mönch kümmerte sich um sämtliche praktischen Belange im Waisenhaus, aber auch im Kloster.

»Habt Ihr etwas?«, wunderte sich der Mönch, weil der andere so gar nichts sagte.

»Nein, nein, nichts!«, räusperte sich Don Fadrique nervös. »Es handelt sich..., nun, es handelt sich tatsächlich um einen Hund, der schon seit geraumer Zeit die Kinder belästigt, und ich habe Angst, dass er eines Tages ...«

»Soll ich Euch helfen, ihn auf den Karren zu schaffen?«

»Nein!« Don Fadrique versuchte noch den anderen von seinem Vorhaben abzubringen, doch da war es bereits zu spät. Der Mönch mit Namen Camilo hatte schon beherzt zugegriffen und den Sack mühelos hochgehoben. Mit einem Schlag wurde der Lehrer kreidebleich. Er sah, wie der andere den Inhalt von außen berührte und sicher gleich die Wahrheit herausfinden würde.

»Aber was habt Ihr denn da drin?« Es fühlte sich ganz und gar nicht an wie ein Hund.

»Ich kann es Euch erklären ...«

Bruder Camilo setzte den Sack ab und öffnete ihn hastig. Zu seiner großen Überraschung kauerte darin ein Kind mit dunklem, lockigem Haar und einer dicken Beule auf der Stirn. Fassungslos blickte er den Lehrer an.

»Könntet Ihr mir erklären, was Ihr vorhattet mit dem ...?« Er war so entsetzt, dass ihm die Worte fehlten. »Wie konntet Ihr nur eine solche Barbarei begehen? Es ist wirklich eine Schande!«, stammelte er betroffen und wartete auf eine Erklärung.

»Wenn Ihr ihn nur kennen würdet ...« Nervös rieb sich der Lehrer die Hände. »Es ist nicht zum Aushalten mit ihm! Glaubt mir, ich konnte es einfach nicht länger ertragen, ich bin an meine Grenzen gestoßen.«

Camilo hörte ihm zu, ohne zu verstehen, was ihm der Mann damit sagen wollte, denn noch immer war er von seiner Entdeckung aufgewühlt. Das Waisenhaus sollte den Findelkindern nicht nur ein neues Zuhause und geregelte Mahlzeiten bieten, sondern ihnen auch Liebe und Fürsorge angedeihen lassen. Doch wie es schien, war der Leiter dieser Einrichtung dazu entschlossen, genau das Gegenteil zu tun.

Der Junge kam wieder zu Bewusstsein, und das Erste, was er tat, war: Er schrie so laut und durchdringend, dass es beiden Männern durch Mark und Bein ging.

»Ruhig, mein Junge! Niemand wird dir etwas tun. Alles ist gut.«

Dem Mönch schien, der Junge habe schon genug gelitten. Ihrem Gespräch sollte er daher besser nicht zuhören, und er beschloss, ihn ins Waisenhaus zu bringen. Er warf Don Fadrique einen vernichtenden Blick zu, der diesem unmissverständlich klarmachte, sich in der Zwischenzeit ja nicht vom Fleck zu rühren. Sobald Camilo wieder da wäre, würde er ihn zum Prior bringen und diesem Meldung machen.

Doch Don Fadrique war derart eingeschüchtert, dass er es vorzog, besser nicht auf ihn zu warten. Er war sich seines unverzeihlichen Fehlverhaltens durchaus bewusst, das wohl zur Folge hatte, dass er nicht mehr an der Schule würde arbeiten dürfen – oder gar noch Schlimmeres. Wenn er blieb, müsste er von nun an allerlei Tadel und Missbilligung ertragen, weshalb er einfach auf dem Absatz kehrtmachte und so schnell davonlief, als wären tausend Teufel hinter ihm her. Um seine Habseligkeiten, die einen Großteil seiner Vergangenheit und seines Lebens ausmachten, scherte er sich nicht weiter.

Als er noch einmal, nur für einen kurzen Moment, zurücksah und sein Blick dem des Mönchs begegnete, der ihm tatenlos zusah, verspürte er eine große Erleichterung: Dank seines Auftauchens hatte er keine grausame Tat begangen, die er sein Leben lang bereut hätte.

Bruder Camilo ließ ihn ziehen.

Noch immer konnte er nicht fassen, was dieser Mann gerade im Begriff gewesen war zu tun, und noch weniger die Gründe verstehen, die einen gebildeten und redlichen Mann wie den Lehrer zu einer so ungeheuerlichen Tat bewogen hatten. Während er sich all dies fragte, ließ er den Jungen und sein Gebaren nicht aus den Augen. Der Ärmste schien nicht ganz bei Verstand zu sein, was er angesichts der Umstände nicht weiter verwunderlich fand. Er reichte ihm die Hand, um ihn zum Waisenhaus zu begleiten, doch der Junge wollte nicht; er hatte schreckliche Angst.

Bruder Camilo hatte schon sehr früh den Ruf Gottes vernommen.

In Córdoba geboren, jenem fruchtbaren Landstrich, war er in einer Familie mit zwölf Brüdern aufgewachsen. Ihre Erziehung war streng gewesen, es gab wenig Müßiggang und viel Arbeit auf den Feldern seines Vaters. Wenn sie nicht aussäten, dann droschen sie Getreide, wenn sie nicht die Oliven von den Bäumen schlugen, sammelten sie die Rinde der Korkeichen oder fütterten die Schweine und Kühe. Nie mangelte es an Arbeit, und an Schweiß schon gar nicht. Die Brüder teilten sich die anstehenden Aufgaben, alle, egal ob groß oder klein, halfen zusammen, und Camilo tat es ihnen gleich, bis ihm klar wurde, dass Gott ihn auserwählt hatte.

Sein Vater hatte an der Seite Isabellas von Kastilien bei der Eroberung von Granada gekämpft, und obwohl er nicht durch große Heldentaten in Erscheinung getreten war, erlangte er aufgrund seiner Gewitztheit und Schlauheit, die er dabei unter Beweis gestellt hatte, allerlei Begünstigungen. Er verhandelte die Übergabe einiger Orte, bevor es um die letzte große Stadt des früheren Kalifats Al-Andalus ging, und nahm an deren Eroberung teil. Für diese Taten wurde ihm ein niedriger Titel verliehen, und zudem erhielt er ein gutes Stück Land im Westen der Stadt Córdoba entlang dem Fluss Guadalquivir, jenem Ort, an dem Camilo seine Kindheit, eine kurze Kindheit, verbrachte.

Mit elf Jahren ahnte er zum ersten Mal, dass er sein Leben Gott weihen wollte. Zunächst verbarg er seinen Wunsch vor den anderen, vielleicht weil er glaubte, dass man seine Entscheidung wegen seines jugendlichen Alters nicht ernst nehmen würde, vielleicht aber auch, weil er nicht wusste, wie er diesem Ruf gerecht werden sollte; zudem wollte er unter seinen Brüdern nicht als sonderbar gelten.

Mit vierzehn Jahren jedoch hatte er ein einschneidendes Erlebnis, für das in erster Linie die Musik verantwortlich war. Es geschah während einer feierlichen Messe in der Kathedrale von Córdoba, an der er in Begleitung seiner Eltern teilnahm und bei der er zum ersten Mal den Klang der großartigen Orgel vernahm. Er hatte keine Ahnung, wie die Wirkung dieses Instruments entstand, doch er spürte, wie die Noten jeden Winkel seines Wesens durchdrangen, bis in die letzte Faser seines Körpers. Tief erschüttert fühlte er, wie an jenem Tag Gott über die Melodien, die in Seinem Haus gespielt wurden, von seiner Seele Besitz ergriff, worüber er fast zu atmen vergaß. Er spürte, wie er sein altes Ich abstreifte, und sah sich gleichzeitig vor dem Tor zu seiner Zukunft stehen.

Er wusste nicht, ob es jene Harmonien gewesen waren, die ihn zu Gott geführt hatten, oder umgekehrt, doch im Dämmerlicht der Kirche, als er, noch ganz versunken in seine Entdeckung, den magischen Klängen in seinen Ohren lauschte, die einer zärtlichen Berührung glichen, entschied er, sein Leben dem Herrn zu weihen – und der Musik.

Ein Jahr später, an einem kühlen und strahlend hellen Morgen, beschloss er, als er zwischen Weizenfeldern und Olivenhainen über eine grüne Weide blickte, auf der friedlich ein paar Stuten grasten, dass es nun an der Zeit sei, seiner Familie seinen sehnlichsten Wunsch zu offenbaren.

Er versuchte es ihnen so zu erklären, wie er es empfand.

Er erzählte ihnen, wie es zu jener göttlichen Eingebung gekommen war und woher er die Sicherheit nahm, dass Gott ihn auserkoren hatte. Doch er sprach auch von dem großen Einfluss, den die Musik dabei auf seine Seele und seine Vision gehabt hatte. Aber niemand verstand ihn, am wenigsten seine Brüder. Ohne es zu ahnen, begann für Camilo mit der Enthüllung seiner Pläne nun der für ihn wohl schwierigste Abschnitt seiner Jugend, eine Zeit voller Unverständnis und Missbilligung.

In den folgenden zwei Jahren hatte er sehr zu leiden.

Sein Vater dachte, der Weg des Gebets sei nur etwas für Feiglinge und Verweichlichte; eine Art, sein Leben auf Kosten der anderen zu verschwenden. Und seine Brüder, die diese Meinung im Übrigen teilten, verspotteten ihn zudem wegen seiner Liebe zur Musik, die sie als sinnlosen Zeitvertreib betrachteten.

Mit der Zeit wurde aus den Sticheleien Verachtung. Jedes Mal, wenn sie ihn beim Studium einer Partitur oder beim Lesen eines frommen Buches ertappten, verhöhnten sie ihn als Faulpelz und Müßiggänger, und wenn sie ihn gar überraschten, wie er betete oder ein Musikstück summte, schimpften sie ihn verrückt. Jede Geste, jedes Wort regte sie zu Witzeleien an, sodass sein Leben schier unerträglich wurde.

Ohne zu wissen, welche Pläne Gott mit ihm hatte oder welchen Weg des Glaubens er gehen sollte, beschloss Camilo, sein Zuhause zu verlassen, als der Schmerz, den man ihm dort zufügte, übermächtig wurde. Er wollte sich einen Ort ganz nach seinem Geschmack suchen, an dem er seiner Berufung folgen konnte. Verbittert durch die Haltung seines Vaters und die Grausamkeit seiner Brüder entschloss er sich, trotz aller Unwägbarkeiten, in ein Kloster einzutreten. Er war gerade siebzehn geworden.

Als er seinen Entschluss der Mutter mitteilte, machte er diese sehr glücklich, denn sie war eine überaus fromme Frau. Sie beglückwünschte ihn zu seiner Entscheidung und schlug ihm vor, zu den Kartäusern zu gehen, weil dieser unter allen Orden ein hohes Ansehen genoss.

Mit achtzehn wurde Camilo als Postulant bei den Kartäusern in Sevilla aufgenommen, und seinen neunzehnten Geburtstag verbrachte er als Novize, als der er seine Zeit schweigend in der Zelle oder bei langen Spaziergängen im Kreuzgang verbrachte.

Das Leben in den Kartäuserklöstern gründete auf der Kontemplation, der bewussten geistigen Stille, die gottgefällig war und zugleich das spirituelle Wachstum des Mönchs fördern sollte. In dem Gärtchen, das zu jeder Zelle gehörte, wurde Gemüse angebaut. Zudem verfügte jeder Mönch über einen Platz, an dem er werken konnte, einen Tisch für das Studium der Bücher, ein Bett und eine kleine Kammer. Sein Essen nahm er in der Zelle ein. Die Gemeinschaft der Mönche traf sich nur regelmäßig zu den Gottesdiensten und sonntags zum Essen. Einmal in der Woche begegnete man sich, um eine

Stunde lang im Kreuzgang miteinander zu sprechen. Für diese Zeit war das Schweigegelübde aufgehoben.

Um schließlich Mönch zu werden, musste man zuvor – so lauteten die Ordensregeln – eine fünfjährige Probezeit bestanden haben. Erst wenn die Oberen danach der Ansicht waren, dass die Berufung auf einer soliden Basis stand, wurde der Kandidat ein richtiger Kartäuserbruder.

Camilo stieg die Sprossen seiner Leiter zum asketischen Mönchsleben mit stetig wachsender Liebe zu Gott empor. Doch er zweifelte immer wieder, ob dies auch wirklich der Weg war, den Gott für ihn vorgesehen hatte. In der Stille seiner Zelle, in der seine sämtlichen Habseligkeiten aus einer hölzernen Pritsche, einem Strohsack und zwei Decken, einem Tisch, ein paar Büchern und einer Töpferbank bestanden, verschmolz diese Kargheit mit dem Überfluss an der schönsten Musik, die man sich nur vorstellen konnte und die nur er in seinem Kopf hörte – zum Takt seines reichen Innenlebens.

Unbelastet von irdischen Gütern, die ihn auf der Erde festgehalten hätten, konnte er seinen Geist frei fliegen lassen, bis weit nach oben, zum Klang von Melodien, die er mit keinem anderen Instrument als mit seiner Vorstellungskraft spielte.

Mit achtundzwanzig, also zehn Jahre nachdem er um Aufnahme ins Kloster gebeten hatte, forderte ihn der Prior der Kartause von Sevilla auf, in ein jüngeres Ordenshaus zu übersiedeln, und zwar nach Jerez in die Kartause Santa María de la Defensión, weil dort dringend ein Prokurator benötigt wurde, ein Bruder, der sich – neben seinen spirituellen Aufgaben – für eine gewisse Zeit um die Verwaltung des Klosters kümmerte. Zu seinen Tätigkeiten gehörte es, alle für die Verpflegung der Mönche notwendigen Einkäufe zu erledigen, den Verkauf sämtlicher Waren von den Feldern oder aus den Stallungen der klösterlichen Güter abzuwickeln und darüber hinaus die Preise mit den Käufern auszuhandeln; sie mussten ausreichend Geld einbringen, um das wirtschaftliche Wohlergehen der Kartause zu gewährleisten.

Klaglos zog Camilo an den anderen Ort und wechselte in die fremde Klostergemeinschaft, was ihn erfreute, sobald er die Vorteile erkannte, die ihm seine neue Arbeit bot. Die Stelle des Prokurators erlaubte es ihm nämlich, dann und wann die Abgeschiedenheit der klösterlichen Mauern zu verlassen und bereits fast vergessen Geglaubtes neu zu entdecken. So sah und hörte er andere Menschen, die zufällig seinen Weg kreuzten, konnte das geschäftige Treiben auf einem Markt beobachten und Kindern beim Spielen zusehen. Doch was ihn am meisten beglückte, war, dass er seine Musikkenntnisse vertiefen konnte: Auf seinen Wegen ließ er keine Kirche aus, in jeder suchte er die Orgel und den Organisten; mit etwas Glück fand er sogar einen Chor, der gerade ein sakrales Stück einstudierte. Dann nahm er verzückt Platz und lauschte mit geschlossenen Augen konzentriert jedem Akkord und jedem Ton, um später in seinem Kopf alles wiedererstehen zu lassen.

Doch zwischen diesen Ausflügen, trotz seiner tiefen Liebe zu Gott und dem festen Wunsch, Ihm treu zu bleiben, fühlte er, wie in ihm der bittere Gedanke aufkeimte, ob das, was er in seinem bisherigen Leben getan hatte, auch das Richtige war.

»Camilo, geh doch zum Anleger unten am Fluss, und sieh nach, ob sie uns wenigstens heute guten Fisch mitgebracht haben, denn die letzten drei Lieferungen … na ja …«

Die Anweisung kam von Bruno de Ariza, seinem Prior in Jerez.

Seit seiner Ankunft in der Kartause leitete Don Bruno die Geschicke des Klosters mit ruhiger Hand und großer Gelassenheit. Er war ein frommer und gebildeter Mann, angenehm im Umgang mit seinen Glaubensbrüdern. Doch wenn er das Gefühl hatte, man wolle ihn hinters Licht führen, konnte er schon mal aus der Haut fahren.

Die Stellung des Priors erforderte eine nahezu grenzenlose Geduld; man musste sich darauf verstehen, mit Menschen umzugehen, und vor allem über ein unerschütterliches Gemüt verfügen: Eigenschaften, die Don Bruno zweifelsohne in hohem Maße besaß.

Zu seinen zahllosen Aufgaben, wie beispielsweise Besucher zu empfangen, die Bücher zu führen und für das geistige Wohl seiner Mitbrüder Sorge zu tragen, gehörte es auch, die Güte der Lebensmittel, die sie einkauften, zu kontrollieren. Dazu zählte auch der Fisch, denn eine der Grundregeln des Klosterlebens war der völlige Verzicht auf Fleisch. Wenn Don Bruno also an jenem Morgen entschieden hatte, Camilo um Hilfe zu bitten, dann zum einen deshalb, weil er ihn als seine rechte Hand ansah, zum anderen aber auch, weil er wusste, wie die Sache ausgehen würde, wenn er selbst ginge. Die zwei vorherigen Lieferanten wussten ein Lied davon zu singen.

Mit seinen einunddreißig Jahren besaß Camilo drei Eigenschaften, die Don Bruno sehr an ihm schätzte: seine Intelligenz, ein überaus großes Mitgefühl und seinen bedingungslosen Gehorsam. Obwohl… um der Wahrheit die Ehre zu geben, gelegentlich fand er ihn ein wenig zu starrköpfig.

An jenem Morgen nun, wie nicht anders zu erwarten war, gehorchte Camilo seinem Prior, ließ alles stehen und liegen und machte sich eilig auf den Weg hinab zum Río Guadalete, unweit des Klosters.

Er sah, wie vier Männer von einem Boot Fisch auf einen Handkarren luden, mit dem sie die Ware anschließend zum Kloster hinaufbringen würden. Dort wurde der Fisch gewaschen, wenn man ihn anschließend verzehren wollte, oder gesalzen, um ihn zu lagern. Fisch war eines der wichtigsten Nahrungsmittel der Kartäusermönche – neben dem Gemüse und den Früchten, die sie in ihren Gärtchen oder auf ihren Feldern ernteten.

Als sich die ersten Holzplanken unter Camilos Gewicht bogen, fiel ihm auf, dass sich an Bord fünf Jungen befanden, die dort herumstromerten und offensichtlich nichts zu tun hatten.

Sogleich erkundigte er sich bei einem der Fischer nach ihnen.

»Wenn wir sehr viel zu tun haben, so wie heute, fragen wir manchmal im Waisenhaus an, ob sie uns ein paar Jungen zur Aushilfe schicken können. Heute sind es diese fünf.« Der Befragte deutete etwas abschätzig auf die Gruppe. »Aber um ehrlich zu sein, so wenig wie sie uns helfen, wäre es besser gewesen, man hätte sie in der Schule gelassen ...«

Bruder Camilo beobachtete zwei von ihnen. Er schätzte sie auf etwa zehn Jahre. Sie banden gerade einer Katze ein Stück Tau an den Schweif. Der Rest beäugte fasziniert den Fang, und einer von ihnen tat sein Bestes, um ein paar Alsen zu erhaschen, die vergeblich versuchten, ins Wasser oder in die Freiheit zu gelangen. Das Fleisch dieser Fische schmeckte sehr viel besser als das der Sardinen, zudem war es auch fester.

Der Mönch konzentrierte sich daraufhin wieder auf seinen Auftrag und nahm den Fang ausführlich in Augenschein. Er entdeckte zwei Kisten mit Seebarsch, eine mit Thunfisch und eine mit Zackenbarsch, der Rest waren alles Sardinen. Er begutachtete, ob ihre Schuppen und Augen glänzten, roch an der Ware, und als er sich seiner Sache sicher war, suchte er nach dem Kapitän des Schiffs, um ihn Verschiedenes zu fragen. Auf seinem Weg entdeckte er unvermittelt einen Jungen, der sich auf dem Boot in einem Haufen von Netzen so gut versteckt hatte, dass man ihn gar nicht richtig erkennen konnte. Er wollte sich gerade erkundigen, um wen es sich handelte, als ihn auch schon der Schiffsführer begrüßte.

»Sucht Ihr etwa mich?«

Die zusammengekniffenen Augen des Mannes konnten nicht verhehlen, dass ihm die Angelegenheit peinlich war. Er wusste sehr wohl, dass die mitgebrachte Ware nicht die gewohnte Qualität besaß.

Bruder Camilo griff sich einen mittelgroßen Thunfisch, und augenblicklich schlug ihm ein übler Geruch entgegen. Er deutete auf die trockenen Augen des Fisches und suchte anschließend unter den angebotenen Zackenbarschen nach einem, der besser aussah, konnte aber keinen finden. Beim Seebarsch war die Sache nicht anders, beziehungsweise sogar noch schlimmer. Als er ärgerlich gegen eine der Kisten stieß, verteilte sich der Inhalt über den ganzen Boden.

»Glaubt mir, was Ihr seht, ist Fisch, der gestern gefangen wurde, in der Meeresbucht. Zudem mit Schleppnetzen …« Die Argumente des Kapitäns entbehrten jeder Grundlage.

»Denkt nicht, dass ich Euer Seemannsgarn für bare Münze nehme …« Camilo runzelte die Stirn. »Wenn der Fisch mit solchen Netzen, wie Ihr behauptet, gefangen worden wäre, müsste die Qualität deutlich besser sein. Auf jeden Fall ist die Ware, die Ihr uns heute gebracht habt, die schlechteste, die ich je gesehen habe. Ihr könnt sie gleich wieder mitnehmen, und ich hoffe, dass Ihr noch vor morgen Mittag mit besserem Fisch aufwartet.«

»Selbstverständlich, Padre, selbstverständlich.«

»In unser Kloster kommen täglich viele sehr einfache Leute, aber das bedeutet nicht, dass sie solchen Unrat verdienen. Und übrigens, ich hoffe für Euch, dass dies zum letzten Mal passiert ist.«

Der Schiffsführer wies seine Männer an, den Fisch sofort wieder zu verladen und dafür zu sorgen, dass die Jungen ihnen dabei halfen. Von den Fünfen erschienen vier, ohne zu murren, der letzte im Bunde, der sich zwischen den Netzen versteckt hatte, machte jedoch nicht die geringsten Anstalten. Bruder Camilo drehte sich um, weil er zurück zum Kloster wollte, wo ihn noch jede Menge Arbeit erwartete. In der Eile überhörte er die Beschimpfungen, mit denen die Jungen den Abtrünnigen überhäuften, und sah auch nicht, dass die Männer sich auf die Suche nach ihm machten.

»Elender Faulpelz …« Sie zerrten den Jungen aus seinem Versteck. Sein nicht enden wollendes Geschrei erregte Camilos Aufmerksamkeit, der sich umdrehte, um nachzusehen, was da los war. Im ersten Moment kam ihm der Junge zwar bekannt vor, doch er wusste nicht, woher; bis ihm einfiel, dass es sich um den Knaben handeln könnte, den er aus den Händen des früheren Leiters des Waisenhauses befreit hatte.

»Hier drückt sich keiner vor der Arbeit!«, brüllte ihn der Mann an, der ihn am Schlafittchen gepackt hielt. »Haben wir uns verstanden?«

Ohne ihm zu antworten, lief Yago zu einer der schweren Fischkisten, hob sie keuchend hoch und machte ein paar unbeholfene

Schritte, ohne nach vorne zu schauen, ganz vertieft in sein Voran-kommen. Da stellte ihm einer seiner Kameraden ein Bein, wodurch er zu Boden ging, und mit ihm der gesamte Inhalt der Kiste. Unter lautem Gelächter sammelte er den Fisch, ohne zu murren, wieder ein, holte tief Luft und versuchte erneut, die Kiste an ihren Bestim-mungsort zu bringen. Mit schief gelegtem Kopf und aus den Augen-winkeln auf den Weg schauend, stolperte er nun, vor sich hin mur-melnd, voran.

Seinen Kameraden schien der Streich von vorhin noch nicht zu genügen, denn einer von ihnen suchte einen ordentlich großen Thunfisch aus und schlug dem Burschen zu seiner Rechten gleich den nächsten Streich vor.

»Meinst du, er macht das noch mal?« Er sah den Jungen neben sich verschwörerisch an, und in dem Moment, als Yago an ihm vor-beiging, hielt er ihm den Fisch direkt unter die Nase.

»Haaallo … Ich reeede mit diiir …! Hörst du nicht, dass er dich um Hilfe bittet?« Er unterdrückte ein Lachen und wartete darauf, dass Yago genauso reagierte wie sonst. »Dieser Fisch mag dich und will, dass du ihm hilfst. Los, mach schon, hol ihn dir!«

Vor den Augen des entsetzten Yago flog der Fisch in hohem Bogen in den Fluss. Unentschlossen zitterte der Junge für einen Moment am ganzen Körper, ehe er mit einem Mal auf die Landungsbrücke zu-rannte. Unter dem schallenden Gelächter seiner Kameraden stürzte er sich, ohne zu zögern, ins Wasser. Wieder einmal hatte er einfach seinen Kameraden geglaubt und getan, was sie verlangten, ohne sich darüber im Klaren zu sein, dass er gar nicht schwimmen konnte.

Voller Entsetzen beobachtete Bruder Camilo das Geschehen.

Die Kinder, die johlten und grölten, erkannten nicht den Ernst der Lage, als Yago, verzweifelt mit den Armen um sich schlagend, unter-ging wie ein nasser Sack.

Ohne nachzudenken, stürzte sich der Mönch im vollen Habit und mit Sandalen an den Füßen in die Fluten, holte tief Luft und tauchte unter, um den Jungen aufzuspüren. Doch das Wasser war viel zu aufgewühlt, als dass er etwas hätte sehen können. Nachdem er so lange wie möglich die Luft angehalten hatte, ließ er sich nach oben treiben, füllte erneut seine Lungen und tauchte bis auf den Grund. Auf einmal meinte er, verschwommen eine Gestalt zu erkennen, und schwamm auf sie zu. Feine, perlende Luftbläschen bestätigten ihm, dass es sich um den Jungen handeln musste. Er zog an seinem Hemd, umfasste seine Brust und hievte ihn mit aller Macht nach oben.

Als sie an der Wasseroberfläche erschienen, hielt man ihnen eine lange Holzstange hin, an der sie sich festhalten konnten. Zwei Männer zogen sie entschlossen in Richtung Landungsbrücke. Mühelos zog man Yago aus dem Wasser; bei dem Mönch gestaltete sich dies aufgrund seiner Körperfülle deutlich schwieriger.

Der Junge schien nicht mehr zu atmen.

Bruder Camilo, der völlig durchnässt war, schüttelte ihn ordentlich. Doch als der Junge mit keinem Mucks reagierte, öffnete er seinen Mund und blies kraftvoll hinein, um seine Lungen mit Luft zu füllen. Unermüdlich fuhr er damit fort, bis der Junge auf einmal hustete und einen grünlichen Schwall Wasser ausspuckte, die Augen öffnete und einen beleibten Mann mit geröteten Wangen vor sich sah. Ein schmaler Haarkranz zierte seinen Kopf. Er erkannte ihn wieder. Die Augen des Mannes strahlten so besonders, sie schienen von funkelnden Lichtern umgeben.

Er hatte ihm nun schon zum zweiten Mal das Leben gerettet.

Der Junge konnte das Lächeln des Mannes oder seinen warmherzigen Blick nicht deuten, denn dies war eine Fähigkeit, die er einfach nicht besaß. Er konnte in den Gesichtern anderer Menschen nicht deren Gefühle lesen. Dennoch fixierten seine blauen Augen diejenigen des Mönchs, er öffnete den Mund und stammelte etwas Unverständliches.

»Ruhig, mein Junge, ganz ruhig, überanstrenge dich nicht.« Bruder Camilo strich ihm über den Kopf. »Das war knapp, nicht wahr?«

Der Junge antwortete nicht.

»Der redet kaum«, meinte einer der Jungen.

»Er ist ein bisschen blöd«, merkte ein anderer mit der Unbekümmertheit seines jugendlichen Alters an.

»Wie heißt du, mein Junge?«

Yago wollte antworten, wusste aber nicht, wie.

»Er heißt Yago«, antworteten zwei von ihnen wie aus einem Munde.

IV

Yago, der sich an Bruder Camilos Habit klammerte, folgte diesem vom Anleger bis in die Küche des Waisenhauses auf der kleinen Isla de la Camacha. Erst dort fand er an einer frisch gebackenen Tortilla mit Kichererbsen mehr Interesse. Und so ließ der Mönch ihn in seine Mahlzeit vertieft am Tisch sitzend zurück.

Camilo eilte unterdessen in das Büro des neuen Schulleiters, der Don Fadrique nach seinem überstürzten Weggang ersetzt hatte. Don Guzmán de Usurbe erzählte ihm, dass er seit seiner Ankunft vor vier Monaten mit dem Jungen nicht recht weitergekommen sei.

»Im Unterricht wirkt er stets abwesend, er kann nicht schreiben, hört nicht, wenn man ihn aufruft, und es hat mich unendlich viel Mühe gekostet, dass er es endlich unterlässt, zu schreien oder um sich zu treten, wenn man mit ihm spricht. Es ist zum Verzweifeln …«

Zu diesem auffälligen Verhalten kamen laut Don Guzmán noch andere Dinge hinzu: seine Schwierigkeiten beim Sprechen, beim Beherrschen seiner Wutausbrüche, und ganz allgemein das nicht gerade einfache Zusammenleben mit ihm.

»Was glaubt Ihr, dass er hat?« Camilo wusste rein gar nichts über das Kind, kannte es nur von dem bedauerlichen Vorfall mit Don Fadrique.

»Ihr dürft mir glauben, ich habe ihn wirklich lange beobachtet. Was er hat, ist schwer zu beschreiben und noch schwerer zu verstehen. Zu sagen, er sei anders, trifft es nicht recht, und auch die Aussage, seine Reaktionen seien nicht vorhersehbar, ist unzureichend. Wenn ich sein Verhalten in wenigen Worten zusammenfassen müsste, würde ich sagen, dass Yago in einer anderen Welt lebt, fern von unserer, an einem Ort, den zu verlassen ihm schwerfällt.«

Bruder Camilo dachte laut nach.

»Auf dem Weg hierher haben sich unsere Blicke zwei Mal getroffen, und ich habe tief in seinen Augen eine unendlich große Traurigkeit gesehen, ja, ich möchte fast sagen, einen Hilfeschrei. Daher verstehe ich gut, was Ihr sagt, auch mir fällt es schwer zu erklären, welche Empfindungen ich in diesem Moment hatte. Sein Rufen bedurfte keiner Worte, er tat es mittels schlichter Gesten, mit in Schweigen gehüllten Seufzern, als wären seine Gefühle unter Verschluss, gehütet wie ein großer Schatz.«

»Nun, das wäre das erste Mal, dass jemand seine Gefühle verstanden hat.« Don Guzmán machte eine Pause. »Um ehrlich zu sein, ich weiß nicht, was ich für ihn tun kann. Es gibt Tage, da benimmt er sich eher wie ein Tier als wie ein Mensch. Verzeiht, wenn mein Urteil Euch zu hart erscheint, aber ich versichere Euch, ich habe nichts unversucht gelassen.« Bedrückt sank er in sich zusammen.

»Was wisst Ihr über seine Familie?«

»Nichts, wir wissen rein gar nichts über sie. Es ist, als hätte er keine Vergangenheit. Doch ich habe auch nichts gefunden, was er in Zukunft machen könnte. Je mehr Zeit vergeht, desto mehr wird mir bewusst, dass er rein gar nichts beherrscht. Um ehrlich zu sein, ich weiß wirklich nicht, was ich mit ihm machen soll … Oft denke ich, ob es nicht besser wäre, ihn aus dem Waisenhaus zu nehmen und seinen Platz jemand anderem zu überlassen, der mehr davon hätte.«

»Ich verstehe, welch große Herausforderung es für Euch sein muss, einen Schüler wie ihn in Euren Reihen zu haben, einen, der nicht die geringsten Fortschritte macht. Doch bevor wir eine derart endgültige Entscheidung treffen, wie Ihr sie mir vorschlagt, möchte ich erst einmal versuchen, Euch zu helfen. Ich muss gestehen, der Junge hat mein Mitgefühl geweckt …«

Der Lehrer unterbrach ihn, um weitere Einzelheiten aus Yagos Schulalltag zu berichten:

»Die anderen Kinder lachen ihn ständig aus, aber da er eine reine Seele hat, glaubt er ihnen einfach alles. Er gehorcht ihnen, ohne sich ihrer Hinterhältigkeit bewusst zu sein. Er zeigt kein Interesse daran, Freundschaften zu schließen, und ich vermute, er weiß gar nicht, warum sie ihn ständig hänseln, und kann nicht unterscheiden, wann sie sich über ihn lustig machen oder warum sie ihn einfach links liegen lassen. Ich habe den Eindruck, dass er so abgeschottet lebt, dass ihn das, was um ihn herum passiert, überhaupt nicht berührt. Er ist ein sehr schwieriges Kind, glaubt mir, wirklich, das ist er…«

Das Unverständnis, unter dem Yago zu leiden hatte, rief in Camilo die Erinnerung an seine eigene Kindheit wach. Auch er war anders gewesen als seine Brüder, seine Eltern, als alle anderen. Sein reiches Innenleben hatte nie zu den Wünschen seiner Familie gepasst, und folglich auch nicht zu dem, was man sich von ihm erhoffte. Ihrer Auffassung nach konnte ein Mann nur Ritter werden und in den Krieg ziehen, oder, wenn einem das Kämpferische nicht lag, ein Handwerk erlernen oder das Feld bestellen, wenn es ihm an geistigen Fähigkeiten mangelte. Es ging nicht in ihren Kopf hinein, dass ein Mensch auch beten, sich mit geistlichen Lobgesängen, Metten und Partituren befassen und in Klausur leben konnte. Selbst seine Meditationen, die er als Jugendlicher zur Übung für die spätere Askese unternommen hatte, während er über grüne Weiden wanderte, wurden von seiner Familie belächelt und nur als weiterer Beweis seines Andersseins betrachtet.

Unter allen Geschichten aus jener Zeit war ihm eine als besonders schlimm in Erinnerung geblieben. Er hatte Wasser aus dem Brunnen vor dem Haus geholt, als seine Brüder ihn umringten und in den Schacht hinabwerfen wollten, damit – wie sie unter großem Gelächter johlend erklärten – sein Gott ihn wieder heraufholte. Wenn sie ihre Drohung auch nicht wahrmachten, so brachten sie ihn doch zum Weinen. Ein Umstand, für den sie ihn verachteten und ihn zukünftig »Schwester Camilo« riefen, ein Spitzname, den er zu seinem Leidwesen viele Jahre lang ertragen musste.

Aus mancherlei Gründen kannte er besser als jeder andere das Gefühl, eine Enttäuschung zu sein.

Die Wirklichkeit, wie dieser Junge sie erlebte, und seine Probleme lösten in Camilo tiefes Mitgefühl aus. In seinen Augen war Yago vollkommen auf sich allein gestellt, wie auch er es einst gewesen war. Umgeben von Leuten, die ihn verspotteten, hatte er niemanden an seiner Seite, der zu ihm stand.

Deshalb fasste er nun einen Beschluss.

Während er Don Guzmán berichtete, was sich an der Anlegestelle zugetragen hatte – wobei er sich dafür aussprach, dass die beiden Burschen eine ordentliche Strafe erhielten –, zerbrach er sich den Kopf, wie er dem Jungen in seiner Situation helfen konnte.

»Da könnt Ihr ganz unbesorgt sein. Ich werde entsprechende Maßnahmen ergreifen«, erwiderte der Lehrer.

Die Erinnerung an die dramatische Rettung Yagos hatte Camilo auf die Idee gebracht, den Jungen in den Konvent zu holen. Die Räumlichkeiten, wo der Fisch verarbeitet wurde, befanden sich im Inneren des Klosters. Den Fisch zu säubern und zu pökeln, waren Aufgaben, die keiner allzu großen Geschicklichkeit bedurften; denen war der Junge sicher gewachsen. Wenn der Prior einverstanden war, könnte Camilo sich um ihn kümmern, ohne die Klausur zu unterbrechen.

Er fragte Don Guzmán, was er von seinem Plan halte. War es machbar? Yago könnte täglich ein paar Stunden arbeiten, ohne die Schule aufgeben zu müssen.

»Eine ganz wundervolle Idee!«, meinte der Lehrer enthusiastisch und konnte seine Erleichterung nicht verhehlen, Yago für ein paar Stunden aus dem Haus zu haben. »Wäre es denn nicht besser, wenn er die ganze Zeit im Konvent bliebe? Er verkraftet Veränderungen nicht besonders gut. Ich weiß nicht, das ständige Hin und Her ...«

Camilo konnte sich Don Guzmáns Beweggründe schon denken.

»Schickt ihn mir erst einmal nächste Woche, wenn das Fischerboot wieder anlegt. Und dann werden wir weitersehen.«

Bevor er das Waisenhaus verließ, wollte er den Jungen noch einmal sehen.

Er fand ihn dort, wo er ihn zurückgelassen hatte, geistesabwesend vor seiner inzwischen leeren Schüssel sitzend. Der Bursche musste ungefähr zehn Jahre alt sein. Er rührte sich nicht. Sein dunkles, lockiges Haar fiel ihm in die Stirn und verdeckte die Augen, doch nicht so weit, dass es ihn ablenkte oder ihm lästig zu sein schien.

Auf einmal bewegte er einen Finger und begann, mit dem Fingernagel rhythmisch gegen den Schüsselrand zu schnippen. Der Mönch beugte sich vor, damit der Junge ihn bemerkte, und sprach betont langsam zu ihm.

»Yago, ich heiße Camilo. Ich würde dir gerne helfen, wenn du mich lässt …«

Der Junge hielt inne, als er den Mönch zu ihm sprechen hörte. Er sah nicht von seiner Schüssel auf, sagte kein einziges Wort, doch plötzlich streckte er einen Finger nach Camilos Hand aus, mit der dieser sich auf dem Tisch abstützte. Zu seiner Überraschung begann der Junge nun, mit der Hand des Mönchs das Gleiche zu machen wie zuvor mit der Schüssel.

Bruder Camilo lächelte und ließ ihn gewähren.

»Yago, ich glaube, wir beide werden gute Freunde.«

V

Fabián hatte seinen Posten als Inspekteur der *Saca* verloren, befand sich im Hafen von Cudillero, weit, weit weg von seinem ehemaligen Zuständigkeitsbereich, und konnte sich mit seiner gegenwärtigen Lage ganz und gar nicht anfreunden.

Er begriff einfach nicht, wie seine Feinde so einflussreich sein konnten, dass sie eine Verbannung auf Lebenszeit gegen ihn erwirkt hatten, doch er für seinen Teil hatte nicht vor, auf ewig hierzubleiben. Über vier Monate hatte es gedauert, bis er sich von dem brutalen Überfall im Hafen von Sanlúcar erholt hatte, und weitere zwei Winter, bis sein körperlicher Zustand wieder der alte war. An Einzelheiten aus jener Zeit konnte er sich kaum erinnern – er wusste lediglich, dass er eines schönen Tages mehr tot als lebendig in dem kleinen Walfängerhafen am Kantabrischen Meer gelandet war, ohnmächtig auf einem Karren voller Oliven liegend, den Körper ordentlich weich geklopft und mit blauen Flecken übersät, und die Anordnung auf Verbannung in der Tasche.

Die Vorzüge einer weichen Matratze, die vielen Schüsseln nahrhafter Fischsuppe, die er seit seiner Ankunft bekam, und vor allem die Großherzigkeit einer frommen Frau sorgten dafür, dass er nach und nach wieder auf die Beine kam. Die Person, die ihn bei sich aufgenommen hatte, war die Ehefrau des Vorstehers der Fischerei-Bruderschaft und für ihn ein Engel. Hugo, ihr Mann, hatte ihn halb tot in der Nähe der Kaimauern gefunden und mit zu sich nach Hause genommen, woraufhin beide alles daransetzten, ihn gesund zu pflegen. So hilfsbereit sind die Leute am Meer, und so groß ist das Herz ihrer Frauen.

Als der zweite Monat sich dem Ende zuneigte und sein Gesicht allmählich wieder Farbe bekam, lastete die Güte und Freundlichkeit dieses Ehepaares wie ein Felsbrocken auf ihm. Er begann sich unbehaglich zu fühlen, da er von ihrem Geld leben musste und sich verpflichtet fühlte, ihnen zurückzugeben, was sie für ihn getan hatten, doch es sollte noch ein Jahr dauern, bis er wieder ganz normal laufen konnte, und noch ein weiteres, bis sein Körper wieder kräftig genug war für die Arbeit. Als es endlich soweit war, wollte er Gutes mit Gutem vergelten und ihnen von seinem Verdienst einen Großteil abgeben.

Er verdingte sich als Späher, was zwar eine einsame, aber schöne Tätigkeit war. In jenen nördlichen Gewässern, die kalt und wild waren, gab es unzählige Wale. Seine Aufgabe bestand nun darin, sie von der Steilküste aus im Meer zu sichten. Sobald er einen Wal ausfindig gemacht hatte, gab er im Hafen Bescheid, damit die Boote auslaufen konnten. Zur besseren Orientierung der Fischer gab er ihnen die ungefähre Position des Tieres mit zwei verschiedenen Feuern an: Wenn sich die Wale im Westen befanden, verbrannte er frisches grünes Gras, was schwarzen Rauch erzeugte; wenn er sie dagegen im Osten gesichtet hatte, entzündete er Stroh, das weißliche Rauchsignale ergab. Auch in der Nacht entfachte er Feuer, die den Schiffern helfen sollten, die Küstenlinie zu erkennen.

Während der langen Stunden, die er wartend und in Decken gehüllt verbrachte, die ihn vor dem rauen Nordwind schützen sollten, studierte er die Wellen, damit ihm auch nicht der kleinste Schatten einer Bewegung entging, der auf die Anwesenheit eines dieser gigantischen Lebewesen hindeutete, doch vor allem tat er eins: Er dachte nach.

Er dachte über die Ungerechtigkeit nach, die ihm widerfahren war, über seine Dummheit, da er sich nicht klargemacht hatte, dass es Mauern gab, die man mit seinen althergebrachten Methoden nicht niederreißen konnte. Er hatte nicht erkannt, dass diejenigen, die für sein Unglück verantwortlich waren, über ein nicht mit Händen zu greifendes, aber unschlagbares Gut verfügten: Macht. Angesichts dieser Lage genügte es nicht, mit handfesten Beweisen, beharrlichen Nachforschungen oder einer heißen Spur aufzuwarten. Wenn man wollte, dass die Gerechtigkeit siegte, musste man einen anderen Weg einschlagen, der wirksamer war: seine Intelligenz benutzen. Wie es sein Vater ein ums andere Mal getan hatte.

Den Blick auf den klaren Sternenhimmel gerichtet, schwor er sich, dass diejenigen, die ihn fast erschlagen, verbannen und erniedrigen hatten lassen, eines schönen Tages dafür zahlen würden.

Die vielen an der Steilküste durchwachten Nächte taten seiner Seele wohl, mit jedem Winter mehr.

Er verdiente zwar nicht viel, doch er nutzte die Einsamkeit dort oben, um sich seine Zukunft auszumalen und seinen Zorn zu besänftigen, vor allem aber um Rachepläne zu schmieden.

Wenn es dank seiner Umsicht gelang, einen Wal zu erlegen, erhielt er ein Viertel der Zunge. Dieses Fleisch, das überaus geschätzt und teuer war, trug in beträchtlichem Maße dazu bei, dass seine Ersparnisse anwuchsen. Er bewahrte sie in einer Kiste auf, und mit ihnen die Hoffnung, eines Tages nach Sanlúcar zurückkehren und denen die Stirn bieten zu können, die sich gegen ihn verschworen hatten.

Eines Tages, nachdem ein besonders stattliches Exemplar erlegt worden war, kam er in den Hafen und begegnete seinem barmherzigen Samariter Hugo. Die beiden hatten sich lange nicht gesprochen.

»Mein lieber Freund Fabián ... Wenn ich mich nicht irre, arbeitest du nun schon seit fast vier Jahren als Späher und wohnst seit sechs Jahren hier. Du bist im Ort wohlgelitten, was mich überaus freut. Doch das ist noch nicht alles, denn dank deiner Wachsamkeit ist der Wohlstand unseres Hafens gewachsen, und zwar beträchtlich. Und der letzte Fang war gewiss einer der größten, die Cudillero je gesehen hat.«

Hugo, der der Fischerei-Bruderschaft vorstand, vertraute ihm voll und ganz, weihte ihn in seine Pläne ein und führte lange Gespräche mit ihm über das Leben und seine Wechselfälle.

»Als ich die grandiose Fontäne erblickte, die sich über den Wellen erhob«, erzählte Fabián, »und der Wal weniger als eine halbe Meile von der Küste entfernt war, schien er mir der größte zu sein, den ich je erspäht hatte. Der Schein des Mondes war jedoch zu schwach, als dass ich ihn hätte genauer erkennen können. Ich vermutete, dass es sich um ein Weibchen mit seinem Jungen handelte. In den letzten Nächten hatte ich sie schon häufiger gesichtet, doch so nah wie gestern Nacht waren sie noch nie gekommen.«

Die beiden gingen auf den riesigen Fleischberg zu, der sich an der Hafenmole auftürmte und bearbeitet wurde. An die zwanzig Männer waren emsig damit beschäftigt, jede Menge Schubkarren mit Fett, Fleisch und allem anderen, was brauchbar war, zu füllen.

Ein so guter Fang wie dieser wurde im Dorf auf besondere Art gefeiert, brachte er doch einem Großteil seiner Bewohner gutes Geld, aber auch Fabián. Er streichelte über den Beutel, in dem der zusätzliche Lohn steckte, den er gerade bekommen hatte. Damit war er seiner Rückkehr nach Jerez ein gutes Stück nähergekommen.

»Ich erinnere mich, dass du mir mal von einem Stoffhändler erzählt hast, der in diesem Hafen vor Anker ging, ehe er nach Cádiz, seinem Bestimmungsort, weiterfuhr. Weißt du, wann er wieder hier vorbeikommt?« Fabián half Hugo die dicke Haut des Wals abzulösen; er wollte sich ein etwa handtellergroßes Stück davon dörren.

»Ich erinnere mich nicht mehr genau, wann er das letzte Mal hier gewesen ist, aber eigentlich kommt er jedes Jahr oder alle anderthalb Jahre vorbei.« Hugo hielt in seiner Arbeit inne und sah ihn fragend an. »Ist es etwa schon so weit?«

»Nein, nein, noch ist es zu früh. Für meine Rückkehr benötige ich zehntausend Maravedís. Du weißt ja, was ich verdiene, und so dauert es noch gut und gerne zwei Jahre, bis ich die Summe beisammen habe.«

Hugo überlegte kurz und schlug ihm dann etwas vor. Da er nur

allzu gut wusste, wie wichtig es Fabián war, seine Ehre wiederher-
zustellen, war ihm eine Arbeit eingefallen, die dieser noch zusätzlich machen konnte und die niemandem so recht gefiel: Der Hafen
musste gründlich von zerfetzten Netzen und altem Unrat gesäubert
werden, der an den Felsen hängen geblieben war oder im Wasser
schwamm und die Boote behinderte.

»Das bedeutet stundenlanges Tauchen und Stehen im kalten
Wasser, aber die Bruderschaft wird dir diese Arbeit gut entlohnen.
Wenn du interessiert bist, gib mir Bescheid. Mit einer ordentlichen
Schicht Talg auf der Haut kannst du der Kälte trotzen und lange im
Wasser bleiben.«

»Zähl auf mich, ich bin dabei!«

Fabián reichte Hugo die Hand und umarmte ihn voller Dankbarkeit. Ohne es zu wissen, hatte dieser Mann gerade dafür gesorgt, dass
er ein gutes Stück schneller zu seiner Rache kam.

VI

M it einem Duell wären die Beleidigungen ein für alle Mal aus der Welt.

Graf Stephan musste Rache nehmen für den Schmerz, den ihm dieser Offizier zugefügt hatte, auch wenn er ein Hauptmann der Kaiserlichen Garde war. Die beiden standen Rücken an Rücken und warteten auf das Zeichen des Sekundanten.

»Meine Herren, dies ist die letzte Gelegenheit, sich zu äußern, bevor wir beginnen. Möchte einer von Euch einlenken oder sich entschuldigen?« Luis Espinosa, das Schwert in der Hand, reckte es gen Himmel und verneinte.

»Auch ich möchte fortfahren. Um der Ehre meiner Frau willen …«, erwiderte der Graf.

»Und wann soll das Duell als beendet gelten? Beim ersten Blutstropfen, bei einer schweren Verwundung, oder wollt Ihr bis zum Äußersten gehen?«, fuhr der Sekundant mit seiner Befragung fort, wobei er sich strikt an den Duellkodex für Ritter hielt.

»Bis zum Äußersten«, antworteten beide.

Luis Espinosa stand im Schatten eines Verteidigungsturms in der Stadt Leeuwarden, auf einem freien Platz am Ufer des Flusses, als es in Strömen zu regnen begann, sodass innerhalb kürzester Zeit alles vor Nässe tropfte. Es war kalt, und er spürte am ganzen Körper die Auswirkungen des für ihn ungewohnten Klimas. Frierend rieb er sich die Hände und zog fast ein wenig kokett an den Falten seines Gewandes.

Gegen den Grafen anzutreten, beunruhigte ihn nicht übermäßig.

Denn bei Licht betrachtet war dieser nicht in bester Verfassung, wirkte vielmehr erschöpft, hatte er doch die ganze Nacht lang Totenwache gehalten. Zudem hatten bisher nur wenige seinem Schwert standgehalten. Was ihn mehr beunruhigte, waren die Gefolgsleute des Grafen. Wie würden sie reagieren, wenn das Ergebnis nicht zu dessen Gunsten ausfiel? Er sah in ihre Gesichter und spürte ihr drohendes Gebaren. Mehr als einer hatte sich in Luis' nächster Nähe postiert, vielleicht, um ihm keine Gelegenheit zu geben, den Ort des Geschehens unversehrt zu verlassen.

In der Nacht zuvor hatte Luis Espinosa von jenem Gift Gebrauch gemacht, das Martín Dávalos ihm vor etlichen Monaten empfohlen hatte. Doch leider war der todbringende Kelch in die falschen Hände geraten. Als Luis sah, dass die Gemahlin Graf Stephans ihn an ihre Lippen hob, versuchte er noch, sie davon abzuhalten, aber leider zu spät. Doch sein Eingreifen hatte allgemeines Erstaunen erregt. Unerklärlicherweise verschied die Frau innerhalb weniger Stunden, und ihr Gemahl beweinte ihren Tod die ganze Nacht.

Am nächsten Morgen machten zwei Schildknappen des Grafen Hauptmann Luis Espinosa in seiner Herberge in Leeuwarden ausfindig, der Hauptstadt des gewaltigen Reiches derer von Nassau, welches im Süden von Köln und im Westen von Brügge begrenzt wurde.

Dieser Zwischenfall brachte Luis' Pläne durcheinander. Er hatte Kaiser Karl in Maastricht zurückgelassen, welcher dort einige Angelegenheiten zu regeln hatte. Seine Ankunft wurde jedoch für selbigen Morgen in Leeuwarden erwartet, und Luis sollte ihn vor den Toren der Stadt in Empfang nehmen.

Graf Stephan, gramgebeugt und erschöpft, war, obwohl er keinerlei Beweise dafür hatte, felsenfest der Überzeugung, dass der spanische Gast beim Tod seiner Frau seine Hände im Spiel gehabt hatte. Daher hatte er ihn für den frühen Morgen zum Schwertduell gefordert. Und Luis hatte eingewilligt.

»Es fällt mir schwer zu glauben, dass diese Gräueltat begangen wurde, weil ich keine Pferde mehr bei Euch kaufe. Ich frage Euch, war das tatsächlich der Grund?«

Während beide Männer jeweils drei Schritte in die entgegengesetzte Richtung taten, überlegte Don Luis Espinosa, was er erwidern sollte. Im morgendlichen Nebel, der sich wegen des Regens noch nicht verflüchtigt hatte, und nach einer wegen der zu vielen und zu fetten Speisen äußerst unruhigen Nacht fühlte er sich unendlich träge.

»Ich möchte es mal so sagen: Ihr habt Euch demjenigen gegenüber nicht richtig verhalten, der Euch in den letzten Jahren so überaus wohlgesonnen war...«

»Kanaille!« Der Graf, dem die gesamten Truppen des Hauses Nassau unterstanden, biss sich vor Wut auf die Lippen. »Erst wenn ich Euch sterben sehe, werde ich Ruhe finden!«

Sie gingen noch ein paar Schritte mehr auseinander, bis der Sekundant sie mit lauter Stimme zum Stehenbleiben aufforderte. Sie drehten sich um, sahen einander direkt in die Augen und erwarteten seinen Befehl.

»Auf mein Zeichen!«

Die beiden Männer nahmen Haltung an, ehe sie mit den Schwertern aufeinander losgingen. Der adlige Friese griff als Erster mit einem geraden Stoß an, denn er brannte vor Zorn und war begierig darauf, die Sache so schnell wie möglich zu Ende zu bringen. Luis wehrte den Schlag ab, indem er auswich und zum Gegenschlag ausholte, dem der andere standhielt, wenngleich er wegen der Wucht des Schlages zu Boden ging.

Luis Espinosa trat beiseite, damit der andere wieder auf die Beine kam, blieb aber wachsam.

»Erwartet ja nicht, dass ich mit Euch ebenso gnädig verfahre...«, wetterte Graf Stephan.

Mit diesen Worten versetzte er ihm einen beidhändig geführten Schwertstreich, den Luis nur mit Mühe parieren konnte. Er musste ein paar Schritte zurückweichen, doch der Stahl seines Schwertes war schartig geworden. Einen so wuchtigen Hieb hatte er nicht von einem Mann erwartet, der einen Bauch so dick wie ein Weinfass vor sich hertrug.

Wutschnaubend suchte der Mann aus Jerez Halt und teilte zwei kräftige seitliche Hiebe aus, gefolgt von zwei weiteren, die schwächer ausfielen, womit er seinen Widersacher verwirrte, sodass dieser seine Deckung vergaß. Das war die Gelegenheit für Luis. Er versuchte diese Schwäche zu nutzen, doch der Graf wich aus, vollführte eine vollständige Drehung und versetzte Luis dabei einen derart heftigen Schlag, dass der sein Schwert verlor. Es fiel zu Boden, und als er es wieder aufnehmen wollte, spürte er bedrohlich die Spitze der Klinge an seinem Kinn.

Damit hätte er nie im Leben gerechnet. Der Graf, der wegen seines Gewichts nun nicht gerade der Flinkste war, hatte ihm soeben gezeigt, dass er wohl über eine solidere Ausbildung verfügte als der berühmt-berüchtigte Hauptmann.

Don Luis schluckte. Es sah nicht gut für ihn aus.

»Ich flehe Euch an, lasst Gnade walten!« Demütig senkte er sein Haupt.

Rachsüchtig musterte ihn Graf Stephan.

»Gnade? Die sollt Ihr haben, die Gnade eines raschen Todes, etwas anderes verdient Ihr nicht!«

»Haltet ein! So will es Euer Herrscher!«

Der Graf, Luis Espinosa, der Sekundant und die restlichen Anwesenden drehten sich um. Sie verneigten sich ehrfürchtig, als sie Seiner Majestät ansichtig wurden. Kaiser Karl ritt auf einem prächtigen spanischen Schimmel auf sie zu.

Ihm folgte seine Eskorte: die großen Lehnsfürsten der Region, unter ihnen Herzog Heinrich III. von Nassau-Breda, Herr von Friesland und der Gebieter Graf Stephans.

»Darf man erfahren, was hier vor sich geht? Da Ihr nicht zur verabredeten Zeit erschienen seid, war meine Garde ohne Hauptmann ...«

Der Kaiser stieg langsam vom Pferd, denn seine gichtigen, schmerzenden Knie quälten ihn sehr.

Graf Stephan kniete nieder, als der Kaiser vor ihm stand, und küsste den eisernen Ring, den er über seinem Lederhandschuh trug.

»Majestät, dieser Mann hat gestern Abend meine Gemahlin ermordet«, erklärte er ihm völlig außer sich. »Glaubt mir, er hat sie vergiftet.«

Der Kaiser erschrak ob dieser Anschuldigung und sah, auf eine Erklärung hoffend, erstaunt zu seinem Gefolgsmann Luis hinüber.

»Edler Herr, wie Ihr Euch denken könnt, habe ich mit der Angelegenheit nichts zu schaffen … Der Beweis dafür: Bis heute Morgen wusste ich nicht einmal, was geschehen ist. Gestern speiste ich gemeinsam mit dem Ehepaar und vielen anderen Leuten zu Abend, doch bereits gegen Mitternacht zog ich mich in meine Herberge zurück. Im Morgengrauen kamen sie, um mich zu holen, tischten mir diese Lüge auf und überbrachten mir die Forderung zum Duell. Das ist alles, was ich weiß.« An seinen Widersacher gewandt, sagte er: »Unter den gegebenen Umständen hatte ich noch nicht die Gelegenheit, aber mir tut es von Herzen leid, was Eurer Gemahlin widerfahren ist …«

Es bedurfte dreier Männer, den Grafen zurückzuhalten, so empört war er über die Unverfrorenheit und das Glück, das dieses Schlitzohr gleichzeitig hatte.

»Mein lieber Graf Stephan, ich verstehe natürlich Eure Bestürzung, doch ich muss Euch bitten, Euch ein wenig zu zügeln. Lasst uns genauer erforschen, was vorgefallen ist. Ich versichere Euch, es wird eine Untersuchung geben«, meinte der Kaiser besänftigend.

»Ich bin mir sicher, dass er daran beteiligt war«, beharrte der Graf, »obwohl das Gift eigentlich für mich bestimmt war …« Seine Anschuldigung klang derart absurd und aus der Luft gegriffen, dass sich alle ungläubig ansahen und die ersten Stimmen laut wurden.

Herzog Heinrich, der diese unerquickliche Situation möglichst rasch aus der Welt schaffen wollte, erklärte die öffentliche Debatte für beendet und befahl seinen Männern, die Neugierigen zu vertreiben, die sich inzwischen zu den Duellanten gesellt hatten.

»Wenn ich euch beide laufen lasse, dann nur, weil ich darauf vertraue, dass ihr keine Dummheit begehen werdet – sind wir uns da einig?« Beide gaben ihm ihr Wort. »Begleitet uns also nun an den Hof, wo wir ungestört reden können und nicht im Regen stehen müssen.«

Die schmale Gestalt des Kaisers, der erschöpft wirkte, ging auf Luis Espinosa zu, um mit ihm unter vier Augen zu sprechen.

»Immer wieder mal habe ich dich in Duelle verwickelt gesehen, doch niemals wollte ich wissen, warum…« Er kraulte sich seinen Spitzbart. »Ich nehme an, die Anschuldigungen des Grafen sind unbegründet. Ist dem so?«

Don Luis reichte ihm seinen Arm als Stütze, da er wusste, dass dem Kaiser das Gehen schwerfiel.

»Edler Herr, ein Espinosa verfügt über zwei Tugenden: Klarheit in seinen Taten und Aufrichtigkeit.« Er sah ihm direkt in die Augen. »Als Euer ergebener und Euch nahe stehender Untertan käme es mir nie in den Sinn, Eurem Ruf zu schaden.«

»Das will ich hoffen!«, seufzte der Kaiser matt. »Das will ich wirklich hoffen!«

VII

Prior der Kartause Santa María de la Defensión zu sein, konnte einem schon auf den Magen schlagen.

Don Bruno de Ariza übergoss ein paar Kräuter mit heißem Wasser, um mit dem Tee die Anspannung zu lösen, die er nach dem Gespräch mit dem Gelehrten für Rechtsfragen verspürte. Er erwartete den Padre Prokurator, um mit ihm gemeinsam eine Lösung für eines der vielen anderen Probleme zu finden: die Pferdezucht.

Das Kloster war dank der Großzügigkeit vieler Spender gegründet und erbaut worden, doch mit dem immer größer werdenden Besitz wuchs auch die Zahl einflussreicher Feinde. Das Schlimmste daran war, dass manche von ihnen dem Orden nahestanden, ja sogar in den eigenen Reihen zu finden waren.

An diesem Morgen wunderte sich Bruder Camilo, dass sein Oberer ihn zu sich in seine Zelle und nicht, wie gewöhnlich, in sein Arbeitszimmer bestellt hatte.

Er querte den großen, fast eine *aranzada* messenden Kreuzgang, vorbei an dem prächtigen Brunnen in der Mitte, und suchte die Zelle des Priors im nordwestlichen Teil auf.

Nachdem er leise angeklopft hatte, wartete er.

»Herein, ich bin im Garten.«

Der Mönch öffnete die Tür und ging durch die Werkstatt, in der er ein wunderschönes Gesangbuch aufgeschlagen liegen sah, das der Prior restaurierte. Nach der kleinen Galerie, wo man bei Regenwetter oder Wind geschützt sitzen konnte, und einer weiteren Kammer zu seiner Rechten, wo das Holz und das Arbeitswerkzeug aufbewahrt wurden, gelangte er in das kleine Gärtchen. Dort fand er den Oberen auf Knien, während er den Stängel einer schönen, voller Früchte hängenden Tomatenstaude an einem Stock festband.

»Unsere Seelen ähneln diesen Pflanzen, mein Sohn. Je älter der Mensch wird, desto stärker fallen seine Sünden ins Gewicht, bis sein Gewissen schließlich unter der Last zusammenzubrechen droht – genau wie dieser Tomatenstrauch.« Er pflückte eine der köstlich aussehenden Früchte und legte sie in ein Körbchen.

Bruder Camilo, der die Opferbereitschaft seines Beichtvaters nur zu gut kannte, mutmaßte, dass dies vermutlich für heute die einzige Nahrung sein würde, die er zu sich nahm. Er kniete sich neben ihn, um ihm bei einer anderen Pflanze behilflich zu sein, die so viele Früchte trug, dass sie beinahe den Boden berührten.

»Ich erkenne mich eher in einem anderen Bild wieder.« Er deutete auf einen der unter dem Gewicht der Tomaten eingeknickten Stängel. »Zu viele Sünden für eine so zerbrechliche Seele wie mich…«

Don Bruno lächelte und bat, sich auf seinen Arm stützen zu dürfen; mit sechzig Jahren wollten die Knie auch nicht mehr so wie früher, meinte er zur Rechtfertigung.

»Mein Sohn, es gibt viele Tage, an denen ich denke, dass diese Arbeit eine zu große Last ist, zumal ich Zweifel habe, dass ich ihr noch lange gewachsen sein werde…«, seufzte er matt. »Genau wie die Tomatenstauden brauche auch ich etwas, woran ich mich festhalten kann. In meinem Fall sind es das Gebet und die Kasteiung.«

»Und heute ist einer dieser Tage?«

»So ist es, und zwar einer der schlechteren.« Er deutete auf eine Bank, auf der sie sich niederließen. So fiel ihr Blick auf den kleinen gepflegten Gemüsegarten.

Die Temperatur war noch sehr gemäßigt, und den Sonnenstrahlen gelang es nur hin und wieder, die Wolkendecke zu durchbrechen. Bruder Camilo erbot sich, ihm zu helfen, wo er konnte.

»Nun, dieses Mal ist es unabdingbar. Ich habe heute unseren Rechtsgelehrten gesprochen und nur schlechte Nachrichten erhalten …« Er kratzte sich unruhig an der Nase, was er nur tat, wenn er bekümmert war. »Die Stadtverordneten von Jerez wollen das Weiden unseres Viehs in den Olivenhainen, die auf Landbesitz der Krone liegen, untersagen. Obwohl es alle tun, wenn die Oliven abgeerntet sind, argumentieren sie, dass die Kartause nicht das Recht dazu hat, weil sie kein direkter Nachbar sei. Zudem fordern sie unsere Veteranen-Weide, weil sie damit ihre Fohlenweide vergrößern wollen.«

»Und was erhalten wir dafür?«

»Nichts, mein Sohn, gar nichts. Was deinem Prior sehr missfällt und uns nur jede Menge Geld kostet, weil wir vor dem Obergericht in Granada um unsere Rechte streiten müssen.«

»Soll ich dem Viehhirten Martín Bescheid geben, damit er unsere Herde auf eine andere Weide führt? Habt Ihr schon überlegt, auf welche?«

Don Bruno entrollte ein Dokument, das sich auf dem Tisch befand, und studierte es. Es handelte sich um die Eintragung eines neuen Stücks Land, das er im Osten des Klosters erworben hatte, direkt neben seinen besten Weiden.

»Ja, mein Sohn, sprich mit Martín, damit er noch heute die rund hundert Kühe, die im Olivenhain weiden, auf diese neue hier bringt. Er ist unser bester Mann, und niemand versteht sich so gut wie er darauf, die Tiere mit seinen Pferden entlang des Flussufers zu treiben. Nicht alle würden sich das zutrauen, er aber schon.«

»Sobald wir fertig sind, werde ich es ihm sagen.«

»Gemach, gemach. Noch hast du die wirklich schlechten Nachrichten nicht vernommen …«

Große Sorge überschattete das Gesicht des Priors; so kannte ihn Bruder Camilo gar nicht.

»Uns stehen große wirtschaftliche Schwierigkeiten ins Haus, die ihren Ursprung im Erzbistum Sevilla haben, und ein weiteres Problem, das bewirken könnte, dass unser Wunsch, die Pferdezucht zu einer unserer Haupteinnahmequellen zu machen, ernsthaft in Gefahr gerät.« Er richtete sich ungewohnt schwungvoll auf, stützte sich dann aber auf Camilos Arm, damit er ihn zu den Speisesälen der Bedürftigen begleitete, die sich am anderen Ende des Kreuzganges befanden.

Seine deutlich vernehmbare Stimme verwunderte zwei Mönche, denen sie unterwegs begegneten. Sie waren es nicht gewohnt, dass das Schweigegebot gebrochen wurde; schließlich war nicht Sonntag. Sie schoben ein Wägelchen mit Speisen vor sich her, um sie, wie jeden Tag, vor jeder Zelle an einem speziell für diesen Zweck gedachten kleinen Fenster abzustellen. Sie brachten Gemüsesuppe, Eier, Schmalz und ein Stück Obst für jeden Mönch, dazu eine kleine Karaffe Wein.

»Das Erzbistum«, fuhr der Prior fort, »fordert den Zehnten von den drei zu ihm gehörigen Kartausen. Das sind die in Sevilla, die neue in Cazalla de la Sierra und unsere. Wir aber sind auf Grund einer päpstlichen Bulle schon seit vielen Jahren davon befreit. Da wir uns in den ersten Gesprächen nicht darauf einlassen wollten, versucht der Erzbischof es nun mittels eines Rechtsstreits. Das ist sein voller Ernst! Sein Einwand ist simpel: Alle Kirchen entsenden Geld, nur wir nicht, fertig. Sie wollen unsere Privilegien aufheben!« Erschöpft seufzte er. Es galt so viele Widrigkeiten zu überwinden. »Als wenn der Ärger mit dem Adel, den Bürgermeistern und den Großgrundbesitzern noch nicht reichen würde!«

»Weiß der Papst davon?«

»Von Sevilla aus versucht man zu erwirken, dass er die Bulle aufhebt. Ich hoffe, dass es nicht gelingt, denn wenn der erzbischöfliche Einwand Gehör findet, dann kannst du sicher sein, dass wir nicht mehr so viele Menschen wie bisher werden verköstigen können …« Er schlug sich entrüstet auf die Knie. »Ich sollte es nicht sagen, aber ich bin diesen Erzbischof dermaßen leid! Obwohl, ich hätte nicht übel Lust, ihm all unsere Bedürftigen vorbeizuschicken, denn immerhin ist er es, der dann das Geld hat. Ja, das mache ich, jawohl!«

Bruder Camilo wusste nicht, was er sagen sollte. Er war sich darüber im Klaren, dass der Prior in solchen Momenten einfach nur jemanden brauchte, der ihm zuhörte. Immerhin hakte er bei den Punkten nach, die er nicht verstanden hatte.

»Wenn ich mich recht entsinne, stammen unsere Einkünfte nicht nur aus Landbesitz, oft sind es Schenkungen, Vermächtnisse und auch zeitlich befristete Übertragungen, die keinen Zehnten abwerfen. Wie sollen wir zwischen all diesen Einkünften unterscheiden, um einen Zehnten zu berechnen?«

»Das ist nur eine der Schwierigkeiten, ein schwerwiegendes Problem, das ich noch nicht zu lösen weiß …« Er öffnete eine Seitentür der Küche, die nach draußen, außerhalb der Klostermauern, führte. Hier, in einem Seitengang, der die Ölmühle mit dem Hauptgebäude verband, standen dicht an dicht nicht weniger als zweihundert Bedürftige und warteten auf die für sie vielleicht einzige Mahlzeit des Tages. Ihr bedauernswerter Anblick hätte das Gewissen eines jeden wachgerüttelt, und umso mehr Don Brunos, der nicht wusste, wie die Kartause es bewerkstelligen sollte, wenn man ihre Einkünfte schmälerte.

»Du siehst, mein Sohn, sie wollen uns die Weiden, das Geld und die Koppeln nehmen, doch du wirst im Gegenzug niemanden finden, der diesen armen Menschen etwas zu essen gibt. Dies ist unsere Bestimmung, wir müssen weiter nachdenken oder andere Wege finden, um uns Geld zu beschaffen.« Er sah ihm offen in die Augen. »Und aus diesem Grund habe ich dich zu mir bestellt.«

Eine alte Frau küsste voller Dankbarkeit die Hand des Priors. Beschämt wollte er sie davon abhalten und sagte, es sei nicht sein, sondern das Werk Gottes.

»Ich möchte, dass du in deine Heimat, nach Córdoba reist, um die besten Stuten und Hengste zu kaufen, die du finden kannst. Ich beabsichtige, eine neue Rasse zu züchten, die nur bei uns in der Kartause zu finden sein wird. Wir werden keine Streitrösser züchten, so wie es andere tun, nein, unsere Pferde sollen elegant und prächtig sein und die ganze Schönheit widerspiegeln, die uns Gottes Natur schenkt. Ich möchte, dass es Geschöpfe sind, die Gott schon allein durch ihre feingliedrige Gestalt alle Ehre machen. Und du bist derjenige, der das bewerkstelligen wird. Du bringst aus deiner Familie hinreichend

Erfahrung mit, vermagst zu entscheiden, welche Tiere man am besten kreuzt, und bist klug genug, um das alles in die Wege zu leiten.«

Bruder Camilo war verblüfft, fühlte sich aber auch sehr geschmeichelt. Dieser Vorschlag klang aussichtsreich, war schwierig und schön zugleich. Eine Herausforderung, die ihn sehr lockte. Was er nicht verstand, war, warum er Tiere außerhalb von Jerez suchen sollte, denn auch hier konnte man sicher sehr schöne andalusische Pferde finden, oder zumindest Exemplare, die fast ebenso prächtig waren wie die aus Córdoba.

»Ich kenne Euch gut, Vater, und daher bin ich sicher, dass Ihr kluge und wohlüberlegte Gründe für Eure Entscheidung habt.«

Don Bruno erkannte, dass er die Sache genauer erklären musste.

»Bei der Gründung unserer Kartause waren die ersten Pferde, die die Ställe füllten, nicht die allerbesten. Viele gehörten einfach zum Erbe oder zu den Ländereien, die wir erhielten. Das war alles, was wir hatten, als wir anfingen. Wie du wissen wirst, sind dabei nur Pferde herausgekommen, die sich vor allem für die harte Feldarbeit eignen. Doch die Zeiten haben sich geändert. Die Adligen ziehen nicht mehr in den Krieg und brauchen daher auch nicht mehr diese kostspieligen Pferde, die sie mitsamt ihrer Rüstung tragen können und sich auf dem Schlachtfeld bewähren. Nun wollen sie vor allem schöne und elegante Tiere besitzen, einzigartige Exemplare, die ihnen zu der Einbildung verhelfen, etwas Besseres zu sein als ihre Mitmenschen oder zumindest anders… Wenn die Frauen zur Messe erscheinen, fällt mir auf, dass sich das Pferdegeschirr gewandelt hat, aber auch, dass ihre Männer andere Pferde wählen als früher, um ihre Gemahlinnen abzuholen. Das ist die Zukunft. Gute Pferde werden gutes Geld wert sein, und wir können es dringend brauchen, wenn wir denen zu essen geben wollen, die unserer Wohltätigkeit bedürfen.«

Camilo wollte wissen, warum er ausgerechnet nach Córdoba gehen sollte.

»Wie ich bereits sagte, unsere Feinde sitzen überall. Der Beweis: Als ich gute Zuchthengste und Stuten für unsere Gestüte Lomopardo und Humeruelos kaufen wollte, haben sich die großen Pferdebesitzer und -züchter in der Gegend um Jerez ganz ungeniert geweigert. Sie haben mir unverhohlen erklärt, sie möchten nicht, dass wir in dieses Geschäft einsteigen. Sie hatten sich untereinander abgesprochen. Und wenn wir nicht versuchen, die Pferde woanders zu kaufen – hier werden wir nicht einmal ein schäbiges Stutenfohlen bekommen.«

»Und von wie vielen Pferden sprechen wir?«

»Von rund fünfzig Stuten und mindestens zehn Hengsten. Ich werde dir genügend Geld mitgeben. Zum Glück haben sie es uns ja noch nicht abgenommen. Wähle gut aus und bringe die besten mit, die du bekommen kannst. Das Haus unseres Herrn soll die vollkommensten Tiere unter seinem Dach vereinen. Das ist der Grundgedanke.«

Bruder Camilo griff nach zwei Körben mit frisch gebackenem Brot und begann, es unter den Armen zu verteilen. Er beobachtete einen Jungen von ungefähr acht Jahren, der nur spärlich bekleidet und dessen Gesicht mit Rotz verschmiert war. Er erinnerte ihn an Yago, den er jeden Mittwoch im Lager sah, wo er arbeitete. Nachdem er fast alle dort zu verrichtenden Arbeiten erlernt hatte, war es inzwischen seine Aufgabe, die Fische auszunehmen, damit sie anschließend entweder gebraten oder eingesalzen werden konnten.

Camilo beschloss, ihn gleich nach seinem Gespräch mit dem Prior zu besuchen. Diesem riet er, mit dem Kauf der Pferde bis zum Frühling zu warten. Doch der Prior blieb unnachgiebig. »Nein, das geht auf keinen Fall. Mach dich so schnell wie möglich auf den Weg.«

Bruder Camilo ging zu dem Saal hinüber, wo der Fisch verarbeitet wurde, und auf dem Weg dorthin dachte er nach. Der Vorschlag, der ihm gerade unterbreitet worden war, gefiel ihm nicht schlecht, vor allem weil er ihm erlaubte, für ein paar Tage die Klausur zu verlassen. Bei jeder Reise, die er unternahm, spürte er, wie sich das Leben vor seinen Augen entfaltete und ihm seine Schätze darbot. Manchmal war es lediglich ein Windstoß, der eine Zypresse schüttelte, oder der zarte Flügelschlag eines Vogels, das Klappern der Hufe auf den Pflastersteinen. Jedes dieser kleinen Erlebnisse, Dinge, die andere oft gar nicht bemerkten, war für Camilo ein Anstoß, seine Musik zu komponieren, seine Nahrung.

Während er auf der Suche nach Yago von Verschlag zu Verschlag ging, betete er für den Jungen und für das Vorhaben des Priors. Er tat es auf seine Weise, ohne auswendig gelernte Gebete oder Psalmen. Stets hatte er mit Gott auf diese Weise geredet, als handelte es sich um einen Freund oder Vater. Er ließ Ihn an seinen Gedanken teilhaben, an seinen Zweifeln und an allen anderen Dingen, die ihm sonst noch durch den Kopf gingen. Und wenn er keine Worte mehr hatte, verschafften sich Noten und Rhythmus in ihm Geltung. Leise, klingende Töne, die sein Innerstes aus einer vollkommenen Stille heraus hinauf zu Gott lenkten.

Kurz bevor er zu dem Innenhof gelangte, wo der Junge arbeitete, war er ganz in Gedanken versunken und überlegte, wie er die Sache mit der Reise nach Córdoba am besten angehen sollte. Mit so vielen Pferden unterwegs zu sein bedeutete, dass er mindestens zehn Männer würde mitnehmen müssen. Er würde die vier Viehhirten brauchen, die für das Kloster arbeiteten, und zudem drei Stallburschen. Um den Trupp zu vervollständigen, könnte er ein paar Bauernjungen fragen, die mit Pferden umzugehen verstanden.

Als er zum Kreuzgang kam, stieg ihm ein penetranter Geruch in die Nase. Er kam von den Körben mit den Fischabfällen – mit den Köpfen, die später für Suppe Verwendung fanden, und mit den Schwänzen und Gräten, die den Fond für einen sehr würzigen und kräftigenden Brei lieferten, den die Kinder im Waisenhaus bekamen.

Er suchte zwischen den Arbeitenden nach Yago und machte ihn wegen seiner Locken und der für ihn typischen, geistesabwesenden Miene rasch ausfindig.

Inzwischen war der Junge elf Jahre alt, doch seine Anwesenheit in der Schule war noch immer umstritten und verursachte viele Konflikte. Er antwortete auf keine der Fragen, die man ihm stellte, sah einen nie direkt an, wenn man mit ihm sprach, und konnte nur rund zwanzig Worte artikulieren, die er im Übrigen unterschiedslos für alles Mögliche verwendete.

Yago lebte weiterhin in einer abgeschotteten Welt; niemand wusste, was er fühlte oder dachte, und er wirkte ständig in Gedanken versunken. Trotz alledem ließ Camilo in seinen Bemühungen nicht nach und versuchte ihm zu einer gewissen Normalität zu verhelfen, wobei er sich über jede noch so kleine Entwicklung freute. Die Ergebnisse seiner Arbeit hier bei den Fischen waren dagegen schon sehr vielversprechend. Es kostete ihn große Mühe, sich zu konzentrieren, doch wenn er es schaffte, zeigte er keinerlei Ermüdung. Diejenigen, die ihn beobachteten, wunderten sich über seine Beharrlichkeit, und darüber hinaus gab es hier keine Klagen.

»Guten Tag, Yago.«

Er berührte ihn an der Schulter, und der Junge murrte, bis er ihn erkannte. Auf Camilo wirkte er aufgeregter als sonst.

»Was hast du?«

Der Junge deutete mit zittrigem Finger auf das Salzlager.

Bruder Camilo sah in die angegebene Richtung, konnte jedoch nichts Ungewöhnliches entdecken.

Yago hörte nicht auf mit seinen nervösen Grunzlauten. Mit einem Mal erhob er sich, ließ den halb geputzten Seebarsch los, den er in Händen hielt, sah Camilo direkt in die Augen und bedeutete ihm, dass er ihm folgen solle. Als sie nur noch zehn Schritte vom Salzlager entfernt waren, sah der Mönch, was der Junge meinte. In der Kammer war auf einem Berg Salz ein Mann ohnmächtig geworden, der eine tiefe Schnittwunde am Arm hatte, aus der ein Rinnsal von Blut floss und das weiße Salz rot färbte. Camilo eilte zu dem Mann und packte ihn an den Schultern, um ihn rasch aus dem Lager zu schaffen.

Yago hatte seinen Schrei gehört, damit aber nichts anzufangen gewusst. Jedes zufällige Ereignis, das von seinen alltäglichen Abläufen abwich, war für ihn eine Überforderung, die fast immer damit endete, dass er sich abkapselte, als hätte das Geschehene nichts mit ihm zu tun. In seiner Unschlüssigkeit gefangen, hatte er zwar den Mann schreien hören, aber nicht gewusst, was er tun sollte, und nun, wo er ihn in seinem eigenen Blut auf dem Boden liegen sah, überkam ihn ein Angstanfall. Das Bild rief alte Erinnerungen in ihm wach, ließ die Zeit seiner Gefangenschaft wieder lebendig werden, die Angst, von seiner Tante geschlagen zu werden, die Angst vor dem Schmerz. Und auf einmal fing er an, unkontrolliert zu zittern, flüchtete in die hinterste Ecke des Lagers und kauerte sich dort zusammen.

Bruder Camilo rief um Hilfe für den Verletzten und eilte anschließend zu Yago, dessen Reaktion er sich nicht erklären konnte. Er fragte ihn, was vorgefallen sei, erhielt aber keine Antwort. Er wollte den Jungen verstehen, doch auch dieses Mal kam von diesem nur Schweigen. Als er Yago auf die Beine helfen wollte, versetzte ihm dieser einen Schlag.

Camilo seufzte betrübt.

»Was kann ich noch tun? Ich verstehe das nicht, es muss doch einen Weg geben, wie man zu dir durchdringt.«

Voller Mitgefühl sah er den Jungen an.

»Glaub mir, ich werde ihn finden.«

VIII

Yago war noch nie in der Kirche des Kartäuserklosters gewesen. Wenige Tage nach dem Vorfall im Salzlager nahm Bruder Camilo ihn mit, denn er wollte ihm seine beiden Leidenschaften näher bringen: Gott und die schlichte Orgel, auf der er jeden Tag spielte.

Sie waren allein in der Kirche.

Yago wirkte abwesend und hielt den Blick fest auf die Steinplatten am Boden gerichtet, doch im Grunde war er es nicht. Er wollte alles wissen, alles kennenlernen …

Es hatte seine Zeit gedauert, bis er begriffen hatte, dass das Waisenhaus anders war als das Kellerloch, in dem er als kleines Kind eingesperrt gewesen war, und das lag daran, dass er auch hier seine Schwierigkeiten hatte. Alles wirkte auf ihn feindselig und bedrohlich – nur nicht jener Mönch. Mit Camilo fühlte er sich wohl, war entspannt und ohne Angst.

Zuerst wusste Yago nicht, wie er seine Angstanfälle beherrschen könnte, aber mit der Zeit fiel ihm auf, dass sie schneller vorübergingen, wenn er sich ganz stark konzentrierte. Nur wenn er einer Frau begegnete, half es ihm nicht; dann wurde es schlimmer. Es genügte schon die bloße Anwesenheit, die Stimme oder eine leichte Berührung einer weiblichen Person, um die schrecklichen Erinnerungen an seine Tante Aurelia wachzurufen.

Mit Camilo war alles anders, und selbst wenn Yago meistens nicht so reagieren konnte, wie er es von ihm erwartete, war ihm seine Gegenwart doch stets angenehm.

Während sie den Chorumgang entlanggingen, erklärte Camilo

ihm, was sich in den jeweiligen Kapellen befand, welchen Heiligen jede Figur, jedes Bild darstellte.

In der Stille des Gotteshauses hielt Yago, als sie zum Kreuzbogen gelangten, ohne ersichtlichen Grund plötzlich inne und hob den Blick zur Kuppel. Durch die Kirchenfenster fiel Sonnenlicht und mischte sich mit dem feinen Staubvorhang und den Weihrauchkringeln vom Gottesdienst, der gerade zu Ende gegangen war. Der Junge wies mit einem Finger nach oben und murmelte etwas Unverständliches.

»Dort begegnen unsere Gebete Gott ...«

Bruder Camilo beobachtete den Gesichtsausdruck des Jungen bei diesen Worten, und es schien ihm, dass er Interesse zeigte. »In diesen Weihrauchwolken vereint sich die Andacht mit dem mystischen Duft. Wenn sie bis ganz nach oben steigen, verfängt Gott sich in dem ätherischen Gespinst.«

Der Junge blickte weiter stumm nach oben, entspannter, als er ihn je erlebt hatte. Die Bedeutung dessen, was er gehört hatte, verstand Yago nicht, aber er spürte, dass es dort oben, in jener Szenerie aus Licht und Farbe, etwas Gutes gab, etwas, das Bilder von Freude und Frieden wachrief.

»Du weißt nicht, wer Er ist, stimmt's?«

Auf diese Frage reagierte das Kind mit Kopfschütteln.

Das bedeutete, dass er ihn zumindest teilweise verstanden haben musste, dachte sich Camilo lächelnd, und versuchte dann, sich ihm besser verständlich zu machen.

»Er ist das Licht. Und das Licht öffnet dir die Augen, geht in dich ein und gibt dir alles, hält dich warm und lässt dich alle Dinge sehen, die in deinem Leben geschehen. Gott ist das Licht.«

Ohne zu blinzeln, deutete Yago wieder in die Kuppel hinauf.

»Richtig, dort ist Gott, aber auch hier.« Er legte dem Jungen die Hand auf das Herz. »Und hier«, ergänzte er mit der Hand auf dessen Kopf. »Allüberall.« Er breitete die Arme weit aus.

Nachdem sie die Apsis abgeschritten hatten, gingen sie auf der gegenüberliegenden Seite des Chorumgangs in die Sakristei, denn dort wollte Camilo ihm ein großes Gemälde zeigen. Es stellte die Schlacht am Salado vor zweihundert Jahren dar, als die Heilige Jungfrau den christlichen Truppen beistand und ihnen zum Sieg über die Mauren verhalf; nach diesem Ereignis war das Kloster benannt worden. Dort wollte er seinen Schützling mit der Jungfrau Maria bekannt machen.

Als Yago das Gemälde erblickte, lief er darauf zu, blieb dann still davor stehen, ganz still, und betrachtete es eindringlich. Sein Blick war auf eine einzige Stelle gerichtet, wo ein Pferd von vorne zu sehen war und gleich daneben der Reiter mit seinem Schwert in der Hand. Yago führte einen Finger zum Kopf des Tieres, strich zärtlich darüber und fuhr dann bedächtig seine Umrisse nach, ohne eine Stelle auszulassen.

Bruder Camilo nahm seine Reaktion schweigend, aber erstaunt hin. Es bewegte ihn sehr, wie ergriffen der Junge war, wenn er auch nicht wusste, warum. Aus irgendeinem Grund löste dieses Pferd etwas in ihm aus, etwas ganz Besonderes.

Tief in Yagos Innerem hatte sich die Erinnerung an ein Wesen wie dieses lebendig erhalten, die Erinnerung an jenes Pferd, das Zeuge seiner Geburt gewesen war, das erste Bild seines Lebens, das sich seiner Seele am stärksten eingeprägt hatte. Und dann ging er ganz nah an das Bild heran und drückte einen Kuss auf das Pferd; der Mönch verfolgte das Geschehen mit Verwunderung.

Auf dem Ölgemälde fanden sich viele andere Figuren, die Jungfrau Maria auf einem Felsen, Soldaten beider Seiten in erbittertem Kampf, aber Yago suchte nur nach Pferden. Nichts anderes schien ihn an der ganzen turbulenten Szenerie zu interessieren. Und alle berührte er sanft, zeichnete mit dem einen oder anderen Finger ihre Form nach, strich ihnen zärtlich über die Mähne, fuhr ihnen über die Kruppe und jedes, ohne Ausnahme, küsste er.

»Yago, was siehst du in ihnen, das dich so sehr anzieht?«

Der Junge, der gerade ein Pferd betrachtete, aus dessen Hals Flammen schlugen, dessen ganze Haltung Anspannung und Kraft ausdrückte, öffnete, ohne sich umzudrehen, den Mund, presste erst ein paar sinnlose Laute hervor, doch dann, nach mehreren Anläufen gelang es ihm.

»Pfe... Pfe – Pferd. Pferd. Pferd...«, wiederholte er ein ums andere Mal mit überströmender Freude.

Camilo war tief bewegt, als er ihn zum ersten Mal ein Wort aussprechen hörte: Pferd. Welche Bedeutung konnten diese Tiere in seiner Vergangenheit, in seinem Leben gehabt haben, fragte er sich.

Da diese Tiere bei Yago so starke Gefühle auslösten, beschloss er, ihn eines Tages nach Lomopardo mitzunehmen, zu der Koppel, auf der die besten Reittiere standen, die das Kloster besaß.

Über dem Bild befanden sich drei Nischen, in denen rechts der heilige Petrus, links der heilige Paulus stand, und zwischen ihnen eine wunderschöne Figur der Jungfrau Maria mit dem Jesuskind auf dem Arm; in der anderen Hand hielt sie ein Buch. Die Figur war aus Holz, mehrfarbig bemalt, und ihr Gesicht strahlte großen Frieden und Liebreiz aus.

Yago ging auf die Figur des heiligen Petrus zu und betrachtete sie mit schief gelegtem Kopf.

Er streckte die Hand nach dem langen Bart des Apostels aus und strich liebkosend darüber, fuhr mit den Fingerkuppen jede Furche, jede Krümmung nach, desgleichen beim Gesicht und bei der Kleidung. Ganz sanft ließ er seine Finger über das Holz gleiten, bis er die gesamte Figur erspürt hatte. Ebenso machte er es mit der Figur der Jungfrau Maria, die kleiner war, für ihn besser erreichbar, weshalb er bei ihren Füßen begann und dann das Kleid abtastete. Mit gesenktem Blick, den Kopf zur Seite geneigt, spürten seine Hände jeder Falte nach, jedem kleinen Grat, den weiten Ärmeln, den zarten Händen. Hin und wieder konzentrierte er sich auf einen bestimmten Punkt und fuhr mit dem Finger mehrere Male darüber. Es gefiel ihm, mit den Fingerkuppen jeden Grat, jede Kerbe nachzuspüren, die der Schnitzer geschaffen hatte. Das ist wohl seine Art, die Figuren wahrzunehmen, dachte sich Camilo, während er ihn beobachtete. Vielleicht brauchte er nicht, wie die anderen Menschen, die Augen, um sie zu erkennen.

Dann legte Yago beide Hände auf die Figur der Heiligen Jungfrau, strich über die Arme, über das Haar.

Ganz in ihre Gedanken versunken, bemerkte keiner der beiden den Mönch, der hinter ihnen stand und die Szene empört beobachtete.

Als der Junge begann, den Leib der Jungfrau zu betasten, brach der stumme Beobachter sein Schweigegelübde und sprach mit lauter Stimme:

»Nehmt diesen Jungen von der Gottesmutter fort, auf der Stelle!«

Bruder Camilo drehte sich überrascht um und erkannte den Novizen Dávalos, der als einer der letzten Postulanten ins Kloster eingetreten war, Sohn und Neffe einer der angesehensten Familien von Jerez.

»Er tut doch nichts Böses«, entgegnete Camilo furchtlos.

Yago kauerte sich verschreckt auf dem Boden zusammen, zu Füßen von Bruder Camilo.

»Heißt Ihr es gut, was dieser Rotzlöffel mit unserer Jungfrau Maria macht?« Das junge Gesicht des Novizen wurde plötzlich flammend rot. »Meiner Ansicht nach verdient er eine harte Strafe.«

Schon hob er die Hand, um den Jungen zu schlagen, doch Bruder Camilo fiel ihm in den Arm.

»Hütet Euch!«, rief er erzürnt. »Ich werde nicht zulassen, dass Ihr ihm Schaden zufügt! Habt Ihr mich verstanden?« Er sah ihn mit festem Blick an.

Der Novize trat zwei Schritte zurück und schnaubte vor Zorn.

»Es ist nicht an mir, ihm eine angemessene Strafe aufzuerlegen, und ebenso wenig an Euch, der Ihr diesem schamlosen Tun zugestimmt habt, doch ich werde unverzüglich zum Prior gehen, damit er sich damit befasst. Und das wird er, dessen könnt Ihr versichert sein.«

»Nur zu!«, erwiderte Bruder Camilo unerschrocken. Yago verbarg sich noch immer hinter seinem Habit.

»Ich werde meine Freude haben an Eurer Buße!«, entgegnete der Novize.

»Schert Euch zum Teufel!«

IX

Die Walfängerboote waren mit jeweils acht Ruderern besetzt, vier auf jeder Seite, und mit einem Harpunier und einem Steuermann. Sobald der Späher einen Wal gesichtet hatte, fuhren mehrere Boote los, um das Tier einzukreisen und zu erlegen.

Eines Tages hatte Fabián Gelegenheit, auf eines dieser Schiffe zu gelangen, die manche Matrosen scherzhaft Sardinenkutter nannten. Anfangs musste er sich am Ruder abrackern, doch zum Glück war er gerade an der Reihe, das Steuer zu übernehmen, als sie ins Kielwasser eines dieser Tiere gerieten. Die Befehle erteilte der Harpunier, er dirigierte das Boot, um besser treffen zu können oder sich von den anderen Booten helfen zu lassen.

Wale waren in diesen kalten Gewässern im Winter nicht selten anzutreffen. Dieses Exemplar nun war mittelgroß, aber wohlgenährt, und besaß eine dicke Speckschicht, weshalb er sich, wenn sie ihn erlegt hätten, leichter in den nächsten Hafen schleppen lassen würde, denn dann trieb er besser auf dem Wasser. Bei anderen war es oft nicht so, und wenn sie abtauchten, wurde es außerordentlich schwierig, sie nach dem Fang in den Hafen zu bringen.

Fabián blickte zum Himmel hinauf, in der Hoffnung auf ein wenig Sonne, doch er sah nur dunkle, regenschwere Wolken. Als er seine Aufmerksamkeit wieder dem Boot zuwandte, sah er die spitze Harpune aufblinken, die einer der Matrosen bereits auf die Wasseroberfläche gerichtet hielt. Diese Männer wussten ganz genau, wie man die gewaltigen Tiere erlegte, die anschließend restlos, bis zu den Barten, verwertet wurden. Er hatte selbst gesehen, wie Öllampen mit Waltran befüllt, wie daraus Seife und Schmierstoffe hergestellt wurden.

Der Wal war nicht allein, es musste ein weibliches Tier mit seinem Jungen sein, eine gute Nachricht. Die Mannschaft beglückwünschte sich, denn wenn sie den Jungwal gefangen hatten, hatten sie mit dem Muttertier weniger Schwierigkeiten. Die Mutter würde dem Jungtier zu Hilfe kommen, das gellende Pfiffe ausstoßen würde. Sie zu töten, wäre dann ein Leichtes.

Sobald sie das Tier erlegt hatten, kam anderes Gerät als die Ruder zum Einsatz – Lanzen und vor allem Gefäße zum Auffangen des Blutes.

»Auf Steuerbord drehen!«, befahl Fabián. »Und ihr, legt euch mehr ins Zeug! Der Wal ist schon ganz in unserer Nähe.«

Der erfahrene Harpunier wollte die Distanz zu dem Tier verkürzen, um ihm die stählerne Spitze nahe dem Atemloch in den Kopf zu rammen, doch sie waren noch zu weit entfernt. Und das Meer erleichterte ihnen ihr Vorhaben nicht gerade. Sie hatten die Verfolgung bei böigem Wind aufgenommen, waren jedoch inzwischen in ein Unwetter mit so hohen Wellen geraten, dass sie um ihre Boote fürchten mussten.

»Kehren wir um!«, rief man ihnen angesichts der Wetterlage zu.

»Noch ein Versuch …!«, schrie der Harpunier auf Fabiáns Boot zurück. »Wenn es uns gelingt, den Wal in Richtung Küste abzudrängen, können wir ihn dort mit drei Booten einkreisen und im Handumdrehen erlegen.«

Wieder hatte Fabián den Wal abtauchen sehen, für unendlich lange Zeit, wie ihm schien. In solchen Momenten warteten alle voller Spannung darauf, dass er wieder auftauchte, damit sie nötigenfalls die Richtung ändern konnten.

Der wolkenverhangene Himmel wurde noch dunkler, das Meer wirkte nun fast schwarz.

Es begann zu regnen, und das kräftig.

Unter dem durchnässten Umhang und bei dem starken Wind fror Fabián bald bis auf die Knochen, und er grummelte zähneklappernd vor sich hin.

Er wischte sich mit dem Hemdsärmel über das Gesicht. Dann sah er wieder nach vorne und stellte fest, dass der Wal auf die Küste zuhielt.

»Jetzt rudert, was das Zeug hält!«

Blitzschnell wurde der Befehl von einem Boot zum anderen weitergegeben.

Eines der Boote kam nah an den Jungwal heran, und die Männer setzten ihm gnadenlos zu. Seine Schmerzenslaute veranlassten das Muttertier, die Flucht abzubrechen und ihm zu Hilfe zu eilen.

Mit großem Geschick brachten sich mehrere Boote auf beiden Seiten des großen Wals in Position, der die Gefahr jetzt erkannt hatte, denn er begann sie mit seinem gigantischen Schwanz zu attackieren. Dem Harpunier des Schiffes, auf dem Fabián sich befand, gelang es als Erstem, seine Harpune treffsicher in das Auge des Wals zu setzen.

Durch die dauernden heftigen Schwanzschläge gingen zwei der Boote zu Bruch, sodass die Besatzungsmitglieder ins eiskalte Wasser springen mussten, wo sie ganz und gar der Wut des verletzten Tiers ausgesetzt waren.

Drei von ihnen half Fabián an Bord zu ziehen, während von rechts ein weiteres Boot zu Hilfe eilte. Bald steckten sechs der spitzen Harpunen im Leib des Wals. Der versuchte nun zu flüchten, doch er hatte keine Chance mehr, denn er hätte die Boote hinter sich herziehen müssen, und dazu fehlte ihm die Kraft. Das Meer explodierte geradezu, als er sich immer wieder loszureißen versuchte, Wellen und Gischt schlugen hoch, und doch bohrten sich die tödlichen Waffen mit jeder Bewegung mehr in seinen Leib.

Die Boote wichen dem Wal nicht mehr von der Seite, und nun waren alle Männer damit beschäftigt, ihm tiefe Schnitte beizubringen, sodass er möglichst viel Blut verlor, denn dadurch blieb das Fleisch schmackhaft.

Das Tier stieß derart durchdringende Schmerzenslaute aus, dass die Männer sich kaum verständigen konnten.

Auch Fabián trieb ihm seine Lanze in den Leib, bewegte sie vor und zurück, um eine möglichst große Wunde zu verursachen. Dieser Wal würde dafür sorgen, dass er nach dreijährigem Aufenthalt in Cudillero endlich über die notwendigen finanziellen Mittel für seine Rückkehr nach Jerez verfügte. Das Schiff, das er in wenigen Tagen besteigen würde, lag im benachbarten Hafen von Luarca vor Anker und sollte in spätestens einer Woche in See stechen.

Von dem Fang würde ein Teil an den Hafenpächter gehen, und das war niemand anderer als der Hafenmeister selbst, ein weiterer an die Kirche, und der Rest würde in Anwesenheit eines Schreibers versteigert werden. Vom Erlös würde der größte Teil an die Männer seines Bootes fallen, denn von dort war die erste Harpune gesetzt worden, und der Harpunier würde, zusätzlich zu seiner Heuer, eine Flosse erhalten. So stand es im Reglement der hiesigen Fischerei-Bruderschaft.

Es regnete noch immer stark, die Wellen rundherum waren rot von Blut und Fabián schweißnass, doch er lächelte froh in sich hinein. Nach acht Jahren Verbannung erlaubte er sich nun endlich einen Gedanken an wärmere und ruhigere Gewässer, nämlich die Bucht von Cádiz.

Auf dem Landsitz der Espinosas verabschiedete Don Luis gerade Martín Dávalos, und sie vereinbarten, sich in einer Woche wieder zu treffen.

»Die Verbindung ist hergestellt, der Mann heißt Siegfried, bleibt abzuwarten, wie weit er sich einlässt ...«

Don Luis sprach von einem Deutschen, mit dessen Hilfe sie verbotene Güter zu transportieren beabsichtigten, denn er besaß ein Schiff, das unter kaiserlicher Flagge fuhr, weshalb Zollinspekteure dort keinen Zutritt hatten. Es war damit bestens geeignet für ihre Geschäfte mit der Neuen Welt.

Die Idee hatte Luis Espinosa auf der Rückreise von Friesland gehabt, vor zwei Monaten, nach seinem gescheiterten Versuch, Graf Stephan aus dem Weg zu räumen. In Tirol hatte er von zwei Männern aus Bayern erfahren, dass sie durch die Ausbeutung einiger kastilischer Bergwerke in Almadén zu großem Reichtum gekommen waren. Die Genehmigung dafür hatten sie als Gegenleistung für ein beachtliches Darlehen an den Kaiser erhalten. Das Mineral Quecksilber war, wie sie ihm bei dieser Gelegenheit erklärten, unerlässlich für die Läuterung von Silber, und da man in der Neuen Welt ungeheure Mengen dieses Edelmetalls förderte, benötigte man dort regelmäßige Lieferungen aus Spanien. Und an diesem Punkt kam der Deutsche ins Spiel.

Was Luis Espinosas Interesse weckte, war der Umstand, dass diese Transporte mit besonderen Schiffen durchgeführt wurden. Es würde ihm unschätzbare Vorteile bringen, überlegte er, wenn er seine Geschäfte ebenfalls unter dem Schutz der Kaiserkrone abwickeln könnte. Außerdem müsste er dann nicht, wie bislang, zahllose Beamte für ihr Schweigen bezahlen. Doch es brächte ihm nicht nur mehr Sicherheit, er würde auch die Pferde, die sie bislang nach Friesland verkauft hatten, schneller anderweitig unterbringen können. Sein Geschäft mit Graf Stephan hatte sich zerschlagen, und es ließ sich nicht sagen, wann ihm in jener Weltgegend wieder mehr Glück beschieden sein würde.

Am gleichen Nachmittag gab Luis Espinosa seinem Pferd die Sporen und ritt in Richtung Puerto de Santa María, um sich mit Siegfrieds Frau zu treffen, zu der er sich leidenschaftlich hingezogen fühlte.

Es hatte nicht allzu viel Mühe gekostet, den deutschen Schiffseigner aufzuspüren, der auf der Gehaltsliste der Bayern stand und Siegfried Schwarz hieß, denn er besaß ein Haus in Puerto de Santa María, und Espinosa verfügte über das beste Informantennetz der ganzen Gegend. Schwarz hatte sich seinen Wohnort klug gewählt, denn über diesen Hafen wurde ein Großteil des Handels mit der Neuen Welt abgewickelt.

Luis übernahm es, die ersten Kontakte zu knüpfen, er fand heraus, dass Schwarz alle sechs Monate mit dem kostbaren Quecksilber unterwegs war, und bald kam er auch dahinter, dass der Mann einen schwierigen, undurchsichtigen Charakter hatte. Er war recht zurückhaltend und nüchtern, zudem etwas schwermütig. Gewohnt, sich menschliche Schwächen zunutze zu machen, kam Luis Espinosa zu dem Schluss, dass bei Siegfried keiner seiner üblichen Winkelzüge zum Erfolg führen würde. Wenn der Deutsche überhaupt einen Schwachpunkt hatte, dann verbarg er ihn überaus geschickt.

Deshalb beschlossen Martín und er, ihr Vorgehen noch einmal zu überdenken, und so kam die Frau des Deutschen ins Spiel, eine aus Cádiz gebürtige Schönheit mit zarter Haut und überbordender Sinnlichkeit. Nach vier Wochen und acht intimen Begegnungen wusste Luis über Siegfried Schwarz mehr als dieser selbst. Und Siegfrieds Frau schenkte ihm nicht nur im Bett ihre Gunst, sie förderte auch nach Kräften Luis' Freundschaft zu ihrem Gatten, damit ihr Geliebter leichter geschäftliche Kontakte knüpfen konnte. Und sie verriet ihm auch seine größte Schwäche: seine Vorliebe für dunkelhäutige Sklavinnen. Zwischen Beilager und begehrlichem Warten auf das nächste Stelldichein gelang es Luis sogar, einen weiteren äußerst wichtigen Punkt über diesen Mann herauszufinden. Die geschäftliche Beziehung zu den Herren aus Bayern entsprach nicht seinen Erwartungen und brachte wesentlich weniger ein, als er zu verdienen meinte.

Besser konnte es gar nicht kommen, dachten die beiden Kompagnons damals.

Nun, da die Lage klar war, musste man nur noch Siegfrieds Vertrauen gewinnen. Seine Gattin tat alles, damit sie sich immer besser kennenlernten und verstanden. Sie lud mehrere Male zum Essen, arrangierte verschiedene Begegnungen und sogar eine kurze Reise nach Cádiz, bis sie schließlich ihr Ziel erreichte: Siegfried ließ endlich seine Vorsicht fahren, und es entwickelte sich eine ausgezeichnete Beziehung zu Luis.

Als sich die Freundschaft hinreichend vertieft hatte, unterhielten sie sich ganz ungezwungen miteinander, und nach einer verrückten Nacht mit zwei schönen afrikanischen Sklavinnen, die Luis eigens für diesen Zweck ausgesucht hatte, besiegelten die beiden Männer ihr erstes Geschäft mit einem kräftigen Händedruck und einer komplizenhaften Umarmung.

Nach nur sechs Monaten trug Luis' Strategie bereits die gewünschten Früchte, denn von nun an übernahm Siegfried alle von ihnen verlangten Verschiffungen, und das für einen zehnten Teil des Erlöses. Es wäre nun nicht mehr nötig gewesen, die Beziehung zu Siegfrieds Frau weiter zu pflegen, doch Luis sah keinen Weg, sich von seiner Geliebten zu trennen.

Ihre starke, überbordende Sinnlichkeit hielt ihn gefangen.

X

Der Prior verbot Yago wegen seines ungebührlichen Betragens jeglichen weiteren Aufenthalt im Kloster.

Ihn interessierten die Gründe nicht, die Bruder Camilo als Rechtfertigung für den Vorfall in der Sakristei anführte, und auch dem Novizen, der den Jungen obszöner Regungen beschuldigte, schenkte er kein Gehör. Eigentlich kam ihm die Sache gerade recht, um beide ins Gebet zu nehmen, vor allem aber den Padre Prokurator, der ihm seit einiger Zeit recht seltsam vorkam.

Die Tatsache, dass Camilo sich noch immer nicht auf den Weg nach Córdoba gemacht hatte, verzögerte seine eigenen Vorhaben. Don Bruno verstand nicht, warum Camilo mit seinen Reisevorbereitungen im Verzug war, es missfiel ihm, wie häufig er sich neuerdings nicht an sein Schweigegelübde hielt, dass er dem Jungen übermäßig viel Zeit widmete, dass er sich mit unwichtigen Dingen verzettelte und sein Seelenleben, wie er bei den Beichten feststellte, zu wünschen übrig ließ.

Aus all diesen Gründen fühlte sich Don Bruno versucht, dem Mitbruder die Reise zu untersagen, um ihn nicht noch mehr vom Wege abzubringen. Doch es war kein anderer Mönch zur Hand, der ebenso viel über Pferderassen wusste, und deshalb beschloss er, nichts zu unternehmen und der Sache wie geplant ihren Lauf zu lassen.

»Wenn Ihr entscheidet, dass Yago nicht mehr im Kloster arbeiten darf, dann wäre es mir lieb, er könnte sich auf unserem Gestüt Lomopardo nützlich machen.« Dort auf der Koppel könnte man die Wirkung der Pferde auf den Jungen in Ruhe beobachten, dachte sich Camilo. Er kannte den dortigen Pferdehirten gut und sah keine Schwierigkeit, sich dafür den Segen des Verantwortlichen im Waisenhaus zu holen; er würde froh sein, den Jungen für einige Zeit aus den Augen zu haben. Ihm fehlte nur noch die Zustimmung des Priors.

»Deiner Bitte steht nichts entgegen, wie ich meine, auch wenn ich nicht recht verstehe, warum der Junge das Waisenhaus verlassen und die Unterweisung abbrechen soll, nachdem er fast drei Jahre lang dort gelebt hat...«

»Ihr wisst doch, wie wenig Fortschritte er bis heute gemacht hat, wie viele Schwierigkeiten er den anderen Kindern und sogar den Lehrern bereitet, doch darüber hinaus habe ich noch andere und bessere Gründe. Die Pferde, die ich in Córdoba kaufe, sollen doch nach Lomopardo, und der Junge scheint mir ein gutes Gespür für diese Tiere zu haben. Wenn wir einen rechtschaffenen Mann aus ihm machen wollen, muss er etwas Richtiges lernen. Sobald die neuen Stuten eintreffen und Fohlen geboren werden, wird man dort doch sicher mehr Leute brauchen, nicht wahr? Der Junge wird dann keine Zeit mehr für die Schule haben.« Camilo beobachtete gespannt, wie der Prior reagierte, und es schien ihm, dass er seinen Vorschlag guthieß.

»Was gedenkst du mit den Pferden zu machen, die derzeit in Lomopardo stehen?«

»Die schlechteren haben wir in den vergangenen Wochen auf andere Güter geschickt.«

»Wenn ich mich recht entsinne, dann hast du doch gesagt, dass Yago mit Veränderungen nicht gut zurechtkommt. Befürchtest du nicht, dass er wieder Wutanfälle bekommt?«

Bruder Camilo musste zugeben, dass sein Vorschlag eher auf Intuition beruhte und er sich nicht sicher war, wie der Junge reagieren würde.

»Aber warum die Pferde? Ich verstehe es nicht...«, fragte der Prior noch einmal nach.

»An dem Tag, als er mich in die Sakristei begleitete, hat er sehr seltsam reagiert, als er das Euch wohlbekannte Bild sah. Die Pferde haben eine ganz eigenartige Anziehungskraft auf ihn ausgeübt, weshalb ich meine, dass sie ihm vielleicht helfen könnten.«

»Einverstanden, du brauchst es nicht weiter auszuführen. Nimm ihn mit nach Lomopardo, aber mach dich gleich auf den Weg, noch heute. Ich dulde keine weiteren Verzögerungen mehr.«

Dankbar für das ihm entgegengebrachte Vertrauen, küsste Camilo dem Prior den Ring und verließ eilends das Zimmer, um sich auf die Suche nach Yago zu machen.

Das Gebäude, in dem mehr als zwanzig Waisen- und Findelkinder lebten, besaß zwei Stockwerke, und der Schlafraum der Jungen befand sich im Obergeschoss. Dorthin wandten sich nun Camilo und der Vorsteher des Hauses, um Yago zu suchen. Es war die Stunde der Siesta.

Bei ihrem Eintreten wandten einige Jungen den Kopf, um zu sehen, wer da kam, aber Yago hörte sie nicht. Er schlief ruhig auf seiner Pritsche. Als Bruder Camilo ihn behutsam weckte, blickte ihn Yago schläfrig an. Camilo war sich unschlüssig gewesen, was er sagen oder wie er ihm seine Abreise schmackhaft machen sollte. Er wusste allzu gut, wie problematisch Yago auf Veränderungen seines Tagesablaufs reagierte, und wollte deshalb alles vermeiden, was ihm einen Wechsel seines Lebensumfelds noch schwerer machen würde. Wie fange ich am besten an, überlegte er, und da kam ihm eine Idee.

»Yago, möchtest du Pferde sehen, viele Pferde?«

Der Junge murrte ein bisschen, stand aber sogleich auf und half mit, seine wenigen Habseligkeiten zusammenzusuchen, um mit Camilo fortzugehen. Natürlich wollte er Pferde sehen, er träumte von ihnen, seit er sie auf jenem Bild entdeckt hatte. Und auf der Insel gab es keine.

Kaum waren sie auf den Karren gestiegen, begann Yago die Schnalzlaute nachzumachen, mit denen Camilo das alte Maultier lenkte. Er wirkte vollkommen ruhig und vertrauensvoll.

Das Gestüt Lomopardo, wo Yago in Zukunft leben würde, war nicht einmal zwei Meilen von der Insel entfernt. Für seine Betreuung hatte Camilo ein Ehepaar mit sechs Kindern ausgewählt, zu dem er vollstes Vertrauen hatte. Die Frau, vierunddreißig Jahre alt, war gutherzig, wenn auch hart geworden durch die Landarbeit. Und der Mann hatte eine Hand für Pferde wie sonst keiner weit und breit. Ihm oblag die Pflege der Mutterstuten und der Fohlen bis zu drei Jahren. Dieser Mann war der ideale Lehrer für Yago, um ihm beizubringen, wie man mit Tieren gut umgeht, und Camilos bester Verbündeter, wenn er sich über seinen Schützling informieren wollte.

Es war schwül, als sie an jenem Nachmittag die Koppel von Lomopardo erreichten, auf der das Gras dank des nahen Flusses immer saftig grün stand.

Lomopardo zählte zu den größten Gutshöfen im Besitz des Kartäuserklosters und auch zu den ertragreichsten. Ein Großteil der Äcker und Weiden wurde durch den Río Guadalete bewässert, es gab reichlich Futter für die Tiere und angenehmen Schatten unter den Korkeichen.

Vorbei an zwei Lagerhäusern, einem gemauerten Backhaus, Getreidesilos und zwei Ställen von beachtlicher Größe – einer für Pferde, der andere für Kühe – fuhr der Karren nun auf die größeren Gebäude des Gutes zu. Außerdem gab es noch Unterkünfte für die Landarbeiter und ein stattliches Haus, in dem die früheren Besitzer des Gutes gelebt hatten.

Von einer Anhöhe aus konnten sie die ersten Gebäude erkennen. Seitlich davon weidete ein halbes Dutzend Stuten. Ehe Bruder Camilo sich fragen konnte, ob Yago sie bereits erspäht hatte, sah er den Jungen schon vollkommen in ihren Anblick versunken, die Augen weit aufgerissen, ohne ein einziges Mal zu blinzeln. Sie strahlten und leuchteten, spiegelten ein unbändiges Verlangen wider, die Augen dieses Kindes von nur zwölf Jahren. Er hatte gar keine Zeit, den Jungen festzuhalten, denn schon hüpfte dieser vom Wagen und lief ausgelassen auf die Tiere zu.

Camilo zog rasch die Handbremse, sprang ebenfalls hinunter und lief, das lange Habit raffend, hinter Yago her. Und dann bot sich ihm eine Szene, die er sein Leben lang nicht vergessen sollte.

Freudestrahlend rannte Yago auf die sechs Stuten zu, die, sobald sie seiner ansichtig wurden, zwar alarmiert den Kopf hoben und die Ohren aufstellten, jedoch ruhig stehen blieben und vor dem Wesen, das da auf sie zukam, nicht flüchteten.

»Yago, warte... Geh nicht näher an die Pferde heran... Sie können gefährlich sein...« Bruder Camilo war schon erhitzt vom Laufen und rang nach Luft. Doch der Junge hörte nicht auf ihn. Obwohl er den Pferden immer näher kam, zeigten sie keinerlei Befremden. Die Stute, der er am nächsten war, begann friedlich zu grasen, andere knabberten sich gegenseitig leise schnaubend am Hals.

Als Yago bei ihnen anlangte, blieb er stehen, öffnete weit die Arme und senkte den Kopf. Bruder Camilo hatte zwar aufgeholt, war aber immer noch ein gutes Stück entfernt. Obwohl er wusste, dass er nichts tun konnte, falls die Pferde den Jungen angriffen, beschleunigte er seine Schritte.

Die Stuten näherten sich dem Jungen, umringten ihn langsam und beschnupperten ihn von oben bis unten, was Yago ein fröhliches Lachen entlockte. Und dann senkten alle Stuten gleichzeitig den Kopf, eine Geste der Unterwerfung, und ließen die Unterlippe hängen, um zu zeigen, dass der Junge als Mitglied ihrer Gruppe akzeptiert war.

Nun ließ Yago langsam die Arme sinken und hielt ihnen die Handflächen hin, sodass eine nach der anderen daran schnuppern konnte – als hätte er schon immer gewusst, wie er sich gegenüber solchen Tieren verhalten musste. Der letzten, einer schönen rotbraunen Stute mit schwarzer Mähne, strich er mit beiden Händen zärtlich über den Hals, dann über die Ohren und das Gesicht. Es bereitete ihr offenbar großes Vergnügen, die Hand des Jungen auf ihrem Fell, in ihrer Mähne zu spüren.

Camilo hielt einen angemessenen Abstand, um die Magie des

Augenblicks nicht zu zerstören; er wollte sich aber auch nichts entgehen lassen. Er beobachtete, wie Yago der Stute über den Rücken strich, dann über die Rippen zum Brustkorb hin, dann wieder über den Rücken bis zur Kruppe, sie abwechselnd liebkoste und kitzelte. Bei alledem hatte er die Augen geschlossen, denn er sah mit seinen Fingern, deren Kuppen jede kleine Nuance erspürten, wie bei dem Bild in der Sakristei.

Es war ein Genuss, ihm zuzusehen, umso mehr, als die Stuten auf seine Liebkosungen reagierten, die einen beschnupperten ihn, andere stupsten ihn sanft mit dem Maul, als würden sie seine Freude verstehen.

Nachdem er die erste Stute von oben bis unten gestreichelt hatte, auch die Schienbeine mit ihrer straffen Haut bis hinunter zu den Hufen, wiederholte er das Ganze bei der nächsten, einem herrlichen Tier mit fast weißem Fell und einzelnen dunklen Flecken auf der Kruppe. Mit sanftmütigem Blick knabberte die andere Stute zur Begrüßung gleich an seinem Hemd und ließ sich dann genüsslich streicheln.

Als Yago sich allen Pferden auf diese Weise vertraut gemacht hatte, machte er langsam kehrt und begab sich auf die Suche nach Bruder Camilo. Ihm folgten, als wäre es eine Prozession, fröhlich wiehernd die sechs Stuten.

Der Mönch hatte die Szene derart fasziniert verfolgt, dass es ihm schwerfiel, sich in Bewegung zu setzen. Noch ganz unter dem Eindruck der unglaublichen Zwiesprache zwischen den Pferden und dem Jungen, seufzte er tief auf. Er war selbst mit Pferden, mit Stuten und ihren Fohlen aufgewachsen, hatte aber dergleichen nie erlebt.

Er hielt den Atem an, als Yago mit den Stuten im Gefolge wieder zu ihm stieß, und vor Rührung lief ihm eine Träne über die Wange, als er im Gesicht des Jungen einen neuen Ausdruck entdeckte: den Ausdruck reinsten Glücks.

XI

Ehe er nach Córdoba aufbrach, wollte Camilo Yago noch mit seiner zweiten großen Leidenschaft, dem Orgelspiel, bekannt machen.

Am Tag vor seiner Abreise holte er ihn in Lomopardo ab, um mit ihm die Kirche des Klosters zu besuchen, wo er ihm vor einigen Monaten den Weg zu Gott gezeigt hatte, in jener Kuppel, der Brücke zwischen irdischer Welt und Himmelreich.

Yago, der niemals zuvor auf einem Pferd geritten war, hätte sich nie träumen lassen, dass es so schön sein würde.

Begleitet vom Rauschen des Wassers und dem intensiven Duft nach frischem Grün ritten sie im Schritt am Ufer des nun, im Frühling, angeschwollenen Flusses entlang. Bei jedem Schritt des Pferdes lief Yago, dessen Atem vor Aufregung schneller ging, ein unbekannter, aber angenehmer Schauer über den Rücken. Die Bewegung des Pferdes fand in seinen Muskeln ihren Widerhall, stimulierte sie und schenkte ihm so viele so angenehme Gefühle, dass er laut herauslachte.

Nachdem Camilo abgestiegen war, half er Yago aus dem Sattel und band das Pferd an einen Baum. Sie befanden sich etwa eine halbe Meile von der Kartause entfernt. Camilo wollte kein Aufsehen erregen.

»Bitte hör jetzt auf zu lachen … Wenn man uns hier zusammen sieht, bekomme ich ernsthafte Schwierigkeiten.«

»Yago … und Camilo.«

Den Mönch ergriff eine große Rührung, als er seinen Namen zum ersten Mal von Yago ausgesprochen hörte. Er sah dadurch bestätigt, welch positive Wirkung die Pferde auf den Jungen hatten, und war gleichermaßen dankbar wie verwundert.

»Wichtig ist, dass man lernt, auch wenn es langsam geht … Gut gemacht, sehr gut!« Er versetzte ihm einen freundlichen Klaps auf den Hinterkopf.

Leise betraten sie die Kirche, und Camilo versicherte sich zuerst, dass sie allein waren. Zu dieser Stunde, vor der Vesper, übte er jeden Tag das Orgelspiel und brach damit die Stille der Klausur. Er ging zu der Orgel im Hintergrund der Kirche, voller Erwartung und Neugier auf die Reaktion des Jungen, denn Yago würde nun wohl zum ersten Mal in seinem Leben die Wirkung der Musik spüren.

»Du wirst staunen, was ich für dich habe …«

Nebeneinander auf dem Orgelbänkchen sitzend, trat Camilo den Blasebalg, um ihn mit Luft zu füllen, setzte die Füße auf die Pedale und griff mit den Händen in die Tasten.

»Yago, ich stelle dir die Musik vor.«

Er drückte vier Tasten auf einmal, und plötzlich füllte eine Mischung aus Tönen den Raum, sodass der Junge erstaunt den Kopf hob, weil er sich nicht erklären konnte, woher diese eigenartige Vibration kam.

Wieder begann Camilo zu spielen, diesmal eine schnelle Folge auf- und absteigender Töne, und er konnte geradezu spüren, wie Yago eine Gänsehaut bekam. Der Junge atmete hörbar aufgeregt und blickte wie gebannt auf die Hände des Mönchs. Als Bruder Camilo erneut in die Tasten griff, ging ein Ruck durch den Jungen, er legte seine Hand auf die des Mönchs und ließ sie dort liegen, sodass sie gemeinsam in immer schnellerem Tempo über die Tasten sprangen.

Als er sah, dass Yago auf jeden Reiz sofort reagierte, lachte Bruder Camilo beglückt auf. Schlug er tiefere Töne an, sank der Junge in sich zusammen, als würden sie auf ihm lasten; bei hohen Tönen reckte er den Hals, als würde er verfolgen, wie sie zur Kuppel hinaufflogen.

Der Junge zitterte. Zeitweise wirkte er wie berauscht von den Empfindungen, in einem Wirbel aus Lachen, hin und her springenden Armen und Beinen und Kaskaden aus Tönen gefangen; zwischendurch auf der Suche nach einem Ton, der aus einer der Orgelpfeifen kam, oder mit der Hand schnell eine andere Pfeife bedeckend, um die ausströmende Luft zu spüren.

Bruder Camilo verfolgte alles tief bewegt.

Und war entschlossen, sich keinen Augenblick von Yagos aufgeregter, kindlicher Reaktion, so beglückend wie intensiv und vielversprechend, entgehen zu lassen.

Yago war wie verwandelt.

Die vielen Orgelpfeifen unterschiedlicher Dicke und Höhe, die eine breite Skala von Tönen hervorbrachten, schienen ihn zu faszinieren, denn er schickte sich an, eine nach der anderen zu betasten. Er legte beide Hände darauf und fuhr sanft ihre Konturen nach, als könnte er dadurch das Wesen jedes einzelnen Akkords in sich aufnehmen. Er lachte und hüpfte vor Freude auf und ab.

Dann spielte Bruder Camilo dieselbe Melodie mehrmals hintereinander, um zu sehen, was Yago machen würde. Und war bass erstaunt, als der Junge bei der dritten Wiederholung seine Hand schon an die jeweilige Öffnung legte, ehe Luft herauskam. Und er irrte sich kein einziges Mal.

»Gut, mein Junge, sehr gut!«

Eine ganze Stunde lang blieb der Junge ruhig, und es trat kein einziger Krampfanfall auf, wie sie seinen Körper sonst nur allzu oft schüttelten. Alle Stücke, die Bruder Camilo beim anschließenden Gottesdienst spielen würde, hörte er sich an, das Gesicht an die Orgelpfeifen gepresst, weil er den Luftstrom und die Vibrationen wahrnehmen wollte.

Nach der Orgelprobe ruhte sich Camilo ein Weilchen aus, schweigend, fast ohne zu atmen. Als Yago den Blick hob, sah er, dass der Mönch die Augen geschlossen hatte – und weinte. Dann legte er den

Kopf zurück und sah hinauf zur Kirchenkuppel, wo, wie man ihm gesagt hatte, Gott wohnte.

»Versuche, die Reste des Tedeums, das ich gerade gespielt habe, einzuatmen, zu riechen. Sie schweben noch in der Luft. Vielleicht gelingt es dir … Wenn ja, hast du erkannt, dass Musik niemals verloren geht, sich nicht einfach in Luft auflöst, nein.«

Camilo bemühte sich, seine Empfindungen in einfache Worte zu fassen, obwohl sie ihm selbst sehr komplex erschienen.

»Wenn die Töne aus dem Gefühl heraus entstehen, dann können sie noch eine ganze Weile in der Luft schweben oder an den steinernen Wänden hängen, vielleicht liebkosen sie die Fresken und die Skulpturen, die zu ihrer Verschönerung angebracht sind.«

Yagos Gesichtsausdruck, der jetzt eine heitere Gelassenheit zeigte, machte den Gottesmann glücklich, und er war sehr froh, dass er sich zu diesem Versuch entschlossen hatte. Es war, als würde Yago ein Türchen nach dem anderen öffnen, um mit ihm zu kommunizieren: zuerst bei den Pferden, nun bei der Musik.

»Ich liebe die Musik, weil sie mich Gott näher bringt. Die Töne steigen empor, um Ihm zu begegnen. Sie kommen hier heraus« – er wies auf sein Herz – »und gelangen ohne Umwege zu den Ohren unseres Herrn. Sie verbinden uns Menschen mit Ihm wie mit einem unsichtbaren Faden.«

Dabei sah er Yago in die Augen, und zum ersten Mal wandte dieser den Blick nicht ab.

»Wenn du jetzt Luft holst, spürst du, wie die Akkorde in dich eindringen, in dir kreisen … und vielleicht helfen sie dir sogar, Gott zu begegnen, wie es mir in deinem Alter ergangen ist.«

Yago holte tief Luft, ganz langsam, dann legte er seine Hände auf die Tasten und drückte mehrere auf einmal. Es hörte sich nicht besonders gelungen an, reizte ihn aber dennoch zum Lachen. Beim nächsten Mal versuchte er es mit allen Fingern und ließ sie über die Tasten springen, sodass die verrücktesten Klangfolgen entstanden. Sie schienen ihn geradezu in Verzückung zu versetzen.

Bruder Camilo ließ ihn machen in der Überzeugung, dass der Junge, nach so vielen Monaten der Erstarrung, sich bald wie ein Schmetterling aus seiner Puppe befreien würde.

Er bedauerte, dass er ausgerechnet nun, da der Junge sich zu öffnen begann, nach Córdoba reisen musste, doch sein Herz jauchzte vor Freude.

Yago hatte begonnen, eine eigenständige Persönlichkeit zu entwickeln.

XII

In dem Spital für Irre und Einfältige in Sevilla machten sogar die Schatten Angst.

Schon beim Eintreten versetzte die schmutzstarrende Umgebung den Besucher in eine Welt des Schreckens, der Obszönität und der Fußfesseln. Über allem lag ein ekelhafter Gestank, und durch die Flure schlurften mit gesenktem Kopf Gestalten, denen man kaum mehr ansah, dass sie einmal Menschen gewesen waren.

Ein abstoßender Ort, dachte Martín Dávalos.

Bei jedem Besuch schwor er sich, dies sei der letzte, aber dann kam er doch immer wieder. Denn es war sein Bruder, Beltrán Dávalos, der diese Einrichtung mit eiserner Hand leitete; anders konnte man in dieser Hölle wohl auch nicht existieren.

Es war kalt für März, deshalb bat Martín seinen Bruder sogleich, er möge doch das Fenster seines Arbeitszimmers schließen, ehe er ihm gegenüber Platz nahm.

»Wie haben sich die beiden letzten Kerle gemacht, die ich dir geschickt habe?«

»Wie fast alle ... Anfangs zeigen sie sich anstellig und tun, was man ihnen aufträgt, aber früher oder später werden sie alle trunksüchtig oder enden erstochen in irgendeiner Ecke ... Doch ich sollte mich vielleicht nicht beklagen. Immerhin kosten sie mich nicht viel ...«

Martín betrachtete seinen Bruder prüfend, und Stolz regte sich in ihm: Er war wirklich einzigartig. Obwohl er den ganzen Tag in dieser scheußlichsten aller Einrichtungen von Sevilla zubrachte, war sein Erscheinungsbild so makellos, dass er ebenso gut auf dem Weg zu einem Fest in einem der vielen Paläste der Stadt hätte sein können. Voller Staunen ließ er den Blick durch sein Arbeitszimmer und dessen mittlerweile luxuriöse Ausstattung wandern: Borde aus Mahagoni, sorgsam behandelte, herrliche Bücher, mit Seide bezogene Stühle und seidene Vorhänge, ein prächtiger Arbeitstisch – ein rundherum elegantes Zimmer.

»Möchtest du einen Tee? Ich habe gerade eine ganz besondere Kräutermischung aus Persien bekommen, die dir schmecken könnte.«

Beltrán griff nach zwei Tassen aus dünnem, flämischem Porzellan und verteilte eine Handvoll verschiedenfarbiger Blättchen darin, die er mit kochendem Wasser übergoss. In Erwartung, nun den Grund seines Besuches zu erfahren, reichte er eine Tasse an seinen Bruder weiter.

»Ist unter deinen Insassen einer, der nicht ganz so verrückt ist wie die vorherigen?«

»Du wirst dich sicher wieder beschweren …« Beltrán rührte sein Gebräu mit einem erlesenen Silberlöffelchen um.

Martíns Blick fiel auf die Schuhe seines Bruders. Sie waren von exzellenter Machart und auf Hochglanz poliert. Es war ihm ein Rätsel, woher er das Geld für all diesen Luxus nahm, da diese Einrichtung doch nichts einbringen konnte.

»Wie du weißt, nehmen wir in diesem Spital alle Arten von Hilfsbedürftigen, Verrückten und Tobsüchtigen auf, die sich in der Stadt herumtreiben. Bei ihrer Ankunft klassifiziere ich sie nach ihrer Gefährlichkeit und schicke sie dann sofort zum Arbeiten, denn Müßiggang ist aller Laster Anfang, wie jeder weiß, und auch ihr Geisteszustand verschlechtert sich dadurch. Dennoch ist es bei manchen schwer einzuschätzen, wie weit sie noch zu gebrauchen sind.«

»Für meine Zwecke können sie ruhig eine Schraube locker haben, aber wenn du mir welche schicken könntest, die noch einigermaßen bei Verstand sind …«

Die letzten beiden waren geflüchtet, nachdem sie einen Matrosen auf einem seiner Schiffe erstochen und sich an zwei Frauen, die ihnen unglücklicherweise in jener Nacht über den Weg liefen, vergangen hatten.

Martín Dávalos hatte kaum ausgeredet, als ein derart entsetzlicher Schrei zu ihnen drang, dass er sich vor lauter Schreck den Tee über die Beine goss.

»Herr im Himmel! Was war denn das …?« Panisches Entsetzen stand ihm ins Gesicht geschrieben, während sein Bruder Beltrán gleichmütig seinen Tee schlürfte.

»Ach, mach dir keine Gedanken, das ist ein Neuankömmling, der die Marotte hat, jeden in seiner Nähe zu beißen, wenn es ihn überkommt …«

Martín wollte sich gar nicht vorstellen, wie es sein mochte, mit diesem Menschen eine Weile allein zu sein.

»Ich glaube, ich habe, was du suchst«, fuhr Beltrán fort. »Gerade sind zwei Kerle eingeliefert worden, die genau richtig sind für dich: gewalttätig, blutrünstig, mit wüsten Gesichtern, aber gefügig, sofern man sie regelmäßig schlägt. Gleich wirst du sie kennenlernen.«

Martín war zufrieden. Er brauchte Leute dieses Schlages, die tagtäglich in seinen Geschäften die Einnahmen für ihn kassierten und säumigen Schuldnern Angst machten, auch wenn er sie häufig ersetzen musste. Zum Glück versorgte ihn sein Bruder jederzeit kostenlos mit Nachschub.

»Auch für dich ist es von Vorteil. Du hast ein Maul weniger zu füttern, also weniger Kosten, und außerdem gebe ich ja auch jedes Jahr mein Scherflein zum Erhalt dieser Einrichtung. Auch du wirst dich nicht beklagen können …«

»Das tue ich auch nicht. Aber eines musst du wissen: Sollten sie irgendwann mit dem Gesetz in Konflikt kommen, dann werde ich niemals zugeben, dass sie von hier sind. Diejenigen, die du mitnimmst, lasse ich aus dem Register löschen. Willst du sie jetzt sehen?«

Martín war zwar nicht erpicht darauf, sich in jene Hölle zu begeben, fügte sich jedoch. Er sah, wie sein Bruder nach einer ziemlich abgenutzten Lederpeitsche griff – den Grund für die Abnutzung konnte er sich vorstellen –, und folgte ihm die Treppe hinunter bis zu einem Gittertor, das die Welt der Menschen mit Verstand von den Verrückten trennte. Ein Pförtner erkannte Martín von früheren Besuchen und begrüßte ihn mit einer Grimasse, die als Lächeln durchgehen mochte.

Als sie das Gittertor passierten, schlug ihnen ein derartiger Gestank entgegen, dass er sich ein Tuch vor die Nase halten musste.

»Bevor du kamst, las ich in einem Buch gerade einen sehr interessanten Gedanken über die Lebenswirklichkeit dieser unglücklichen Menschen.« Man sah Beltrán kaum jemals ohne eine Abhandlung über Geisteskrankheiten in den Händen. »Dort stand: ›Die Weisheit vernunftbegabter Menschen ist manchmal kurzsichtig, während der Blick der Verrückten in die Ferne geht.‹«

In diesem Augenblick kam ihnen einer der Irren entgegen, und das war sein Unglück. Er bewegte sich auf sehr eigenartige Weise hockend vorwärts und zog eine schwere, um den Hals geschlossene Eisenkette hinter sich her. Beltrán fuhr ihm mit der Peitsche über das Gesicht, damit er Platz machte, und hinterließ eine blutrote Spur auf seiner Wange.

»Ein sehr treffender Ausspruch, fürwahr …«

Als Martín sich noch einmal umdrehte, lag der Mann vor Schmerz zusammengekrümmt am Boden. Dass sein Bruder eine derartige Gefühlskälte zeigte, beeindruckte ihn, wiewohl sie für die Familia Dávalos nicht ungewöhnlich war.

»Oder dieses ….« Beltrán hob die Stimme, um seinen Worten mehr Gewicht zu verleihen. »›Der Geist Gottes wohnt in jenen Köpfen, die leer sind von menschlichen Gedanken.‹« Er unterstrich seine Worte mit einer Geste innerer Bewegung. »Ist das nicht wunderbar ausgedrückt?«

Martín Dávalos verschwendete seine Zeit nicht mit Nachdenken oder Lesen, das besorgte schon sein Bruder, den er regelrecht verehrte. Er äußerte sich anerkennend zu den Zitaten, ohne etwas hinzuzufügen, denn meistens verstand er sie kaum. Ihn beherrschte in diesen Minuten allein die Angst, jenem Insassen mit dem kannibalischen Trieb zu begegnen, der so markerschütternde Schreie von sich gab.

An einer Tür, die den Gang mit einem großen, runden Saal verband, bat Beltrán ihn zu warten. Allein an diesem Ort zu verweilen, behagte Martín gar nicht, doch er erhob keinen Widerspruch. Er ließ den Blick schweifen, ob irgendeine Gefahr drohte, und gewahrte eine Gruppe von Geisteskranken, die mit einem grausamen Spiel beschäftigt waren. Fünf in Lumpen gekleidete Männer gingen im Kreis um einen sechsten herum, der in der Mitte kniete. Martín hörte sie ein gereimtes Liedchen singen, dessen Strophen jedes Mal damit endeten, dass der bedauernswerte Kerl in der Mitte einen Schlag auf den Kopf bekam. Es musste schon eine ganze Weile so gehen, denn sein Gesicht, das trotz allem ein einfältiges Grinsen zeigte, war aufgeschwollen und blutüberströmt.

Da hörte er Schritte hinter sich, und als er sich umdrehte, sah er einen krummbeinigen, zerlumpten Jungen von etwa vierzehn Jahren breit grinsend auf sich zukommen. Er schielte, hatte nur noch zwei oder drei schwärzliche Zahnstummel im Mund, sein Gesicht war schmutzverkrustet – eine mindestens ebenso bedauernswerte Gestalt. Interessanter erschienen ihm zwei Männer, fast Skelette, die miteinander rangen. Der eine zog den anderen mit aller Kraft an den Haaren, und der wiederum brachte ihm blutige Kratzer bei. Beide waren nackt, aber mit einer derartigen Schmutzschicht bedeckt, dass man kaum ihre Anatomie erkennen konnte. Eigenartigerweise schien es ihnen Spaß zu machen, sofern er ihr Gelächter richtig deutete.

Unruhig und von dem Treiben angeekelt blickte er sich suchend nach seinem Bruder um und war froh, als dieser in Begleitung eines Gehilfen und zweier Männer in Ketten am Ende des Ganges erschien.

»Das sind sie …« Beltrán fasste den einen am Kinn, damit er den Kopf hob; er zeigte ein rätselhaftes Grinsen, und in seinen Augen lag ein dunkles, bedrohliches Funkeln. Der zweite wirkte kräftiger, aber auch geistig verwirrter als der andere. Ihm lief unaufhörlich Speichel aus dem Mundwinkel, und man merkte, dass seine Gedanken ganz weit fort waren.

Martín wies auf den zweiten. »Der hier ist etwas schwerfällig, nicht wahr?«

»Er macht den Eindruck, das stimmt, aber ich versichere dir, er wird sehr gefügig sein …«

Zum Beweis zog er ihm brutal die Peitsche über ein Ohr, und der Mann tat nichts weiter, als seine Hand daraufzulegen. Erstaunlicherweise stand in seinen Augen auch nicht das geringste Zeichen von Hass.

»Wenn du ihn jeden Morgen kräftig züchtigst, wie ich es gerade getan habe, wird er lammfromm sein.«

»Einverstanden, ich nehme die zwei.« Er befühlte die Muskeln der beiden Männer und stellte fest, dass sie körperlich in guter Verfassung waren. »Aber nun zu etwas anderem. Vor ein paar Tagen war ich bei deinem Sohn Ricardo im Kartäuserkloster und kann dir zu deiner Beruhigung sagen, es geht ihm gut. Und wo wir gerade bei der Familie sind … Hast du schon gehört, dass die älteste deiner Nichten sehr bald heiraten wird, nach …?« Ein heftiger Schlag traf ihn unerwartet im Rücken, der ihn fast zu Boden riss, worüber sich die umstehenden Geisteskranken laut lachend amüsierten. Als er sich umwandte, grinste ihn ein Mann mit verfilztem Haar und ausgeprägter Adlernase, der einen entsetzlichen Geruch verströmte, sabbernd an. Im Spital fürchtete man ihn wegen seiner seltsamen Vorliebe für Ohren. Zum Glück verhinderte einer von Beltráns Gehilfen, dass er seine Sammlung nun mit denen Martíns bereicherte. Er konnte ihn rechtzeitig von ihm fortzerren und versetzte ihm dann eine Tracht Prügel, bei der auch Beltrán mithalf.

»Wirf ihn ins Loch, und lass ihn drei Wochen dort schmachten.«

Als man den Mann an Beltrán vorbeiführte, versetzte dieser ihm eine letzte saftige Ohrfeige, dass ihm die Lippe aufplatzte.

»Entschuldige, Martín. Was sagtest du von einer Hochzeit?«

XIII

Auf dem Gestüt Lomopardo entdeckte Yago, dass die Pferde nicht nur sein Leben bereicherten und immer wieder Überraschungen für ihn bereithielten, sondern auch sehr entspannend auf ihn wirkten.

Seit seiner Ankunft hatte er die Ställe kaum verlassen, und deshalb kannte er die fünfzehn Pferde, die dort standen, bis ins letzte Detail.

Er genoss es, sie zu bürsten.

Er tat dies ohne Unterlass, Stunde um Stunde, bis es längst dunkel war. Vor allem seit die Familie, die ihn aufgenommen hatte, alle Versuche aufgegeben hatte, ihn davon zu überzeugen, zusammen mit den anderen Kindern bei ihnen im Haus zu schlafen.

Er wollte nur im Pferdestall sein, dort arbeiten, essen und schlafen, um sich nie von diesen Tieren trennen zu müssen.

Bei ihnen entdeckte er eine Form der Entspannung, die er seither jede Nacht praktizierte. Er kam zufällig dahinter, als er sich in einer der ersten Nächte im Stall zwischen dem schwarzen Hengst und der Holzwand, die diesen von seinem Nachbarn trennte, eingeklemmt fand. Das Tier bewegte sich unruhig hin und her, als es ein unbekanntes Geräusch hörte, und drängte ihn dadurch noch mehr gegen die Barriere. Und obwohl Yago kaum noch Luft bekam, durchströmte ihn mit einem Mal ein so wohliges Gefühl, dass er nichts unternahm, um sich aus dieser Lage zu befreien. Er strich dem Hengst sanft über die Kruppe und schob dann auch seine Arme zwischen seinen Körper und das Pferd. Dieses Fest-Umschlossensein vermittelte ihm ein Gefühl der Geborgenheit und beruhigte ihn derart, dass die Angst, sein ständiger Begleiter, wie weggeblasen war.

Er fühlte sich wie ein anderer Mensch.

Von da an schlüpfte er jede Nacht zwischen die Pferde, und in dieser schützenden Enge begann er sich Fragen zu stellen und darüber nachzudenken, was ihn von den anderen Menschen unterschied.

Allen war es ein Rätsel, warum Yago sich so seltsam verhielt, doch als Juan, der Pferdehirt von Lomopardo, den Jungen wie alle anderen Kinder lachen hörte und seinen entspannten Gesichtsausdruck bemerkte, holte er jeden Abend zwei Fohlen in den Stall und band sie dort fest, damit er sich eng zwischen sie kuscheln konnte, was ihm doch so gut tat.

Zwei Wochen nach Yagos Ankunft schlug Juan dem Jungen vor, ihn zu einer Koppel zu begleiten, wo die neugeborenen Fohlen standen, und Yago war begeistert. Schneller als sonst erledigte er die üblichen Arbeiten im Pferdestall, verteilte das Heu in den Krippen und reinigte in fliegender Eile die Tränken.

Zur gleichen Zeit wie diese gute Nachricht erschienen zwei der drei Söhne Juans im Stall, die ihm vom Alter her am nächsten waren. Yago wurde sofort unruhig.

Er wies ihre Annäherungen zurück, denn er verstand nicht, was sie von ihm wollten, und auch die Regeln ihrer Spiele begriff er nicht. Der Kleinere, mit hellen, lockigen Haaren wie seine Mutter, kam zu Yago gelaufen, zerrte aufgeregt an seinem Hemd und wies in eine Ecke, wohin ein kleines Holzrad gerollt war, mit dem er gespielt hatte; Yago sollte es ihm holen. Irritiert von dem Geplapper des Jungen, wusste Yago nicht, was er tun sollte, und reagierte mit spitzen Schreien.

»Siehst du, wie komisch er ist, Vater?« Erschrocken flüchtete der Kleine sich in die Arme seines Erzeugers.

»Bruder Camilo hat gesagt, wir müssen viel Geduld mit ihm haben. Ihr müsst verständnisvoller sein und abwarten. Vielleicht kommt er eines Tages von selbst, um mit euch zu spielen.«

Juan war ein gutherziger, gerechter Mann, der seine Arbeit sehr ernst nahm. Kein Mensch in der ganzen Gegend sprach schlecht von ihm, sein Gerechtigkeitssinn war sattsam bekannt, und seine Ehrlichkeit stand außer Zweifel. Doch abgesehen von diesen Tugenden war es seine gute Hand mit Pferden, die ihm seine Anstellung verschafft hatte. Er wusste besser als jeder andere, welchen Hengst er welcher Stute zuführen musste, kannte sich aus mit den rassetypischen Merkmalen, mit den unterschiedlichen Ausprägungen innerhalb einer Rasse. Und weil er in seinem Leben schon so viele Pferde gesehen – vor allem aber, weil er sie sich wirklich gut angeschaut hatte –, war er zu dem Schluss gekommen, dass es besser war, die Blutlinien geschickt aufzufrischen, anstatt die Tiere, selbst wenn sie von bester Rasse waren, immer wieder miteinander zu kreuzen, wie er es bislang hatte tun müssen.

Deshalb war es wohl er, der sich von allen Menschen, die für das Kartäuserkloster arbeiteten, am meisten auf den Tag freute, an dem die neuen Pferde aus Córdoba ankommen sollten.

Nachdem er seine beiden Söhne und Yago auf den Wagen gehoben hatte, auf dem er auch einen Sack Hafer und einen Ballen Stroh transportierte, ließ er die Zügel knallen und lenkte das Gefährt in Richtung seines Hauses, um seine Frau María abzuholen. Vor der Koppel, auf der die Stuten weideten, würden sie noch am Landgut der Familie Dávalos vorbeikommen, wo seine Frau gegenwärtig an einem prächtigen Brokatkleid mitarbeitete. Bald sollte die älteste Tochter des Hauses unter die Haube kommen, und María hatte für derlei schwierige Näharbeiten ein besonders gutes Händchen. Aus der Familie Dávalos stammte auch das Mädchen, dem Juans ältester Sohn heimlich den Hof machte. Sie kannten sich schon von klein auf, doch inzwischen waren die kindlichen Spiele und Späße Vergangenheit und eine verbotene Liebe zwischen ihnen entstanden.

»Soll ich dich am Tor zum Gut absteigen lassen?«

»Nein, lieber am Grenzstein. Ach, und du brauchst mich auch nicht abzuholen. Sie sagten gestern, sie würden mich nach Hause bringen.«

Dieser Dialog wiederholte sich mittlerweile seit einem Monat, als man María beauftragt hatte, nach den Vorstellungen der Braut ein Mieder für das Hochzeitskleid zu fertigen; sie bestickte es mit Blumen aus Gold- und Silberfäden. Als sie sich auf dem Kutschbock umdrehte, um nach ihren Söhnen und vor allem nach Yago zu sehen, erschien ihr der Junge recht ruhig, obwohl er den Kopf zwischen den Knien verbarg.

»Wann kommt Bruder Camilo zurück? Glaubst du, er wird ihn noch länger bei uns lassen?«, fragte sie ihren Mann flüsternd.

Juan zuckte nur die Achseln und ließ die Zügel auf den Rücken des Maultiers klatschen.

Nachdem er seine Frau am Wegesrand abgesetzt hatte, schlug er eine andere Richtung ein, um nach den Stuten zu schauen. Er entdeckte sie in der Nähe des Flussufers und fuhr mit dem Wagen an die Herde heran, so weit es ging, ohne mit den Rädern im morastigen Boden zu versinken; dort zog er die Bremse an. Er stieg ab, half den drei Jungen vom Wagen, was bei Yago einigen Protest hervorrief, als er nach ihm griff. Er warf sich den Sack Hafer über die Schulter und ging zu einem Steintrog, in den er das Futter leerte, worauf sich sogleich ein Dutzend Stuten mit ihren Fohlen näherten.

Yago blickte verstohlen zu Juans Söhnen hinüber und hoffte, nicht in ihre Spiele einbezogen zu werden. Plötzlich spürte er, wie etwas an seinem Rücken knabberte. Als er sich vorsichtig umwandte, sah er vor sich ein Fohlen stehen, das höchstens eine Woche alt war.

Mit vor Staunen geweiteten Augen streckte Yago die Hand aus, um sein Maul zu berühren, doch das Tier trat erschrocken ein paar Schritte zurück. Aus sicherer Entfernung versuchte es seine Absichten zu ergründen. Vielleicht spürte es, dass von Yago keine Gefahr ausging, denn innerhalb kürzester Zeit kam es zutraulich wieder auf ihn zu. Erst knabberte es ein wenig an seinen Strümpfen, dann beschnupperte es ihn von Kopf bis Fuß und wieherte schließlich in der Hoffnung, Yago möge es streicheln.

Juan wollte das Fohlen von Yago wegschieben.

»Bei so einem jungen Pferd musst du immer aufpassen, dass seine Mutter auch einverstanden ist, denn sonst bekommst du Schwierigkeiten mit ihr.«

Doch Yago umklammerte den Hals des Fohlens und wies, zu Juans Erstaunen, mit dem Finger auf eine ganz bestimmte Stute. Und dann gelang es ihm, nach einigem Gestammel und seltsamen Lauten, ein Wort hervorzupressen, das man zuerst nicht verstand, doch nachdem er es mehrmals wiederholt hatte, hörten es alle – Yago sagte »Mutter«.

»Was hast du gesagt?«, fragte Juan ihn verwundert.

Ohne zu wissen, warum, begann Yago zu schreien, sodass alle Anwesenden, die Pferde eingeschlossen, ihn alarmiert beobachteten, einige sich sogar ein Stück entfernten. Doch Yago richtete seine Aufmerksamkeit unbeirrt auf die bewusste Stute, die ihrem Fohlen plötzlich einen unruhigen Blick zuwarf und es mit einem Wiehern an ihre Seite rief.

»Reiner Zufall…«, murmelte Juan vor sich hin, aber dann ging er ein anderes Fohlen holen, dieses Mal ein älteres, und bat Yago, ihm seine Mutter zu zeigen. Juan wusste, welche Stute es war, doch er war überzeugt, Yago würde sich in diesem Fall schwertun, denn die beiden unterschieden sich nicht zuletzt in der Fellfarbe.

Der Junge betrachtete das Fohlen in aller Ausführlichkeit, die ungelenken Bewegungen seines Kopfes, den Glanz in seinen Augen, wenn es zu den Mutterstuten blickte, und dann sah er sich in der Herde um. Es war eine Stute darunter, die in besonderer Weise auf ihn reagierte, sie buckelte ein wenig, und ihre Halsmuskeln zitterten. Als Yago beobachtete, wie Stute und Fohlen für einen winzigen Moment Blickkontakt hielten, waren seine Zweifel mit einem Mal ausgeräumt. Die Stute, die zwischen zwei größeren stand, hob den Kopf.

»Die… Mutter…!«, presste Yago hervor und wies auf das Tier. Er ließ das Fohlen los, und es lief schnurstracks zu ebenjener Stute, um zu trinken.

Juan probierte es noch mit einem dritten und einem vierten Fohlen, und immer wusste der Junge zu sagen, in welchem Leib es herangewachsen war. Nicht zu glauben, dachte sich der Pferdehirt. Er, der schon sein Leben lang mit diesen Tieren arbeitete, hatte dergleichen noch nie gesehen… Doch während er den Jungen verwundert ansah, beschlich ihn plötzlich ein unangenehmer Gedanke, und Yago verwandelte sich von einer Quelle des Verdrusses für alle zu einer ernsthaften Bedrohung.

Juan befürchtete, dass dieses Talent im Umgang mit Pferden eines Tages allgemein bekannt würde. Vorläufig war seine Stellung nicht in Gefahr, denn Yago war noch zu jung, aber wenn es sich herumsprach, konnte jemand auf den Gedanken kommen, die Pferde seien bei ihm in viel besseren Händen, und er hatte doch eine große Familie zu ernähren. Das große Talent des Jungen hatte sich vom ersten Tag an gezeigt, und heute hatte er es mit der seltsamen Fähigkeit, die Fohlen ihren Müttern zuzuordnen, erneut unter Beweis gestellt.

»Ich werde nicht zulassen, dass die Mönche davon erfahren«, murmelte er vor sich hin.

Von da an lief er mit misstrauischem Blick umher, und sein Gesicht verhärtete sich. Der Junge musste fort von seiner Pferdekoppel, zurück zu seinen früheren Aufgaben. Aber er musste eine Begründung finden, die Bruder Camilo auch einleuchtete. Da hieß es gut überlegen…

Derweil saß Yago im Schatten einer Steineiche und betrachtete verzückt die weidenden Stuten. Friedvolle Gelassenheit erfüllte ihn, und er hatte auch nicht die Absicht, dies zu verbergen. Er war inzwischen dreizehn Jahre alt, und die Pferde wurden allmählich zu einem Teil von ihm, von seinem Herzen, von seinen Träumen. Tagtäglich lebte er mit ihnen, und es waren die Geschöpfe, die er am besten verstand.

Sie hatten ihn in ihren Bann geschlagen.

XIV

Es belastete einen doch wesentlich weniger, Novize im Kartäuserkloster zu sein, denn seinen Verpflichtungen als Sohn und Neffe der Familie Dávalos nachzukommen.

Dieser Gedanke schoss Ricardo Dávalos durch den Kopf.

Ihm war nicht klar, was sein Onkel Martín mit jenem Auftrag letztlich bezweckte, den er ihm gerade unter Verletzung des Schweigegelübdes in der Klausur und ohne große Erklärungen gegeben hatte. Was die Familie von ihm verlangte, passte so gar nicht zu seiner Berufung und würde das Ende seiner eben erst beginnenden geistlichen Laufbahn bedeuten, falls es dem Prior zu Ohren käme. Doch er konnte es seinem Onkel nicht abschlagen: Martín Dávalos wusste, wie man sich Leute verpflichtete.

In seiner Familie galt seit vielen Generationen ein stillschweigendes Abkommen, das unantastbar war und schwerer wog als alle persönlichen Erwägungen. Man nahm es mit der Muttermilch in sich auf und vergaß es niemals. Es stellte das heiligste aller Versprechen unter Blutsverwandten dar, ein Vermächtnis, mit dem viele Dávalos' sich arrangieren mussten, getragen von einer Vielzahl von Verpflichtungen und Hilfeleistungen, von Versprechen und Großzügigkeit; letzten Endes eine uneingeschränkte Loyalität, die alle Mitglieder der Familie für ihr Leben prägte – eine »Sache der Ehre«.

Auf diesen besonderen Familiensinn hatte sich Martín berufen, als er mit seiner Bitte, die eigentlich schon eine Forderung darstellte, zu ihm gekommen war. In Ricardos Kopf wiederholte sich mit der Regelmäßigkeit eines Uhrwerks die erste der Familienregeln, die er so oft vernommen hatte: »Alles für die Sache geben, wer auch immer aus der Sippe dich darum bitten mag, was auch immer es sein mag, was auch immer es mit sich bringen mag, was auch immer es erfordern mag, und alles, ohne zu fragen.«

Aus diesem Grund musste er, bis alles vorbereitet war, dafür sorgen, dass niemand ihn mit der Sache in Verbindung brachte.

Am selben Vormittag, noch vor dem Mittagsläuten, suchte er wie jeden Montag seinen Beichtvater auf, dieses Mal recht niedergeschlagen. Zuvor hatte er noch eine Weile in seiner Werkstatt hinter dem Kreuzgang gearbeitet.

»Ricardo, ich spüre eine große Unruhe in dir, und sie wird nicht weniger, seit ich dir die Beichte abnehme... Bedrückt dich etwas?«

Die Bemerkung seines Beichtvaters löste bei dem Novizen Panik aus. Er wusste nicht, was er sagen sollte, und senkte den Kopf. Natürlich gab es da etwas... Eine schwere Sünde, die er bald begehen würde. Aber wie sollte er sich verhalten?

Die Sache zu beichten, war sinnlos, denn er würde ja nicht davon Abstand nehmen; sie jedoch in der Beichte zu verschweigen, war eine schwere Sünde.

»Ach, nichts weiter...«, log er. »Ich habe nur eine schlechte Nachricht erhalten, ehe ich zu Euch kam, eine ernste Angelegenheit in der Familie, die mir Sorgen macht.«

»Gut, gut. Wir werden alle dafür beten, dass sich bald eine Lösung findet.«

Dann faltete der Beichtvater die Hände und begann mit der Absolutionsformel:

»*Ego te absolvo a peccatis tuis in nomine Patris, et Filii...*«

Ricardo tat zwar, als würde er zuhören, aber in Wirklichkeit plagten ihn schwere Gewissensbisse.

Bei seiner Rückkehr in den Kreuzgang beschloss er, mit dem Prior zu sprechen. Er würde ihn bitten, eine Zeit lang auf dem Gestüt Lomopardo arbeiten zu dürfen. Zur Begründung würde er anführen, dass er etwas Abstand vom Klosterleben brauche, um sich seiner Berufung wirklich sicher zu werden. Viele machten es so, denn die Klosterregeln waren hart, und deshalb würde sein Prior sich über diese Bitte nicht wundern.

Sobald er sich in Lomopardo befand, würde alles seinen Gang nehmen.

An einem Samstag im Sommer des Jahres 1535 kehrte Bruder Camilo mit den Pferden, vielen Hengsten und Stuten, aus Córdoba zurück.

Bis in den letzten Winkel des Gestüts hörte man ihn kommen, denn die vielen hundert Hufe machten einen gewaltigen Lärm.

Um diese Stunde brachte das mittägliche Licht das frische Grün der Weiden zum Leuchten.

Zwischen den Pappeln und Korkeichen tauchten unvermittelt die so sehnsüchtig erwarteten Tiere auf. Sie bildeten spontan eine lange Reihe, eine Karawane edler Rösser, wie man sie hier noch nie gesehen hatte. An der Spitze, auf einem Schimmel mit unglaublich langer, blauschwarz schimmernder Mähne, ritt lächelnd der stattliche Bruder Camilo.

Zehn Männer dirigierten eine Herde von rund sechzig Pferden. Von den Feldern kamen Bauernburschen mit Harken über der Schulter herbei, gefolgt von ihren Frauen, die damit beschäftigt waren, die jungen Triebe zu entfernen, die den alten Weinstöcken sonst die Lebenskraft raubten. Selbst aus der Ölmühle traten, angelockt von dem Lärm, einige Neugierige heraus.

Alle wollten die neuen Pferde sehen.

Seit zehn Tagen schon war alles für ihre Ankunft vorbereitet. Es erwartete sie eine Koppel von beachtlicher Größe mit einer soliden Umzäunung, mehreren Tränken und zwei Futterplätzen in der Mitte. Auf Anweisung des Tierdoktors war die Koppel eine halbe Meile von den Pferdeställen entfernt eingerichtet worden, und die Tiere durften sie vierzig Tage nicht verlassen, denn sie hatten möglicherweise

Krankheiten mitgebracht und würden die anderen Tiere sonst anstecken.

Juan, der Pferdehirt, wurde als einer der Ersten benachrichtigt. Ehe er seinen Gehilfen die notwendigen Anweisungen gab, hatte er nach dem Bruder Veterinarius des Klosters schicken lassen, damit der die neuen Pferde untersuchte, sobald sie auf der Koppel standen.

Diese Blutauffrischung war ungeheuer wichtig; das wusste Juan, das wussten alle. Durch die Kreuzung der edlen Rösser aus Córdoba mit den Pferden von Jerez erwartete man sich noch bessere Ergebnisse. Juan sattelte eilig sein Pferd und ritt los, um Bruder Camilo zu begrüßen.

Von einem kleinen Stallfenster aus beobachtete Yago, was vor sich ging.

»Ihr reitet aber ein ganz besonderes Pferd…« Schon als er Camilo begrüßte, fiel dem Pferdehirten auf, dass dessen Reittier von geradezu königlicher Grazie war, edel und wohlgestaltet, von einer Klasse, wie man sie in Jerez und selbst in Córdoba sonst nirgendwo fand.

Juan hatte ein gutes Auge, das konnte Bruder Camilo nur bestätigen, denn das Tier war tatsächlich von ganz besonderer Rasse: Es handelte sich nämlich um einen Guzmán.

»Du hast einen scharfen Blick, fürwahr. Es stimmt, dieses Pferd ist nicht wie die anderen… Wie du siehst, trägt es ein Herz im Brandzeichen, und durch seine Adern strömt das Blut eines der außergewöhnlichsten Hengste, die man je kannte. Er stammte aus Nordafrika und gehörte einem Abgesandten, der vor etlichen Jahren zu Verhandlungen mit Kaiser Karl anreiste. Es heißt, der Hengst habe wegen einer Kolik in Córdoba bleiben müssen, und dort kreuzte man ihn später mit den besten Stuten zweier berühmter Rassen, denen von Guadix und von Baza, bis man einige einzigartige Exemplare hatte. Sein gegenwärtiger Besitzer ist Don Gonzalo Fernández de Córdoba, Herzog von Sessa und Enkel dessen, der Gran Capitán genannt wurde.«

Camilo blickte sich unruhig um, weil er Yago nirgendwo sah.

»Und der Junge?«

»In den Ställen. Er kommt den ganzen Tag nicht heraus. Was keine vier Hufe hat, auf dessen Gesellschaft scheint er keinen Wert zu legen.« Juan ergriff das Halfter des Guzmán-Hengstes, um Camilo beim Absteigen behilflich zu sein.

Der Mönch schritt entschlossen aus, aber man merkte ihm die Müdigkeit an, hatte er doch viele Stunden ohne Unterbrechung im Sattel gesessen. Juan folgte ihm und nutzte die Gelegenheit, ihm zu sagen, worüber er schon so viele Male nachgedacht hatte.

»Ich muss gestehen, dass wir schon sehr auf Eure Rückkehr gewartet haben, damit Ihr den Jungen ins Waisenhaus zurückschickt, oder wohin auch immer Ihr meint ...«

Camilo gefiel gar nicht, was er da hörte.

»Hat er Euch viele Schwierigkeiten gemacht?«

»Schwierigkeiten, sagt Ihr ...?« Der Pferdehirt fasste sich mit einer Geste der Verzweiflung an den Kopf. »Wenn es nur um seine Wutanfälle ginge, die ihn jedes Mal überkommen, wenn ihn etwas aufregt, oder dass er sich völlig zurückzieht, das könnte man noch aushalten. Aber seine Gesellschaft wirkt sich nachteilig auf meine Kinder aus, wie wir festgestellt haben. Irgendwie bringt er ihre schlimmste Seite zum Vorschein, das haben wir schon mehrere Male beobachtet, und er allein braucht mehr Aufmerksamkeit als alle meine Kinder zusammen ...«

»Ich verstehe ...«

Das waren betrübliche Neuigkeiten, und sie schmerzten Camilo. Wo Yago auch lebte – im Waisenhaus, im Kartäuserkloster oder jetzt auf dem Gestüt –, letztlich wurde er von allen abgelehnt. Er empfand großes Mitleid für den Jungen, aber andererseits verstand er langsam nicht mehr, warum dieser sich nicht mehr Mühe gab, sich zu ändern.

»Möchtet Ihr ihn sehen?«

Nachdem Bruder Camilo sich noch einmal versichert hatte, dass die neuen Pferde ruhig auf der Koppel weideten, machte er sich, begleitet von Juan und seiner Frau, mit sorgenvoller Miene auf den Weg zu den Pferdeställen.

»Dieses Frühjahr haben fast alle Stuten Nachwuchs bekommen, wir haben so viele Fohlen wie noch nie«, erzählte María, um die angespannte Stimmung ein wenig aufzulockern.

»Ich habe Euren Bruder Veterinarius holen lassen, damit er die Pferde gründlich untersucht, ehe sie mit den anderen zusammenkommen«, fügte Juan in derselben Absicht hinzu.

Bruder Camilo sagte ein paar lobende Worte zu seiner umsichtigen Art, jedoch ohne große Begeisterung, und bat Juan, ihm eines der Pferde zu satteln, damit er gleich zum Kloster reiten könne, sobald er den Jungen gesehen hatte.

»Lasst mir ein paar Tage Zeit, damit ich für seine nächste Zukunft alles in die Wege leiten kann. Ich werde ihn dann abholen kommen. Das ist es doch, was ihr euch wünscht, nicht wahr?«

Ohne eine Sekunde zu zögern, stimmten ihm die beiden zu.

Der Pferdestall hatte einen Mittelgang, von dem fünfundvierzig Verschläge mit halbhohen Türen abgingen, in denen Pferde verschiedenen Alters und unterschiedlicher Größe standen. Rückwärts verbreiterte er sich zu beiden Seiten: links befand sich die Sattelkammer, rechts eine Feuerstelle mit Amboss, einer Arbeitsbank und den zum Beschlagen der Pferde notwendigen Werkzeugen. Doch nirgendwo war Yago zu sehen. Camilo machte sich Sorgen.

In angespanntem Schweigen gelangten sie zu einer großen Tür, die zum Heuschober führte, und dort trafen sie auf ein Pferd mit überaus elegantem Sattel und geflochtener Mähne.

»Es gehört Blanca Dávalos…« Stirnrunzelnd blickte María ihren Gatten an. Was hatte das Mädchen hier zu suchen? Juan schwante Übles.

Als er die Stimmen seiner Eltern hörte, konnte der älteste Sohn der beiden gerade noch hinter einigen Strohballen verschwinden, ehe sie ihn erblickten. Er hatte gerade mit dem Mädchen im Heu gelegen und ihren Körper erkundet. Doch Blanca, noch ganz benommen von den lustvollen Spielereien, blieb halb nackt liegen. Die blonden Zöpfe fast aufgelöst, mit zahllosen Hälmchen im Haar, blickte sie zu den Ankömmlingen auf.

Im selben Moment tauchte hinter einem Berg Hafer Yago auf. Er kam von den Fohlen, die auf der anderen Seite untergebracht waren. Als er sah, dass Camilo wieder zurück war, strahlte er.

Dem Mädchen fuhr der Schrecken in die Glieder; es sah sich um, konnte seinen Gespielen aber nirgendwo entdecken. So begann sie angesichts der überraschten Gesichter der Erwachsenen wie eine Verrückte zu schreien und wies mit dem Finger auf Yago.

»Er war's! Er hat versucht, mir Schimpf anzutun!« Mit dem Nächstbesten, das sie gerade greifen konnte, einer Handvoll Stroh, bedeckte sie ihre bloßen Brüste und fuhr dann fort, Yago in aller Dreistigkeit zu beschuldigen. »Ich ertrage seinen Anblick keine Sekunde länger! Es war entsetzlich …«, jammerte sie schluchzend.

Juan und seine Frau sahen sich an, sagten jedoch nichts.

»Du Ausbund an Schlechtigkeit!«, schrie María mit einem Mal und eilte zu dem Mädchen, um seine Blöße zu bedecken.

Erst ungläubig, dann empört blickte Camilo den Jungen an, mit einer zornigen Miene, wie man sie noch nie an ihm gesehen hatte. Er konnte nicht glauben, was er da erlebte, aber wie anders ließe es sich erklären … Für ein solches Verhalten gab es in seinen Augen keinerlei Rechtfertigung, es war schlimmer als alles, was der Junge zuvor angestellt hatte.

»Wie konntest du …?«, begann er vorwurfsvoll.

Yago verstand nicht, was vor sich ging: nicht, warum das Mädchen auf ihn zeigte, nicht, warum sie ihn beschimpften, doch es traf ihn sehr, dass Camilo plötzlich mit ganz anderer Stimme zu ihm sprach.

»Nein, ich nein«, entgegnete der Junge.

»Schweig!«, schrie ihn der Mönch an. »Das geht zu weit! Ich habe dir immer vertraut, und das ist der Dank dafür?«

Yago begriff immer noch nicht, was der Grund für all den Aufruhr war, doch Camilos Worte taten ihm in der Seele weh.

»Was … habe … ich …«, brachte er stotternd heraus, »gemacht?«
Und dann, in einem Zug: »Was habe ich gemacht?«

»Du hast jeden Respekt ihr gegenüber vermissen lassen, und mir gegenüber auch. Du hast mich schändlich hintergangen, verstehst du?« Jedes einzelne von Camilos Worten bohrte sich wie ein Pfeil in die Seele des Jungen.

Yago fühlte sich schrecklich, Angst überflutete ihn.

Er warf sich auf die Knie, plötzlich schüttelten Krämpfe seinen Körper, und er hatte einen seiner bekannten Anfälle.

Erschüttert wandte Camilo sich ab, getrieben von dem Impuls, den Pferdestall zu verlassen; er konnte es nicht mit ansehen.

Im Hinausgehen hörte er noch einmal Yagos Stimme, der jetzt lauthals schrie, doch er drehte sich nicht um.

Erst zwei Wochen später kam Camilo wieder nach Lomopardo, und das nur, um den Prior zu begleiten, der überprüfen wollte, wie weit die Arbeiten für die neuen Pferde gediehen waren.

Anders als ursprünglich geplant, war Yago auf Bitten von Juan und seiner Frau nun doch auf dem Gut geblieben. Es war klüger, entschieden die beiden, Camilos Verärgerung wegen des bewussten Vorfalls nicht noch zu schüren und nicht darauf zu drängen, dass er für Yago eine neue Bleibe suchte. Camilo war froh darüber, wenngleich er sich wunderte. Schließlich hatte Juan seine Vorbehalte gegenüber dem Jungen schon vor dem peinlichen Vorfall deutlich genug geäußert. Da es ihm jedoch die Sache erleichterte, zerbrach er sich nicht weiter den Kopf darüber.

Die drei verpflichteten sich, über das Vorgefallene Stillschweigen zu bewahren, damit es nicht dem Prior zu Ohren käme.

Juan und María bestraften ihren ältesten Sohn mit aller Strenge und verboten ihm, sich mit dem Mädchen noch einmal zu treffen, doch am schlechtesten erging es Yago.

Auf seiner Seele lastete Camilos Verachtung, den er seither nicht mehr gesehen hatte, und er litt schrecklich darunter, dass er ihn nicht mehr besuchen kam, zumal er den Grund dafür nicht verstand. Niemand sprach mehr mit ihm, sein ganzer Kontakt mit dem Rest der Welt beschränkte sich auf die Essenszeit, wenn eines der Kinder des Ehepaars ihm seinen Teller brachte, den er schweigend entgegennahm, ohne den Überbringer anzusehen.

Sein Verhalten wurde immer auffälliger.

Hatte man ihn schon früher kaum außerhalb des Pferdestalls gesehen, so verließ er ihn jetzt überhaupt nicht mehr. Er verbrachte seine Tage in irgendeiner Ecke kauernd, sich hin und her wiegend, da man ihm nichts mehr zu tun auftrug. Seine innere Unruhe wuchs in dem Maße, wie er seinen Beschützer nicht sah.

Die Verantwortung für die neuen Stuten und Hengste war an Ricardo Dávalos gefallen, da er sich zufällig in Lomopardo befand, als Camilo erklärte, dass er diese Aufgabe nicht übernehmen wolle. Der Mönch hatte beschlossen, sich zur inneren Sammlung für eine Weile in seine Zelle zurückzuziehen.

Als sie bei den Pferdeställen eintrafen, empfing sie der Novize.

»Unsere Brüder von der Kartause in Neapel bitten uns um zwei Fohlen und einen Hengst.« Bruno de Ariza heftete den Blick auf einen Braunen von prächtiger Gestalt – der ideale Kandidat.

»Ein wirklich einzigartiges Pferd«, bemerkte Camilo, der sich ständig umsah, ob er Yago nicht irgendwo erspähte.

»Wann lassen wir die neuen Stuten decken?«, fragte der Prior.

»Wir haben bereits damit begonnen«, antwortete Ricardo, »und ich hoffe, dass wir mit unserem Sachverstand die Ergebnisse erzielen, die Ihr Euch vorstellt. Zuerst aber müssen wir mit den nötigen Bauarbeiten fertig werden.«

Sie besichtigten die neuen Ställe und gingen dann zu der Koppel, wo einige der besten Mutterstuten weideten. Zurück auf dem Gut, tat Don Bruno seine Ansicht kund:

»Sorgt mir gewissenhaft für diese Tiere! Ich sehe, dass Ihr es gut macht, aber für uns steht viel Geld und Ansehen auf dem Spiel. Dies wird Eure Aufgabe sein, bis wir zumindest die erste Generation von Fohlen haben, die hier geboren und aufgezogen worden ist ...«

Don Bruno warf Camilo einen verstohlenen Blick zu. Lieber hätte er ihm diese Aufgabe übertragen, doch sein Bedürfnis nach Gebet und innerer Einkehr hatten jetzt Vorrang.

»Ihr könnt Euch darauf verlassen. Der Herr segnet mich mit dieser wunderbaren Aufgabe.« Mit diesen Worten küsste Ricardo seinem Oberen den Ring.

»Und was ist aus diesem Jungen, aus Yago, geworden?«

Camilo blieb fast das Herz stehen, als er den Namen hörte.

»Es geht ihm seinen Umständen entsprechend gut. Ich werde ihn holen lassen, damit er Euch begrüßt.«

Nach wenigen Minuten erschien der Junge mit gesenktem Kopf, ohne jemanden anzusehen. Vor dem Prior blieb er stehen.

Ein Gefühl großer Niedergeschlagenheit überwältigte Camilo, und er wusste nicht, was er tun sollte, vor allem als Yago für einen Moment den Kopf hob und sich ihre Blicke trafen. Diese tiefblauen Augen, Spiegel einer Seele, die in Reinheit und bar aller Bosheit herangewachsen war, berührten den Mönch in seinem tiefsten Innern. Er hatte die tiefe Zuneigung, die er für den Jungen empfand, keineswegs vergessen.

Yago tat sich schon immer schwer, den Gesichtsausdruck anderer Menschen zu deuten, aber er bemerkte, dass Camilo seinem Blick auswich. Eine ungeheure Traurigkeit überkam ihn, denn er fühlte sich hoffnungslos allein und von allen verachtet.

Er drehte sich um und ging.

XV

Zwei Wochen später geschah es.
Niemand konnte es verhindern, niemand konnte sagen, wie es geschehen war.

Eines Nachts, der Himmel war sternenklar und die Luft zu warm für diese Jahreszeit, kamen fremde Männer nach Lomopardo. Sie gingen zügig vor, alles war gut geplant.

In den frühen Morgenstunden hielt unweit des Gestüts ein Karren. Niemand sah die Männer ankommen, denn die Wohngebäude lagen ein gutes Stück entfernt von den Ställen; nur Yago, der dort schlief, erlebte alles mit.

Kaum standen die beiden Torflügel zum Pferdestall auf, gingen sechs Männer hinein, die zahlreiche Seile mit sich führten. Sie wussten genau, was sie wollten, denn in kürzester Zeit hatten sie die zwanzig besten Pferde ausgewählt, alle älter als fünf Jahre. Die restlichen, auch die Fohlen, banden sie los und trieben sie mit ein paar Schlägen auf die Kruppe ins Freie.

Die Pferde verursachten gehörig Lärm, und Yago hörte, wie einer der Männer zu schimpfen begann.

»Seid doch vorsichtiger, wir dürfen nicht so einen Radau machen. Ihr werdet noch jemanden aufwecken. Für mich steht viel mehr auf dem Spiel als für euch.«

»Und wo ist dieser Junge, dieser Tölpel, von dem Ihr uns erzählt habt?«

»Um den kümmere ich mich. Er wird nicht mehr im Weg sein, wenn ich ihn finde ...«

Yago erschrak, als er die Stimme von Bruder Ricardo erkannte, und beschloss, sich hinter einem Pferd zu verstecken, dem er seit dessen Ankunft aus Córdoba ohnehin kaum von der Seite gewichen war – jenem Guzmán, dem sie den Namen Azul gegeben hatten.

Im Pferdestall war es finster und deshalb fast unmöglich, den Jungen zu finden. Doch Ricardo hatte einen scharfen Blick und entdeckte, wo er sich verbarg. Er würde ihn sicher schwer zu fassen bekommen, wenn er von vorne auf ihn zuging, überlegte er, und ihn deshalb besser von hinten überraschen. So leise wie möglich tastete er sich an der Mauer entlang, bis er den Jungen sehen konnte. Ohne die Pferde zu berühren, die Yago mit ihren Leibern verdeckten, schob er seine Hand näher heran und griff dann entschlossen zu.

»Hab ich dich erwischt!« Er legte ihm die Hand auf den Mund und schob rasch ein Tuch als Knebel hinterher. Mit einem Seil, das herumlag, band er ihm die Hände um die Fußknöchel zusammen und vergewisserte sich, dass die Knoten auch wirklich hielten. Dann warf er sich den Jungen über die Schulter und brachte ihn in einen angrenzenden Raum, in dem der Hafer für die Pferde gelagert wurde; dort legte er ihn auf dem Stroh ab.

»Bleib hier ein Weilchen liegen. Wenn du weiterleben möchtest und nicht willst, dass einer dieser Verrückten dir etwas antut, dann machst du, was ich dir sage...«

Yago versuchte zu schreien, aber der Knebel erstickte jeden Laut.

Doch Azul hatte alles beobachtet. Als der Hengst den Mönch ohne Yago aus dem Lagerraum kommen und wieder zu den anderen Männern gehen sah, zerrte er solange an dem Seil, mit dem er an einem Balken festgebunden war, bis es nach einigen Minuten schließlich riss. Niemand sah, wie er sich gemächlich, ohne einen Laut von sich zu geben, dem Lagerraum näherte, wo der Junge auf dem Boden lag. Azul beschnupperte seinen Gefährten, und Yago drehte sich zur Seite, sodass der Hengst mit seinen Zähnen an das Seil herankam, mit dem man ihn gefesselt hatte.

Draußen grübelte Bruder Ricardo, was er mit dem Jungen machen sollte. Er hatte ihn erkannt, also konnte er ihn nicht hier lassen, soviel stand fest. Er würde den Anführer der Männer überreden müssen, ihn mitzunehmen.

»Ich habe den Jungen in dem Raum gelassen, wo der Hafer lagert. Ihr müsst ihn mitnehmen.«

»Nie und nimmer. Er wäre uns nur im Weg.«

Bruder Ricardo sank der Mut. Es war ihm einerlei, was die Männer mit Yago machten, falls er sie überreden konnte, ihn mitzunehmen. Wenn nicht, wären die Folgen fatal. Es gab nur einen Weg, den Jungen zum Schweigen zu bringen ... und er war doch ein Gottesmann.

»Ich bitte Euch inständig ...« Ricardo zitterten die Hände.

Der Mann sah den Mönch voller Verachtung an. Er hasste solche Menschen, Leute, die eine ebenso dunkle, befleckte Seele hatten wie er, sich aber um nichts mehr sorgten, als nach außen hin das Bild reinster Güte abzugeben. Er selbst war nie ein guter Mensch gewesen, aber wenigstens geradeheraus. Dem Jungen bei der erstbesten Gelegenheit den Hals umzudrehen, machte ihm keine Mühe, aber der Mönch musste es sich etwas kosten lassen.

»Gebt mir Geld, und ich löse das Problem für Euch.«

Bruder Ricardo entfuhr ein erleichterter Seufzer. Er bot dem Mann zehn Dukaten an, doch erst als er die Summe verdoppelte, schlug der andere ein. Dann begaben sie sich gemeinsam zu dem Raum, in dem Ricardo den Jungen abgelegt hatte.

Zu ihrer Überraschung war dort kein Mensch zu sehen.

Sie suchten den Jungen im ganzen Gebäude und sagten den anderen Bescheid, damit sie achtgaben, aber keiner entdeckte ihn. Die Angst schnürte Bruder Ricardo die Kehle zu, wenn er daran dachte, dass der Junge zum Haus des Pferdehirten hatte fliehen können und ihn womöglich in diesem Augenblick alarmierte. Er trieb die Männer zur Eile an.

Einer von ihnen sah ein prächtiges Pferd mit blau schimmerndem Fell frei in einem Gang herumlaufen, legte ihm ein Halfter um und band es an einen Querbalken. Yago, der alles verfolgte, während er sich hinter einem Stapel Heuballen verborgen hielt, überkam Angst.

Er hoffte, irgendjemand im Wohnhaus würde das Wiehern und Schnauben hören, das immer lauter wurde, und Alarm schlagen. Er begriff nicht, was sie mit den Pferden wollten, ahnte aber, dass es nichts Gutes war. Er versteckte sich noch besser und kratzte sich die schmerzenden Handgelenke, dort, wo Azul mit wenigen kräftigen Bissen das Seil, mit dem er gefesselt gewesen war, zerfetzt hatte.

Als sie sich anschickten, die Pferde aus dem Stall zu treiben, musste er sich entscheiden: dort bleiben oder sehen, wo sie die Pferde hinbrachten. Von seinem eigenen Mut überrascht, beschloss er, ihnen zu folgen. Sacht schob er sich zwischen die Leiber – die Pferde gaben keinen Laut von sich, denn sie kannten ihn – und lief unauffällig mit.

Als sie im Freien waren, passte er einen geeigneten Augenblick ab, um sich aus der Herde zu lösen und sich ein neues Versteck zu suchen. Instinktiv schlüpfte er unter einen Karren, der dort abgestellt war, wo sie nun die zwanzig Pferde versammelten. Vorsichtig streckte er sich auf dessen zwei Achsen aus. Die nächtliche Dunkelheit war ein guter Schutz, denn niemand, der vorbeiging, entdeckte ihn.

Welches Ziel der Karren oder die Pferde hatten, wusste Yago nicht. Während er ganz langsam ein- und ausatmete, um sich ein wenig zu entspannen, kam ihm in den Sinn, wie es war, als er seinen Beschützer Camilo zum letzten Mal gesehen hatte. Als er sich daran erinnerte, mit welcher Verachtung ihm der Mönch nach der falschen Anschuldigung des Mädchens begegnet war, dass er ihn danach mit völliger Missachtung gestraft hatte, wurde ihm klar, dass niemand ihn sonderlich vermissen würde. Er ging im Geiste die Menschen durch, die er in seinem Leben gekannt hatte, und wirklich: Früher oder später hatten ihn alle loswerden wollen.

Von seinem Versteck aus sah er lediglich die Beine der Pferde, die sich nun unruhig bewegten, doch er konnte die von Azul ausmachen. Nun setzte sich jemand auf den Kutschbock des Karrens und ließ die Zügel knallen, damit die beiden Maultiere anzogen.

»Geht zum Gestüt zurück, und lasst Euch nichts anmerken.

Wenn der Junge noch nicht Alarm geschlagen hat, müsst Ihr selber etwas tun. Wir verschwinden so schnell wie möglich und nehmen für alle Fälle einen Weg weit abseits der üblichen Pfade. Bei Tagesanbruch wollen wir am Hafen sein. Dort ist alles vorbereitet, sodass wir die Pferde verschiffen können, ohne dass jemand etwas merkt ...«

Yago hörte, wie Bruder Ricardo sich von dem Mann, der soeben geredet hatte, verabschiedete und musste schlucken. Er spürte plötzlich, dass er in höchster Gefahr war.

»Und sagt Eurem Onkel, dass er uns für alle Tiere wird bezahlen müssen, die wir haben verschwinden lassen, auch wenn sein Auftrag nur auf diese zwanzig Stück lautete, die im Frachtraum Platz haben.«

»Ich sehe ihn morgen, seid unbesorgt. Ich werde es ihm sagen«, erwiderte Bruder Ricardo. Dann drehte er sich um und ging auf die Wohngebäude des Gestüts zu.

Es ging querfeldein, manchmal auch auf Trampelpfaden, über Anhöhen und durch trockene Bäche. Yago rüttelte es in seinem Versteck gehörig durch, immer wieder trafen ihn Steine, sein ganzer Körper schmerzte, er war erschöpft. Nichts anderes war zu hören als das Hufgeklapper der Pferde, die aus dem Stall des Kartäuserklosters gestohlen worden waren.

Yagos Verwirrung wuchs.

Plötzlich begannen seine Beine zu zittern, und er hätte am liebsten einfach losgeschrien, um seine Nervosität zu dämpfen. Doch als er den Kopf zur rechten Seite drehte, wo neben ihm die Pferde trabten, spürte er, dass auch sie verängstigt waren. Und in diesem Augenblick überkam Yago ein neues, unbekanntes Gefühl. Mit einem Mal wusste er, dass sie ihn brauchten. Jede Nacht hatte er sich an ihre Leiber geschmiegt und so innere Ruhe gefunden. Niemals hatten sie zu erkennen gegeben, dass seine Anwesenheit sie störte, eher im Gegenteil.

Das wollte er ihnen vergelten, und er nahm sich vor, ihnen zu helfen.

Er würde sie niemals allein lassen, würde mit ihnen gehen, wohin auch immer, selbst wenn es bedeutete, dass er den Mönch, den er so gern mochte, nie mehr wiedersehen würde.

DRITTER SCHAUPLATZ

Einsamkeit

Jamaika
Anno 1536

I

Die schaukelnden Bewegungen des Schiffes taten seinem Körper und auch seiner Seele gut, sie schenkten ihm innere Ruhe in den Tagen und Nächten, die er mit den Pferden verbrachte. Dennoch vermisste er Camilo, und er litt Hunger, was nicht weiter verwunderlich war, denn er befand sich schon seit mehreren Tagen auf dem Schiff, und er hatte nichts zu essen als eine Handvoll Haferkörner täglich.

Vor einer Woche hatte er sich in der Morgendämmerung auf das Schiff geschlichen. Die Wolkendecke war in dieser Nacht so dicht gewesen, dass kaum Mondlicht hindurchdrang. Vorsichtig hatte er sich vom Karren gleiten lassen, und als er sich sicher fühlte, lief er erst zu den Pferden, um sich zwischen ihnen zu verstecken, und später, auf dem Deck des Schiffes, duckte er sich hinter einige große Truhen. Dort verharrte er, bis er sich in den Laderaum schleichen konnte, in dem man die Pferde untergebracht hatte. Vielleicht war es ein ihm bis dahin unbekannter Überlebensinstinkt, der ihn trotz seiner Unbeholfenheit ungesehen bis zu ihnen gelangen ließ.

Für den Transport der Pferde hatte man den Laderaum im Heck hergerichtet. An den Wänden waren an die zwanzig Stangen verankert, eine neben der anderen, an denen die Pferde während der langen Überfahrt festgebunden sein würden. Für jedes Pferd gab es eine Art Stellplatz mit vier vertikalen Holzstangen, die von der Decke zum Boden reichten, und dazwischen zwei horizontale Stangen, die zur Stabilisierung des Ganzen dienten. An diesen waren in einiger Höhe

Metallringe angebracht, die wiederum ein breites Stück Leder hielten, eine Art Hängematte, die das Pferd um den Bauch herum von der Brust bis zur Flanke umfing, sodass es sicher und gleichzeitig bequem gehalten wurde. Man konnte die Pferde auch wie mit einem Flaschenzug ein Stück hochziehen, sodass ihre Beine den Boden nicht mehr berührten und sie nicht mehr um sich treten konnten, sobald etwas sie nervös machte. Vervollständigt wurde dieses Haltesystem durch ein starkes Lederband, das knapp über den Hufen um die vier Extremitäten geführt wurde.

Die Pferde standen einander in zwei Reihen gegenüber, mit den Köpfen zur Längsachse des Schiffes, sodass die Lebensmittelvorräte leichter verstaut werden konnten; zudem blieben die Tiere ruhiger, weil sie sich sehen konnten.

Zum Glück hatten die Matrosen den Laderaum verlassen, nachdem sie die wertvolle Fracht untergebracht hatten, und so konnte sich Yago hinter einem Stapel von Säcken, die mit Hafer gefüllt waren, ein Versteck bauen. Die ungewohnte Aufgabe hatte die Mannschaft viel Zeit gekostet, zuerst am Kai, weil die Pferde sich instinktiv dagegen wehrten, mit Hilfe eines Krans auf das Schiff befördert zu werden, und danach, als man sie durch enge, dunkle Gänge zum Laderaum führen musste.

Als Yago beobachtete, dass sie die großen Türen schlossen und auch einige Zeit später niemand mehr in den Laderaum kam, verließ er sein Versteck, um nach den Pferden zu sehen. Er begrüßte eines nach dem anderen, am längsten aber hielt er sich bei Azul auf, der die Augen weit aufriss, als er spürte, wie sein Gefährte ihm zärtlich über den Hals strich.

»Yago bei dir …«, flüsterte der Junge ihm ins Ohr.

Es war so dunkel im Laderaum, dass man kaum die Hand vor Augen sah.

Er dachte an Camilo, wie jeden Tag in den letzten Wochen seit dem Vorfall mit dem Mädchen, und war zutiefst betrübt. Nach der Aufregung der ersten Stunden überfiel ihn eine große Niedergeschlagenheit. Er befand sich auf einem Schiff, dessen Ziel er nicht kannte, und er wusste auch nicht, wer diese Männer waren. Seine kleine Welt hatte sich innerhalb weniger Stunden vollkommen verändert, und das machte ihn schrecklich nervös. In der Stille jener ersten Nacht fürchtete er, Camilo für immer verloren zu haben, und fühlte sich vollkommen schutzlos. Ihm war bewusst, dass er nicht darauf vorbereitet war, sich allein durchs Leben zu schlagen.

Viele andere Kinder begannen in seinem Alter von vierzehn Jahren zu arbeiten und wurden als Erwachsene angesehen, denen man Respekt entgegenbrachte. Er hingegen hatte das Gefühl, nur die Hälfte seines Lebens, jene sechs letzten Jahre im Kartäuserkloster, wirklich gelebt zu haben. Seine frühen Lebensjahre lagen wie eine dunkle Erinnerung hinter einer Nebelwand verborgen.

Das Schiff namens Santa Hildegarda, das erst vor knapp zwei Jahren vom Stapel gelaufen war, hatte eine lange Fahrt vor sich: von Sanlúcar de Barrameda bis zur Insel Jamaika, die von den dort lebenden Ureinwohnern Xaymaca und von den Christen Santiago genannt wurde. Auf dem Weg dorthin würde man kurz die Insel Lanzarote anlaufen und in einer versteckten, bei Seeleuten kaum bekannten Bucht im Süden ankern, um frischen Proviant an Bord zu nehmen und den Pferden vor der großen Überfahrt ein wenig Auslauf zu gönnen.

Im Hauptraum des Schiffes besprachen zwei Männer die Pläne für die erste Etappe.

»Zum Teufel mit diesem Martín Dávalos! Ich habe ihm gesagt, dass wir nur zehn Pferde an Bord nehmen können, und am Ende haben wir Platz für zwanzig schaffen müssen!« Der Kapitän, den alle »Tripas«, Schmerbauch, nannten, blickte vom Bullauge am Heck auf das schaumgekrönte Kielwasser, das sein Schiff hinterließ. »Doppelte Fracht bedeutet eine geringere Geschwindigkeit, wir werden also länger unterwegs sein als geplant!« Er breitete eine Seekarte auf dem Tisch aus, auf der die Route bis zu den Kanarischen Inseln verzeichnet war, das »Meer der Stuten« genannt. »Wir werden bis

Lanzarote mindestens sechzehn Tage brauchen statt der üblichen zwölf.«

Der andere Mann, der sich diese Klagen ungerührt anhörte, war der Schiffseigner und eigentlich die treibende Kraft des Unternehmens, Siegfried Schwarz, der vollkommen entspannt seinen Sherry trank. Seine Miene drückte Verachtung für den Kapitän aus, während er sich zufrieden die Lippen leckte, nicht nur weil ihm der süße Wein schmeckte, sondern auch wegen der prall gefüllten Geldkatze an seinem Gürtel mit den zweihundert Golddukaten, die ihm Dávalos kurz vor dem Ablegen gezahlt hatte.

»Nehmt Euch die Zeit, die Ihr braucht, und bedenkt: Am wichtigsten bei dieser Überfahrt ist, dass die Fracht wohlbehalten ankommt. Es macht nichts, wenn wir ein wenig später dort eintreffen«, erklärte Siegfried.

Die beiden Männer wussten, dass der Zweck ihrer Reise – anders als bei den meisten Schiffen, die jene Insel ansteuerten – nichts mit Warenhandel zu tun hatte. Sie transportierten Quecksilber, auch Mercurium genannt, das in Almadén gefördert und für die Läuterung von Silber benötigt wurde. Das in der Neuen Welt überreichlich vorhandene Edelmetall hatte sich in kurzer Zeit zu einer der wichtigsten Einnahmequellen für die kaiserliche Schatulle gewandelt und stand deshalb unter dem besonderen Schutz der Krone.

Auch wenn die wertvolle Fracht einigen vermögenden Deutschen gehörte, so vertrat Siegfried auf dieser Reise doch verschiedene Interessen: die seiner Arbeitgeber, die der beiden Ratsherren aus Jerez, und außerdem die Interessen des Kaisers selbst. Sein Auftrag lautete, das Quecksilber nach Jamaika zu bringen. Von dort würde es dann auf die verschiedenen Silberminen in Neu-Spanien verteilt. Zur Rückfahrt in die Heimat wären die Laderäume dann mit glänzendem Edelmetall für den Kaiser gefüllt, der damit anfangen mochte, was er wollte.

Transporte auf Schiffen mit Quecksilber als Ladung hatten unschätzbare Vorteile. Sie wurden nicht von Inspekteuren der *Casa de Contratación de Indias* kontrolliert, mussten in keinem Hafen – weder beim Ein- noch beim Auslaufen – Steuern entrichten, und die bloße Tatsache, dass sie am Fockmast die Fahne mit dem kaiserlichen Wappen gehisst hatten, verschaffte ihnen in jeder Hinsicht eine Vorzugsbehandlung.

Die *Santa Hildegarda* war zwar kein Kriegsschiff, angesichts der wertvollen Fracht jedoch mit sechs Kanonen großen Kalibers auf der Steuerbord- und einigen weiteren auf der Backbordseite bestückt, und am Bug waren zwei Falkonette installiert.

Angesichts der vielen Vorteile, die dieses Schiff bot, hatten Martín Dávalos und Luis Espinosa beschlossen, dass die Pferde mit keinem anderen nach Jamaika transportiert werden sollten. In der Neuen Welt würden sie für die Tiere zwischen fünfzehn und zwanzig Mal mehr an Geld einstreichen als auf der Iberischen Halbinsel. Sie hatten bereits einen Käufer, einen bekannten und vertrauenswürdigen Mann, vor allem aber würden sie die Pläne des Kartäuserklosters durchkreuzen, selbst erstklassige Pferde zu züchten.

»Wie wird das Wetter sein bis zu den Kanarischen Inseln?«, fragte der Deutsche den Kapitän.

»Schlecht, fürchte ich. Diese Zeit des Jahres ist nicht gerade günstig für eine Überfahrt. Bald kommen wir ins ›Meer der Stuten‹, und ich hoffe sehr, dass wir nicht auch eine Bestätigung für diesen Namen abliefern müssen …«

»Was meint Ihr? Ich verstehe Euch nicht.« Siegfried schlürfte gerade den letzten Tropfen seines fruchtigen Sherry. Es war nicht seine erste Fahrt in die Neue Welt, doch er hatte bisher nicht auf den Kanarischen Inseln, sondern auf Madeira Zwischenstation gemacht.

»Von Sanlúcar zu den Kanarischen Inseln, die im Volksmund auch ›die Glücklichen‹ heißen, nehmen die meisten Schiffe dieselbe Route wie wir. Das Meer hat den erwähnten Beinamen bekommen, weil die See hier häufig sehr unruhig ist, viele Pferde die heftigen Schiffsbewegungen nicht aushalten und an schweren Koliken sterben oder sich in ihrer Panik verletzen und dann getötet werden müssen. Dann wirft man sie ins Meer – daher der Beiname. Einmal habe ich sogar ein Dutzend neben meinem Schiff treiben sehen.«

»Dann seht zu, dass dergleichen nicht passiert, wenn Ihr zu Eurem Lohn kommen wollt. Ihr habt zwei wertvolle Güter an Bord, und diejenigen, die für den Transport der Pferde bezahlt haben, werden Euch nicht einmal den Verlust eines einzigen nachsehen. Ich versichere Euch, die Herren kennen kein Pardon, wenn sie ihre Interessen geschädigt sehen …«

Die beiden Ratherren aus Jerez, die Siegfried meinte, waren alte Bekannte von Tripas. Tatsächlich hatte er schon fünf Mal ein Schiff für sie geführt, als die Ausfuhr von Pferden in die Neue Welt noch erlaubt war, und ein weiteres Mal, als man sie bereits verboten hatte. Damals hatte es einen unangenehmen Zwischenfall mit einem der Inspekteure gegeben, die ein Auge auf derlei unerlaubten Handel hatten. Davon berichtete er Siegfried nun.

Doch es ging dem Deutschen nicht nur um wirtschaftliche Interessen. Seine Freundschaft mit Luis war so eng geworden, dass er sogar seine Frau bei den Espinosas gelassen hatte, bis er wieder zurück wäre. Don Luis hatte die Einladung ausgesprochen und unter dem Vorwand darauf bestanden, Siegfrieds Frau die vielen einsamen Monate in deren Haus in Puerto de Santa María ersparen zu wollen. Die gute Frau hatte sich nicht allzu sehr gesträubt.

»In den zwei Laderäumen am Bug stapeln sich die Schläuche mit Eurem Quecksilber bis zur Decke, und der hintere ist voll mit Pferden. Derart beladen, geht das Schiff zwar leichter durch die Wellen, aber es wird auch schneller zum Spielball der Elemente bei einem Sturm, ganz zu schweigen bei hohem Seegang. Wenn sich die Ladung verschiebt, sind wir verloren.«

»Das Quecksilber ist gut gesichert, das habe ich überprüft. Zu den

Pferden kann ich nichts sagen.« Siegfried hatte sich noch nicht die Mühe gemacht, sie sich anzusehen.

»Sie sind festgebunden und stehen zudem in eigens gefertigten Gestellen. Dadurch bleibt die Schwimmachse zum Glück stabil, die Tiere aber kommen recht angeschlagen am Bestimmungsort an, und leider nicht immer alle ... Manche werden krank, und weil sie sich nicht viel bewegen können, drehen häufig gerade die besonders guten auf der langen Überfahrt durch.«

Nun verstand Siegfried, warum man zwischendurch einen Hafen anlief, auch wenn die Überfahrt dadurch länger dauerte. Ein wenig Auslauf tat den Pferden sicher gut, und sie waren dadurch in besserer Verfassung, wenn sie in der Neuen Welt ankamen.

»Schaut sie Euch einmal an, sobald es hell wird. Ihr werdet überrascht sein von ihrer Klasse. Es sind wirklich prächtige Tiere darunter, ich würde fast sagen, einzigartige Exemplare.«

»Das werde ich tun, ganz gewiss. An welcher Schönheit könnte man sich sonst erfreuen, da keine Frauen an Bord sind?« Genüsslich schloss er die Augen, als er an die Mulattin dachte, die Luis Espinosa ihm in der Woche vor seiner Abreise verschafft hatte.

»Ein richtiger Mann kann nicht lange ohne Frauen sein, das ist wahr ...« Der Kapitän lachte laut auf und dachte an die beiden Sklavinnen, die er in Lanzarote an Bord nehmen wollte, damit sie ihnen die Reise versüßten. Der Deutsche wusste nichts davon, doch die Überraschung würde ihm sicherlich nicht missfallen.

II

Noch nie in seinem Leben hatte Bruder Camilo derart geschwitzt. Das Verschwinden der Pferde konnte einen schweren Rückschlag für das Vorhaben des Klosters bedeuten, Yagos Verschwinden hingegen belastete sein Gewissen.

Niemand wusste etwas, niemand hatte etwas gesehen oder gehört.

Fast fünfzig Pferde waren aus den Ställen verschwunden und mit ihnen der Junge, der immer dort schlief. Dass er Yago in letzter Zeit mit Missachtung gestraft hatte, lag dem Mönch schwer auf der Seele.

Am Morgen nach dem Vorfall, gleich nachdem man ihn davon unterrichtet hatte, sorgte er dafür, dass die erste Suche durchgeführt wurde. Über dreihundert Arbeiter von verschiedenen Höfen des Klosters folgten dem Aufruf und begannen schon gegen neun Uhr, das Gebiet zwischen Lomopardo und den nahe gelegenen Städten Jerez und Sanlúcar zu durchkämmen,

Im Laufe dieses ersten Tages fanden sie über zwanzig Pferde wieder und auch einige Fohlen, den Zelter des Pferdehirten und ein altes Maultier. Von dem Jungen aber und den restlichen zwanzig Pferden gab es nicht die geringste Spur.

Zuerst dachte man an Räuber, doch wie ließ sich dann erklären, dass so viele Pferde einfach auf der Koppel stehen gelassen wurden? Deshalb gab mancher dem Jungen die Schuld und meinte, er habe vielleicht unter dem Einfluss eines seiner Anfälle die Pferde frei gelassen und sei auf einem von ihnen geflüchtet.

Bruder Camilo geriet in Zorn, als ihm diese Anschuldigung zu Ohren kam, vor allem weil er inzwischen überzeugt war, dass Yago gar nicht fähig war zu betrügen, zu lügen und noch weniger zu stehlen. Er würde weder diesen noch anderen Mutmaßungen Gehör schenken, beschloss er, und machte sich an die Arbeit, setzte sich an die Spitze eines der Suchtrupps und begab sich mit den Männern direkt zum Río Guadalete. Schritt für Schritt durchkämmten sie das Flussufer, kämpften sich durch das Binsengestrüpp und suchten an jedem Strauch nach irgendeinem Hinweis darauf, dass der Junge dort vorbeigekommen war, doch sie fanden nichts.

Camilo erwies sich als unermüdlich. Weder die Tatsache, dass sich keine Spuren fanden, noch die Erschöpfung, die sich bei den anderen langsam bemerkbar machte, konnten seinem festen Vorsatz etwas anhaben. Ein stechender Schmerz in der Brust, Folge der großen Angst um Yago, für dessen Verschwinden er sich verantwortlich fühlte, war das Einzige, was ihn hin und wieder innehalten ließ, um ein Weilchen zu verschnaufen.

Er hatte seinen Schützling im Stich gelassen.

Seit zwei Wochen hatte er ihn nicht mehr besucht, als Strafe für sein vermeintliches Vergehen. Doch jetzt bedauerte er, dass er dem Mädchen geglaubt hatte, und er bekam die Sache nicht mehr aus dem Kopf.

»Seht überall nach«, mahnte Camilo seine Begleiter. »Der Junge könnte verwirrt sein und deshalb auf unsere Rufe nicht reagieren.«

Während er mit den anderen weitersuchte, ordnete Camilo seine Gedanken. Das Verschwinden des Jungen hatte eine Unruhe in ihm verstärkt, die ihn schon seit Jahren quälte. In der Stille seiner Klosterzelle, allein mit Gott, fragte er sich schon seit viel zu langer Zeit, was Er von ihm wollte. Immer endete es damit, dass er Ihn in der einen oder anderen Weise anflehte, ihm doch seinen Weg zu zeigen, und gleichzeitig betete er darum, aus seinem Bewusstsein jeglichen Zweifel zu tilgen, bat um Vergebung dafür, dass er die Regeln des Mönchslebens, die er einst für sich angenommen hatte, nicht mit größerem Eifer befolgte. Trotz aller Bitten und Gebete hatte er bis heute keine

Antwort von seinem Gott erhalten, nur Schweigen. Und so fand er sich in einer Leere wieder, die er nicht einzuordnen wusste, die ihn in seinem Glauben jedoch zutiefst erschütterte. So vergingen die Tage und die Nächte, die Monate… Er spürte, wie sich immer größere Schatten auf seine Berufung legten und mit der Zeit alles beherrschten, nicht nur seine Gebete und sein Denken, sondern auch seine Ängste – seine Angst vor der Zukunft und vor allem vor der Wahrheit. Zu den Auswirkungen dieses Zustandes der Verwirrung, in dem er sich befand, gehörte auch eine spürbare Veränderung seines Charakters. Er wurde jähzornig, unduldsam, und er begann alles und jeden für seine schlechten Seiten verantwortlich zu machen – seine Umgebung, das Kloster, seine Kindheit und jedes Ereignis, das sein ohnehin schon labiles inneres Gleichgewicht beeinträchtigte. Und in ebenjenem misslichen Zustand befand er sich, als es zu dem Vorfall mit dem Mädchen kam.

In jenen Tagen der angestrengten Suche in der Umgebung des Kartäuserklosters war ihm endlich bewusst geworden, dass er dem Jungen seine eigenen Verfehlungen, seine eigenen Enttäuschungen, seine Schwierigkeiten, die ihm auf der Seele lasteten, aufgebürdet hatte. Und so kam er zu dem Schluss, dass Yago möglicherweise ein gutes Heilmittel gegen seine inneren Qualen sein könnte. Dass der Junge ständig Schutz, Unterstützung und Beaufsichtigung brauchte, hatte ihm schließlich die Augen geöffnet. Mit einem Mal entdeckte er, dass es in der Welt und im Leben auch andere Aufgaben gab. Anstatt mit Holz konnte man beispielsweise mit Seelen arbeiten, indem man ihnen Hilfe und Schutz zuteil werden ließ und sie vielleicht sogar zu Gott führte.

Seit ihm diese Gedanken im Kopf herumgingen, lösten sich für Camilo die vier Wände seiner kleinen Welt langsam auf, öffneten sich einer anderen, wenn auch noch unbekannten, helleren Welt von gewaltigen Ausmaßen.

Am Ende des dritten Tages spürte Camilo, dass er keinen Schritt mehr tun konnte…

Unzählige Meilen hatte er auf der Suche nach Yago zurückgelegt, sich keine Pause gegönnt, und doch nicht den geringsten Hinweis auf seinen Verbleib entdeckt.

Yago hatte sich in Luft aufgelöst.

Dem Prior des Klosters war es nicht besser ergangen: Er hatte den Stadtrat von Jerez zu keinerlei Unterstützung bewegen können, obwohl er höchstpersönlich vorstellig geworden war. Es schien niemanden zu interessieren, was vorgefallen war.

»Man verspricht zwar, der Sache nachzugehen, doch ich fürchte, es wird sich nicht allzu viel tun… Mich dünkt, einigen der Ratsherren ist das Ganze sehr recht. Und ich bin sicher, mehr als einer hat die Nachricht von unserem Unglück mit großer Freude vernommen, denn er selber wird wesentlich mehr Pferde verkaufen können, wenn ein Mitbewerber ausfällt.«

»Die Pferde sind das eine. Mehr Sorgen mache ich mir um den Jungen…«, warf Camilo ein.

Don Bruno blickte ihn an und öffnete dann das Stundenbuch an der Stelle, wo er bei Tagesanbruch stehen geblieben war.

»Ich verstehe deine Sorge, sie ist angebracht, doch ich gestehe, ich bin deswegen auch beunruhigt. Ich meine dich recht gut zu kennen, und deshalb weiß ich, dass dich etwas quält, und zwar schon seit allzu langer Zeit. Es kommt mir vor, als hätte deine Seele einen Riss, und es gelingt dir weder mit Gebet noch mit Kasteiung, ihn zu schließen. Aber ich weiß nicht, woher er kommt. Zudem bist du mit der Führung der Bücher des Klosters im Rückstand, und du scheinst dich auch nicht sonderlich darum zu sorgen, dass wir den Kaufpreis für die Pferde wieder erwirtschaften müssen. Das Verschwinden der Pferde bedeutet für uns eine finanzielle Katastrophe. Geht dich das vielleicht nichts an?«

Mit betretener Miene stand Bruder Camilo da, die schweißnassen Hände an sein Habit gepresst. Natürlich bereitete ihm dies Sorgen, doch verglichen mit Yagos Schicksal schienen ihm diese Probleme geringfügig. Nicht zu wissen, was ihm geschehen war, wo er sich befand, welche Schwierigkeiten er möglicherweise hatte – all dies wog doch mehr als schnödes Geld oder Pferde. Im Geiste sah er ihn von Krämpfen geschüttelt, in einem seiner häufigen Angstanfälle gefangen, oder wie er sich in seinem Zustand der Verwirrung Verletzungen zufügte.

Er blickte seinen Prior ernst an.

Zu Don Bruno hatte er Vertrauen, und so beschloss er, sein Herz zu öffnen.

»Vor meiner Reise nach Córdoba habe ich Euch etwas vorgemacht, doch jetzt erkenne ich, dass Ihr recht habt, wenn Ihr Schwächen in mir seht. Wenn ich Euch sage, dass ich bis zur völligen Erschöpfung gebetet habe, dass ich unserem Herrn alle möglichen Versprechen gegeben habe und dennoch in ständigem Zweifel lebe, dann weiß ich, dass Ihr mir glaubt. Ich bedaure meine Verstöße gegen unsere Ordensregel zutiefst.« Er lockerte den Strick ein wenig, der sein Habit zusammenhielt. »Nicht einmal in der Musik finde ich Trost. Ihr werdet Euch also vorstellen können, in welchem Zustand ich mich befinde.« Er holte tief Luft, um Kraft zu schöpfen, damit er in der gleichen Offenheit mit seiner Selbstentblößung fortfahren konnte.

»Dann sprich alles aus, was dich bedrückt, und du wirst dich besser fühlen.«

»Ehe ich hierher zu Euch kam, während ich mich nach diesen drei anstrengenden Tagen der Suche in meiner Zelle ausruhte, erkannte ich allmählich, was der Herr von mir will.«

»Es ist nicht immer die Stimme Gottes, die wir im Gebet hören. Manchmal sind es auch wir selbst, die wir uns selbst betrügen…« Sein Oberer befürchtete etwas überaus Schwerwiegendes.

»Ich weiß, aber wenn ich nun doch recht hätte…? Ich glaube, etwas Wichtiges entdeckt zu haben, nämlich dass es für mich noch eine andere Welt geben kann, außerhalb einer Klausurzelle, dass es unterschiedliche Möglichkeiten gibt, dem Ruf Gottes zu folgen. Den

Mitmenschen selbstlos zu helfen, kann eine sein.« Camilo empfand heitere Gelassenheit und Erleichterung, während er sich erklärte. Zum ersten Mal fasste er in Worte, was in seinem Innern vorging, und das gegenüber der richtigen Person. Er fuhr fort mit seinen Überlegungen. »Dass unser Herr mich in Yagos Nähe geführt hat, gerade jetzt, hat eine Bedeutung, denke ich. Ich möchte sie verstehen und diese neue Möglichkeit erkunden. Doch am vordringlichsten ist jetzt, den Jungen zu finden, und ich werde in meiner Suche nicht nachlassen. Wenn man ihn in der Umgebung von Jerez nicht gesehen hat, werde ich es in anderen Bezirken versuchen. Zwanzig Pferde bleiben nicht unbemerkt. Ich werde in den Norden gehen, in den Süden, wohin auch immer, bis ich sie gefunden habe. Doch zuvor bitte ich um Euren Segen ...«

Der Prior blickte ihn forschend an und biss sich auf die Lippen, um nicht vorschnell zu antworten. Nicht in der Expedition, die Camilo ihm vorschlug, lag das Problem, es steckten noch andere Dinge hinter dieser Suche, die ihn wesentlich stärker beunruhigten. Aus menschlicher Sicht würde er ihn jederzeit dazu ermuntern, sich mit aller Kraft dieser lobenswerten Unternehmung zu widmen, doch als seinem geistlichen Führer erschien es ihm wesentlich nützlicher, wenn er seine Zeit ausschließlich der Meditation und Kontemplation in der Einsamkeit widmete. Zu diesem Schluss kam er, als ihm bewusst wurde, dass es um Camilos Berufung viel schlechter stand, als er angenommen hatte.

Erst nach langem Schweigen antwortete er.

»Ich versage dir meine Erlaubnis, Camilo, und zudem wirst du die Ostertage in deiner Zelle verbringen.«

III

Hoch aufspritzende Gischt und schneidende Kälte – so drang das aufgewühlte Meer zum Schrecken der darin transportierten Pferde durch die Spalten in den Frachtraum der *Santa Hildegarda.*

Yago hatte sich unter schweren Getreidesäcken versteckt, um weniger von dem Unwetter mitzubekommen, das das Schiff entzweizubrechen drohte wie eine dünne Eierschale. Holz knarrte, und der heftige Wind heulte, wenn er durch die Spanten drang und das Schiff so heftig vor sich hertrieb, als wollte er es zerdrücken.

Das Geschrei der Mannschaft und die gedämpften Befehle des Kapitäns ertönten ohne Unterlass. Bisweilen ordnete er an, nach Backbord zu wenden, gegen den vorherrschenden Wind, dann wieder, Ballast abzuwerfen, um die Schiffsposition auszugleichen.

»Yago mag nicht Wasser«, wiederholte der Junge für sich ein ums andere Mal und hoffte, dass das alles bald zu Ende wäre.

Der durchdringende Geruch nach feuchtem Getreide und dem nassen Espartogras der Säcke war ihm unangenehm, ihr Gewicht auf seinem Körper hingegen empfand er als entspannend.

Zusammengekauert beobachtete er die Pferde.

Seit zwei Tagen waren sie bereits an den Sattelgurten aufgehängt. Jeder Wellengang versetzte sie in Schwingung. Die Mannschaft des Schiffs hatte diese Vorkehrung getroffen, als klar geworden war, dass ein Unwetter nahte. Beim Klang der ersten Donner begannen die Tiere zu schwitzen, ihre Augen traten vor Panik aus den Höhlen, und sie wieherten wie verrückt, ohne zu wissen, was los war. Nicht jedoch Azul. Dieses Tier zeigte keine Angst; es war edler Abstammung und besaß ein anderes Temperament. Sein Blick war eindringlicher, seine

Bewegungen gelassen und sein Wesen ausgesprochen friedlich. Im Licht eines heftigen Blitzes kreuzten sich ihre Blicke. Sie gaben keinen Laut von sich und sagten einander doch alles. Yago wusste, dass sie einander verstanden.

Unterdessen kämpfte man auf dem Hauptdeck gegen die Gewalt des Meeres an. Die Segel blähten und kräuselten sich, je nachdem, wie der heftige Wind blies, und die Mannschaft rannte hierhin und dorthin, um der Katastrophe Herr zu werden.

Der Kapitän band sich, auf das Steuerruder gestützt, einen Gurt um die Taille, um sich an der Kommandobrücke festzuzurren. Die riesigen Wellen schwappten über das ganze Deck und hatten bereits zwei Männer mit sich fortgerissen. Zwischen Blitzen und Donnerschlägen war der Himmel mal stockfinster und leuchtete dann wieder ohne Unterlass. Das Schlimmste jedoch war der entfesselte Sturm, der kurz davor war, die Masten zu brechen, die dem Gewicht der geblähten Segel, die man nicht hatte einholen können, nicht mehr standhielten. Die Männer fürchteten, die Rahen könnten brechen, ehe ihnen dies gelang – so zum Zerreißen gespannt war das Großsegel bereits. Doch wieder zeigte sich, wie widerstandsfähig das Schiff war und wie gut es sich in jeder Lage handhaben ließ. Der Kapitän war mehr wegen der zu schweren Ladung beunruhigt als wegen des Risikos eines Mastbruchs. Er kannte sein Schiff gut und wusste, was zu tun war, doch die Ware, die er transportierte, war neu für ihn, und die Auswirkungen, die sie auf die Seetüchtigkeit hatte, waren ihm alles andere als geheuer. Das Quecksilber war nicht nur ungeheuer schwer, sondern auch flüssig, also ständig in Bewegung. Dadurch verhielt sich das Schiff anders als sonst. Aus diesem Grund hatte er Siegfried angewiesen, den Zustand des Metalls zu kontrollieren.

Als dieser zurückkam, konnte er sich wegen der schweren See nur aufrechthalten, indem er sich an die Reling oder irgendwelche anderen Vorrichtungen klammerte.

»Seid alle verflucht!«, brüllte Tripas, ohne dass ihn jemand hörte. »Ihr habt keinen Respekt vor dem Meer… und das werdet ihr büßen!«

Die Verwünschung rutschte dem Kapitän heraus, als er sah, wie ein hirnloser Schiffsjunge backbord ein Tau losgelassen hatte, um in Richtung Frachtraum zu fliehen, als eine Riesenwelle das Deck überschwemmte. Der Junge verschwand, und das Meer nahm außerdem ein dickes Tau sowie zwei Holzleitern mit sich. Fast hätte es auch den Koch erwischt, der in panischer Angst aus einer Luke spähte.

Man brauchte den rauen Seeleuten nur ins Gesicht zu sehen, um zu begreifen, wie kritisch die Lage war. In den meisten Mienen war Angst, ja Panik zu lesen, und das, obwohl sie bestimmt schon Tausende solcher Situationen erlebt hatten. Sie waren sich bewusst, dass in derartigen Momenten ein Fehler, der kleinste Fehler, sie alle das Leben kosten konnte.

Als Siegfried zur Kapitänsbrücke kam, um ihm zu schildern, wie es im Frachtraum aussah, schlug ein Blitz in den Fockmast ein und spaltete das obere Drittel. Im Fallen riss er zwei Männer mit und fiel mit einem gewaltigen Krach zwischen den überraschten Matrosen auf das Deck. Der Deutsche sah den Kapitän an, verwundert über seinen Wagemut. Augenblicklich ordnete dieser an, die Schäden zu begutachten, und prüfte selbst die Auswirkungen auf die Seetüchtigkeit des Schiffs. Seine Miene war ungerührt.

Siegfried strich sich das Haar aus dem Gesicht, trocknete seine Augen mit dem Ärmel und brüllte gegen das Echo der Donnerschläge an.

»Wenn wir Gewicht reduzieren müssen, um nicht zu kentern, könnten wir uns eines Viertels der Quecksilberladung entledigen… oder, warum nicht, eines der Pferde.« Ein Wellenstoß brachte ihn aus dem Gleichgewicht, aber dank seiner guten Reflexe konnte er sich im letzten Moment an einem freien Segelzipfel festhalten.

»Wenn Ihr nicht aufpasst, werdet Ihr selbst dazu beitragen, die Ladung zu reduzieren, von der wir tatsächlich zu viel haben«, stellte

Tripas fest, der durch den dichten Regenvorhang kaum mehr etwas sehen konnte.

Derartige Stürme waren ihm nicht fremd, er hatte in seinem Leben mehr als hundert davon überstanden, musste aber zugeben, dass der gegenwärtige zu den schlimmsten gehörte. Seit sie den Hafen verlassen hatten, war er in Sorge wegen der niedrigen Wasserlinie des Schiffs – kaum eine Handbreit über dem Meeresspiegel. Bei ruhiger Fahrt wäre das nicht gefährlich gewesen, doch bei stürmischer See, wie sie bei Ozeanüberquerungen oft genug vorkam, war das Risiko zu sinken unter Umständen sehr groß.

»Ich fürchte, wir müssen beides opfern. Kümmert Ihr Euch um das Quecksilber, ich übernehme die Pferde. Vielleicht genügen fünf von ihnen …«

Er rief seinen Schiffsmeister, und als dieser tropfnass auftauchte, wies Tripas ihn an, ein halbes Dutzend Leute zusammenzutrommeln. Sie sollten in den Frachtraum hinuntersteigen und die schlechtesten Pferde auswählen.

Strauchelnd stiegen sie eine schmale Treppe hinunter bis zum untersten Deck. Ständig stießen sie wegen des hohen Seegangs gegeneinander. Hinter großen Türen am Ende eines schmalen Ladeganges befanden sich die Tiere. Bevor sie hineingingen, öffneten sie zwei Schotts in den Seitenwänden des Schiffs, durch die meist seitlich entladen wurde, wenn kein Kran zur Verfügung stand oder die Ware leicht war.

Der Klang ihrer Schritte und das Türenschlagen alarmierten Yago, der sich eilig unter ein paar Säcken versteckte. Durch einen Spalt sah er Minuten später mindestens sechs Männer, die in Dreiergruppen mehrere Pferde von den Metallringen losbanden. Als die Stricke frei waren, berührten ihre Hufe den Boden, doch die Männer wussten, was sie taten, und sorgten dafür, dass die Beine der Pferde immer gut gefesselt blieben, damit sie nicht ausschlagen konnten. Bei der letzten Leine angekommen, gab einer von ihnen Anweisungen.

»Wir beginnen mit den schwersten.«

»Kommt, wir werden euch baden, Jungs«, scherzte ein anderer und wühlte seine Finger in die Mähne eines sechsjährigen Hengstes, um ihn festhalten zu können, während er ihm Zaumzeug anlegte.

Als er es daran in Richtung des Entladegangs zog, hatte das verstörte und geschwächte Tier große Schwierigkeiten zu gehen. Bei jedem Wellenstoß wankte es, seekrank und unsicher. Ein schreckliches Schicksal war ihm bestimmt. Mitleidlos brachen sich die riesigen Wellen unter großem Getöse an dem Schiff. Gischtwolken spritzten hoch auf. Das Pferd, das spürte, in welcher Gefahr es schwebte, suchte eine Fluchtmöglichkeit, aber man führte es mit zu harter Hand. Ein heftiger Windstoß blähte seine Mähne auf wie ein Segel. Anschließend fielen die Haare plötzlich wie ein Peitschenschlag wieder herab. Das Pferd schüttelte, die Ohren angespannt aufgestellt, in Panik den Kopf, stemmte die Hinterhand in den Boden und lehnte sich so weit wie möglich zurück, um der Hölle da draußen zu entgegen, doch zwölf starke Arme schoben es auf eine der Ausgangsluken zu. Mit Hilfe von Tauen, roher Gewalt und vereinten Kräften gelang es den sechs Männern, das Tier langsam so weit zu ziehen, dass seine Vorderhand aus dem Schiff ragte. Dann zählten sie bis drei und warfen es unter Aufbietung all ihrer Kräfte ins Meer. Das verzweifelt mit dem Kopf schlagende und erstickt wiehernde Tier war sofort außer Sichtweite.

»Sehr gut, Männer! Jetzt das nächste!« Einer der starken Seeleute säuberte sich die Hände an den verdreckten Hosen und bereitete eine zweite Takelage vor.

Als Yago sie zurückkommen sah, wuchs seine Nervosität. Zu seiner Linken stand Azul zwischen ungefähr zehn weiteren Tieren, die ebenso erschrocken waren wie er selbst.

Man band ein Pferd mit schön geschwungenem Hals und kurzem Rücken los, das stark war wie ein Stier. Als die Männer es dem gleichen Schicksal zuführen wollten, leistete das Tier erbitterten Widerstand und wirkte durchaus gefährlich. Fluchend und schwitzend stießen die Männer es Stück für Stück vorwärts, hinaus aus dem

Frachtraum. Yago hörte fassungslos das letzte Echo seines Wieherns, dann herrschte plötzlich Stille.

Das nächste Pferd, das sie in Angriff nahmen, schlug in einem Augenblick der Unaufmerksamkeit nach einem der Matrosen aus. Das Tau, mit dem seine vier Beine zusammengebunden waren, hatte sich zu früh gelockert, und das Pferd nutzte die Gelegenheit zu einem Tritt, mit dem es dem Mann ein Bein brach, sodass der Knochen hervorstand. Er brüllte Verwünschungen und schrie vor Schmerzen, als man ihn davontrug. Yago sah zu, ohne das geringste Geräusch zu machen, aber ihm blieb fast das Herz stehen, als die im Laderaum verbliebenen Männer das nächste Pferd bestimmten, das sie mitnehmen wollten: Azul.

Verzweifelt fragte er sich, was er bloß tun konnte.

Da er nicht wusste, wie er sich verhalten sollte, verkroch er sich noch tiefer zwischen die Säcke, wagte nicht hinzusehen und begann hin und her zu schaukeln, um sich zu beruhigen. Die schreckliche Angst, die seine Muskeln in Spannung versetzte, ließ ihn die Augen schließen, als könnte er damit die Wirklichkeit aussperren aus seiner kleinen Welt, zu der niemand Zugang hatte. Ein paar Minuten lang hörte er fast auf zu atmen.

Er wollte nichts wissen und nicht hinsehen, versuchte sogar, nicht hinzuhören, doch das änderte sich schlagartig, als Azul wieherte. Yago hörte seinen Ruf und wusste, dass er ihm galt. Eine innere Kraft trieb ihn zu handeln. Er verließ sein Versteck, um nicht nur diesem Pferd, sondern auch allen anderen zur Hilfe zu eilen.

Angesichts seiner kleinen, blitzumzuckten Gestalt in diesem Laderaum, seiner aufrechten Haltung und der simplen Tatsache, dass er da war und ihnen gegenüberstand, verschlug es den Anwesenden vor Überraschung die Sprache. Sie trauten ihren Augen kaum. Wo kam bloß dieser Junge her?

»Das ist ja nicht zu glauben … Und wer bist du?«, fragte ein bärtiger Matrose mit Ringen unter den Augen und näherte sich ihm, um ihn zu berühren – vielleicht war er ja ein Gespenst?

»Azul nicht!«, stammelte der Junge und klammerte sich an den Hals des Pferdes.

Als sie ihn losmachen wollten, begann er so laut zu brüllen, dass mehr als einer der Matrosen sich vor Schreck über die hohe Tonlage die Ohren zuhielt.

Einer der Männer, der klein, aber sehr muskulös war und dem sein Geheul auf die Nerven ging, versetzte Yago eine Ohrfeige, ohne deren Wucht zu dosieren, und ließ wüste Beschimpfungen vom Stapel. Azul schlug mit dem Kopf, suchte die Schulter des Mannes und versetzte ihm einen derart heftigen Stoß, dass der Matrose zu Boden stürzte und Yago mitriss.

»Verfluchte Bestie!« Der Mann erhob sich mit schmerzender Schulter und einer Platzwunde an der Schläfe, holte sich einen Stock und wollte damit auf Azuls Kopf losgehen.

»Ruhe!« Die Stimme des Kapitäns bremste ihn rechtzeitig. »Dieses Pferd ist hundert Mal wertvoller als ihr alle zusammen, verfluchte Ignoranten. Es ist ein Guzmán … Ich warne euch, wenn dem was passiert, hänge ich euch an den Eiern am Fockmast auf. Dummköpfe! Ein Glück, dass ich heruntergekommen bin!«

Siegfried, der neben ihm stand, nahm dem Matrosen den Stock weg und warf ihn weit fort, ohne Yago zu bemerken, der immer noch hinter Azul auf dem Boden saß.

»Wie viele Pferde fehlen jetzt?«

»Zwei, mein Herr«, erwiderte der Bärtige.

Der Deutsche zeigte auf ein anderes, wesentlich weniger wertvolles Pferd.

»Warum nicht als Nächstes das da?«

»Ihr werft jetzt die rein, die er euch zeigt, und zwar so schnell wie möglich!«, brüllte der Kapitän.

Wie ein Mann gehorchten sie seinen Befehlen und banden das arme Tier los, das den Tod in den wütenden Wassern kennenlernen sollte.

»Und was machen wir mit dem Jungen?«, fragte nun einer der Männer.

Siegfried und der Kapitän sahen sich an.

»Wovon sprecht ihr? Ich verstehe nicht …«

Der Schiffsjunge zeigte auf Yago, der zusammengekauert zwischen den Beinen des Guzmán saß.

»Na so was.« Siegfried ging neugierig in die Hocke. »Wer bist du?«

Yago versteckte sich unter dem Pferd und gab keine Antwort.

»Keine Angst, dir passiert schon nichts.«

»Aber, wo zum Teufel hast du gesteckt, dass niemand dich bisher bemerkt hat?«, fragte der Kapitän, der nun ebenfalls neben ihm hockte.

Yago wollte nicht antworten, begann aber haltlos zu zittern. Siegfried fragte die Matrosen, was sie über ihn wüssten. Sie antworteten, gar nichts, lediglich zwei Worte hätten sie von ihm gehört: Yago und Azul.

»Du heißt also Yago?« Der Deutsche rutschte noch näher. »Sprich doch endlich, Himmel noch mal!«

Mit zitternder Stimme wiederholte Yago fast flüsternd, aber so, dass man es verstand, seinen Namen.

»Na schön, endlich … Ich heiße Siegfried, und ich kann mir vorstellen, dass du einen Riesenhunger hast. Irre ich mich?« Er versuchte, ihn am Arm zwischen den Pferdebeinen hervorzuziehen, erreichte aber nur, dass Yago sich noch fester an das Tier klammerte. Azul reagierte, indem er seinen Hals dazwischenschob. Mit einem Schnauben stellte er klar, was passieren würde, wenn sie dem Jungen etwas taten. Diese Geste verwunderte den Deutschen. »Findet Ihr das nicht seltsam?« Er sah den Kapitän an. »Unglaublich, wie sie sich zu verstehen scheinen. Jedenfalls ist klar, dass keiner vom anderen getrennt werden will.«

»Dann bringt ihm etwas zu essen!«, befahl der Kapitän. »Später sehen wir, was wir mit dir machen.«

Sie schätzten ihn auf vierzehn Jahre. An seinem Aussehen fielen ihnen vor allem die sehr blauen Augen auf, die langen, dunklen Locken sowie die markanten, eckigen, jedoch seltsam ausdruckslosen

Züge und das markante Kinn. Doch auch abgesehen von seinem Äußeren hatte der Junge eine seltsame Präsenz, er bewegte sich ohne Unterlass, seine Gesten waren spröde und seine Reaktionen unangebracht. Außerdem wirkte er zeitweilig wie abwesend oder auf einen ganz bestimmten Winkel des Frachtraums konzentriert. Er machte einen etwas schwerfälligen Eindruck.

»Wenn du Yago bist, dann heißt wahrscheinlich das Pferd Azul, nicht wahr?«

Zu Siegfrieds Überraschung war die einzige Antwort ein scheuer und seltsamer, sehr seltsamer Blick…

IV

Auf der Insel Lanzarote hielten sie sich kaum einen Tag lang auf. Sie ließen die Pferde am Strand und in der Ebene laufen, damit sie sich entspannten und ihre Muskulatur trainierten, die durch das lange, unbequeme Eingesperrtsein im Frachtraum gelitten hatte. Der noch bevorstehende zweite Teil der Reise sollte etwas länger als einen Monat dauern.

Die fünfzehn Tiere, die die erste Etappe überlebt hatten, trabten glücklich über den schwarzen vulkanischen Boden, der fast die gesamte Insel bedeckte – eine öde, leblose Landschaft. Das dunkle Gestein, das die Erde ausgespuckt hatte, bildete einen starken Kontrast zum tiefen Blau des Meeres.

Überall auf der Insel wuchsen Weinstöcke, um die ihre Besitzer kleine, kraterähnliche Kreise mit Steinmäuerchen angelegt hatten, um sie vor dem starken Wind zu schützen. Es war ein farblich ganz besonderes Arrangement, das leuchtende Grün der Blätter, das Schwarz und die sie umgebenden Steine.

Sie versorgten sich mit frischen Lebensmitteln, Gemüse, Obst, Käse und Fleisch – vor allem von der Ziege.

Als die Ladung an Bord war, veranlasste der Kapitän das übliche Auffüllen der Fässer mit dem Süßwasservorrat, von dem sie die ganze Überfahrt lang zehren mussten. Kurz bevor der Befehl zur Abfahrt kam, bestiegen zwei eingeborene Sklavinnen mit feinen Zügen und gebräunter Haut das Schiff. Sie waren für den Kapitän und seinen wichtigsten Passagier bestimmt. Damit endete der Zwischenaufenthalt auf der Insel.

Die Anker wurden gelichtet, und der Bug des Schiffs schob sich in Richtung Westen, um einen Tag später eine neue Route zu befahren, die weniger rau und gefährlich und deshalb als »Damenmeer« bekannt war. Von da an galt es für jeden, den immer gleichen Ablauf der nicht endenwollenden Tage zu ertragen, bis wieder Festland in Sicht kam – der Hafen von Sevilla la Nueva im Norden von Jamaika.

Schon sehr bald nach seinem unerwarteten Auftauchen betrachtete man Yago als eine Art seltsames Wesen. Er schloss kaum Kontakte, sprach nie mehr als drei Worte am Stück und blickte dem, der mit ihm redete, auch nicht in die Augen. Offensichtlich wollte er nichts von den anderen wissen, sodass diese ihn, verwundert über sein Verhalten, bald mit zunehmender Verachtung behandelten. Doch kein noch so demütigender Vorfall, keine Beleidigung, kein Spott lösten in dem Jungen irgendeine Reaktion aus.

Da er sich nur in der Nähe der Pferde wohl zu fühlen schien, ließ man ihn für den Rest der Überfahrt bei ihnen, denn es fand sich sonst keine Aufgabe, für die er getaugt hätte. Seine merkwürdige Art war auch nicht geeignet, das Gegenteil zu beweisen. Und niemand vergaß, wie heftig er sich gebärdet hatte, als man ihn zum ersten Mal an Deck gebracht hatte, damit er frische Luft bekam. Ohne irgendeine Erklärung hatte ihn ein Tobsuchtsanfall gepackt, bei dem er derartig um sich trat, heulte und schrie, dass bei allen Besatzungsmitgliedern die Nerven bloß lagen und sie von da an nichts weiter mit ihm zu tun haben wollten.

Yago lebte in einer Welt voller Zweifel und Ängste.

Seit seinem Verschwinden aus Lomopardo waren in seinem Inneren zwei Gefühle stets gleichzeitig präsent gewesen: die Furcht vor dem Unbekannten und der Schmerz über den Verlust Camilos. Die Tatsache, dass man ihn entdeckt hatte, nahm ihm einen großen Teil der Furcht. Weil er nun die Gewissheit hatte, sich nicht verstecken zu brauchen, nahm er die vielen, oftmals miteinander vermischten Reize an Bord sehr offen auf: die Geräusche des Meeres, den Geruch von Salpeter und Algen, das Knarren der Balken. Diese Hintergrundmusik sorgte – zusammen mit dem Vergessen, das seine Erinnerungen verblassen ließ – dafür, dass er auf dieser Überfahrt ganz in der Gegenwart lebte.

Die Mannschaft verlor angesichts des schwierigen Umgangs mit ihm vollkommen das Interesse und stempelte ihn schließlich als halb verrückt ab. Einzig Siegfried widmete ihm ein wenig Zeit, zunächst, um herauszufinden, wie er überhaupt an Bord gekommen war, und nach einigen Tagen, um zu begreifen, wieso er so viel Geschick im Umgang mit Pferden bewies. Einfach machte Yago es ihm wahrlich nicht, denn er antwortete auf fast keine der Fragen des Deutschen und ging ihm aus dem Weg, doch dieser ließ sich aus unerklärlichen Gründen nicht entmutigen.

»Sag mir, Yago, was kannst du sonst noch gut, außer dich um diese Tiere zu kümmern?« Er reichte ihm ein Stück geräuchertes, hartes Hirschfleisch, das man *tasajo* nannte.

In diesem Stadium der Reise, nur eine Woche fehlte noch bis zum Zielhafen, war es das einzige Fleisch, das sie noch hatten.

Der Junge striegelte ein schönes Ross, das größer war als die anderen und einen ungewöhnlich weißen Schweif hatte. Da der Mann so beharrlich blieb, wandte Yago sich nach ihm um, ohne jedoch zu antworten. Er nahm das Fleisch entgegen und begann genüsslich zu kauen.

»Es schmeckt dir, nicht wahr?« Schon seit einigen Tagen brachte Siegfried ihm reichlich zu essen, damit er vor der Ankunft ein wenig an Gewicht zulegte. Er verfolgte nämlich einen Plan.

»Iss nur, iss, tu dir keinen Zwang an. Und probier auch diesen köstlichen Speck mit Paprika, der war für große Feierlichkeiten reserviert. Ich lass dir ein gutes Stück davon hier, damit du später auch noch was hast.«

Yago fühlte sich wohl in Gesellschaft dieses Mannes. Er gab ihm gut zu essen und war freundlich. In seiner Unschuld glaubte er sogar, er tue es, um ihm zu helfen wie damals Bruder Camilo, aber seine

Fragen verstand er nicht recht, und darum sprach er trotzdem wenig oder sagte besser gar nichts.

Im Hafen von Sevilla la Nueva gingen nicht so viele Schiffe vor Anker wie in dem von Isla de la Española oder San Juan. Darum wurde jedes anlegende Schiff groß gefeiert.

Der Gouverneur der Insel kam zusammen mit einigen wichtigen Mitgliedern der Stadtverwaltung an Bord der *Santa Hildegarda*, um sie willkommen zu heißen. Es war ein Akt purer Höflichkeit. Überall sonst wären zwei oder drei Angestellte dabei gewesen, um die Schiffsräume zu kontrollieren, die von ihren Kollegen im Ausgangshafen gestempelten Dokumente zu prüfen und sicherzustellen, dass sie nichts mit sich führten, was gegen die Gesetze der *Saca* verstieß.

In jenem zweitklassigen Hafen genügten jedoch ein wenig Geld und das Wissen, wem man es zukommen lassen musste, und niemand interessierte sich für die Beiladung des unter königlicher Flagge segelnden Schiffs: schöne Reittiere, die für einen einzigen Käufer bestimmt waren, den Besitzer der wichtigsten Plantage auf der Insel: Sie hieß Bruma Negra.

Schon kurz nach dem Anlegen stiegen etwa hundert schwarze Träger mit schweren Schläuchen voller Quecksilber die Laufplanken hinab. Auf der Mole erwarteten sie zehn zweirädrige Karren unter dem Schutz bewaffneter Soldaten, deren Aufgabe es war, das Mineral in die Fabriken zu bringen, die der Gouverneur auf der Insel betrieb. Dort sollte es gelagert werden, um später nach Nueva España verschifft zu werden.

Entlang der Esplanade waren Verkaufsstände aufgebaut, die alles Erdenkliche anboten: Stoffe und Küchengeräte, frittiertes Hühnchen oder Schwein, getrockneten Fisch, Maistortillas und Tapiokafladen, Käse und Wein. Außerdem öffneten viele der am Hafen gelegenen Häuser ihre Türen jedem, der einzutreten wünschte; manche für diejenigen, die bei Tricks oder Kartenspiel ihr Geld verwetten wollten, andere, um als vorübergehendes Bordell Kasse zu machen, die meisten aber verwandelten sich in improvisierte Schänken, wo man ein ohne große Apparaturen hergestelltes schmackhaftes Getränk bekam, das jedoch wegen des hohen, aus Zuckerrohr gewonnenen Alkoholgehalts schlimme Auswirkungen auf den Geist hatte.

Auf die Deckreling gestützt betrachteten Siegfried und der Kapitän zufrieden das Menschengewühl und das farbenprächtige Spektakel in allen Winkeln des Hafens. Der Deutsche wartete auf die Ankunft des Plantagenbesitzers Blasco Méndez de Figueroa, der die Pferde übernehmen sollte. Mit der Übergabe würde seine Mission enden.

Wie ihm Luis Espinosa in seinem Haus in Puerto de Santa María erzählt hatte, verdankte Blasco seinen Reichtum seiner engen Beziehungen zur Familie Colón, genauer gesagt zu Diego Colón, dem Sohn des Entdeckers. Jedoch hatten sich sein Vermögen wie sein Ruhm um ein Zehnfaches gesteigert, nachdem er in Begleitung von Hernán Cortés das größte Abenteuer seines Lebens unternommen hatte und sich einem seiner Eroberungszüge anschloss. Vereint hatten sie zahllose, außerordentliche Erfahrungen durchlebt und waren dem Tod sehr nahe gekommen. Mit Hilfe seiner Heldentaten, des Beuteguts und den hervorragenden Beziehungen zur wichtigsten Autorität der Insel war Blasco zu einem der mächtigsten Männer dort geworden.

Auch Siegfried wusste von Tripas, der die Menschen auf Jamaika gut kannte, dass jener Méndez de Figueroa außerdem in einem etwas eigenartigen Ruf stand. Man erzählte sich sehr Unterschiedliches über ihn, darunter ganz schreckliche Dinge. Einige behaupteten, er sei ein grausamer, brutaler Mensch ohne jeden Skrupel – der schlimmste Feind, den man sich auf der Insel machen könne. Andere wieder rühmten seinen großen Sinn für Kultur, sein feines Ohr für die Musik, die interessanten Gespräche mit ihm. Sie stellten ihn als Kunstliebhaber dar, als Mäzen von Malern und anderen Künstlern, als kultivierten Menschen.

»Schaut mal links von Euch, am Ende der Esplanade«, sagte der Kapitän.

Siegfried erkannte einen klassischen Sklavenmarkt. Eine Reihe von dunkelhäutigen Männern und Frauen warteten aneinandergekettet, bis sie an die Reihe kamen; neben ihnen auf einer Bühne schloss ein Versteigerer in Höchstgeschwindigkeit einen Handel nach dem anderen ab. Seine hohe, laute Stimme drang klar bis zu ihnen herüber, obwohl er mehr als hundert *cuerdas* entfernt war. Der Deutsche dachte daran, gleich dort den schwachsinnigen Jungen und die Sklavin zu verkaufen, die ihn als Gespielin enttäuscht hatte, obwohl er dunkle Frauen so mochte.

Die Stimme des Kapitäns holte ihn zurück in die Wirklichkeit.

»Wenn Ihr Zeit habt, müsst Ihr die Insel besichtigen, Ihr werdet staunen. Sie ist so grün, dass einem fast schwindelig wird. Zwischen weichen Hügeln und hohen Bergen stoßt Ihr auf Hunderte von Flüsschen, Bächen und wasserreichen Strömen.«. Tripas kaute auf einem dicken Tabakblatt, ein Leckerbissen, der auf der Insel produziert wurde. Die illustren Besucher hatten ihm den Tabak zusammen mit einem Dutzend Flaschen guten Weins zum Geschenk gemacht.

»Nach Eurer Beschreibung könnte es tatsächlich sein, dass ich mir die Insel ansehe«, meinte Siegfried, während er gleichzeitig eine Gruppe Indios mit seltsamen Gesichtszügen beobachtete. Er fragte, wer sie seien.

»Seht sie Euch gut an, denn wahrscheinlich seht Ihr nie wieder einen. Es gibt nur noch sehr wenige von ihnen. Es sind Taínos, die Ureinwohner dieser Insel. Ich kann mich nicht erinnern, wer, aber irgendjemand hat mir erzählt, dass sie die Insel Xamaica nennen, was in ihrer Sprache ›Land der Wälder und Gewässer‹ bedeutet. Seit die Insel erobert wurde, haben sie Probleme, denn sie sind nie gute Arbeiter gewesen, sondern bringen den ganzen Tag mit Rauchen und Schlafen zu. Ihretwegen musste man Afrikaner herholen, um die Plantagen zu bestellen.« Er spuckte das zerkaute Blatt aus. »Meiner Meinung nach ist der Tabak das Beste, was wir ihnen zu verdanken haben.«

»Habt Ihr ihn auch geraucht?« Siegfried hatte aufregende Berichte über die Kräfte dieser Pflanze gehört.

Der rüde Kapitän versetzte ihm einen Klaps auf die Schulter.

»Na klar, mein Freund, und ich habe ihn auch gegessen, inhaliert und getrunken, aber ich empfehle Euch etwas Besseres: Streicht den Körper einer guten Sklavin damit ein. Ich versichere Euch, dass sich dadurch ihre Glut vervielfachen wird.« Er küsste die junge Eingeborene, mit der er seit Lanzarote das Lager teilte, auf fast brutale Weise.

»Ich probiere es aus, ganz bestimmt.« Siegfried umarmte seine Sklavin, aber sehr viel weniger drängend.

Die Menschenmenge auf dem Platz teilte sich plötzlich, um einem Individuum samt seinem Gefolge Platz zu machen. Der Mann mit dem grauweißen Bart war schwarz gekleidet und trug einen auffälligen, breitkrempigen Sombrero mit einer ebenfalls schwarzen Feder. Er ritt auf einem schönen, glänzend kastanienbraunen Ross von nervösem Charakter. Mit einer Hand führte er die Zügel, die andere schwang eine Reitgerte, die er gnadenlos gegen jeden knallen ließ, der ihm in den Weg kam.

»Don Blasco Méndez de Figueroa«, kommentierte Tripas. »Wie Ihr feststellen könnt, ist er nicht zu übersehen.«

»Wenn er wegen der Pferde kommt, warum haben wir sie dann noch nicht an Land gebracht?«

Der Kapitän schickte die beiden Sklavinnen fort und lud ihn ein, mit ihm zusammen die Kommandobrücke zu verlassen und den Gast zu begrüßen.

»Sie sind nach der Reise in so schlechtem Zustand, dass es ihrer ausgezeichneten Rasse unwürdig wäre. Es ist besser, wenn er sie zunächst drinnen sieht.«

Blasco Méndez de Figueroa war hochgewachsen und schlank, eine elegante Erscheinung. Während er an Bord kam, begutachtete Siegfried seine untadelige Kleidung. Samtene Beinkleider, seidene Gamaschen, Lederschuhe, eine kurze Capa, ein eng anliegendes Wams, alles in der gleichen Farbe.

»Ihr kommt verspätet!«, erklärte der Ankömmling statt einer Begrüßung in scharfem Ton. Siegfried ignorierte er einfach.

Er trug dunkle Handschuhe, die er anbehielt, und auf die Entschuldigungen des Kapitäns, den er von anderen Gelegenheiten kannte, ging er gar nicht ein.

»Wisst Ihr, was es mich kostet, die Bestellungen der Eroberer nicht pünktlich liefern zu können?«

Tripas konnte seine gewohnte Gemütsruhe nicht wahren. Sogar sein Schnurrbart zitterte. Er hatte vergessen, was für eine verheerende Wirkung dieser Mensch auf seine Stimmung hatte.

»Das werdet Ihr alles vergessen, wenn Ihr seht, was wir mitgebracht haben. Aber sprecht besser mit ihm, ich bin ja nur für den Transport angeheuert worden.«

Ehe er in den Frachtraum hinunterging, musterte Blasco Siegfried von der Seite und fragte, wer er sei. Ohne eine Antwort abzuwarten, sprach er weiter.

»Auf den anderen Inseln gibt es viele Züchter. Wenn ich meine Kunden nicht bediene, werden sie ihre Pferde auf La Española oder der Isla de Santiago kaufen.« Er lächelte Siegfried herzlich an. »Wie es scheint, bin ich Euch einen großen Gefallen schuldig?«

»Wie bitte? Ich verstehe nicht?«

»Dank Euch werde ich über eine Ware verfügen, die hier in der Gegend sehr schwer zu finden ist.« Er streckte die Hand aus, um Siegfrieds zu schütteln.

»Ich hoffe, dass sie Euch gefallen.«

»Glaubt Ihr, dass sie gut sind?« Blasco blickte ihm direkt ins Gesicht.

»Ohne Zweifel.«

Im letzten Korridor vor dem Frachtraum konnte man schon die ersten Tiere ausmachen. Der Plantagenbesitzer zog ein Taschentuch hervor und hielt es sich vor die Nase, um für den Gestank gewappnet zu sein, der nach so vielen Tagen Fahrt ohne Belüftung sicher dort herrschte.

Beim Betreten des Raumes bereute er diese Entscheidung nicht.

Sein Blick flog eilig über die Pferde hin, ohne dass er ein Wort dazu sagte. Zwischen ihnen entdeckte er einen Jungen, der ein Exemplar von unglaublicher Gestalt striegelte.

»Und wo sind die übrigen fünf?«

»Wir mussten sie bei einem Unwetter ungeheurer Stärke opfern.« Der Kapitän hatte seine Antwort parat. »Aber jedenfalls, und zu unser aller Glück, sind die besten heil hier eingetroffen, das kann ich Euch versichern.«

Blasco Méndez de Figueroa seufzte mit einem Ausdruck ehrlicher Verzweiflung.

»Fünf Exemplare weniger bedeutet einen Verlust von zweihundertfünfzigtausend Maravedís. Das entspricht der Summe, die ich mit allen zusammen verdient hätte. Meine Kunden brauchen, wenn sie zu mir kommen, eine bestimmte Anzahl Pferde, darum habe ich bei Don Martín Dávalos zwanzig bestellt, nicht sechzehn oder zwölf, nein, zwanzig.« Er erhob die Stimme und sah Siegfried an.

»Es tut uns leid, aber die Umstände ...«

»Die Umstände sind mir egal, aber lasst nur, wie ich mich arrangiere, hat mit Euch nichts zu tun. Ich werde meinen Schaden ausgleichen, wenn ich Don Luis Espinosa treffe, der seinen baldigen Besuch angekündigt hat.«

Blasco wandte den Blick nicht von dem Pferd zu seiner Rechten. Es war, so schätzte er, fünf Jahre alt und stand mit hängendem Kopf da. Die Ohren seitlich gestellt, wies es klare Anzeichen von Dehydrierung auf.

»Dieses Tier wird mit absoluter Sicherheit noch sterben, ehe es auf meiner Plantage ankommt. Ich verliere also noch mehr Geld ...« Mit einem kurzen Blick auf die übrigen Tiere erfasste er ihren insgesamt ziemlich schlechten Zustand. »Sie sind in schrecklicher Verfassung!«

Yago hob den Kopf, als er Blascos Blick auf sich spürte.

Der schwarz gekleidete Mann schüchterte ihn auf unerklärliche Weise ein. An einer Hand fehlten ihm zwei Finger, und in seinen Augen lauerte etwas Dunkles. Doch er fuhr fort, Azul zu striegeln.

Blasco ging auf die beiden zu. Ein kurzer Blick genügte ihm, um zu wissen, dass er allein mit diesem Pferd ein Vermögen machen konnte. An dem speziellen Brandzeichen in Herzform erkannte er, dass es sich um einen Guzmán handelte. Seine wunderschöne Gestalt, die dunklen Augen, der herrschaftliche Ausdruck in jeder noch so kleinen Bewegung faszinierten ihn. Das Pferd erinnerte ihn an eine Stute, die er den Indios hatte überlassen müssen. Damals hatte er eines Nachts mit Hernán Cortés fliehen müssen, nachdem sie in Tenochtitlán von den Azteken besiegt worden waren. Es war eigentlich die Stute gewesen, die Pedro de Alvarado ritt. Anschließend wurde sie von jedermann verehrt, weil sie so großzügig gewesen war, das Leben ihres Reiters zu retten, indem sie ihr eigenes ließ. Das edle Tier überwand mit einem Sprung einen riesigen Abgrund, der durch die Zerstörung einer Brücke entstanden war, mit der die Indios ihre Flucht verhindern wollten, und verletzte sich in diesem kritischen Augenblick schwer. Was jedem anderen Pferd unmöglich gewesen wäre, diese Guzmán-Stute hatte es vollbracht! Beim Anblick des Exemplars, das da vor ihm stand, musste Blasco an sie denken.

Er fragte, wer der Junge sei.

»Ein blinder Passagier, ein etwas zurückgebliebener Junge. Wir haben ihn ein paar Tage nach der Abfahrt entdeckt, viel mehr können wir über ihn nicht sagen. Er sagt kaum ein Wort, und wir wissen nicht, ob er uns versteht. Kurz, nichts als eine Belastung…«, gestand der Kapitän, für den der Junge das Geringste seiner Probleme war.

»Ist er zu verkaufen?« Tripas wusste nicht, was er darauf sagen sollte, doch Siegfried antwortete an seiner Stelle.

»Das haben wir vor, ja.«

Auf Blascos Plantage mangelte es immer an Arbeitskräften, die Sklaven hielten immer weniger aus, und die Preise waren inzwischen völlig überteuert. Beim Anblick des Jungen überlegte er, dass ein weißes Exemplar wie dieser seine Plantage vornehmer wirken lassen würde, denn weiße Sklaven gab es selten, obwohl rechtlich nichts dagegen sprach. Außerdem könnte der Junge mit seinen Afrikanerinnen Mestizo-Nachkommen für ihn produzieren – das wären zweifellos die besten Arbeitskräfte, die er sich für die Plantage wünschen konnte, da sich in ihnen die Kraft der Afrikaner mit der Körpergröße der weißen Rasse verband.

Er beschloss, ihn sich zu holen, ohne einen einzigen Maravedí zu bezahlen.

Siegfried erwartete, dass Blasco einen Preis nannte, doch als dieser länger schwieg als erwartet, sprach er selbst.

»Lasst uns einen Handel schließen.«

»Kommt nicht in Frage! Den Jungen nehme ich als Entschädigung für meinen finanziellen Schaden«, unterbrach ihn Blasco, um sich dann Tripas zuzuwenden. »Weigert Ihr Euch, dann hat Don Luis Espinosa im Handumdrehen einen Bericht über die jämmerlichen Transportbedingungen vorliegen ...«

Der Kapitän schwieg. Er wusste, dass Blasco ihn vor den beiden Ratsherren in echte Bedrängnis bringen konnte.

Siegfried, der merkte, dass ihm die Gelegenheit entglitt, mit dem Jungen ein wenig Geld zu machen, verzog die Miene.

»Und was Euch angeht«, sprach der Plantagenbesitzer weiter, »so hoffe ich, dass es Euch nicht viel ausmacht, da der Junge für Euch, wie Ihr sagt, doch bloß eine Belastung ist – das heißt ja wohl, dass er keine Fähigkeiten hat. Und dass man für einen derart Zurückgebliebenen viel Geld bezahlt hätte, glaubt Ihr ja wohl selbst nicht.«

Blasco sah erst den Kapitän und dann Siegfried an. Er spuckte einen Tabakrest aus und signalisierte mit einem Händedruck, dass er die Angelegenheit als erledigt betrachtete. Keiner der beiden anderen Männer sagte etwas, während sie ihm hinterhersahen, als er das

Schiff verließ. Am Kai angelangt, befahl er seinen Leuten, die fünf-zehn Pferde und den Jungen schnellstmöglich auf seine Plantage zu bringen.

Bruma Negra brauchte frisches Pferdeblut, und das würde der Be-sitzer bekommen. In seinen Stallungen würde der erste Guzmán der Insel leben, und in seinen Baracken ein neuer Sklave. Dieser hatte, seitdem man ihn aus dem Frachtraum holte, keine Sekunde lang auf-gehört, zu schreien.

Yago wusste nicht, dass er Indioland betreten hatte – Sklavenland.

V

Nur wenige Meilen vom Kartäuserkloster entfernt, im Hafen von Santa María, legte eine *cántabra* an, ein Schiff, das diesen Namen trug, weil es in den fernen kantabrischen Meeren häufig vorkam.

Die starke Augustsonne schien warm auf das Deck, das Segel und die Wangen eines Passagiers, Fabián Mandrago, der den schmalen Streifen Land betrachtete, der den Golf von Cádiz bildete. Dann änderte das Schiff den Kurs und steuerte den Zielhafen an.

Auf dem Schiff wurden Textilien und Seide aus Rotterdam transportiert, die es in der Qualität mit den Stoffen aufnehmen konnten, die in Toledo und Valencia produziert wurden. Sie waren für das Vizekönigreich Nueva España bestimmt, wo die Großgrundbesitzer und ihre Gattinnen ein ähnlich luxuriöses, elitäres Leben führten wie die Mitglieder der besten europäischen Adelshäuser.

Fabián hatte die Überfahrt bezahlt, indem er sich in der Schiffsküche verdingte, aus der er kaum jemals herausgekommen war. Vorher hatte er sich dankbar von seinen Wohltätern verabschiedet. Acht Jahre hatte er in Cudillero zugebracht. Zwar wollte er unbedingt irgendwann dorthin zurückkehren, doch vorerst hatte er nur eines im Sinn: Rache für seine Verbannung nehmen.

Den Blick auf mit Öl beladene Barkassen gerichtet, die in der Nähe der Mündung des Río Guadalete herumschipperten, empfand er eine Mischung aus Freude und Unbehagen. Er freute sich, nach Hause zurückzukehren, doch in seinem Herzen loderten auch Zorn und ein dringendes Bedürfnis nach Vergeltung. Die langen Jahre in der Verbannung lasteten auf seiner Seele. Nichts war mehr wie vorher.

Als ein Schiff vorbeifuhr, erschnupperte er einen wohlbekannten

Geruch, den von Oliven. Doch seine Sinne entspannten sich nicht angesichts vergangener Wahrnehmungen oder Sehnsüchte, denn er hatte nur ein einziges Ziel vor Augen: seine Feinde aufzuspüren und zu vernichten.

Er beschloss, nach seiner Ankunft als Erstes ein Pferd zu kaufen, um nach Sanlúcar reiten und den Lagerhallen des *Pósito* einen Besuch abstatten zu können. Dort würde er mit dem Mann reden, der damals die Fäden gezogen hatte, mit Tarsicio, dem Hauptverantwortlichen in der betrügerischen Instituion.

Wenn man zügig ritt, brauchte man zu Pferde einen knappen halben Tag von Puerto de Santa María bis Sanlúcar. Die beiden Häfen waren nach dem von Sevilla die wichtigsten für den Handel mit der Neuen Welt. Das Pferd, das Fabián erworben hatte, war allerdings vollkommen unbrauchbar. Der Klepper kam ihm von Anfang an seltsam vor, und er roch auch eigenartig nach Pech. Vor allem aber war er störrisch. Ob er ihm die Sporen in die Flanken hieb oder seine Kruppe peitschte, er reagierte einfach nicht.

Das Tier ging seinen Trott, langsam und ohne sich durch irgendeinen seiner Befehle irritieren zu lassen.

Was für eine Ironie des Schicksals, dachte Fabián Mandrago. Nach all den Entbehrungen, die er an der Felsküste von Cudillero hatte erleiden müssen, nachdem weder Regen noch Kälte noch die Gewalt des Nordwindes während unzähliger schlafloser Nächte ihn von seinem Vorhaben hatten abbringen können, verhinderte nun ein Tier, dass er seine Träume rasch in die Tat umsetzte.

Auf halber Strecke blieb das Pferd stehen und bewegte sich nicht mehr von der Stelle. Fabián wurde nervös, die Situation war zu absurd, und er traktierte es mit der Reitgerte, brüllte auf es ein, schlug es mit den Händen auf die Kruppe und beschimpfte es nach Kräften. Doch damit erreichte er nur, dass alles noch schwieriger wurde. Das Pferd wandte den Kopf und biss ihn ins Knie. Es hatte seine Entscheidung getroffen, und nichts würde es davon abbringen.

So unglaublich es anmuten mochte, er musste es dort stehen lassen und seinen Weg zu Fuß fortsetzen. Er lud sich einen Packen mit seinen wenigen Besitztümern auf den Rücken und hängte sich ein Ledertäschchen um den Hals, das seine gesamten Ersparnisse enthielt, das Geld, das ihm erlauben würde, mehrere Monate einzig der Untersuchung der schmutzigen Geschäfte seiner verhassten Feinde zu widmen. Falls seine Mission erfolgreich verlief, würde er später seine frühere Arbeit zurückverlangen und wieder ein normales Leben führen. Das jedenfalls waren seine Pläne.

Kaum war er zu Fuß losgegangen, hörte er hinter sich ein Wiehern, und als er sich umdrehte, sah er zu seiner Verblüffung das Pferd auf sich zulaufen, zunächst in leichtem Trab, dann im Galopp. Als es in voller Geschwindigkeit an ihm vorbei in Richtung Sanlúcar lief, verfluchte Fabián es und warf ihm einen Stein hinterher, ohne es zu treffen. Er vergaß auch nicht sämtliche Vorfahren des Mannes, der es ihm als vollkommen zahme und zuverlässige Mähre angedreht hatte.

Aber damit war seine Pechsträhne noch nicht zu Ende.

Ganz in der Nähe, etwa dreißig *cuartas* entfernt an der Nordflanke eines Hügels, erwartete ihn eine weitere Überraschung.

Drei Banditen, die auf den Weg gesprungen waren, als das durchgegangene Pferd vorbeirannte, entdeckten hinter ihm den Mann, dem es wohl gehören musste. Sie freuten sich, denn sie hatten den ganzen Tag noch keine Gelegenheit gehabt, ihre Kunst an einem Reisenden zu üben.

Fabián ging gedankenverloren und mit hängendem Kopf vor sich hin und bemerkte sie erst, als sie sich auf ihn stürzten.

»Ihr seht nicht gut aus, Caballero… Was kann einem Mann Schlimmeres passieren, als sein Pferd zu verlieren?«

Fabián hob den Kopf. Was er sah, gefiel ihm überhaupt nicht. Das Gesicht des Kerls, der gerade geredet hatte, war hinter einem Tuch versteckt, und seine sehr dunklen Augen verhießen keine freundlichen Absichten.

»Entschuldigt… ich verstehe Euch nicht.« In Panik suchte er nach einer Fluchtmöglichkeit. Einer der drei Männer versperrte ihm den Weg nach hinten, und sie waren allesamt mit Dolchen bewaffnet. Da gab es nur eine Lösung. Er spannte die Muskeln an und wartete auf den richtigen Augenblick.

Der, der das Wort ergriffen hatte, sprach weiter.

»Inzwischen ist Euch die Antwort auf meine Frage bestimmt eingefallen, nicht wahr?« Mit einem spitzen Dolch stöberte er unter Fabiáns Hemd herum, der keinerlei Widerstand leistete.

Schnell fand er den Lederbeutel, in dem Fabián Goldmünzen im Wert von hunderttausend Maravedís transportierte. Nachdem er das Gewicht taxiert hatte, konnte er nicht widerstehen und öffnete den Beutel, um seine Beute zu begutachten. In diesem Moment des Abgelenktseins ergriff Fabián seine Hand mit dem Dolch und wandte diesen mit größter Geschicklichkeit blitzschnell gegen den Hals des Diebes und stach zu. Der Mann blickte verdutzt drein, spürte das Blut fließen und wusste, dass er so gut wie tot war. Als er den Dolch nicht mehr halten konnte, fiel dieser Fabián in die Hand, der ihn einem zweiten Banditen in die Brust stieß und genau das Herz traf. Der dritte nahm, als er merkte, wie finster Fabian dreinblickte und wie meisterhaft er mit Waffen umzugehen verstand, die Beine in die Hand und floh, ehe er ebenfalls dran glauben musste.

Das harte Leben im Norden und seine letzte Arbeit, bei der er Wale zerlegen musste, hatten ihn körperlich wie seelisch stark gemacht. Er versteckte die beiden toten Banditen hinter ein paar Büschen. Seine blitzschnelle Reaktion hatte sein Blut mehr als vermutet in Wallung versetzt, was er als Vorgeschmack auf die ersehnte Rache nahm.

Mit immer noch schnellem Atem und heißem Blut ging er weiter zügig dahin, bis er nach einer Meile hinter sich einen Karren näherkommen hörte. Er hielt ihn an und bat den Fahrer um Hilfe. Dieser bot an, ihn bis zum Hafen von Sanlúcar mitzunehmen.

Am Hauptkai angekommen, überkam Fabián Wehmut, in die sich Enttäuschung mischte. Der Anblick der ankernden Schiffe, das wohlbekannte rege Treiben in allen Ecken, die lebhaften Handelsaktivitäten und die Meeresluft, die voller Gerüche von den Ufern des Guadalquivir zu ihm herüberströmte, förderten seine Erinnerungen zutage.

Er atmete auf wie jemand, der sich wieder zu Hause fühlt, und beobachtete dabei die letzte Biegung des Flusses vor seiner Mündung ins Meer. Hier war die Schifffahrt schwierig, wenn man sich mit den gefährlichen Sandflächen nicht sehr gut auskannte. Danach widmete er seine Aufmerksamkeit wieder den vertäuten Booten, ohne aber auch nur ein einziges zu erkennen. Wahrscheinlich war er zu lange fort gewesen…

»Was zum Teufel… Ich glaube, ich traue meinen Augen nicht!« Eine vertraute Stimme ließ ihn herumfahren.

»Tomás, mein lieber Freund!« Fabián erkannte ihn sofort. Er war einer seiner besten Mitarbeiter gewesen. Voller Freude strahlte er ihn an, und dann umarmten sie sich lange.

In den acht Jahren der Trennung hatten sich beide verändert. Beider Haar war von grauen Strähnen durchzogen, doch sofort überschütteten sie einander mit Fragen. Jeder wollte wissen, was der andere erlebt hatte. In ein angeregtes Gespräch vertieft achteten sie nicht darauf, wo sie hingingen, und standen plötzlich vor der Tür einer bekannten Taverne.

»Wenn du magst, trinken wir ein Glas Wein, und du erzählst mir alles, was während meiner Abwesenheit so geschehen ist«, schlug Fabián vor.

Die Atmosphäre in dem Lokal, das Stimmengewirr und die Rufe der anderen Gäste, waren nicht gerade ideal für ein ruhiges Gespräch, aber sie fanden Platz in einer Ecke. Nach der ersten Karaffe Wein begannen sie sich auszutauschen. Tomás hörte sich aufmerksam an, was Fabián seit seinem Verschwinden erlebt hatte; niemand hatte die offizielle Version geglaubt, und jetzt begriff er die wahren Hintergründe des seltsamen Exils.

»Es wurde gemunkelt, du hättest jahrelang Vorteile aus deinem Posten in der *Saca* gezogen…«

»Du kennst mich und weißt, dass ich nicht bestechlich bin …« Fabián biss die Zähne zusammen, um seine Wut im Zaum zu halten. »Wir sind damals bei unseren Nachforschungen zu sehr in die Nähe gewisser Adelshäuser von Jerez gekommen. Nun bin ich zurückgekehrt, um die nötigen Beweise zusammenzutragen und sie dann anzuzeigen. Die Wahrheit über dieses Gesindel muss ans Licht kommen.«

»Pass auf, was du tust, Fabián. Ich weiß genau, von wem du sprichst, und falls du nicht informiert bist, kann ich dir sagen, dass er nicht nur geschäftlich sehr erfolgreich ist, sondern dass auch Leute für ihn arbeiten, die, das kann ich dir versichern, absolut skrupellos und halb verrückt sind. In letzter Zeit hat man schreckliche Dinge über diese Bande gehört, vor allem aber über ihre Art, Probleme aus der Welt zu schaffen … Du musst äußerst vorsichtig vorgehen!«

Die Wirtin füllte ihre Karaffen auf und stellte die, wie sie versicherte, beste Fischpfanne von ganz Sanlúcar auf ihren Tisch. Sie mussten ihr recht geben und waren mit dem Essen genauso schnell fertig wie mit der neuen Runde Wein. Fabián fielen ein paar Männer ein, die zu seiner Gruppe gehört hatten, und Tomás berichtete ihm über einige von ihnen.

»Und du, bist du immer noch bei der *Saca*?«

»Ich bin dort geblieben, aber seit deinem Verschwinden haben wir keinen Inspekteur mehr. Stattdessen bekommen wir unsere Befehle direkt vom Vorsteher.«

Fabián, bereit, seinen ganz eigenen Kreuzzug in Angriff zu nehmen, wollte wissen, ob er auf Tomás' Hilfe zählen konnte, und zögerte darum nicht, ganz offen mit ihm zu reden.

»Du könntest mir sehr von Nutzen sein, um an bestimmte Informationen zu gelangen oder mir gewisse Türen zu öffnen, aber natürlich möchte ich dich um nichts bitten, was dich in Gefahr bringen könnte …«

Tomás reagierte auf sein Ansinnen ein wenig verärgert.

»Ja, natürlich, wenn das wirklich notwendig ist, vielleicht wenn ...«, meinte er wenig überzeugt.

Fabián ließ sich von seinem Zaudern nicht entmutigen und bat gleich um etwas Konkretes.

»Gehört von den Schiffen, die heute im Hafen liegen, eines Dávalos?«

»Nein, aber man weiß, dass stets eines von zwei Schiffen, die unter seiner Flagge segeln, verbotene Güter transportiert.«

»Wenn das so ist, wie viele habt ihr dann schon beschlagnahmt?«

Die Frage war Tomás sichtlich unangenehm.

»Die Dinge haben sich sehr verändert, Fabián. Ich muss gestehen, dass unser Vorsteher, der mit dieser Familie und mit den Eigentümern der wichtigsten Reedereien sehr gute Beziehungen unterhält, meistens ein Auge zudrückt. Du kannst dir sicher vorstellen, warum ... Ich weiß, dass ich handeln, dass ich diese Vergehen bekämpfen müsste wie du seinerzeit, aber ich fühle mich nicht so frei wie damals. Ich bin verheiratet und habe Kinder. Sie kann ich nicht in Gefahr bringen. Verstehst du das?« Sein Blick verriet Scham. »Dein Fall liegt anders. Du kannst sehr wohl Risiken eingehen ...«

Fabián schwieg ein paar Minuten. Er war enttäuscht. Doch dann versuchte er sofort, Tomás auf eine andere Möglichkeit der Mitarbeit anzusprechen.

»Ich habe mir in Cudillero einen Plan zurechtgelegt, der aus mehreren Schritten besteht. Der erste ist, den Kornspeicher zu durchsuchen, um meine Verdachtsmomente belegen zu können. Falls du es dir anders überlegst, sollst du wissen, dass ich dir genügend Geld geben kann, um deine heutigen und künftigen Bedürfnisse zu decken.«

Tomás senkte den Kopf. Er brauchte nichts zu sagen.

Als er das Geld erwähnte, fasste sich Fabián instinktiv an den Hals und tastete nach dem Beutel mit seinen Ersparnissen, fand ihn aber nicht. Erschrocken fuhr er von seinem Stuhl hoch und suchte zwischen seiner Kleidung, aber erfolglos. Es war nicht da. Vor Schreck blieb ihm fast das Herz stehen.

»Verdammt noch mal! Das kann doch nicht wahr sein!«, rief er voller Angst. »Man hat mich bestohlen!«

Er zog seinen Dolch hervor und blickte wie irre um sich – vielleicht machte ja jemand ein seltsames Gesicht, wich seinem Blick aus? Doch zu seinem Pech wirkten alle in der düsteren Taverne Anwesenden verdächtig. Er bekam kaum Luft, schloss die Augen und stützte den Kopf in die Hände. Er konnte einfach nicht glauben, was ihm da passiert war. Alles, was er unter größten Opfern in acht langen, harten Jahren zusammengespart hatte, war nun zunichte gemacht … Er war am Boden zerstört, und sein Atem stockte ihm. Er versuchte sich zu entsinnen, wo es geschehen sein könnte. Es musste am Eingang der Taverne gewesen sein. Dort waren sie an vielen Menschen vorbeigegangen, und er war mehrmals angerempelt worden. Rasch kalkulierte er, wie lange sie sich unterhalten hatten. Tiefer Kummer überkam ihn, denn der Räuber war mit absoluter Sicherheit schon über alle Berge und freute sich diebisch über sein Glück.

Verzweifelt blickte er seinen Begleiter an. Jedes andere Unglück hätte ihn weniger geschmerzt als dieses. Er fühlte sich so hilflos, dass er den Kopf auf den Tisch fallen ließ und zwischen seinen Händen verbarg – ein Mensch, der von dieser Welt und aus der schrecklichen Wirklichkeit, mit der er sich würde abfinden müssen, verschwinden wollte.

»Fabián, ich kann mir vorstellen, wie du dich fühlst. Es ist schrecklich. Machen wir uns auf die Suche nach dem Geld.«

»Lass nur, es ist unmöglich. Dieser Beutel war meine Zukunft …«

Wie sollte er die dunklen Machenschaften jener Männer aufdecken, die sich rühmten, die Ratsherren der Stadt zu sein, wenn er kein Geld zum Leben hatte und seinen Vertrauensleuten keinen einzigen Maravedí bezahlen konnte? Jetzt war er ärmer als eine Kirchenmaus. Er konnte an nichts anderes mehr denken.

»Du kannst bei mir wohnen, bis du eine eigene Bleibe bezahlen kannst. Allerdings müssen wir natürlich vorsichtig sein«, schlug Tomás vor.

Diese Geste gab ihm wieder ein wenig Hoffnung, und er nahm das Angebot an.

»Du lässt dir einen Bart stehen, wir färben dir die Haare und sorgen dafür, dass du vollkommen anders aussiehst. Dann dürfte es keine Probleme geben…«

Drei Wochen später kletterte Fabián an der Fassade des *Pósito* hoch und suchte nach dem besten Halt, um ein Fensterchen zu erreichen, das leicht aufzubrechen schien. Unter ihm stand Tomás, der ihn mit einem Pfiff warnen sollte, wenn Gefahr drohte.

Tage zuvor hatten sie sich vergewissert, dass das Gebäude nachts nicht bewacht wurde und zuletzt am späten Nachmittag ein Kontrollgang stattfand. Sie hatten also jede Menge Zeit, um die Archive zu durchsuchen. Als Termin hatten sie die Vollmondnacht gewählt, um ausreichend Licht zu haben.

Fabián war dunkel gekleidet, trug einen Vollbart und hatte den Kopf mit einem schwarzen Tuch verhüllt, das nur die Augen freiließ. Das Büro von Tarsicio hatte einen geräumigen Nebenraum, in dem Tausende von Dokumenten in hohen Regalen nach Jahren archiviert waren – unterteilt in Ein- und Ausgänge und klassifiziert nach Waren. Als Fabián diese Flut von Papier sah, musste er sich eingestehen, dass sein Vorhaben undurchführbar war. Sie hätten einen ganzen Monat und mehr als zehn Mann gebraucht, um die Dokumente durchzugehen. Außerdem würde man etwas, was es zu verbergen galt, sicher nicht so offen herumliegen lassen. Er ging zurück ins Büro und sah sich oberflächlich um. Da standen ein Schreibtisch, ein Möbel voller alter Navigationsgeräte und an drei Wänden Regale voller Bücher, einige davon sehr alt. Auf der Suche nach Geheimfächern inspizierte er die Rückwand der Regale, konnte aber nichts Ungewöhnliches feststellen.

Er begann zu verzweifeln. Wütend trat er gegen einen der Bände, den er gerade auf den Boden gezerrt hatte, machte sich dann jedoch klar, dass er so zu nichts kommen würde. Er musste nachdenken.

»Es muss einen Ort geben, wo die kompromittierendsten Informationen aufbewahrt werden ...« Fabián ließ noch einmal langsam den Blick im Raum umherwandern. Vielleicht hatte er etwas übersehen? Er sah hinter den Bildern nach, rückte das Regal von der Wand, falls dort eine verborgene Tür oder ein Tresor angebracht waren, fand aber nichts.

Vom Fenster aus suchte er Tomás und entdeckte ihn, hinter einer Hecke versteckt, am anderen Ende des Gebäudes. Alles schien ruhig. Nach den Wänden und Regalen nahm er sich die Schreibtischschubladen und schließlich den Sockel des Möbels vor. Doch auch hier fand er nichts, was auf ein Geheimfach hingedeutet hätte.

Ziemlich entmutigt setzte er sich aufs Fensterbrett und dachte nach, doch gleich darauf hörte er einen Pfiff und blickte auf die Straße. Auf der Höhe, auf der sich Tomás befand, sah er zwei Männer auf den Kornspeicher zukommen. Blitzschnell überlegte er, wo er sich verstecken konnte, und es fiel ihm nur der Schreibtisch ein. Als er nervös darauf zusteuerte, stieß er an ein Fenstersims, auf dem eine Miniaturgaleere stand. Sie fiel zu Boden und zerbrach in zwei Teile. Als er das Sims berührte, auf dem das Schiff gestanden hatte, bemerkte er eine schmale, sehr gut verborgene Schublade. Mit Herzklopfen und voller Hoffnung brach er sie ohne große Schwierigkeit mit seinem Dolch auf. Darin fand er ein kleines Buch mit dickem Ledereinband, umwickelt mit einer abgenutzten zinnoberroten Kordel.

Ein zweiter Pfiff ertönte, und fast gleichzeitig hörte er Schritte auf das Büro zukommen.

Jetzt wurde es ungemütlich.

Das Buch würde warten müssen. Fabián änderte seinen Plan und suchte einen Fluchtweg. Den Raum durch die Tür zu verlassen, durch die er hereingekommen war, erschien ihm tollkühn. Er blickte aus dem Fenster und entdeckte ein Außensims, das gerade breit genug war, um darauf zu gehen. Das war sicher die beste Möglichkeit. Eilig kletterte er nach draußen, schloss das Fenster so gut er konnte, und versuchte, das Gesicht zur Mauer gewandt, mit vorsichtig gesetzten Schritten die Ecke des Gebäudes zu erreichen, um die er genau in dem Moment verschwand, als die Männer hinausblickten, weil sie das halb geöffnete Fenster bemerkt hatten. Fabiáns Atem ging schnell. Das Buch an die Brust gepresst, hielt er sich so reglos wie möglich, nach Kräften bemüht, bloß nicht nach unten zu sehen. In dieser unbequemen und gefährlichen Haltung verharrte er nicht weniger als zwei Stunden, bis er keine Geräusche mehr vernahm und die beiden Kerle das Gebäude verlassen hatten und sich auf der Straße entfernten. Voller Angst tastete er sich wieder an der Fassade entlang zurück ins Büro. Schließlich beruhigte er sich, seine Beine hörten auf zu zittern, und er beschloss, das Gebäude sofort zu verlassen. Kaum war das geschafft, nahm er die erste Straße zu seiner Rechten und rannte los, um Tomás zu suchen.

Doch als er dort ankam, wo er seinen Begleiter vermutete, war keiner mehr da. Und als er sich nach seinem gefährlichen Abenteuer zu ihm nach Hause flüchten wollte, öffnete ihm niemand.

Er fühlte sich von Tomás verlassen, verzieh ihm aber. Was sie sich vorgenommen hatten, war eine gefährliche, eine sehr gefährliche Mission.

VI

Am nächsten Tag erstarrte Tarsicio förmlich, als Fabián in sein Amtszimmer spazierte. Trotz der vielen Jahre, die inzwischen verstrichen waren, erkannte er ihn sofort wieder. Er wurde erst kreidebleich, dann fingen seine Hände an zu schwitzen, und es endete damit, dass er wütend die Stimme erhob. Fabián brachte ihn mit einem Fausthieb zum Schweigen.

»Wie kommt Ihr denn hierher...?« Der Depositär versuchte zu entkommen, während er sich sein schmerzendes Kinn rieb, doch da streckte ihn sein Besucher schon mit einem zweiten Schlag nieder.

Fabián Mandrago hielt sich nicht mit langen Vorreden auf, sondern stürzte sich auf Tarsicio und zückte das aufschlussreiche Notizbuch, das er letzte Nacht gefunden hatte. Ausführlich hatte er sich mit jeder Zeile, jeder Anmerkung und jeder noch so winzigen Notiz beschäftigt. Hunderte von ordnungswidrigen Lieferungen waren darin aufgelistet, die zu verbotenen Zielen gelieferten Partien an Getreide, mit genauem Datum, der Menge, den an Dritte geleisteten Zahlungen, den Erpressungen und, das Interessanteste, mit den Initialen der darin hauptsächlich Verwickelten, sowie ein paar verschlüsselten Namen.

Die häufigsten hatte er sich gemerkt: weißer Adler, grauer Erpel und der dunkle Gelehrte.

Seit fast einer Stunde versuchte er nun schon, Tarsicio zum Reden zu bringen, indem er ihm eine ordentliche Tracht Prügel verpasste mit dem einzigen Ziel, die Namen der Personen aus ihm herauszubekommen, die sich hinter den Decknamen verbargen.

Er wollte wissen, wie das Geld aufgeteilt wurde, das sie mit dem verbotenen Handel erwirtschafteten, wer über die Ziele entschied, wo sie sich trafen, auf wen sie alles Druck ausübten, ob es sich dabei um wichtige Persönlichkeiten handelte, und außerdem jede andere Information, die für ihn nützlich sein könnte.

Er betrachtete den armseligen Wicht, der mit jeder weiteren Abreibung schwächer wurde und dessen Gejammer ihn kalt ließ. Er hatte beschlossen, dass er es ihm mit der gleichen Münze heimzahlen würde, mit der er ein paar Jahre zuvor selbst Bekanntschaft gemacht hatte.

Tarsicio schwieg noch immer eisern und zeigte mehr Stehvermögen, als Fabián ihm zugetraut hätte, doch schließlich kapitulierte er, um dem Martyrium ein Ende zu machen. Als die zweite Rippe brach, begann er zu reden …

»Habt Erbarmen! Hört auf, mich zu schlagen.« Tarsicio bekam kaum noch Luft.

»Gebt mir einen guten Grund!«

»Einem weiteren Schlag hält mein Brustkorb nicht stand …«

Fabián packte ihn am Kragen und kam seinem Gesicht so nah, dass er seinen Atem riechen konnte.

»Ich will wissen, wer sich hinter diesen verschlüsselten Namen verbirgt.«

»Das werde ich niemals verraten, tötet mich, wenn Ihr wollt.« Erneut zuckte er zusammen und holte vorsichtig Luft. »Wenn ich rede, dauert es keinen Tag, bis sie mich umbringen.«

»Sie? Verfluchter Idiot … Entweder gebt Ihr ein paar Informationen preis, oder ich schwöre Euch, dass Ihr jetzt gleich Euren letzten Seufzer tun werdet.«

Starr vor Entsetzen sah Tarsicio ihn an. Ihm wurde klar, dass er tatsächlich etwas erzählen musste, sonst hätte sein letztes Stündlein geschlagen.

»Wenn ich Euch ein paar Einzelheiten über ihr jüngstes Geschäft berichte, lasst Ihr mich dann in Frieden?«

»Vielleicht …«

Stockend, in manchen Momenten nach Luft ringend, erzählte er ihm nun eine erstaunliche Geschichte über den Diebstahl einiger Pferde aus dem Kartäuserkloster Santa María de la Defensión vor zwei Monaten. Die Pferde waren nach Jamaika verschifft worden, wo ein reicher Plantagenbesitzer namens Blasco Méndez de Figueroa sie gekauft hatte.

»Wenn Ihr Beweise für diesen Diebstahl haben wollt, dann müsst Ihr dort danach suchen.«

Obwohl er seine Zweifel hatte, dachte Fabián, dass dies vielleicht nicht die schlechteste Spur sei. Und etwas anderes war aus Tarsicio ohnehin nicht mehr herauszuholen, da dieser das Bewusstsein zu verlieren drohte. Er wog die Möglichkeiten ab, die sich ihm dadurch boten. Wenn er beweisen konnte, dass jene Pferde früher dem Kloster gehört hatten, brauchte er nur noch zwei und zwei zusammenzuzählen, um auf die Leute zu kommen, die dahintersteckten. Er beschloss, nach Jamaika zu fahren, auch wenn er vorerst nicht das Geld dafür hatte.

Wie er so vor dem halb toten Tarsicio stand, überlegte er hin und her, wie die kostspielige Reise zu finanzieren sei. Das Erste, was ihm in den Sinn kam, waren die Kartäuser. Wenn sie durch diesen Pferdediebstahl den größten Schaden erlitten hatten, waren sie vielleicht bereit, seine Ausgaben zu übernehmen. Um sich Klarheit zu verschaffen, beschloss er, nicht lange mit einem Besuch im Kloster zu warten. Gleich am Nachmittag würde er es aufsuchen.

Er versuchte noch, irgendeine andere Information aus dem übel zugerichteten Depositär herauszulocken, doch in seinem derzeitigen Zustand gelang es dem Mann kaum mehr, Atem zu holen.

Bevor Fabián ging, versetzte er ihm einen letzten Tritt auf den Brustkorb, sodass Tarsicio das Bewusstsein verlor.

Einige Stunden später kletterte Fabián von dem Wagen, der die Post zwischen Sanlúcar und Jerez beförderte und am Ufer des Río Guadalete hielt, ganz in der Nähe der Klosterpforte. Dort traf er auf einen beleibten Mönch, der ihn freundlich empfing.

»Folgt mir, ich selbst werde Euch in das Arbeitszimmer unseres Priors Don Bruno de Ariza begleiten. Wie soll ich Euch vorstellen?« Noch ehe Fabián antworten konnte, stellte er ihm schon die nächste Frage. »Und welches Anliegen führt Euch an diesen heiligen Ort?«

Unterwegs begegnete ihnen ein schmächtiger Kartäuser, der unter Mühen einen Sattel schleppte.

»Sagt ihm, dass ich Inspekteur der *Saca* war und Fabián Mandrago heiße. Ah, und Ihr könnt ihm ankündigen, dass mein Besuch mit dem Diebstahl der Pferde in Zusammenhang steht. Die Sache müsste schon länger her sein, wenn ich mich nicht irre … Ich weiß, wo sie sich derzeit befinden, und möchte dorthin reisen.«

Der Mönch zog seine Kapuze vom Kopf und wandte sich zu ihm um.

»Seid Ihr sicher …? Stimmt es, was Ihr da sagt?« Der Mönch geriet beinahe ins Stammeln. »Ihr wisst, wo diese Pferde sind?« In seinen Augen flackerte eine ungewöhnliche Unruhe auf, wie Fabián verwundert bemerkte. »Es … es ist sehr wichtig für mich. Verzeiht, ich habe mich Euch noch gar nicht vorgestellt. Mein Name ist Camilo, ich bin der Padre Prokurator dieser Kartause und zu dem Zeitpunkt, da diese Tiere verschwanden, unterstanden sie meiner Obhut. Versteht Ihr nun mein Interesse? Seitdem ist viel Zeit vergangen, doch was in jener Nacht geschah, war für uns alle sehr schrecklich …«

Fabián bemerkte, dass der Mönch ängstlich klang, konnte sich aber nicht erklären, warum. Er suchte in seinem Blick nach einer Antwort, doch sein Begleiter vermied es, ihn anzusehen.

»Wie ich sehe, ist diese Angelegenheit für Euch von großer Bedeutung.«

»Ihr habt recht, ich selbst habe die Pferde auf den Weiden Córdobas ausgewählt. Sie sollten dafür sorgen, dass ein großer Traum dieser Kartause in Erfüllung geht, und aus diesem Ort die beste Pferdezucht in der ganzen Region machen. Ich habe nach den edelsten Zuchthengsten gesucht, die prächtigsten Stuten ausgewählt und mich verpflichtet, aus unserem Bestand eine Pferdezucht zu machen, wie man weit und breit keine bessere findet. Doch kaum waren die Tiere angekommen, verschwanden sie … Nun versteht Ihr sicher, warum sie mir soviel bedeuten.«

Für gewöhnlich täuschte Fabián sein erster Eindruck nicht, und in diesem Moment empfand er den Mönch als rechtschaffen und verantwortungsbewusst, zwei Tugenden, die er sehr schätzte. Vielleicht dachte er deshalb nicht weiter darüber nach und beschloss, Camilo zu erzählen, was er ursprünglich mit dem Prior hatte bereden wollen.

»Ich habe herausgefunden, dass Eure Pferde nach Jamaika gebracht worden sind.«

Bruder Camilo spürte, wie sein Herz aussetzte.

Die Nachricht erklärte das spurlose Verschwinden der Tiere. Doch das war es nicht, was ihn am meisten beschäftigte, sondern ob es auch Yago dorthin verschlagen haben könnte… Diese Frage brachte ihn schier um den Verstand, er musste einfach wissen, was mit dem Jungen war, wie es ihm in der langen Zeit ergangen war und wo er steckte. Fast hätte er sich dem Mann offenbart, doch er hielt sich gerade noch zurück. Die Gedanken türmten sich in seinem Kopf, und er hatte nicht die Zeit, sie zu ordnen. Offenkundig bot sich ihm eine unwiederbringliche Gelegenheit, aber es war vielleicht unvernünftig, seine persönlichen Interessen mit denen des Klosters zu vermischen. Daher beschloss er, sich zurückzuhalten. Doch seine Standhaftigkeit verlor sich rasch, als er nur noch ein Gloria von der Tür des Priors entfernt war. Er kam zu dem Schluss, dass er nichts unversucht lassen sollte, um bei der Unterhaltung ebenfalls anwesend sein zu können.

»Und Ihr sagt, sie sind in Jamaika …«

Camilo täuschte ein leichtes Unwohlsein vor, was ihn an einer Säule Halt suchen ließ. Er wollte etwas Zeit gewinnen. Er musste mit diesem Mann unbedingt alleine sprechen, von ihm direkt die Informationen erhalten und nicht aus zweiter Hand über den Prior. Deshalb entschloss er sich zu einer Lüge.

»Mir fällt gerade ein, dass der Prior Euch erst morgen empfangen kann, oder vielleicht auch erst … Was für ein Umglück!« Er fasste sich mit der Hand an den Kopf. »Ich hatte ganz vergessen, dass er eine Reise nach Cazalla de la Sierra unternimmt, wo wir ebenfalls eine Kartause haben. Wenn er Euch jetzt empfinge, würde das seine Abreise verzögern. Das würde er mir nicht verzeihen und Euch auch nicht.«

»Was für ein Jammer!« Fabián ahnte nichts von seiner List. »Die Wahrheit ist, dass ich dringend mit ihm sprechen muss, und ich habe auch nicht viel Zeit, weil das Schiff …« Er ließ den Satz in der Schwebe. »Glaubt mir, es wäre für alle ein großer Schaden, wenn ich ihm meinen Vorschlag nicht unterbreiten könnte. Wisst Ihr, wann er zurückkehrt?«

Camilo wählte seine Worte mit Bedacht, denn es wurde bereits dunkel, und schon bald würde es zur Vesper läuten. Er konnte den Gast nicht mehr für ein Gespräch in seine Zelle bitten, ohne dass es aufgefallen wäre. Doch er wollte unbedingt mit ihm reden. Er brauchte Zeit, um seine Gedanken zu ordnen und genauer zu erwägen. Besonders eine Idee ging ihm nicht aus dem Kopf, doch besser war es, darüber noch einmal nachzudenken, um nur ja nicht das Falsche zu tun.

»Wo könnte ich Euch morgen treffen?«

»Nun, in … tja, in … Sanlúcar.« Fabián konnte sein Befremden nicht verhehlen.

»Ich habe folgenden Vorschlag für Euch. Morgen muss ich aufgrund meines Amtes in die Stadt. Wir könnten uns dort, zu früher Stunde, treffen. Berichtet mir dann ausführlich und in allen Einzelheiten, was Ihr wisst und was Ihr von meinem Prior wollt. Da ich sein Vertrauter bin, werde ich ihm alles wahrheitsgemäß überbringen, sobald er wieder zurück ist. Ich kenne ihn ziemlich gut, deshalb könnte ich Euch sicher von Nutzen sein. Und ich könnte Euch wahrscheinlich schon im Vorhinein sagen, wie seine Antwort ausfallen wird, sofern Ihr mir ein paar Anhaltspunkte gebt. Was meint Ihr?«

Fabián gefiel der Vorschlag. Vielleicht gelangte er so schneller ans

Ziel, als wenn er auf die Rückkehr des Priors wartete. Außerdem hatte dieser Camilo gesagt, er sei der Padre Prokurator der Kartause, daher war er sicher bestens über die finanzielle Lage des Klosters im Bilde und konnte ihm auch offenbaren, ob eine Unterstützung für ein solches Unterfangen wie seines möglich wäre. Er verschwendete also auf keinen Fall seine Zeit, wenn er mit ihm sprach, obwohl das letzte Wort natürlich der Prior hatte.

»Morgen ist Mittwoch, wie wäre es mit einem Treffen auf dem Marktplatz?«, schlug Fabián vor. »Um neun?«

Camilo war einverstanden und begleitete ihn eilig, fast schon im Laufschritt, zur Klosterpforte. Wenn nun der Prior auftauchte? Doch er hatte Glück und konnte den Mann ohne Zwischenfall verabschieden.

Am folgenden Tag, vor dem wöchentlich auf dem Hauptplatz von Sanlúcar stattfindenden Markt, verbarg Camilo sein Gesicht unter der weiten Kapuze seines Habits. Er verscheuchte ein paar lärmende Hühner, damit die starken Kopfschmerzen, die ihn plagten, nicht noch schlimmer wurden. Sie rührten von der letzten Nacht, in der er kaum Schlaf gefunden hatte. Seit dieser Mann aufgetaucht war, handelte er unbedacht. Gestern Abend war er während der Gebete nicht bei der Sache gewesen, heute Morgen seinen Verpflichtungen nicht nachgekommen, und das Schlimmste könnte sich erst noch ereignen, wenn er die Idee weiterverfolgte, die ihm die ganze Zeit durch den Kopf ging.

Die Marktstände begutachtend lief er auf und ab, als ihm plötzlich jemand auf die Schulter klopfte.

»Bruder Camilo?«

Nachdem die unverzichtbaren Präliminarien für eine Unterhaltung von so großer Tragweite erledigt waren, lauschte Camilo über eine Stunde Fabiáns Bericht. Dieser musste haarklein jedes Detail schildern, das er über den Diebstahl in Erfahrung gebracht hatte, darüber hinaus erklären, welche Rolle er bei dem Ganzen spielte, welche Beweggründe und wirtschaftlichen Vorteile die Anstifter auf Grund der herrschenden Gesetze der *Saca* hatten, und wer, allem Anschein nach, in Jamaika die gestohlenen Pferde gekauft hatte. Damit waren fast sämtliche Fragen Camilos geklärt, doch er vermochte sich einfach nicht vorzustellen, wer hinter einem so schmutzigen Geschäft stecken könnte.

Fabián kam darauf zu sprechen, welche Rolle den *Vierundzwanzig* bei dieser Angelegenheit zukam.

»Jetzt sehe ich ihre Vorbehalte, als sie erfuhren, dass wir Pferde züchten wollen, natürlich in einem ganz anderen Licht ...« Einer von ihnen hatte sein Gut nebenan, und er erinnerte sich an die widerliche Szene, die dessen Tochter in Yagos Gegenwart aufgeführt hatte.

Hochzufrieden mit diesen Informationen und trotz des inzwischen gegenseitigen Vertrauens, zog Camilo es jedoch vor, den Jungen noch nicht zu erwähnen.

»Die Angelegenheit drängt, denn augenblicklich besteht mein oberstes Interesse darin«, fuhr Fabián fort, »zu überprüfen, ob diese Pferde tatsächlich Eure sind. Und aus diesem Grund möchte ich so schnell wie möglich nach Jamaika reisen, und darüber müsste ich dringend mit Eurem Prior sprechen.«

»Ich kann mir nicht vorstellen, welchen Vorschlag Ihr meinem Oberen unterbreiten wollt, noch wie wir Euch in dieser Angelegenheit behilflich sein können ...«

Fabián holte tief Luft, denn nun, das wusste er, kam er zum schwierigsten Teil seiner Mission. Der fragende Blick des Mönches, sein offenkundiges Interesse und seine aufrichtige Art ermunterten ihn, frank und frei zu sagen, was er wollte.

»Leider verfüge ich nicht über die erforderlichen Mittel für eine solche Reise. Ich hatte das Geld, aber aus anderen Gründen, die nichts zur Sache tun, habe ich es verloren. Die Sache ist deshalb so dringlich, weil das nächste Schiff zu dieser Insel schon in zwei Wochen ausläuft. Das habe ich gestern Morgen erfahren ...« Seine

Stimme wurde ernst. »Ich habe mir überlegt, ob nicht vielleicht Euer Kloster bereit wäre, mir bei dieser Reise pekuniär unter die Arme zu greifen ... Denn wenn es mir gelänge, die Tiere zu finden, könnte ich sie zurückholen und ...«

Bevor er den Satz beenden konnte, fiel Camilo ihm ins Wort.

»Könnte ich Euch begleiten?«

Die ganze Nacht hatte er darüber nachgedacht. Seit er den Namen der Insel zum ersten Mal gehört hatte, wollte ihm der Gedanke, sich auf ein Abenteuer wie dieses einzulassen, nicht mehr aus dem Kopf. Die Möglichkeit, Yago dort zu finden, wie abwegig es auch erscheinen mochte, rechtfertigte in seinen Augen alles.

»Ihr?« Fabián sah ihn bass erstaunt an. »Verzeiht, aber warum wollt Ihr mich begleiten? Würde Euer Prior Euch denn ziehen lassen?«

Bruder Camilo war sich mehr als sicher, dass er nicht mit dem Placet seines Oberen rechnen konnte, und er war sich auch bewusst, dass er dafür viele Regeln würde missachten müssen, oder besser gesagt alle ...

»Nein, ich glaube nicht. Und da ich ihn kenne, weiß ich auch, dass er Euch das Geld nicht leihen würde ...«

Camilos letzte Worte raubten Fabián alle Hoffnung.

»Das war zu erwarten ...«, murmelte er.

»Doch ich kann besorgen, was Ihr braucht. Ich weiß nicht, an welche Summe Ihr gedacht habt, doch ich gehe davon aus, dass Ihr viele Escudos benötigt, denn zum Preis für die Überfahrt kommen ja noch die Ausgaben auf der Insel: Pferde, Führer ...«

Fabián kam aus dem Staunen nicht heraus.

Das überraschte Camilo nicht, doch er wollte mit allen Mitteln an seinem Versprechen und seiner Aufgabe festhalten, für die Kartause die besten Pferde zu züchten.

»Diese Tiere sind für mich zu einer sehr persönlichen Angelegenheit geworden. Ich weiß, dass der Prior es mir nicht erlauben wird und mein Vorschlag Euch merkwürdig erscheinen mag, doch ich gehöre zu denen, die keine halben Sachen machen. Wenn ich etwas beginne, muss ich es auch zu Ende bringen ... und ich will diese Pferde zurückhaben, egal wie ...«

Fabián erkannte sich in Camilos pflichtgetreuer und beharrlicher Art wieder. In dieser Hinsicht ähnelten sie sich sehr.

»Ganz im Gegenteil, ich verstehe Euch.«

»Zudem wäre ich Euch von großem Nutzen. Wer könnte die Pferde besser wiedererkennen als ich? Ich habe jedes Einzelne selbst in Córdoba gekauft. Darunter ist ein Guzmán, ein wunderschöner Hengst, den ich selbst mit geschlossenen Augen identifizieren könnte, egal wie sehr sie sein Brandzeichen zu verändern versucht haben. Und Ihr könnt gewiss sein, dass sie das in jedem Fall probiert haben.«

Fabián dachte an die Vor- und Nachteile, die dieser Vorschlag mit sich brachte. Tatsache war, dass er unbedingt auf jenes Schiff musste. Und wahrscheinlich wäre der Prior seinen Plänen gegenüber nicht so aufgeschlossen wie dieser Mönch.

»Wie viel könntet Ihr auftreiben?«

»Würden Euch fünfhundert Golddukaten genügen?«

VII

Blasco Méndez de Figueroa besaß riesige Baumwollpflanzungen, die größte Zuckerrohrproduktion der Insel und Pferdeställe, in denen jährlich mehr als dreihundert Fohlen zur Welt kamen. Außerdem zweihundert Sklaven, ein oben auf einem Hügel gelegenes, wunderschönes Herrenhaus, Hunderte *aranzadas* mit Obstbäumen, Vieh und viele wertvolle Kunstwerke, Möbel und Keramiken.

Er rühmte sich, alles zu bekommen, was er sich wünschte, und just an jenem Morgen erwartete er gespannt die Ankunft seiner letzten Neuerwerbung: die Frau, mit der er all das gemeinsam genießen wollte.

Sie hieß Carmen Bartelli und war eine bildschöne Neapolitanerin mit goldblondem Haar, die nach einer sehr langen und anstrengenden, zweieinhalb Monate dauernden Seereise nun im Begriff war, auf der Insel zu landen. Sie war achtzehn Jahre alt, und die Heirat per procura hatte einige Wochen zuvor in Neapel stattgefunden.

Sie kannte ihren zukünftigen Gatten nicht persönlich, hatte lediglich ein Porträt erhalten, eine kleinformatige Zeichnung, auf der nicht viel zu erkennen gewesen war. Ihre Heirat hatte der Vizekönig von Neapel persönlich verfügt, denn ihr Vater, Domenico Bartelli, schuldete ihm einen großen Gefallen. Der Vizekönig hatte ihren Vater in einer ernsten Angelegenheit, in der es um gewisse Wirtschaftsverträge ging, in Schutz genommen. Wenn die Sache dem Kaiser zu Ohren gekommen wäre, hätte sie Domenico mindestens eine Anklage wegen Hochverrats eingebracht. Dieses Stillschweigen, das ihm Don Pedro Álvarez de Toledo y Zúñiga geschenkt hatte, verdankte er eher ihrer Freundschaft denn dessen Machtposition als spanischer Vizekönig von Neapel.

Die junge Carmen, die keine andere Wahl hatte als diese Ehe einzugehen, drohte anfänglich an ihrem Schicksal zu verzweifeln. Doch in dem Maße, wie diese Gewissheit in ihrem Kopf nach und nach Gestalt annahm, änderte sie ihre Meinung. Der Grund dafür war vielleicht ihr jugendliches Alter, hinzu kam ein abenteuerlustiges Naturell beziehungsweise eine ausgeprägte romantische Ader. Ob nun aus dem einen oder dem anderen Grund, auf jeden Fall begann sie schon bald, sich in ihrer Vorstellung ein exotisches und aufregendes Bild von ihrem Ehemann zu zeichnen, wie überhaupt von ihrem zukünftigen Leben an jenem fernen Ort. Sie sah sich schon als Prinzessin in einem malerischen und riesengroßen Schloss, stets von Bediensteten umgeben, die ihr jeden Wunsch von den Augen ablasen, glücklich bis an ihr Lebensende. Die Bilder, die sich in ihrem Kopf festsetzten, ähnelten mit der Zeit den Märchen, die ihre Mutter ihr früher als kleines Mädchen so oft erzählt hatte: Geschichten, die stets von großer Liebe und einem glücklichen Leben handelten. In ihrem Fall wäre der Schauplatz eine verwunschene, ferne Insel, wo sie mit einem zuvorkommenden und gut aussehenden Gemahl lebte, der sie begehrte und ihren Kindern der beste Vater war, ihr ein treuer Freund und überaus aufmerksamer Liebhaber …

Von dieser Vorstellung gefangen, und nachdem sie hunderte Male das Porträt betrachtet hatte, endete es schließlich damit, dass sie sich in ihn, in seine noble und elegante Erscheinung, in seinen betörenden Blick verliebte und beschloss, er sei der Mann ihrer Träume.

Carmens Familie versicherte sich der Dienste eines deutschen Adligen mit Namen Volker von Wortmann, der das Mädchen sicher nach Jamaika begleiten sollte. Volker war Hauptmann der Kavallerie und Kommandant der Leibgarde des Vizekönigs von Neapel. Jener hatte nicht gezögert, zum Schutz der jungen Braut seinen besten Mann zur Verfügung zu stellen.

Der Deutsche war von Kopf bis Fuß Offizier. Jede Pore seines Wesens verströmte diesen Geist, sodass es schwerfiel, den Mann dahinter zu entdecken. Als Mensch war er aufrecht, durch und durch loyal, vollkommen selbstlos und – er besaß einen eisernen Willen.

Von klein auf in der Kunst des Kriegshandwerks unterwiesen, hatten sich in seinem Charakter die wichtigsten soldatischen Tugenden ausgeprägt: Mut, Disziplin und Gehorsam. Aus diesem Grund waren ihm bei anderen Männern Nachlässigkeit, mangelnder Einsatz oder Desinteresse zuwider. Wenn er bei anderen mit diesen Eigenschaften konfrontiert wurde, versuchte er sie von ihrer Einstellung zu kurieren. In seinen Augen handelte es sich nicht nur um Schwächen, sondern um wahre Dämonen, die keinem Mann gut anstanden.

Volker hatte ein ungestümes Temperament, und überdies war er starrköpfig. Wenn es um die Erfüllung seiner Pflichten ging, wurde er niemals müde, doch ließ er sich nie von seinen Gefühlen hinreißen, die seiner Ansicht nach die großen Verbündeten menschlicher Schwäche waren.

Man hatte ihn gelehrt zu handeln, zu gehorchen und zu kämpfen. Außerhalb dieses Rahmens fühlte er sich verloren. Vielleicht hatte er deshalb niemals den Umgang mit Damen gelernt, und noch weniger, ihnen den Hof zu machen. Prinzipiell schied alles aus, was nicht in sein Denkmuster passte, und überdies fehlte es ihm an Spontaneität. Er war ein Mann weniger Worte, der nicht viele Freundschaften pflegte, doch das störte ihn keineswegs. Der Krieger in seinem Inneren spiegelte sich auch in seiner äußeren Erscheinung wider. In Mainz, am Ufer des wasserreichen Rheins geboren, hatte Volker viel arbeiten müssen, bevor er sein Zuhause verließ. Er war hochgewachsen, größer als die meisten und von kräftiger Statur, hatte muskulöse Arme und Beine und einen breiten Brustkorb mit entsprechenden Schultern. Sein dichtes, dunkles und lockiges Haar, die großen grünen Augen und seine eher klassischen Gesichtszüge entsprachen so gar nicht dem üblichen deutschen Typ mit heller Haut und blondem Haar.

Carmen hatte – im Gegensatz zu Volker – eine vornehme Ausbildung in unterschiedlichen Fächern genossen, die vordergründig eher für Männer als für ein zartes Fräulein geeignet schienen. So hatte es ihr Vater gewollt, denn er vertrat die Ansicht, dass die Beziehung zu einer Frau, wenn sie intelligent und aufgeweckt war, sehr viel gesünder und dauerhafter sein konnte, als wenn man nur Schönheit und Schlichtheit bei ihr suchte. Aus diesem Grund musste Carmen neben ihrer Muttersprache Italienisch auch noch Spanisch, Deutsch und Französisch erlernen. Zusätzlich erhielt sie Unterricht in Literatur, Musik und anderen schönen Künsten, und zudem übte sie sich gewissenhaft im Bogenschießen und Reiten.

Mit Volker unterhielt sie sich stets auf Deutsch, und da auf dem Schiff niemand sonst diese Sprache beherrschte, entwickelte sich zwischen ihnen eine Art komplizenhaftes Verhältnis.

Carmen war derart in ihre Bücher und ihr Studium vertieft gewesen, dass sie die Liebe bislang kaum kennengelernt hatte, und trotz ihrer achtzehn Lenze vollkommen unerfahren war, was Männer anging.

Da sie auf dem Schiff viel Zeit zum Nachdenken hatte, verflüchtigten sich nach und nach ihre spärlichen Gewissheiten in Bezug auf ihre Ehe, und sie begann allmählich mit Angst an ihre Zukunft zu denken, die sie zuvor insgeheim noch als aufregendes Abenteuer betrachtet hatte. In ihren Träumen suchte sie vor ihren Beklemmungen Zuflucht, doch auch dort fand sie keinen Trost. Sie wusste einfach nicht, was sich ihr Gemahl von ihr wünschte, und ebenso nicht, ob sie ihm Kinder würde schenken können. Eigentlich wusste sie gar nichts über diesen Mann, mit dem sie nun ihr Leben teilen würde. Sicher bedurfte es einiger Zeit, sich aneinander zu gewöhnen, seine Vorlieben zu entdecken und ihn kennenzulernen, auch die angemessene Art der Konversation miteinander. Von allen Gedanken, die ihr durch den Kopf gingen, bedrückte sie vielleicht am meisten, dass sie bis dahin noch nie einen Mann geküsst hatte und dass sie nur sehr wenig über die Regeln der Liebe wusste.

Eines Nachmittags, sie waren nur noch zwei Tage von ihrem Bestimmungshafen entfernt, hielt sie es nicht länger aus und vertraute sich Volker an.

»Ich bin nicht sicher, ob ich wirklich ankommen will … und auch nicht, ob ich meinem Gemahl tatsächlich begegnen möchte …« Ihre mandelförmigen Augen suchten im Blick des Deutschen nach Verständnis.

Doch Volker war auf eine solche Unterhaltung nicht erpicht.

»Ich weiß nicht, was ich Euch dazu sagen soll, denn es dürfte Euch bereits aufgefallen sein, dass ich in Herzensangelegenheiten nicht sonderlich bewandert bin …« Er hätte, seinem Naturell entsprechend, von Pflichterfüllung sprechen können, vom heiligen Bund, den sie durch ihr Jawort eingegangen war, doch er hielt sich zurück. »Ich habe versprochen, Euch zu ihm zu bringen, Carmen, und Ihr dürft gewiss sein, dass ich meinen Auftrag erfülle.«

Sie war enttäuscht. Die Ungezwungenheit, mit der sie ihn angesprochen hatte, rechtfertigte keine so abweisende Antwort. Sie hatte doch lediglich ihre Befürchtungen mit ihm teilen wollen.

»Hat Euch schon einmal vor etwas gegraut?«, fragte sie und schenkte ihm eine Tasse Kamillentee ein. Ohne eine Antwort abzuwarten, setzte sie sich neben ihn und fuhr fort. »Mir niemals … doch jetzt schon. Ich habe alles zurückgelassen, um mich in die Arme eines Mannes zu werfen, den ich, um ehrlich zu sein, mir schöngeredet habe, um guten Mutes die Ehe schließen zu können. Aber wenn er nicht so ist, wie ich ihn mir ausgemalt habe? Wenn alle meine Träume gleich bei seinem Anblick zerplatzen? Wenn mich nun Unzufriedenheit und Unglück erwarten, ein Leben ohne jemanden, auf den ich vertrauen kann?« Bald verschleierten Tränen ihren von Kummer getrübten Blick.

Volker wand sich nervös. Es bedrückte ihn, dass er nicht wusste, was er tun oder sagen sollte. Carmens Verletzlichkeit löste ungeahnte Empfindungen in ihm aus, den Wunsch, sie zu beschützen, ja, er war sogar versucht, sie in die Arme zu nehmen, doch im letzten Moment hielt er sich zurück. Niemals zuvor hatte er den Geständnissen einer Frau gelauscht. Und keine hatte ihm je ihr Herz ausgeschüttet, so wie sie es gerade tat. Er verstand ihre Lage, doch das änderte nichts. Man hatte ihn beauftragt, sie auf der Reise zu begleiten und zu beschützen – mehr nicht. Er antwortete mit einer Frage.

»Ihr wollt also nach Neapel zurückkehren?«

Sie trank einen Schluck Tee, stellte die Tasse ab, erhob sich von ihrem Platz und ging hinüber zum Bullauge der Kabine. Über dem Heck des Schiffes zeigten sich feine Schaumkronen. Beunruhigt seufzte sie. Es fiel ihr nicht leicht, eine Antwort zu finden.

»Ich würde lügen, wenn ich sagte, ich wüsste, was ich will. Ich bin mir keineswegs sicher. Doch ich möchte Euch um einen Gefallen bitten …« Als sie sich umdrehte, ließ der Lichtstrahl, der auf ihren blassen Teint schien, ihre Schönheit aufleuchten. »Ich kenne Eure Order nicht, doch ich bitte Euch, bleibt ein paar Wochen länger auf der Insel, in meiner Nähe. Stellt Euch vor, dass mein Gemahl nicht so interessant ist, wie ich es mir ausgemalt habe, oder mich womöglich schlecht behandelt. Ein ganzes Leben an seiner Seite verbringen zu müssen, wäre die Hölle. Wenn Ihr mich allein auf Jamaika zurücklasst, werde ich niemals wieder von dort fortkommen.«

Bevor Volker antwortete, dachte er gut nach.

»Ich bleibe, bis ich Euch sicher weiß. Wenn ich es nicht täte, verletzte ich die Weisungen Eures Vaters. Und ich hätte kein ruhiges Gewissen.«

VIII

Auf der Plantage Bruma Negra war alles dafür vorbereitet, Don Blascos Gemahlin würdig zu empfangen.

Seit Wochen waren die Bediensteten damit beschäftigt, das Herrenhaus von oben bis unten zu putzen und sämtliche Vorbereitungen zu treffen, damit für den großen Tag auch wirklich alles perfekt war.

Fast wäre die voller Spannung erwartete Carmen Bartelli zur selben Zeit wie Don Luis Espinosa eingetroffen. Den Mann aus Jerez hatten vor zehn Tagen zwei Gründe nach Jamaika geführt: Er wollte mit einer wichtigen Persönlichkeit der Insel, die dem Gouverneur sehr nahe stand, einen Vertrag abschließen, der bei Erfolg seine Gewinne in schwindelerregende Höhen treiben würde. Darüber hinaus wollte er sich persönlich vergewissern, wie Don Blasco, der einer seiner besten Kunden war, die letzte Lieferung mit den aus der spanischen Kartause gestohlenen Pferden gefallen hatte.

Über die erste Angelegenheit hatte Luis trotz der vertrauten Beziehung, die ihn mit dem Plantagenbesitzer verband, Stillschweigen bewahrt, denn Luis wollte nicht, dass dieser sich womöglich einmischte und dafür ein hübsches Sümmchen einstrich. Doch als man auf die Pferde zu sprechen kam, nahm das Gespräch eine ungeahnte Wendung. Blasco warf ihm vor, nicht die gewünschte Zahl von Tieren geliefert zu haben. Zudem seien sie bei ihrer Ankunft in einem erbärmlichen Zustand gewesen. Luis' Entschuldigungen machten alles nur noch schlimmer, und Blasco ließ keinen Zweifel daran, dass er den Betrag, den zu zahlen er gedachte, noch weiter mindern wollte.

»Sieh mal, Luis«, sagte er mit ruhiger, aber fester Stimme, »die

Strapazen während der Überfahrt sind kein gutes Argument, denn schließlich ist es nicht das erste Mal, dass du Pferde verschiffst. Für den Preis, den du verlangst, hättest du bei den Vorbereitungen mehr Sorgfalt als gewöhnlich walten lassen sollen. Du weißt sehr gut, dass man mit mir, wenn man verdienen will, auch mal verlieren können muss … Und dieses Mal bist du an der Reihe …« Als der andere protestieren wollte, hielt er ihm den Mund zu. »Schweig still, und du behältst mich als Kunden! Rede, dann such dir einen anderen.« Mit seinen blauen Augen starrte er so lange in Luis' bläulich schimmernde, bis die Miene des Spaniers sich schließlich entspannte und er die Bedingungen akzeptierte.

Nachdem diese Hürde genommen war und sie zu einer Einigung gelangt waren, fand Blasco zu der ihm eigenen Herzlichkeit zurück. So lud er Luis ein, während seines Aufenthaltes auf der Insel sein Gast auf Bruma Negra zu sein – ein Angebot, das Luis gerne annahm.

Jeden Morgen streiften sie über die Plantage und genossen die ersten, noch nicht so starken Sonnenstrahlen. Stets führten sie Pfeil und Bogen mit sich für den Fall, dass sich eine Gelegenheit zum Jagen ergab. In jenem Klima war die schwüle Hitze gegen Mittag schon nahezu unerträglich, sodass man jede Tätigkeit außerhalb des Hauses, wo es deutlich angenehmer war, tunlichst vermied.

Umgeben von einer atemberaubend schönen Landschaft genossen sie ihre Ausritte, bei denen sie sich auf das Angenehmste über Gott und die Welt unterhielten. So erfuhr Luis, was alles auf der Insel angebaut wurde, man besprach die Lage der Krone in Spanien, wobei vor allem die letzten kriegerischen Auseinandersetzungen im Vordergrund standen, oder man plauderte über gemeinsame Freunde. Und eines Morgens stand Blascos Vermählung im Mittelpunkt.

»Es ist Eure erste Ehe, nicht wahr?« Don Luis ritt eine prächtige, rotschwarze Stute, die, so hatte ihm sein Gastgeber erläutert, von einem der sechzehn Hengste abstammte, mit denen Hernán Cortés und seine Männer das Aztekenreich erobert hatten.

»Nein, nein, es ist nicht meine erste. Ich bin seit fünf Jahren Witwer. Ein gefährliches Fieber, das man hier auf der Insel Grippe nennt, hat meine erste Gemahlin innerhalb kürzester Zeit dahingerafft. Doch, ganz im Vertrauen, wir beide haben uns nie sonderlich gut verstanden. Sie hatte ein unberechenbares Temperament, war sehr spröde und nicht besonders leidenschaftlich. Unsere Begegnungen, Ihr wisst schon, was ich meine, versiegten nach weniger als sechs Monaten, und die Kluft zwischen uns wurde mit jedem Tag größer. Wir hatten uns erst kurz vor der Hochzeit kennengelernt, doch bald nach der Vermählung zeigte sie ihr wahres Gesicht. Wie Ihr seht, war es eine Geschichte, deren Anfang und Ende zu nahe beieinanderlagen, meint Ihr nicht auch?«

»Und wie heißt Eure neue Gefährtin?«

»Carmen Bartelli, sie ist Neapolitanerin und nach allem, was ich höre, eine echte Augenweide.«

Don Luis stutzte, als er den Nachnamen hörte, doch er enthielt sich jeglichen Kommentars und erwähnte auch nicht, dass er ihren Vater, Domenico Bartelli, sehr gut kannte. Mit ihm unterhielt er gewisse und sehr spezielle Abmachungen, die gerade die ersten Erlöse abwarfen, jedoch absolute Diskretion verlangten.

»Ich kenne Neapel und muss sagen, die Frauen dort sind wunderschön. Sicher habt Ihr dieses Mal mehr Glück.«

Als sie sich gerade einer kleinen Anhöhe näherten, trafen sie auf eine Kolonne Sklavinnen auf dem Weg zu den Zuckerrohrfeldern. Einige waren fast nackt. Sie verströmten einen derart üblen Geruch, dass Luis sich die Nase zuhielt.

Sie hielten die Pferde an, um die rund zwanzigköpfige Gruppe passieren zu lassen. Respektvoll grüßten sie die beiden Männer und nahmen die breitrandigen Hüte ab, die sie vor der Hitze schützten. Darunter kamen verhärmte Gesichter zum Vorschein und einige ängstliche, manchmal flehentliche Blicke. Blasco betrachtete sie voller Verachtung und spuckte aus, als sie an ihm vorbeizogen.

»Kann ich ganz offen zu Euch sein?« Obwohl Blasco sonst eigentlich nicht über persönliche Dinge sprach, übte er bei diesem Spanier keine Zurückhaltung.

»Ich hoffe, ich verdiene Euer Vertrauen ... Natürlich, sprecht!«

»Sklaven! Ich weiß nicht, was Ihr bei ihrem Anblick empfindet, doch mir fallen sie gehörig auf die Nerven. Natürlich braucht man sie, das ist klar, aber wenn ich sie nur sehe, wird mir schon schlecht.« Er schnalzte, damit sein Pferd sich wieder in Bewegung setzte, und suchte den von hundertjährigen Bäumen gesäumten Pfad.

»Meiner Ansicht nach hat der Besitz von Sklaven nur Vorteile: Sie arbeiten für Euch, beklagen sich nicht allzu sehr, kosten wenig und gehören Euch. Ihr könnt mit ihnen anstellen, was Ihr wollt ...«, meinte Don Luis. »Im Vertrauen, es muss doch ein erregendes Gefühl sein, zu wissen, dass sie Euer Besitz sind ...«

»Ich teile Eure Meinung in jeder Hinsicht, doch zu meinem Leidwesen sind sie keineswegs billig. Sie kosten mich ein Vermögen, und sie sind auch nicht mehr so lange einsatzfähig wie früher. Einige halten nicht einmal zwei Jahre durch.« Er schnalzte mit der Zunge. »Doch mit meinem Urteil bezog ich mich nicht auf den wirtschaftlichen Schaden, den sie verursachen, nein.« Er schwieg geraume Zeit und tat dann einen lauten Seufzer, als trüge er schwer an seinen Gedanken. »Ich empfinde eine tiefe Abneigung gegen sie, einen, ich muss es gestehen, heftigen Ekel ... Und wisst Ihr warum?« Ohne Luis Espinosas Antwort abzuwarten, fuhr er fort. »Weil ich ihre Schwäche hasse. Das ist es, ich verabscheue die Resignation, die ihr Denken beherrscht, ja, ihnen im Blut liegt ...« Oben auf einem Hügel angekommen, zügelte er sein Pferd, damit sie die weite grüne Landschaft betrachten konnten.

»Ich glaube, ich verstehe, was Ihr meint ...«, erwiderte Don Luis, doch da Blasco sich am liebsten selber reden hörte, ließ der Plantagenbesitzer ihn seine Gedanken nicht weiter ausführen, sondern ergriff erneut das Wort, um ihn an seinen Erinnerungen teilhaben zu lassen.

»Als ich Cortés begleitete, wurde ich von Indios gefangen genommen. Über mehrere Tage hinweg folterte man mich auf das Grausamste. Ihr habt sicher schon bemerkt, dass mir zwei Finger fehlen. Das habe ich ihnen zu verdanken. Doch das war das Einzige, was sie von mir bekommen haben, das schwöre ich Euch. Standhaft habe ich ausgehalten, an mich geglaubt und mich nicht bezwingen lassen. Als ich die Möglichkeit dazu hatte, bin ich weggelaufen. Und kurz darauf gelang es mir, mich für die erlittene Schmach zu rächen. Daher, obwohl die einen schwarzhäutige Sklaven sind und die anderen Indios, ekeln mich die einen wie die anderen gleichermaßen an. Und das liegt vor allem daran, wie ich Euch schon sagte, dass sie keinen Respekt vor sich selbst haben... Als ich Seite an Seite mit dem Eroberer kämpfte, haben meine Hände unzählige Azteken getötet sowie Ureinwohner anderer Stämme. Am Anfang fiel es mir sehr schwer. Vielleicht weil die christlichen Prinzipien so schwer auf mein Gewissen drückten, doch schon bald begann ich es als alltäglich zu empfinden, bis es mir irgendwann völlig gleichgültig war. Ab da genoss ich es regelrecht. Niemals hätte ich gedacht, dass es mir so sehr gefallen könnte, wenn ihr warmes Blut über meine Hände rann oder ich das schmatzende Geräusch hörte, das mein Schwert verursachte, wenn es in ihre Eingeweide drang.«

»Meiner Auffassung nach sind sie keine Menschen wie wir...«, pflichtete ihm Don Luis Espinosa bei.

Nachdem sie auf der Nordseite der Anhöhe wieder hinuntergeritten waren, folgten sie einem Weg, der an einem Steinbruch entlangführte. Don Luis' Aufmerksamkeit fiel auf ein halbes Dutzend ausgezehrter Männer, die widerwillig einen riesengroßen Felsbrocken bearbeiteten. Ihre schwarzen Leiber wirkten durch den Steinstaub, den sie selbst verursachten, fast hellgrau. Was jedoch sofort auffiel, war ein sehr junger Mann weißer Hautfarbe mit langem, struppigem Haar. Mit beiden Händen hielt er einen dicken Keil aus Eisen fest, mit dessen Hilfe sie den prächtigen Gesteinsblock spalteten. Drei andere Sklaven hämmerten aus unterschiedlichen Winkeln im Wechsel auf diesen Keil ein, was ein klingendes Geräusch erzeugte. Luis wollte fragen, wer dieser Sklave sei, doch er merkte, dass Blasco noch immer in das Gespräch mit ihm vertieft war, und so verschob er es auf ein anderes Mal.

»Wie ich Euch schon sagte, und nach meinem Dafürhalten«, fuhr Blasco mit seiner Erläuterung fort, »ist der Sklave zwischen den Tieren und uns Menschen einzuordnen. Deshalb empfinde ich auch keinerlei Gewissensbisse, wenn ich einen von ihnen töte. Die Gier nach Blut, die wir alle verspürten, als wir Seite an Seite mit Cortés kämpften, kann als Anfall von Wahnsinn aufgefasst werden, doch, Euch verrate ich es, bei mir fühlte es sich an wie eine interessante Form des Verlangens.« Neugierig sah er zu Luis hinüber. »Beeindruckt Euch, was ich erzähle?«

»Durchaus, seid gewiss!«, log dieser. Er persönlich verspürte einen Hunger nach Macht, doch ihn dürstete nicht nach Blut. Daher bereitete ihm der Tod auch kein Vergnügen, er sah ihn lediglich als Mittel zum Zweck. Es genügte ihm zu wissen, dass er es einsetzen konnte, wenn es ihm in den Sinn kam. Wieder sah er zu dem jungen weißen Mann hinüber. Dieser schien es zu bemerken, denn plötzlich hob er den Kopf und blickte ihn direkt an. Seine auffallend blauen Augen lösten in Luis ein sonderbares Gefühl aus, das er nicht zu deuten wusste.

Sein Gastgeber plauderte unterdessen unbeirrt weiter.

»In Tenochtitlán wurden wir Zeuge ihrer grausamen Rituale, während der sie ihre Tempel mit dem Blut ihrer Opfer färbten, denen sie, um sich die Götter gewogen zu machen, die Köpfe abschnitten.«

Don Luis hörte ihm zu, wollte sich aber gar nicht vorstellen, inwieweit diese Erlebnisse sich auf das Wesen des Plantagenbesitzers ausgewirkt hatten.

»Die Kirche behauptet das Gegenteil, doch ich, mein Freund, bin felsenfest davon überzeugt, dass die Indios ebenso wie die Sklaven keine Seele besitzen. Uns ermahnt man, weil wir sie halbnackt durch die Gegend laufen lassen und ihre fleischlichen Instinkte nicht zügeln, doch die Kirche erkennt einfach nicht, dass sie Tiere sind ... «

Sie kamen an einer jungen Nackten vorbei, deren pralle Brüste darauf hindeuteten, dass sie ein Kind stillte. Blasco zog ihr mit der Reitgerte eins über den Rücken. Die Frau schrie vor Schmerz auf, doch er verpasste ihr ungerührt zwei weitere Hiebe, wobei er sie Faulenzerin schimpfte.

»Seht Ihr, was ich meine? Niemals geben sie dir Kontra oder versuchen, den Züchtigungen zu entgehen. Wollt Ihr es einmal ausprobieren?«

Luis lehnte ab. Jemandem, und sei es eine Sklavin, ohne jeglichen Grund Schmerz zuzufügen, bereitete ihm kein Vergnügen. Wenn er jemanden töten musste, hatte er nicht gezögert, doch aus reiner Willkür, so wie Blasco, das erschien ihm übertrieben.

»Mich widert ihr demütiger Gehorsam an«, fuhr Blasco fort. »Vielleicht will ich ihnen eine Reaktion entlocken, wenn ich sie schlage, vielleicht sogar eine Beschimpfung, die ich durchaus verstehen würde. Doch sie wissen einfach nicht, was Ehre ist. Resigniert nehmen sie meine Peitsche und die Hiebe hin, und die Frauen wehren sich nicht einmal, wenn man sie schändet. Erst gestern habe ich die da, am Ende der Reihe, mit Gewalt genommen. Seht sie Euch an!«

Don Luis betrachtete die junge Frau, die einen wohlgeformten und wunderschönen Körper hatte. Ihre Wangen waren tränenverschmiert, und eine Hand war verbunden.

»Vielleicht habt Ihr nicht unrecht, aber man muss schon sagen, einige von ihnen sind wirklich sehr appetitlich ...« Don Luis dachte an die sinnliche Mulattin, mit der er sich auf Wunsch seines Gastgebers in den letzten drei Nächten vergnügt hatte. Er konnte sich nicht erinnern, je eine Frau so sehr genossen zu haben.

Blasco betrachtete seinen Gast nicht ohne eine gewisse Enttäuschung.

Dass er die Sklavin nicht hatte züchtigen wollen, ließ ihn daran zweifeln, ob er tatsächlich der Richtige war, um eine Idee, die ihm durch den Kopf ging, in die Tat umzusetzen. Dabei handelte es sich um ein etwas ungewöhnliches Spiel, das ihm aber ein unsägliches Vergnügen bereitete, unvorstellbar in höfischer Umgebung, aber äußerst erregend. Er beschloss zu schweigen. Besser, er wartete auf einen geeigneteren Moment, vielleicht, wenn ein Sklave die Flucht ergriff, was nicht selten geschah.

»Ich weiß, dass Ihr gerne auf die Jagd geht. Und in den letzten Tagen habe ich feststellen können, dass Ihr Pfeil und Bogen sehr geschickt handhabt.«

»Ja, das tue ich für mein Leben gern.«

»Ich werde für Euch die interessanteste Jagd vorbereiten, die diese Insel anzubieten hat, die Jagd nach dem Schlitzrüssler, *almiquí*, wie ihn die Einheimischen nennen.«

»Dieses Tier kenne ich nicht«, gab Don Luis zu, »doch ich bin sicher, dass mir die Jagd gefallen wird.«

»Es ist ein Tier von mittlerer Größe, das sehr flink ist und im Zickzack läuft. Es besitzt eine ganz spezielle Eigenschaft, durch die es zu einem der gefährlichsten Lebewesen überhaupt wird: Sein Speichel ist giftig. Wenn es Euch beißt, seid Ihr des Todes.«

Diese Herausforderung reizte Don Luis, und er nahm die Einladung an.

»Vielleicht werde ich Euch später eine ganz andere, noch aufregendere Jagd antragen ...«

IX

Zwei Monate waren verstrichen, seit Yago nach Bruma Negra gekommen war. Der Name der Plantage, der »schwarzer Nebel« bedeutete, unterstrich ihr hervorstechendes Merkmal: eine beinahe allgegenwärtige Düsternis, da sie in einem von zwei wasserreichen Flüssen durchzogenen Tal lag, in dem die Bäume so dicht standen, dass ihr Laubwerk kaum das Tageslicht durchließ.

Undurchdringlicher Nebel begleitete seine Bewohner vom frühen Morgen bis zum späten Mittag, und nur wenn man die Grenzen des Tals über einen schmalen Pfad zwischen zwei Hügeln hinter sich ließ, gelangte man aus dem dämmrigen Licht des dichten Waldes heraus zu den Feldern in der Ebene, wo die Hitze und die harte Arbeit der Sklaven der Erde ihre Früchte abrangen.

In Bruma Negra trafen zwei Welten aufeinander, die gegensätzlicher nicht sein konnten. In der einen, zwischen Schlamm, Schmutz, Schmerz und Not, bestand das Dasein von zweihundert Menschen nur aus Leid. In der anderen, in dem schneeweißen, prächtigen Herrenhaus auf einer lieblichen Lichtung mitten im Wald, umgeben von gepflegten Blumenbeeten, einem Rosengarten, Seerosenteichen und gepflasterten Wegen, genossen andere Menschen jede nur vorstellbare Annehmlichkeit. Auf dem Anwesen des Plantagenbesitzers lebte man in Saus und Braus.

Als Yago nach Bruma Negra gelangte, konnte er sich nicht im Mindesten vorstellen, welche Qualen ihn hier erwarteten.

Er erinnerte sich noch an seine Ankunft in einem Karren zusammen mit sechs weiteren Sklaven, die alle aneinandergekettet waren, und an die Begrüßung des Wagenlenkers, als sie durch das Tor rollten:

»Willkommen in der Hölle!«

Seine Gefährten waren von so dunkler Hautfarbe, dass sie fast blauschwarz wirkten. Vier aus seiner Gruppe waren Frauen, die anderen beiden Jungen, ungefähr in seinem Alter. Unterwegs hatten sie ihn ständig angestarrt. Einerseits, weil er weiß war, und andererseits, weil er jegliche Berührung vermied. So weit wie möglich von den anderen entfernt, hatte Yago sich in eine Ecke gekauert, in seinen eigenen Gedanken und Befürchtungen gefangen. Die ungewohnte Situation machte ihm Angst, und aus den wenigen geflüsterten Worten jener Fremden wurde er auch nicht schlau.

Schließlich wurden sie vom Karren herabgestoßen und unter lautem Gebrüll zu einer länglichen, vor Schmutz starrenden Baracke getrieben. Als die Aufseher bemerkten, wie Yago beim Gehen mit den Armen fuchtelte, wie er unbeholfen mit den Füßen über den Boden schleifte und immer wieder ins Straucheln geriet, lachten sie ihn aus. In der Baracke stellte ein Mann mit kaltem, gleichgültigem Gesichtsausdruck sie in einer Reihe auf und ging dann auf die erste Frau zu. Während er sie nach ihrem Namen fragte, riss er ihr einfach das Gewand herunter, sodass sie nackt vor ihm stand. Dann inspizierte er seelenruhig ihren Körper.

»Yuba«, stammelte das Mädchen beschämt seinen Namen, während ihr Tränen über die Wangen liefen.

»Also, du wirst unserem Herrn sicher gefallen ...« Er schnippte mit den Fingern nach seinem Gehilfen. »Bring sie in die südliche Baracke.«

Der nächste in der Reihe war ein Junge, der so alt sein mochte wie Yago, um die vierzehn, aber deutlich größer und natürlich sehr viel muskulöser. Als man ihn auszog, wehrte er sich nach Kräften, schlug sogar um sich, doch man versetzte ihm einen kräftigen Peitschenhieb, der die anderen erschaudern ließ und ihn dazu brachte, sich in sein Schicksal zu fügen. Auch er wurde gründlich untersucht und nichts ausgespart. Sein Geschlecht sorgte für einige Kommentare.

»Alle Achtung, das kann sich sehen lassen…!« Der Aufseher machte eine anerkennende Geste. »Bei dem müssen wir aufpassen. Schafft ihn in den Steinbruch und habt immer schön ein Auge auf ihn. Ich will nicht, dass er eine Sklavin besteigt und sie mir schwängert. Dann ist sie für die Arbeit nicht mehr zu gebrauchen. Wenn ihr ihn auch nur in der Nähe einer Sklavin seht, macht einfach das Übliche.« Er ahmte mit zwei Fingern eine Schere nach.

Als Nächster kam Yago an die Reihe. Wie den anderen riss man auch ihm die Kleider herunter. Zweifellos war er nicht so kräftig wie der Junge vor ihm, aber da man ihn auf dem Schiff gut verpflegt hatte, war sein Zustand gar nicht mal schlecht. Der Mann hüstelte, während er ihn von hinten begutachtete und feststellte, dass er breite Schultern und kräftige Beine hatte. Doch Yago ertrug es nicht länger. Zu viele Blicke waren auf ihn gerichtet, sodass er sich beschämt bedeckte.

»Huch, seht nur, wie zimperlich der ist!« Die Aufseher brachen in schallendes Gelächter aus. »Ich weiß nicht, wo sie dich herhaben, aber du bist der erste weiße Sklave hier auf der Plantage. Du kannst dir gar nicht vorstellen, wie gut du es hier haben wirst zusammen mit deinen schwarzen Freunden und den Indios …«

Yago verstand nicht, was diese Bemerkung bedeuten sollte, er wollte sich bloß wieder anziehen.

Der Mann schob Yagos Hände beiseite, um sein Geschlecht sehen und nach Anzeichen für eine Erkrankung suchen zu können. Glücklicherweise fand er nichts.

Auf Yago deutend, meinte er: »Ich habe Order, ihn zu den jüngsten Sklavinnen zu stecken. Mann, du hast vielleicht Glück! Du scheinst in guter Verfassung zu sein, umso besser, denn ehe du dich jede Nacht bei ihnen entspannen kannst, musst du schon ein paar Stunden im Steinbruch arbeiten.« Er versetzte dem Jungen einen Stoß, damit er für die nächste Sklavin Platz machte, und ordnete noch an, ihn in die rote Baracke zu bringen.

Zwei Männer kamen und nahmen ihn zwischen sich, packten ihn unter den Achseln und schleiften ihn auf diese Art einfach mit. Es ging so schnell, dass sie nicht darauf achteten, wessen Kleidung sie ihm zusteckten. Anschließend trieben sie ihn mit Fußtritten in den Hintern vor sich her bis zu ein paar großen Baracken, die sich lediglich in der Farbe unterschieden, und stießen ihn in die rote hinein. Im Innern befanden sich rund zwanzig Mädchen, die zu lachen begannen, als Yago in Frauenkleidern hereinkam. Das war zuviel an Demütigungen. Yago stieß einen durchdringenden Schrei aus, der durch den ganzen Raum gellte, und lief zu einer Pritsche, hinter der er sich versteckte.

Als die Männer gegangen waren, kam eines der Mädchen schweigend auf ihn zu.

Sie hieß Hiasy und war, wie die anderen, schwarz und etwas älter als er. Sie lachte nicht, sondern legte ihm eine saubere Hose hin und ein schon etwas verschlissenes Hemd, das dafür aber aus weicher Baumwolle war. Bevor sie wieder ging, schenkte sie ihm ein sanftes Lächeln.

Hiasy war kurze Zeit vor Yago nach Bruma Negra gekommen, zusammen mit dreißig anderen Sklaven, die man in einem kleinen Dorf irgendwo in Afrika gefangengenommen hatte.

Bevor sie sich auf dieser Plantage wiederfand, hatte das junge Mädchen weder geahnt, wie weit menschliches Leid gehen konnte, noch dass Grausamkeit keine Grenzen kannte. Auf Bruma Negra zu überleben, grenzte an ein Wunder, und wenn es an der Zeit war zu sterben, tat man es eben, ohne viel Aufheben davon zu machen. Auf ihrem Rücken waren die Striemen der vielen Peitschenhiebe zu sehen, die sie schon bekommen hatte.

Ihre Eltern hatte sie auf dem Schiff verloren, mit dem sie aus ihrem fernen Land auf die Insel gebracht worden war. Sie hatten die Krankheit nicht überlebt, die während der Überfahrt in dem stinkenden Frachtraum ausgebrochen war. Nur die Stärksten überlebten. Sie bekamen kaum zu essen und mussten kämpfen, um näher an die winzigen Lüftungsschlitze zu kommen. Und manches Mal war das Einzige, was sie zu trinken hatten, das Kondenswasser an der Decke, das von zwei halb durchgebogenen Bohlen heruntertropfte.

Fünf Tage nach der Einschiffung starb ihre Mutter an einem Fieber und ihr Vater kurze Zeit später, aus Kummer, aber auch, weil er so schwach war. Sie hatte viel um die beiden geweint, doch ansonsten um niemanden, denn dort unten zählte nur eins: überleben. Dessen war sie sich bewusst, und auch, dass sie eine düstere Zukunft erwartete. So schwor sie sich, von nun an stark zu sein und alles, alles zu überstehen, was ihr widerfuhr.

Als sie schließlich in Jamaika ankamen, spuckte das Schiff eine Ladung halb toter Menschen aus, die trotz ihrer großen Erschöpfung gezwungen wurden, den weiten Weg bis zur Plantage im Fußmarsch und ohne Pause zurückzulegen. Erst als sich der Weg blutrot färbte und schon einige gestorben waren, entschied man sich, sie mit Karren nach Bruma Negra zu schaffen. Man wusste, der Plantagenbesitzer würde toben, wenn weniger Arbeitskräfte lebend ankamen, als er bezahlt hatte.

Für Hiasy ließ sich ein Tag auf der Plantage in fünf Worten zusammenfassen: Arbeit, Hunger, Schmerz, Traurigkeit und Erniedrigung. Innerhalb weniger Monate hatten ihre Hände Baumwolle gepflückt, Tabak, Zuckerrohr und jede nur erdenkliche Frucht geerntet. Die schwere Arbeit hatte sie abgehärtet, aber auch in besorgniserregender Weise abmagern lassen. Und ihre Seele gehörte ihr schon lange nicht mehr, weder ihr noch jenem Gott, von dem ihre Mutter erzählt hatte, als sie noch ein kleines Mädchen war. Ein Gott der Erde, des Windes und des Regens. Ein Wesen – so hatte man es ihr beigebracht –, das Liebe schenkte. Doch sie begriff rasch, dass dieses Gefühl auf Bruma Negra nie eine Heimat gefunden hatte.

Gleich im ersten Moment, als sie Yago in Frauenkleidern hereinkommen und sich auf seine eigenartige Weise bewegen sah, schien er ihr ein verletzliches Wesen, das ihre Hilfe brauchte. Sie beschloss, ihn zu beschützen, und überredete die anderen Frauen in der Baracke dazu, ihn in Frieden zu lassen.

Sie konnte nur ein paar Brocken Spanisch, und dem Jungen erging es offenbar nicht anders, sodass sie beide begannen, sich mittels Zeichen, Gesten und vielleicht einem Dutzend Wörter zu verständigen. Bald wurden sie gute Freunde.

Mit Hiasy an seiner Seite hatte Yago keine Angst mehr. Er ähnelte ihr in vielerlei Hinsicht, und obwohl sie sich nur bei Einbruch der Nacht sahen, wenn sie von der Arbeit zurückkamen, linderte ihre Gegenwart wie die keines anderen Menschen seine Ängste und Beklemmungen.

Yago arbeitete von Sonnenaufgang bis Sonnenuntergang im Steinbruch. Wenn er die gewaltigen Felsbrocken zerteilte, sprangen winzige, spitze Splitter ab, die ihn am ganzen Körper verletzten. Jede Nacht, als wäre es ein Ritual, versorgte Hiasy seine Wunden, indem sie sie mit Speichel oder dem Saft bräunlicher Blätter benetzte, während sie in einer für Yago unverständlichen Sprache mit ihm redete, die aber eine beruhigende Wirkung auf ihn hatte.

Es starben nicht wenige auf der Plantage, denn die Sklaven bekamen kaum etwas zu essen, und die Aufseher straften übereifrig jede Kleinigkeit. Yago hatte nie jemanden sterben sehen, aber schon in der ersten Woche nach seiner Ankunft wurde er Zeuge eines Unfalls, als ein armer Kerl unter einen riesengroßen Felsbrocken geriet. Daraufhin erschien einer der Aufseher und herrschte ihn an, er solle gefälligst aufhören zu schreien und sterben, ohne die anderen zu belästigen.

Etwas mehr als drei Monate schlief Yago in der Baracke der Mädchen. Er übernachtete auf dem Boden, weil es für ihn keine Pritsche gab. In manchen Nächten, eher selten, beobachtete er, wie aus den anderen Unterkünften einige Sklaven kamen, sich zu ihrer Gefährtin legten und nach einer Weile wieder gingen. Doch der Besuch, den alle fürchteten, war der eines Bediensteten aus dem Herrenhaus. Wenn er kam, mussten sich alle Mädchen in einer Reihe aufstellen, und jede Nacht wählte er eine andere aus. Stunden später kehrte die Unglückliche dann mit verweinten Augen und fast immer mit Verletzungen zurück. Yago verstand nicht, was sie mit den Mädchen gemacht hatten, doch jedes Mal, wenn dieser Mann auftauchte, verspürte er entsetzliche Angst, fürchtete er doch, dass es auch ihn treffen könnte.

An dem Tag, als die Gemahlin von Don Blasco Méndez de Figueroa kommen sollte, standen die Dienerschaft und einige Sklaven zu ihrer Begrüßung vor den Türen ihres neuen Heimes. Hiasy war Teil dieser Gruppe, die auf das Erscheinen der neuen Herrin, Doña Carmen, wartete. Yago hatte man lieber nicht geholt, denn man befürchtete, er könnte einen seiner Anfälle bekommen.

Es hatte gerade zu regnen aufgehört, und alles war vollkommen aufgeweicht.

Die Hitze war unerträglich. Die Schwüle und die Moskitos machten das Warten zu einem wahren Martyrium.

In dem Augenblick, als das Gefolge mit der Dame erschien, stimmten einige Sklavinnen ein Lied in ihrer Sprache an, eine rhythmische Melodie aus sanften und tiefen Tönen. Schon die ersten Klänge verdarben Don Blasco, der den Tross anführte, gehörig die Laune. Er konnte diese Gesänge nicht ausstehen, deren Text er zudem nicht verstand. Er war sich sicher, dass das eine oder andere Wort seiner Person galt, und pflegte das Singen stets zu verbieten, doch nun hielt er sich zurück, weil er vor Carmen keine Szene machen wollte.

Sie ritt auf einem herrlichen Schimmel an seiner Seite.

Wohlgefällig ruhte ihr Blick auf ihrem Gemahl.

Wenn sie glücklich war, wurden ihre Augen ganz schmal und fingen an zu strahlen. Als Blasco sie das erste Mal im Hafen sah, dazu ihre funkelnden Augensterne, gefiel sie ihm auf Anhieb. Ebenso ihr goldglänzendes Haar und ihre samtene Haut, die er sogleich bemerkte, als sie ihm die Hand reichte, damit er ihr aufs Pferd half. Carmen besaß einen wunderschönen Körper und eine schmale Taille, was dem Plantagenbesitzer nicht entgangen war. Doch das Schönste an ihr war dieser unglaublich sanfte und zärtliche Blick, mit dem sie jeden bedachte.

Blascos erster Eindruck war vorzüglich, sogar besser als erwartet, vor allem als er sie die ersten Worte sagen hörte. Ihre melodische Stimme mit diesem bezaubernden und für sie typischen Akzent unterstrich noch ihre an sich schon hinreißende Erscheinung.

Blasco, der wie stets ganz in Schwarz gekleidet war, Beinkleider, Wams und Hemd, erwartete sie unten an der Mole. Sein Anblick ließ Carmen dahinschmelzen. Er trug einen breitkrempigen Hut, unter dem ein grauer, aber sorgsam gestutzter Bart sichtbar war, der ihm vortrefflich stand.

Sie fand, er sah viel besser aus als auf dem Porträt, das sie geschickt bekommen hatte. Als er sie begrüßte, fühlte sie sich von seinen freundlichen und einfühlsamen Worten, die sie bei einem ersten Zusammentreffen gar nicht erwartet hätte, sehr geschmeichelt. Vor allem faszinierten sie seine wundervollen blauen Augen, ein Blau, das sie noch bei keinem anderen Mann gesehen hatte. Blasco wirkte sehr männlich, ernst und rechtschaffen, wusste aber offensichtlich genau, wie man eine Dame zu behandeln hatte. Dank seiner ausgesuchten Höflichkeit fühlte sie sich selbstsicher und vom ersten Augenblick an wie eine Königin.

Kurz bevor sie an den Ort kamen, der ihr neues Zuhause sein würde, erfuhr Carmen von Blasco, wie fruchtbar und ausgedehnt seine Ländereien waren, was man erntete, wie viele Gebäude das Anwesen umfasste. Und er erzählte ihr von seiner Liebe zu den Pferden, von seiner Zucht. Seine Wortgewandtheit bewundernd und sich jede Kleinigkeit merkend, spürte Carmen ein angenehmes Kribbeln in ihrem Innern, das sie als den Beginn ihrer Liebe zu ihm wertete.

Zwei Pferde hinter ihnen ritt Volker, der mit dem bisherigen Eindruck, den er von dem Plantagenbesitzer gewonnen hatte, ebenfalls sehr zufrieden war.

Sobald sie die ersten, in Reih und Glied stehenden Bediensteten sahen, zügelten sie die Pferde. Galant ihre Taille umfassend, half Blasco Carmen abzusteigen, und sie dankte es ihm mit einem zarten Kuss.

Blasco kannte die meisten Namen nicht, doch sein Kammerdiener ging vorneweg und stellte sie der Gattin vor. Alle Anwesenden erblickten eine wunderschöne und zarte Frau, mit festem Blick und einer besonderen Aura. Doch im Stillen bemitleideten sie die junge Herrin, denn sie wussten nur allzu gut, zu welchen Grausamkeiten ihr Gemahl, Don Blasco Méndez de Figueroa, fähig war.

Carmen lernte auch Don Luis Espinosa kennen, einen recht gut aussehenden Mann, der, wie ihr Gemahl ihr erklärte, für ein paar Tage wegen einer geschäftlichen Angelegenheit auf der Plantage weilte. Sie verhielt sich überaus liebenswürdig ihm gegenüber, da sie annahm, dass er für Blasco wichtig war, nicht ahnend, dass Espinosa wiederum ihren Vater kannte, und zwar sehr gut.

»Edle Dame, Eure Anwesenheit wird diesem Ort nicht nur Fröhlichkeit, sondern auch Glanz verleihen ...« Der Spanier verneigte sich höflich und küsste ihr die Hand. Sie bedankte sich für diese Schmeichelei mit einem Lächeln, wandte sich jedoch sogleich wieder ihrem Mann zu, von dem sie sich immer stärker angezogen fühlte.

Nachdem sie die Dienerschaft begrüßt hatten, schritten sie auf das Herrenhaus zu.

Seine Größe und Pracht versetzten Carmen in Erstaunen, ebenso die gepflegten Gärten ringsumher. An Blascos Hand durchschritt sie die drei großen Salons und die zehn Schlafgemächer, über die es verfügte. Von den Balkonen aus bewunderte sie den überwältigenden Ausblick, und von dort aus sah sie auch zum ersten Mal die Weitläufigkeit seines Besitzes: Hunderte und Aberhunderte von *aranzadas* voller Zuckerrohr- und Baumwollpflanzen. Hinzu kamen noch die unzähligen Obstbäume, die einen der östlichen Abhänge grün färbten.

Verzaubert und wie berauscht von all diesen Eindrücken fand sie sich – zum ersten Mal allein mit ihrem Gemahl – vor ihrer zukünftigen Schlafstatt wieder. Sie spürte seine Hände, die ihr Gesicht umfasst hielten, und gleich darauf, wie seine Lippen sie genießerisch das erste Mal richtig küssten. Als sich ihre Münder voneinander lösten, breitete er die Arme aus, sah in ihre unschuldigen Augen und rief:

»Liebste, willkommen auf Bruma Negra!«

X

Anfangs trafen sie sich jede Nacht in einer Ecke der Baracke, hinter der letzten Pritsche, und als man Yago woanders hinschickte, verabredeten sie sich wann immer möglich unter einer hundertjährigen Weide unweit der Unterkünfte für die Sklaven.

Oft kam Hiasy mit einer Handvoll Blätter, kaute sie eine Weile mit kundiger Miene und bestrich mit dem Brei schließlich Yagos Wunden. Manche der Pflanzen kannte sie noch aus der Zeit, als sie in ihrem afrikanischen Dorf gelebt hatte, andere entdeckte sie erst auf der Plantage. Aus Weidenrinde gewann sie einen Saft, der Kopfschmerzen und jegliche Art von Muskelschmerzen linderte – ein wahrer Segen nach den endlos langen Arbeitstagen.

Auch Zuckerrohr kauten die beiden, denn der Zucker gab ihnen die Kraft, die sie bei den mageren Essensrationen, von denen ein Mensch kaum existieren konnte, so notwendig brauchten. Alle Sklaven machten es so. Nur dank der Früchte, die von den Bäumen fielen, der Wurzeln mancher Sträucher und des Zuckerrohrs konnten sie überleben. Jedes kleine Tierchen bedeutete ein Festmahl. Hin und wieder gelang es Hiasy, einen Frosch, eine Eidechse oder eine Maus unter ihrem Kleid zu verstecken, die sie dann mit Yago teilte, und die beiden genossen den Leckerbissen, wenn sie ihn auch roh verzehren mussten.

Bei diesen Begegnungen, die Yago überaus gefielen, war es immer Hiasy, die das Gespräch bestritt. Sie redete in ihrer Muttersprache und brachte ihm Wörter bei, als Erstes die verschiedenen Teile seines Körpers, wobei sie jeweils ihre Hand darauf legte: die Augen, das Haar, die Lippen, die Beine, die Knie … Es folgten Dinge, die sie täglich benützten: die Pritsche, das Stroh, auf dem sie lagen, Steine oder die Gefäße aus Ton, die sie selbst heimlich herstellten.

Yago war immer glücklich, wenn er zu jenem geheimen Treffpunkt kam, denn er hatte in Hiasy seine erste Gefährtin gefunden.

Er betrachtete sie ohne Scheu, während sie in ihrem Mund jenen Brei herstellte, der seine Wundschmerzen linderte, aber auch seiner Seele Heilung brachte. In ihrer Gegenwart waren alle Qualen, die er im Steinbruch erleiden musste, wie weggeblasen. Der helle Klang der Hämmer, der ihn fast verrückt machte, die Peitschenhiebe der Aufseher und der allgegenwärtige Staub, der seine Augen, seinen Mund und sogar seine Seele austrocknete – an ihrer Seite erschien ihm all dies nur noch wie eine ferne Erinnerung.

Mit Hiasy war alles anders.

Nachdem sie sich drei Monate lang regelmäßig getroffen hatten, begann Yago mehr zu spüren, wusste dieses Gefühl aber nicht einzuordnen. Jedes Mal, wenn sich ihre Hände auf seine Wunden legten, bekam er eine Gänsehaut, er atmete schwerer, und es kribbelte in seinem Bauch, was er sehr angenehm fand. Ihre Stimme, sanft und süß, empfand er jedes Mal, wenn sie ein für ihn neues Wort wiederholte, wie eine Liebkosung.

Und ihr Geruch entzückte ihn.

Ihre dunkle Haut roch anders als seine, und Yago sog mit jeder Bewegung, die sie machte, beglückt ihren Duft ein.

Er wusste nicht, wie sie es anstellte. Allen Sklaven haftete ein strenger, unangenehmer Geruch an, aber sie roch manchmal nach Blumen und manchmal nach Heu, dann wieder nach Früchten. Hiasy sammelte nämlich auf dem Weg von und zu den Zuckerrohrfeldern heimlich alles ein, was einen angenehmen Geruch hatte, und in der Unterkunft rieb sie sich den Körper damit ab, bis der Geruch nach Schmutz und Arbeit verschwunden war.

Und so wurde das Mädchen für Yago zu einem Geschenk des Himmels: Ihre süße Stimme schmeichelte seinem Ohr, ihr köstlicher Duft entzückte seinen Geruchssinn, und die sanften Berührungen seiner

Haut elektrisierten ihn jedes Mal, wenn sie sich anfassten, wenn sie gemeinsam, ihre Hand auf der seinen, neue Dinge kennenlernten: neue Pflanzen, Insekten, Steine in verschiedenen Farben ...

Eines Tages, am Ufer eines Sees nahe der Plantage, sah Yago Hiasy anders als sonst während der fünf Monate, die sie sich nun schon kannten.

Er hatte sie noch nie nackt gesehen, aber dort, unter Bäumen mit ausladender Krone, unternahm er den Versuch, mit ihr zu baden, und da geschah es.

Yago fühlte auf einmal etwas, was er bisher nicht gekannt hatte.

Eine ganz neue Sehnsucht drängte ihn, ihre dunkle Haut zu berühren. Sie war empfänglich für seinen Wunsch und gab ihm nach, was sie ihm mit Blicken zu verstehen gab, doch Yago wusste nicht, was er tun sollte. Zunächst vermied er es, sie zu berühren, und wandte den Blick von ihren Brüsten ab. Von seiner Unbeholfenheit übermannt, begannen erst seine Arme, dann seine Beine heftig zu zittern.

Hiasy wollte ihn beruhigen, nahm seine Hand, doch auch dies brachte nicht die gewünschte Wirkung. Die sanfte Berührung seiner Haut gefiel Yago nicht wie an anderen Tagen, und so stieß er ihre Hand vor lauter Angst und seltsamen Empfindungen schroff beiseite. Verwirrt schlug sie die Augen nieder, verstand seine Reaktion nicht. Yago blickte sie, den Kopf zur Seite gelegt – eine für ihn so typische Geste –, enttäuscht und ratlos an; er wusste nicht mehr weiter.

»Wasser!«, rief Hiasy plötzlich und zog ihn an den Armen.

Sie schubste ihn in den See und tauchte anschließend neben ihm ein, bespritzte ihn zum Spaß, griff dann nach einem riesigen Blatt, das auf der Wasseroberfläche trieb, und warf es ihm ins Gesicht, sodass er nichts mehr sah. Lachend tauchten sie unter, mit Protestgeschrei der eine, mit Gekreische die andere, und planschten unbeschwert im Wasser.

Als sie wieder am Ufer lagen und sich von der Sonne trocknen ließen, schnurrte Yago wie ein Kätzchen; er wirkte glücklich. Hiasy beobachtete ihren Gefährten. Niemand verstand ihn so gut wie sie. Yago war überaus verletzlich und erlebte die Welt nicht wie andere Menschen. Sie empfand eine große Zärtlichkeit für ihn, hatte aber auch Angst, dass all das Leid und die Demütigungen, die er auf der Plantage erlebte, für seine empfindsame Seele zu viel sein würden.

Natürlich, er war nicht wie die anderen Sklaven, unterschied sich in der Hautfarbe und in seinem Verständnis der Welt von ihnen, aber sie konnte trotzdem nicht begreifen, weshalb sie ihm mit so viel Misstrauen begegneten, weshalb sie ihn in einer Welt der Entrechteten fast schlechter behandelten als ihre Herren sie selbst.

Von all den Reaktionen, die er bei anderen und sogar bei Hiasy auslöste, wusste Yago nichts. Er holte tief Luft. Die frische Brise, die über den See heranwehte, streichelte seine Haut, machte seinen Kopf klar und ließ seine Erinnerungen – aufgereiht wie Bilder an einer Kette – vor seinem geistigen Auge erscheinen. Und zurückblickend fiel ihm auf, dass er kaum jemals wirklich Freude an etwas oder an jemandem gehabt hatte, außer in ein paar ganz besonderen Momenten mit Camilo oder den Pferden.

Er drehte den Kopf, um Hiasy anzuschauen, und wieder wurde ihm ihre Nacktheit bewusst. Ihre Beine glänzten fast bläulich, ihr Bauch war klein und rundlich. Hiasy war sehr dünn, aber in Yagos Augen eine Schönheit…

Wieder wusste er nicht, was er tun sollte.

Wieder beherrschte er sein Verlangen, sie zu liebkosen, denn er war unfähig, seine Gefühle auszudrücken. Dieses Mal jedoch erspürte Hiasy seine Sehnsucht nicht, denn sie war ganz in ihren eigenen Gedanken gefangen.

Ehe sie Yago begegnet war, hatte sie sich immer allein gefühlt. Viele sagten, sie sei ein wenig seltsam, und vielleicht hatten sie recht. Sie wusste, dass sie eine Sklavin war, tat ihre Arbeit, steckte die Schläge und Prügel ein wie alle anderen, doch im Gegensatz zu ihren Leidensgefährten wusste sie, dass es nicht für immer so bleiben würde.

Sie würde nicht ehrlos und im Elend sterben. Nein, im Gegensatz zu den anderen hatte sie einen Traum: Sie wollte frei sein, nie mehr behandelt werden wie ein minderwertiges Wesen. Sie hatte sich nie in ihr Schicksal ergeben. Deshalb hatte sie einen Plan geschmiedet, eigentlich schon am Tag ihrer Ankunft, einen Plan, der Wirklichkeit werden würde, dessen war sie sich sicher.

Als Yago aufgetaucht war, hatte ihr Plan bereits Form angenommen, und sie bezog ihren Gefährten mit ein.

»Fortgehen …« Hiasy wies mit dem Finger auf die Berge, die man von überall auf der Insel sehen konnte. »Yago und Hiasy, dorthin, zusammen.«

»Zusammen.« Yago wies ebenfalls auf die Berge, ohne jedoch zu verstehen, was sie meinte.

Hiasy hatte gehört, dass dort oben, bei den wolkenverhangenen Gipfeln, einige geflüchtete Sklaven in Gemeinschaft mit eingeborenen Indios lebten. Diejenigen, die davon wussten, hatten ihr bestätigt, dass dort alle Menschen frei und gleichgestellt waren, dass dort nur Frieden und Respekt herrschten.

»Dort Yago, Hiasy … atmen und frei sein …«

XI

Bruder Camilo, jedoch ohne sein Mönchshabit, und Fabián Mandrago, seines Zeichens ehemaliger Inspekteur der *Saca,* hatten
bereits drei Viertel der Überfahrt von den Kanarischen Inseln nach
Jamaika hinter sich. Ersterer verfolgte mit dieser Seereise zwei Ziele:
Er wollte Antworten auf seine quälenden Zweifel erhalten und Yago
finden. Letzterem ging es darum, Beweise für die Beteiligung der
beiden Ratsherren aus Jerez an gesetzwidrigen Machenschaften zu
entdecken.

Das Schiff bot den Passagieren nicht allzu viel Abwechslung und
aufgrund der räumlichen Enge auch kaum die Möglichkeit, sich
zurückzuziehen. Abends, wenn die Sonne am Horizont versank
und die Mannschaft ihre schwere Arbeit beendet hatte, suchte sich
Camilo ein stilles Plätzchen an Deck, um zu beten und nachzudenken.

In den ersten Tagen erforschte er sein Leben, ging nahezu Jahr für
Jahr durch und betrieb eine gründliche Prüfung seiner selbst. In der
Tiefe seiner Seele hoffte er die Wahrheit zu finden und die notwendige Entschlusskraft, sich der Zukunft zu stellen. Fabián respektierte
diesen Wunsch und schloss sich ihm in solchen Momenten so gut
wie nie an, aber wenn er es tat, bereute er es nicht, denn er stellte fest,
dass Camilo nicht nur ein guter Gesprächspartner war, sondern auch
ein Mensch mit einem reichen Innenleben.

»Von heute an werde ich dich nur noch ›Camilo‹ nennen, Schluss mit
›Bruder Camilo‹«, ertönte unvermittelt Fabiáns Stimme in der Dunkelheit hinter ihm. Er stellte sich auf seine rechte Seite und blickte auf

das blau schimmernde Meer. »Es ist besser, wenn sie nicht wissen, dass du ein Mönch bist.«

Camilo freute sich über die Anwesenheit des Inspekteurs. Nicht immer brachte er die notwendige Konzentration für seine Meditationen auf, manchmal nahm das Meer mit seinen ständigen Farbwechseln, seiner Wucht und verborgenen Energie seine ganze Aufmerksamkeit gefangen.

»Heute ist der Geruch viel stärker als an den Tagen zuvor.« Er atmete langsam und tief ein, während er den Blick über die blaue Horizontlinie schweifen ließ. »Ich hätte nie gedacht, dass das Meer so viele Gesichter hat, es ist erstaunlich.«

Diesen Eindruck konnte Fabián nur bestätigen. Aus dem Wasser stieg ein durchdringender Geruch nach Fisch und Salpeter auf, den der leichte Abendnebel bis zu ihnen trieb. Er spürte die frische Brise auf seinen Wangen wie eine sanfte Liebkosung. Er entspannte sich, betrachtete die Reflexe der letzten Sonnenstrahlen auf den Wellen und zog dann ein Tabakblatt aus der Tasche, um darauf herumzukauen. Auch Camilo bot er eines an.

»Nein, danke, ich glaube, das tut mir nicht gut… Ich schleppe in letzter Zeit schon genug mit mir herum, das mir einen bitteren Geschmack im Mund macht…« Fast zornig kratzte er sich am Kopf. Drei Wochen waren schon vergangen seit seiner Abreise von Sanlúcar mit dem Geld, das er im Kloster veruntreut hatte. Noch lastete seine Verfehlung schwer auf seinem Gewissen, aber immerhin wuchsen schon wieder die Haare, die er sich geschoren hatte, damit seine Tonsur nicht mehr zu sehen war.

»Hör auf, dich zu quälen, Camilo. Du hast deinem Orden gegenüber nicht ehrenhaft gehandelt, wohl wahr, aber deine Entscheidung gründete auf einem lobenswerten Verantwortungsgefühl.«

»Du sprichst von Verantwortungsgefühl, mir erscheint es als bloßer Verrat, was ich getan habe.«

»Du musst das anders betrachten. Wenn wir diese Pferde wieder in die Hände bekommen, kannst du deinem Kloster den Traum zurückgeben, die schönste aller Rassen zu züchten. Später können sie dann deren Söhne und Töchter verkaufen und auf diese Weise die wirtschaftlichen Schwierigkeiten überwinden, mit denen sie gerade zu kämpfen haben, wie du mir erzählt hast. Deine Unternehmung hat vielleicht nicht ihren Segen, aber ohne sie könnten sie ihr hohes Ziel für alle Zeit vergessen.«

»Sie werden es mir nie verzeihen.« Beklommen dachte Camilo an die letzten Stunden vor seiner Abreise. Er hatte einen Brief an den Prior hinterlassen, in dem er die Gründe für sein Tun erläuterte und sich verpflichtete, das Geld bis auf den letzten Golddukaten zurückzuzahlen und für seine Verfehlung nach seiner Rückkehr Buße zu tun, welche auch immer der Prior ihm auferlegen mochte.

Fabián bemerkte Camilos Aufgewühltheit und drängte ihn solange, doch den Tabak zu versuchen, bis er ihn überredet hatte. Camilo nahm ein Stück in den Mund und begann darauf herumzukauen. Zu seiner Überraschung spürte er bald, wie seine Anspannung nachließ und sein Geist sich beruhigte.

»Nun, was geschehen ist, ist geschehen …« Der Mönch spie ein Stück des Tabakblattes, das ihm zu bitter war, ins Meer. »Ich weiß nicht, ob Jamaika eine sehr große Insel ist …, und wie sollen wir es anstellen, die Pferde dort zu finden …?«

»Bei meinem Besuch im *Pósito* habe ich den Namen dessen erfahren, der sie gekauft hat, ein gewisser Blasco Méndez de Figueroa. Ihn müssen wir finden, feststellen, ob er die Person ist, die wir suchen, und, falls er Pferde besitzt, überprüfen, ob es die Euren sind.«

Plötzlich tauchte aus einer Luke ein junger Bursche auf, der Camilo an Yago erinnerte. Als er einen Anflug von Traurigkeit in Camilos Augen wahrnahm, erkundigte Fabián sich nach dem Grund. Bislang hatte Camilo vermieden, von seinem Schützling zu sprechen, doch in diesem Augenblick entschied er sich anders.

»Bei den Pferden befand sich auch ein Junge, der sich um die Tiere kümmerte, er verschwand in derselben Nacht …« Eine plötzliche Windbö zwang ihn, sich an der Reling festzuhalten, und Fabián tat es ihm nach; es überraschte ihn, was er da hörte. »Das Schlimmste ist, dass Yago, so hieß der Junge, kein gewöhnliches Kind war ... sagen wir, er hatte einige Schwierigkeiten ...«

»Was meinst du damit?« Fabián verstand nicht, warum er ihm von dem Jungen erzählte.

Camilo sah den Moment gekommen, ihm in aller Ausführlichkeit von Yago zu berichten.

»Als er zu uns kam, war er erst acht Jahre alt und wirkte wie ein verängstigtes Tier. Wir brachten ihn in unserem Waisenhaus unter, wo wir versuchen, Findelkindern Pflege und Erziehung angedeihen zu lassen. Aber, wie ich dir schon sagte, Yago verhält sich nicht wie andere, er ist schwierig im Umgang und braucht wesentlich mehr Zuwendung. Es fällt ihm schwer, mit anderen Menschen in Beziehung zu treten, er leidet häufig unter Anfällen, bei denen er am ganzen Körper zu zittern beginnt, und ist am liebsten ganz für sich allein. Außerdem kann er kaum sprechen. Doch abgesehen von alldem ist Yago ein sehr netter Bursche, und ich weiß, dass ein großartiger Mensch in ihm steckt. Seit unserer ersten Begegnung habe ich mich bemüht, ihm bei allem zu helfen, so gut ich konnte, und ich versichere dir, es ist ein Leichtes, ihn lieb zu gewinnen.«

Nach und nach reimte Fabián sich aus Camilos Enthüllungen einiges zusammen, und bald glaubte er, den wahren Grund für seine Reise zu kennen. Deshalb fragte er ihn ganz unverblümt:

»Eigentlich bist du nur mitgekommen, um den Jungen zu suchen, stimmt's?«

Camilo stieß einen Seufzer aus.

»Ich muss gestehen, ja.«

»Und warum hast du bis jetzt nichts davon gesagt?«

»Ich war mir nicht sicher, ob du meine Beweggründe verstehen würdest. Du kamst wegen Geld zu uns ins Kloster, damit wir die Pferde zurückholen könnten. Als ich es erfuhr und dir einen entsprechenden Vorschlag machte, kam dir das sehr gelegen. Deshalb hielt ich es für unklug, meine persönlichen Motive zu erwähnen ..«

»Eine schöne Überraschung!«, bemerkte Fabián.

»Erscheint es dir seltsam?«

Fabián verstand seine Vorsicht und maß dem letztlich nicht allzu viel Gewicht bei. Es gab keinen Grund, ihre Pläne wegen des Jungen zu ändern. Wenn er die Pferde begleitet hatte, würden sie auch auf ihn stoßen.

»So, wie du ihn beschreibst, kann der Junge nicht unbemerkt verschwunden sein. Wer weiß, vielleicht kommen wir durch ihn sogar den Pferden auf die Spur. Ich werde dir jedenfalls helfen, ihn zu finden, dessen kannst du sicher sein.«

Plötzlich frischte der Wind auf und blähte die Segel mit ungewöhnlicher Kraft, die Wellen schlugen höher, und das Schiff begann heftig zu schaukeln. Wieder einmal zeigte sich das Meer von einer ganz anderen Seite, und seine Wildheit weckte in Fabián Erinnerungen an Cudillero, als er von der Steilküste aus nach Walen Ausschau gehalten hatte.

Camilo hörte mit großem Interesse, was Fabián von seinem Aufenthalt dort berichtete, und er verstand seine Leidenschaft für das Meer.

»Schon als kleiner Junge träumte ich davon, zur See zu fahren, alle Meere zu durchpflügen und die ganze Welt kennenzulernen. Doch das Schicksal führte mich auf andere Wege ... Ich neige mein Haupt vor all jenen, die ihr Leben der Seefahrt widmen.«

Fabiáns freimütiges Bekenntnis zu seiner Passion regte Camilo dazu an, einmal mehr über seine eigene nachzudenken.

Wegen seiner übergroßen Liebe zu Gott hatte er auf alles Weltliche verzichtet. Manche nannten es Verzückung, für andere war es leidenschaftliche Hingabe oder einfach etwas, woran man glauben, woran man wachsen konnte ... Er selbst hatte dem allen einen anderen Namen gegeben: Gott. Dennoch wusste er im Augenblick nicht, was er mit diesem Wirbelsturm der Gefühle anfangen oder wie seine Zukunft aussehen sollte. Vielleicht musste er dem Ruf des Allerhöchsten in anderer Weise folgen, nicht in mystischer Zurückgezogenheit, sondern über seine Mitmenschen. Und anfangen konnte er vielleicht am besten mit einem besonders verletzlichen Wesen namens Yago.

Bei der Eroberung der Neuen Welt hatten die Pferde von Blasco Méndez de Figueroa einen wesentlichen Beitrag geleistet.

Es waren nicht nur gute Tiere, wie er sagte, sondern sie verhielten sich, als wären sie tatsächlich der »Atemhauch des Großen Geistes«, denn so nannten sie die Indios.

An Hernán Cortés' Seite stellten die Eroberer fest, was für eine unglaubliche Wirkung diese Tiere auf die ersten Indios hatten, die Reiter und Pferd sogar als einziges Wesen betrachteten und glaubten, ihre eigenen Götter seien von jenseits des Meeres zurückgekommen, weshalb sie sich ohne Widerstand ergaben.

In den folgenden Jahrzehnten kamen zahlreiche Abenteurer in die Neue Welt, die nach Reichtum, Land und Ansehen strebten und für ihre Unternehmungen immer mehr Pferde benötigten; sie zahlten Blasco jeden Preis für seine Pferde, den er verlangte.

Doch es wurde zu einem wahnwitzigen Unterfangen, Pferde aus Europa hinüberzubringen.

Nicht einmal die Hälfte überlebte die Überfahrt, und zudem hatte der Kaiser ihre Ausfuhr streng verboten, da es auf der Iberischen Halbinsel an Pferden mangelte. Deshalb konnten Blasco und andere Männer mit einer guten Nase für Geschäfte gar nicht schnell genug damit beginnen, auf den neu entdeckten Inseln ebenfalls Pferde zu züchten.

Die ersten Gestüte entstanden auf Hispaniola; einige von ihnen befanden sich in kaiserlichem Besitz. Es folgten Zuchtstätten auf Kuba und, wie sollte es anders sein, auf Jamaika, wo man zudem ein kaiserliches Gestüt errichtete, dessen Qualität jedoch nie an dasjenige von Blasco heranreichte.

Von diesen drei Inseln aus wurden die Expeditionen auf den südamerikanischen Kontinent vorbereitet, hier wurden die Schiffe mit Proviant, Sklaven, Waffen, Saatgut und vor allem mit Pferden ausgerüstet.

Seit Carmens Ankunft auf der Plantage war eine Woche vergangen, und Volker folgte ihr stets wie ein Schatten. Sie wirkte glücklich, wie eine strahlende junge Ehefrau eben, immer an der Seite ihres Gatten, mit dem sie Ausritte über seine Ländereien und die restliche Insel unternahm.

Blasco seinerseits gab den vollendeten Gastgeber und vorbildlichen Ehemann.

Schon sehr bald offenbarte sich, darin waren sich Carmen und Volker einig, sein großes Kunstverständnis. Viele Stunden täglich verbrachte er lesend in seiner Bibliothek, er bewunderte die Bildhauerei und besaß einige Stücke von herausragender Qualität, die aus den besten Werkstätten Ferraras stammten. Zwei Wochen nach Ankunft seiner Gattin wurde ein großes Konzert veranstaltet. In künstlerischen Dingen war Blasco überaus penibel, und er setzte alles daran, dass es nicht die kleinste Kleinigkeit zu bemängeln gab.

Die Musik sei ein Geschenk Gottes, meinte er, und da sei es doch das Geringste, ihr mit allem Gefühl und dem gebührenden Respekt zu lauschen. Er übernahm es persönlich, den geeigneten Platz für die Musiker auszusuchen, prüfte, in welchem der Salons der Klang am besten war, und ließ sogar die Vorhänge durch solche aus dickerem Stoff ersetzen.

Die Musik war zweifellos eine seiner großen Vorlieben, aber auch die Malerei hatte es ihm sehr angetan. Im ganzen Haus hingen Gemälde an den Wänden, von einigen der besten Maler Europas signiert, und es bereitete ihm unendliches Vergnügen, sie bis in das letzte Detail zu erläutern, sich über den Künstler, die Technik oder ihre Geschichte auszulassen. Nach wenigen Tagen kannten Carmen und Volker bereits mehr als ein Dutzend Dichter, Bildhauer und Maler, die Blasco protegierte und finanziell unterstützte, was ihn ohne jeden Zweifel zum größten Förderer der schönen Künste auf der Insel machte.

All diese Zeugnisse eines guten Geschmacks schlugen seine Gattin in den Bann. Selbst in ihren kühnsten Träumen hätte sie sich nicht ein derartiges Glück, ein größeres Idyll, ausmalen können.

Doch Volker hegte Zweifel, ob das nicht alles zu viel des Guten war.

Anfänglich war es nur ein unbestimmtes Gefühl, doch nach etlichen Wochen schien es ihm, als verberge sich hinter Blascos untadeligem Charakter eine zweite Persönlichkeit. Um Carmens Sicherheit willen nahm er sich vor herauszufinden, ob er recht hatte oder nicht, aber natürlich würde er dabei größte Vorsicht walten lassen.

Er erkundigte sich bei den Leuten, die für ihn arbeiteten, und bei vielen, mit denen er häufiger Umgang hatte, konnte aber lediglich feststellen, dass alle vor Blasco zitterten, ja geradezu panische Angst vor ihm hatten. Wiewohl sie anfangs nichts sagen wollten, löste ein wenig Geld und die Zusicherung absoluter Diskretion ihnen schließlich doch die Zunge. Und so erfuhr Volker mit der Zeit Dinge über Blasco, die er kaum glauben mochte und die ihm, gelinde gesagt, Besorgnis erregend erschienen. Seine Neigung zu Züchtigungen, die er fast immer mit eigener Hand vollzog; die vielen blutjungen Sklavinnen, die dem Vernehmen nach – vor Carmens Ankunft – des Nachts sein Lager geteilt hatten; die Verletzungen, mit denen manche von ihnen zurückkehrten; Peitschenhiebe, die er nach Lust und Laune austeilte; Sklaven, die spurlos verschwanden. All dies kam ihm zu Ohren. Nun waren dergleichen Dinge an sich keine schwerwiegenden Verfehlungen, denn es war durchaus üblich, dass man als Herr seine Sklaven so behandelte. Doch Volker begann zu grübeln, ob hinter diesen übermäßigen Disziplinierungen nicht Obsessionen steckten, ein schwarzer Nebel, der Blascos Seele verdunkelte.

Einen Monat nach dem Konzert, als sie gerade von einem der Ausritte zurückkehrten, die Carmen so sehr liebte, kam ihnen Blascos Pferdehirt mit jemand entgegen, dessen Hände gefesselt waren. Seiner Kleidung nach war es ein Sklave, doch erst als die beiden näher kamen, erkannte Blasco den jungen Weißen, der im Steinbruch arbeitete.

»Hat er Probleme gemacht?« Blasco brachte sein Pferd neben ihm zum Stehen.

»Seit Tagen schon schleicht er ohne meine Erlaubnis in den Ställen herum, und heute habe ich ihn erwischt, wie er den Hengst anfasste, den Ihr so sehr schätzt, den aus Jerez, mit der blauschwarzen Mähne...«

Blasco erinnerte sich, was für eine gute Hand der Junge bei dem Guzmán-Hengst bewiesen hatte, als er ihm auf dem Schiff begegnet war. Doch sein Pferdehirt hatte recht: Auf Bruma Negra war alles, was mit den Pferden zu tun hatte, eine geradezu heilige Aufgabe, und nur einige wenige Personen, die sein volles Vertrauen genossen, waren dazu auserkoren. Allen anderen war es verboten, die Ställe zu betreten, und dass ein Sklave es sich erlaubte, war unverzeihlich!

»Peitsch ihn aus, er hat es verdient! Aber bring ihn zu den Ställen, wenn du fertig bist. Ich will mit ihm reden.«

Carmen betrachtete den Jungen voller Mitleid. Er war nur noch Haut und Knochen, seine Haare waren verfilzt und schmutzig, die Haut gebräunt, aber längst nicht so dunkel wie die der anderen Sklaven, doch er war recht groß. Seine Gesichtszüge waren nicht allzu ansprechend; was einen gefangen nahm, waren seine Augen, die dem Blick auswichen, aber strahlend blau leuchteten.

Wenn sie etwas hasste, dann war es Gewalttätigkeit, und es war nicht das erste Mal, dass ihr Gatte einen Sklaven auspeitschen ließ.

»Liebster, ich möchte dich um einen Gefallen bitten.« Blasco lächelte sie an. Er wollte ihr nur allzu gern gefällig sein. »Der Junge scheint ein guter Kerl zu sein. Könntest du ihm die Peitschenhiebe für dieses Mal erlassen?« Sie sah ihn zärtlich an, um ihn zu erweichen, doch ihre Taktik hatte keinen Erfolg, im Gegenteil. Nicht nur, dass Blasco ihr den Wunsch nicht erfüllte, sondern er machte ihr sogar heftige Vorwürfe wegen ihres Verhaltens, als sie allein waren.

»Tu das nie wieder!«, herrschte er sie an.

Seine Stimme hatte plötzlich einen harten Klang, den sie noch gar nicht kannte, wie Carmen befremdet registrierte.

»Ich verstehe nicht, Liebster.«

»Du hast eine Entscheidung von mir infrage gestellt, und das noch dazu vor einem Bediensteten! Begreifst du, was das bedeutet, oder muss ich es dir erst erklären?«

Carmen gab keine Antwort darauf, sie verstand seine Gereiztheit, war aber auch enttäuscht, dass ihr Gatte derart heftig reagierte und dass er gegenüber dem Jungen eine solche Grausamkeit an den Tag legte. Doch sie wollte erst darüber nachdenken, ehe sie sich ein Urteil bildete, deshalb entschuldigte sie sich mit der Ausrede, sie sei müde, und machte sich auf den Weg zum Herrenhaus, um sich eine Weile zurückzuziehen.

Als Yago kaum eine Stunde später wieder in den Pferdeställen erschien, hing sein Hemd in Fetzen, und auf seinem Rücken prangten blutige Striemen von den zwanzig Peitschenhieben. Man stieß ihn derart grob zu Blasco hin, dass er ihm vor die Füße fiel, doch dieser sagte kein Wort. Der Junge rollte sich zusammen wie ein geprügelter Hund und verbarg den Kopf zwischen den Armen.

»Du weißt ja, auf Bruma Negra lernt man auf diese Art zu gehorchen.« Er fuhr ihm mit der Reitpeitsche unter das Kinn, sodass Yago den Kopf heben und ihm ins Gesicht sehen musste. »Hier bist du ein Nichts. Je schneller du das begreifst, umso besser …«

Angstvoll wandte Yago den Blick ab und krümmte sich wieder zusammen, als wollte er sich verstecken. Dieser Mann machte ihm entsetzlich Angst.

»Sieh mich an, Dummkopf!«, schrie Blasco wütend.

Und dann zwang er den Jungen erneut, den Kopf zu heben, indem er ihm mit der Stiefelspitze unter die Wange fuhr.

Keine zwanzig Handbreit entfernt begann Azul unruhig zu wiehern. Blasco, der Yagos Reaktionen nicht kannte, ertrug dessen Unterwürfigkeit nicht und beschloss festzustellen, ob auch er zu den Menschen gehörte, die jede noch so demütigende Behandlung widerspruchslos hinnahmen.

Er hob die Reitpeitsche, suchte sich auf Yagos Rücken eine frische Wunde aus und ließ das Leder mit einem gezielten Schlag niedersausen, sodass sich eine große Blutblase öffnete, die sich zuvor gebildet hatte. Yago schrie vor Schmerzen auf. Im selben Augenblick entstand plötzlich Aufruhr bei den Pferden, was den Pferdehirten und Blasco auf sie aufmerksam werden ließ. Einige Tiere buckelten nervös in ihren Verschlägen und traten gegen die Tür, als wollten sie ausbrechen.

»Sieh mal nach, was sie haben!«, befahl Blasco, während er überlegte, wohin sein nächster Schlag treffen sollte. Als Yago den brennenden Schmerz auf seinen Schultern spürte, entfuhr ihm nur ein unterdrückter Schrei, und wieder machte er sich ganz klein in seiner Angst.

Da begannen Azul und drei andere Pferde fordernd, fast zornig, zu wiehern und warfen heftig den Kopf hin und her, wobei sie immer im Auge behielten, was die Männer mit dem Jungen machten.

Blasco beschlich der Gedanke, dass die eigenartige Reaktion der Tiere vielleicht kein Zufall war. Deshalb ließ er zur Probe seine Peitsche ein weiteres Mal auf den armen Yago niedersausen und beobachtete, wie die Pferde sich verhielten. Jetzt waren es noch mehr, die aufgeregt wieherten und gegen die Türen traten.

Auf Blascos Gesicht erschien ein ungläubiges Lächeln.

»Señor, ich weiß nicht, was mit den Pferden los ist.« Der Pferdehirt traute sich nicht einmal an die Tiere heran.

»Ich schon ... und es ist wirklich sonderbar ... Begreifst du nicht, dass sie nur deshalb so reagieren, weil sie den Jungen beschützen wollen?«

Beeindruckt blickte er zuerst auf Yago, dann zu den Pferden.

»Von heute an wird dieser Sklave dir im Stall helfen. Mal sehen, wie ich diese eigenartige Beziehung für mich nutzen kann. Es ist nicht zu übersehen, dass die Pferde ihn respektieren. Und wenn das bei ihnen so ist, kann es bei mir ja vielleicht auch so werden ...«

XII

Carmen bestand darauf, sich die Verletzung der Sklavin anzusehen, die ihr beim Baden half; sie hatte nichts als einen schmutzigen Stofffetzen darumgewickelt. Die junge Frau weigerte sich ein ums andere Mal, sie ihr zu zeigen, doch Carmen war noch dickköpfiger als ihre Zofe. Und sie entdeckte einen tiefen Schnitt an einem der Finger, der zudem einen üblen Geruch absonderte.

»Sobald ich gebadet habe, lasse ich einen Doktor kommen, damit er sich die Hand ansieht.«

»Nein … nein, Herrin … Sein gut …« Die kleine schwarze Sklavin, kaum sechzehn Jahre alt, wollte weder verraten, wer ihr die Verletzung zugefügt hatte, noch wie. Es hätte ihr noch viel größere Schwierigkeiten eingebracht.

Sie öffnete ein Fläschchen mit Parfüm, gab ein paar Tropfen ins warme Wasser und verteilte die duftende Essenz mit der gesunden Hand. Im Nu verbreitete sich ein starker Zitronenduft, den Carmens Haut sogleich aufnahm und der seine entspannende Wirkung entfaltete.

»Es ist deine Entscheidung, aber ich glaube, deine Verletzung sollte wirklich behandelt werden.«

Carmen ließ sich in das duftende Badewasser gleiten und genoss einige Minuten lang die angenehme Temperatur.

Alles in allem gefiel ihr das Leben auf Jamaika, und sie war, abgesehen von einigen Verhaltensweisen ihres Gatten, glücklich und zufrieden …

Volker war es leid, nur im Herrenhaus herumzusitzen, und so beschloss er, die Nachmittage für Ausritte über die ausgedehnten Ländereien zu nutzen. Unter der Vielzahl von Feldfrüchten, die hier angebaut wurden, entdeckte er an einem Abhang auch etliche Weinstöcke, die Erinnerungen an seine Jugend wachriefen, als seine Familie auf der linken Rheinseite Weinberge besaß, sein Vater noch lebte und das Unglück noch nicht über sie gekommen war. Seit undenklichen Zeiten war der Name Wortmann mit einem berühmten goldgelben, sehr fruchtigen Wein verknüpft, der von den Kennern in jenem Land sehr geschätzt wurde. Daher war Volker die Kunst des Weinbaus nicht fremd, er konnte mühelos die verschiedenen Rebsorten unterscheiden, kannte ihren Charakter und konnte erkennen, dass die Weinstöcke von Blasco Méndez de Figueroa eine kräftigere, aber auch robustere Traube lieferten, die einen würzigen Wein mit viel Körper ergaben. Er hatte ihn bereits bei einem der Essen gekostet, die er täglich mit ihm einnahm, und den Eindruck gehabt, dass er von guter Qualität war.

Eines Tages entdeckte er am Rand der Plantage, an einer Stelle, wo ein kühler Bach sich von einem Hügel herabschlängelte, einen Friedhof, auf dem die Sklaven ihre Toten bestatteten. Wie der Zufall es wollte, begegnete er just an dem Tag einem Leichenzug.

Der Verstorbene wurde mit einem ergreifenden Gesang begleitet, der Volker tief beeindruckte. Zwar verstand er die Worte nicht, doch es sprach Schmerz und Trauer aus ihnen. Am Ende nahm jeder eine Handvoll Erde und streute sie über den Toten, nachdem er ihn ein letztes Mal geküsst hatte. Nicht weniger erstaunte ihn der abschließende Tanz, den sie aufführten, nachdem der Verstorbene beerdigt war; er wirkte überaus fröhlich und vor allem gefühlvoll, als bedeutete der Tod für sie weniger ein Unglück als vielmehr eine Erlösung.

Von früheren Ausritten wusste er, dass dies nicht der einzige Sklavenfriedhof auf der Plantage war, doch es erschreckte ihn, dass er auf dem gerade entdeckten nicht weniger als fünfhundert Gräber zählte.

Für die kurze Zeit seit Bestehen der Plantage Bruma Negra schien ihm die Zahl der Toten doch sehr hoch.

Gerne suchte er auch die Stallungen für die Pferde und andere Tiere auf, die sich weitab vom Herrenhaus befanden, in dem er sich zunehmend unwohl fühlte. Pferde waren schon immer eine Leidenschaft von ihm, abgesehen davon, dass sie auch in seiner Stellung als Hauptmann der Garde des Vizekönigs eine wichtige Rolle spielten.

Bei einem seiner häufigen Besuche in den Pferdeställen lernte er auch Yago kennen. Der Junge lief in einer Gruppe von Hengsten mit, eng an sie gedrückt, die sich kurz vor einem engen Gang befanden, in den man sie trieb, damit man ihnen ohne Schwierigkeiten das Brandzeichen aufbringen, die Hufe ausschneiden oder irgendeine andere Behandlung angedeihen lassen konnte.

Neugierig und etwas verdutzt beobachtete er die Szene. Wenn der Junge sich nicht rechtzeitig aus der Gruppe löste, überlegte der Deutsche, wäre er in dem engen Gang gefangen, eine überaus gefährliche Situation. Jedes Pferd, das sich erschreckte, beispielsweise vor dem glühend heißen Brandeisen, konnte ihn mit einem einzigen Hufschlag töten. War das nicht der Junge, von dem Carmen erzählt hatte, als sie von dem Vorfall mit ihrem Gatten berichtete?, überlegte er kurz.

»He, ihr da!«, rief er zwei Stallburschen zu, die gerade auftauchten und die Pferde mit Stöcken antrieben, damit sie in den engen Gang liefen. »Seht ihr nicht den Jungen dort?«

Die Burschen lachten nur und taten weiter ihre Arbeit, ohne sich um ihn zu kümmern. Sie suchten das Pferd aus, das dem Gang am nächsten war, und trieben es mit zwei Stößen hinein.

»Habt ihr keine Ohren?«, rief Volker erbost.

»Seid unbesorgt, Herr, das ist Yago«, entgegneten sie nun. »Er erst seit zwei Wochen bei ihnen, aber für die Pferde ist er schon einer von ihnen …«

Im nächsten Augenblick sah Volker den Jungen seelenruhig zwischen den Beinen eines massigen Hengstes hervor- und mit ruckartigen Schritten auf sich zukommen; er hatte den Deutschen jedoch noch nicht bemerkt. Als sich aber ihre Blicke kreuzten, blieb er abrupt stehen. Volker fiel auf, dass er nicht nur einen eigenartigen Gang, sondern auch einen abwesenden Blick hatte. Yago spürte, dass der Mann ihn ansah, und senkte den Kopf. Er wirkte wehrlos, eigenartig in sich gekehrt, als würde er in einer anderen Wirklichkeit leben.

»Er spricht fast nie und bleibt meistens für sich, aber Ihr könnt Euch nicht vorstellen, was er mit diesen Tieren alles anzustellen vermag...«

Bei diesem Kommentar verschwand Yago eilig zwischen den Pferden, und Volker drehte sich um, um zu sehen, wer da mit ihm redete. Der Mann mittleren Alters stellte sich ihm als Stallmeister vor.

»Ich heiße Mario.« Die beiden Männer reichten sich die Hände. »Seit einigen Tagen schon sehe ich Euch um die Stallungen herumstreichen, und ich habe das Gefühl, dass es nicht nur die Neugier ist, die Euch herführt. Ihr seid ein echter Pferdenarr, habe ich recht?«

»Dessen könnt Ihr sicher sein. Ich bin mit ihnen aufgewachsen, und Gott allein weiß, wie viele tausend Meilen ich auf ihrem Rücken zurückgelegt habe. Ich bin Soldat, und ich versichere Euch: Die Pferde gehören nicht nur zu meinem Leben, sie sind meine Passion.«

»Seid Ihr der Begleiter unserer Herrin Carmen?« Volker bejahte, ohne sich über Einzelheiten auszulassen.

Da fiel dem Stallmeister ein, dass er den jüngsten Fohlen Futter geben müsse, und er schlug Volker vor, ihn zu begleiten.

Als sie an Yago vorbeikamen, wollte Volker vom Stallmeister mehr über den Jungen wissen.

»Yago ist kein gewöhnlicher Sklave, und damit meine ich nicht nur seine Hautfarbe. Er ist zwar erst kurze Zeit bei uns, aber ich sage Euch, sein Geschick im Umgang mit den Pferden ist mir gleich aufgefallen. Auf den ersten Blick wirkt er, als wäre er nicht bei Verstand, aber ich glaube, er ist gar nicht dumm. Allerdings bekommt er hin und wieder seltsame Anfälle, und er spricht kaum, aber für diese

Tiere hat er eine besondere Begabung. Er lebt mit ihnen, will weder ein Bett noch eine Hütte, und schläft in den Ställen. Und das seit dem Tag, an dem der Herr ihn hierherbrachte.« Er öffnete ein Gatter und trat in einen Pferch, in dem ein Dutzend junger Fohlen standen, die neugierig näher kamen. »Wenn Ihr sehen könntet, wie er die Pferde streichelt, eines nach dem anderen, am ganzen Körper… Ich weiß nicht, warum, aber er tut es mit beiden Händen, ganz bedächtig, oft mit geschlossenen Augen, so streichelt er das Tier von vorne bis hinten, von oben bis unten…«

Volker hörte interessiert zu.

»Könnte ich mit ihm sprechen?«

»Ihr könnt es versuchen, natürlich, aber ob es Euch gelingt…« Der Stallmeister machte ein zweifelndes Gesicht.

Als sie zum größten Pferdestall gelangten, stand Yago gerade bei einem herrlichen Rappen. Der Hengst beschnupperte seine Knie, während Yago ihm liebevoll über den Rücken strich.

Volker spürte, wie es ihn mit aller Macht zu den beiden hinzog.

Das Pferd wandte den Kopf, als es seine Anwesenheit bemerkte, schien sie aber zu akzeptieren. Yago hingegen wich seinem Blick aus und fuhr mit seinem Tun fort.

Sehr schnell erkannte Volker die besondere Art der Verständigung zwischen den beiden, und er verspürte den Wunsch, sich ebenfalls darin zu versuchen. Und so stellte er sich auf die freie Seite des Pferdes und begann, ihm mit den gleichen Bewegungen wie der Junge über den Rücken zu streichen. Zuerst nach vorne, dann nach hinten, manchmal kreisend, zunächst sanft, dann kräftiger. Eine ganze Weile teilten sich die beiden dieses Geschöpf, das wie ein emotionales Band zwischen ihnen war, und vergaßen darüber die Zeit. Sie spürten das Pferd, wurden eins mit ihm, schweigend, ohne dass sie sich stören ließen.

Und dann, nach geraumer Zeit, begann Yago zu sprechen.

»Ich Yago… und du?«

XIII

Seit er die Sklavenunterkunft hinter sich gelassen hatte und in den Stallungen arbeitete, sah Yago Hiasy kaum noch. Er hatte über hundert Pferde zu versorgen und zu füttern, eine zeitraubende Aufgabe, die ihn fast den ganzen Tag in Anspruch nahm.

Doch ihre Freundschaft, in vielen Stunden des Schweigens, des blinden Verständnisses und vor allem sehr viel gegenseitiger Unterstützung gewachsen, litt nicht darunter, denn sie trafen sich, so oft sie konnten. Wann immer möglich, schlich sich Yago von seiner Arbeit fort, um sie wenigstens vorbeigehen zu sehen, wenn sie zu einem der Felder unterwegs war. Am Ende des Tals, weit entfernt vom Herrenhaus und den Baracken der Sklaven, gab es im Wald eine Lichtung, wo sie allein sein konnten, und dort trafen sie sich einmal in der Woche. Es war ihr geheimes Nest.

An einem jener Abende fand Yago sich dort nach getaner Arbeit ein, doch es erwartete ihn eine böse Überraschung, die schlimmste, die man sich vorstellen konnte.

Und er verstand, was da vor sich ging.

Hiasy lag im dürren Laub, und auf ihr Blasco Méndez de Figueroa, der ihr einen Dolch an die Kehle hielt und sie brutal vergewaltigte.

Dergleichen war ihr noch nie geschehen.

Niemand hatte sich je ihres Körpers in der Weise bemächtigt, wie Blasco es gerade ungestraft tat. Eine Demütigung, die ihr einen schier unerträglichen seelischen Schmerz bereitete, ihren Stolz aufs Schlimmste verletzte. Sie hatte schon bemerkt, dass der Plantagenbesitzer sie seit einiger Zeit begehrte. Nicht einmal die Anwesenheit seiner Gattin hielt ihn davon ab, lüsterne Blicke über ihren Körper wandern zu lassen. An jenem Tag aber war er allein ausgeritten und hatte beschlossen, ihr in den Wald zu folgen, bis zu dem Platz, an dem sie sich niederließ, um auf Yago zu warten.

Überraschung verwandelte sich in Entsetzen, die Vorfreude, Yago gleich wiederzusehen, in den Wunsch zu sterben.

Plötzlich fand sie sich vom schweren Körper ihres Herrn auf die Erde gepresst, der sie ins Gesicht schlug und ihr die Kleider vom Leib riss. Doch sie wollte es ihm nicht so leicht machen wie die anderen. Sie zerkratzte ihm das Gesicht, schlug auf ihn ein, so oft sie konnte, und versuchte mit allen Mitteln, seinen Händen zu entkommen. Sein Atem stieß sie ab, das Kratzen seiner Barthaare auf ihrer Haut verursachte ihr Übelkeit, und sie schrie aus Leibeskräften, doch es nützte alles nichts.

Hiasy wurde vergewaltigt, unter Tränen und Schmerzen gedemütigt.

Bis plötzlich Yago auftauchte und sie ihn mit einem Schrei zu Hilfe rief.

Irritiert drehte Blasco sich um, atmete jedoch erleichtert auf, als er den Jungen erkannte, ihm mit einem Fluch empfahl, sich zum Teufel zu scheren, und mit seinem Tun fortfuhr.

»Nein!«, rief Yago so laut er konnte. »Loslassen, sofort!«

»Verschwinde, wenn du nicht willst, dass ich dich wieder auspeitschen lasse!«, entgegnete Blasco und drohte ihm mit seinem Dolch.

Doch der Junge widersetzte sich seinem Befehl. Er packte einen großen Stein, tat ein paar Schritte und ließ ihn mit aller Kraft auf Blascos Kopf donnern. Ohnmächtig sank der Plantagenbesitzer auf Hiasy zusammen.

»Dreckige Ratte!« Das Mädchen spuckte ihm ins Gesicht, und einen Moment lang fühlte sie sich versucht, ihn mit seinem eigenen Dolch ins Jenseits zu befördern. Dürres Laub klebte ihr auf der Haut, ihr Kleid war zerfetzt, und sie schämte sich so sehr, dass sie die

Hände vors Gesicht schlug, um sich nicht Yagos unschuldigem Blick auszusetzen.

Der Junge kniete sich neben sie und nahm ihre Hand.

»Hiasy, alles gut…« Mit einem Finger säuberte er ihr die Stirn und fuhr ihr zärtlich über die Wange.

»Ich möchte fort, weit fort, nicht mehr bleiben!« Mit einem Mal begann sie herzzerreißend zu weinen. Von Schluchzern geschüttelt, mit stechenden Schmerzen im Unterleib, überlegte sie, welche Folgen das soeben Geschehene haben würde.

Sie mussten flüchten, das spürte sie. Ihr Instinkt drängte sie, auf der Stelle aus dem dunklen Wald zu fliehen. Bei einem Blick zum Himmel sah sie schwarze Gewitterwolken aufziehen, die Luft begann nach feuchter Erde und Regen zu riechen. In diesem Augenblick wurde ihr klar, dass sie sich sofort auf den Weg machen mussten. Sie wies mit dem Finger auf die im Osten liegenden Berge und wartete auf Yagos Reaktion.

»Yago mit Hiasy… dorthin.«

Sie glaubte, die Stunde sei gekommen, dass sich ihr Traum erfüllte. Eine bessere Lösung als die Flucht gab es nicht nach dem, was vorgefallen war.

Plötzlich hörten sie Stimmen, nicht allzu weit entfernt.

Ihre Blicke begegneten sich, und die Entscheidung war gefallen.

»Los, wir fliehen!« Hiasy nahm Yago bei der Hand und überlegte, in welche Richtung sie am besten laufen sollten.

»Nicht… oder ja…« In diesem Augenblick überwältigte Yago die nervöse Anspannung. Er befürchtete, schreien zu müssen, doch Hiasy hielt ihm gerade noch rechtzeitig den Mund zu und zeigte mit dem Finger auf die Berge, deren Umrisse sich blau vor dem aschfarbenen Himmel abzeichneten.

»Yago, du kannst. Los, komm!«

Der Junge war unfähig, angesichts der sich überschlagenden Ereignisse auch nur einen Muskel zu bewegen, und so sehr er sich auch bemühte – seine Angst vor dem Unbekannten war stärker und ließ ihn wie angewurzelt verharren. Ohne zu wissen, was ihn dort oben erwartete, erschien ihm in diesem Augenblick jeder Schritt unmöglich. Wieder stand ihm das Martyrium seiner Kindheit vor Augen, die schmerzliche Vernachlässigung durch seine Tante, die Demütigungen im Waisenhaus der Kartäuser und die Schwierigkeiten während seines Aufenthalts in Lomopardo ...

Doch als er seinen Blick hilfesuchend wieder Hiasy zuwandte, wusste er mit einem Mal ganz genau, wie er sich entscheiden musste.

»Yago, Hiasy ... Berge ... zusammen.«

Volker verließ die Plantage für ein paar Tage, denn er wollte weitere Erkundigungen über Blasco einziehen.

Seine Befürchtungen nahmen in dem Maße zu, wie er das Vertrauen der Bediensteten des Plantagenbesitzers gewann, wenn auch die meisten aus Angst vor ihm weiterhin schwiegen. Deshalb beschloss er sich in der Stadt umzuhören, um herauszufinden, wer dieser Blasco Méndez de Figueroa wirklich war. Wenn sich seine Befürchtungen bestätigten, würde er eine – auch für Carmen – folgenschwere Entscheidung treffen müssen.

Da er ihr seinen Verdacht verschwiegen hatte, um sie nicht unnötig zu beunruhigen, begründete er seine Abwesenheit von der Plantage lediglich damit, dass er die Insel besser kennenlernen wolle. Doch als guter Deutscher, vorausschauend und ordentlich, legte er ihr ans Herz, den Stallmeister aufzusuchen, zu dem Volker inzwischen eine vertrauensvolle Beziehung aufgebaut hatte, falls sie aus irgendeinem Grund wünschte, dass er sofort auf die Plantage zurückkehrte, falls sie sich bedroht fühlte oder in irgendeiner Weise seine Unterstützung brauchte. Carmen wunderte sich über seine Vorsorgemaßnahme, war ihm andererseits aber auch dankbar für seine unermüdliche Fürsorge.

An den ersten beiden Tagen streifte Volker durch Sevilla la Nueva und seinen Hafen. Dort erfuhr er, dass Ende September eine Flotte von sechs Galeonen und zehn Handelsschiffen, im Dezember noch zwei weitere Schiffe abgehen sollten. Er musste wissen, wie viel Zeit ihm zur Verfügung stünde, falls er Blascos Herrschaftsbereich zusammen mit Carmen von einer Stunde auf die andere verlassen müsste. Überall holte er Erkundigungen ein, besprach sich mit Richtern, mit dem einen und anderen Vertreter der Inselregierung, er versuchte es bei Händlern, Pfarrern, Mönchen und sogar bei fünf Gastwirten, aber offensichtlich war niemand bereit, auch nur ein bisschen an Blascos Ehrbarkeit zu kratzen, und noch weniger, ihn des kleinsten Vergehens zu beschuldigen.

Verärgert ob seiner vergeblichen Nachforschungen in Sevilla la Nueva und immer mehr überzeugt, dass Blasco eine dunkle Seite verbarg, beschloss er, sein Glück in einer anderen Stadt zu versuchen. Er wandte sich in Richtung Westen und ritt, immer auf der Suche nach einer größeren Ansiedlung, die ganze Küste entlang bis in den äußersten Norden, stellte den Vertretern der Stadtverwaltung immer wieder dieselben Fragen. Er versuchte, in dem Schutzschild, den sich Blasco auf der gesamten Insel geschaffen hatte, einen Riss zu finden, doch keine seiner Bemühungen trug Früchte. Der Name Blasco Méndez de Figueroa war von einer Aura aus Heimlichkeiten und Schweigen, aus Loyalität und Komplizenschaft umgeben.

Seine Nachforschungen hatten nicht das Geringste ergeben, und so wusste Volker nicht recht, was er tun sollte. Äußerte er Carmen gegenüber einen Verdacht, ohne Beweise vorlegen zu können, lief er Gefahr, ihr Vertrauen zu verlieren; auf der anderen Seite schien es ihm allmählich ein Ding der Unmöglichkeit, diese Beweise zu erlangen.

Deshalb beschloss er, wieder auf die Plantage zurückzukehren und dort zu warten, bis sich etwas tat. In der Zwischenzeit würde er ein Auge auf Carmen haben, ihr jedoch nichts sagen, bis das Datum näher rückte, an dem die Schiffe ausliefen. Er ließ die kleine Ansiedlung im Norden hinter sich und wandte sich dieses Mal in Richtung Osten, um an den herrlichen Stränden der Insel entlangzugaloppieren.

Durch den starken Seegang zog gegen Abend Nebel auf, und Volker sehnte sich nach Neapel zurück. Am liebsten hätte er sofort wieder seine Stellung in der Garde des Vizekönigs eingenommen. Die dicht bevölkerte Stadt, in der er seit über fünf Jahren lebte, hatte ihn mit allen seinen Sinnen gefangen genommen. Ihn begeisterten die prachtvollen Gebäude, das Essen, die Herzlichkeit der Menschen und, vor allem, die Leidenschaft der Stadt für Pferde.

Er war noch eine halbe Tagesreise von Bruma Negra entfernt und schon recht erschöpft von dem langen Ritt, deshalb entledigte er sich seiner Stiefel und lief eine Weile mit bloßen Füßen durch den Sand. Vom Meer her strich ihm eine frische Brise sanft über das Gesicht, und als er den Blick landeinwärts wandte, sah er in der Ferne die Umrisse der blauen Berge, die ihn an einen anderen erinnerten, an den Vesuv, ganz in der Nähe seines geliebten Neapel. Er konnte einfach nicht vergessen, dass er dort, in jener Stadt, sein ganzes Leben hatte, seine Stellung beim Vizekönig, wo er hundert Soldaten befehligte, eine aus fünfzig adeligen Kastiliern und fünfzig Neapolitanern bestehende Eliteeinheit, die den obersten Vertreter des Vizekönigreichs nicht nur als Gefolge begleitete, sondern ihm auch im Kampf zur Seite stand. Wann würde er endlich dorthin zurückkehren können?

Ebenso wie Volker hielt sich auch Don Luis Espinosa mehrere Tage nicht auf der Plantage auf. In seinem Fall waren es die Geschäfte, die ihn zu einer anderen großen Pflanzung der Insel führten. Sie hieß *Vista Fermosa* und gehörte einem Offizier aus dem Umkreis des Gouverneurs. Es hatte Don Luis keine große Mühe gekostet, den Mann zu überreden, ihm eine wertvolle, für seine Zukunft überaus wichtige Information zu verschaffen. Der Auserwählte, gierig wie wenige, wollte seine wirtschaftliche Lage verbessern und sich zudem zwei riesige, neben seiner Hazienda gelegene Plantagen aneignen. Also nutzte er gerne die Gelegenheit, zum stillen Teilhaber des Ratsherrn aus Jerez zu werden, den er durch gemeinsame Freunde kennengelernt hatte. Der Mann hieß Hugo de Casina, stammte aus Aragón, und ihm oblag die Verschiffung von Gold und Silber von Jamaika nach Spanien. Don Luis war überrascht, wie schnell er den Offizier von seiner Idee hatte überzeugen können. Bei einem gemeinsamen Essen, dem ein Ausritt über seine Ländereien folgte – man benötigte zwei Tage, um alles zu sehen –, hatte er ihm sein Vorhaben ausführlich erläutert, und de Casina hatte nicht lange überlegt, sondern sofort zugesagt. Die Vorteile, die Don Luis Espinosa ihm ausmalte, waren überaus verlockend, und da dessen Vorhaben seinen gegenwärtigen Interessen nicht im Wege stand, sah er keinen Grund, nicht darauf einzugehen. Das Geschäft versprach hohe Gewinne, und sein Alibi war geradezu perfekt. Niemand würde ihn verdächtigen.

Für Luis Espinosa eröffneten sich mit der neuen Unternehmung ungeheure Möglichkeiten, die sein Ansehen und seine Macht weiter stärken würden, doch das würde nicht alles mühelos vonstatten gehen. Der Schwerpunkt seiner Geschäftätigkeit würde sich verlagern. Er würde seine geschäftliche Verbindung mit Martín Dávalos lösen oder zumindest stark einschränken müssen; die neue Unternehmung würde vollkommen getrennt laufen.

Dávalos wusste von dem Vorhaben, über das sich Espinosa mit de Casina gerade einig geworden war, hatte sich jedoch bewusst nicht sonderlich um Teilhabe bemüht. Er hatte weder nach Jamaika reisen noch sich einem derartigen Risiko aussetzen wollen, wie Luis es mit jenen gefährlichen Leuten tat, die versteckt an der afrikanischen Küste lebten. Ohne deren Mitwirkung hätte das ganze Vorhaben keine Zukunft. Dies waren in erster Linie die Gründe, warum Martín Dávalos Abstand genommen hatte.

Luis wusste bereits genau, wie er die Sache anpacken musste, damit alles wie gewünscht ablief, und Hugo kam dabei eine entscheidende Rolle zu, denn er sollte alles in Gang bringen. Wenn es ihm danach gelang, die Informationen über die Goldsendungen an seine Mittelsmänner in Nordafrika zu übermitteln, dann würde der ehrgeizige Plan, in das nähere Umfeld des Kaisers aufzurücken – wovon Luis schon seit langer Zeit träumte –, entscheidende Fortschritte machen.

Auch war er sich durchaus bewusst, dass seine ehrgeizigen Ziele unvermeidbare persönliche Konsequenzen haben würden, nicht nur was seinen wichtigsten Kompagnon betraf, sondern auch seine Gemahlin Laura, deren doch recht begrenzte Einflussmöglichkeiten ihm zukünftig nicht mehr von Nutzen sein würden.

Am letzten Abend, den Don Luis auf der Hazienda verbrachte, besiegelten sie ihre Übereinkunft mit einem köstlichen Essen, nach dem sie sich zufrieden zuprosteten.

»Der Erfolg wird unser sein, Ihr werdet sehen«, meinte Luis und stieß mit dem Offizier an. »Könnt Ihr mir schon sagen, wann die erste Sendung abgeht?«

Hugo überlegte, was er darauf antworten sollte.

»Wie Ihr sicher wisst, wird die wertvolle Fracht üblicherweise im März verschifft. Da große Konvois mit Kriegsgaleonen als Begleitschutz zusammengestellt werden müssen, ist es nicht immer leicht, die Vorbereitungen geheim zu halten, aber ich werde Euch den Abfahrtstag rechtzeitig mitteilen, sobald ich ihn erfahre. Und ich werde Euch zu gegebener Zeit noch etwas anderes Erfreuliches mitteilen.«

Don Luis lehnte sich entspannt im Sessel zurück; die Sache mit Hugo ließ sich ja noch besser an als erwartet. Er hätte jedoch gern mehr gewusst.

»Jetzt nicht, geschätzter Freund. Ich kann Euch im Moment noch nichts sagen, aber wenn es so weit ist, werdet Ihr mir dankbar sein, dessen bin ich sicher ...«

Auf Bruma Negra war Carmen mittlerweile zu einer Entscheidung gelangt, die sie, immer auf den richtigen Augenblick hoffend, schon lange vor sich hergeschoben hatte. Es würde eine Weile dauern, bis Blasco zurückkehrte, denn wie er ihr mitgeteilt hatte, bevor er sich verabschiedete, wollte er an diesem Nachmittag die ganze Plantage abreiten.

Ihre Entscheidung hatte mit einem bestimmten Zimmer im Südflügel des Herrenhauses zu tun; sie war bei ihrem ersten Rundgang durch das Haus darauf gestoßen. Dieses Zimmer war immer verschlossen, und keiner der Bediensteten konnte ihr etwas darüber sagen. Blasco selbst behauptete, es sei sein Refugium, wo er seine Papiere und andere private Dinge aufbewahre, die ihm zufolge nicht die geringste Bedeutung besaßen. Niemand verstand deshalb, warum er sich immer wieder in diesem Zimmer einschloss, manchmal für Stunden, und warum es grundsätzlich verschlossen blieb. Nicht einmal zum Saubermachen durfte jemand hinein.

Seit einiger Zeit schon tobte in Carmen ein Kampf, unter dem sie sehr litt.

Sie wollte Blasco weiterhin eine liebende Gattin sein, sie betete ihn immer noch an, doch gleichzeitig fühlte sie sich in manchen Dingen, die ihr nicht gefielen, von ihm getäuscht. In letzter Zeit hatte sie vieles zu erdulden: seine häufige nächtliche Abwesenheit, für die er ihr keine Rechenschaft gab; seine Wutausbrüche beim kleinsten Ärgernis; seine Brutalität gegenüber der Dienerschaft und den Sklaven. Ihr Gatte, dem sie Respekt entgegenbringen und mit dem sie ihr Leben in unverbrüchlichem Vertrauen teilen sollte – wie sollte das auf diese Weise möglich sein? Ihr missfiel sein Verhalten allzu sehr, sogar ihre ehelichen Beziehungen hatten sich deutlich abgekühlt. Sicher, er verwöhnte sie, er verschaffte ihr alles, was ihr das Leben angenehm machte, und zeigte sich ihr gegenüber liebevoll. Doch das genügte ihr nicht, und außerdem gab es noch jenes verschlossene Zimmer, dessen Existenz allein schon bewies, dass ihr Gatte ihr gegenüber nicht aufrichtig war. Dieses Zimmer ging Carmen nicht mehr aus dem Kopf.

Eines Tages hatte sie beobachtet, wie er verstohlen einen Schlüssel in seinem Schreibtisch verwahrte, hinter einer kleinen Schublade, gut versteckt. Seitdem wurde ihr jedes Mal heiß, wenn sie an diesem Schreibtisch vorbeiging, denn sie vermutete, dass dies der Schlüssel zu dem geheimnisvollen Zimmer war.

Als Carmen nun erfuhr, dass ihr Gatte den ganzen Nachmittag abwesend sein würde, war die Gelegenheit gekommen, sich endlich Gewissheit zu verschaffen. Sie suchte den Schlüssel, verbarg ihn in ihrem Dekolleté und schlich dann auf Zehenspitzen in den Südflügel des Herrenhauses. Stoßweise atmend und immer bemüht, keinem Dienstboten zu begegnen, gelangte sie schließlich zu der bewussten Tür und öffnete sie ohne Schwierigkeiten.

Schon beim ersten Schritt knarrte der Holzboden.

Nachdem sie von innen abgesperrt hatte, entfuhr ihr ein ängstlicher Seufzer. In dem Zimmer herrschte fast völlige Dunkelheit, aber sie ließ dennoch den Blick wandern, auch wenn ihr das Herz bis zum Hals schlug. Sie versuchte ruhiger zu werden, und nach einer Weile hatten sich ihre Augen so weit an das spärliche Licht gewöhnt, dass sie immerhin undeutliche Umrisse wahrnahm.

Was ihr als Erstes auffiel, war der eigenartige Geruch, muffig – oder eher nach Fäulnis? Sie hielt sich die Nase zu und dachte, das müsse wohl daran liegen, dass das Zimmer allzu lange verschlossen blieb.

Durch einen Spalt zwischen den schweren Vorhängen vor dem großen Fenster im Hintergrund drang ein schmaler Sonnenstrahl und verlockte dazu, sie aufzuziehen, und das tat Carmen dann auch. Einen Augenblick lang war sie von dem strahlend hellen Licht, das nun ins Zimmer fiel, vollkommen geblendet.

In dem Zimmer herrschte ein schreckliches Durcheinander.

Ihr Blick fiel auf einen ziemlich großen Tisch voller Papiere, an dessen beiden Enden je eine mehrflammige, fast verbrauchte Öllampe stand.

Auch einen Schrank gab es, in dem wild durcheinander zahlreiche Frauenkleider, Stofffetzen und einiges an Unterwäsche lagen. In einer anderen Ecke stand eine Holztruhe mit geschnitzten Tierköpfen, Blättern und Ranken. Daneben fand sie mehrere sehr schmutzige Stoffstücke, auf denen Unmengen von Fliegen saßen.

An den Wänden des Zimmers hingen sonderbare Bilder, die ein

beunruhigendes Gefühl in Carmen wachriefen. Es waren infernalische Szenen dargestellt: Auf einem waren schwarzhäutige Männer und Frauen zu sehen, die nackt um ein Feuer tanzten, einige hielten Vögel in den Händen, denen man den Kopf abgeschlagen hatte; andere hatten weiß umrandete Augen; im Vordergrund waren einige Frauen zu sehen, die sich mit dem Blut der Tiere beschmierten. Auf einem anderen Bild, dem düstersten von allen, war eine Art Zauberer mit weit aufgerissenen Augen und offenem Bauch zu sehen, der sich mit zorniger Miene die Gedärme herausriss. Die anderen Gemälde waren nicht minder grauenerregend.

Carmen schwindelte beinahe angesichts dieser grässlichen Bilder. Sie ging zu dem Schrank und hob, einem spontanen Reflex folgend, das eine und andere der Kleider an die Nase. Sie rochen nach Frau, jedoch nicht alle nach derselben und natürlich nicht nach ihr selbst. Es haftete ihnen ein unangenehmer Geruch nach Schweiß an, wie von einer Person, die nichts auf sich hielt.

Was wollte ihr Gatte nur mit all diesen Kleidern? Sie begriff es nicht, und ihr Ekel wurde immer stärker. Da sah sie auf dem Boden zwischen den Kleidern ein Unterhemd von sich liegen, das sie verloren zu haben meinte. Als sie es aufhob, stellte sie mit Entsetzen fest, dass es nicht nur zerrissen, sondern auch voller Blut war.

Ihre Verwirrung wuchs, sie konnte sich einfach nicht vorstellen, mit welch seltsamen, abartigen Dingen ihr Gatte sich in diesem Zimmer beschäftigte. Doch trotz aller düsteren Gedanken, die ihr durch den Kopf schossen, begriff sie, dass nur ein Mann mit einem kranken Geist derlei seltsame Dinge sammeln konnte.

Auch die Holztruhe war von Hunderten von Fliegen belagert und verströmte einen derartigen Gestank, dass es sie würgte. Dennoch nahm sie all ihren Mut zusammen und hob den Deckel. Sie musste ein für alle Mal Klarheit darüber haben, wer ihr Gatte wirklich war. Was sie darin entdeckte, sollte sie noch lange verfolgen.

In zahlreichen, nicht allzu großen Fächern lagen vor ihr Teile von menschlichen Körpern in unterschiedlichen Stadien der Verwesung, manche bereits mumifiziert, andere abstoßend verfärbt. Sehr viele Finger lagen dort, jeder mit einem Zettel versehen, auf dem ein Datum und ein Name stand, stets ein Frauenname. Voller Ekel erkannte sie abgeschnittene Ohren und Nasen, letztere ebenfalls mit dem Datum versehen, an dem sie erbeutet worden waren. Sie sah Augen, Fingernägel, Haarbüschel mit Namen wie Yasira, Umea, Gaseli und Misori – Namen, wie sie bei den Sklavinnen aus Afrika häufig waren.

Beim Anblick all dieser Scheußlichkeiten konnte Carmen sich nicht mehr beherrschen und übergab sich, von Ekel überwältigt, in einer Ecke. Bei dem Gedanken, dass Blasco sie hier überraschen könnte, überfiel sie panische Angst, sie zitterte am ganzen Leib. Ihr Gatte war krank, wahnsinnig. Vor ihr lagen zahllose Beweise, Trophäen Hunderter von Gewaltakten.

Unterdessen blickte sie immer wieder angstvoll zur Tür, bis sie endlich beschloss, aus diesem Horrorkabinett zu fliehen. Doch sie konnte vor Angst kaum einen Schritt vor den anderen tun, ihre Beine waren wie gelähmt, und ihr schwindelte.

Wäre Volker doch jetzt hier! Nie hatte sie ihn mehr gebraucht als in diesem Augenblick. Sie musste ihm erzählen, was sie entdeckt hatte, ihm berichten, welche entsetzlichen Dinge Blasco mit Gott weiß wie vielen Frauen angestellt hatte. Sicher hatte er ihnen zuerst befohlen, diese Kleider anzuziehen, ihnen dann Gewalt angetan und sie danach verstümmelt. Ihr fiel die hässliche Wunde an der Hand einer der Sklavinnen wieder ein.

Angsterfüllt verließ sie das Zimmer, ohne darauf zu achten, es wieder abzuschließen. Carmen hatte soeben entdeckt, dass sie einen Wahnsinnigen schlimmster Sorte geheiratet hatte.

Zurück in ihrem Schlafzimmer, warf sie sich auf ihr Bett und weinte bitterlich. Sie musste nachdenken, überlegen, wie sie aus diesem Haus, von ihrem Gatten und von der Insel fort kam.

Blasco Méndez de Figueroa kehrte mit einer Wunde am Kopf zurück. Mit zornverzerrtem Gesicht und außer sich stürmte er ins Herrenhaus und rief laut nach seinem Hausburschen. Im nächsten Augenblick stand dieser bereits neben ihm und wartete auf seine Befehle.

»Ist Don Luis von seiner Reise zurück?«

»Ja, mein Herr, er ist vor nicht allzu langer Zeit eingetroffen.«

»Gut! Richte ihm von mir aus, dass er sich in einer halben Stunde vor den Pferdeställen einfinden möge …« Mit einem Fetzen, den er aus seinem Hemd gerissen hatte, wischte er sich das Blut ab, das ihm über die Stirn lief, und begann dann die Treppe hinaufzusteigen, um sich oben umzuziehen.

»Wie viele Männer sollen Euch begleiten?«

Wenigstens ein Mensch, der mitdachte, ging es Blasco, nicht ohne eine gewisse Dankbarkeit, durch den Kopf.

»Drei werden reichen. Lass mir den Rotbraunen mit der weißen Mähne satteln.« Dieses Pferd war zwar schon sieben Jahre alt, aber das einzige, das mehr als zwei Tage hintereinander durchhielt, ohne zu ermüden.

»Und Proviant?«

Blasco zögerte einen Moment, entschied dann jedoch, drei Tage einzuplanen.

»Und lass Bogen, Pfeile aus gehärtetem Stahl, Stricke, Netze und ein paar Haken bereitlegen.« Er riss sich das zerfetzte Hemd vom Leib und warf es die Treppe hinunter, die Beinkleider folgten. »Wo ist Doña Carmen?«

»Ich glaube, Ihr werdet sie in ihren privaten Gemächern finden, mein Herr.« Der Bursche sammelte die Kleidungsstücke auf und eilte davon, um dafür zu sorgen, dass die Anweisungen seines Herrn ausgeführt wurden.

Ehe er sie aufsuchte, ging Blasco in sein Refugium, um ein wenig Schlafmohn zu holen und einen türkischen Dolch mit gezähnter Klinge, eine ideale Waffe, um Todesqualen zu verlängern.

Er wunderte sich, dass die Tür nicht abgeschlossen war, als er die

Klinke herunterdrückte. Geräuschlos trat er ein, um einen möglichen Eindringling zu überraschen, doch es war niemand im Zimmer. Auch stellte er rasch fest, dass nichts fehlte, hingegen nahm er einen ihm vertrauten Geruch wahr, den er anfangs jedoch nicht zuordnen konnte.

Vielleicht hatte er selbst geistesabwesend vergessen, die Tür zu verschließen, überlegte er, doch davon kam er sofort ab, als er in der Ecke hinter der Truhe ein Häufchen Erbrochenes entdeckte. Das bewies, dass sich ein Fremder im Zimmer aufgehalten hatte. Noch einmal sah er sich prüfend um, doch es war alles wie immer, alles an seinem Platz, nur dieser Geruch nach ... Es fiel ihm nicht ein ...

Er fing eine Handvoll Luft ein, hielt sich die Hand an die Nase, schloss die Augen und konzentrierte sich. Und da erkannte er das zarte Parfüm, eine Mischung aus Jasmin und Rosen, das Carmen benutzte.

»Verflucht!«, rief er aus. »Das macht alles noch komplizierter ...«

Mit einer wütenden Handbewegung fuhr er über den Tisch, dass die Papiere flogen. Doch er musste ruhig Blut bewahren, nachdenken. Er musste etwas tun. Natürlich bedeutete dieser Vorfall das Ende seiner Ehe, und es bestand das Risiko, dass er denunziert wurde. Angesichts der möglichen Folgen blieben ihm nicht allzu viele Möglichkeiten ... Carmen zu beseitigen, erschien ihm ein schrecklicher Gedanke. Er liebte sie, wie er noch nie eine Frau geliebt hatte. Sie war liebreizend, die ideale Gefährtin für ihn, er hätte bis ans Ende seiner Tage für sie gesorgt und sie respektiert. Doch wie sollte er ihr erklären, warum er diese Dinge tat, wenn die Leute ein solches Verhalten als schlichtweg abartig abstempelten. Wie sollte er ihr erklären, dass es ihm jedes Mal Vergnügen bereitete, wenn er sich an einem bis dahin unberührten Körper verging, und dass er jene Trophäen als Huldigung an die Frauen aufbewahrte, die sich ihm hingegeben hatten, denn in Wirklichkeit bedeuteten sie ihm viel mehr, als sie selbst sich vorstellen konnten ...

Carmen würde es nicht verstehen.

»Liebste?«

Da keine Antwort kam, öffnete Blasco die Tür des Schlafgemachs und trat ein. Seine Gattin lag im Bett und schlief. Carmen war derart erschöpft, dass sie bei seinem Eintreten nicht einmal aufwachte.

Leise näherte er sich dem Bett, zog den türkischen Dolch aus dem Gürtel und setzte ihr die Spitze auf die Brust.

»Du verdienst es«, murmelte er fast unhörbar. »Weil du dir etwas ohne meine Erlaubnis angesehen hast, weil du mir nicht gehorcht hast, weil du zu neugierig warst ...«

Carmen spürte nichts von der Gefahr, in der sie schwebte, nur ihre Atmung veränderte sich ein wenig.

Blasco betrachtete sie, wieder einmal hingerissen von ihrer Schönheit, dem seidigen Glanz ihrer Haare, ihrer samtweichen Haut, und sog ihren Duft ein. Die Klinge suchte schon ihr Herz, um sie zu töten, doch er vermochte es nicht. So durfte es nicht zu Ende gehen. Er liebte sie zu sehr, wollte ihr noch ein letztes Mal in die Augen sehen, ihre Lippen küssen. Seine Hände zitterten. Er zögerte. Seine Probleme wären gelöst, wenn er ihr diesen Dolch ins Herz stieß, und dennoch schien es ihm ein Fehler, sie in diesem Augenblick zu töten. Es wäre, als würde er ein Kunstwerk zerstören, das noch nicht die gebührende Anerkennung gefunden hatte. Er wollte das Opfer angemessen in Szene setzen und einen Weg finden, sich Carmens Schönheit nach ihrem Tod für immer zu erhalten.

Er küsste sie, ohne sie aufzuwecken.

»Wenn ich von meinem Jagdausflug zurück bin, werde ich einen Weg finden, dass du für immer bei mir bleibst, Geliebte, ja ...«

XIV

Die beiden jungen Menschen erklommen den Berg von der Seite her, kämpften sich durch dichte Vegetation, die sie immer wieder zu Umwegen zwang. Alle paar Schritte mussten sie einem riesigen Busch oder allzu dicht stehenden Bäumen ausweichen, wenn nicht gar einem reißenden Bach.

Und dann noch der Regen.

Hiasy, völlig durchnässt, zerriss ihren beengenden Rock, um besser klettern zu können, als es sehr steil wurde. Nachdem sie einen breiten, donnernden Wasserfall umgangen hatten, gelangten sie auf eine sanft gewellte Ebene, und danach erwartete sie der steilste und gefährlichste Teil, dessen scharfkantiges Felsgestein sie nur mit größter Vorsicht würden überwinden können.

Sie kamen schnell voran, wenn auch wegen Yago nicht so schnell, wie Hiasy es sich gewünscht hätte. Obwohl er sich größte Mühe gab, strauchelte er immer wieder und stolperte mehr dahin, als dass er lief.

Nicht weit entfernt durchquerten fünf Reiter den dichten Wald, den die beiden nur wenige Stunden zuvor überwunden hatten. Vorneweg ritten zwei der Verfolger, mit Macheten bewaffnet, um die zahllosen Äste und Lianen zu beseitigen, die ihnen den Weg versperrten. In wenigen *cuerdas* Abstand folgten Seite an Seite Luis Espinosa und Blasco.

Kurz nachdem sie aufgebrochen waren, hatte Méndez de Figueroa dem Ratsherrn aus Jerez den Grund für die Verfolgung offenbart. Man habe vor wenigen Stunden versucht, ihn zu ermorden, und nun müsse Gerechtigkeit geübt werden.

»Sie sind schlimmer als wilde Tiere, Luis. Du meinst sie gut zu behandeln, und dann das … Und stell dir vor, dieser Junge, dieser halb Schwachsinnige, ich habe ihn aus dem Steinbruch geholt und im Pferdestall arbeiten lassen, und jetzt hätte er mich fast umgebracht.« Er wurde rot vor Zorn.

»Sie sind hier vorbeigekommen, Herr.« Einer der beiden Männer der Vorhut blieb zurück, um sie über die gerade entdeckten Spuren zu informieren.

»Gut, sehr gut.« Blasco verzog das Gesicht zu einem bösartigen Grinsen. »Wenn wir weiter in diesem Tempo vorwärtskommen, holen wir sie noch vor der großen Schlucht ein.«

Für Don Luis Espinosa klang diese Begründung für die Verfolgung des Jungen durchaus plausibel. Er hätte sich jedoch kaum vorstellen können, welches Vergnügen Blasco gerade empfand, denn für ihn ging es nicht nur um die Ergreifung der Flüchtigen, es war auch ein aufregendes Spiel für ihn. Eine solche Menschenjagd gab ihm immer das köstliche Gefühl von absoluter Macht. Er empfand sich als Herr über das Leben seiner Beute, als Richter, wenn er sie zum Tod verurteilte, sobald er sie gefasst hatte, und sogar ein wenig wie Gott, wenn er sich gnädig zeigte und sie am Leben ließ.

Nach einiger Zeit gelangten die Reiter in steileres Gelände, in dem sie das Tempo verlangsamen mussten. Der heftige Regen gewährte ihnen keine noch so kurze Atempause, und der felsige Untergrund war so schlüpfrig, dass sie äußerst vorsichtig sein mussten.

Wenige Meter weiter vernahmen sie plötzlich eine Art heiseres Brüllen, das immer lauter wurde, je näher sie kamen, und jeden anderen Laut übertönte. Als sie um eine Kehre bogen, sahen sie vor sich einen herrlichen Wasserfall, der zwischen zwei Felswänden herabstürzte; dadurch entstand ein eigenartiges, stetes Echo.

Luis Espinosa stieß einen bewundernden Laut aus.

»Der Wasserfall des Bären«, erklärte ihm Blasco. »Ein unvergleichliches Schauspiel, nicht wahr? Es ist der größte Wasserfall der Insel, ein Wunderwerk der Natur, und er führt immer eine ungeheure Menge an Wasser.«

»Sie sind erst vor sehr kurzer Zeit hier vorbeigekommen, Herr. Jetzt dürften sie nur noch einen Pfeilschuss entfernt sein.«

»Gebt den Pferden die Sporen ... Wenn wir unser Tempo beibehalten, erwischen wir sie noch in der Ebene der Zedern. Wir müssen sie einholen, ehe sie die Schlucht erreichen, sonst entkommen sie uns.«

Sie trieben die Pferde an, um aus dem schwierigen Gelände voll glitschigem Moos und scharfkantigen Steinen herauszukommen und danach einen steilen Abhang überwinden zu können, um endlich auf die erwähnte Ebene zu gelangen, die sich nur zwanzig *cuerdas* über ihren Köpfen befand.

Eine halbe Stunde nachdem Blasco und Espinosa aufgebrochen waren, traf Volker wieder auf der Plantage ein. Schon als er das Herrenhaus betrat, fiel ihm das seltsame Verhalten der Dienerschaft auf, eine Art Anspannung, die niemand ihm begründen konnte, obwohl er mehrmals nachfragte.

»Wo finde ich die Herrin?«, fragte er Blascos Hausburschen.

»In ihrem Schlafgemach, nehmen wir an, doch der Herr hat uns verboten hineinzugehen, unter allen Umständen, und Euch ebenso.«

»Was für ein Unfug!«, rief Volker aus. Blascos Anweisung beunruhigte ihn. Als er sich erkundigte, wo er ihn denn finden könne, senkte der Bursche den Kopf und verstummte vollends.

»Du sprichst wohl nicht mehr mit mir?«, fuhr er ihn barsch an.

»Ich darf nicht ...«

Was geht hier nur vor?, fragte sich Volker und dachte an Carmen.

»Ich gehe zu ihr, auf der Stelle!« Mit wachsender Besorgnis machte er sich auf den Weg, gefolgt von zwei Dienern, die ihn aufhalten wollten.

Als er vor Carmens Tür anlangte und sie verschlossen fand, klopfte er mit den Fingerknöcheln dagegen, und sofort stürzten sich die beiden Männer auf ihn.

»Carmen ... hörst du mich?«, rief er, um wenigstens zu wissen, ob sie sich in ihrem Zimmer befand.

»Ja ...«, antwortete sie von innen. »Gott sei Dank, dass du zurück bist!« Sie eilte zur Tür, um sich besser verständigen zu können. Es kam ihr vor, als hörte sie mehrere Stimmen. »Volker!« Sie wusste ja nicht, dass er gerade versuchte, sich die beiden Männer vom Hals zu schaffen, und sprach deshalb weiter. »Es ist schrecklich! Er hat mich eingeschlossen! Ich habe entsetzliche Dinge gesehen ... Blasco ist gefährlich, er ist ein Ungeheuer!«

Mit einem kräftigen Faustschlag streckte Volker den einen der Männer zu Boden, der andere dagegen konnte noch rechtzeitig flüchten, ehe er zum nächsten Schlag ausholte.

»Warte, ich muss erst etwas suchen, womit ich die Tür aufbekomme.«

Als das Schloss nachgab und die Tür sich öffnete, warf Carmen sich Volker in panischer Angst in die Arme. Sich vor Aufregung verhaspelnd berichtete sie ihm, was sie in Blascos Zimmer entdeckt hatte, und welches Grauen sie bei dem Gedanken an ihre eigene Zukunft mit diesem Scheusal von Ehemann ergriff. Wo er sich im Moment aufhielt, wusste sie nicht, nur, dass er hinter zwei Sklaven her war, wie ihr die Zofe erzählt hatte, die als Einzige ihr Schlafgemach betreten durfte.

»Ich glaube, er verfolgt diesen Jungen vom Pferdestall und eine junge schwarze Sklavin. Ich fürchte um das Leben der beiden, Volker ... Es ist alles so schrecklich ... Er ist wahnsinnig, und ich weiß nicht, was er mit ihnen anstellt, wenn er sie findet ... Die beiden dauern mich so sehr, und ich glaube, wir müssen ihnen helfen, meinst du nicht?«

Sie ließen die Zofe holen, und gemeinsam gelang es ihnen, ihr noch einige Informationen zu entlocken. Die Zofe erzählte ihnen von den blauen Bergen, in die manche Sklaven flüchteten, denn es war der einzige Ort auf der Insel, wo sie vor der Obrigkeit und den Plantagenbesitzern sicher waren.

»Aber ich weiß nicht, ob Ihr noch rechtzeitig kommt, mein Herr. Aus solchen Verfolgungen wird meistens etwas viel Schlimmeres ...«

»Was wollt Ihr damit sagen?«, fiel Volker dem Mädchen mit ernster Miene ins Wort.

»Dass dem Herrn die Jagd auf Menschen gefällt ...«

Carmen blickte Volker entsetzt an und bat ihn, den beiden zu Hilfe zu eilen. Er zögerte. Einerseits war er Carmen verpflichtet, die sich ebenfalls in Gefahr befand, doch andererseits konnte er auch nicht die Augen davor verschließen, dass Blasco ganz offensichtlich eine neuerliche Gräueltat im Sinn hatte. Carmens flehender Blick, ihr Versprechen, alles soweit vorzubereiten, dass sie unmittelbar nach seiner Rückkehr flüchten konnten, und äußerst vorsichtig zu sein, überzeugte ihn schließlich. Er legte der jungen Zofe ans Herz, gut auf ihre Herrin aufzupassen, und verabschiedete sich, nachdem er Anweisung gegeben hatte, ihm sofort ein Pferd zu satteln.

Er konnte auf keinen Fall zulassen, dass Blasco eine weitere Gräueltat beging.

Sie hatten den Zedernwald hinter sich gelassen und befanden sich nur noch zehn *cuerdas* vor einer hoch aufragenden, von zahlreichen Spalten durchzogenen Felswand; hier mussten sie hinauf, wenn sie zum Lager der geflüchteten Sklaven gelangen wollten.

Als sie dort ankamen, stützte sich das Mädchen einen Augenblick auf Yago, um Atem zu holen, und drückte ihm unvermittelt einen Kuss auf die Wange. Dann überlegte sie, wo der Aufstieg für Yago am einfachsten wäre. Der Junge blieb stets an ihrer Seite.

Nachdem sie einen ersten kurzen Steilhang überwunden hatten, drehte Hiasy sich um. Falls sie verfolgt wurden, wie sie vermutete, dann war diese nackte Felswand nicht der beste Ort, um sich zu verstecken. Sie mussten so schnell wie möglich weiter, und das machte sie auch Yago klar, aber bald zeigte sich, dass er nicht schneller klettern konnte. Er konzentrierte sich ganz auf das, was er zu tun hatte, und bemühte sich mit aller Willenskraft, doch manchmal, wenn er sich mit einer Schwierigkeit konfrontiert sah, zögerte er zu lange und verharrte einfach auf der Stelle. Es gefiel ihr gar nicht, wenn sie ihn in diesen Momenten murren hörte, denn es konnte ein erstes Anzeichen für einen seiner Wutanfälle sein, die ihn vollkommen blockierten, und das konnten sie sich in ihrer Situation nicht erlauben.

Plötzlich hörten sie galoppierende Pferde. Als Hiasy den Kopf wandte, entdeckte sie die Reiter jenseits der Ebene, und der Blick den Felsen hinauf sagte ihr, dass sie keine Minute zu verlieren hatten.

»Weiter! Schnell!« Sie zwang Yago, ebenfalls nach hinten zu blicken, damit er sah, dass sie verfolgt wurden. Er schien zu begreifen, denn nun konzentrierte er sich noch mehr auf den Aufstieg.

Obwohl ihre Füße mehrere Male den Halt verloren und es schien, als würden sie im nächsten Augenblick in die Tiefe stürzen, wussten sie bald jeden noch so kleinen Felsspalt zu nutzen, um sich festzuhalten.

Wiewohl die Gruppe um Blasco reichlich Vorsprung hatte, holte Volker rasch auf, denn er konnte dem Weg folgen, den sie freigehauen hatten. Es wollte ihm nicht in den Kopf, wie ein Mensch, der sich als großer Liebhaber der Künste darstellte, so entsetzliche Dinge veranstalten konnte. Doch als wäre es der bösen Überraschungen nicht genug, sah er entlang seines Weges mehr als ein Dutzend Sklaven kopfüber an Bäumen aufgehängt, die sich in unterschiedlichen Stadien der Verwesung befanden. Aus der Nähe sah er, dass man ihnen merkwürdige Symbole in die Haut eingebrannt hatte, und viele waren grässlich zugerichtet.

Vor seinem Aufbruch von Bruma Negra hatte er sich aus der Waffenkammer einen Bogen, eine Handvoll Pfeile und ein Schwert geholt. Beim Abschied hatte er mit Carmen vereinbart, dass sie, wenn er in zwei Tagen nicht zurück war, in das Franziskanerkloster im Süden der Insel flüchten solle, wo sie Schutz finden und auf ihn warten würde.

Als die Gruppe um Blasco die Flüchtenden erblickte, erscholl ein Triumphgeheul, und Don Luis Espinosa stimmte mit ein. Vorerst waren es nur zwei dunkle Punkte in der Felswand, aber immerhin hatten sie die beiden endlich entdeckt. Ein Blick auf Blasco verriet ihm, dass dieser ganz auf die beiden jungen Leute konzentriert war. Wie er es wohl anstellen würde, sie zu ergreifen? Die beiden hatten bereits die halbe Felswand hinter sich gebracht, wie sollten sie ihnen zu Pferd folgen? Vermutlich würden sie ihnen doch entkommen.

Doch dann sah er, wie seine Begleiter zu ihren Bogen griffen, und er verstand, dass es nicht darum ging, die Flüchtenden nur zu ergreifen: Dies sollte wirklich eine Jagd werden!

Die anderen wirkten freudig erregt, riefen sich aufmunternde Worte zu und schienen nicht die geringsten Skrupel zu besitzen, die beiden zu töten. Und da überkam auch ihn das unwiderstehliche Verlangen, es ihnen nachzutun. Er ließ die Zügel los, drückte dem Pferd die Knie in die Seiten und griff hinter sich, um aus dem Köcher, den er auf dem Rücken trug, einen Pfeil zu holen, spannte den Bogen mit aller Kraft und legte an. Er kannte den Jungen, denn er war ihm zwei Mal begegnet: das erste Mal kurz nach seiner Ankunft, als er mit anderen Sklaven in Richtung Steinbruch marschierte, und das zweite Mal in der vorigen Woche, als er im Pferdestall arbeitete. Der Junge fiel ohnehin auf, wegen seiner Hautfarbe, aber Luis fand noch etwas Besonderes an ihm: seine Augen. Vielleicht war es ihr strahlendes Blau, vielleicht der leicht entrückte Blick, vielleicht auch beides, jedenfalls schienen ihm diese Augen seltsam vertraut.

Er berechnete die Distanz möglichst genau und korrigierte noch einmal die Zielhöhe, als sie sich der Felswand ein gutes Stück genähert hatten. Er visierte die Brust des Jungen an, spannte den Bogen, so weit es ging, kalkulierte noch die Geschwindigkeit, um den Flug des Pfeils vorwegzunehmen, doch als ihm bewusst wurde, dass der Schuss tatsächlich treffen könnte, hielt er mit einem Mal inne. Irgendeine innere Regung hinderte ihn plötzlich daran, den Pfeil abzuschießen. Ohne zu wissen, warum, korrigierte er sein Ziel und legte auf das Mädchen an, doch der erste Schuss ging daneben. Sie waren zu weit entfernt. Und so trieben sie die Pferde an, ohne die Felswand aus den Augen zu lassen, und ritten unter komplizenhaftem Schweigen weiter.

In ebenjenem Moment erreichte Volker auf seinem schweißbedeckten Pferd die Ebene. Zuerst verschaffte er sich einen Überblick, wo Jäger und Gejagte sich befanden – die beiden jungen Leute konnte er nur als dunkle Punkte im Fels erkennen –, dann gab er seinem Ross die Sporen, um ihm eine letzte Anstrengung abzuringen. Das Pferd wieherte erschöpft, gehorchte dann jedoch seinem Reiter und beschleunigte den Schritt.

Hiasy stellte bedrückt fest, wie nah die Verfolger ihnen bereits waren. Sie fürchtete sich vor ihren Pfeilen und wusste nicht, ob sie schon außer Reichweite waren. Und da sie beim Blick nach oben den Gipfel des Berges nicht sehen konnte, nahm sie an, dass noch ein gutes Stück Weges vor ihnen lag.

»Yago! Pass auf!« Sie hatte gerade den ersten Pfeil heranschwirren hören, der zum Glück unter ihnen am Felsen zerbrach, doch ihm folgten weitere, die ihnen gefährlich nah kamen. Yago war erschöpft, er konnte nicht schneller klettern. Hiasy schloss die Augen, biss die Zähne zusammen und vertraute auf ihr Glück. Ihr war bewusst, dass sie jeden Augenblick ein Pfeil treffen konnte und sie erst in Sicherheit wären, wenn sie die Felswand überwunden hatten. Sie konnten nur eines tun, um schneller voranzukommen: Sie mussten ihre Füße setzen, wo es sich ergab, und nicht erst lange nach einem sicheren Halt suchen. Als Yago sah, dass Hiasy nun noch schneller kletterte, tat er es ihr nach.

Volker konnte immer noch nicht recht glauben, was die Männer vorhatten, folgte der Gruppe aber weiter. Als er jedoch sah, wie sie die beiden jungen Leute unter Beschuss nahmen, legte er auf einen der Verfolger an, auf den Reiter am Ende der Gruppe. Volkers Pfeil durchbohrte seinen Hals, und als der Mann stürzte, riss er auch sein Pferd mit zu Boden. Das Überraschungsmoment nutzend, konnte Volker noch ein zweites Mal anlegen; den anderen Mann erwischte der Pfeil von der linken Seite in Brusthöhe und brachte ihm eine tödliche Verletzung bei. Damit waren nur noch drei übrig. Die ersten beiden, die den Flüchtenden am nächsten waren, erkannte er sofort, doch es gab noch einen dritten. Als Luis und Blasco bemerkten, was sich hinter ihnen abgespielt hatte, drehten sie auf der Stelle um und ritten auf Volker zu.

Noch ehe sie ihre Bogen spannen und auf ihn anlegen konnten, brachte Volker sein Pferd zum Stehen. Er wollte auf keinen Fall ein allzu leichtes Ziel abgeben, deshalb ließ er es im Zickzack gehen, immer wieder anhalten und lostraben, und auf diese Weise gelang es ihm, den Pfeilen auszuweichen, die ohne Unterlass und aus immer kürzerer Distanz auf ihn zuflogen.

Als guter Soldat wog er kühl seine Möglichkeiten ab und kam zu dem Schluss, dass ihm nicht sonderlich viele zur Verfügung standen. Im Augenblick hing alles von der Beweglichkeit seines Pferdes ab, und in dieser Hinsicht konnte er bislang nicht klagen. Es brachte viel mehr Leistung, als nach dem anstrengenden Ritt in die Berge hinauf zu erwarten gewesen wäre. Im Augenblick blieb ihm gar nichts anderes übrig, als die drei Männer zu zwingen, geradewegs in seine Richtung zu galoppieren, was den beiden jungen Leuten genügend Zeit verschaffte, das Ende der Felswand zu erreichen.

Nun, da die Entscheidung gefallen war, gab er seinem Pferd die Sporen und preschte los, ohne zu wissen, wohin, denn vor ihm befand sich eine kleine Anhöhe, die ihm den Blick auf die andere Seite versperrte.

Blasco hingegen wusste genau, was ihn auf der anderen Seite erwartete: ein tiefer Abgrund. Er blieb stehen, bedeutete den anderen, es ihm gleichzutun, und wartete mit bösem Grinsen auf das, was er gleich mit eigenen Augen sehen würde.

»Es war mir ein Vergnügen, Euch kennengelernt zu haben, Volker...«

Er wendete sein Pferd, um einen besseren Blick auf die Felswand zu haben, und verfluchte sich, als er sah, dass die beiden Sklaven sie mittlerweile bezwungen hatten und ihnen entkamen. Volkers Erscheinen hatte seine Pläne zunichte gemacht; aber außerdem musste da auf Bruma Negra jemand geplaudert haben, und das konnte niemand anderes sein als Carmen. Er bedauerte es schon, dass er sie nicht doch gleich getötet hatte.

Yago und Hiasy erreichten den Berggipfel, ohne noch einmal mit Pfeilen beschossen worden zu sein, und begriffen gar nicht, wie das kam. Als sie nach unten blickten, sahen sie einen einzelnen Reiter vor den anderen flüchten. Hiasy nahm Yago bei der Hand, und die beiden liefen auf einen dunklen Wald zu, wo sie mindestens einen halben Tagesmarsch entfernt auf die Hütten der Eingeborenen, der Taínos, stoßen würden. Schwer atmend und immer noch aufgeregt, konnte Hiasy nun etwas aussprechen, wovon sie schon lange träumte, alle Herrlichkeit der Welt, in einem Wort zusammengefasst:

»Freiheit...«

Volker wähnte sich schon in Sicherheit, da er seine Verfolger nicht mehr hörte. Er fragte sich, was wohl geschehen war, und wollte umkehren, doch dazu war keine Zeit mehr. Er sah den Abgrund zu spät, wollte sein Pferd noch bremsen, doch es gelang ihm nicht mehr.

Ross und Reiter stürzten in die Tiefe.

XV

Als Camilo und Fabián auf der Mole in Sevilla la Nueva standen, hatten sie das Gefühl, der Boden unter ihren Füßen schwanke noch immer …

Die letzten beiden Tage der Überfahrt waren sehr strapaziös gewesen, denn es hatte unablässig gestürmt und geregnet. Der starke Wind, der prasselnde Regen und die gigantischen Wellen, die sich über die *Torcal* ergossen, beutelten das Schiff und seine Besatzung so gnadenlos, dass sie meinten, ihr letztes Stündlein habe geschlagen.

Fabián hatte derartige Stürme auf hoher See schon öfter erlebt und kam damit zurecht, aber Camilo nicht. Ihm fiel nichts anderes ein, als zu beten und Gott um Nachsicht zu bitten, denn er war überzeugt, dies sei die Strafe für seine Sünden. Für ihn waren die monströsen Wellen, manchmal doppelt so hoch wie das Schiff, nichts als ein Ausdruck von Gottes Zorn.

Mitte Mai, an einem sonnigen Tag – das pure Gegenteil der schlimmen vorangegangenen Tage auf See – trafen sie in Jamaika ein. Erleichtert spürte Camilo den festen Boden unter den Füßen, als sie auf dem Platz am Hafen standen, und er musste erst einige Schritte weitergehen, ehe er diesem ungewohnten Gefühl traute. Während sie beobachteten, wie die Ladung gelöscht wurde, und aufpassten, dass auch ihre Habseligkeiten am Kai deponiert wurden, gingen sie dort auf und ab, um sich ein wenig die Beine zu vertreten.

»Bei wem sollen wir uns nach dem Plantagenbesitzer erkundigen?« Bruder Camilo war überrascht von der Menschenmenge, die

348

sich am Hafen tummelte, und von den verschiedenen Rassen und Hautfarben.

»Es gibt keinen Hafen, in dem sich nicht auch eine gute Schänke findet, und dort erfährt man alles. Es sind nicht unbedingt empfehlenswerte Orte, doch ein Besuch lohnt sich fast immer …« Dass die dort üblichen lockeren Sitten vielleicht keine angenehme Erfahrung für einen Mönch sein könnten, war Fabián durchaus bewusst.

Sie erkundigten sich in mehreren Schänken, doch es ergab sich nicht die geringste Spur zu Blasco Méndez de Figueroa. Zwar verhehlte niemand, dass er wusste, von wem die Rede war, doch alle starrten sie misstrauisch an, als würde schon die bloße Erwähnung dieses Namens einen Fluch nach sich ziehen. Die Leute ließen sie einfach stehen, und sie bekamen nichts zur Antwort als Schweigen.

Den ganzen Tag liefen sie am Hafen und in der Stadt umher, doch ihre Mühe war vergeblich. Sie waren erschöpft und wussten nicht, was sie noch tun sollten. Als es dunkel wurde, suchten sie noch einmal eine Schänke auf, in der sie bereits am Vormittag gewesen waren; nun wollten sie sich einfach nur ein wenig ausruhen und etwas essen. Die Schänke nannte sich *Zum Papagei*.

Man mochte das Lokal eine dunkle, schmutzige Spelunke nennen, doch schlecht besucht war es nicht. Mühsam bahnten sie sich einen Weg durch Kerle, die sich anbrüllten, lauthals lachten, fluchten oder sich in den großzügigen Ausschnitten der Kellnerinnen versenkten.

Camilo ballte zornig die Fäuste, als ihm die erste Gotteslästerung ans Ohr drang, beherrschte sich aber, um nicht noch Schlimmeres zu provozieren, wiewohl er nicht übel Lust gehabt hätte, den Lästerer gehörig zu tadeln. Fabián dankte es ihm im Stillen, während er auf der Suche nach einem Sitzplatz den Blick durchs Lokal schweifen ließ.

Was diese von anderen Schänken unterschied, waren die vielen Papageien. Manche saßen bei den Kellnerinnen auf der Schulter, andere pickten auf dem Boden, wieder andere beäugten neugierig die Gäste.

»Lass uns zu den Fässern dort drüben gehen.«

An Stühle und Tische stoßend, dem einen oder anderen schwer betrunkenen Gast ausweichend, kämpften sie sich schließlich bis zu einer Theke durch, hinter der ein Hüne von Mann mit einem dünnen, an den Enden gezwirbelten Schnauzbart und Narben auf den Wangen stand, der sie von Kopf bis Fuß musterte und ihnen zwei Vorschläge zur Auswahl machte: Entweder sie fuhren zur Hölle, falls sie nicht sofort etwas bestellten, oder sie setzten sich an einen Tisch in der dunkelsten Ecke und warteten, bis sie bedient wurden; sie entschieden sich für Letzteres. Wenige Minuten später kam eine rothaarige Kellnerin zu ihnen.

»Was soll ich euch bringen, meine Hübschen?«, fragte sie und sah Camilo recht dreist an. Über ihr flatterte ein kleiner, grellfarbiger Papagei, der sich im selben Moment auf ihrem Kopf niederließ.

»Was ist dieses trübe Getränk, das an mehreren Tischen serviert wurde?«, wollte Fabián wissen und starrte auf ihre breiten Hüften.

»Ich sehe, ihr seid neu auf Jamaika«, bemerkte sie, ohne den Blick von dem Mönch zu wenden. »Wir nennen es *tafia*, es wird aus vergorenem Zuckerrohrsaft gemacht. Es belebt eure Seele, ihr werdet sehen!« Sie lächelte anzüglich. »Und nicht nur die Seele! Sucht euch eine feurige Jamaikanerin, wenn ihr mir nicht glaubt, und prüft es nach …« Alles an ihr bewegte sich bei ihrem übertriebenen Lachen.

Camilos Gesichtsausdruck ließ erkennen, dass er sich von der Frau belästigt fühlte.

»Bring uns zwei Pinten von diesem Getränk, und dann lass uns in Ruhe.«

Die Kellnerin wischte mit einem Lappen über den Tisch, während sie weiterhin den zweiten Gast ansah, der ein wenig schüchtern wirkte, ihr aber entschieden besser gefiel.

»Wie ihr wollt, aber wenn ihr eine Frau sucht, braucht ihr's mir nur zu sagen …« Sie drehte sich zur Theke um und rief dem Schnauzbärtigen die Bestellung zu.

»Ich bedaure, was du alles hören musst, aber das ist normal. Sie wird dich in Ruhe lassen, wenn sie merkt, dass du ihr keine Aufmerksamkeit schenkst.«

Camilo nahm den Rat mit Vorbehalt zur Kenntnis. Neugierig beobachtete er die Gäste am Nebentisch, von wo ein höchst unangenehmer Geruch herüberdrang. Die Männer sahen unheimlich aus, vor allem einer, dessen eine Gesichtshälfte verbrannt schien; das eine Auge lag halb frei, vom Augenlid hing nur noch ein Rest.

»Zeig nicht allzu große Neugier. An solchen Orten darf man niemandem zu nahe kommen. Wenn einer sich von einem Fremden beobachtet fühlt, kann das schnell zu ein paar Ohrfeigen führen, wenn nicht mehr«, flüsterte Fabián dem Mönch zu.

Camilos Aufmerksamkeit wurde abgelenkt, als ein Mann auf sie zukam, der eine Hand ausgestreckt hielt und auf dessen Schulter ein winziges Äffchen herumturnte. Das Auffallendste an der seltsamen Gestalt war der unglaublich lange Bart, der dem Mann bis zum Bauch reichte. Daran kletterte das Äffchen wie auf einer Leiter herunter, um bei den Gästen an den Tischen zu betteln. Camilo warf ihm eine Münze zu, die das Tier geschickt in der Luft fing, doch im nächsten Augenblick hatte sein Herr sie ihm schon entrissen.

Entgegen Fabiáns Rat betrachtete der Kartäusermönch weiter neugierig die Leute um ihn her. Einige unterhielten sich angeregt, andere beredeten offenbar heiklere Angelegenheiten, so heimlich wie sie taten. Am zweiten Tisch zu ihrer Rechten fiel ihm ein Mann mit fast kahlem Kopf und einem Pferdeschwanz ins Auge, der gerade mit der Faust auf den Tisch schlug, den Säbel zog und sich auf einen der anderen Gäste stürzte. Zu seinem Glück konnten mehrere Männer den Angreifer rechtzeitig festhalten.

»Erstaunlich …«, wiederholte Camilo laut seinen Gedanken, während er den Blick weiter über den einen oder anderen Tisch schweifen ließ. Für ihn als Mönch war diese Umgebung doch sehr ungewohnt.

Plötzlich erhob sich der Mann mit dem halb verbrannten Gesicht, spuckte dem mit dem Pferdeschwanz in die Augen, packte ihn mit beiden Händen am Hals und würgte ihn.

»Warum lässt du dich derart betrügen?« Er schlug ihm ein ums andere Mal ins Gesicht. »Gib zu, dass du dich beim Kartenspielen hast über den Tisch ziehen lassen, obwohl du wusstest, dass es auch unser Geld war …« Der Mann mit dem Pferdeschwanz senkte beschämt den Kopf. »Bei allen Teufeln der Hölle! Ein Matrose war's, sagst du, aber du weißt nicht, von welchem Schiff?«

»Einer hat von einem Hafen geredet, und ich glaube, er lag im Süden …«, erwiderte der andere, während er sich den Speichel abwischte.

Der Mann mit den Brandnarben starrte ihn wutentbrannt an und nagelte ohne ein weiteres Wort die Hand des anderen mit einem Dolch auf die Tischplatte. Der heulte auf vor Schmerz, doch ein Faustschlag von einem der Kerle am Tisch brachte ihn schnell zum Schweigen.

»Entweder kommst du in spätestens einer Woche mit unserem Geld wieder, oder deine Haut flattert am Fockmast unserer Karavelle.« Bei diesen Worten erhoben sich wie auf Kommando alle anderen am Tisch, und jeder, der an dem Mann vorbeiging, versetzte ihm noch ein paar Ohrfeigen und kippte ihm anschließend den restlichen Inhalt seines Glases über den Kopf.

In diesem Augenblick erschien die rothaarige Kellnerin wieder und beobachtete das Geschehen aus dem Augenwinkel.

»Hier, meine Hübschen, euer Getränk.«

Sie stellte zwei Krüglein mit dem aromatischen Schnaps vor sie auf den Tisch und fing wieder an, Camilo schöne Augen zu machen. Das Gesicht des Mönchs sprach Bände. Nicht, dass sie eine von denen gewesen wäre, die sich dem erstbesten Kerl an den Hals warfen, wie es viele andere taten. Doch sie hatte ihre Arbeit satt, mehr als satt, die Insel und andere Dinge, die sich nur mit Geld, mit viel Geld, regeln ließen. Sie hatte schon zu viele Jahre in Spelunken und unter Betrunkenen verbracht und gelernt, den Charakter eines Gastes mit einem Blick einzuschätzen. Und die beiden, die da vor ihr saßen, waren anders, vertrauenswürdig, keine dahergelaufenen Schwerenöter. Soviel sie gehört hatte, waren sie den ganzen Tag in der Stadt und am Hafen herumgelaufen und hatten lästige Fragen gestellt. Sie war ein echtes Kind des Hafens, und Fremde wie diese entkamen ihr nicht so leicht.

»Bemüht Euch nicht weiter, Frau, denn ich will diese Art von Gefälligkeit nicht von Euch. Aber vielleicht kommt Euch das hier zupass.« Camilo schien Gedanken lesen zu können, denn er drückte ihr einfach so eine Goldmünze in die Hand.

Die Frau sah ihn verblüfft an.

»Danke, wahrhaftig, danke«, stammelte sie. »Wie kann ich Euch das vergelten … Ich erfülle Euch jede Bitte …«

Eine Frau mit dieser Arbeit musste wohl die halbe Insel kennen und natürlich auch Blasco Méndez de Figueroa, dachte sich Camilo. Und so fragte er sie mit gedämpfter Stimme, um die Gäste an den Nachbartischen nicht auf sich aufmerksam zu machen, nach einem Schiff, das vor einigen Monaten mit einer Ladung Pferde angelegt hatte, und vor allem nach einem etwas ungewöhnlichen Jungen, der möglicherweise mitgekommen war.

Er erklärte ihr in aller Offenheit und Ausführlichkeit, wie wichtig es für ihn war, Yago zu finden, und versicherte ihr, dass dies der Hauptgrund für seine Reise gewesen sei.

»Ihr sprecht mir von einem Pferdediebstahl, von einem Vergehen, auf das hohe Strafen stehen, doch ich muss Euch sagen, dass der bewusste Mann auf dieser Insel sehr viel Macht hat und es schon gefährlich ist, nur seinen Namen zu nennen … Verzeiht, wenn ich es Euch so unumwunden sage, aber ich fürchte, Ihr handelt sehr unklug, wenn Ihr gegenüber jedem x-Beliebigen seine Ehrbarkeit in Zweifel zieht, so wie Ihr es bei mir und vielen anderen im Laufe des Tages getan habt.«

Fabián und Camilo wunderten sich, dass die Frau über ihr Tun so gut Bescheid wusste, doch sie wurden sogleich aufgeklärt. »Man nennt mich Remedios, aber auf diesen Namen bin ich nicht getauft. Alle sagen, dass ich selbst in den kniffligsten Fällen eine Lösung finde, dass ich jede Schwierigkeit meistere, dass ich schlau bin und resolut, aber das alles wird Euch jetzt nicht sonderlich interessieren.«

Sie lachte laut auf. »Remedios entgeht nichts, was in diesem Teil der Insel geschieht. Deshalb wusste ich auch von Euch. Es ist zu gefährlich, von Don Blasco zu reden, glaubt mir, und in dieser Schänke sitzt mehr als einer, der es ihm sofort zuträgt.« Die Frau schien zu wissen, wovon sie sprach. Sie beugte sich vor und dämpfte die Stimme. »Ich kann Euch vieles über diesen Mann erzählen, doch meine Auskünfte sind nicht gratis …«

»Was verlangt Ihr?«, hakte Camilo sogleich nach und gab damit zu erkennen, dass er bereit war zu zahlen; Fabián bedauerte seine Unerfahrenheit in derlei Dingen.

»Kommt doch zu mir in die Calle del Saco, dort in meinem Zimmer können wir uns in aller Ruhe unterhalten. Ihr findet die Gasse ganz leicht, sie liegt gegenüber einem blau getünchten Haus. Kommt kurz nach Einbruch der Dunkelheit …« Sie besah sich noch einmal das Goldstück in ihrer Hand und biss darauf, um zu prüfen, ob es echt war. »Ich weiß viel über ihn, und wenn Ihr wollt, dass ich nichts davon vergesse, solltet Ihr reichlich Geld mitbringen …«

»Das werden wir«, beeilte sich Camilo zu versichern, erneut alle Vorsicht außer Acht lassend.

Als Remedios wieder an der Theke stand, drehte sie sich noch einmal zu den ungewöhnlichen Gästen um und überdachte ihr Angebot. Einer der beiden hatte sich als Inspekteur des Kaisers vorgestellt, verantwortlich für die Verfolgung von Vergehen, die der kaiserlichen Steuerbehörde zum Schaden gereichten, und eine solche Stellung wirkte durchaus vertrauenerweckend. Zudem hasste sie Don Blasco Méndez de Figueroa wegen seiner grausamen Taten, für die er nicht zur Rechenschaft gezogen wurde; ihm eins auszuwischen, das gefiel ihr, aber sie durfte nicht vergessen, wie gefährlich der Mann war … Da sie nun doch wieder zweifelte, ob sie das Richtige tat, beschloss sie ihnen noch ein wenig auf den Zahn zu fühlen, ehe sie die zwei Männer bei sich empfing. Sollten die beiden sie nicht überzeugen können, würde sie sie zum Teufel schicken. Also kehrte sie wieder an ihren Tisch zurück.

»Ihr wollt Don Blasco dieses Vergehen nachweisen, aber was gewinnt Ihr damit?« Überzeugt, dass sie ihr etwas verheimlichten, vielleicht eine hohe Belohnung, blickte sie Fabián forschend in die Augen. Die Geschichte mit dem verschwundenen Jungen erschien ihr wenig glaubhaft, und die beiden rochen nach Geld, das hatte sie gleich gemerkt. Wenn sie sich geschickt anstellte, konnte sie ihnen ein schönes Sümmchen entlocken.

»Du bist recht scharfsinnig«, erwiderte Fabián. »Das mit dem Jungen stimmt, wir suchen ihn, das ist eines unserer vorrangigen Ziele, aber tatsächlich geht es mir nicht nur darum, wie Don Blasco in die Sache verwickelt ist. Ich bin hinter sehr mächtigen Männern her.« Er bemühte sich, möglichst überzeugend zu wirken, denn ihm war klar, dass er alles auf eine Karte setzen musste, um Remedios' Vertrauen zu gewinnen. »Ich kann dir keine Namen nennen, das wirst du verstehen, aber wir sprechen von Geschäften, bei denen es um Tausende von Dukaten geht.«

»Gut, gut…« Sie trocknete sich die Hände an der Schürze, nachdem sie nun als Rechtfertigung für ihr langes Verweilen schon zum fünften Mal den Tisch abgewischt hatte; eigentlich hätte sie auch andere Gäste bedienen müssen. »Wenn Ihr Don Blasco öffentlich anschuldigen wollt, werdet Ihr alle Beweise der Welt brauchen.« Und noch leiser sagte sie: »Ich weiß von einem guten Zeugen…«

Sie legte eine bedeutungsvolle Pause ein; natürlich wusste sie, dass sie das Interesse der beiden damit anstachelte.

»Ein Zeuge?«

»Von einigen Dingen weiß ich selbst, aber ich kenne jemanden, der noch viel mehr weiß…« Sie blickte sich um, ob auch niemand zuhörte.

»Rede, sei so gut!«, drängte sie Fabián.

»Nein, jetzt nicht… Hier können wir nicht weiter von diesen Dingen sprechen. Wenn es Ihr-wisst-schon-Wem zu Ohren kommt, dass ich mich da eingemischt habe, muss ich um mein Leben fürchten. Ich möchte aber nicht so jung sterben, und arm schon gar nicht.«

»Würden dich zwanzig Golddukaten für das Risiko entschädigen?«

Remedios lächelte zufrieden.

»Nein ... aber hundert würden mir sicher die Zunge lösen, glaube ich.«

Schon die schmutzig weiße Vorderfront des Hauses wirkte abstoßend, der Gang zum Zimmer der Kellnerin jedoch geradezu Angst einflößend. Vom ursprünglichen Verputz war kaum noch etwas zu sehen, denn er war an zahlreichen Stellen abgebröckelt; und der durchdringende Geruch nach Katzenurin lud auch nicht gerade zum Eintreten ein.

Die Frau bot ihnen sogleich eine Sitzgelegenheit an, sie selbst setzte sich neben Camilo, der es unangenehm berührt zur Kenntnis nahm.

»Jetzt erzähl uns alles, was du weißt.« Fabián wollte möglichst schnell an die Informationen kommen, die sie benötigten.

Als Camilo ihr die hundert Goldmünzen in die Hand gezählt hatte, nannte sie einen Namen – Mario – und seine Stellung: Stallmeister bei Blasco Méndez de Figueroa.

»Wir sind seit Jahren ein Liebespaar, vielleicht schon zu lange, und, nun ja, wir wollen fort von dieser Insel. Ich will fort aus meinem Leben, er fort von seiner Frau.«

Schon bedauerte Camilo, ihr das Geld gegeben zu haben, denn jetzt wusste er, dass er damit einer Todsünde Vorschub leistete. Die Frau sprach weiter.

»Er hat mir einmal von einem Jungen erzählt, der ein bisschen seltsam ist ...«

»Glaubt Ihr, dass es derjenige sein könnte, den wir suchen?« Camilos Miene hellte sich auf.

»Vielleicht, aber ich kann es Euch nicht versprechen. Es handelt sich um einen Sklaven, den Don Blasco im Steinbruch arbeiten ließ, dann jedoch zu den Pferden holte, wo mein lieber Mario arbeitet. Der Junge hat anscheinend eine gute Hand für Pferde.«

»Soll ich ihn Euch beschreiben?«, fragte Camilo aufgeregt dazwischen. »Wisst Ihr, wie alt er ist? Geht es ihm gut?«

Nein, mehr wisse sie nicht, unterbrach ihn die Frau, um das Verhör abzukürzen.

»Wenn dein Mario der Stallmeister ist, dann muss er wissen, woher die Pferde kommen, die sein Herr kauft… Meinst du nicht?«, fragte Fabián.

Die Frau nickte, und da fiel ihr etwas ein, das für die beiden von Bedeutung sein könnte.

»Vor einiger Zeit hat er mir erzählt, dass er eine Ladung Pferde mit dem Brandzeichen der Méndez de Figueroa versehen musste. Es waren Pferde aus Spanien, bei denen das Zeichen kaum zu erkennen war. Vielleicht sind es die, von denen Ihr sprecht…«

Fabián sah darin noch keinen endgültigen Beweis, jedoch durchaus ein starkes Indiz, das eine weitere Untersuchung der Angelegenheit rechtfertigte. Bei Camilo lagen die Dinge anders. Er sah Yago in Gedanken auf der Plantage, und allein diese Aussicht machte in seinen Augen alles wett – die Risiken, die er für diese Reise auf sich genommen hatte, dass er seinen Orden betrogen hatte, und die Schwierigkeiten, die ihn erwarteten, wenn er zurückkehrte. Diese Frau wusste gar nicht, wie viel Gutes sie ihm tat, auch wenn es ihr nur ums Geld ging.

»Jede Information, die Euer… guter Freund uns geben kann, wäre uns eine große Hilfe… Glaubt Ihr, er würde uns in die Pferdeställe gehen lassen, damit wir nachprüfen können, ob es die in Jerez gestohlenen Pferde sind? Für hundert Goldstücke, und wenn Ihr ihn darum bittet? Ich verspreche Euch, dass wir kein Wort darüber verlauten lassen werden, damit niemand uns mit Euch in Verbindung bringt. Ihr habt mein Wort!«

»Betrachtet es als abgemacht.« Die vielen neuen Golddukaten ließ die Verwirklichung ihrer Träume näher rücken. »Mario wird es mir nicht verweigern, wenn ich ihn darum bitte. Das ist so sicher wie das Amen in der Kirche.«

Fabián fühlte gleich vor, ob nicht noch ein wenig mehr zu erhoffen wäre.

»Und könnte er uns helfen zu erfahren, wer Blasco die Pferde verkauft hat? Wir wären ihm überaus dankbar, wenn er uns in diesem Punkt unterstützen könnte, und würden mit Freuden noch etwas für Eure Zukunft drauflegen …«

Das hörte sich gut an, doch die Kellnerin wollte Genaueres wissen. Als Fabián ihr die Summe nannte, streckte sie ihm die Hand entgegen – man war handelseinig.

»Ich werde dafür sorgen, dass ihr euch mit ihm treffen könnt. Aber seid sehr vorsichtig bis dahin. Überlegt gut, mit wem ihr über eure Angelegenheiten sprecht und wie viel ihr enthüllt. Don Blasco hat seine Ohren überall, und es gibt viele, die ihm nur allzu gern einen Gefallen tun. Vergesst nicht: Es kann immer irgendjemand zuhören. Seine Macht reicht bis zur Residenz des Gouverneurs, man munkelt, dass sogar manche Richter und Offiziere auf seiner Gehaltsliste stehen. Offenbar hat er sich sogar das Schweigen des einen oder anderen Klosters erkauft.«

Stunden später, in der Herberge, wo sie in den nächsten Tagen nächtigen würden, besprachen sie noch einmal ihr Vorhaben, froh über den glücklichen Zufall, der sie zu dieser Frau geführt hatte. Dem Rat der Kellnerin folgend, würden sie in zwei Tagen mit dem Stallmeister auf der Plantage selbst Kontakt aufnehmen; solange brauchte sie, um ihm alles zu berichten.

»Wenn die Plantage Bruma Negra etwas mehr als eine halbe Tagesreise zu Pferd von hier entfernt ist, dann brechen wir hier am späten Nachmittag auf, damit wir im Schutz der Dunkelheit dort ankommen. Das wird am vernünftigsten sein«, meinte Fabián.

»Glaubst du, wir haben nur Glück gehabt, oder ist es göttliche Fügung?«

Camilos Frage entlockte Fabián ein Lächeln. Für ihn war eher entscheidend, wie man die menschliche Natur einschätzte.

»Ich glaube, hier hat die Macht des Geldes gewirkt, Camilo. Es heißt doch ›Geld regiert die Welt‹, auch wenn es auf dich oder mich nicht zutrifft.«

»Geld… Glücklicherweise konnten wir genug mitbringen…« Schon meldete sich wieder sein Gewissen. »Aber ich habe versprochen, es zurückzugeben…«

Camilo hatte Mühe, in jener Nacht in den Schlaf zu finden.

Die Gewissheit, dass Yago sich auf der Insel befand, entschädigte ihn für die erlittenen Strapazen. Ihm schwirrten zu viele offene Fragen durch den Kopf; manche hatten mit seiner spirituellen Krise zu tun, andere mit der Ungewissheit, in welcher Situation er Yago vorfinden würde. Außerdem wusste er nicht recht, wie es weitergehen sollte, wenn er wieder nach Jerez zurückgekehrt war. Zwischen der einen und anderen Überlegung überkam ihn immer wieder tiefes Mitleid, wenn er sich vorstellte, welche Qualen der Junge wohl ausgestanden haben mochte, als er hier zum Sklaven geworden war.

Welch schreckliche Dinge hatte er wohl ertragen müssen? Ob er ihm noch immer grollte, weil er ihn im Stich gelassen hatte? Ob er inzwischen besser sprechen konnte? Ob er sich verändert hatte?

Er trat ans Fenster, und die kühle Nachtluft erfrischte ihn. Sinnend betrachtete er die hohen Berge, die über die Bewohner der Insel zu wachen schienen. Dann richtete er den Blick zum Himmel und begann zu beten. Er bat Gott, ihm noch einmal Gelegenheit zu geben, dem Jungen zu helfen.

Leise stimmte er den Kanon an, den Yago am liebsten mochte, in der Hoffnung, dass die Töne zu ihm flögen, wo immer er auch sein mochte, vielleicht irgendwo in dem wild wuchernden Urwald, der sich vor seinen Augen ausbreitete und sich in der Ferne verlor.

Und die Melodie suchte sich ihren Weg.

XVI

Bei Nacht erinnerte die Umgebung von Bruma Negra eher an den Höllenschlund als an eine prosperierende Plantage. Die Blätter der Palmettopalmen hingen so tief, dass man, wenn man ihnen im Dunkeln zu nahe kam, Gefahr lief, ein Auge zu verlieren oder reihenweise Schnittwunden davonzutragen.

Camilo und Fabián hatten gerade ihren Führer an einen Baum gefesselt, da dieser sich weigerte, mit ihnen das Land von Don Blasco Méndez de Figueroa zu betreten. Der Mann behauptete, das sei zu gefährlich, und drohte sie zu verraten. Darum sorgten sie dafür, dass er bis zu ihrer Rückkehr nichts unternehmen konnte.

Sie gelangten zu einem Wald mit Hunderten von Pfeffersträuchern, in dem versteckt sie auf ihren Gewährsmann warten wollten. Die Baumreihe endete am oberen Ende eines ziemlich steilen Abhangs, und jenseits davon konnte man eine hohe Steinmauer erahnen, die die Grenze der Plantage markierte.

»Sieh nur, diese winzigen Vögelchen«, flüsterte Fabián. Zwei sehr kleine Vögel schlugen so schnell mit den Flügeln, dass die Bewegung kaum zu erkennen war. Sie hatten lange, gebogene Schnäbel, und ihr Gesang war bezaubernd.

Camilo schenkte ihnen kaum Aufmerksamkeit, dazu war er zu angespannt. Er war gefährliche Situationen wie diese nicht gewohnt und spürte, dass seine Muskeln hart wie Stein waren.

Geduldig verharrten sie unter dem Blätterdach der würzig duftenden Bäume, doch der Urwald war so voller Geräusche, dass sie fürchteten, das vereinbarte Signal zu überhören. Zudem verbarg der Mond sich hinter Wolken.

Irgendwann konnte Camilo sich nicht mehr beherrschen und sprach aus, was er dachte.

»Er müsste doch längst da sein, meinst du nicht? Die Kellnerin wird uns doch nicht getäuscht haben?« Fabián hegte die gleichen Befürchtungen.

»Jetzt warten wir noch ein wenig, aber wenn er nicht kommt, werden wir es ohne seine Hilfe versuchen müssen.«

In der Ferne war Hundegebell zu hören. Sie verstummten, mussten aber zu ihrem Entsetzen feststellen, dass offenbar eine Hundemeute auf sie zuhetzte. Camilo brach der Schweiß aus. Was sollten sie bloß tun? Er war kein Mann der Tat, und außerdem hatte er Angst vor Hunden. Die beiden wechselten einen ratlosen Blick, während das Gebell immer näher kam, doch als die beiden Männer schon die Flucht ergreifen wollten, merkten sie, dass die Schweißhunde hinter der Steinmauer, die die Grenze der Plantage bildete, stehen geblieben waren. Erleichtert seufzten sie auf.

Etwas mehr als eine Stunde warteten sie geduldig. Es war die ungemütlichste Nacht, die sie auf der Insel bislang erlebt hatten. Der Geliebte der Kellnerin ließ sich nicht blicken, aber zu ihrer Erleichterung war es den Hunden wohl langweilig geworden – jedenfalls hörte man schon seit einer Weile kein Bellen mehr. Ihr Gewährsmann kam nicht, also kämpften sie sich den Abhang hinauf bis zur Mauer. Nachdem sie sich vergewissert hatten, dass die Hunde fort waren, überwanden sie ohne große Mühe die Grundstücksmauer, stellten dann jedoch fest, dass auf der anderen Seite so dichter Nebel herrschte, dass sie kaum mehr als ihre Füße sehen konnten.

Es blieb ihnen nur eine Möglichkeit: weiterzugehen und auf ihr Glück zu vertrauen.

Fabián ging voraus und Camilo folgte ihm zitternd, mit allen Sinnen auf seine Schritte konzentriert. Er hatte Angst, die Hunde könnten wieder auftauchen. Schweigend legten sie etwa zwanzig *cuerdas* zurück, bis die Bäume sich lichteten und sie auf eine recht große Freifläche gelangten. In mittlerer Entfernung schimmerten schwach die Lichter der Ställe. Fabián beschleunigte den Schritt, und plötzlich vernahmen sie Hundegebell im Rücken. Sie wechselten einen Blick und rannten dann wie auf Befehl beide los, so schnell sie konnten.

»Ich fürchte, sie sind uns dicht auf den Fersen.« Fabián hob im Laufen einen langen Ast auf, um sich notfalls verteidigen zu können.

Als wäre es noch nicht genug, möglicherweise von Hunden angegriffen zu werden, hörten sie von rechts Stimmen, durch den Nebel jedoch stark gedämpft. Sie bewegten sich so leise wie möglich, gaben Acht, nicht auf Äste zu treten und durch das Knacken auf sich aufmerksam zu machen, vor allem aber beteten sie. Zum Glück bot ihnen der feuchte, dichte Schleier Schutz, und so schafften sie es ein gutes Stück über die Wiese. Aber sie hatten die Orientierung verloren und wussten nicht, wie weit es noch bis zu den Pferdeställen war.

Als Camilo nach ein paar Schritten den Kopf wandte, sah er zu seinem Schrecken mindestens ein Dutzend leuchtender Augen gefährlich schnell näher kommen. In diesem Augenblick glaubte er, sie seien verloren, sie würden es nicht schaffen. Doch plötzlich wurden aus dem zuvor fernen und schwachen Lichtschein Holzwände und eine halb offene Tür, durch die sie rasch hineinschlüpften. Kaum hatten sie die Tür hinter sich zugeschlagen, warfen sich schon die ersten Hunde dagegen.

Unversehens stießen sie in einer Ecke des Stalls auf einen großen Haufen Heuballen, hinter dem sie sich verbargen und warteten, bis ihr Atem sich beruhigt hatte. Angespannt lauschten sie auf jedes Geräusch.

Weiter südlich, hinter einem sanften Hügel, im Haus von Blasco Méndez de Figueroa, schliefen alle bis auf Carmen, die in ihrem Zimmer eingesperrt war. Zur Flucht entschlossen, obwohl es gefährlich weit hinunterging bis zum Boden, öffnete sie das Fenster. Von den zwei Tagen, nach deren Ablauf sie auf eigene Faust fliehen sollte, wenn Volker nicht zurückkehrte, war bereits einer verstrichen. Zu der Ungewissheit über das Schicksal des Hauptmanns kam die Angst, Blasco könnte sie noch im Herrenhaus vorfinden. Von der Plantage bis zu den blauen Bergen brauchte man zu Pferd etwas mehr als einen Tag – weniger wegen der Entfernung als wegen des ausgedehnten Urwalds, den es zu durchqueren galt, und wegen der steilen Passagen, die man nur zu Fuß überwinden konnte.

Das alles hatte Carmen bedacht, als sie sich entschied zu fliehen. Tat sie es nicht, riskierte sie, erneut ihrem Ehemann zu begegnen. Beim bloßen Gedanken daran begann sie zu zittern. Sie trat ans Fenster und schätzte die Entfernung bis zum nächststehenden Baum. Dann streckte sie, die Fensterbrüstung umklammernd, einen nackten Fuß hinaus, so weit sie konnte, und versuchte an den dicksten Ast einer Kastanie zu kommen, der ihrem Gewicht leicht standgehalten hätte, aber sie erreichte ihn nicht. Mit einem bangen Seufzer blickte sie wieder nach unten und erwog, an der Hausmauer hinabzuklettern, verwarf den Gedanken jedoch, da es keinen einzigen Sims, keinerlei Halt gab. Ihre einzige Möglichkeit war, vom Fenster aus in den Baum zu springen, aber dazu würde sie Anlauf nehmen müssen. Sie schürzte ihren Rock, band ihn in der Taille hoch, warf die Schuhe nach draußen, bekreuzigte sich drei Mal und erflehte Gottes Beistand. Dann holte sie tief Luft, schloss die Augen, bekreuzigte sich ein weiteres Mal und befand sich, als sie die Augen wieder öffnete, bereits zwischen Haus und Baum. Doch beim Aufkommen auf dem Ast setzte sie den Fuß falsch und verlor das Gleichgewicht. Als sie merkte, dass sie fiel, versuchte sie mit den Händen irgendetwas zu fassen zu bekommen, was ihr Halt gab, und erwischte zu ihrem Glück den Baumstamm. Sehr erleichtert, wenn auch zitternd und voller Schrammen, kletterte sie, so gut sie konnte, an der alten Kastanie hinab. Endlich am Boden, sammelte sie ihre Schuhe auf und rannte los in Richtung Ställe, um sich ein Pferd zu holen.

In weniger als einer Meile Entfernung befand sich Blasco, erschöpft von der misslungenen Jagd, an der Seite von Luis Espinosa auf dem Heimweg. Geräuschlos betrat er schließlich das Haus und machte sich auf die Suche nach seiner Frau, um seinen finsteren Plan in die Tat umzusetzen, doch in ihrem Schlafzimmer fand er sie nicht. Er entdeckte das geöffnete Fenster und an einem Baum einen Fetzen Stoff von ihrem Rock. Laut rief er nach seinem Kammerdiener. Auf dem Weg zu seinem stets verschlossenen Zimmer traf er auf Luis Espinosa.

»Die Jagd ist noch nicht zu Ende. Folgt mir!«

Er holte aus seinem Horrorkabinett eine Art Sichel mit gekrümmter Klinge und eilte die Treppe hinunter.

»Sie muss in Richtung Pferdeställe gegangen sein…«

Don Luis folgte ihm, ohne zu wissen, wen er suchte.

»Diese Schlampe… das wird sie mir büßen.«

»Erklärt mir doch bitte, auf wen wir jetzt Jagd machen…«

»Wir suchen meine Frau Carmen… Sie hat mich hintergangen, und dafür muss sie bezahlen.«

Don Luis blieb wie versteinert stehen und versuchte Blasco festzuhalten, doch dieser riss sich mit einer brüsken Armbewegung los und lief in Richtung der Stallungen. Luis verstand nicht, was diese entzückende Frau, dieses zarte Wesen, ihm angetan haben konnte. Für ihn war klar, dass der Mann verrückt geworden war. Er beschloss augenblicklich, ihr zu helfen, und stürzte hinter Blasco her.

Camilo und Fabián hatten inzwischen das Hauptgebäude der Stallungen gefunden.

Camilo ging als Erster hinein.

Mehr als hundert Pferde unterschiedlichen Alters, unterschiedlicher Fellfarben und Rassen standen, an den Seitenwänden angebunden und durch vertikale Stangen getrennt, in dem rechteckigen Raum. Camilo erkannte Napoletanos, Bretonen, Berber sowie zahlreiche Andalusier. Fabián achtete weniger auf die Pferde, denn er war darauf konzentriert, sich keine Bewegung entgehen zu lassen, die die Anwesenheit eines Menschen verraten hätte. Der Mönch musterte forschend die Kruppe der Pferde und meinte schon unter den ersten einige seiner Tiere zu erkennen, wenngleich sie ihm dicker erschienen, und bei dem dämmrigen Licht konnte er die Brandzeichen nicht eindeutig identifizieren.

»Ich kann kaum etwas sehen …«, flüsterte er Fabián zu. »Wir brauchen mehr Licht.«

Fabián konnte ihn nicht aufhalten, so schnell eilte Camilo entschlossenen Schritts zu einem nahen Nebengebäude, in dem er Licht gesehen hatte. Also folgte ihm Fabián notgedrungen. In dem kleinen Raum, der als Sattelkammer diente, stand eine Öllampe, die der Mönch ergriff, ohne Fabiáns Einwände zu beachten.

Zurück im Pferdestall inspizierte er die Tiere eines nach dem anderen, murmelte vor sich hin, ließ aber auch immer wieder den Blick durch den Stall schweifen, ob womöglich Yago irgendwo auftauchte. Bei einem kastanienbraunen Pferd von fast vollkommener Gestalt blieb er stehen.

»Das war eines von unseren! Ich bin ganz sicher!« Er suchte das Brandzeichen, doch es war von den drei Initialen des Besitzers von Bruma Negra überdeckt. »Ich weiß noch, wie ich es in den Bergen bei Córdoba gekauft habe.«

Auf dieses eine folgte ein Dutzend weiterer Pferde, bis er schließlich vor Azul stand. Als er ihn erblickte, war seine Freude noch größer. Auch das Pferd wusste, wer er war, und beschnupperte ihn freudig.

»Das ist der Guzmán, von dem ich dir erzählt habe.« Triumphierend deutete er auf das Pferd.

»Dann ist der Diebstahl also bewiesen!«, stellte Fabián fest. »Jetzt müssen wir nur noch den Stallmeister finden.«

Camilo protestierte, ohne die Stimme zu senken.

»Kommt nicht in Frage! Zuerst suchen wir Yago. Die Kellnerin hat uns erzählt, dass er hier arbeitet, also kann er nicht weit sein. Er schläft immer in der Nähe der Pferde.« Und schon rief er laut nach ihm.

Erschrocken hielt Fabián ihm den Mund zu.

»Bist du verrückt? Man wird uns hören! Einverstanden, gut, wir suchen ihn. Aber leise, wenn ich bitten darf.«

In diesem Moment hörten sie draußen vor dem Stall Schritte. Sie löschten die Öllampe und suchten eilig wieder Schutz hinter den Heuballen. Jemand, der sehr mühsam atmete, trat in den Stall und lief ganz nahe an ihrem Versteck vorbei. Fabián bereitete sich darauf vor, handeln zu müssen, sah dann aber zu seiner großen Überraschung, dass es eine Frau war, deren Gesichtsausdruck panische Angst verriet. Sie rannte auf die Pferde zu, ohne zu bemerken, dass sie nicht allein war. Als Fabián und Camilo feststellten, dass niemand ihr folgte, verließen sie ihr Versteck und gingen auf sie zu.

»Keine Angst, edle Dame.« Camilos Ton war freundlich, doch sie war so überrascht, dass sie ihm in höchstem Schrecken mit den Fingernägeln durchs Gesicht fuhr. Der Mönch spürte, wie sie ihm ein Stück Haut aus der Wange riss, konnte aber nichts anderes tun, als ihre Arme festzuhalten, damit sie sich beruhigte. Sie erschrak, wenn überhaupt möglich, noch mehr, begann um sich zu treten und biss Camilo sogar in den Arm, als er einen Augenblick unaufmerksam war.

Fabián entschloss sich einzugreifen. Er näherte sich ihr und warf sie ohne große Mühe zu Boden. Dann setzte er sich auf sie, verschloss ihr den Mund mit der Hand und drückte mit der anderen ihre beiden Handgelenke zu Boden, sodass sie sich nicht mehr rühren konnte.

»Herr im Himmel, ganz ruhig jetzt! Wir tun Euch nichts, glaubt mir. Wir sind keine bösen Menschen. Dieser Mann ist ein Mönch.«

Sie blickte Camilo verstohlen an, glaubte aber kein Wort. Der Mann trug kein Habit, und auch seine Haartracht war nicht die für einen Gottesmann übliche. Sie biss Fabián in die Hand und schrie zornig auf, bis er schließlich die Geduld verlor und sie ohrfeigte.

»Bitte, meine Dame, seid still, sonst muss ich Euch nochmals schlagen, und ich hasse das. Wir sind aus Spanien gekommen, aus Jerez, weil wir Pferde suchen, die uns gestohlen wurden, und einen

Jungen, der bei ihnen war. Ich bin Inspekteur bei der *Saca* gewesen, und mein Freund Camilo ist Kartäuser, aus dem Kartäuserkloster von Jerez, aus dem einige dieser Pferde stammen ...«

»Der Junge heißt Yago«, unterbrach ihn Camilo. »Kennt Ihr ihn?«

»Natürlich«, erwiderte Carmen, nun weniger ängstlich. Sie hatte den Eindruck, den beiden trauen zu können.

»Lasst mich fliehen, bitte«, begann sie dann zu schluchzen. »Wenn mein Gatte mich findet, bringt er mich um, und es kann sein, dass er jetzt schon nach mir sucht.«

»Wer ist Euer Gatte? Und vor allem, wie kommt Ihr auf diese Idee?« Fabián erlaubte ihr, sich zu erheben, und sie schilderte ihnen, sich verhaspelnd vor Aufregung, wer sie war und was sie herausgefunden hatte. Während sie noch das eine oder andere Detail erklärte, wählte sie eilig einen Sattel aus und flehte die beiden an, sie ziehen zu lassen.

»Ich habe meinem treuen Gefährten Volker versprochen, von der Plantage zu fliehen, wenn er mich nicht rechtzeitig abholen kommt.« Ihr Blick umwölkte sich beim Gedanken an sein Schicksal. »Es muss ihm etwas zugestoßen sein, als er versucht hat, diese schreckliche Jagd zu verhindern.« Unter Tränen ging sie auf die Pferde zu und wählte das erstbeste. Den Sattel aufzulegen, gelang ihr nicht, weil er zu schwer war, doch Fabián erledigte es für sie. In ihrem raschen Bericht hatte sie Yago, den zu kennen sie versichert hatte, nicht mehr erwähnt.

»Und der Junge?«, unterbrach Camilo sie unvermittelt.

Ihr Gesicht drückte Mitleid aus, als sie antwortete.

»Es tut mir leid ... ich habe keine guten Nachrichten für Euch. Ich weiß, dass er mit einer Sklavin in die Berge geflohen ist, und mein Gatte ist, zusammen mit einem Gast aus Eurem Land, losgeritten, um die beiden zu suchen. Gutes hatte er dabei nicht im Sinn. Ob sie ihn und die Sklavin erwischt haben, weiß ich nicht, aber wenn, dann ist Schreckliches zu befürchten, es tut mir leid ...« Sie senkte den Blick, beschämt, mit diesem Barbaren zusammengelebt zu haben.

»Was wollt Ihr damit sagen?« Fabián befestigte den Sattelgurt unter dem Bauch des Pferdes.

Um ihnen klarzumachen, was für ein Mensch Blasco war, erzählte sie ihnen, was sie in der Truhe gefunden hatte, von den Abscheulichkeiten, die er an wer weiß wie vielen Sklavinnen begangen hatte, und von seiner Vorliebe für Menschenjagden.

»Kann sein, dass die zwei jungen Leute ihm zum Opfer gefallen sind.« Sie blickte traurig. »Es tut mir leid, dass ich darauf bestehen muss, aber ich kann keine Minute länger hierbleiben«, rechtfertigte sie sich, vor Aufregung zitternd. Mit fliegenden Händen befestigte sie das Zaumzeug, dann schwang sie sich behände in den Sattel.

Camilo war bleich geworden, er bekam kaum Luft und brachte kein Wort heraus. Was er gerade über Yago gehört hatte, übertraf seine schlimmsten Befürchtungen. Die Möglichkeit, dass er von diesem Ungeheuer wie ein Tier gejagt wurde, brach ihm fast das Herz. Hilflos und verwirrt lehnte er sich an die Stallwand. Was sollte er bloß tun? Fabián, der seinen Zustand bemerkte, musste ihn fast zwingen, ein Pferd zu besteigen.

Der Stallmeister war immer noch nicht aufgetaucht und die Frau viel zu verängstigt, als dass Fabián, der Kavalier, sie allein hätte fliehen lassen. Er beschloss, dass sie beide mit ihr bis zu dem Kloster reiten würden, in dem sie mit dem Deutschen verabredet war. Fürs Erste war das die beste und vernünftigste Entscheidung.

Luis Espinosa folgte Blasco im Eilschritt, voller Sorge, was dieser wohl im Schilde führte.

Rasend vor Zorn schrie der Plantagenbesitzer Carmens Namen.

Sie hörten sein Gebrüll, noch bevor sie den Stall verlassen hatten, er brüllte so laut, dass es wohl überall auf der Plantage zu hören war. Kaum befanden sie sich im Freien, da sahen sie ihn schon von einem Hügel herab auf sie zustürmen. In seiner Hand blitzte etwas.

Aus einem Seitengebäude trat eine Gestalt, in der Carmen den Stallmeister erkannte, und von da an ging alles sehr schnell. Da der überraschte Mann sich Blasco in den Weg stellte, bevor er auch nur begriffen hatte, was vor sich ging, traf ihn der tödliche Stahl in der Hand seines Herrn in den Bauch.

Camilo, Fabián und Carmen trieben, kaum waren sie Zeugen des schrecklichen Schicksals des armen Mannes geworden, ihre Pferde in die entgegengesetzte Richtung, fort von Blasco. Doch als Fabián sich umwandte, um zu sehen, was Blasco nun tat, bremste er sein Pferd unvermittelt ab. Blasco rang mit jemandem, den er trotz der Dunkelheit erkannte – Luis Espinosa. Er spürte, wie sein Herz beim Anblick seines Todfeindes schneller schlug und seine Muskeln sich anspannten. Wie im Zeitraffer zogen vor seinem inneren Auge die acht harten Jahre im Exil und die vielen Qualen, die er seinetwegen durchlitten hatte, vorbei. Für einen klaren Gedanken blieb kein Raum. Er spürte, wie jede seiner Narben Rache forderte, wie das Blut ihm in den Adern kochte und ihn zum Handeln trieb. Er packte die Zügel fester, befahl Carmen und Camilo zu fliehen, gab seinem Pferd die Sporen und galoppierte, den Blick starr auf sein Ziel gerichtet, auf den Mann zu, der seine berufliche Laufbahn, sein Leben zerstört und seine Seele mit den schlimmsten Gefühlen vergiftet hatte.

Bei Luis Espinosa angekommen, sprang er ihn von hinten an, gerade als dieser Blasco mit einem Hieb auf den Kopf niedergestreckt hatte. Es war ein Akt der Notwehr gewesen, denn Méndez de Figueroa hatte ihm, außer sich vor Wut beim Anblick seiner fliehenden Frau, seinen Dolch in den Leib rammen wollen.

Luis, noch wie betäubt angesichts Blascos brutaler Reaktion, begriff nicht, wieso der Inspekteur der *Saca* plötzlich vor ihm stand. Darum dauerte es ein paar Sekunden, bis er dessen Fausthieben auszuweichen versuchte. Fabián überließ sich ganz seinem Zorn, all die Wut, die sich in ihm angestaut hatte, bekam sein Feind nun zu spüren. Als Luis das begriff, wählte er das geringere Übel und ließ sich fast widerstandslos prügeln, obwohl es sehr harte Schläge waren. Erst als er merkte, dass der Inspekteur sich seines Sieges sicher fühlte, nutzte er den Moment, um ihm überraschend einen Stich ins Bein zu versetzen. Dann riss er sich los und rannte auf die Stallungen zu, um ein Pferd zu holen. Fabián brauchte nur eine Minute, bis es ihm trotz des verletzten Beins gelang, ein anderes Pferd zu besteigen und ihn zu verfolgen, so weit es nötig sein mochte.

Dieses Mal würde er ihn nicht entkommen lassen.

Inzwischen entfernten sich Camilo und Carmen immer weiter von Bruma Negra, ohne zu wissen, was mit Fabián geschah. Vor ihnen lag nur Dunkel und ein dichter Wald, der ihnen Schutz bieten würde. Schweigend durchquerten sie ihn, man hörte nur den Klang der Pferdehufe und den schnellen Atem der Tiere. In Camilos Herz herrschte schmerzhafte Stille, und über das Gesicht der armen Frau, die das bitterste Kapitel ihres Lebens hinter sich ließ, rannen Tränen.

XVII

Von Volker hatte man nichts gehört.

Blasco ging davon aus, dass er tot war, während Carmen ihn, verunsichert und voller Angst, im Franziskanerkloster erwartete.

Doch es gab jemanden, der beschlossen hatte, ihn ins Leben zurückzuholen. Jemanden, der nicht seine Sprache sprach, eine Frau mit Mandelaugen, breiter Nase und rot bemalter Haut. Volker nannte sie Uma, ohne zu wissen, ob das wirklich ihr Name war oder nur eines der vielen Worte, die er nicht verstand, wenn diese Indiofrau mit ihm sprach.

Sie half ihm, die erste lange Nacht zu überstehen, ließ ihn nicht hinüber ins Reich der Toten. Sie versorgte seine Wunden, sprach flüsternd auf ihn ein, sang ihm sanfte Lieder, und all das ganz allein.

Sie hatte ihn bewusstlos an einer Biegung des großen Flusses gefunden. Als Volker die teuflischen Stromschnellen hinter der tiefen Lagune überwunden hatte, wo er mit seinem Pferd abgestürzt war, hatte er zwei Stunden lang gegen das Wasser angekämpft. Sein Reittier hatte nicht so viel Glück gehabt und den Aufprall auf einen scharfkantigen Felsen, der aus den Fluten ragte, nicht überlebt.

Wo Uma hergekommen war, diese Frau mit der kupferfarbenen Haut, den langen schwarzen Haaren und den freundlichen Augen, wusste Volker ebenso wenig, wie er den Grund für ihren Edelmut kannte. Mit dem von ihren Vorfahren ererbten Wissen um derlei Dinge legte sie ihm Verbände aus Blättern an. Sie gab ihm zu essen, wusch ihn und versorgte drei Tage lang jede seiner Wunden, jeden Kratzer. Ja, sie schenkte ihm sogar ihre eigene Wärme, indem sie an seiner Seite schlief.

»Warum tust du das alles für mich? Wer bist du?«, fragte er am Abend des ersten Tages, als er ihren Körper so nah spürte. Ein Lächeln huschte über ihr Gesicht, sie strich ihm über die Wange und bedeutete ihm, dass sie schlafen wollte.

Volker betrachtete sie im Licht des Mondes, immer noch erschöpft von der Anstrengung, die es ihn gekostet hatte, dem reißenden Wasser zu entkommen. Er glaubte nicht an Gott, aber diese Indiofrau glich zweifellos einem Engel – schweigend tat sie alles, was getan werden musste, ein Mensch voller Geheimnisse.

Als Volker am Morgen des vierten Tages erwachte, war sie nicht mehr da. Verschwunden. Er erhob sich mühsam und suchte die Umgebung ab, fand sie aber nicht. Das Einzige, was er entdeckte, waren ein Kanu und ein Korb mit Früchten.

Es dauerte zwei Stunden, bis er seine Beine wieder vernünftig gebrauchen konnte. Er verschlang das Obst und machte sich mit dem Kanu auf den Weg den Fluss hinab. Um seinen Plan in die Tat umzusetzen, musste er erst einmal einen bewohnten Ort finden. Er würde Blasco und seinen Freund Espinosa in Sevilla la Nueva anzeigen, und zwar beim Abt, der höchsten kirchlichen Autorität der Insel, nicht etwa beim Richter oder beim Gouverneur – zu wahrscheinlich war es, dass sie mit Blasco unter einer Decke steckten. Die Überreste grausam verstümmelter Menschen, die er im Urwald gesehen hatte, und Carmens Entdeckungen in jenem Zimmer genügten als Argument für die Kirche, sich mit der Sache zu befassen. Er sah voraus, dass sich die Vertreter der weltlichen Macht auf die Seite des Plantagenbesitzers stellen würden, jedoch gab es zwischen dem Gouverneur und dem Abt seit langem Konflikte, die auch schon Menschenleben gekostet hatten. So konnte er sicher sein, dass der Kirchenfürst sich für den Fall interessieren würde, und es war anzunehmen, dass er nach seiner Aussage eine Untersuchung der vielen Gewalttaten einleiten würde, zu denen es auf Bruma Negra gekommen war.

Sobald das erledigt war, würde er Carmen im Kloster aufsuchen.

Nachdem er beim Abt seine Anschuldigungen vorgebracht hatte, machte er sich auf die Suche nach jemandem, der ihm ein Pferd verkaufte.

»Nehmt also meinen Ring.« Volker hatte bei dem Sturz in die Schlucht alles Geld verloren, und es gelang ihm nicht, den misstrauischen Händler zu überzeugen, der diesem Geschäft wenig abgewinnen konnte, da das ausgewählte Pferd viel mehr wert war. »Ich schwöre Euch, dass ich über ausreichend finanzielle Mittel verfüge… Leiht es mir jetzt, ich verspreche, den doppelten Preis zu bezahlen. Ich muss ein paar Angelegenheiten in Ordnung bringen, ehe ich nach Bruma Negra zurückkehre, um meine Dukaten zu holen. Ich bitte Euch.« Er tätschelte einem braunen, gesund und stark wirkenden Ross mit lebhaften Augen den Hals.

In der gleichen Stallung wartete ein wohlbeleibter Mann darauf, dass sein Pferd beschlagen wurde. Er hatte den Namen der Plantage zwangsläufig mitbekommen und sprach Volker an.

»Ich meine gehört zu haben, dass Ihr nach Bruma Negra wollt. Arbeitet Ihr etwa dort?«

Volker traute dem Mann nicht, antwortete aber trotzdem.

»Nein, ich habe mit Bruma Negra nichts zu schaffen. Ich bin Offizier und auf der Durchreise, und ich brauche ein Pferd, um eine Frau aufzusuchen, die mich erwartet.«

Camilo dachte sofort an Carmen, die sie zwei Tage zuvor in jenem Franziskanerkloster abgesetzt hatten, das östlich von Sevilla la Nueva auf halbem Weg zwischen der Plantage und der Stadt lag. Er erinnerte sich, dass sie von einem Deutschen gesprochen hatte, der ihr Beschützer war, und dieser Mann konnte seinen Akzent nicht verhehlen. Camilo nannte als Erster seinen Namen, um auch den des anderen zu erfahren.

»Nun gut, ich heiße Volker. Volker von Wortmann.«

Camilo wandte sich, kaum hatte Volker seinen Satz beendet, an den Händler.

»Ich werde das Pferd dieses Herrn bezahlen. Und sattelt meines bitte sofort, ich habe es eilig.« Er öffnete einen Lederbeutel und zog eine Handvoll Goldmünzen heraus. Dann wandte er sich in herzlichem Ton an Volker, um die etwas seltsame Situation zu entspannen. »Ich verstehe Eure Verwirrung, aber ich erkläre Euch alles, wenn Ihr mit mir hinauskommt.«

Draußen sah Volker sich Camilo näher an. Er hatte eine andere Ausstrahlung als die anderen Männer, die Abenteurer und Verbannten, die er auf der Insel kennengelernt hatte. Am ehesten war er wohl ein Diener Gottes, doch Volker fragte lieber nicht nach, sondern wartete gespannt darauf, was er von ihm erfahren würde.

»Eure Carmen ist in Sicherheit.« Camilo beschloss, auf alle Förmlichkeiten zu verzichten, denn er musste sich schnellstens auf die Suche nach Yago machen – auf dieser Insel, die er nicht kannte, und ohne zu wissen, wo er anfangen sollte.

Fabián war verschwunden, Camilo war nun schon den zweiten Tag ohne Nachricht von ihm. Da hatte er sich entschlossen, auf eigene Faust eine Suche zu organisieren, die nötigen Lebensmittel und sogar ein Führer standen schon bereit. Er hatte keine Zeit für große Erklärungen, aber das verblüffte Gesicht des Deutschen zwang ihn, doch ein wenig auszuholen. Er erzählte ihm, was auf Bruma Negra in jener Nacht vorgefallen war, von seiner Begegnung mit Carmen, wo er sie gemäß Volkers Anweisung abgesetzt hatte, was ihn in Begleitung eines Inspekteurs der *Saca* namens Fabián aus Spanien hergeführt hatte und dass er Kartäusermönch war. Vor allem aber erzählte er von Yago. Volker versuchte, diese Informationen zu einem Bild zusammenzusetzen, während er aufmerksam und schweigend zuhörte. Er erinnerte sich an den Jungen, der mit der Sklavin die steile Felswand hinaufgeklettert war, und unterbrach Camilo.

»Ich weiß vielleicht, wo sie sein könnten …«

»Von wem sprecht Ihr?«

»Von Yago und diesem Mädchen. Ich kenne zwar den Grund nicht, muss Euch aber leider sagen, dass Euer junger Freund und dieses Mädchen von Blasco und Don Luis Espinosa in unmenschlicher

Weise gejagt wurden, wie Tiere. Als Carmen mich über die Absichten ihres Gatten informierte, versuchte ich ihnen nach Kräften zu helfen, damit ihre Flucht in die blauen Berge gelang. Und ich weiß es zwar nicht sicher, aber ich gehe davon aus, dass sie entkommen sind.« Volker, der um die Wirkung seiner Worte wusste, legte dem Kartäuser beruhigend eine Hand auf die Schulter.

»Wie können wir herausfinden, ob die Flucht geglückt ist?«

»Ich habe gesehen, wie sie eine Felswand hinaufgeklettert sind, mehr jedoch nicht, denn dann hatte ich den Unfall ...«

Volker fasste die Ereignisse kurz zusammen, berichtete dann, was er über die einen und die anderen wusste, und legte auch offen, was ihn nach Jamaika geführt hatte. Er erzählte ihm von Yago und ihrer kurzen, aber intensiven Begegnung. Die schreckliche Menschenjagd, die er zu verhindern versucht hatte, schilderte er allerdings nicht im Detail, um dem Mönch weiteren Schmerz zu ersparen. Zu guter Letzt erklärte er auch noch, warum er versprochen hatte, Carmen zu beschützen, und was er als Nächstes vorhatte.

»Jetzt werde ich sie in dem Kloster aufsuchen, und dann nehmen wir das erste Schiff, das den Hafen verlässt, egal, wohin es uns bringt.«

Volker schwang sich auf sein Pferd und wollte sich dankend verabschieden, doch Camilo ließ ihn gar nicht erst zu Wort kommen.

»Ausgeschlossen! Das werdet Ihr nicht tun, jetzt noch nicht.«

Volker ärgerte sich über seinen autoritären Ton, wollte aber nichts entgegnen, ehe er nicht eine Erklärung bekam. Camilo sprach weiter.

»Ich habe das Pferd für Euch bezahlt, aber dafür werdet Ihr mir einen Gefallen tun müssen. Da die Frau in Sicherheit ist – und das ist der Fall, Ihr könnt es mir glauben, denn ich habe mich persönlich davon überzeugt, als ich sie in der Obhut des obersten Verantwortlichen im Kloster zurückließ –, müsst Ihr mir helfen, Yago zu finden, bevor Ihr sie dort abholt. Nur Ihr wisst, wo man mit der Suche beginnen muss.«

Volker zögerte mit der Antwort. Dann stützte er sich auf den Sattel, füllte seine Lungen mit Luft und sagte in strengem Ton:

»Ich bin Offizier, das ist das Erste, was Ihr wissen müsst. Befehle nehme ich ausschließlich von meinen Vorgesetzten entgegen. Habe ich mich klar ausgedrückt?« Sein Gesichtsausdruck war ernst. »Denkt darüber nach. Ich zweifle nicht an Euren guten Absichten, aber wenn Ihr weiter ein solches Benehmen an den Tag legt, werdet Ihr bei mir nicht viel erreichen… Entweder Ihr tretet weniger fordernd auf, oder ich schicke Euch zum Teufel.«

Camilo ließ sich nicht entmutigen.

»Ihr müsst mir helfen, Yago zu finden. Erlaubt, dass ich spreche!«

Volker verspürte den Impuls, kehrtzumachen und ihn einfach stehen zu lassen, gab ihm aber noch eine letzte Chance.

»Wenn Ihr den Jungen kennengelernt habt, muss ich Euch ja nicht erklären, wie verletzlich er ist. Ohne eigene Schuld ist sein Leben eine endlose Verkettung unglücklicher Umstände gewesen. Er ist anders als die anderen, das habt Ihr sicher gemerkt. Er braucht fast ständig Hilfe und hat oft Angst vor den Menschen um ihn herum. Ich bin aus Jerez gekommen, um ihn zu suchen, und ich erspare Euch die Schilderung all dessen, was wir durchstehen mussten, um es bis hierher zu schaffen. Ich war bereit, die ganze Insel nach ihm abzusuchen, doch jetzt, da Ihr wisst, wo er zu finden ist…« Nun war sein Tonfall fast flehend. »Um des Allmächtigen willen, seht es aus dieser Warte! Er ist ein unschuldiger Mensch, der Euch braucht, und an seiner Stelle bitte ich Euch um Hilfe, ja, sogar Gott selbst!« Er legte bittend die Hände aneinander.

Volker seufzte unter dem Gewicht der Verantwortung, die auf ihm lastete. Die Worte dieses Mannes kamen von Herzen, und er selbst erinnerte sich voller Mitleid an den Jungen. Wenn sich die Suche nicht allzu sehr hinauszögerte, konnte er seiner Einschätzung nach in wenig mehr als einem Tag zurück sein.

»Einverstanden, Schluss mit der Diskussion, aber wenn ich Euch helfen soll, dann jetzt sofort.«

Eine Stunde später waren sie schon unterwegs zu den blauen Bergen.

Nach ihrer verzweifelten Flucht schafften es Yago und Hiasy, bis ins Innerste des Waldes vorzudringen, wo die Taínos lebten. Inmitten riesiger Bäume, deren Kronen sich fast im Himmel verloren, stießen sie auf die ersten Hütten. Einige der bescheidenen Behausungen waren auf den Ästen dickstämmiger Bäume erbaut, und darüber sah man die letzten, bereits vegetationsfreien Hänge der Berge, die ihren Namen der besonderen bläulichen Färbung verdankten.

Yagos Anwesenheit löste bei den Bewohnern des Dorfes eine gewisse Unruhe aus, da niemand sonst eine solche Hautfarbe hatte und er der gleichen Rasse angehörte wie ihr schlimmster Feind. Aber es dauerte nicht lange, dann deuteten sie seine blauen Augen und seine Freundschaft mit Hiasy als Zeichen, dass man ihm vertrauen konnte.

Die Leute in den Bergen kannten keine Unterschiede, Abstammung oder Hierarchien zählten hier nichts. Man lebte nach den Gesetzen der Natur und ernährte sich von dem, was sie einem schenkte.

Ein wenig mehr Sonne, und diese neblige Gegend, in der es fast immer regnete, wäre das Paradies gewesen.

Indios und Sklaven bildeten eine große Familie. Da sie nackt umherliefen, waren sich alle gleich, und nachdem sie zuvor gekauft, verkauft und gequält worden waren, hatten sie hier ihre Würde zurückerlangt und fühlten sich wieder als Menschen. Sie hatten alles und besaßen nichts. Männer und Frauen gingen uralten Beschäftigungen nach. Die Frauen sammelten Früchte, holten Wasser und warteten in den Hütten auf die Männer, um ihren Seelen Freude und ihren Körpern Lust zu schenken. Die Männer gingen auf die Jagd, sorgten für Nahrung und kämpften, um ihr Gebiet gegen die häufigen Angriffe von Sklavenjägern oder Truppen des Gouverneurs zu verteidigen, die diese Oase der Freiheit, die den übrigen Sklaven auf der Insel Hoffnung gab, um jeden Preis auslöschen wollten.

Bevor die Spanier kamen, war die Urbevölkerung von einer Horde Ureinwohner vom Festland unterworfen worden, einem Kannibalenstamm, der seine Opfer verspeiste.

Den Verfolgten hatten die Berge schon damals eine Zuflucht bedeutet. Die neue Familie von Yago und Hiasy waren die letzten Taínos, die Überlebenden einer langen Tradition, stolze Menschen, denen niemand ihre Freiheit hatte nehmen können.

Während in einer jener sternenklaren Nächte der Stammesälteste am Feuer ihre Götter anrief und um Schutz bat, setzte sich Yago ganz dicht neben Hiasy und nahm sie bei der Hand.

In jenem smaragdenen Garten, über dem sich der weite Himmel spannte, wo die Luft rein war und die Vögel in den sonderbaren Bäumen nie aufhörten zu singen, überkam Hiasy das Bedürfnis, Yago zu küssen, und sie tat es. Zum ersten Mal empfand er Wärme statt Furcht, Freude statt ängstlicher Vorsicht. Im Angesicht jenes Feuers, das, so hieß es, alle schlechten Erinnerungen an die Vergangenheit mitsamt ihren Dämonen und Kümmernissen verzehrte, entdeckte Yago, was die Liebe einer Frau bedeutet. In den Flammen lösten sich seine Ängste ebenso auf wie die zahllosen Demütigungen und Grausamkeiten, und er empfand etwas Wunderschönes, das er für alle Zeit in seinem Herzen bewahren würde – etwas, was andere Menschen wohl Liebe nannten. Hiasy hatte soeben eine Tür geöffnet, von deren Existenz er gar nichts gewusst hatte.

Am nächsten Tag tauchte eine Frau mit breiter Nase und kupferfarbener Haut auf. Man erklärte ihnen, sie sei die Priesterin der Taínos.

Ihr Wissen war uralt, ihr Blick tiefgründig und rein.

Sie brauchte nicht lange, um Yagos Wesen zu erfassen, seine unsteten Augen verrieten ihr genug.

Gleich am ersten Tag lud sie ihn ein, mit ihr zusammen den Sonnenaufgang zu erleben, denn diesen Moment, wenn die Sonne das

Dunkel durchbrach, nutzte sie, um in seine Seele zu schauen, und sie sah, was er erlitten hatte – viel, zu viel.

Ein Blick genügte ihr, um zu verstehen, was in ihm vorging. Diese Frau konnte die Vergangenheit lesen, aber auch in die Zukunft sehen. Und sie sah, dass Yago nicht lange bei ihnen leben würde. Als sie in einer Vision erkannte, dass der Soldat, den sie halb ertrunken aufgefunden hatte, ihn holen kommen würde, freute sie sich. Sie wusste, dass dieser Mann, so hart er auch erscheinen und so kalt er sich geben mochte, ein ebenso edles Herz hatte wie der Junge.

XVIII

Luis Espinosa war, dicht gefolgt von Fabián, ohne Pause gen Westen geritten. Als er den Küstenstreifen erreichte, gewann er etwas Vorsprung, da sein Pferd auf dem Sandstrand besser vorankam. Espinosa kannte die Insel gut und wusste, dass er, der Küstenlinie folgend, bald Santiago de la Vega erreichen würde. Die Stadt lag an einer Bucht, der Bahía de la Caguaya, und dort gingen die Schiffe vor Anker.

Als Fabián die Bucht erreichte, dämmerte es bereits.

Luis hatte er längst aus den Augen verloren, und das Meer hatte seine Spuren vollkommen verwischt. Fabián entfernte sich vom Ufer und versuchte sein Glück in den Dünen, gab sich jedoch geschlagen, als er nichts fand, und beschloss, sich auszuruhen. Er besah seine Beinwunde und stellte fest, dass sie nicht blutete. Luis' Messerstich war nicht sehr tief gegangen, und er hatte die Blutung stillen können, indem er sie in vollem Galopp fest mit einem Taschentuch umwickelt hatte. Er blickte hinaus aufs Meer. Ein Dutzend Schiffe lagen in der Bucht vor Anker, der Schein ihrer Lichter spiegelte sich auf dem ruhigen Wasser.

Die Nacht war kühl, aber angenehm zum Gehen.

Fabián zog die Schuhe aus, trat hinab ans Ufer und tauchte erleichtert die Füße ins Wasser. Schlagartig fühlte er sich besser, woraufhin er auch sein Pferd heranholte, damit es sich ebenfalls von dem scharfen Ritt erholen konnte. Zwar hatte er die Hoffnung noch nicht aufgegeben, doch seine Enttäuschung war groß. Wieder war Luis ihm entkommen, und er hatte noch immer keinen stichhaltigen Beweis dafür, dass dieser die Pferde der Kartäuser gestohlen hatte. Er verfluchte sein Pech und dachte nach.

Etwas später erhob sich ein heftiger Wind, der starke, würzige Gerüche aus der Ferne herantrug, doch Fabián lief weiter, ohne seiner Umgebung Beachtung zu schenken. Nur ein Gedanke beschäftigte ihn: Er musste Luis Espinosas Spur wieder aufnehmen und ihn ergreifen.

Nachdem er ein zweites Mal am Strand entlanggelaufen war, fühlte er sich sehr erschöpft, schob es auf den langen Tag und beschloss zu schlafen. Am folgenden Morgen, wenn er wieder frisch war, würde er entscheiden, wie er weiter vorging. Er ließ sich in den Sand fallen, und das Letzte, was er sah, ehe er die Augen schloss, war das sternenübersäte Firmament in all seiner Schönheit.

Es dämmerte gerade, als ihn etwas abrupt aus dem Schlaf riss. Er öffnete die Augen, blickte unruhig um sich und sah plötzlich einen Mann mit Pfeil und Bogen auf sich zukommen. Noch im Halbschlaf, fuhr er in die Höhe, denn es war niemand anderer als Luis Espinosa, der bereits auf ihn anlegte. Fabián hastete zum Ufer – eine andere Möglichkeit, Luis zu entkommen, fiel ihm nicht ein. Hier, wo der Sand härter war, konnte er wenigstens schneller laufen.

Der erste Pfeil traf ihn in die Schulter. Fabián hörte das pfeifende Geräusch schon, bevor er getroffen wurde und, sich überschlagend, zu Boden stürzte. Als er sich umwandte, sah er, dass Luis immer näher kam und bereits den zweiten Pfeil einlegte. Bei dieser geringen Distanz würde er auf jeden Fall treffen, und Fabián war sich seines unausweichlichen Schicksals so bewusst, dass er nicht einmal mehr die Kraft für die geringste Willensanstrengung aufbrachte. Er schloss einfach die Augen und wartete ergeben darauf, dass der Pfeil ihn durchbohrte. Doch irgendetwas in ihm, angetrieben von seinem grenzenlosen Zorn auf diesen Mann, wehrte sich im selben Augenblick dagegen und zwang ihn zu kämpfen, sich noch nicht geschlagen zu geben. Rasch sprang er auf die Füße, machte eine Kehrtwendung und stürmte, aus Leibeskräften brüllend, auf seinen Verfolger zu. Seine einzigen Waffen waren sein Zorn und das tiefe Bedürfnis nach Rache, das seine Seele erfüllte.

Seinen schnellen Beinen oder seinem Überlebenswillen hatte er es zu verdanken, dass der zweite Pfeil ihn nur am Arm streifte. Doch dem nächsten entging er nicht mehr – er bohrte sich ihm in die Brust. Trotzdem lief er weiter, seinem Feind entgegen.

Don Luis Espinosa hatte keine Zeit mehr für einen weiteren Pfeil. Er ließ den Bogen fallen und zog einen Dolch hervor.

Er stieß ihn Fabián in den Oberschenkel, und sie wälzten sich im Sand. Dabei zerbrach der Pfeil, der in Fabiáns Brust steckte, und aus der Wunde begann Blut zu strömen. Don Luis ergriff das Pfeilende, das noch aus Fabiáns Brust ragte, und drückte den Pfeil so tief er konnte hinein, während er ihm mit der anderen Hand einen weiteren Dolchstoß versetzte, diesmal in den Bauch.

Fabián verlor an Kraft, er blutete stark.

Er sah seinen Henker an und wandte den Blick dann zum Horizont, auf sein geliebtes Meer hinaus. Er würde dem Tod also hier am Ozean begegnen, dachte er. Er konnte nicht den geringsten Widerstand mehr leisten. Seine Arme wurden schlaff, seine Finger strichen zärtlich über den Sand, und seine Gedanken reisten in weite Fernen. An der Schwelle des Todes lächelte er, bis sich ihm erneut Stahl in die Brust bohrte und er die Schreie eines anderen Menschen hörte, der ihm zu Hilfe eilte.

Sein Blick verschwamm, er verlor das Bewusstsein und spürte nichts mehr.

Die blauen Berge nahmen zwei neue Gäste auf.

Als Camilo und Volker in die Nähe des Waldes kamen, mussten sie sich hinter den Bäumen verstecken, denn es empfing sie eine Wolke vergifteter Pfeile, wie sie die Taínos für Eindringlinge bereithielten. Sie kämen in friedlicher Absicht, riefen die beiden, und suchten einen weißen Jungen, Yago, mit dem sie befreundet seien.

Doch die Indios trauten ihnen nicht, sondern hielten sie für potenzielle Feinde. Sie zielten nun genauer, und von dem zweiten Pfeilhagel bohrten sich nicht weniger als zehn in die Rinde des Baumes, hinter dem sich die Neuankömmlinge versteckt hatten. Volker bat mit lauter Stimme um eine Pause, um alles erklären zu können, doch als Antwort regneten erneut Pfeile in seiner allernächsten Nähe nieder. Er begriff, dass er ihnen nur Einhalt gebieten konnte, wenn er ihnen wehrlos und unbewaffnet gegenübertrat. Nachdem er tief Luft geholt hatte, trat er mit erhobenen Händen hinter dem Baum hervor und bat darum, ihren Häuptling sprechen zu dürfen. Die Verteidiger des Dorfes blickten sich fragend an und warteten ab, was ihr Anführer sagte. Dieser befahl, sie sollten aufhören zu schießen, bis er die Ältesten verständigt und ihren Rat eingeholt hatte.

Auch Camilo überwand seine Angst, trat aus dem Schutz des Baumes und zeigte sich, Seite an Seite mit Volker, ebenfalls den Indios. Sie versuchten im dichten Wald diejenigen auszumachen, die auf sie geschossen hatten, aber erfolglos. Einzig ein paar Federn waren hinter dem Blattwerk zu sehen und ab und zu ein Zweig, der sich ein wenig bewegte. Zu hören war allerdings etwas, nämlich ein seltsames Geheul, das von Baum zu Baum durch den Wald zu springen schien, bis es sich schließlich in seinem undurchdringlichen grünen Herzen verlor. Zunächst dachten sie, es handele sich um irgendein Tier, begriffen jedoch schnell, dass es eine spezielle Form der Verständigung war, denn bevor sie einen der Indios in ihrer Sprache sagen hörten, sie sollten ihre Waffen abliefern, hatten sie eine neue Serie von Heullauten vernommen, die aus den Tiefen des Urwalds bis zu ihrem Standort weitergegeben worden waren. Nun wurde ihnen gestattet, das Dorf zu betreten. Die Priesterin und die Alten hatten es so beschlossen.

Als Yago Minuten später erfuhr, dass zwei Männer nach ihm fragten, rannte er voller Neugier auf den Vorplatz mit den zwei Feuern. Und dort sah er Camilo.

Zunächst begegneten sich ihre überraschten Blicke.

Beide wurden von Gefühlen überflutet, dann erschien ein Lächeln auf ihren Gesichtern, und schließlich fanden sie sich in einer Umarmung wieder, die nach Vergangenheit schmeckte, nach großer Zuneigung und nach unzähligen Erinnerungen.

Der Mönch war um die halbe Welt gereist, um diesen Augenblick erleben zu dürfen und endlich alle Ängste hinter sich lassen zu können, die ihn seit ihrem Abschied quälten. Wie oft hatte er sich Yago schutzlos, verletzt oder misshandelt vorgestellt. Doch jetzt, als er ihm hier in die Augen sah, fühlte er sich getröstet und sehr glücklich.

Yago wiederholte nur ein ums andere Mal den Namen seines Freundes, und immer wieder lachte er laut heraus. Sofort kamen einige Indios und etliche Sklaven hinzu. Manche trieb nur die Neugier, andere fühlten sich von den überschwänglichen Gefühlen der beiden angezogen.

»Ich … ich war es nicht …«, stammelte Yago, der sich an die schreckliche Szene mit dem jungen Mädchen im Stall von Humeruelos zurückerinnerte. »Ich nicht …«

»Das weiß ich«, unterbrach ihn Camilo. »Verzeih, dass ich damals an dir gezweifelt habe.«

Nicht weit entfernt stand Hiasy und beobachtete die beiden unter Tränen, ohne sich selbst zu zeigen.

Sie wusste nicht, wer diese beiden Männer waren oder welche Gründe sie hergeführt hatten, aber ihr wurde schmerzhaft bewusst, was nun geschehen konnte und was sie sehr wahrscheinlich bald verlieren würde.

Yago sah die überbordende Freude in Camilos Gesicht. Er berührte seine Stirn, seinen Kopf. Obwohl er sich an seine Züge genau erinnerte, musste er auch diesmal die Hände benutzen, um sie wirklich in sich aufzunehmen.

»Yago hat Camilo lieb …«

»Das weiß ich, mein Sohn, und ich dich auch!«

Sie saßen einander gegenüber auf dem Boden und sahen sich lange schweigend an, genossen es, einander wiedergefunden zu haben, und wechselten nur wenige Worte, doch diese kamen von Herzen.

Volker an Camilos Seite ließ sich keine Einzelheit des bewegenden Wiedersehens entgehen, das ihn an seine Jugend erinnerte, an die Zeit, da er noch bei seinen Eltern lebte. Camilo ging mit Yago um wie der Vater, der seinen verloren geglaubten, geliebten Sohn wiederfindet.

Gedankenversunken drehte er sich um, als jemand seine Schulter berührte, und er erkannte überrascht die Indiofrau, die ihn aus dem Fluss gerettet hatte. Dankbarkeit erfüllte ihn. Er umarmte sie, und als ihm klar wurde, welche Rolle sie in diesem Stamm innehatte, verstand er ihren Edelmut und wusste ihn umso mehr zu schätzen. Von den Bewohnern dieses Dorfes kam der gleiche Zauber wie von ihr. Alle strahlten Offenheit und Herzlichkeit aus, als wüssten sie, dass sie Teil von etwas Größerem waren. Sie führten ein ursprüngliches Leben und verstellten ihre Gefühle nicht.

Im Angesicht der herrlichen Umgebung, des unendlichen Meeres, auf dem der Blick sich verlor, den mächtigen Schatten der Berge im Rücken, spürte Volker, dass er eine einzigartige und unwiederholbare Erfahrung durchlebte. Sie wollte er für alle Zeit in seinem Herzen bewahren.

Wieder wanderte sein Blick hinüber zu Yago, und er begriff, dass dies ein Mensch war, der starke Gefühle auslösen konnte. Ein junger Mann, den viele für vom Teufel besessen oder verrückt erklärt hatten; aber auch jemand, der fähig war, an einem Ort, der dem Himmel nahe kam, einen musikliebenden und gottesfürchtigen Kartäusermönch und eine erdverbundene junge Frau zu vereinen. Der eine stand für Mystik und innere Sammlung, die andere schenkte das Wissen ihrer Vorfahren, die eins mit der Natur gewesen waren. Nacktheit stand Scham gegenüber, Freude über das ersehnte Wiedersehen und tiefer Schmerz in den Augen von Hiasy, die von diesem Gefühlsüberschwang ausgeschlossen blieb.

Camilo fühlte sich wie jemand, der mit einem Schlag aus langem Schlaf erwacht und nicht recht begreift, was um ihn her vorgeht. Erstaunt registrierte er, wie sehr sich Yago verändert hatte. Er war gewachsen, sein Körper war jetzt der eines Mannes. Die langen, zum Pferdeschwanz gebundenen Haare ließen ihn noch älter wirken. Seine Haut war gebräunt, und obgleich auf seinem Rücken noch die Narben vieler Schläge und Peitschenhiebe zu sehen waren, leuchteten seine Augen immer noch im gleichen magischen Blau.

Er wich nicht sofort dem Blick aus, wie er es früher getan hatte, wandte aber doch nach ein paar Sekunden den Kopf ab. Begeistert von den Fortschritten des Jungen, glaubte Camilo in seinem Gesicht auch einen neuen Ausdruck wahrzunehmen.

»Hiasy?« Yago suchte sie unter den vielen versammelten Zuschauern, ging zu ihr, nahm sie bei der Hand und führte sie zu Camilo.

Ein wenig verschämt nahm das Mädchen den Dank des Mönchs entgegen, ohne sich aber damit zu begnügen. Sie wollte, sie musste wissen, was nun mit ihrem Gefährten geschehen würde. Nur das beunruhigte und quälte sie, seit sie die beiden fremden Männer hatte kommen sehen.

Camilo konnte sie verstehen, sich den Schmerz vorstellen, den das, was mit Sicherheit bevorstand, für sie bedeuten würde. Es tat ihm leid, doch er fühlte sich nicht in der Lage, angesichts ihres verzweifelten Blicks auch nur ein Wort des Trostes zu finden.

Und plötzlich war alles anders.

Ein hoher Pfeifton, gefolgt von immer rascher aufeinanderfolgenden Echos, löste bei den Indios eine blitzartige Reaktion aus. Im Laufschritt verschwanden sie im Wald, griffen zu Pfeil und Bogen. Volker und Camilo suchten die Priesterin, um zu fragen, was sie machen sollten. Irgendetwas stimmte nicht – sie wussten nicht, was, spürten aber die drohende Gefahr.

»Weiße Männer, Jäger…« Uma deutete auf den Wald. »Fliehen…«, rief sie.

Als die ersten Schüsse und Geschrei ertönten, bekam Volker Angst, es könnte sich um Blasco und seine Leute handeln. Er teilte seinen Verdacht Camilo mit, ohne den Blick vom Wald zu wenden.

»Wenn sie es sind, dann betet, dass man uns nicht findet ...«

Yago griff nach Hiasys Hand. Mit panischem Schrecken sahen sie, wie eine Kugel ein Stück Rinde von einem nahen Baum sprengte. Uma bedeutete ihnen, ihr zu folgen, und sie liefen hinter ihr her, vorbei an den ersten Hütten, auf eine Felswand am Rand des Dorfes zu, in der es zwischen Blattwerk verborgen eine Spalte gab, kaum breit genug für eine Person. Sie führte in eine Höhle, die keinen zweiten Ausgang hatte. Vielleicht nicht das beste Versteck, aber ihre einzige Chance. Die Priesterin sah sich immer wieder um. Unterwegs hatten sich ihnen weitere sechs Frauen angeschlossen, manche mit einem Kind auf dem Arm. Als Volker mit einem Blick zurück festzustellen versuchte, ob er einen von Blascos Schergen entdeckte, glaubte er den Mann an der Spitze des Trupps zu erkennen. Es handelte sich um einen der Vorarbeiter aus dem Steinbruch, einen Mann, der in dem Ruf großer Grausamkeit stand. Auch Yago wusste, wer es war, und erinnerte sich an seine Peitsche. Er wollte Volker seine Entdeckung mitteilen, duckte sich aber rasch, als er eine Kugel pfeifen hörte, die seinen Kopf nur um zwei Fingerbreit verfehlte.

Es waren zehn bewaffnete Männer, weitere sechs schwangen Netze und Lassos. Ihr Ziel war, so viele Sklaven wie möglich zu fangen, ohne sie zu verwunden – mit den Indios durften sie verfahren, wie sie wollten. So lautete der Befehl ihres Herrn, der von dem Gedanken besessen war, die beiden jungen Leute einzufangen, deren Entkommen der Deutsche verschuldet hatte. Hin und wieder organisierte er solche Menschenjagden, um seinen Bestand an Sklaven aufzustocken, doch diesmal verfolgte er konkretere Ziele. Als Lohn hatte er seinen Leuten die Hälfte des Werts versprochen, den jeder Sklave beim Verkauf erzielte. Wer aber die beiden Flüchtigen einfing, auf den wartete ein Dutzend Escudos zusätzlich.

Also wählten die furchtbaren Jäger ihre Opfer mit Bedacht, schossen nur auf die Indios und waren den Schwarzen gegenüber vorsichtiger; diese fingen sie mit dem Lasso ein oder mit ihren Netzen.

Da sah Camilo fünf von Blascos Männern den Vorplatz mit den

zwei Feuern betreten. Sie schossen aus nächster Nähe auf eine Indio-
familie, die ihnen in den Weg kam, doch als Antwort hagelte es Gift-
pfeile. Drei der Jäger wurden getroffen, die anderen beiden konnten
zwischen den Bäumen jedoch die Schützen ausmachen, legten auf sie
an und töteten sie ohne Ausnahme.

Die von Uma geführte Gruppe hörte ihre Schreie, doch ihrer aller
Leben hing an einem seidenen Faden. Sekunden später, als sie sich
schon fast in Sicherheit glaubten, kam der erste Kugelhagel; man
hatte sie entdeckt. Das Unglück wollte, dass eines der Projektile eine
Frau traf, die sich ihnen kurz zuvor angeschlossen hatte, und ein anderes bohrte sich in Hiasys Brust. Yago merkte es nicht und zog sie
weiter hinter sich her.

Sie fanden die von dichtem Blattwerk verdeckte Felsspalte und
schoben sich vorsichtig hindurch, um nicht zu viele Zweige abzubrechen, die ihren inzwischen weit zurückgebliebenen Verfolgern als
Spur hätten dienen können. Uma richtete die Zweige wieder so, dass
alles aussah wie zuvor, und führte sie dann durch einen finstern
Felsengang in eine Höhle, in der vollkommene Dunkelheit herrschte.
Wie blind tasteten sie sich an der Felswand entlang zum hinteren
Ende der Höhle, wo sie sich auf den von feinem, kühlem Sand be-
deckten Boden setzten. Dort warteten sie schweigend.

Hiasy atmete mühsamer als die Übrigen, wollte aber keine Aufmerksamkeit auf sich ziehen.

»Hiasy?« Yago erschrak, als er mit der Hand über ihren Rücken
fuhr und etwas Warmes über seine Finger floss.

Sie wollte es nicht glauben, doch als das Blut ihren Mund füllte,
wusste sie, dass die Wunde tödlich war. Und sie weinte, sie weinte,
weil sie merkte, dass das Leben aus ihr rann.

»Yago ...«

Er näherte sein Ohr ihrem Mund, ohne zu wissen, dass dies die
letzten Worte sein würden, die er von ihr hören sollte.

»Ich liebe dich.«

XIX

An der Mole des wichtigsten Hafens von Jamaika beobachteten Camilo und Yago die beiden Kriegsgaleonen, die der Karacke Geleit geben sollten, in deren Rumpf eine große Menge Goldes für den Kaiser transportiert wurde. Zusammengestellt und finanziert hatte den Geleitzug der Gouverneur der Insel, der damit die dauerhafte Überlassung seines Titels bezahlte.

Auf diesem gut geschützten Schiff, das bereits zwei Tage später in See stechen sollte, gedachte Camilo mit Yago nach Sanlúcar zurückzukehren. Für die zwei Passagen hatte man ihm einen völlig überhöhten Preis abverlangt, da es sich nicht um ein Passagierschiff handelte und der Kapitän den Umstand ausnutzte, dass sie es eilig hatten fortzukommen. Camilo fand das unverschämt, doch nachdem sie wie durch ein Wunder den brutalen Sklavenjägern entkommen waren und er noch immer den bedrohlichen dunklen Schatten von Blasco Méndez de Figueroa zu spüren glaubte, konnte er diese Gelegenheit nicht ungenutzt lassen.

Dass von Fabián keine Nachricht kam, war beunruhigend, aber Camilo hoffte inständig, dieser möge noch auftauchen, bevor der Anker gelichtet wurde; doch der Inspekteur blieb verschollen.

Wie es Volker gehen mochte, wusste er ebenso wenig.

Sie hatten Hiasy in den Bergen bestattet, und Yago hatte im Stillen um sie getrauert. Auch jetzt, nach Tagen, lastete ihr Tod immer noch schwer auf ihm, und er sprach überhaupt nicht mehr.

Als Camilo sich auf halber Strecke zwischen den Bergen und der Küste von Volker verabschiedet hatte, waren beide überzeugt, sich bald im Hafen wiederzutreffen. So überzeugt, dass der Deutsche sich zum Kloster aufmachte, um Carmen abzuholen, während Camilo beauftragt wurde, für sie alle vier Schiffskarten für die Rückkehr nach Spanien zu erwerben. Doch die Zeit verging, und auch von ihnen kam keinerlei Nachricht.

Camilo vertrieb sich die Zeit, indem er zusah, wie die Schiffe beladen wurden, insbesondere die Karacke mit dem wertvollen Gold, das, einmal verstaut, Tag und Nacht von den bewaffneten Garden des Gouverneurs bewacht wurde. Yago blieb immer an seiner Seite, wo er allerdings in Gedanken war, wusste Camilo nicht. Nach Hiasys schrecklichem Tod hatte sich der Junge abgekapselt. Er aß kaum etwas und starrte stundenlang zu den blauen Bergen oder übers Meer. Sein Gesichtsausdruck war leer, seine Seele zutiefst verletzt.

Bis zur letzten Minute warteten sie auf den Deutschen und den Inspekteur, doch als die Leinen eingeholt wurden und das Schiff sich zu bewegen begann, mussten sie an Bord gehen.

Bei gutem Wetter stachen sie in See.

Als das Großsegel sich zu blähen begann, das Schiff Kurs auf die See nahm und der Hafen hinter ihnen zurückblieb, hörte man lautes Geschrei und den Lärm zahlreicher Hufe am Kai. Aus einer Gasse, die die Stadt mit der Hafenesplanade verband, tauchte ein Trupp Männer auf, angeführt von einem schwarz Gekleideten auf einem Pferd mit fast bläulich glänzendem Fell. Camilo erkannte Blasco, und Yago wusste, dass er auf Azul ritt. Bei seinem Anblick begann er aus Leibeskräften zu schreien.

Das Tier erkannte seine Stimme, spitzte die Ohren und warf den Kopf hin und her, bis es ihn entdeckt hatte. Und dann verfiel es gegen den Willen seines Reiters in wilden Galopp, um zu Yago zu gelangen. Wenige Ellen vor der Kaimauer musste das Pferd abbremsen, um nicht ins Meer zu fallen.

Auf dem Deck des Schiffes erkannte Blasco den Jungen und auch einen der Männer, die mit seiner Frau geflohen waren. Er verfluchte sie laut, mit erhobenem Schwert und drohender Gebärde.

»Dieser Mann … ist verrückt«, kommentierte der Kapitän.

Camilo, der sich große Sorgen um Volker und Fabián machte, bekreuzigte sich.

»Möge der Herr euch beschützen und leiten …«

Gleichzeitig verabschiedeten drei Salven den Konvoi, und über Yagos Wange rann eine Träne, weil er die Frau, die sein Herz so erfüllt hatte, unter der Erde zurücklassen musste.

Zwei Tage zuvor empfing der Prior des Klosters, in dem Carmen sich versteckt hatte, Volker mit einem offenen Lächeln. Er war ein Mann, der für die große Verantwortung seines Amtes eher jung und ausgesprochen herzlich war und Gutmütigkeit ausstrahlte. Seit der Deutsche sein Büro betreten hatte, waren nur freundliche Worte gewechselt worden, und der Prior bot sogar an, ihn zu dem Nebengebäude zu begleiten, in dem die Frau untergebracht war: ein Pavillon am hinteren Ende eines großen Gartens.

»Sie wird sich freuen, Euch zu sehen.« Der Mönch öffnete ein Türgitter in der Klostermauer und ließ ihm höflich den Vortritt. »Sie hat mir gesagt, Ihr würdet kommen, aber nicht heute. Wenn ich mich recht erinnere, rechnete sie schon vor zwei Tagen mit Euch.«

Volker wartete, bis der Prior in einer der vielen Erdfurchen zwischen den Gemüsereihen vorausging. Dann folgte er ihm durch ein Meer von Salat- und später Kohlköpfen.

»Überraschend aufgetretene Probleme«, erklärte der Deutsche. »Es war mir unmöglich, rechtzeitig da zu sein.« Er hatte immer noch den Geruch jener Felsenhöhle in der Nase, in der sie, versteckt vor Blascos Schergen, einen ganzen Tag hatten ausharren müssen, mit Hiasys Leiche und Yagos Tränen als einziger, trauriger Gesellschaft. »Aber sagt mir eines, hat sonst noch jemand nach ihr gefragt?« Blascos mächtiger Schatten war auf dieser Insel so allgegenwärtig, dass ihm alles zuzutrauen war. Man konnte nicht vorsichtig genug sein.

»Nein, niemand. Sie hat sich ungestört ausgeruht und ist die ganze Zeit allein gewesen. Bestimmt freut sie sich darauf, mit jemandem zu reden, die Ärmste. Wir befinden uns in einem Kloster, da blieb der Kontakt natürlich darauf beschränkt, dass wir sie mit Essen versorgen.« Im Gehen wanderte sein Blick über die Pflanzen, manchmal entfernte er einen abgebrochenen Zweig, dann wieder prüfte er die Reife der Triebe.

Am Ende des Gemüsegartens stand ein kleines, einstöckiges Häuschen. Der Mönch klopfte an die Tür, die er, nachdem Carmen geantwortet hatte, mit einem Schlüssel aufsperrte. Volker stellte keine Fragen, aber es verwunderte ihn, dass man sie eingeschlossen hatte.

Die Frau fiel Volker, kaum dass sie ihn erblickt hatte, in die Arme und brach in Tränen aus. Die Anspannung all der Tage ohne Nachricht brach sich Bahn.

»Ach, Gott sei Dank, du hast es geschafft!« Carmen hielt ihn weiter umklammert. »Du musst mir alles erzählen. Wie ist es dir ergangen? Bist du meinem Gatten begegnet? Hast du den jungen Leuten helfen können?«

»Ja, na ja, fast alles hat sich gefügt… Aber es ist eine lange Geschichte. Ich werde sie dir unterwegs erzählen. Der Junge ist in Sicherheit bei dem Mönch, der dich hier abgeliefert hat, Camilo. Das Mädchen ist allerdings gestorben, als wir versuchten, den Schergen deines Mannes zu entkommen.«

Als der Prior das hörte, erwachte sein Interesse.

»Ihr müsst Schlimmes erlebt haben, wenn ich Euch recht verstehe.«

Volker bat Carmen, ihre Sachen zu packen, damit sie so schnell wie möglich das Kloster verlassen und sich zum Hafen aufmachen konnten. Mit ein wenig Glück kamen sie noch auf einem der Schiffe mit, nach denen er sich ein paar Tage zuvor erkundigt hatte. Während er auf sie wartete, berichtete er dem Mönch, der höchst aufmerksam zuhörte, einiges über die jüngsten Ereignisse.

Zurück zum Kloster gelangten sie auf einem anderen Weg, diesmal am Rand des Gartens entlang. Volker wunderte sich nicht weiter darüber, denn in jener Richtung lagen auch die Stallungen, wo sie Carmens Pferd holen mussten. Doch dort standen sie zu Volkers Überraschung plötzlich zehn bewaffneten Männern gegenüber – Blascos Leute, er kannte sie. Volker kämpfte, wurde verletzt, begehrte mit aller Kraft auf, doch jede Anstrengung war umsonst, denn er hatte zu viele Männer gegen sich, und es gelang ihnen rasch, ihn bewegungsunfähig zu machen.

Nachdem man die beiden gefesselt hatte, um sie nach Bruma Negra zu bringen, warf Volker dem Prior einen fragenden Blick zu. Er verstand nicht, aus welchen Gründen dieser sie ausgeliefert haben hatte.

»Mein lieber Freund«, erklärte der Mönch. »Gut, dass Ihr gekommen seid, denn diese Männer warten schon seit zwei Tagen auf Euch. Die Wege des Herrn sind unergründlich. Sie verlaufen niemals gerade, sondern auf verschlungenen, steilen und kalten Pfaden. Ihr könnt Euch nicht vorstellen, wie schwierig es ist, jeden Tag mehr als hundert Mönche mit Essen zu versorgen. Ohne die Hilfe gewisser großzügiger Menschen ...«

Volker sah seine Befürchtungen bestätigt und konnte, bevor ihn ein harter Schlag in den Nacken bewusstlos machte, noch zurückgeben:

»Ihr seid nichts weiter als ein elender Verräter Eures Glaubens ...«

Zwei Tage später hatte Carmen schon so viel geweint, dass ihr die Augen, der Kiefer, vor allem aber das Herz weh taten. Ihre Angst war so groß, dass sie jedes Mal, wenn sich die Tür des Schlafzimmers öffnete, in das Blasco sie gesperrt hatte, am ganzen Körper zu zittern begann.

Den Deutschen hatte man in ein unterirdisches Gelass unter dem Herrenhaus verbracht, wo er darauf harrte zu erfahren, welches Schicksal der grausame Herr von Bruma Negra für ihn vorgesehen hatte.

Kanonenschüsse, die von Norden, von der Küste her zu kommen schienen, waren zu hören. Volker näherte sich dem kleinen Fenster seiner Zelle, um ein bisschen frische Luft zu schnappen. In diesem Augenblick öffnete sich die Tür, und ein unheimlicher, mit einer breitschneidigen Sichel bewaffneter Mann betrat den Raum. Er schloss die Tür mit dem Schlüssel ab und sah ihn schweigend an, während er mit einem Finger über die stählerne Klinge fuhr.

VIERTER SCHAUPLATZ

Verzweiflung

Sevilla

Anno 1538

I

Camilo fand keinen Schlaf, dabei hatte er Ruhe dringend nötig. Zu viele Tage der Sorge um Yago lagen schon hinter ihm. Der Junge wirkte seit ihrer Abreise aus Jamaika vollkommen abwesend, als hätte er sich in eine Welt beredter Stille zurückgezogen, die er nicht mehr zu verlassen gedachte.

Yago vermisste Hiasy schrecklich.

Die Mannschaft an Bord der Santa Catalina beobachtete das Verhalten des jungen Mannes zunächst mit Neugier. Manchmal rannte er unvermittelt über Deck und stieß dabei gegen alles, was ihm in den Weg kam. Dann wieder kauerte er Stunden um Stunden unter einem dicken Tau versteckt und murmelte irgendetwas vor sich hin. Doch am Ende gewöhnten sich die Seeleute daran.

Er wusste nicht, wie er sich mitteilen sollte.

Er fand kein Mittel, den Schmerz, an dem sein Herz litt, zu lindern, und so brach sich dieser in unkontrollierbaren Angstanfällen Bahn. Er vermisste die Pferde, doch die Erinnerung an Hiasy war ein viel größerer Kummer, als er ertragen konnte.

Er verstand nicht, warum die guten Dinge, die das Leben ihm schenkte, so schnell verloren gingen. Jedes Mal, wenn er sich mit jemandem sehr wohl fühlte, verschwand dieser Mensch. Hiasy hatte ihn seine Angst vor Frauen überwinden, hatte ihn lieben gelehrt. Mit ihr hatte er staunend entdeckt, dass da trotz seiner Seltsamkeit jemand war, der sein Leben mit ihm teilen wollte. Selbst wenn er immer noch nicht wusste, wie Frauen dachten oder was ihre Liebe entfachte, mit Hiasy war alles anders gewesen. Mit ihr hatte er Frieden empfunden, ohne irgendwelche Ansprüche, alles war so einfach gewesen …

Oft fragte er sich, ob diese Gefühle dem entsprachen, was die anderen Liebe nannten, doch eigentlich war es ihm auch egal. Er hatte sich mit ihr wohl gefühlt, sehr wohl sogar.

Aber sie war nicht mehr da, würde nie mehr da sein …

Über diesen Schmerz, diese Verzweiflung konnte ihn nichts hinwegtrösten, nicht einmal die Gegenwart Camilos, obwohl er ihn als den Vater empfand, den er nie kennengelernt hatte. Hiasys Tod ließ alles andere verblassen.

Wenn es dunkelte, erlebte er oft all das noch einmal, was sich in fast zwei gemeinsamen Jahren an Erinnerungen angesammelt hatte. Er sah sie beide im Wasser, oder Seite an Seite auf einem Blätterbett im Wald, oder in jener Ecke der Baracke, wo sie sich Nacht für Nacht begegnet waren, er schmeckte ihre Küsse – fast die einzigen, die er je von einer Frau bekommen hatte, und er roch ihren Duft.

Die Karacke, auf der sie gen Spanien fuhren, transportierte eine nicht sehr große, aber äußerst wertvolle Ladung: zehn Zentner Gold. Außer ihnen befanden sich etwa hundert Personen an Bord, zu viele auf so wenig Raum. Der Schiffsmeister, ein jähzorniger Mensch, sorgte unter der Mannschaft für eiserne Disziplin. Bei der kleinsten Auseinandersetzung ließ er auf offenem Deck vor aller Augen zwanzig Peitschenhiebe austeilen. Bei größeren Vergehen, wie sie allzu oft vorkamen, entledigte er sich des Verantwortlichen, indem er ihn an Händen und Füßen gefesselt über Bord werfen ließ.

Die Justiz an Bord hatte nicht viel mit der an Land praktizierten Gerechtigkeit zu tun. Urteile wurden ohne viel Federlesens gesprochen und vollstreckt. Dass es an Bord nicht noch öfter zu Streit und Handgreiflichkeiten kam, lag nicht etwa daran, dass es unter den Männern keine Spannungen gegeben hätte, sondern vielmehr an dem vielen Wein, den der Schiffsmeister tagtäglich ausschenken ließ, sowie an einem alkohol- und zitronenreichen Likör, mit dem sie den Skorbut bekämpften.

Aus Sicht der Verantwortlichen und angesichts der zu vielen Menschen auf zu engem Raum waren die Besäufnisse fast schon erstrebenswert. Der Schiffskapitän wusste das und zeigte sich darum nicht knauserig, was die Zahl der mitgenommenen Fässer betraf.

»Mögt Ihr?« Der Schiffsmeister reichte Camilo eine Flasche Tresterschnaps. Zunächst wollte dieser ihn nicht probieren, doch als ihm das feine Kräuteraroma in die Nase stieg, konnte er der Versuchung nicht widerstehen und nahm gerne an.

»Danke. Er ist stark, aber tröstend.« Er spürte, wie der Alkohol ihm in der Kehle brannte.

Der Schiffsmeister, in dessen Kabine sie am Tisch saßen, schenkte ihm noch ein Glas ein, und Camilo leerte es in einem Zug.

»Ihr seid kein Kaufmann, das merkt man gleich.« Er hatte auf seinem Schiff schon so unterschiedliche Menschen erlebt, dass er sich einer gewissen Menschenkenntnis rühmen konnte.

»In der Tat, Ihr habt ein gutes Auge. Es stimmt. Und ich habe Euch nicht die ganze Wahrheit gesagt, als ich mich einschiffte. Ich bin Kartäusermönch.«

Der Schiffsmeister bekam große Augen. Er unterhielt sich gern, besonders mit Leuten, die gebildeter waren als er selbst. Zwar war ihm sein Gegenüber von Anfang an aufgefallen, doch dass er Geistlicher war, hätte er nicht vermutet.

»Darf man erfahren, was ein Kartäuser auf hoher See macht? Wenn ich nicht irre, verlangt Euer Orden ein vollkommen zurückgezogenes Leben. Oder habt Ihr Dispens?«

»Ihr seid richtig informiert. Unser Leben lässt sich mit zwei Worten zusammenfassen, Kontemplation und Einsamkeit. Dass ich hier bin, ist eine Ausnahme.«

»Werdet Ihr auf Jamaika ein Kartäuserkloster gründen?« Er musste einfach fragen – zu gern mischte er sich in das Leben anderer ein.

Camilo verneinte und erklärte, ohne groß Einzelheiten zu nennen, die wahren Beweggründe für seine riskante Unternehmung. Nachdem er seine Erlebnisse auf Jamaika geschildert hatte und wieder allein an Deck war, dachte er darüber nach, wie es weitergehen sollte. Erleichtert spürte er die Brise im Gesicht und atmete gierig die frische Meeresluft ein. Den Blick fest auf den blauen Horizont gerichtet, bat er seinen Gott einmal mehr, ihm zu zeigen, in welche Richtung er sein Leben nun lenken sollte. Doch die Einsamkeit des gewaltigen Ozeans wurde einmal mehr Zeuge, dass seine Bitte ohne Antwort blieb.

Als mitten in der Dämmerung die Sonne die Wellen aufglitzern ließ, beschloss er verzagt, Yago zu suchen. Er fand ihn beschäftigt: Der Junge beobachtete überaus aufmerksam die etwa fünfzig Hühner, die dafür sorgten, dass die Mannschaft frisches Fleisch und Eier zu essen hatte. Die Tiere waren in einer Kabine eingesperrt, die direkt neben der des Schiffsmeisters lag.

»Yago, hör mal…« Der Mönch zupfte ihn am Hemd, doch der Junge drehte sich nicht um.

»Nein!« Er nahm die Hand weg. Eine Henne rannte aufgeschreckt davon. Sie fühlte sich durch die Erwiderung des Jungen bedroht.

Camilo litt seit Tagen darunter, dass Yago sich derart zurückzog, und seine Enttäuschung wuchs.

»Sieh mir in die Augen, ich bitte dich. Halte deinen Schmerz nicht fest, lass ihn heraus. Ich weiß, dass du das brauchst.«

»Nein«, erwiderte der Junge noch einmal.

Yago hatte Hiasys Tod noch kaum beweint, und Camilo wusste nicht, wie er ihn aus der Reserve locken konnte. Er nannte ihn beim Namen, einmal, viele Male. Er sprach ihm vom Himmel, von dem wundervollen Gefühl, dass Hiasy empfinden würde, wenn sie Gott gegenübertrat. Und er zeigte mit dem Finger hinauf, dorthin, wo sie vielleicht jetzt war und ihnen mit den Augen der Seele zusah.

»Sie wird dir immer nahe sein, dich beschützen bis zum letzten deiner Tage. Denn so ist das bei Menschen, die sich so geliebt haben wie ihr beide.«

Yago hob den Blick, die Augen voller Tränen. Seine Lippen zitterten, er seufzte tief, und nach mehreren vergeblichen Versuchen zu sprechen brach er in Tränen aus, nachdem er in nur vier Worten formuliert hatte, was er empfand.

»Ich habe Hiasy geliebt …« Er krümmte sich vor Schmerz zusammen und weinte in tiefster, bitterster Verzweiflung.

Camilo schluckte und nahm ihn in die Arme. Nun brauchte es keine Worte mehr, keine Erklärungen. Er musste bloß da sein, an seiner Seite, seinen Schmerz teilen und seine Tränen wie eigene spüren. Der Mönch schloss die Augen, weinte mit ihm und blieb an seiner Seite, bis Yago sich schließlich bewegte, den Kopf aus seinem Schoß hob, einen Finger gen Himmel richtete und sprach.

»Hiasy dort … wo Musik …«

Mehrere Tage lang fuhren sie in einer Atmosphäre ansteckender Wehmut dahin.

An Bord gab es wenig zu tun. Manchmal hatte man das Gefühl, bloß zu stören, weil der Platz so begrenzt war. So wurde die Kabine mit den Hühnern zu ihrem Ort der Begegnung.

Camilo richtete sich zwischen dem Stroh und einem Legenest ein Plätzchen ein, wo er mehr Tageslicht hatte, und verbrachte viele Stunden mit der Lektüre eines Buches über Seewege – zwar nicht das aufregendste Thema, das er sich vorstellen konnte, doch es half ihm zumindest, die Zeit totzuschlagen, und im Übrigen war es das einzige Buch, das der Schiffsmeister besaß. Yago genügte es als Zeitvertreib, die Hennen zu beobachten. Dessen wurde er niemals müde, als wollte er alles über sie erfahren, sie bis ins letzte Detail kennenlernen, jede kleinste Bewegung oder Regung, jeden Laut in sich aufnehmen. Manchmal legte er sich zu ihnen auf den Boden, um ihnen noch näher zu sein. Camilo tadelte ihn dafür, denn er gab nicht Acht, wo er sich hinlegte, und hinterher war seine Kleidung schmutzig und stank, doch dem Jungen war das egal. Schließlich hörte der Mönch damit auf, denn wenn einer der Vögel irgendetwas Unterhaltsames tat, oder wenn sie zwischen seinen Fingern herumpickten, sah er den Jungen lächeln wie früher. Eines Tages brachte er Camilo sogar zum Lachen, als er ihr Gegacker nachmachte und die Hennen damit durcheinanderbrachte. Sie sahen ihn überrascht an, denn sie merkten, dass er nicht eine von ihnen war – und doch gab er solche Laute von sich.

An einem jener schier endlos langen Nachmittage schlug Camilo sein Buch zu, weil ihm Yago irgendwie anders vorkam als sonst, unruhiger vielleicht. Über Hiasy hatten sie nicht mehr gesprochen, weil der Junge das nicht wollte, doch Camilo spürte trotzdem, dass er sich immer noch von etwas befreien musste, was er nicht so leicht zum Ausdruck bringen konnte.

Nachdem er mehrmals beharrlich nachgefragt hatte, entschloss sich der Junge endlich zu reden.

»Wo wird Yago nun hingehen?«

»Wir kehren ins Kloster zurück.« Er versuchte zu erraten, was es mit dieser Frage auf sich hatte.

»Yago und Kloster, nicht Welt …«

Camilo antwortete nicht, doch Yagos Zustimmung rührte ihn. Der Junge hatte kein einfaches Leben gehabt, und dass er das Kloster nicht als Zuhause empfand, lag im Bereich des Möglichen. Wegen seiner vielen Schwächen war es das tatsächlich nicht und würde es auch nie sein. Camilo wusste genau, dass die kirchliche Laufbahn für den Jungen nicht in Frage kam, also hatte er nur das Recht, als Arbeiter im Kloster zu bleiben.

Wie auch immer, jedenfalls hatte Yago mit dieser Äußerung einen Wirklichkeitssinn bewiesen, wie er ihn selten an den Tag legte. Camilo schloss daraus, dass der Junge von Hiasy nicht nur in die Welt der Gefühle eingeführt worden war, sondern nun auch seiner Umgebung ein wenig offener gegenübertrat – vielleicht, weil er sich bedingungslos geliebt gefühlt hatte, so wie er war, ohne etwas vorspielen zu müssen.

Yago wartete auf eine Antwort, doch Camilo hielt sich zurück und schwieg.

Der Junge litt Tag für Tag darunter, dass Hiasy nicht bei ihm war, aber auch an seiner Unfähigkeit, auszudrücken, was sich in seinem Inneren an Gefühlen und Ängsten bewegte; viele Dinge gingen ihm durch den Kopf, doch er konnte sie nicht nach außen bringen. Darüber zu sprechen, fiel ihm unendlich schwer, weil er sie erstens nicht verstand und zweitens nicht in Worte fassen konnte …

Fast eine Stunde lang sagte keiner mehr ein Wort, doch jeder der beiden hing auf seine Weise seinen Gedanken nach.

Camilo dachte voller Angst an die Rückkehr ins Kloster. Als er sich das Gespräch vorstellte, dass er unvermeidlich mit seinem Prior würde führen müssen, wurde ihm ganz beklommen zumute. Wenn er sein Handeln schon vor sich selbst nicht rechtfertigen konnte, wie sollte er es dann jemand anderem gegenüber vertreten? Er hatte gegen die Regeln verstoßen, Geld entwendet, und trotzdem empfand er immer noch Stolz über die getroffene Entscheidung. Sie allerdings schlüssig zu erklären, würde angesichts seiner inneren Widersprüche schwierig werden.

Sein Problem war nicht, zu seinen Fehlern zu stehen. Es war wesentlich vielschichtiger. Er fragte sich ernsthaft, was er tun sollte, wenn das Gespräch mit dem Prior erst einmal überstanden war. Viele Möglichkeiten sah er nicht. Eine war, im Kloster zu bleiben, doch das Gegenteil schien ihm zu verlockend.

Yago betrachtete gedankenverloren ein Ei, das eine der Hennen gerade gelegt hatte. Er ging es holen. Als es warm in seiner Hand lag, passte er nicht auf und es fiel ihm hin und zerbrach. Camilo lächelte über seinen überraschten Gesichtsausdruck, sah in dem Vorfall jedoch Parallelen zum zerbrechlichen Zustand seines Gewissens.

»Was willst du machen, wenn wir ankommen? Ins Kloster gehen oder anderswohin?«

»Mit dir gehen«, lautete die ehrliche Antwort.

»Und wenn das nicht möglich ist? Wahrscheinlich werde ich für das bestraft, was ich getan habe, und vielleicht können wir uns längere Zeit nicht sehen …« Das wäre noch das geringste Übel, dachte er bei sich.

»Yago mit dir … da oder dort.« Seine blauen Augen blickten unschuldig drein.

Camilo nahm seine Antwort mit Bedauern auf. Er wünschte sich, ihm etwas davon zu geben, was das Leben ihm vorenthalten hatte, ein Zuhause vielleicht, Erziehung, Bildung. Damit er nie wieder verletzt oder erniedrigt würde.

So traf er in jener Nacht, während Yago zwischen gluckenden Hennen ein paar aufgeschreckt fliehende Küken jagte, eine folgenschwere Entscheidung.

»Gut, wir gehen ins Kloster. Ich muss mich erklären, das ist einfach notwendig. Aber anschließend wartet das große Abenteuer Leben auf uns.«

Während der Prior ihn in seiner Zelle anhörte, nestelte er nervös an dem Kreuz herum, das um seinen Hals hing. Die Stimmung war äußerst angespannt, und wie Camilo bereits vorausgeahnt hatte, würde die Sache kein gutes Ende nehmen. Dazu genügte ein Blick in das düstere Gesicht von Don Bruno de Ariza, das nichts Gutes verhieß.

»Hast du den Jungen in Humeruelos gelassen?«

»Ja, mein Prior, bevor ich gekommen bin, um Euch aufzusuchen. Bei den Pferden ist er ohne weiteres und ganz ruhig geblieben.« Camilo zog niedergeschlagen die Stirn in Falten.

»Sicher möchtest du sofort die Beichte ablegen …« Ohne eventuelle Erklärungsversuche abzuwarten, bedeutete ihm Don Bruno, wo er niederknien sollte.

»Ja, natürlich …, auch wenn Ihr vielleicht zuerst wissen wollt, wie alles begann und was mir seitdem widerfahren ist.«

»Besser in der Beichte«, unterbrach ihn der Prior, der sich die Stola um die Schultern legte und ihn kalt ansah. »Du hast Glück, in einem Kartäuserkloster und des Wunders der göttlichen Vergebung teilhaftig zu sein. Wäre das nicht der Fall, würde ich dich noch heute der Gerichtsbarkeit übergeben. Du hast ein äußerst schwerwiegendes Vergehen begangen.«

Camilo räusperte sich und blickte rasch zwischen der undurchdringlichen Miene seines Oberen und dem Boden hin und her. Wie sollte er sich bloß erklären?

»Einen Teil des Geldes habe ich zurückgegeben ...«

»Schluss damit! Über diese Sache wird jetzt nicht gesprochen. Fang an, deine Seele zu reinigen!«

Eine Stunde lang verwob Camilo seine Fehler und Sünden mit den Vorfällen auf Jamaika. Er beschuldigte Don Luis Espinosa des Pferdediebstahls und erklärte, wer Fabián Mandrago war, und vor allem welche Rolle er in der Angelegenheit gespielt hatte. Noch einen weiteren Namen nannte er: den des Käufers, über dessen verdammenswerten Charakter er sich lange ausließ und dessen Grausamkeiten den Sklaven gegenüber er ebenso schilderte wie die von ihm praktizierten Menschenjagden.

Nachdem er alles Wissenswerte über die Reise erzählt hatte, ging es um seine Seele. Camilo nahm sich vor, dabei nichts auszusparen und sich in seiner Freiheit durch keine menschlichen Bedenken einschränken zu lassen. Er wollte sein Herz ganz und gar öffnen, es war ihm ein Bedürfnis.

In allen Einzelheiten schilderte er, wie er sich fühlte, wie durcheinander er war, welche weiteren Gründe dazu geführt hatten, dass er die Klausur aufgab, sowie die Ursachen für seine mangelnde Disziplin.

Don Bruno hörte ihn schweigend an, bemüht, ihn nicht zu unterbrechen und gleichzeitig das Ausmaß seiner Gewissensprobleme zu erfassen. Als er das Gefühl hatte, Camilo habe alles gebeichtet, entschloss er sich, vor der Absolution mit ihm darüber zu sprechen.

»In Gottes Hand zu sein heißt, ich muss täglich neu ja zu Ihm sagen, aufhören ich zu sein, um ganz der Seine zu sein.« Seufzend suchte er die richtigen Worte. »Camilo, deine schlimmste Sünde ist nicht der Diebstahl des Geldes, sondern dass du gegen deine einmal getroffene, freie Entscheidung, einzig für Ihn zu leben, gehandelt hast. Verstehst du?«

»Ich weiß, was Ihr sagen wollt, aber ich will mich keinesfalls von meinem Herrn entfernen. Ich suche nur eine andere Form als die Klausur, um Ihm nah zu sein. Daher rühren meine Zweifel.«

Bruno de Ariza begriff, was er brauchte, aber einfach würde er es ihm nicht machen, nein.

»Die Kartäuserregel ist die strengste, die im religiösen Leben existiert. Du hast viele Jahre in unserem Haus zugebracht, erst in Sevilla und nun hier. Ohne Schwierigkeiten hast du den erhabenen Geist der Kasteiung gelebt, den unser Orden verlangt, um unseren Willen und unsere Begierden im Zaum zu halten. Du weißt, was es bedeutet, zu hungern und viele andere Opfer zu bringen, und natürlich hast du auch den süßen Trost geschmeckt, den die fortgesetzte Zurückgezogenheit für den Kartäuser bedeutet. Aber du hast auch erlebt, dass die Mehrzahl der Brüder, die mit dir begonnen haben, nicht die innere Kraft besaßen, um den harten Prüfungen standzuhalten, die unser Gründer all jenen auferlegt hat, die den Weg der Kartäuser einschlagen wollen. Dir jedoch ist das ohne Schwierigkeit gelungen! Und ich frage mich, ob vierzehn Jahre im Orden nicht ausreichen, um zu wissen, dass das dein Leben ist.« Sein Blick wurde forschend. »Zweifle nicht, Camilo, nein. Deine Hingabe an Gott und an den Orden erlaubt kein Zurück, ganz bestimmt nicht.« Seine Stimme klang nun streng.

»Und was bedeutet das?« Mit einer solchen Antwort hatte Camilo nicht gerechnet.

»Das, was du schon ahnst, ja … Ich sehe in deiner Lage nur zwei Möglichkeiten, Camilo. Und beide lassen sich mit einem Wort zusammenfassen: Gerechtigkeit. Wenn du darauf bestehst, unseren Orden zu verlassen, muss ich dir sagen, dass ich deinen Diebstahl anzeigen werde. Der Schutz, den du jetzt als Angehöriger dieses Ordens genießt, wäre dahin. Du würdest nach den Gesetzen der Menschen verurteilt, und ich nehme an, das würde eine lange Gefängnisstrafe bedeuten, wenn nicht gar die Galeere.«

Camilo wartete atemlos auf den anderen Vorschlag. Da der Prior lange schwieg, fragte er nach.

»Die zweite Option wäre, dass du dieses Kloster verlässt, um deinen Mitbrüdern nicht noch mehr Schaden zuzufügen, als du es ohnehin schon getan hast. Du müsstest in einem anderen unserer Häuser leben, genauer gesagt in Padula, in der Nähe von Salerno, südlich von Neapel. Dort solltest du mindestens ein Jahr bleiben, denn so lange wirst du meiner Meinung nach brauchen, um herauszufinden, was Gott von dir will.«

Camilo wog beide Lösungen rasch gegeneinander ab und erkannte, dass es das einzig Vernünftige war, nach Padula zu gehen. Trotz seines Wunsches, den Orden zu verlassen, war der Vorschlag, ein Jahr lang über seine Zukunft nachzudenken, unendlich viel anziehender als das Gefängnis. Außerdem fühlte er sich Gott gegenüber noch immer tief in der Schuld und war ihm überaus dankbar, dass er seine geflüsterten Gebete erhört hatte, als er ein Junge war. Wie sollte er Ihm nun ein Opfer abschlagen?

»Und was geschieht mit Yago?«

»Du bist sicher meiner Meinung, dass dieser Junge vor allem eine Familie braucht. Um deines Seelenfriedens willen werden wir ohne Hast jemand Vertrauenswürdigen suchen, der ihn bei sich aufnimmt. In einer solchen Umgebung wird er sich als Mensch entwickeln können, viel besser vielleicht als im Kloster. Ich gelobe, dass immer gut für ihn gesorgt sein wird und du keinen Grund zur Beunruhigung hast.«

Camilo senkte den Kopf. Yago nicht mehr nahe zu sein, empfand er als äußerst schmerzhaft, doch möglicherweise war diese Lösung für sie beide die beste.

»Vielleicht habt Ihr recht. Trotzdem möchte ich vor meiner Abreise diejenigen kennenlernen, die sich um ihn kümmern werden. Erscheint Euch das nicht auch richtig? Nach allem, was ich durchgemacht habe, um ihm zu helfen …«

»Ich werde darüber nachdenken. Jetzt möchte ich nichts dazu sagen. Und ja, Camilo, ich habe recht, denn ich sehe, dass du eine lange Zeit der Zurückgezogenheit brauchst, in Frieden, ohne dass irgendetwas oder irgendjemand dir nahe kommt. Nur so wirst du erleben können, wie deine Seele in Gott wieder groß wird.« Er schloss die Augen und konzentrierte sich auf das, was er noch hinzufügen wollte. »Das der Kontemplation geweihte Leben ist hart und schön zugleich. Dort außerhalb unserer Mauern gibt es viele wundervolle Dinge, die Gott zu Seinem Ruhm, aber auch zur Freude des Menschen erschaffen hat: Die Freiheit des Individuums oder die Liebe zwischen Menschen sind nur zwei Beispiele. Und doch haben wir Mönche darauf verzichtet, um Gott nachzufolgen, um Ihn mehr zu lieben als alles andere. Er wird uns dafür belohnen, wenn Er die Zeit dafür für gekommen hält. Und Zweifel müssen innerhalb des Klosters gelöst werden, ich wiederhole, nur hier.« Er wartete einen Moment, dann ergriff er wieder das Wort. »Und jetzt, bevor ich dir die Absolution erteile, muss ich wissen, was du zu tun gedenkst. Hast du deine Entscheidung schon getroffen?«

Camilo legte wie zum Gebet die Hände zusammen. Er wusste, dass es keine bessere Möglichkeit gab, und entschloss sich zu sprechen.

»Ich werde ins Kloster von Padula gehen und mindestens ein Jahr dort bleiben. Das ist es, was ich tun werde.«

»Gut, sehr gut, Camilo… Wir werden deine Reise nutzen, um ihnen zwei Pferde zu schicken, die sie bei uns bestellt haben. Ich bin sicher, dass du dort die Möglichkeit haben wirst, dein Inneres wieder zum Leben zu erwecken und erneut in Gott zu wachsen. Nun werde ich dir die Absolution erteilen, doch zusätzlich zu deinem Exil wirst du zur Buße ein ganzes Jahr lang einmal in der Woche fasten und für jeden Tag, den du unserem heiligen Haus fern gewesen bist, einen Rosenkranz beten. Ach ja, und gib mir deine Anschuldigungen gegen Luis Espinosa schriftlich, damit ich etwas in Händen halte, wenn ich gegen ihn etwas unternehmen will, und das wird sich nicht vermeiden lassen.«

Camilo sah Don Bruno an. Wohl fühlte er sich nicht in seiner Haut, musste er doch tun, was er nicht wollte; doch er war überzeugt, dass es keine andere Lösung gab. Also neigte er den Kopf, um die Vergebung zu empfangen.

»*Fiat!*«

»*Et ego te absolvo in nomine Patris, et Filii ...*«

II

Wieder einmal kam Blasco zu dem Schluss, dass sie wunderschön war, leider wunderschön.

Carmen schrie, doch niemand kam ihr zu Hilfe.

Während ihr Mann sie vergewaltigte, hörte das Haus ihr inständiges Flehen, doch alles war wie immer – nichts geschah. Blasco war entschlossen, diesen letzten Liebesakt mit seiner Frau auszukosten. Und obwohl seine rechte Hand blutete – sie hatte ihn in ihrer Verzweiflung gebissen, als er versuchte, ihr den Mund zuzuhalten –, ließ er sich nicht aufhalten. Sein Rücken war mit Kratzspuren übersät, und seine Augen brannten gleichermaßen vor Hass wie Verlangen.

Er ging mit unvorstellbarer, entsetzlicher Brutalität zu Werke. Carmen dachte, sie könnte nicht noch mehr Schmerz oder Gräuel ertragen, als ihr Gemahl ihr mit einem schnellen Schnitt den Ringfinger der linken Hand abtrennte – als weitere Trophäe für seine Sammlung. In diesem Moment verlor sie das Bewusstsein.

Als sie wieder zu sich kam, verschafften ihre Tränen Blasco noch größeren Genuss. Es kümmerte ihn nicht, dass sie um sich schlug und schrie. Gerade das gefiel ihm. Er sah sie an, weidete sich an ihrem nackten und blutbefleckten Körper, an seinem eigenen Blut, und konnte seine Hände nicht von ihr lassen. Ihr zartes, nun hasserfülltes Gesicht ließ sein Begehren noch stärker entflammen. Blasco konnte die Angst in Carmens Augen sehen, denn ihr war nun bewusst, dass der Tod schon auf sie wartete.

Nach dreiwöchiger Gefangenschaft in ihrem Schlafgemach, angekettet an ihr Bett und ohne zu wissen, was aus Volker oder irgendjemandem sonst geworden war, wusste sie sich endgültig der Willkür eines Wahnsinnigen ausgeliefert. An den ehemals blütenweißen Laken hafteten für immer ihre Träume, ihre Unschuld, der Schmerz über ihre Verstümmelung und ihrer beider Blut.

Wenige Stunden später schafften zwei Bedienstete sie eilig in die Kellergewölbe, erschüttert vom erbärmlichen Zustand der schönsten Frau, die je ihren Fuß auf Bruma Negra gesetzt hatte. Doch die Angst vor dem Plantagenbesitzer sorgte dafür, dass sie das Gesehene ganz schnell wieder vergaßen, wie schon so viele andere Dinge zuvor. Sie sahen nichts, sie sagten nichts, sie wussten nichts …

In einem Gelass, in das kaum ein Lichtstrahl drang, legte man sie auf dreckigem Stroh ab. Angeekelt von dem beißenden Gestank, der von diesem Lager aufstieg, suchte sie sich einen Stein, ließ sich darauf nieder und begann bitterlich zu weinen, denn sie wusste, dass ihr Martyrium gerade erst begonnen hatte.

Blasco hatte ihr erklärt, was er vorhatte. Und er hatte es ihr nicht nur erzählt, sondern ihr auch eine Leinwand gezeigt, auf der er begonnen hatte, sie zu porträtieren. In seinem Wahnsinn wollte er sie für immer verewigen, dabei ihr Blut als Farbe verwenden, aus ihrer Haut das Fett für die Ölfarbe destillieren und diese mit dem Mehl ihrer Knochen andicken.

Seine irren letzten Worte klangen ihr noch in den Ohren:

»Hättest du je gedacht, dass du eines Tages das Privileg haben würdest, für alle Zeiten in einem Gemälde weiterzuleben?«

In dem Verlies nebenan lag ein Mann, der jegliche Hoffnung und all seine Kraft verloren hatte. Es war Volker, den Blasco dazu verurteilt hatte, seine letzten Tage hier zu verbringen, halb verhungert und sich selbst überlassen.

Der Deutsche vernahm ein Wehklagen, das ihm vertraut schien.

»Carmen!«

Wie aus der Ferne hörte sie eine Stimme, eher ein Flüstern, das keinen Sinn ergab.

»Bist du das, Carmen?«, rief Volker, so laut er konnte.

»Volker? Mein Gott, du lebst! Ich wusste nicht, was aus dir geworden ist … Dem Himmel sei Dank … Wie geht es dir?«

»Nun, wenn du mich jetzt sehen könntest, würdest du mich vielleicht nicht wiedererkennen, aber zumindest lebe ich noch.«

»Er will mich umbringen …« Ihr verzweifelter, ohnmächtiger Kummer drohte sie zu überwältigen. »Er hat mir einen Finger abgeschnitten.«

Um die Blutung zu stoppen, hatte Carmen ein Stück Stoff ganz fest um die Hand gewickelt, doch die Wunde blutete weiter, und das machte ihr Angst.

»Ich bring ihn um, das schwöre ich. Ich werde ihn umbringen!« Zornig spuckte er aus. »Wenn ich hier jemals wieder herauskomme …!«

Luis Espinosa war unterwegs mit dem Schiff zurück nach Jerez. Zuvor hatte er noch einmal auf Hugo de Casinas Hazienda Station gemacht, um in Erfahrung zu bringen, wann die nächste Ladung an Gold und Silber abgehen würde; von Jamaika aus die bisher größte, wie ihm sein neuer Kompagnon versicherte.

Besser hätte es nicht kommen können, denn die wertvolle Fracht ging nicht an einen Hafen, sondern gleich an zwei: Neapel und Genua. Zudem würde das Schiff im Mittelmeerraum eine Route benutzen, die seinen nordafrikanischen Mittelsmännern bestens bekannt war. Anders als frühere Sendungen, die direkt nach Sevilla gingen, war die kaiserliche Goldfracht nun für diese beiden Städte bestimmt. Denn damit sollten den Bankiers die Kredite zurückgezahlt werden, mit denen man die kostspieligen Verpflichtungen zur Erhaltung des sagenhaften Imperiums Kaiser Karls V. finanziert hatte.

Doch Don Luis hatte anderes im Sinn.

Sein großer Traum, sein beharrlich verfolgtes Ziel, für dessen Erreichen er bereit war, alles zu tun – wenn nötig auch zu töten –, ließ sich in einem einzigen Wort zusammenfassen: Macht.

Durch seine Stellung als Hauptmann der Kaiserlichen Garde Karls V.

hatte er uneingeschränkten Zugang zu fast allen Informationen, die den Hof betrafen. Zudem genoss er das Vertrauen des Kaisers und wurde von allen respektiert. Doch das reichte ihm nicht.

Schon lange wusste er, was er wollte, und sein Verlangen, dieses Ziel zu erreichen, war stetig gewachsen. Es handelte sich um den Posten als Sekretär des Kaisers, das Amt mit der höchsten Macht im Staate, über ihm gab es nur noch den Regenten.

Seine Tätigkeit bestünde darin, dem Kaiser die Entscheidungen der verschiedenen Ratsversammlungen zu unterbreiten und sie mit ihm abzustimmen, bevor sie den Ratsherren mitgeteilt wurden. Dieses Amt bekleidete für gewöhnlich ein Repräsentant des Hochadels, jemand, der üblicherweise bereits einem der Räte angehörte, sei es dem Rat von Kastilien oder Aragón, dem Inquisitionsrat, dem Rat der Kreuzzügler, dem Rat für die Organisation der Klöster, dem Rat für sämtliche Angelegenheiten in der Neuen Welt, dem Rat zur Regelung der Staatsfinanzen; doch Luis wusste, dass es auch andere Wege zu seinem Ziel gab.

Sekretär des Kaisers zu sein, bedeutete Macht, denn es war das höchste Amt im Staate, das man bekleiden konnte, wenn man nicht königlichen Geblüts war. Ja, das war es, was Luis sich mehr als alles andere wünschte.

Er war sich seiner einfachen Herkunft bewusst. Er besaß keine Adelstitel, doch er war ein kluger Kopf, hatte wenig Skrupel und besaß die Fähigkeit, noch die kompliziertesten Geschäfte abzuwickeln, die ihm auch reichlich Geld einbrachten. Nachdem er Hunderte von Höflingen, die kaiserliche Familie, zahlreiche Emporkömmlinge und andere Personen aus dem Umfeld des Herrschers kennengelernt hatte, war er zu dem Schluss gekommen, dass man mit Geld alles erreichen konnte.

Mit Geld, mit sehr viel Geld, konnte man etliche Hürden auf dem Weg zum Sekretär überwinden. Wenn er sich beim Kaiser für diesen Posten empfehlen wollte, war der beste Weg, ihm finanzielle Mittel zur Verfügung zu stellen, denn Geld konnte der Kaiser stets gebrau-

chen. Wenn er mit seiner neuesten Geschäftsidee erfolgreich wäre –
bei der übrigens das Meer, Gold, Habgier und Betrug die Hauptrolle
spielten –, würde er in nur zwei bis drei Jahren ein solches Vermögen
angehäuft haben, dass er damit ausreichend Geld hätte, um auf den
ersehnten Posten zu gelangen.

Als er auf der Brücke der Karavelle stand, die ihn nach Spanien
brachte, mit dem Gesicht zum Wind, schloss er die Augen und sah sich
schon vor dem Kaiser stehen, der ihn zum Großmeister des Ordens
vom Goldenen Vlies ernannte, ein Titel, der mit dem Posten des kaiserlichen Sekretärs verbunden war. Er fühlte sich großartig, mächtig,
bewundert. Beinahe glaubte er auf seinen Schultern das Gewicht der
prächtigen Collane zu spüren, und auf den Lippen den Kuss der Frau,
die ihn auf dem Weg in seine strahlende Zukunft begleiten würde.

Laut sprach er aus, was ihm gerade durch den Kopf ging.

»Liebste Laura, du wärest für diesen Höhenflug leider nicht die
Richtige … Was ich jetzt brauche, ist eine Gefährtin mit wesentlich
besseren Verbindungen …« Er dachte an Christine von Habsburg,
die er bei seinem letzten Aufenthalt in Wien kennengelernt hatte
und seitdem umwarb. Die junge, für ihre Schönheit berühmte Frau
war eine der besten Partien bei Hofe, zudem bedeutend einflussreicher als seine Gemahlin. Der Name und die Familie seiner Frau
waren zwar in Jerez und Umgebung wichtig und mächtig, doch bei
Christines Familie galt das für halb Europa.

Er begehrte diese Frau, wünschte sich nichts mehr, als sie wieder
in seine Arme schließen zu können, sie zu küssen …

Den größten Teil des Jahres lebte sie in Genua, und genau dorthin
sollte ihn seine Reise führen. Doch zuerst ging es nach Jerez, denn
bevor er das Herz der Habsburgerin eroberte, wollte er seine derzei-
tige Ehe auflösen.

Schon in zwei Wochen würde er in Sanlúcar eintreffen.

Die umwälzenden Entwicklungen der nächsten Zukunft machten einen Neuanfang erforderlich. Nun begann eine Zeit in seinem
Leben, in der er sich von den Schatten seiner Vergangenheit würde

befreien müssen, von den Spuren, die sie hinterlassen hatte, um erheblich weiter oben neu zu beginnen.

Er dachte an jenen hartnäckigen Inspekteur der *Saca* und hoffte inständig, diesen lästigen Burschen niemals wieder sehen zu müssen. Dummerweise hatte er selber ja nicht mehr nachprüfen können, ob er tatsächlich tot war, weil plötzlich noch ein anderer Mann am Strand aufgetaucht war. Deshalb hatte er Hugo de Casina gebeten, sich des Problems anzunehmen. Und sein neuer Kompagnon hatte versprochen, dafür Sorge zu tragen, dass der Inspekteur die Insel auf keinen Fall mehr verließ.

Der Schatten einer schrecklichen Krankheit schwebte seit zwei Wochen über Jamaika und begann sich nun auch über Bruma Negra zu legen, wo eine neue Ladung afrikanischer Sklaven angekommen war. Obwohl der Ausbruch noch nicht bestätigt war, ergriff die Angst bereits von den Bewohnern der Insel Besitz. Die Erinnerung an frühere Seuchen und ihre schrecklichen Folgen für die Bevölkerung ließ noch immer alle zittern.

Die Symptome waren starke Kopfschmerzen und hohes Fieber.

Die erste Person, die auf der Plantage über ebendiese Beschwerden klagte und zudem weitere Anzeichen an Mund und Zunge aufwies, war ein gerade mal dreizehnjähriges Mädchen, das zu den zwölf soeben eingetroffenen Sklaven gehörte.

»Herr, dem Mädchen, von dem ich Euch vorgestern erzählte, geht es bedeutend schlechter … Was machen wir mit ihr?«

Blasco zügelte sein Pferd und bat den für die Unterkünfte der Sklavinnen zuständigen Aufseher, ihn unverzüglich zu dem betroffenen Kind zu bringen. Wenn sich bei dem Mädchen bestätigen sollte, was er bereits befürchtete, konnte es gefährlich werden. Der Mann trieb sein Maultier an, um mit seinem Herrn wenigstens Schritt zu halten, doch es gelang ihm nicht. Als er ankam, hatte dieser die Baracke bereits betreten.

Blasco presste sich ein Taschentuch vor den Mund und zwang das Mädchen mit einem langen Holzstock, den seinen zu öffnen, damit er sehen konnte, ob sich womöglich schon Bläschen gebildet hatten. Doch die vom Fieber geschüttelte Sklavin konnte sich nicht ruhig halten. Sie starrte ihn aus geröteten Augen an und wagte kaum, ein Wort zu sagen.

»Halte gefälligst still, sonst kann ich nichts sehen!«, herrschte er das Kind an.

Als das Mädchen endlich ruhiger geworden war, zeigte es ihm gehorsam die Zunge. Blasco konnte nicht glauben, was er da sah.

»Hat sonst noch eine so was wie die hier?« Mit dieser Frage wandte er sich an die übrigen Frauen, die sein Tun argwöhnisch verfolgt hatten. Ohne etwas zu sagen, senkten sie verschüchtert die Köpfe.

Blasco verknotete das Taschentuch im Nacken, damit Mund und Nase bedeckt waren, und fuhr dann im Befehlston fort:

»Antwortet! Wer sich widersetzt, wird auf der Stelle getötet.« Der Aufseher übersetzte den Afrikanerinnen, was Blasco gesagt hatte.

Ein weiteres junges Mädchen, das ebenfalls mit der letzten Lieferung gekommen war, hob die Hand und streckte, wie geheißen, die Zunge heraus. Blasco entdeckte bei ihr die gleichen roten Bläschen wie bei der anderen. Brüsk, das Grauen ins Gesicht geschrieben, wandte er sich ab und besprach sich flüsternd mit dem Aufseher.

»Ich schicke dir Hilfe. Sorge dafür, dass keine von ihnen die Baracke verlässt. Wenn sie es versuchen sollten, töte sie!«

»Aber, Herr, was habt Ihr gesehen?«

Blasco, der im Begriff war zu gehen, drehte sich zu seinem Aufseher um, unschlüssig, was er ihm sagen sollte.

»Ich habe soeben die geöffneten Pforten der Hölle gesehen!«

Die Nachricht verbreitete sich wie ein Lauffeuer – ebenso schnell, wie die Flammen die Baracke mit den zehn Frauen darin zerstörten. Blasco hatte diese Maßnahme angeordnet, nachdem er festgestellt hatte, dass sie sich mit Pocken infiziert hatten. Aufgrund der großen Ansteckungsgefahr gab es aus seiner Sicht keine andere Lösung.

Eine riesige Rauchwolke hing über der Plantage, Tod und Entsetzen stiegen zum Himmel auf vor den zornigen Blicken der rund fünfzig Sklaven, die sich gerade in der Nähe der Unterkunft aufhielten. Blasco nutzte die Gelegenheit, um einen nach dem anderen von vier seiner Bediensteten in Augenschein nehmen zu lassen. Womöglich waren noch mehr erkrankt. Es scherte ihn wenig, was die übrigen Sklaven angesichts des Feuers und der Schreie der Eingeschlossenen empfanden. Deshalb nahm er auch den Zorn in ihren Gesichtern gar nicht wahr. Blasco war vollauf damit beschäftigt, rote Flecken oder Pusteln im Mund, am Hals, im Gesicht … aufzuspüren. Er konnte an nichts anderes mehr denken.

Erst vor ein paar Jahrzehnten hatten die Pocken auf Jamaika und benachbarten Inseln mehr Menschenleben gefordert als der schlimmste Krieg. Einige Regionen hatte die Krankheit damals nahezu entvölkert.

Blasco wusste sehr gut, woher diese Krankheit kam, war sich aber unschlüssig, wie er am besten dagegen vorging. Er musste sich entscheiden, ob er auf einen Schlag all seine Sklaven opferte und mit ihnen gleich jeden, der auch nur ein einziges Symptom der Krankheit aufwies, seine Dienerschaft eingeschlossen, oder ob er eben nur gegen diejenigen etwas unternahm, die tatsächlich erkrankt waren.

In beiden Fällen wäre der wirtschaftliche Verlust enorm, und darüber hinaus bestand die Gefahr, dass auch er sich ansteckte.

Die Anspannung wurde schier unerträglich, als völlig unerwartet eine der Sklavinnen, lichterloh in Flammen stehend, aus der einstürzenden Baracke taumelte und so entsetzlich schrie, dass den Anwesenden das Blut in den Adern gefror. Ohne zu sehen, wohin, lief sie torkelnd und stolpernd umher, bis sie, von heftigen Krämpfen geschüttelt, zu Boden sank. Einige Sklaven eilten zu Hilfe und versuchten die Flammen mit ihren Körpern zu ersticken, doch es war schon zu spät.

Das Entsetzen ob dieses Vorfalls rüttelte alle auf, rührte an ihr Gewissen, aber nicht nur daran.

Als Erster packte ein Sklave mittleren Alters einen großen Stein und zerschmetterte damit einem der Bediensteten den Schädel. Blasco, der sah, was da vor sich ging, rannte zu ihm hinüber und brüllte ihn wütend an. Die Reaktion des ersten Sklaven wirkte wie ein Signal. Im Handumdrehen hatten sich andere ebenfalls mit Steinen bewaffnet und töteten die restlichen Bediensteten. Gleich darauf umzingelten sie Blasco, der das Schlimmste zu befürchten begann; er hatte praktisch keine Möglichkeit, dem Mob zu entkommen.

Suchend tastete er nach seinem Degen, doch er hatte ihn nicht bei sich. Unbewaffnet und ohne jeglichen Beistand versuchte er als letztes Mittel, die Sklaven zu beruhigen.

»Es blieb keine andere Wahl, sie waren krank ...«

Die vielen finsteren Blicke aus den ausgemergelten Gesichtern vor ihm verstanden nicht, was er sagte. Nach dem unermesslichen Leid, das sich aufgestaut hatte, und nach all den Grausamkeiten, die ihre Körper und ihre Seelen über Monate hatten erdulden müssen, in denen sie schlimmer als Tiere behandelt worden waren, gehorchten sie ihrem Instinkt, der nach Rache verlangte und Blut sehen wollte.

Blasco, dem zu seiner Verteidigung nur die Peitsche blieb, rief nach Verstärkung, doch niemand hörte ihn.

Ein summendes Geräusch, das wie eine schwermütige Melodie klang, stieg aus den Kehlen seiner Henker mit jedem Schritt empor, den sie ihm näherkamen. Ernst und gefühlvoll ähnelte es einem gemeinsam gesprochenen, rituellen Gebet. Auch die Peitschenhiebe, die Blasco nach allen Seiten austeilte, hielten sie nicht auf.

Der Erste, der Blasco angriff, packte ihn am Hals und biss ihm voller Hass ein Stück von seinem Ohr ab. Mit einem einzigen Ruck zerriss ein anderer ihm die Weste, und zu mehreren warfen sie ihn zu Boden. Dutzende von trockenen, rissigen Händen machten sich an ihm zu schaffen, bis er schließlich nackt dalag. Blasco gab keinen Laut von sich, er starrte sie nur an, um zu ergründen, was hinter ihren Blicken steckte, was hinter der Fassade jener Wesen vor sich ging, die er so sehr verachtete. Er wusste, sein Ende war gekommen, doch aufgrund seiner Denkungsart verstand er sogar, was sie nun machten.

Mit spitzen Steinen und Messern bewaffnet, begannen sie unter großem Gejohle, seine Haut abzutrennen. Einer schnitt ihm einen Finger ab, reckte seine Trophäe gen Himmel und gab ihr einen Namen, vielleicht den seiner Tochter oder den seiner Frau, auf jeden Fall den Namen einer Person, die Blasco verstümmelt hatte.

Der Plantagenbesitzer ertrug sein Martyrium ohne zu schreien, unterdrückte jeglichen Laut, konnte kaum noch atmen, doch seine Ehre ging ihm über alles. Er hatte sich vorgenommen, in Würde zu sterben, und das tat er, bis sein Körper schließlich zerstückelt wurde. Später wurden die Überreste in der Umgebung verstreut, als wollte man es den Göttern auf diese Weise unmöglich machen, jemals wieder ein solches Ungeheuer wie diesen Mann zu erschaffen.

Als die aufgebrachte Menschenmenge, Don Blascos anonyme Henker, das Ergebnis ihres Zorns sahen, fühlten sie sich zum ersten Mal frei. Sie hatten auf die Stimme ihres Gewissens gehört, auf den viel zu lange unterdrückten Ruf ihres geschundenen Volkes, und hatten ihm Gerechtigkeit widerfahren lassen – nach all den Gräueln, die Sklaven im Laufe der Jahre während ihrer Gefangenschaft auf Bruma Negra hatten erdulden müssen.

Aus den Tiefen ihrer Seele und getrieben von dem Wunsch, diesen verfluchten Ort von der Erdoberfläche zu tilgen, verbreitete sich in Windeseile ein einziges Wort: Feuer!

Ein paar Männer liefen zu den Überresten der Baracke und holten sich glühende Holzplanken. Mit denen eilten sie zu den übrigen Baracken, andere zu der Ölpresse und den Lagern, um alles anzuzünden. Doch die größte Gruppe rannte mit ihren Fackeln zum Herrenhaus.

Als die Bediensteten die Gruppe auf das Haus zustürmen sahen, kamen sie heraus, weil sie wissen wollten, was vor sich ging, doch nur wenige konnten sich vor der wütenden Menge in Sicherheit bringen.

»Herrin, lauft, so rasch Ihr könnt!« Eilig betrat die Kammerzofe das feuchte Gelass, in dem Carmen seit einer Woche eingesperrt war. Das Mädchen wirkte verstört und trug einen Schlüsselbund bei sich, den sie glücklicherweise gefunden hatte.

»Was sagst du?« Von der plötzlichen Helligkeit geblendet, konnte Carmen sie kaum sehen, so sehr hatten sich ihre Augen inzwischen an die Dunkelheit hier unten gewöhnt.

Das Mädchen, eine Mulattin mit hervorquellenden Augen und kräftigen Händen, half ihr entschlossen hoch und zerrte an ihr, damit sie so schnell wie möglich mit ihr floh, denn die Flammen näherten sich bereits dem Herrenhaus.

Carmen strauchelte bei jedem Schritt. Nach all dem, was sie in den letzten zwei, oder waren es nun schon drei, Wochen erlebt hatte, hatte sie jegliche Orientierung verloren. Zudem hatte sie kaum etwas gegessen und getrunken.

Doch obwohl sie so schwach war, vergaß sie Volker nicht.

»Wir müssen auch ihn befreien …« Noch auf dem Gang hielt sie inne und entschied, nicht gleich mit dem Mädchen mitzugehen.

»Wovon redet Ihr? Wir dürfen keine Zeit verlieren. Die Sklaven sind verrückt geworden. Glaubt mir, sie werden uns alle umbringen.«

»Nein, warte. Wir müssen ihm helfen.« Sie ging dorthin, wo sich sein Verlies befand. »Schließ auf!«

Das Mädchen probierte die anderen Schlüssel an ihrem Bund aus, aber keiner passte. Daraufhin drängte sie Carmen wieder zur Eile, doch diese packte sie an den Armen und befahl ihr, nach weiteren Schlüsseln suchen zu gehen.

»Nein, Herrin, wir müssen uns sputen …«

Über ihren Köpfen hörten sie schon aufgeregte Stimmen und wütende Schreie.

Die Kammerzofe fühlte sich dadurch so sehr bedroht, dass sie beschloss, sie habe schon mehr als genug für ihre Herrin getan. Sie versuchte sich von ihr loszureißen, doch Carmen, die ihre Absicht erahnte, hielt sie fest.

»Wo willst du hin?«

»Lasst mich! Ich will weg von hier!«

»Nein, du gehst jetzt nach oben und suchst diesen verfluchten Schlüssel. Außerdem holst du jemanden, der uns helfen kann, hier herauszukommen. Ich fürchte, mein Begleiter wird zu schwach sein, um sich auf den Beinen zu halten, und ich kann ihm nicht beistehen...«

Das Mädchen überlegte, was es tun sollte, doch schließlich hatte sie Mitleid mit der Frau, die stets gut zu ihr gewesen war. Sie versprach, Hilfe zu holen.

Carmen setzte sich vor Volkers Kerker auf den Boden und lehnte sich erschöpft an die Tür. Die vielen Tage, die sie eingesperrt und voller Angst gewesen war, sich ohnmächtig gefühlt hatte, brachen sich in einem nicht enden wollenden Tränenfluss Bahn.

»Carmen?« Volkers Stimme zu hören, machte sie froh.

»Ja, ich bin's. Es brennt, und wir müssen so schnell wie möglich fort von hier. Doch den Schlüssel zu deiner Tür haben wir noch nicht gefunden.« Zu wissen, dass er am Leben war, gab ihr neue Kraft. Sie betrachtete das Schloss genauer.

»Such etwas, womit du es aufbrechen kannst.« Volker bewegte sich mit größter Anstrengung auf die Tür zu. Seine Beine zitterten, und er konnte sich kaum aufrecht halten.

Carmen konnte nichts Geeignetes entdecken, fand nur einen eher kleinen Stein. Mit ihm hämmerte sie auf das Schloss ein, doch sie hatte nicht mehr genügend Kraft, außerdem war das Schloss sehr solide, sodass alles Bemühen vergeblich blieb.

»Es geht nicht«, rief sie enttäuscht.

Rauch drang schon in die Kellergewölbe, und es würde wohl nicht mehr lange dauern, bis das Feuer sie erreichte. Schlimmer konnte es kaum mehr werden, und ihre Kammerzofe kam nicht zurück.

»Geh!«, rief Volker ihr zu. »Flieh, so schnell du kannst!«

»Nein, nein, ich gehe erst, wenn ich dich hier herauskommen sehe.«

Der Deutsche schalt sie für ihre Hartnäckigkeit und bat sie inständig, sich auf den Weg zu machen.

Doch mit einem Mal waren Stimmen zu hören, die immer näher kamen. Offensichtlich stiegen mehrere Personen die Treppe herab. Carmen fürchtete, es könnte ihr Gemahl sein. Es schnürte ihr die Kehle zu. Angespannt ballte sie die Hände und hielt die Luft an – bis sie sah, dass es ihre Kammerzofe war und ein Farbiger mit einer Fackel in der Hand.

»Herrin«, rief das Mädchen, auf sie zueilend. »Wir müssen so schnell wie möglich fort von hier. Das Haus steht in Flammen, alles brennt lichterloh. Doch ich habe Euch diesen Schlüssel mitgebracht«, rief sie und schwenkte ihn strahlend.

»Ich gehe erst, wenn wir ihn befreit haben«, sagte Carmen und deutete auf die Tür.

Der Sklave hielt die Flamme an das Schloss und probierte den Schlüssel. Der Zofe befahl er, die Señora auf der Stelle nach draußen zu bringen, und er versprach, sich um Volkers Rettung zu kümmern.

So schnell es ihre Kräfte zuließen, schleppte sich Carmen hinter der Zofe die Treppenstufen hinauf. Draußen angekommen, standen sie einer wild durcheinanderschreienden Menschenmenge gegenüber; in ihrem Wahn liefen die Sklaven auf dem Gelände hin und her.

Nun berichtete ihr die Kammerzofe, was mit Blasco geschehen war, und dachte bei sich, dass diese Nachricht sie bestimmt mit großer Erleichterung erfüllte.

Wenig später erschien, von zwei Sklaven gestützt, endlich Volker. Carmen wusste zwar nicht, welchen Anblick sie selber bot, doch als sie ihren Beschützer zu Gesicht bekam, war sie zutiefst erschüttert. Sein Bart war verfilzt und schmutzig, er selbst nur noch Haut und Knochen, nichts erinnerte mehr an sein früheres stattliches Aussehen.

Sie stürzte auf ihn zu und umarmte ihn unter Tränen. Als Volker sie an sich zog, brachte er kein Wort heraus, seine Kehle war wie zugeschnürt, so unsäglich hatte er gelitten. Doch jetzt keimte wieder Hoffnung in ihm.

Vom ehemals prächtigen Herrenhaus oben auf dem Hügel war kaum mehr geblieben als die Grundmauern. Die Nacht umfing sie, während sie sich umschlungen hielten und auf die Überreste eines dunklen Kapitels sahen, das mit dem Feuer nun sein Ende gefunden hatte. Blasco Méndez de Figueroa war nicht mehr.

Volker strich Carmen über die Wange und atmete erleichtert auf.

»Lass uns heimkehren.«

III

Camilo brachte es nicht über sich, Yago anzusehen. Der Junge weinte und schluchzte untröstlich, der Abschiedsschmerz stand ihm ins Gesicht geschrieben.

»Warum gehst du?«

Camilo schluckte. Um Fassung ringend, atmete er tief ein, und was er nun sagte, kam aus tiefstem Herzen.

»Weißt du noch, was ich gesagt habe, wo Gott wohnt?«

»Oben, mit Hiasy ...«, stammelte Yago, aber er wollte den Satz unbedingt noch vervollständigen: »Zwischen Weihrauch und Musik ...«

Als er ihm so zuhörte, musste Camilo lächeln. Seit ihrer Abreise aus Jamaika hatte sich der Junge im Ausdruck stark verbessert.

»Richtig, Yago. Ich bin wie der Weihrauch, der hinaufwill zu Ihm, aber nicht so wie Hiasy. Ich muss in eine andere Kartause und mir dort in der Kirche eine andere Kuppel suchen. So eine wie die, die ich dir vor Jahren gezeigt habe. Ich schulde meinem Herrn sehr viel, und ich muss diese Strafe und mein Schicksal annehmen.«

Yago legte seine Hand aufs Herz.

»Gott hier, auch ... Und Yago, was macht Yago?«

»Du musst etwas ganz Wichtiges lernen: Wenn man eine Entscheidung trifft, muss man auch die Folgen tragen. Ich beschloss, nach Jamaika zu fahren und dich zu suchen. Deshalb habe ich mich über alle Regeln meines Ordens hinweggesetzt und meinen Prior nicht um Erlaubnis gefragt. Und für diesen Ungehorsam will ich nun büßen, denn für das, was man tut, muss man auch die Verantwortung übernehmen, vergiss das nicht.«

»Yago braucht dich ...«

Camilo strich ihm über den Kopf und drückte ihn gerührt an seine Brust.

»Du bist doch schon erwachsen, und ich weiß, du wirst Großes vollbringen. Lass dich von niemandem daran hindern, der zu sein, der du sein möchtest. Und auch wenn du das jetzt vielleicht noch nicht verstehst, ich weiß, dass es einen göttlichen Plan für dich gibt. Eines Tages wirst du deinen Weg finden und wissen, was Gott von dir will, ganz bestimmt. Mach dir keine Sorgen, früher oder später wird es geschehen, doch das Wichtigste ist, dass du deinen Grundsätzen stets treu bleibst. Und denk nicht, dass ich von dir weglaufe, das würde ich niemals tun. Ich versuche lediglich, das Richtige zu machen. Weil ich den Spuren des Herrn gefolgt bin, kam ich eines Tages hierher, und nun ist es eben an der Zeit, dass ich meine Pflicht erfülle und für mindestens ein Jahr Buße tue.«

»Yago geht mit!« Ihm kullerten zwei dicke Tränen über die Wangen.

»Nein … In deinem Alter solltest du das Leben entdecken, und das kann man nicht in einer Kartause. Ich habe erfahren, dass man nach einer Familie für dich sucht in einer Umgebung, die besser für deine Entwicklung geeignet ist. Aber vergiss nicht, ich werde immer bei dir sein«, Camilo legte die Hand an die Brust, »hier, und ich werde dich viel früher aufsuchen, als du denkst.«

Camilo stieg auf sein Pferd und knotete die Zügel der zwei Zuchthengste an seinem Sattel fest, die er mit ins italienische Padula nehmen sollte. Ohne sich noch einmal umzudrehen, schnalzte er leise und trieb sein Pferd an, damit Yago der Abschied nicht noch schwerer fiel.

Doch die Blicke des Jungen folgten ihm noch lange nach, während er Humeruelos allmählich hinter sich ließ.

Der Schmerz ließ ihn schier erstarren. Er sah, wie sein Freund sich allmählich in einen kleinen Punkt in der Ferne verwandelte, und als Camilo schließlich ganz verschwunden war, ließ Yago sich zu Boden sinken, barg den Kopf zwischen den Knien und schloss die Lider. Vor seinem inneren Auge zog eine lange Reihe von Erinnerungen vorüber, viele Ereignisse wachrufend, die er mit Camilo erlebt hatte.

Und er weinte, denn er fühlte sich unsäglich allein und verloren.

So verstrichen die Stunden, und plötzlich erwachte er aus seiner Betäubung, entschlossen, diese Trennung nicht hinzunehmen. Er lief zum Gestüt, band eine fünfjährige Grauschimmelstute los und stieg auf. Sonst hatte Camilo ihm immer dabei geholfen, doch nun schaffte er es zum ersten Mal allein.

Als er oben saß, hielt er sich an der Mähne fest, drückte die Knie zusammen und spürte sogleich, wie das Pferd darauf reagierte und im Galopp aus dem Stall preschte – in dieselbe Richtung, die auch der Mönch eingeschlagen hatte. Nach Sevilla, hatte er ihn sagen hören.

Zwischen Olivenbäumen ging es eine grüne Anhöhe hinauf. Oben angekommen, hielt er an.

Der Himmel hatte sich orange, fast kupfern verfärbt, und bald würde es dunkel werden. Vor ihm erstreckte sich eine unermesslich große Ebene, auf der vereinzelt ein paar Bäume standen: das Land der Ungewissheit, in dem er sich nun, ganz allein, befand.

Er wusste nicht, welches Schicksal Gott für ihn ausersehen hatte, doch noch weniger verstand er, warum er es ohne seinen Gefährten Camilo erleben sollte. Er spürte ein neues, sonderbares Gefühl, als hätte er einen Schritt getan, der sein Leben für immer verändern würde.

Er hatte keine Eile voranzukommen. Hier, unter seinen Füßen, wartete seine Zukunft auf ihn, und zurück blieb die Vergangenheit.

Weder Hiasy noch Camilo waren bei ihm, nur dieses Pferd, auf dem er saß.

Er verschränkte die Arme und sah zum Himmel hinauf, auf der Suche nach Camilos Gott. Und zum ersten Mal in seinem Leben betete er.

»Führe mich zu ihm … «

Im Schein des Mondes verbrachte er an jenem Ort die Nacht, doch er fand keinen Schlaf, zu groß war seine Angst, zu groß waren seine Hoffnungen. Doch irgendwann öffnete das Tageslicht die Pforten zu seiner Zukunft und erhellte ihm den Weg.

Er würde Camilo hinterherreiten. Diesmal war er an der Reihe.

Er wollte nicht ohne ihn sein, nein.

Als es hell geworden war, stieg er aufs Pferd und trieb die Stute zum Galopp an. Immerhin wollte er ihn ja einholen. Auf seinem Weg durchquerte er Oliven- und Orangenhaine. Die zweite Nacht verbrachte er unter der Krone einer hundertjährigen Korkeiche, abseits der Straße, damit keine Fremden ihn sahen.

Am Morgen des dritten Tages befand er sich am Rand der Erschöpfung, und auf einmal bekam er es mit der Angst zu tun.

Ihm kamen Zweifel, ob sein Weg auch der gleiche war, den Camilo genommen hatte. Unterwegs hatte er zwar viele Leute getroffen, doch da ihn fast alle seltsam ansahen, hatte er sie erst gar nicht befragt.

Er war hungrig und müde. In seinem ruhelosen Zustand bemerkte er ein leichtes Zittern in den Händen, das er zu unterdrücken suchte. Er schlug einen engen, steilen Seitenweg ein, der feucht und schattig durch einen kleinen Wald führte. Doch auf dem unebenen Untergrund fing die Stute an zu rutschen. Das Tier schnaubte, blieb vorsichtig immer wieder stehen, doch Yago in seiner Unerfahrenheit trieb das Pferd im alten Tempo weiter, was angesichts der Bodenbeschaffenheit keine kluge Entscheidung war. Deshalb sah keiner der beiden rechtzeitig die Spalte, in der sich ein Huf verklemmte, sodass die Stute den Halt verlor und sie beide zu Boden gingen. Die Stute traf es schlimmer, denn beim Sturz hörte man ein lautes Knacken. Yago blieb unverletzt. Er rappelte sich sofort hoch, um nach dem Tier zu sehen, und musste mit Entsetzen feststellen, dass ein Stück Knochen aus dem Bein ragte.

Das Pferd mühte sich hochzukommen, doch jedes Mal, wenn es aufstehen wollte, kippte es wieder zur Seite. Man sah, dass es große Schmerzen hatte und völlig verschreckt war. Yago streichelte seinen

Nacken und fuhr ihm mit beiden Händen mitleidig über das Gesicht. Er wusste, dass er dem armen Tier nicht helfen konnte.

Es dauerte ihn sehr, die Stute dort lassen zu müssen, aber da er nichts tun konnte, ging er einfach drauflos, ohne zu wissen, ob der Weg ihn zu Camilo führen würde.

Es wurde spät, sehr spät.

Nach vier Stunden sah er schließlich die ersten Lichter, einen breiten Fluss und ein von einer Mauer umgebenes Gebiet. Da er nur wenige Male aus dem Kloster herausgekommen war, konnte er nicht wissen, dass er Sevilla erreicht hatte – eine Stadt, in der die Nacht kein guter Gefährte für einen siebzehnjährigen, alleinreisenden Jungen war, der mit sich selbst genug Probleme hatte.

Die Stadttore waren bereits verschlossen.

Yago sah sich um und konnte mehrere Gruppen schlafender Menschen um je ein Feuer erkennen. Er näherte sich der ersten, die zu seiner Rechten lagerte, doch dort durfte er sich nicht einmal hinsetzen. Es handelte sich um Händler, die sich schon vor Tagesanbruch vor den Toren der Stadt eingefunden hatten, um am Morgen beim Aufbau der Marktstände die Ersten zu sein. Sie misstrauten grundsätzlich jedem, und noch mehr einem Jungen, der kaum ein Wort herausbrachte.

Auf der Suche nach Camilo ging er von Feuer zu Feuer. Fast drei Stunden streifte er vor der Stadtmauer umher, doch nirgends entdeckte er ihn. Entmutigt und verzagt suchte er sich einen Baum, an dem er sich anlehnen und ein wenig ausruhen konnte. Der lange Weg und die Anspannung der letzten Tage machten sich jetzt bemerkbar, und er döste ein.

Als am nächsten Morgen die Sonne aufging und die steinerne Mauer kupferfarben glänzte, öffnete er die Augen und sah ein paar Männer auf sich zukommen.

»Wer bist du?«

Yago musterte sie, und da ihm ihr Aussehen nicht behagte, senkte er den Kopf und sagte kein Wort.

»He, Dummkopf, ich red mit dir!« Einer der Kerle hatte einen derart wüsten Bart, dass man den Eindruck gewann, er hätte ihn in seinem ganzen Leben noch kein einziges Mal gestutzt, geschweige denn sich in den letzten Monaten mal gewaschen. Ebendieser kam geradewegs auf ihn zu und verpasste ihm aus heiterem Himmel eine Ohrfeige.

»Ich bin Yago…«

»Hast du Verwandte in Sevilla?«

Yago schüttelte den Kopf.

Der Mann mit dem Bart freute sich, dies zu hören, und befahl seinen Begleitern unverzüglich, Yago die Handgelenke zusammenzubinden, ihm Hemd und Hose zu zerreißen, damit er recht erbarmungswürdig aussah, und ihm schließlich noch Gesicht und Körper mit Erde einzureiben.

»Heute wirst du für uns um Almosen betteln.« Als der Mann lachte, sah man, dass er bloß noch zwei Zähne im Mund hatte. »Heute und so lange, wie ich es dir sage. Dafür bekommst du zu essen…«

Yago setzte sich zur Wehr und schrie, doch daraufhin verpasste ihm jemand einen Fußtritt gegen den Kopf, und er verlor das Bewusstsein.

»Den hier setzt ihr zusammen mit den anderen zwei Kleinen vor die Tore der Kathedrale. Wir werden ja sehen, wie's läuft…«

Am gleichen Tag, lediglich ein paar Stunden später, traf Don Luis Espinosa nach seiner Überfahrt in Sanlúcar ein. Er freute sich sehr, als er im Hafen zwei seiner Bediensteten entdeckte, die ihn bereits mit seinem Pferd und einer Kleinigkeit zu essen erwarteten.

Mit einem Satz sprang er auf sein Pferd und machte sich, wie geplant, unverzüglich auf den Weg zu seinem Gut.

Als Erstes würde er sich umziehen, anschließend mit Laura reden und sie vor vollendete Tatsachen stellen, dann ein wenig ruhen und später seinen Gewährsmann im *Pósito* aufsuchen, um ihn zur Rede zu stellen. Er hatte wieder und wieder darüber nachgedacht und war zu dem Schluss gekommen, dass die Anwesenheit Fabián Mandragos auf Jamaika nur einem Hinweis von Tarsicio zu verdanken gewesen sein konnte. Ein Verrat, der diesen teuer zu stehen kommen würde, sehr teuer. Nachdem er das erledigt hätte, würde er zu Martín Dávalos gehen, um ihn über seine zukünftigen Pläne in Kenntnis zu setzen. Viel, sehr viel für einen einzigen Tag, was er sich da vorgenommen hatte, doch um die Wahrheit zu sagen, er war einfach zu lange an Bord gewesen und brauchte etwas Abwechslung.

Die Sache mit Laura verlief kurz und schmerzlos, denn er redete nicht lange um den heißen Brei herum. Als sie freudestrahlend auf ihn zueilte, erklärte er ihr aus heiterem Himmel, dass er die Annullierung ihrer Ehe wolle, sofort und ohne jede weitere Diskussion. Als ihn seine Gattin vollkommen entgeistert nach den Gründen fragte, führte er die fehlenden Nachkommen ins Feld – ein Umstand, der darauf zurückzuführen sei, dass sie sich seit der Hochzeitsnacht weigere, ihre ehelichen Pflichten zu erfüllen.

»Was redest du da für einen Unsinn!« Vor Entrüstung färbten sich Lauras Wangen feuerrot. »Das ist eine Unverschämtheit!« Luis schwieg. »Ich verstehe nicht, was das soll… und außerdem, wem möchtest du weismachen, dass unsere Ehe nicht vollzogen wurde?«

Überwältigt von ihren Gefühlen angesichts dieser absurden Situation schossen ihr die Tränen in die wunderschönen Augen. Das Ganze kam ihr vor wie ein Albtraum.

Bis zu jenem Tag hatten sie noch nie miteinander gestritten. Alles, was er war, verdankte er ihr. Sie hatte ihn teilhaben lassen an ihrem Reichtum, an ihren Ländereien, an ihrem Weinkeller, ja sogar an ihren Freundschaften. Sie hatte nicht nur das eheliche Lager gern mit ihm geteilt, sondern ihn nicht selten sogar dazu ermuntert. Sie erinnerte sich an die vielen Male, wo sie sich bis zur Erschöpfung geliebt hatten, doch das Schlimmste an der ganzen Sache war, dass sie fest an seine Liebe geglaubt hatte. Ihm keine Kinder schenken zu können, hatte sie stets sehr bekümmert, und nun umso mehr, als es angeblich der Grund für diesen ganzen Unsinn war. Sie war überzeugt, dass sich ganz andere Absichten hinter seiner Entscheidung verbargen.

»Beim Kirchengericht, dessen bin ich ganz sicher, wird man mir Glauben schenken.« Luis wusste, wovon er sprach, denn er war sich bereits über den Preis im Klaren und darüber, welche Mitglieder des Tribunals er reich machen würde.

Als wäre es eine ganz gewöhnliche Unterhaltung, zog er sich während ihres Gesprächs in aller Seelenruhe um. Und zu Lauras Leidwesen sah es auch nicht so aus, als ließe er sich noch einmal umstimmen.

Sie fühlte sich elend, als hätte man ihr den Boden unter den Füßen weggezogen, und musste sich setzen.

Nervös griff sie nach ihrem Fächer, um ihrem erhitzten Gesicht Kühlung zu verschaffen. Es brach ihr das Herz, und sie fühlte sich, als hätte man ihr einen Schlag in die Magengrube versetzt. Was ihr gerade widerfuhr, konnte einfach nicht wahr sein, dachte sie, doch Luis redete ungerührt weiter.

»Zu deinem Glück wirst du mich hier nicht mehr häufig sehen, sei ganz unbesorgt. Noch heute werde ich das Haus verlassen und in ein paar Tagen auf Reisen gehen, um mir eine neue Heimat zu suchen, vielleicht in Wien, ich weiß es noch nicht...«

Er öffnete die Tür des Schlafgemachs und befahl einem Diener einzutreten und ihm beim Ankleiden behilflich zu sein.

»Das ist doch alles vollkommen absurd! Kannst du mir erklären, was auf Jamaika geschehen ist? Hinter dieser Entscheidung steckt doch eine andere Frau, da bin ich mir sicher...«

»Nein, nein, das ist wirklich nicht der Grund«, log er. »Ich habe es dir doch schon gesagt, ich tue das nur, weil ich Nachkommen haben will. Wozu habe ich mich denn in den letzten Jahren so angestrengt? Ich möchte das, was ich geschaffen habe, erhalten und einem Erben hinterlassen, einem Sohn. Leider hat sich gezeigt, dass du so fruchtbar bist wie vertrocknete Erde und mir nicht geben kannst, wonach ich mich sehne. Nicht mehr und nicht weniger wünsche ich mir, und ich gedenke nicht eher zu sterben, als bis ich einen Nachfolger habe.«

»Wenn du mich verlässt, verlierst du fast alles. Die Pferde, den Weinkeller, die Ländereien, alles, was wir gemeinsam aufgebaut haben. Willst du das?«

Luis sah sie verächtlich an.

»Das Einzige, worauf ich nicht verzichte, sind die Pferde. Ich selbst habe sie gezüchtet, und daher behalte ich sie auch. Mit dem Rest bist du gut versorgt, und ich bin sicher, weiter brauchst du nichts von mir. Doch um die Wahrheit zu sagen, eigentlich interessiert es mich nicht im Mindesten«, meinte er kaltschnäuzig.

Er wandte sich ab und gab seinem Diener Anweisungen, welche Kleidung und andere Dinge er in die Truhe packen sollte. Laura, die nicht aufhören konnte sich zu wundern, ging angesichts seiner Dreistigkeit zum Angriff über.

»Du willst also gehen? Gut, dann höre, was ich jetzt von dir verlange – verschwinde gefälligst aus diesem Haus, und zwar für immer. Ich will dich in meinem ganzen Leben nicht mehr wiedersehen. Hast du verstanden?« Sie reckte hochmütig das Kinn und versuchte auf diese Weise, wenigstens etwas Würde zu bewahren.

Die Tür heftig hinter sich zuschlagend, verließ Luis hochzufrieden das Schlafgemach. Soeben hatte er ohne besondere Schwierigkeiten eines seiner größten Probleme gelöst. Nun konnte er gleich seinen Sachwalter beauftragen, ein Papier mit der Bitte um Auflösung seiner Ehe aufzusetzen. Und sobald er in Genua war, konnte er beginnen, das Herz der anmutigen Christine von Habsburg für sich zu gewinnen.

Bevor er für immer vom Gut verschwand, ließ er sein bestes Pferd satteln und machte sich auf den Weg zum *Pósito*.

Dort angekommen, gab er es in die Obhut zweier Jungen, zog fünfzig Maravedís aus der Tasche und verteilte sie unter einer Gruppe Vaganten, die Almosen bitter nötig hatten. Es gab immer einen, der ihm vorwarf, allzu selbstsüchtig und ehrgeizig zu sein, doch er konnte nicht verhehlen, dass es ihm im Grunde seines Herzens behagte, sich mildtätig zu zeigen. Wenn er diesen bettelarmen und abgezehrten Leuten, die nichts zu beißen hatten, etwas zusteckte, verschaffte ihm das ein eigenartig genussvolles Gefühl. Er pflegte stets nur die Münzen zu verteilen, die er gerade bei sich hatte, ohne darauf zu achten, was oder wie viel er gab, doch während er dies tat, bescherte es ihm ein wohliges Gefühl, denn er merkte dabei, welche Macht er über diese Menschen hatte. Dieser Akt machte unmissverständlich klar, wer hier über wem stand. In solchen Momenten fühlte sich Luis Espinosa sehr gut, sehr mächtig und ungleich besser als all die anderen Menschen, die tagtäglich seinen Weg kreuzten. Und nichts konnte etwas daran ändern, für ihn war es die Wahrheit.

Das Klingeln der Kupfermünzen in den Händen einer Bettlerin erregte das Interesse eines anderen Bedürftigen, dessen blaue Augen ihn an die jenes Jungen erinnerten, der ihm auf Jamaika entwischt war.

Er beobachtete ihn aus den Augenwinkeln, während er das Tor zum *Pósito* durchschritt und nach der Treppe Ausschau hielt, die ihn zu den Amtszimmern und zu Tarsicio bringen würde. Mit diesem wollte er lediglich ein kurzes, klärendes Gespräch führen, vor allem, um sich über das Ausmaß seiner Indiskretionen zu informieren. Anschließend würde er das Amt verlassen, damit noch in der gleichen Nacht einer von Martín Dávalos' Männern sich der Sache annahm. Er dachte dabei an Sandro, einen wahrlich blutrünstigen Verrückten, der bei seinen Verbrechen rasch und sehr diskret vorging. Nach seinem Dafürhalten war er für diesen Auftrag wohl am ehesten geeignet. Schon bald würde er wissen, wo er ihn fand.

Für das Gespräch mit Tarsicio brauchte er nicht einmal zehn Minuten.

Sobald Luis den angespannten Gesichtsausdruck seines Gegenübers bemerkte, das Zittern seiner Hände, den Schweiß, der ihm über die Schläfen lief, und die Häufung fahriger verneinender Antworten, wusste er auch schon genug.

Tarsicio sank in seinem Stuhl zusammen, als er sich vorstellte, wie wohl sein unvermeidliches Ende aussehen würde. Er nahm ein Blatt Papier, eine Feder, ein gut gefülltes Tintenfass und beschloss, alles niederzuschreiben. Der Empfänger dieses Briefes war jener Inspekteur der *Saca*, Fabián Mandrago, der Einzige, den er für mutig und klug genug hielt, um diese Männer hinter Schloss und Riegel zu bringen. Er wollte den Brief im Kartäuserkloster abgeben, mit der Anweisung, ihn nur Mandrago selbst auszuhändigen. Er wusste nicht, wo dieser sich gerade aufhielt, doch Tarsicios Ansicht nach gab es keinen besseren Ort, um den Brief vor neugierigen Blicken sicher aufzubewahren. Außerdem vermutete er, dass Fabián früher oder später nach Jerez zurückkehren würde, zusammen mit dem Kartäusermönch, mit dem er sich gemeinsam auf die Reise gemacht hatte, wie man sich erzählte.

In einen Umhang gehüllt, verließ er das Amt. Trotzdem bemerkte er, dass ihm jemand folgte. Mehrere Male blickte er unterwegs über die Schulter, konnte aber nicht erkennen, wer es war. Aus Furcht änderte er seine Pläne und beschloss, in die Kirche Nuestra Señora de la O zu gehen, deren Pfarrer er gut kannte. Bei der Gelegenheit würde er sein Gewissen erleichtern und dem Pfarrer zudem den Brief überlassen, mit dem Auftrag, ihn zu den Kartäusern zu bringen.

Indes, der Brief wurde kurz darauf aus der Tasche ebendieses Pfarrers geholt und der gute Mann am nächsten Morgen mit durchtrennter Kehle aufgefunden, als ein Mitglied seiner Gemeinde zur ersten Messe kam.

Noch in der gleichen Nacht fand auch Tarsicio, ebenfalls in der Nähe dieser Kirche, den Tod, doch gottlob hatte er zuvor noch die Absolution erhalten.

IV

Beltrán Dávalos musterte Yago von Kopf bis Fuß und versetzte ihm zwei kräftige Schläge in den Nacken. Vielleicht bekam man ihn ja auf diese Weise zum Sprechen, aber auch damit gelang es ihm nicht.

Der Junge saß auf der Straße und bettelte.

Er war Dávalos wegen seiner misstrauischen und scheuen Blicke aufgefallen und weil er sich unter all den Bettlern möglichst abseits hielt, doch vor allem wegen seiner eigenartig zusammengekrümmten Haltung und seinen sich ständig wiederholenden Gesten. Er war den Anblick von Irren ja gewohnt, und dieser hier war einer, soviel stand fest. Da der Junge recht kräftig war, schien er ihm hervorragend für die Zwecke seines Bruders Martín geeignet.

In Sevilla war die Ergreifung von Bedürftigen eine Aufgabe, die der Stadtrat ausdrücklich dem Spital für Irre und Einfältige übertragen hatte, weil sie sonst das Stadtbild verunzierten, hieß es. Zu diesem Zwecke hatte Beltrán zwei Gehilfen eingestellt, die täglich die Straßen nach Personen durchkämmten, die in dieses Raster passten, und ihm zudem nützlich sein könnten.

So half man sich gegenseitig: das Spital der Stadt bei der Säuberung, und die Stadt dem Spital mit einer pekuniären Unterstützung für seinen Erhalt.

An jenem Morgen und entgegen den Gepflogenheiten hatte sich auch der Leiter des Spitals an der Suche beteiligt, um einen neuen und dringenden Auftrag seines Bruders zu erfüllen, Dieser wollte zehn Handlanger von ihm, koste es, was es wolle.

»Wo hast du denn den Burschen da her?«, fragte Beltrán den Mann, der offensichtlich die Jungen an den Pforten der Kathedrale von Sevilla beaufsichtigte. Als der auf ihn zuging, kam ihm das Gesicht mit einem Mal bekannt vor. »Mir scheint, ich habe Euch schon des Öfteren gesehen. Wisst Ihr, wer ich bin?«

»Selbstverständlich. Was wollt Ihr von dem Jungen?« Ein ungeschlachter Kerl mit dicker Nase, eingesunkenen Augen und einer einzigen, aber dafür sehr buschigen Augenbraue kam auf ihn zu. Für Beltráns Geschmack ging er dabei zu sehr auf Tuchfühlung, weshalb er ihn energisch beiseiteschob.

»Verkauft Ihr ihn?«

»Ja, für hundert Dukaten.«

Beltrán Dávalos lachte schallend.

»Ihr wolltet hundert Maravedìs sagen, oder?«

»Lacht nicht, der Junge bringt uns in einer Woche zwanzig ...« Er kratzte sich am Kopf, nachdem er seine schmutzige Mütze abgenommen hatte.

»Ach, wenn er so viel bringt, dann behaltet ihn ...« Ohne zu feilschen, machte Beltrán kehrt. Er kam auch nicht zurück, als der Mann einlenkte und nun doch mit ihm handeln wollte.

»Nun gut, für zehn Dukaten gehört er Euch, einverstanden?«

»Ich will ihn nicht. Ich weiß wirklich nicht, wie Ihr dazu kommt, derart viel zu verlangen, wo der Junge nicht besonders helle zu sein scheint.« Yago verfolgte hockend eine Taube, die er nun, ganz still und mit schief gelegtem, fast am Boden klebenden Kopf, aufmerksam beobachtete. »Seht Ihr denn nicht dasselbe wie ich?«

Jetzt tat der Händler unnachgiebig. Offensichtlich war er überzeugt, den geforderten Preis auch zu bekommen.

Doch Beltrán gab ihm Gründe, sich von diesem Gedanken zu verabschieden, denn er machte einfach auf dem Absatz kehrt und ging davon. Allerdings merkte er sich das Gesicht des Jungen, genauso wie seine Gehilfen es taten, die noch in der gleichen Nacht auf seine Anweisung hin den Jungen holen würden – wenn seine Besitzer schliefen. Es wäre nicht das erste Mal, und bisher war immer alles gut gegangen.

»Wartet!« Auf sein Zeichen hin trennte einer seiner Männer, der noch schlimmer aussah als er selbst, Yago von den restlichen Jungen, an die er gekettet war. An seinem metallenen Halsring schleifte er ihn zu Beltrán hinüber, während Yago ihn verschreckt aus dem Augenwinkel musterte. Eine weitere, nicht ganz so dicke Kette mit eisernen Schellen verband seine Füße an den Knöcheln, wodurch ihm keine großen Schritte möglich waren. Um einigermaßen mithalten zu können, musste er lächerliche kleine Hüpfer vollführen, worüber sich einige Leute, die des Weges kamen, köstlich amüsierten. Einer stellte ihm sogar zum Spaß ein Bein, sodass Yago auf die Nase fiel.

Unter Gezerre schafften sie den Strauchelnden, den die enge Kette würgte, zu dem möglichen Käufer hinüber und bauten sich ungeniert vor ihm auf.

»Fünf Dukaten?«

Überrascht von so viel Hartnäckigkeit sah Beltrán den Besitzer an. Was war vorteilhafter? Den Jungen jetzt gleich mitzunehmen? Das würde ihm den nächtlichen Ausflug ersparen, ebenso die damit verbundenen Folgen sowie das Risiko, dass seine Einrichtung mit der Sache in Verbindung gebracht würde.

Erneut musterte er Yago.

Der Junge hatte einen eigenartigen Blick, doch seine Beine waren muskulös, und er hatte ein breites Kreuz. Er war mehr als die fünfzig Dukaten wert, die ihm sein Bruder sicher zahlen würde, wenn er sie von ihm verlangte. Fünfzig eingenommene Dukaten für fünf ausgegebene, dachte er, das war kein schlechtes Geschäft.

»Gebt mir die Kette, ich nehme ihn.« Als er sie in der Hand hielt, zog er Yago heftig zu sich und betrachtete ihn triumphierend. An einen seiner Gehilfen gewandt, meinte er: »Zahl ihm drei, und damit basta!«

Der Besitzer murrte und verfluchte ihn, schlurfte aber schließlich mit dem Geld zurück zur Kathedrale.

»Mein Junge«, Yago drehte kurz den Kopf zu ihm und sah ihn aufmerksam an, »aus dir mache ich einen Mann, du wirst schon sehen…«

Im geräumigen Salon des Palais unterhielten sich Martín Dávalos und Luis Espinosa angeregt. Drei Monate hatten sie sich nicht gesehen. Sie brachten sich bezüglich ihrer Geschäfte und anderer Unternehmungen gegenseitig auf den neuesten Stand, doch eine Neuigkeit sparte sich Luis bis zum Schluss auf. Diese würde nämlich alles zwischen ihnen verändern und die Spannung derart erhöhen, dass ihre Verbindung damit beendet wäre.

Martín staunte nicht schlecht, als er hörte, dass der Inspekteur der *Saca* im fernen Jamaika aufgetaucht war, und stimmte seiner Lösung für den mutmaßlichen Denunzianten Tarsicio zu. Selbstverständlich hatte er einen geeigneten Mann an der Hand, der die Sache rasch regeln würde.

»Was unser Hauptanliegen angeht, hätte die Reise nicht besser verlaufen können…« Luis wechselte das Thema, um allmählich zum unangenehmen Teil überzuleiten.

»Ich nehme an, unser Mittelsmann hat dir die nötigen Informationen verschafft, über die jeweiligen Mengen an Gold, die Verschiffungsdaten und die Häfen, die angelaufen werden. Alle erforderlichen Details, um unser Vorhaben erfolgreich in die Tat umzusetzen. Ist alles wie geplant verlaufen?« Während er sprach, reichte Martín ihm ein Glas Likör, der für Luis' Geschmack zu fruchtig war. Er hatte zwar Martíns Frage gehört, beantwortete sie aber nicht.

Verwirrt sah dieser zu Luis hinüber, redete aber weiter.

»Hat er dir auch gesagt, wie viele Galeonen den ersten Transport zum Schutz begleiten werden?« Er stieß mit seinem Kompagnon an. »Wenn du wüsstest, wie neugierig ich bin zu erfahren, wie viele Unzen Gold unweigerlich in unsere Hände fallen werden!« Er lachte schallend.

Doch Luis sagte noch immer nichts, oder fast nichts.

»Sicher, sicher«, war das Einzige, was er von sich gab.

Martín verstand nicht, was mit seinem Kompagnon los war. Das Geschäft, das sie in Angriff nehmen wollten, war das schwierigste und gefährlichste in ihrer Zusammenarbeit. Einer der wichtigsten Faktoren für den Erfolg dieser Unternehmung waren ein paar Korsaren, mit denen Luis verhandelt hatte. Wenn alles gut ging, würden sie ein Vermögen scheffeln. Luis hatte sich das Ganze ausgedacht, mit größter Sorgfalt und Hingabe organisiert und vorbereitet, ehe er nach Jamaika gereist war. Doch was Martín nicht wusste: Seitdem hatte sich alles geändert. Luis würde das Geschäft im Alleingang machen.

»Und welchen Hafen werden sie anlaufen?«, wollte Martín Dávalos wissen. »Den auf dieser kleinen Insel südlich von Sardinien? Wie heißt sie gleich noch? Sant' Antioco?«

Luis seufzte und starrte auf einen unbestimmten Punkt an der Decke des Salons. Martín wurde immer verärgerter. Warum ging er nicht auf seine Fragen ein?

»Und für wann hast du die Sache mit den Bankiers geplant?«, versuchte er es ein letztes Mal. Doch auch diese Frage beantwortete Luis nicht, obwohl er endlich zu reden begann.

»Ich habe heute meine Ehe mit Laura beendet … Ich werde die Annullierung beantragen. Und damit niemand denkt, ich hätte es nur auf ihr Geld abgesehen, habe ich auf allen Besitz verzichtet, bis auf die Pferde. Ich habe vor, weiter zu züchten, doch vielleicht muss ich sie nach Genua oder Ferrara bringen, denn dort gibt es eine lange Tradition der Pferdezucht und sehr fähige Leute, die mir dabei zur Hand gehen können.«

Martín war auf dem Laufenden, was Luis' Absichten hinsichtlich der adeligen Österreicherin Christine anging, und auch über seinen Wunsch nach Nachkommen. Was er aber nicht verstand, war, wieso Luis nun auf Laura und seinen überraschenden Entschluss zu sprechen kam. Doch er kannte seinen Kompagnon gut genug, um zu wissen, dass dieser nichts ohne Grund tat.

»Soll womöglich Christine die Mutter deiner Kinder werden?«

»Ich sehe, du kennst mich gut, dir kann ich nichts vormachen ... Ja, genau das habe ich vor. Ich werde nach Genua reisen, denn dort lebt sie den größten Teil des Jahres, und um sie werben, damit sie meine Frau wird. Obwohl, dazu muss ich erst einmal ihr Herz erobern.«

»In Genua sitzen Bankiers. Solche, wie wir sie brauchen.« Martín kam wieder zum ursprünglichen Thema zurück.

Luis merkte, dass er mit dem Rücken zur Wand stand, und beschloss, ihm endlich reinen Wein einzuschenken.

»Martín, hör mir gut zu, ich muss dir etwas Wichtiges sagen ...« Während er noch nach den passenden Worten suchte, kratzte er sich am Bart. »Gemeinsam haben wir große Dinge zuwege gebracht, einige waren überaus lohnend, und in all der Zeit haben wir uns nie gestritten. Doch nun ist der Moment gekommen, wo sich unser Schicksal, unsere Wege, trennen.«

»Was willst du damit sagen?« Befremdet von der unerwarteten Erklärung, richtete Martín sich in seinem Sessel kerzengerade auf.

»Du weißt doch, dass ich mich schon seit Jahren für den Posten des kaiserlichen Sekretärs interessiere. Das habe ich dir nie verheimlicht. Doch nach Abwägung meiner Möglichkeiten bin ich zu dem Schluss gekommen, dass ich es nur schaffen kann, wenn ich bedeutend mehr Geld verdiene als bisher, denn ich muss mir diese Stellung erkaufen. Und wie du weißt, kann mir das Geschäft mit dem Gold aus der Neuen Welt die erforderliche Summe dafür auf einen Schlag bringen. Und das ist der entscheidende Punkt. Alles, was bisher für diese Sache geschah, habe ich mir ausgedacht, habe ich vorangetrieben, habe ich verhandelt und so arrangiert, dass eines zum anderen passt, ich ganz allein. Stimmt das oder stimmt das nicht?«

Martín starrte ihn mit offenem Mund an, während er sich noch immer fragte, worauf sein Kompagnon wohl hinauswollte, doch er konnte nicht anders und musste ihm recht geben.

»Aber ...«

»Warte und hör mir zu …«, unterbrach ihn Luis. »Der Sekretärsposten, den ich will, macht es notwendig, dass ich an Verhandlungen teilnehmen und an Orten sein werde, die weder du noch ich je gesehen haben. Das, was wir bisher erreicht haben, haben wir dank unserer Einflussmöglichkeiten geschafft. Aber ich kann mich nicht länger mit Kleinkram abgeben. Ich muss viel weiter nach oben, viel höher schauen. Mein Traum erfordert eine andere Art von Ehrgeiz, die dafür nötigen Kontakte habe ich.«

»Du willst mich doch wohl nicht ausbooten?« Martín rang sich ein gequältes Lächeln ab.

»So sehe ich es zwar nicht, doch ich muss möglichst rasch handeln und kann nicht viel länger warten.«

Nach dieser Antwort stieg die Anspannung beträchtlich.

»Moment mal, du sprichst doch nicht etwa von unserem Goldgeschäft, oder?«, fragte Martín und starrte ihn an.

»Du bist wirklich sehr scharfsinnig. Das warst du schon immer. In der Tat, dieses Geschäft werde ich ohne dich machen.«

Martín gefror das Lächeln zu einer Grimasse.

»Du willst mir doch nicht erzählen, dass du die Verbindung zu deiner Frau auflöst, zu deiner Heimat und nun auch zu mir?«

»Jerez ist eine Kleinstadt und alles, was sich hier und in der Umgebung tut, ist genauso klein … Ich möchte andere Dinge sehen, an anderen Orten, in unmittelbarer Nähe zum Kaiser arbeiten, wo wirklich Einfluss und Gunst zu finden sind. Ich muss mich dort ins Gespräch bringen, bekannter werden. Darauf will ich meine ganze Kraft richten, und dafür muss ich eine beträchtliche Menge Geld auftreiben, um das alles bezahlen zu können.

»Geld … Natürlich …«, warf Martín lakonisch ein.

»Allein für die Ernennung zum kaiserlichen Sekretär benötige ich dreihunderttausend Dukaten. Für diese Summe braucht es ein anderes Kaliber an Geschäften. Mit klein geht da gar nichts, und an Teilen ist auch nicht zu denken.«

»Und alles, was wir bisher gemacht haben, bedeutet dir nichts?«

Luis wollte einerseits seinen Standpunkt verdeutlichen und andererseits die Herzlosigkeit seiner Worte mildern.

»Natürlich, wo denkst du nur hin? Man nennt es Vergangenheit. Aber natürlich auch Gegenwart, wenn du möchtest. Die Verträge und Geschäfte, in die wir beide eingebunden sind, will ich nicht auflösen. Bis heute bringen sie uns sehr gute Erträge, und so kann es auch bleiben. Versteh mich bitte nicht falsch, aber von nun an verlege ich mich in der Hauptsache auf meine anderen Vorhaben, und dazu gehört selbstverständlich auch das Goldgeschäft.«

Martín fühlte sich mit Füßen getreten, gekränkt, und seine Geduld kam an ihre Grenzen. Wutschnaubend begann er immer engere Kreise um Luis zu drehen, bis er abrupt vor ihm stehen blieb.

»Ich fühle mich hintergangen ...«

Mit dieser Reaktion hatte Luis gerechnet. Er sah ihn durchdringend an und wählte die beste Waffe, die er hatte, um ihn wieder auf seine Seite zu ziehen.

»Glaubst du wirklich, dass ich dich hintergehe, nur um mir meinen großen Traum zu erfüllen?«

»Hör auf mit diesen Spielchen. Ich kenne dich.«

»In Ordnung. Du hast recht. Ich muss diesen Schritt einfach tun. Ich weiß, ich verlange zuviel von dir, aber ich würde gern weiter auf deine Unterstützung zählen können. Bitte bleib weiterhin mein bester Freund ...«

Martín senkte den Blick und kratzte sich nachdenklich am Kinn. Er fühlte sich vollkommen in die Ecke gedrängt. Es stimmte, was Luis da von ihm verlangte, war tatsächlich zu viel, aber zum Teil konnte er es trotz allem nachvollziehen. Einerseits war er zutiefst enttäuscht und wünschte Luis von ganzem Herzen alles Unglück der Welt für seine neue Unternehmung, doch als er überlegte, mit welchen Worten er ihm das sagen sollte, hielt ihn etwas zurück. Er versuchte sich zu beruhigen und in die Haut seines Kompagnons zu versetzen. Bei diesem inneren Kampf, der recht schnell und in erwartungsvollem Schweigen vor sich ging, kam Martín schließlich zu einer Lösung.

Als er wieder aufsah und in Luis' Augen blickte, sagte er ihm mit einem Blick alles – ohne dass ein einziges Wort fiel.

»Danke.« Luis umarmte ihn, stolz darauf, dass er so gut davongekommen war.

»Nicht, dass wir uns falsch verstehen – überleg dir, wie du das wiedergutmachen willst.«

»Das werde ich, versprochen ...«

Zwei Monate lang hatte es ununterbrochen geregnet, und auf der Insel stand das Wasser inzwischen so hoch, dass man fast meinen konnte, sie werde bald untergehen.

Regenzeit auf Jamaika.

Doch weder der Regen noch der stürmische Nordwind schienen dem Mann etwas auszumachen, der zur Genesung von den Verletzungen, die er sich zwei Wochen zuvor zugezogen hatte, täglich an der Bucht von Caguaya entlangspazierte.

Der Dolchstoß, den ihm Luis Espinosa versetzt hatte, hatte eine Sehne seines linken Beines durchtrennt, und davon war als bleibende Erinnerung ein Hinken zurückgeblieben. Es fiel ihm schwer, das Bein zu beugen, und obwohl es nicht allzu schlimm war, war es beim Gehen doch auffällig.

Sein Körper wies jede Menge Narben auf, doch die schlimmste Wunde von allen war nicht zu sehen, denn sie verbarg sich in seinem Inneren und hieß Zorn. Ein Gefühl, das von Tag zu Tag mächtiger wurde und ihm das Leben vergällte.

Fabián fuhr mit den Fingern zärtlich durch den Sand, griff sich eine Handvoll und ließ ihn in einen Beutel rieseln. Er sollte ihn stets daran erinnern, wer er war, wem er sein Leben verdankte und auch daran, wem er es nehmen würde.

Er dachte, dass die Freiheit, seine Freiheit, nur dann vollkommen wäre, wenn er erlebte, wie Luis Espinosa den gerechten Preis für seine Sünden zahlte. Seine momentane Unbeweglichkeit hatte ihn derartig beansprucht, dass sein Blut nur nach einem verlangte: Rache.

An jenem Nachmittag, wie schon an den vielen anderen zuvor, kniete er an genau der Stelle nieder, an der beinahe sein letztes Stündlein geschlagen hätte, wäre nicht zufällig in dem Moment, als Luis ihn töten wollte, dieser Mann aufgetaucht. Dankbar schaute er seit damals tagtäglich zum Himmel hinauf in der Überzeugung, sein Schicksal werde ihm schon eine neue Aufgabe zuweisen und die Verpflichtung, diese auch zu erfüllen.

Als er kurz vor Einbruch der Dunkelheit am Strand entlangging und die Wellen seine Füße umspülten, musste er an die Worte seines Vaters denken, die dieser stets zu ihm sagte, wenn er wieder einmal mit den Widrigkeiten des Lebens zu kämpfen hatte. Wie war noch der genaue Wortlaut gewesen? Lass den Hass nie die Oberhand über deinen Willen gewinnen. Sei schlauer als dein Gegner, bezwinge ihn mit seinen Schwächen, biete ihm nicht offen die Stirn, und du wirst siegen. Als er so darüber nachdachte, begriff er, dass sein Vater recht hatte.

Und so – zwischen Algen, Sand und dem aufgerissenen Himmel, der ockerfarben und rötlich schimmerte – begriff Fabián, dass er – wenn er Luis Espinosa zugrunde richten und sich für all den Schmerz rächen wollte, den er ihm zugefügt hatte – sich besser von jenem Groll verabschiedete. Nicht mit Dolchstößen oder Pfeilen würde er Luis vernichten, sondern mit Köpfchen. Fabián musste dafür sorgen, dass die Gerechtigkeit siegte und diesem Mann ein für alle Mal das Handwerk gelegt würde.

Vier Wochen später heuerte er auf einer alten Karacke an, die Tabak und Kakao nach Sevilla brachte.

Sein einziges Gepäck waren die Kleidung, die er am Leibe trug, sein unbedingter Wille, gegen Luis in seinem ureigenen Revier anzutreten, und die Sehnsucht nach Jerez.

Einige Tage vor seiner Abreise bemerkte er, dass ihn ein Mann verfolgte. Eines Nachmittags lauerte er ihm in einem Gässchen auf, packte ihn und hielt ihm einen Dolch an die Kehle. So erfuhr er, in wessen Auftrag der Mann handelte. Der Kerl arbeitete für einen gewissen Hugo de Casina, einen Offizier, der dem Gouverneur nahestand. Der Befehl lautete, Fabián zu liquidieren. Welche Gründe sollte dieser Hugo de Casina haben, ihn, einen Unbekannten, zu töten? Sicher hatte Luis dabei seine Hände im Spiel, doch beweisen konnte er es nicht … Als der gedungene Totschläger sich weigerte, wie von Fabián gefordert, weitere Details preiszugeben, musste er zwischen leeren Fässern und ein paar Kisten Fisch sein Leben lassen.

Seitdem war Fabián sehr viel vorsichtiger unterwegs. Er fragte im Hafen nach, welche Schiffe in letzter Zeit ausgelaufen und welche Passagiere an Bord gegangen waren, doch niemand konnte ihm etwas über den Verbleib von Camilo oder Luis Espinosa sagen. Vielleicht waren beide noch auf der Insel.

Ohne Geld, und da er auf der Insel nichts weiter zu tun hatte, suchte er jemanden, der ihm Arbeit gab. Er hatte Glück, denn unerwartet fiel auf einem Schiff, das schon bald in Richtung Heimat, nach Puerto de Santa María, auslaufen sollte, ein Koch aus. Den Schiffsmeister belog er, indem er dreist behauptete, er sei vom Fach. Auf diese Weise bekam er Arbeit und Überfahrt umsonst und nahm endlich Kurs auf die Heimat.

Yago musste am eigenen Leib erfahren, wie der Direktor des Spitals für Irre und Einfältige seine Insassen zum Reden brachte. Er versetzte ihm mit der Peitsche erneut einen kräftigen Hieb zwischen Nacken und Ohren, was unglaublich schmerzhaft war.

Yago begehrte auf, aber hörte nur, wie Beltrán Dávalos einem anderen Mann erzählte, dass es für die neuen Patienten kein probateres Mittel gebe als die Peitsche, um den Grad ihrer Empfindsamkeit und ihre Schmerzgrenze einschätzen zu können. Dies sei unerlässlich für die weitere Behandlung und um in Erfahrung zu bringen, mit welcher Störung man es zu tun habe.

»Einige sind durch nichts zu erschüttern. Dieser hier leidet nach meinem Dafürhalten an Melancholie«, folgerte Beltrán. »Doch Ihr, verehrter Marcos, als guter Arzt, der Ihr gewesen seid, und nun als mein Barbier, habt da sicher Eure eigene Meinung.«

Der Mann mit den lebhaften Äuglein und dem hochgesteckten Zopf erwiderte lieber nichts, denn er wollte sich diesem Befund nicht entgegenstellen. Auch wenn er auf den ersten Blick die Störung erkannt hatte, unter der Yago litt, weil er bereits andere Patienten gesehen hatte, die auf die gleiche eigenartige Weise schauten oder Schwierigkeiten hatten, sich auszudrücken. Doch dies wollte er seinem neuen Brötchengeber nicht unter die Nase reiben. Er war erst seit Kurzem bei ihm und empfand seinen neuen Posten noch als ungewohnt. Vor Jahren hatte er eine angesehene Ordination in Granada gehabt und galt damals als eine der größten Kapazitäten auf dem Gebiet der Geisteskrankheiten, und viele Leute kamen zu ihm. Doch das Glück verließ ihn, als er dieses schwerwiegende Problem bekam. Das brachte alles durcheinander.

Seinen Posten im Spital für Irre und Einfältige verdankte er Beltrán, der ihn hier eingestellt hatte, als man ihm nirgendwo sonst eine Arbeit geben wollte, nicht einmal für niedere Tätigkeiten.

Die Kenntnisse, über die er verfügte, waren denen Beltráns weit überlegen, doch er bemühte sich nach Kräften, dass dieser Umstand nicht allzu sehr auffiel. Daher gab er ihm – wie nun bei dem Jungen – stets recht.

»Ihr habt ein gutes Auge«, meinte er anerkennend zu Beltrán, der sich geschmeichelt fühlte.

»Ach, Ihr seid immer so nachsichtig mit mir«, freute sich dieser unverhohlen.

Das Arbeitszimmer von Beltrán Dávalos war stets sauber und makellos und im Übrigen der einzige ordentliche Raum im gesamten Gebäude, der zudem eine gewisse Eleganz verströmte. Yago besah sich jeden der Gegenstände genau, die das Zimmer schmückten. Er wusste weder, was man mit ihm vorhatte, noch verstand er, warum er eigentlich hier war.

Ein Monat war nun seit Camilos Abreise vergangen und mehrere Wochen, die er Almosen sammelnd auf der Straße zugebracht hatte. Er hatte für diese Kerle gearbeitet, die ihn misshandelten, obwohl er ihnen gutes Geld einbrachte, und nun war er seit drei Tagen hier.

»Antworte, kannst du mir die einzelnen Wochentage nennen?«

Yago sah ihn aus dem Augenwinkel an und kauerte sich auf seinem Stuhl zusammen. Er hatte keine Lust zu antworten.

Beltrán kam so dicht an ihn heran, dass er seinen Atem auf den Wangen spürte.

»Weißt du es nicht, oder willst du nicht sprechen?«

Yago antwortete mit einem Knurren.

Unerbittlich holte der Direktor seine Peitsche hervor und verpasste dem Jungen drei mit aller Wucht ausgeführte Schläge auf die Hände. Durch die heftige Bewegung löste sich eine Haarsträhne und fiel ihm in die Stirn, was er in seiner Eitelkeit auf der Stelle korrigierte. Gleichzeitig empfahl er Yago, wenn er sprechen könne, dies am besten sogleich zu tun.

»Ich weiß nicht …«

Diese Antwort schien Beltrán zu besänftigen, zumindest für den Augenblick. Er wandte sich an Marcos, den Barbier, der das Geschehen interessiert verfolgte.

»Gebt mir etwas Geld, wenn Ihr welches zur Hand habt.«

Der Barbier warf einen Beutel mit zehn Dukaten auf den Tisch. Die Münzen klimperten, als sie das Holz berührten. Beltrán holte sie heraus und forderte Yago auf, sie zu zählen.

Yago bewegte sie in der Hand hin und her, doch er konnte nicht sagen, wie viele es waren. Er erinnerte sich, dass er etwas Ähnliches in der Schule des Waisenhauses erlebt hatte, doch damals hatte er nicht sonderlich aufgepasst. Deshalb konnte er nicht richtig zählen.

»Sieben, zwei … mmh, zwei, fünf …«

Beltrán erklärte Marcos, dass ihm diese Prüfung helfe zu entscheiden, zu welchen Insassen er den Jungen stecken sollte. Da Marcos bisher keine dieser Sitzungen erlebt hatte, war ihm das neu.

»Ich habe festgestellt, dass sie sich dann untereinander nicht so stark verletzen.«

Der Barbier kannte die Ursachen vieler dieser Störungen und wusste, dass es nicht ratsam war, die Kranken gemeinsam unterzubringen, doch auch diesmal hielt er lieber den Mund... Er war hier, um Aderlässe vorzunehmen und hin und wieder eine einfache Behandlung. Zudem war ihm nicht entgangen, dass Beltrán mit einigen Insassen, den kräftigsten unter ihnen, andere Pläne hatte. Wenn erst einmal ihr Wille gebrochen war, schickte er sie zu seinem Bruder nach Jerez.

Er war sich darüber im Klaren, dass Beltrán Dávalos genau wusste, was er wollte. Mit seinen Fragen wollte er gezielt den Geisteszustand des Jungen und die Schwere seines Leidens bewerten. Das hatte er selbst ihm unzählige Male erklärt.

Sehnsüchtig betrachtete er die Flasche Likör, die der Direktor für seine Besucher unter dem großen Fenster zur Calle Real aufbewahrte. Dieses Getränk war sein treuester Gefährte, eigentlich der Einzige, mit dem es ihm gelang, allen Widrigkeiten zu trotzen. Nur dank ihm war sein Leben halbwegs erträglich.

»Nenne mir ein paar Namen von Menschen aus deiner Familie oder, wenn dir das lieber ist, die Namen deiner engsten Freunde.«

Nachdem Beltrán geurteilt hatte, dass Yago unter Melancholie litt, vermutete er, dass ihn zudem *die Erinnerung verlassen* habe. So lautete die Bezeichnung für dieses Phänomen im »Kodex der sieben Tode«, dem Buch, das er zur Zeit am meisten schätzte, und er war stolz darauf, es in seiner umfangreichen Privatbibliothek zu haben.

Yago stammelte ein wenig, doch dann konnte er drei Namen nennen.

»Pferd... Hiasy... und Camilo.«

Das genügte Beltrán und gab zugleich den Ausschlag. Der Junge verwendete Namen nicht richtig, und seine Antwort war darüber hinaus nicht zusammenhängend. Abgesehen von Camilo existierte der andere nicht im Verzeichnis der Heiligennamen, und als drittes hatte er ein Tier genannt. Zahlen konnte er nicht richtig zuordnen, und zudem wusste er nicht, welcher Tag heute war.

Rasch überlegte er, mit welchem Insassen er ihn zusammensperren konnte. Als Erster fiel ihm Sancho Roma ein, der bereits sein ganzes Leben in der Einrichtung verbrachte und ebenso verdrehte Wahrnehmungen wie der Junge zu haben schien. Beide litten unter Angstanfällen, Yagos letzter war erst ein paar Stunden her, und beide sonderten sich gerne ab. Eigentlich passten sie ganz gut zusammen.

»Nun, gleich wird jemand kommen, der dich gründlich untersucht. Das ist erforderlich, um dich in unsere Einrichtung aufzunehmen.«

In diesem Moment klopfte es an die Tür, und einer der Krankenwärter trat ein, ein gebückt gehender Mann, aber von kräftiger Statur. Gekleidet war er wie ein Eremit und runzlig wie eine Backpflaume.

»Florencio, nimm den Neuen mit und mach das Übliche.«

Der Wärter kam auf Yago zu, der sich im ersten Moment wehrte, doch der Griff seiner starken und spitzen Finger sorgte dafür, dass er brav mitging.

Yago folgte dem Mann mit gesenktem Kopf. Kaum waren sie allein auf dem Gang, bekam er gleich den ersten guten Ratschlag zu hören.

»Wie du sicher vernommen hast, heiße ich Florencio. Doch ich rate dir, nimm dich besser vor mir in Acht ... Ich hasse die Verrückten!«

V

Luis Espinosa wusste, wie man einer Frau den Kopf verdreht, und bei Christine gelang es ihm besonders gut. Wiewohl in Wien geboren, floss in den Adern der Aristokratin von Seiten ihrer Mutter Genueser Blut, und sie besaß die Leidenschaftlichkeit der südländischen Frauen. Welche Glut in dieser Frau steckte, wussten nur dieses Bett und Don Luis.

Bleigraue Wolken hingen am Himmel, es war kalt und regnerisch, ein unwirtliches Wetter für jeden, der draußen unterwegs war. Im Palast des Bankiers Masso, Christines Onkel, hingegen war davon nichts zu spüren. Dort nutzte ein Liebespaar die Abwesenheit des Hausbesitzers zur hemmungslosen Erforschung seiner Körper.

Christine, rittlings auf Luis sitzend, strich sich die langen Haare aus dem Gesicht und sah ihm verzückt in die Augen.

»Nie im Leben hätte ich gedacht, dass ich einen Mann einmal so lieben könnte wie dich ...« Sie drückte ihm einen Kuss auf die Lippen.

Während Luis ihr sanft über den Rücken strich, überlegte er, wie er beim Abendessen mit ihrem Onkel, bei dem er gleichzeitig ihre Verlobung bekanntgeben würde, das ihm so wichtige Thema ansprechen sollte.

»Heute Abend sagen wir es ihm, aber ehe wir den Tag für die Hochzeit und für den Besuch bei deinen Eltern festlegen, müssen wir abwarten, bis meine Ehe wirklich annulliert worden ist. Es ist erst ein Monat vergangen, seit ich darum ersucht habe, und obwohl es rasch vonstatten gehen wird, wäre es unklug, schon jetzt ein Datum zu nennen.«

Sie umarmte ihn derart stürmisch, als wollte sie ihn nie mehr loslassen.

»Das Datum ist mir nicht wichtig. Es gibt kein festeres Band als das, welches unsere beiden Herzen verbindet ...« Christine rollte sich von Luis herunter, sodass sie auf dem Rücken zu liegen kam. Doch dann, als die innere Spannung übermächtig wurde, fasste sie sich mit beiden Händen an den Kopf und schrie aus Leibeskräften: »Ich bin verrückt nach dir!« Worauf sie sich wieder auf ihn legte und ihn leidenschaftlich küsste.

»Christine, du erdrückst mich ja schier!«

Sie sah ihn mit ihren großen kastanienbraunen Augen forschend an, um zu ergründen, was das Geheimnis dieses Mannes war.

»Du unverschämter Kerl!«, rief sie und trommelte mit ihren Fäusten auf seine Brust. »Du weißt ganz genau, dass du Onkel und Tante für dich eingenommen hast. Und bei meiner Mutter wird es genauso sein, wenn sie dich kennenlernt, du schlägst jeden in deinen Bann. Und du weißt, wie du mich behandeln musst, damit ich mich als etwas ganz Besonderes fühle. Du bist unvergleichlich ... Umarme mich noch einmal, ganz fest«, flüsterte sie ihm dann ins Ohr. Und: »Die unverschämten Kerle sind mein Verhängnis, weißt du!«

Luis küsste ihren Hals, ihre Stirn, ihre Wangen, um ihren Geruch einzusaugen, und hielt sie dabei fest umarmt.

»Es bleibt nicht mehr viel Zeit, mich zum Abendessen herzurichten«, meinte Luis, als er es irgendwo fünf Uhr schlagen hörte. »Ich muss jetzt besser gehen und später wiederkommen, damit man nicht schlecht von mir denkt ...«, flüsterte er ihr ins Ohr.

»Ach, die Zeit ...« Christine schloss die Augen und bat ihn, sie noch einmal zu lieben, ehe er ging.

Wenige Stunden später hörte im Salon des Masso-Palais der Hauptmann der Kaiserlichen Garde Karls V. interessiert den Ausführungen seines Gastgebers Enrico zu. Auf die Brüstung eines großen Fensters gestützt, beobachteten sie den regen Schiffsverkehr im Hafen von Genua, einem der wichtigsten am ganzen Mittelmeer.

»Tagtäglich machen hier mehr als zweihundert Schiffe unterschiedlicher Größe mit allen möglichen Waren an Bord fest. Wenn sie eines gemeinsam haben, dann die Tatsache, dass alle uns, die Bankiers, brauchen. Um das Frachtgut zu verpachten, um ihnen das Geld für die Waren vorzuschießen oder sie zu versichern, oder um fremdes Geld zu wechseln, das sie in anderen Häfen erhalten haben.«

»Ihr Bankiers werdet bald die neuen Regenten sein. Auch wenn man euch nicht mit König oder Fürst anspricht, so werdet ihr es de facto doch sein.« Luis stieß mit seinem Gastgeber an und dachte gleichzeitig, dass es wohl noch zu früh sei, die heikle Angelegenheit anzusprechen, für die er ihn gewinnen wollte.

Gewiss, sie hatten sich bislang nur selten getroffen, doch zwischen ihnen hatte von Anfang an eine große Affinität bestanden. Ihre Gespräche waren immer interessant, Stunde um Stunde konnten sie sich über alle möglichen Themen unterhalten, über Politik, Geschäfte, Pferde und Frauen.

»Du übertreibst ein wenig, lieber Luis.«

»Aber ganz und gar nicht! Die Spinolas, die Bank Ravaschieri, die Imperiale oder die deine, ihr seid nicht wie die Monarchen von blauem Blut und die Macht wird euch nicht vererbt wie ihnen, das stimmt – dafür aber ihr Geld.«

Erheitert brach Enrico in donnerndes Gelächter aus, das seinen gewaltigen Bauch vibrieren ließ.

»Auch du weißt sehr gut, wie man Geld verdient …« Er lud Luis ein, am Tisch gegenüber seiner Frau Elisabetta, Christines Tante, Platz zu nehmen. Einen besseren Gatten als diesen schmucken Mann konnte man sich für seine Nichte gar nicht wünschen, ging es der Tante durch den Kopf.

Enrico schenkte dem Gast einen Wein von den Hügeln des Chianti ein, von schöner Farbe und rund im Geschmack, erzählte ihm dazu etwas über seine Herkunft und seine Vorzüge. Luis behielt den Wein

ein wenig im Mund, um den Geschmack auszukosten, und schnalzte dann zustimmend mit der Zunge: Enrico hatte recht, ein ausgezeichneter Tropfen. Er sah seine Geliebte mit einem hintersinnigen Lächeln an. Als er sich den Mund abwischte, nahm er noch ihren Duft an seinen Händen wahr und sog ihn demonstrativ ein, damit sie seine Absicht erriet. Bei dem Gedanken daran, wie er sie wenige Stunden zuvor genommen hatte, zitterte Christine vor Lust.

»Ein überaus prächtiges Tier, der Hengst, den Ihr mir bei Eurem letzten Besuch zum Geschenk gemacht habt«, bemerkte nun Elisabetta. »Wir haben ihn einer Stute des Herzogs von Ferrara zugeführt, der, wie Ihr wisst, eine der besten Blutlinien Europas besitzt. Warten wir ab, was bei dieser Mischung herauskommt. Überall drehen sich die Menschen nach ihm um, und sein Fell ist so weiß, dass man kaum ein dunkles Haar darin finden kann. Und dazu noch diese wunderbar gelockte lange Mähne ...« Sie tupfte sich die Lippen mit einer Serviette ab. »Wir haben gehört, dass Ihr alle Eure Pferde nach Genua bringen wollt, ist das wahr?«

»Ja, ich habe vor, mich hier niederzulassen. Deshalb sind es gute Nachrichten, was ich da von Euch höre ... Ich suche in der Tat gerade ein Palais, das meinen künftigen Bedürfnissen entspricht.« Er blickte Christine mit einem Lächeln an, das alle Anwesenden zu deuten wussten. »Und ich will die Tiere auch deshalb mitbringen, um hier die Rasse zu verbessern.«

Er berichtete, wie schwierig es wegen des vom Kaiser für die besten spanischen Rassetiere erlassenen Ausfuhrverbots war, Pferde aus Spanien herauszubringen.

»Nun, bei Eurer engen Beziehung zum Kaiser dürftet Ihr keine allzu großen Schwierigkeiten haben, denke ich.«

»Glaubt das nur nicht! In dieser Angelegenheit wie bei vielen anderen muss man das Gesetz ein wenig lockerer auslegen, sich nicht darum kümmern oder es sogar ignorieren, um voranzukommen. Ich weiß nicht, ob ich mich deutlich genug ausdrücke ...«

Luis wollte mit dieser bewusst so formulierten Bemerkung herausfinden, wie sein Gastgeber reagierte, ehe er ein etwas heikleres Thema ansprach, oder ob er es vielleicht doch besser mied.

»Wenn ich dir erzählen würde, wie wir Bankiers uns manchmal verbiegen müssen, zu welchen Winkelzügen wir uns manchmal genötigt sehen ... und das nur«, fuhr Enrico mit Nachdruck fort, »damit in gewissen Angelegenheiten etwas vorwärtsgeht.« Mit einem einzigen Blick signalisierte er Luis, was dieser hatte wissen wollen. »Aber wer in der Welt der Geschäfte zu Hause ist, wie du, lieber Luis, weiß das ohnehin. Wir gehen doch alle davon aus, dass ein kleiner Ausrutscher hin und wieder, um es mal so zu nennen, gängige Praxis ist.«

»Ich verstehe dich gut. Manchmal muss man so tun, als sähe man nichts, obwohl man hinschaut ... Vielleicht muss ich dich bald um dergleichen bitten ...«

Enrico legte das Messer beiseite, ließ den Truthahn, an dem er gerade aß, Truthahn sein, und sah seinen Gast abwartend an. Er spürte, dass der ihm etwas Wichtiges mitteilen wollte, und ermunterte ihn, frei heraus zu sagen, was ihn beschäftigte.

»Dir entgeht aber auch gar nichts!«, bemerkte Luis lächelnd.

Er wischte sich mit der Serviette über den Mund, legte sie dann zusammengefaltet auf den Tisch und begann zu reden.

»Ich möchte bei deiner Bank eine Versicherung für alle meine Waren abschließen, die per Schiff transportiert werden.«

»Eine ausgezeichnete Idee! Abgemacht, ich sehe kein Problem. Doch ich habe den Eindruck, dass dies nicht dein einziges Anliegen ist. Du hast noch etwas auf dem Herzen, nicht wahr?«

»In der Tat, aber sprechen wir später darüber, wenn es dir recht ist. Wir wollen doch unsere beiden Damen nicht noch länger langweilen.«

Enrico lächelte in sich hinein. Die Sache fing an, ihm zu gefallen.

Da er Luis mittlerweile ein wenig kannte, ging er davon aus, dass sein Vorschlag alles andere als herkömmlich sein würde, aber ebenjene ungewöhnlichen Geschäfte waren es, mit denen man wirklich Geld verdiente – und er liebte das Geld, er liebte es sehr.

Christine nutzte die Gelegenheit, um von ihnen beiden zu sprechen, von ihren Plänen für die Zukunft, und aus jedem ihrer Worte sprach das reinste Glück. Ihre Tante und ihr Onkel sahen, wie verliebt sie in Luis war, sie strahlte so sehr, dass die beiden zufrieden seufzten und der Verbindung auf ihre Weise den Segen gaben, trotz der fünfzehn Jahre Altersunterschied und trotz des Umstandes, dass sie über den künftigen Gatten ihrer Nichte so gut wie nichts wussten.

Kurze Zeit später, als die beiden Männer sich in einen Salon mit einem gewaltigen Kamin zurückgezogen hatten und Enrico seinem Gast ein Glas starken, würzigen Likör anbot, kamen sie wieder auf das zuvor angeschnittene Thema zurück.

»Ich versichere dir die Ware, so weit, so gut. Aber welches Anliegen hast du außerdem?«

Nun glaubte Luis den richtigen Moment für seinen heiklen Vorschlag gekommen. Er entspannte sich und begann mit einer sachlichen Frage.

»Wenn ich aus privaten Gründen etwas Gold verkaufen müsste, wen würdest du mir empfehlen, damit ich einen ordentlichen Preis dafür bekomme?«

Enrico wunderte sich über diese Frage, spielte das Spiel aber mit.

»Es gibt einen Juden in der Stadt, von dem es heißt, dass er die besten Preise zahlt. Ich erinnere mich gerade nicht an den Namen, aber ich kümmere mich darum, sei unbesorgt.« Er warf seinem Gast einen Seitenblick zu. Was bezweckte er mit dieser Frage? »Ist das alles, was du wissen wolltest?«

Luis lächelte; noch waren sie ja nicht beim Kern der Sache angekommen …

»Und wenn die Herkunft dieses Goldes nicht ganz, sagen wir, einwandfrei wäre?« Die Grimasse, die er dabei zog, sprach Bände.

Lachend wechselte Enrico die Sitzhaltung. Das klang schon besser in seinen Ohren. Er sah, dass sein Gast sich auf verschlungenen

Wegen vorwärtstastete, aber vielleicht käme er ja doch irgendwann zu dem Punkt, wo es wirklich interessant wurde.

»Ich nehme an, er würde es ebenfalls kaufen, ohne allzu viele Fragen zu stellen...«, erwiderte er bewusst beiläufig.

»Und wenn das Gold, das ich umtauschen muss, einen Wert von rund drei Millionen Dukaten hätte?«

»Herr im Himmel!« Enrico verschluckte sich vor lauter Überraschung an seinem Likör und wäre beinahe erstickt.

Luis klopfte ihm ein paar Mal kräftig auf den Rücken.

»Habe ich richtig gehört, drei Millionen?«

»Völlig richtig«, antwortete Luis.

Enrico brach der Schweiß aus. Er wollte, er durfte nichts weiter wissen. Auf die Frage, woher eine derartige Menge Gold stammen konnte, gab es nicht viele Antworten. Er sah Luis mit gewisser Besorgnis, gleichzeitig aber auch mit einer Spur Neid an. Ein interessanter Mann, das musste man sagen, wagemutig und ehrgeizig, aber mit Stil, mit einem Händchen für Geschäfte, wie es die wenigsten Gauner, die er bisher kennengelernt hatte, besaßen.

»In diesem Fall würde ich mich persönlich darum kümmern. Ich habe die Mittel, diese Summe in klingende Münze zu verwandeln, aber das würde natürlich seine Zeit dauern, ich müsste Risiken eingehen – und die hohen Kosten...«

Luis erhob sein Glas und stieß mit Enrico an, trank es anschließend in einem Zug leer und fragte ihn dann, ob er ohne Vorbehalte auf ihn zählen könne.

»Luis, darf ich dich etwas sehr Wichtiges fragen, ehe ich dir meine Entscheidung mitteile? Schließlich willst du um die Hand meiner Nichte anhalten, und ich muss sicher sein, wen sie heiratet...«

»Frag nur.«

»Weshalb tust du das?«

Luis wusste, dass er nun die Wahrheit sagen musste.

»Mich lockt der Posten des kaiserlichen Sekretärs...«, begann er in aller Offenheit. »...und dafür muss man einiges springen lassen.«

Enrico seufzte erleichtert auf. Es ging also um Macht und Einfluss, wie ihm sein Gast soeben bestätigt hatte, und in diesem Fall interessierte ihn die Sache noch mehr.

»Machen wir halbe-halbe?«

Das erschien Luis nun doch etwas maßlos, doch als Mann mit Fingerspitzengefühl wollte er den anderen nicht gleich brüskieren. Wenn sie sich einig werden sollten, würde sich sein Leben schlagartig ändern, das war ihm klar. Er würde über eine gewaltige Geldsumme verfügen, in einer vielversprechenden Region leben, eine wundervolle Frau heiraten, durch die er Zugang zu Personen bekommen würde, die großen Einfluss auf den Kaiser hatten. Namen, die er brauchen würde, um später seine Kandidatur abzusichern. Und er würde einen Geschäftspartner haben, der sich wie ein Fisch im Wasser unter den wichtigsten Bankiers in Europa bewegte; deren wirtschaftliche Macht würde die Macht eines Regenten bald überflügeln. Kurz: Wenn es ihm gelang, sich Enricos Unterstützung zu versichern, würde sein Traum bald in Erfüllung gehen.

»Ein Viertel wäre angemessen, aber da Ihr mir die Hand Eurer Nichte geben wollt und wir bald eine Familie sein werden, wäre ich bereit, Euch ein Drittel zu geben ...«

VI

Es dauerte eine ganze Weile, bis Carmen und Volker sich von dem großen Feuer auf der Plantage, den Schrecken der Gefangenschaft und dem von Blascos Hand angerichteten Grauen erholt hatten.

Volker hatte zahlreiche Verletzungen davongetragen, und beide waren derart geschwächt, dass sie erst nach mehreren Wochen Ruhe die Kraft fanden, sich Gedanken über ihre Zukunft zu machen.

Vom Herrenhaus war nichts geblieben als die beiden Küchenkamine und eine Steinmauer. Sie konnten in einer einfachen Hütte unterkommen, die unmittelbar neben den Unterkünften der Sklaven stand; sie hatte den Aufsehern als Wohn- und Vorratsraum gedient. Immerhin fanden sie dort ein Bett und etwas zu essen vor.

Die Sklaven waren noch am selben Tag, als Blasco zu Tode kam, von der Plantage geflüchtet. Ihre Sehnsucht nach Freiheit würde sich erst bei den Gipfeln der blauen Berge erfüllen. Dort oben, erzählte man sich, gab es einen Ort, an dem sie sich niederlassen konnten.

Auf Jamaika waren die Gewitter stets sehr heftig, aber das Unwetter, das sich an jenem Tag, nur drei Wochen nach dem großen Feuer, zusammenbraute, sollte sich zum schlimmsten aller Zeiten auswachsen.

Weder Carmen noch Volker hatten dergleichen jemals erlebt.

Ein orkanartiger Sturm rüttelte an ihrer Hütte und drohte, sie mitsamt allem, was sich darin befand, fortzureißen. Der unablässig vom Himmel strömende Regen drang an unzähligen Stellen durch das Dach und überschwemmte deren gesamtes Inneres.

Carmen hatte sich in ihrer Angst unter dem Tisch zusammengekauert, Volker blickte besorgt aus einem der Fenster und überlegte, was sie tun sollten. Der Himmel war noch immer grauschwarz, es blitzte fast ununterbrochen, und das nachfolgende Donnergrollen hörte sich an, als wären einige Götter dort oben sehr zornig.

Mit einem Mal ließ ein heftiger Windstoß eine der Wände erzittern, sodass sie glaubten, sie würde gleich einstürzen. Ihm folgte ein gewaltiger Wasserschwall, der das Fenster vollends eindrückte.

»Das geht nicht mehr lange gut«, meinte Volker und wies auf das Dach der Hütte.

»Aber was sollen wir tun? Wenn wir hinausgehen, reißt uns der Sturm mit.«

Volker ging zu dem Fenster, das noch intakt war, und warf einen Blick hinaus. Fast alle Gebäude, vor allem die robusteren, waren dem Feuer zum Opfer gefallen. Sie mussten sich einen anderen Zufluchtsort suchen, aber wo? Die hügelige Landschaft erschien ihm durch die tief hängenden Wolken verändert, das Grün wirkte dunkler und gleichzeitig wie blank geputzt vom Regen. Der Blick in den Himmel ließ nicht erwarten, dass sich das Wetter bald bessern würde, vielmehr schien er immer noch dunkler zu werden.

Auf einmal tauchte aus dem Dickicht eines Wäldchens eine Gruppe von Pferden auf, vollkommen abgemagert und hochgradig nervös, die vor Schwäche fast taumelten.

»Mein Gott, die Armen!«

»Was ist?« Carmen kam ans Fenster, um zu sehen, was vor sich ging.

An die Pferde hatte Volker überhaupt nicht mehr gedacht, doch nun kam ihm die Idee, dass sie in den Ställen Schutz suchen könnten.

»Die Ställe, wir müssen zu den Ställen. Dort sind wir erst einmal sicher.« Einer auf den anderen gestützt, durch ein um die Taille geschlungenes Seil miteinander verbunden, damit sie sich nicht verloren und auch nicht fortgerissen wurden, stemmten sich die beiden gegen den Sturm. Langsam kämpften sie sich den Abhang hinauf zu den Stallungen, die unbeschädigt geblieben waren, da sie auf der windgeschützten Seite lagen.

Plötzlich schlug wenige *cuerdas* vor ihnen der Blitz in einen Baum ein und spaltete ihn in zwei Teile. Der Knall war so laut, dass Carmen eine Weile lang nichts mehr hörte.

Sie stolperte, ihre Füße versanken in dem aufgeweichten Boden. Durchnässt bis auf die Haut, zitterte sie am ganzen Körper. Sie fror und hatte Angst, doch Volker hieß sie weitergehen. Die nasse Kleidung hing an ihr wie Blei, und das Wasser rann ihr übers Gesicht, sodass sie kaum etwas sehen konnte, weshalb sie eine kleine Erhöhung falsch einschätzte, stolperte und Volker im Fallen mit sich riss. Und so rollten sie den Hang hinunter, ohne irgendwo Halt zu finden, bis eine Steinmauer ihren Sturz endlich aufhielt.

Von oben bis unten mit Schlamm bedeckt und ganz durcheinander, setzten sie sich, um ein wenig Schutz zu finden und sich auszuruhen, unter einer alten Eiche auf einen Felsblock. Der Sturm rüttelte an den Ästen und zerrte an den Blättern. Es war nicht ungefährlich, unter dem Baum zu sitzen, denn auf dem Weg hatten sie schon einige armdicke Äste herabbrechen sehen.

»Wir sind gleich dort, Carmen!«, schrie ihr Volker ins Ohr. »Komm, du schaffst es!«

Immer noch zitternd erhob sich Carmen und kämpfte sich neben Volker gegen den starken Wind wieder den Abhang hinauf. So mühsam es auch war, irgendwann hatten sie es geschafft und sahen auf der anderen Seite das massive Gebäude, das Blascos Pferde beherbergte.

Als sie den Stall betraten, stellten sie entsetzt fest, dass dort kaum noch Pferde standen und diese wenigen krank und halb verhungert waren, da sich niemand mehr um sie gekümmert hatte.

Es herrschte ein entsetzlicher Gestank.

Von den wenigen Pferden, die noch am Leben waren, hatten einige schreckliche Verletzungen an Nüstern und Hals von den Stricken, mit denen sie festgebunden waren. Offenbar hatten sie versucht, sich loszureißen.

»Die armen Tiere …«

Eilig band Carmen die Pferde los, damit sie sich wenigstens bewegen konnten. Es tat ihr in der Seele weh, sie so zu sehen. Unterdessen machte sich Volker auf die Suche nach Heu. Im Hintergrund des Stalles entdeckte er einen Verschlag mit trockenem Gras, prüfte nach, ob es nicht nass geworden war, und lud einen Handkarren voll. Kaum hatte er es mitten auf dem Gang ausgebreitet, kamen schon an die zwanzig Pferde herbeigetrottet und machten sich ausgehungert darüber her.

Unter den Pferden, die noch angebunden waren, erkannte Volker den Guzmán, den prächtigen Hengst, den er einmal mit Yago gesehen hatte. Auch er befand sich in einem jämmerlichen Zustand: Der Leib war so eingefallen, dass die Rippen herausstanden, die Augen blickten traurig. Obwohl er sich kaum noch auf den Beinen halten konnte, wartete er ruhig, bis man ihn losband. Als Volker neben ihm stand, sahen sich Mensch und Tier in die Augen. Der Hengst zeigte keinerlei Unruhe wie die anderen, er bewegte sich kaum – in seinem Fall setzte sich zweifellos das ruhige Wesen gegen den Instinkt durch. Der Hengst musste seit fast drei Wochen nichts mehr gefressen haben, hatte wohl nur dank des Wassers überlebt, das durch das Dach getropft war. Sein körperlicher Zustand war schlimm, aber vom Charakter her war er immer noch der alte.

Volker erwartete, dass er sich wie die anderen auch sofort auf das Futter stürzen würde, doch der Hengst tat keinen Schritt. Er gehörte zu einer Pferderasse, die gewohnt war, allen möglichen Widrigkeiten zu trotzen, derart diszipliniert und gehorsam, dass sie sogar ihre eigenen Bedürfnisse hintanstellte. Dies musste Volker sich erst wieder bewusst machen.

»Hat man so etwas schon gesehen!« Er streichelte ihm über die Stirn. »Welches Blut hast du in den Adern, dass du so anders bist?«

Azul schnupperte an seiner Hand und wartete auf einen Befehl.

Mit einem Zungenschnalzer befahl ihm Volker, in den Mittelgang zu gehen. Azul gehorchte und bewegte sich langsam und zittrig auf den Heuhaufen zu, an dem sich die wenigen überlebenden Tiere gütlich taten; auf Bruma Negra hatte es zuletzt fast fünfhundert Pferde gegeben.

Auf einen Strohballen gestützt, beobachtete Volker voller Freude die friedlich fressenden Tiere.

Er liebte Pferde über alles, sie gehörten zu seinem Leben als Offizier, und er träumte davon, wieder bei seinen Kameraden in Neapel zu sein, bei der Kavallerie des Vizekönigs. Draußen schien der fürchterliche Sturm nachgelassen zu haben, nur der auf das Dach prasselnde Regen war noch zu hören.

»Fühlst du dich kräftig genug für die Überfahrt?«, fragte Volker unvermittelt.

Carmen war zwar noch recht schwach, doch ihr war klar, dass auch er nach Neapel zurückkehren wollte. Auf Jamaika hatten sie wahrlich nichts mehr verloren.

»Wir können jederzeit abreisen.«

Bei aller Freude über ihre Antwort musste Volker sofort an die damit verbundenen Schwierigkeiten denken.

»Ich werde auf dem Schiff arbeiten und auf diese Weise für unsere Passage bezahlen.«

Bei dem Feuer hatten sie alles verloren – Geld, den vom Vizekönig unterzeichneten Kreditbrief, einfach alles.

»Das wird nicht nötig sein…« Carmen nahm ihre Ohrringe ab und gab sie ihm in die Hand. »Es sind Diamanten, und nicht gerade kleine, wie du siehst.«

Volker wollte das Angebot nicht annehmen, doch sie bestand darauf.

»Sei nicht so halsstarrig! Wir werden viel Geld brauchen. Wenn ich mich recht erinnere, hatte der Vizekönig dich doch gebeten, vor deiner Rückkehr nach Neapel noch nach Jerez und Córdoba zu reisen, um ein paar gute Pferde für ihn zu kaufen?«

Das sei tatsächlich der Fall, räumte Volker ein.

»Wie willst du das anstellen ohne Geld? Mit diesen Ohrringen können wir alles bezahlen – die Überfahrt nach Spanien, deine Pferde und alles andere, bis wir in Neapel sind… Lass sie uns also verkaufen!«

Gespannt wartete Carmen auf seine Antwort; nun hatte sie endlich einmal Gelegenheit, ihm all das Gute zu vergelten, das er ihr getan hatte. Volker zögerte eine Weile, willigte aber schließlich ein; es blieb ihm wohl nichts anderes übrig. Sie beschlossen, die Plantage möglichst bald zu verlassen und einen guten Käufer für die wertvollen Ohrringe zu suchen.

Nun, da die Rückkehr nach Neapel in Aussicht stand, konnte Volker sich entspannen. Auf die Knie gestützt beobachtete er Azul, den rassigen Hengst.

»Er ist immer noch ein schönes Tier, trotz seines schrecklichen Zustands. Ich möchte ihn mitnehmen. Allein durch ihn lässt sich der Pferdebestand des Vizekönigs schon wesentlich verbessern.«

Seine lange, inzwischen völlig verfilzte und schmutzige Mähne reichte ihm immer noch bis zu den Beinen, bis eine Handbreit über den Schienbeinen. Obwohl er sehr abgemagert war, erkannte man noch seine frühere Schönheit.

Der Hengst hob den Kopf, stellte die Ohren auf und drehte sich um. Als er die beiden sah, änderte er seine Haltung, ein weiteres Zeichen seiner Klasse. Es schien, als hätte er den Sinn der Worte verstanden.

Volker und Carmen sahen sich verwundert an – ein wirklich intelligentes Tier.

»Auf Italienisch«, sagte Carmen, »gibt es ein schönes Wort für das, was in diesem Pferd vor sich geht, ein Wort, das zusammenfasst, wie es sich in Anwesenheit eines Menschen verhält. Wir sprechen dann von *complicità,* von vollkommenem Einverständnis.«

Volker wandte sich zu Carmen um und sah sie schweigend an; auf einmal betrachtete er sie mit anderen Augen.

In den Tagen, die sie miteinander verbracht hatten, war ein Verlangen in ihm aufgekeimt, das er sich vorgenommen hatte zu unterdrücken. Seine Augen ruhten wohlgefällig auf ihr, wenn die Sonne ihre Gestalt zum Leuchten brachte, bei den häufigen Spaziergängen, die sie unternahmen, damit sich ihre Beine wieder kräftigten, aber er war stets bemüht, sie das nicht merken zu lassen.

Er fand sie so schön, so einzigartig, so faszinierend.

Doch zugleich zwang ihn etwas in seinem Innersten, sein Verlangen zu zügeln. Er war ein Mann mit Prinzipien, und es war sein Auftrag gewesen, sie zu beschützen – weder sie zu verehren noch zu begehren, schon gar nicht zu lieben.

Da Volker jede Spontaneität fehlte, fiel es Carmen oft schwer, seine Handlungsweise zu verstehen, und sie wusste fast nie, woran sie war. Sie war von ihrem Naturell her das genaue Gegenteil von Volker, offenherzig und leicht zu durchschauen, wenn auch nach der schrecklichen Erfahrung mit Blasco tief verletzt. In ihr kämpften ebenfalls widersprüchliche Gefühle. Auf der einen Seite wehrte sie die Regungen ihres Herzens ab, denn sie war immer noch sehr verstört und enttäuscht, wollte beschützt und verstanden und ja, vielleicht auch geliebt werden von Volker. Sie hatten so viele Tage und Stunden miteinander verbracht, in denen sie nur einander hatten und gemeinsam darum bemüht waren, am Leben zu bleiben. Sie hatten sich in jener Hütte vielleicht besser kennengelernt als viele andere Menschen im Laufe ihres ganzen Lebens. Während der langen Tage, die sie durch Regen oder Sturm dort gefangen gewesen waren, hatten sie sich nicht nur äußerlich entdeckt, da sie sich gegenseitig um ihre Verletzungen kümmerten, sondern auch inwendig.

Carmen wusste nicht, was sie fühlen sollte.

Zu groß waren die Wunden in ihrer Seele nach der Ehe mit Blasco, als dass sie ihr Herz nun einem anderen Mann hätte schenken können, selbst wenn sie es gewollt hätte.

Und so verschlossen beide ihre Gefühle in sich, um nicht daran zu rühren, denn beide waren der Überzeugung, dass auf dieser von Hass, Gewalt und Blut getränkten Insel nichts Gutes entstehen konnte.

VII

D ie Kapuze war nicht das Schlimmste, was Yago den ganzen Tag lang tragen musste, ebenso wie Sancho, sein seltsamer Zellenkamerad. Da war auch noch der Kittel aus dickem, kratzigem Stoff und halb zerfetzt, der ihn mehr entblößte als bekleidete.

In der Zelle, in die man sie jeden Abend sperrte, versank er in Traurigkeit, Einsamkeit und Verzweiflung. Seine einzige Gesellschaft war ein anderer armer Mensch wie er, ein Mann, der von einer Sekunde zur anderen dem Wahnsinn verfiel.

Sancho hatte einen sehr geraden, irgendwie unnatürlichen Gang, einen grauen, wirren Bart und war knochendürr. Man sah kaum Muskeln an ihm, von seinem grindigen Kopf standen die Haare wie Federbuschen ab.

Manchmal hörte Yago, wie er sich selbst Befehle erteilte, als steckte noch eine andere Person in ihm und hätte die Herrschaft übernommen. Die eine Person war verschlossen und schweigsam, zeigte kaum Gefühle und kauerte die meiste Zeit in einer Ecke der Zelle. Die andere Person hatte lustige Einfälle, war aufgeweckt und lebhaft, erzählte ständig von eingebildeten Dingen und Orten, doch so überaus bildreich, dass sie wirklich schienen.

Die ersten Wochen waren schrecklich für Yago.

Das Spital war geradezu ein Musterbuch für die verschiedenen Formen menschlichen Elends in seiner schlimmsten Ausprägung. Nicht alle Insassen waren verrückt, manche waren nur kranke, verkrüppelte oder schlicht bettelarme Menschen, die man von der Straße aufgelesen und hierhergeschafft hatte, weil sie als Gefahr für die Gesellschaft betrachtet wurden.

Vom Aufstehen bis Mittag wurden alle Insassen in einem großen Saal versammelt, wo sie arbeiten mussten, damit nicht der Müßiggang sie noch weiter verdarb. Doch es bestätigte sich jeden Tag aufs Neue, dass dies nahezu unmöglich war. In den ersten Tagen wollte Yago noch verstehen, was mit den anderen los war, die Marotten jedes Einzelnen herausfinden, doch dann, erschöpft von all dem Leid und Elend, verlor er die Lust, sie weiter zu beobachten.

Da gab es einen Mann, der in dem Augenblick, als er den notdürftig als Werkstatt eingerichteten Raum betrat, in dem sie Krüge, Teller und Karaffen aus Ton herstellten, starr wie eine Statue stehenblieb und sich von nichts in der Welt aus der Ruhe bringen ließ. Oder einen anderen, der den Ton in den Mund steckte, darauf herumkaute und ihn dann nach und nach wieder ausspuckte, wobei er wie verrückt lachte und Purzelbäume schlug. Es gab welche, die unaufhörlich weinten, und andere, die plötzlich zu schreien begannen, wie er selber es auch wieder tat. Fast alle liefen halb nackt herum und wurden umso schmutziger, je mehr Zeit seit dem letzten Bad vergangen war.

Ein Mal in der Woche trieb man sie in einen quadratischen, sehr kleinen Innenhof, wo sie dann zusammengedrängt standen. Hier schütteten die Krankenwärter von den Fenstern aus kübelweise Wasser über sie aus; das war das sogenannte Bad. Bei diesen Duschen überfiel Yago immer eine unvorstellbare Panik, weil alles so schrecklich beengt war; er durchlebte wieder längst vergessen geglaubte Qualen wie während seiner Kinderzeit im Keller der Tante, und von da an verschlechterte sich sein Zustand. Er bemühte sich nicht mehr, sich zu beherrschen, obwohl es ihn doch so viel Anstrengung gekostet hatte, es zu erlernen, und begann wieder zu schreien, um sich zu treten, sich von allen zurückzuziehen, wie es auch die anderen machten, wie auch er es viele Jahre gemacht hatte.

Manchmal lief ihm das Blut herunter, weil andere Insassen ihn gekratzt hatten, denen ein Krankenwärter aus Nachlässigkeit die Nägel zu schneiden vergessen hatte.

Manche trugen Fesseln an Händen und Füßen, andere verbrachten Stunde um Stunde, Tag um Tag an eine Wand angekettet, ins Nichts starrend, gebückt stehend oder kauernd. Mehr als einen verließ das Leben in dieser lange Zeit unveränderten Haltung, und dann musste er so abtransportiert werden, denn die starren Beine ließen sich nicht mehr strecken. Dann beschwerten sich die Krankenwärter, denn es bereitete ihnen große Mühe, einen solchen Toten in die Grabnische zu quetschen.

Jede Woche ließ Marcos, der Barbier, diejenigen Insassen, die besonders aggressiv gewesen waren, in sein Behandlungszimmer bringen, um einen Aderlass vorzunehmen.

Yago musste sich jede Woche in seine Hände begeben, denn er wurde immer rebellischer, und außerdem hatte es der Direktor des Spitals angeordnet.

Marcos war ein etwas klein geratener, hagerer Mann mit Schweinsäuglein und spitzer Nase, der Yago nicht sonderlich behagte. Er tat ihm weh, wenn er ihn stach, und er säuberte die Lanzetten nicht richtig. Um die kleine Wunde herum wurde der Arm rot, schwoll stark an und schmerzte schließlich so sehr, dass Yago sich nicht anders zu helfen wusste, als die Beule mit einem spitzen Stein, den er in einer Ecke gefunden hatte, zu öffnen. Wie man das machte, hatte er bei den anderen gesehen.

Nach dem Aderlass wurde er in das Arbeitszimmer des Direktors gebracht.

»Hast du schon einmal darüber nachgedacht, wozu du auf dieser Welt bist?« Beltrán Dávalos zog die Lederriemen, mit denen Yago am Stuhl festgebunden war, noch ein wenig fester.

Dieser gab keine Antwort, sondern senkte nur den Kopf.

»Deine Krankheit tritt immer deutlicher zutage, junger Mann.« Beltrán schrieb etwas in ein Büchlein und führte seinen Gedankengang dann weiter aus. »Nachdem du jetzt einen Monat bei uns bist, ist es an der Zeit, mit deiner Behandlung zu beginnen, dich von deiner Melancholie und anderen Übeln zu befreien, die, wie mein

Barbier meint, von geringerer Bedeutung sind, in meinen Augen jedoch durchaus gewichtig.« Er griff nach einem von Yagos Armen und ließ ihn enttäuscht wieder fallen. »Außerdem wirst du immer dürrer, und das gefällt mir gar nicht. Meine Maßnahmen gegen die Kopfkrankheit helfen, wenn sie von körperlicher Gesundheit begleitet werden. Und du bist alles andere als kräftig. Aber wir werden Abhilfe schaffen. Du wirst eine große Besserung spüren, sobald wir mit der Behandlung begonnen haben.«

Yago drehte den Kopf, um zu sehen, was der Mann hinter ihm machte, und es knackte in seinem Hals. Er wollte sich am Rücken kratzen, weil es ihn juckte, doch seine Hände waren festgebunden. Wenn er zu mager war, wie der Direktor sagte, dann lag das an der kargen Verpflegung im Spital. Die Insassen bekamen tagtäglich nicht mehr zu essen als einen Kanten schwärzliches Brot und einen Napf voll gekochter Saubohnen mit allem möglichen Ungeziefer darin. Yago war größer als die meisten hier, er hatte breite Schultern, und wenn es ihm an Muskeln fehlte, so lag das an der mangelnden Ernährung.

Beltrán ließ einen der Wärter herein und wies auf Yago.

»Kümmere dich gut um ihn. Ab heute Abend bekommt er stets eine doppelte Ration. In spätestens einem Monat will ich eine Besserung sehen.« Er kniff Yago in den Arm und fand ihn dürr wie einen vertrockneten Ast.

Dann holte er sein Büchlein, das aufgeschlagen auf dem Tisch lag, sah etwas nach und baute sich vor dem Jungen auf, ehe er wieder zu sprechen begann.

»In meinem Spital leben Verrückte jeglicher Art zusammen. Manche nennen wir ›die Göttlichen‹, denn sie meinen, wie Gott zu sein; dann gibt es die Einfaltspinsel und andere, die mehrere Personen in sich haben; es gibt Narren, vom Teufel Besessene, Verrückte, die nur so tun, als wären sie verrückt; solche, die Visionen haben, und dann gibt es noch dich …« Yago hörte ihm aufmerksam zu. »Dein Fall ist anders gelagert. Ich beobachte dich seit deiner Ankunft und glaube zu wissen, wie dein Geist funktioniert; ich habe es in den Büchern gelesen. Ich weiß, dass du nicht zu den einfachen Fällen gehörst, aber von nun an werde ich in den Wirrwarr in deinem Kopf eindringen, und du wirst sehen, wie schnell ich es werde ordnen können.« Selbstgewiss in seinen Ausführungen und stolz auf seine gut ausgestattete Bibliothek, fuhr Beltrán mit den Fingerkuppen über einige Bücher in seinem Regal. »Weißt du, was du hast?« Er wies mit dem Finger auf Yagos Kopf.

»Nein.« Zum ersten Mal gab Yago eine Antwort.

»Gut, endlich lässt du dich mal hören!« Beltrán strahlte über das ganze Gesicht. »Ich freue mich so sehr, dass ich es dir sagen werde, jawohl…« Er nahm ein Gefäß von seinem Tisch, in dem in dunklem Wasser irgendetwas schwamm, was Yago aber nicht erkennen konnte. »Was du hast, ist eine Mischung aus Melancholie, Wahnsinn und Delirien.«

Yago verstand keines von diesen Wörtern, doch er empfand Angst, denn Beltrán hatte etwas Düsteres an sich.

»Es kommt von dem, was du hier drinnen hast« – er klopfte Yago mit den Fingerknöcheln an die Stirn, knapp unter dem Haaransatz –, »eine Anhäufung von schwarzer Galle, die sich aus dem Bodensatz deines Blutes bildet. Du spürst es zwar nicht, aber diese Galle ist kalt, trocken und von saurem Geschmack.« Wie er zu seinen Erkenntnissen gelangt war, wollte Yago sich lieber nicht vorstellen. »Aber du hast großes Glück, dass du an mich geraten bist, denn ich kann Abhilfe schaffen.«

Yago spürte eine Art Stich in seinem Nacken, und dann noch drei weitere; er wusste nicht, was es war, doch bald bemerkte er, wie die Haut an diesen Stellen taub wurde.

»Was ist das?«

»Sieh es dir selbst an.« Beltrán stellte sich mit dem Gefäß in der Hand vor ihn, nahm einen Blutegel heraus und setzte ihn ihm an die Stirn, einen weiteren an jede Schläfe. Yago empfand Ekel und Angst. Kaum hatten sich die Würmer in seine Haut gebohrt, begannen sie sein Blut zu saugen und wurden von Minute zu Minute dicker.

»Diese Freunde helfen dir, den schwarzen Saft in deinem Gehirn zu verdünnen. Außerdem bekommst du jeden Tag ein Abführmittel, damit deine Körpersäfte sich besser ausgleichen.«

Yago spürte deutlich, wie die Tierchen ihm das Blut aussaugten – vier Stück im Nacken, drei vorne am Kopf –, und wollte, dass es aufhörte, obwohl es nicht wehtat. Er versuchte sich von den Fesseln zu befreien, doch es gelang ihm nicht.

In diesem Augenblick trat jemand ins Zimmer, den er nicht sehen konnte. Der Stimme nach musste es der Schließer sein.

»Es ist alles bereit, Herr.«

»Sehr gut, bring ihn hinaus.«

Da sah Yago, dass es wirklich der Schließer war, und ein heftiges Zittern erfasste seinen Körper. Der Mann konnte ihn kaum halten, schien aber nicht gewillt, ihn abzusetzen. Sie passierten mehrere Türen, wobei Yago fast jedes Mal einen Schlag an den Kopf bekam; auch den einen und anderen Kratzer trug er davon. Nachdem sie mehrere Korridore hinter sich gebracht hatten, die Yago zum ersten Mal sah, gelangten sie an eine große, niedrige Tür, bei der sie den Kopf einziehen mussten, um einzutreten.

Drinnen standen zwei große Tröge – der eine mit dampfend heißem, der andere mit offenbar eiskaltem Wasser gefüllt.

Yago schrie auf und begann zu strampeln, doch es half ihm nichts; der Schließer war viel stärker als er. Mit einem Ruck riss er ihm den Kittel herunter, sodass er nackt dastand. Nun ließ Beltrán sich wieder hören.

»Die Reaktion, die du eben gezeigt hast, lässt mich noch an ein weiteres Problem denken, das mit deinen anderen zusammenhängt, ich nenne es ›Delirien ohne Fieber‹. Sie kommen sicher daher, dass die Säfte in deinem Kopf zu heiß sind und durch diese Hitze die Häutchen gegeneinanderdrücken, was wiederum deine wilden Ausbrüche verursacht, die, wie man mir berichtet, fast täglich auftreten…« Er wies auf den Trog mit dem eiskalten Wasser. »Wir beginnen mit diesem«, sagte er zum Schließer.

Zuerst nahm Beltrán ihm die Blutegel ab, nachdem er sie mit ein paar Tropfen Zitronensaft aus einem kleinen Fläschchen gelöst hatte, und verwahrte die Würmer wieder in dem Gefäß. An jeder Stelle, wo ein Blutegel gesessen hatte, trat nun ein wenig Blut aus.

Und schon tauchten sie ihn ohne weitere Umstände in das eiskalte Wasser.

An Füßen und Händen gefesselt, meinte Yago zu ertrinken.

Es kam ihm wie eine Ewigkeit vor, doch gerade als er zu sterben glaubte, packten ihn starke Hände unter den Achseln und zogen ihn aus dem Wasser. Seine Haut schillerte bläulich rot, und kaum war er dem eiskalten Wasser entronnen, begann er heftig zu zittern.

Dann zogen sie ihm wieder seinen Kittel über – oder das, was davon übrig war –, und Yago hörte Beltrán noch sagen, als dieser sich zum Gehen wandte:

»Ein solches Tauchbad machen wir nun alle zwei Tage. Du wirst sehen, wie gut dir das tut…«

In der Stille der Zelle gab Yago sich seinen Erinnerungen hin und rief sich immer wieder die wenigen glücklichen Augenblicke ins Gedächtnis, die er in der Vergangenheit erlebt hatte.

So vergingen die Stunden, die Tage und Wochen, und seine einzige Abwechslung waren hin und wieder ein paar Worte, die er mit Sancho wechselte, und ein Klumpen Töpferton, mit dem er sich ablenken konnte, damit er keinen Angstanfall bekam, wie es in letzter Zeit wieder häufiger der Fall war. Er wusste den Ton sehr geschickt zu modellieren, und bald gelang es ihm, Figürchen von Pferden zu formen, die er jedoch sofort wieder zerstörte.

Im letzten Sonnenlicht prüfte er gewissenhaft eines seiner gelungensten Werke, ein nahezu perfekt gestaltetes Pferd in einer schwierigen Haltung: der Hals gedreht, die Beine unter Spannung, als hätte das Tier scharf abbremsen müssen und würde nach hinten blicken. Er befeuchtete einen Finger mit Speichel und strich damit über den Rücken, um eine kleine Unebenheit auszugleichen.

Sancho sah ihm zu und verfolgte wie immer voller Staunen die präzise Arbeit seiner Hände. An diesem Abend war er klar im Kopf und überraschte Yago mit einer guten Nachricht.

»Ich habe gehört, dass sie dich sehr bald nach draußen lassen, dann kannst du in der Stadt herumlaufen und dir die Leute anschauen, ich freue mich…« Sein sonst so abwesender Blick wirkte jetzt sehnsuchtsvoll.

»In Sevilla?«

»Ja. Du bekommst einen anderen Kittel, einen, der sauberer ist, vielleicht farbig, damit die Leute auf dich aufmerksam werden und Mitleid bekommen. Sie werden dir Almosen geben, die dann der Direktor, die Krankenwärter oder sogar der Schließer kassieren, aber mir ist das egal. Wenigstens siehst du Kinder, normale Menschen, und vor allem kannst du die warme Sonne auf der Haut spüren und das intensive Licht in der Stadt.«

»Yago will gehen.« Es erschien ihm sehr verführerisch, was Sancho ihm da ausmalte.

»Manchmal dürfen wir zum Almosenbetteln auch angekettet am Eingang des Spitals stehen. Vielleicht kommst du zuerst dahin.«

Irgendetwas juckte Sancho, er begann an seinen stark behaarten Beinen zu kratzen.

»Stell dir vor, Direktor Beltrán wird mich operieren! Er sagt, ich werde dann gesund sein und nur noch eine Person.«

Beim Gedanken an Beltráns Methoden überkam Yago die blanke Panik.

»Mit Blutegeln?«

»Ich weiß nicht. Ich glaube, der Barbier, dieser Marcos, weiß, wie man das macht. Aber mehr erzählen sie mir nicht.«

Damals wusste Sancho nicht, dass Beltrán bei ihm eine neue Operationsmethode ausprobieren wollte, die Technik aber nicht beherrschte, sondern sie sich von Marcos abschauen musste. Zu ebendiesem Zweck hatte er ihn im Spital eingestellt, denn dieser besaß Erfahrung und Sachverstand in solchen Dingen.

In seinem unermüdlichen Bestreben, bestimmte Insassen zu willenlosen Geschöpfen und so zu gehorsamen Handlangern seines Bruders zu machen, hatte Beltrán eine Mischung aus Schlafmohn und Mandragora versucht. Letztere fand man nur unter Galgen, und es hieß, sie brauche das Blut und die Seelen der Gehängten, um zu wachsen. Nach zwei Monaten kontinuierlicher Verabreichung dieser Mischung in steigender Dosis, so hatte Beltrán festgestellt, konnte die betreffende Person kaum mehr sprechen und eigenständig denken, sondern führte gehorsam alles aus, was man von ihr verlangte. Es war, als würden durch diese Behandlung die Erinnerungen und die Persönlichkeit des Menschen vollkommen ausgelöscht.

Als er jedoch erfuhr, dass sich mit jener neuen Operation, die Marcos am Schädel des Kranken durchführte, das gleiche Ergebnis an einem einzigen Tag erzielen ließ, erschien ihm diese Methode doch deutlich besser. Der erste Patient, an dem er sich üben wollte, würde Sancho sein. Sobald er die Kunstgriffe beherrschte, würde er sie an weiteren Kandidaten erproben, die ihm für die Zwecke seines Bruders am geeignetsten erschienen, aber auch an besonders schwierigen und gewalttätigen Insassen.

Das beste Ergebnis erziele man, hatte Marcos erklärt, wenn man den Kopf des Patienten vor der Operation in sehr kaltes Wasser tauche; das vermindere den Blutfluss und damit auch die Empfindsamkeit.

»Wie waren deine Eltern?«, setzte Sancho die Unterhaltung fort.

Die Frage überraschte Yago; er hatte sie sich nie gestellt, da er nichts über sie wusste.

»Ich weiß nicht, habe keine«, erwiderte er überzeugt.

»Eine Mutter ist das Größte, was man haben kann, Yago. Ihre Liebe ist so grenzenlos, so unbeirrbar, so zärtlich wie keine andere. Auch du musst sie erlebt haben, wie alle anderen Menschen, du müsstest dich daran erinnern. Und ein Vater hilft dir, Gefahren die Stirn zu bieten, dich deinen Verpflichtungen zu stellen, er macht dich zu einem starken, fleißigen Mann.«

Mit alledem, was Sancho schilderte, konnte Yago nichts anfangen; schließlich hatte er seine Eltern niemals kennengelernt. Doch Sanchos Ausführungen riefen eine Wirkung hervor, die dieser sicher nicht beabsichtigt hatte. Plötzlich wollte Yago von allem nichts mehr wissen, sich nur noch vollständig zurückziehen, natürlich auch von seinem Zellenkameraden, und so vergrub er sich ganz in seiner eigenen Gedankenwelt.

Sein Geist flog zwischen den Erinnerungen hin und her, die ihm wie an einer Kette aufgereihte Bilder vorkamen. Manche stammten aus den kurzen Phasen, in denen er glücklich gewesen war – Camilo, Hiasy und Pferde kamen darin vor. Als er diese Episoden nun wieder durchlebte, verspürte er so etwas wie eine angenehme Wärme, sie brachten ihm Entspannung. Doch es tauchten auch andere Erinnerungen auf, aus dem dunkelsten Winkel seines Gedächtnisses, als wären es die Schatten seiner Ängste, seines Schmerzes, seines Verlassenseins, seines Kummers und seiner Qualen. In ihnen sah er sich wieder gedemütigt, in schlimmsten Krisen und großer Verwirrung gefangen. Yago kam zu dem Schluss, dass sein Leben viel mehr von Dunkelheit als von Licht ausgefüllt gewesen war, viel mehr von Kummer als von Freude, und er verstand nicht, warum. Die barbarische Behandlung durch seine Tante, die Verachtung und die Demütigungen durch seine Kameraden und die Leiter der Schule bei den Kartäusern, die böse Beschuldigung durch den Pferdehirten von Lomopardo, die zu seiner Trennung von Camilo führte, sein Sklavenleben auf Jamaika und jetzt das Weggeschlossensein bei den hoffnungslosesten Fällen der Gesellschaft – fast alles in seinem Leben war negativ gewesen.

Wenn er darüber nachdachte, kam er stets zu dem Schluss, dass er nicht dieselbe Krankheit hatte wie die anderen, dessen war er sich sicher. Er nahm die Dinge anders wahr, darüber war er sich im Laufe der Jahre klar geworden, aber er war weder irre noch närrisch, und ebenso wenig vom Teufel besessen. Er tat sich nur schwer damit, seine Empfindungen auszudrücken, und außerdem hatte er fast nie jemanden, dem er davon hätte erzählen können.

In dieser umfangreichen Sammlung von Bildern und Gefühlen, guten wie schlechten, gab es eine weitere Gruppe verschwommener Erinnerungen. Letztere waren ihm noch weniger zugänglich, sie hatten überhaupt keinen Bezug zu den übrigen Gedanken, als würden sie in einem dunklen Teich dahintreiben, in den er solange hineinstarren mochte, wie er wollte, und doch sah und begriff er nichts. Diese Welt erschien ihm wie ein tiefer Brunnen, in den er alles hineinwerfen konnte, was er nicht verstand, was sich ihm entzog – und diese Welt wurde ständig größer.

Dort befanden sich weder seine Eltern noch Gefühle, wie andere Menschen sie normalerweise hatten; davon hatte Sancho wohl gesprochen. In jenem dunklen Loch wohnten seine Zweifel und vor allem die Fragen, auf die er keine Antwort fand: Wozu war das Leben gut? Wozu war er selbst erschaffen worden? Was musste er tun, damit die Menschen ihn als normal ansahen?

Dass er nun im Spital für Irre und Einfältige eingesperrt war, bedeutete für Yago viel schlimmere seelische Qualen als körperliche, denn das dunkle Loch wurde mit jedem Tag größer und schien alles zu verschlingen, selbst das wenige Gute, das er in seinem Leben erfahren hatte.

Es kam ihm vor, als würde es ihn selbst mit Haut und Haaren verschlingen.

Eingesperrt in der Zelle, kalte und heiße Tauchbäder, Blutegel, Hunger und Verachtung und die schlimmsten Anfälle seit Jahren – bei alledem nahm seine Verlassenheit ein Ausmaß an, dass selbst die wenigen Bezugspunkte, die ihm geblieben waren, sich nach und nach in Luft auflösten. Vielleicht wurde er verrückt, wie so viele andere in diesem Spital, wie Sancho, der aus einer euphorischen Stimmung schlagartig in einen völlig schizophrenen Zustand verfallen konnte.

Er sah ihn an. Er war wieder in seine verworrene Gedankenwelt abgeglitten, erzählte einem imaginären Wesen zu seiner Rechten von irgendwelchen Hunden, die täglich zu ihm sprachen, und wie viel sie ihm über das Jagen beibrachten.

Yago rollte sich auf seiner Pritsche zusammen, die kaum mehr an Bequemlichkeit bot als ein schmutziges Ziegenfell mit einer Lage Stroh darunter, wo es von Wanzen wimmelte.

Dieses Leben, sein Leben, gefiel ihm überhaupt nicht, es hielt nichts als Qualen bereit und würde fast zwangsläufig ein böses Ende nehmen … Bei dem Gedanken, dass er bis ans Ende seiner Tage hier eingesperrt sein würde, dass er nichts tun konnte, um sein trauriges Schicksal zu ändern, rollte ihm eine Träne über die Wange.

Da kam Sancho auf ihn zu, der wieder verstummt und in seinem normalen Zustand war, und nahm ihn in den Arm. Es war das Einzige, was sie in dieser Welt der Allerärmsten, der Ausgestoßenen, besaßen: einen Gefährten.

VIII

Fabián sah die Zeit zum Handeln gekommen ...

Angesichts Tarsicios neuerlichem Verrat, hinter dem gewiss niemand anderer als Luis Espinosa steckte, keimten in ihm erneut das Verlangen nach Rache und der Wunsch auf, ihm ein für alle Mal alles Böse heimzuzahlen, das er ihm in seinem Leben angetan hatte.

Das Blut pochte in seinen Schläfen, ein unbändiger Hass nährte seinen Entschluss, Luis Espinosa endgültig zu vernichten, jedoch nicht mit einer stählernen Klinge, sondern mit dem Schwert der Gerechtigkeit. Seit er im *Pósito* erfahren hatte, dass Luis aus Jamaika zurückgekehrt war, konnte er an nichts anderes mehr denken als an dessen Festnahme. Mit den Beweisen, die er besaß, und seinen alten Verbindungen zur *Saca*, auf die jener Ratsherr zum Glück keinen Einfluss hatte, durfte er wohl mit Recht auf deren Hilfe hoffen.

Vier Tage, nachdem sein Schiff im Hafen angelegt hatte, machte er sich zusammen mit drei Gerichtsboten auf den Weg.

Das Landgut der Espinosas war ihm keineswegs unbekannt.

Er war bereits im Zuge seiner ersten Nachforschungen dort gewesen und erinnerte sich, dass er an jenem Tag auch Martín Dávalos dort angetroffen hatte, über den er zwar weniger wusste als über Luis Espinosa, den er jedoch ebenfalls verdächtigte. Damals war er bei Tag und als Vertreter der *Saca* erschienen, dieses Mal kam er in der Abenddämmerung, als Fabián Mandrago, um eine alte Schuld einzutreiben und mit dem Gesetz auf seiner Seite.

Die Dunkelheit senkte sich bereits über das Anwesen, als sie ohne jede Vorankündigung im Hof einritten, abstiegen und mit klirrenden Sporen auf das Haus zugingen.

Fabián, der sich hinkend an die Spitze der Gruppe gesetzt hatte, schob zwei Bedienstete zur Seite, die sie verwundert ansahen und nach ihrem Begehr fragten; sie erhielten keine Antwort.

»Macht der Gerechtigkeit Platz!«, rief einer der Gerichtsboten barsch.

In der Hoffnung, Luis Espinosa dort vorzufinden, wandte sich Fabián sogleich dem großen Salon zu. Vor allem aber wollte er sich an dessen Gesicht weiden, wenn er ihm eröffnete, mit welcher Berechtigung er zu dieser späten Stunde bei ihm erschien.

Doch der Salon war leer, und so gab er den Bediensteten Anweisung, still zu sein und sich abseits zu halten, falls sie nicht mit hineingezogen oder wegen Behinderung der Gerichtsbarkeit angeklagt werden wollten.

Da er den Gesuchten auch in zwei weiteren Salons nicht antraf, musste er sich wohl im Schlafgemach aufhalten. Er stieg die Treppe empor, die in einem Bogen zum zweiten Stockwerk hinaufführte, fragte den Kammerdiener, welche der Türen zum Schlafgemach der Herrschaften führe, und hieß ihn dann schweigen.

Als sie dort angelangt waren, teilte er seine Männer auf beide Seiten auf, holte tief Luft, zog sein Wams glatt und trat ein, ohne anzuklopfen.

»Im Namen des Gesetzes, Ihr seid festgenommen, Don Luis Espinosa!« Fabián fand sich in einem Raum wieder, der fast vollständig im Dunkeln lag und lediglich von einem Kerzenleuchter in einer Ecke erhellt wurde. Als seine Augen sich an das spärliche Licht gewöhnt hatten, sah er eine Frau, die erschrocken herumfuhr.

»Wer seid Ihr?« Doña Laura legte die Haarbürste aus Elfenbein auf der Kommode ab und erhob sich entrüstet, erkannte den überraschenden Besucher jedoch sofort.

»Ich komme, um …« Fabián ließ den Blick durch das Zimmer wandern, stellte dann aber verblüfft fest, dass Luis Espinosa nirgendwo zu sehen war. »Sagt mir, wo Euer Gatte sich befindet!«, forderte er absichtlich schroff, um seine Verwirrung nicht allzu deutlich werden zu lassen. »Wir sind gekommen, um ihn festzunehmen …«

»Ihr hättet früher kommen sollen.«

»Ist er vielleicht ausgegangen?«, fragte er hoffnungsvoll.

»Er ist fortgegangen, ja, aber aus meinem Leben, von meinem Landgut, und überdies für immer.«

»Was sagt Ihr?« Fabián glaubte seinen Ohren nicht zu trauen. Ohne Rücksicht darauf, wo er sich befand, spuckte er zornig aus.

»Don Luis Espinosa ist nicht mehr mein Gatte, er hat mich verstoßen. Möglicherweise hält er sich gar nicht mehr in Spanien auf, denn es ist schon zwei Wochen her, dass er Jerez verlassen hat.«

Wenn es zutraf, was er gerade gehört hatte, dann war ihm der Mann, den er mit jeder Faser seines Herzens hasste, wieder einmal entwischt, und alles, was er zu seiner Festnahme unternommen hatte, war vergeblich gewesen. Er wollte es immer noch nicht glauben, deshalb verlangte er mit steinerner Miene, sie solle es beschwören.

Dies tat Doña Laura, wenn auch gekränkt, weil er an ihrer Aussage zweifelte, ließ aber noch ihre Kammerzofe und den Kammerdiener ihres Gatten kommen, damit sie ihre Worte bestätigten.

Fabián stand fassungslos da und wusste nicht, was er sagen sollte.

Er befand sich in einer überaus unangenehmen Lage. Seine zuvor absolut gerechtfertigte Anwesenheit, die ihm endlich die ihm zustehende Rache verschaffen sollte, erschien mit einem Mal vollkommen unverhältnismäßig.

Seine Begleiter entschuldigten sich unverzüglich und stürzten geradezu aus dem Zimmer. Anders Fabián, der noch immer wie erstarrt dastand.

Nachdem Doña Laura alle anderen fortgeschickt hatte, rückte sie Fabián einen Stuhl heran und bat ihn, sich zu setzen. Dann nahm sie einen Fächer zur Hand und fächelte ihm ein wenig Luft zu, damit sein blasses Gesicht wieder etwas Farbe bekam.

»Ich erinnere mich an Euch ...«, sagte Doña Laura schließlich, um das Schweigen zu brechen.

»Und ich mich an Euch«, erwiderte Fabián lakonisch. »Ich weiß nicht, wie ich mich für mein Eindringen entschuldigen soll. Ich dachte, dieses Mal ...«

»Damals wolltet Ihr meinen Gatten wegen anderer Delikte belangen, die ich offenbar nicht bemerken wollte, doch inzwischen haben sich die Umstände geändert, und ich bin bereit, Euch zu unterstützen ...«

Dieses unerwartete Angebot weckte in Fabián neue Hoffnung.

»Kann ich auf Euch zählen?«

»Heute ist es schon spät, zu spät, als dass die Gefühle und Worte das nötige Gewicht haben könnten, um Euch von Nutzen zu sein, aber kommt morgen wieder, dann unterhalten wir uns. Vielleicht finden wir eine Möglichkeit, wie wir Euer Vorhaben verwirklichen und ihn gleichzeitig für die Hinterhältigkeit, mit der er mein Leben zerstört hat, bezahlen lassen können.«

Als er an jenem Abend das Landgut der Espinosas verließ, nahm Fabián sich vor, am nächsten Morgen vor dem Gespräch mit Doña Laura das Kartäuserkloster aufzusuchen, um zu erfahren, wie es Camilo ging. Er wusste nicht, ob dieser seine Ziele erreicht hatte, vermutete ihn jedoch im Kloster. Seit sie sich zuletzt gesehen hatten, waren fast zwei Monate vergangen.

In der Kartause erfuhr er, wo Camilo sich inzwischen aufhielt, dass er mit Yago zurückgekehrt war und der Junge am selben Tag, als der Mönch wieder aufgebrochen war, erneut verschwand. Mitgeteilt wurde ihm dies alles von einem ihm unbekannten Prior.

»Was ist aus Don Bruno de Ariza geworden?«

»Mein Vorgänger hatte viele Schwierigkeiten mit der Stadt Jerez und den maßgeblichen Männern dort, es gab zu viel Streit, zu viele Beschwerden der Ratsherren.« Der Prior nahm seine Brille ab, die sehr dicke Gläser hatte, und fuhr mit leiser Stimme fort. »Für das Wohlergehen unseres Ordens ist es nun einmal sehr wichtig, an welchem Ort auch immer, gute Beziehungen zur weltlichen Macht zu pflegen, und das hat Bruder Ariza nicht getan. Inzwischen lebt er als gewöhnlicher Kartäusermönch in Sevilla.«

Wie weit doch der Einfluss der edlen Herren in dieser Stadt reichte, dachte Fabián, während er sich am Kinn kratzte. Nicht einmal der Prior der Kartäuser konnte sich ihm entziehen.

»Doña Laura bittet Euch, am Lagerhaus auf sie zu warten. Kommt!«

Fabián folgte dem Diener zu einem Gebäude von beträchtlichem Ausmaß, bedankte sich für die freundliche Begleitung und warf einen Blick in die Halle, während er wartete. Mehr als fünfzig Personen waren dort mit unterschiedlichen Aufgaben beschäftigt: Einige schaufelten den Traubentrester in Kübel, um ihn später an das Vieh zu verfüttern, andere schoben Tröge herum, und im Hintergrund sah er ein paar Burschen drei Karren mit Kisten voller Weinflaschen beladen.

»Fabián?«

Als er seinen Namen hörte, drehte er sich um. Doña Laura reichte ihm die Hand.

»Gestern sagte ich, dass ich Euch kenne seit ...«

»Nun, es werden wohl schon zehn Jahre sein«, bemerkte er.

»Wir haben uns ein wenig verändert seither, nicht wahr?« Als sie ihn bat, mit ihr in die Halle zu gehen, bemerkte sie, dass er hinkte. »Ich meine gewisse Anzeichen zu erkennen, dass die Zeit nicht sehr freundlich mit Euch umgegangen ist. Jedoch erinnere ich mich noch gut an jenen Tag und an den Anlass, der Euch in dieses Haus führte.«

Fabián dankte ihr für das Gespräch, gerade nach seinem peinlichen Auftritt am Vorabend.

»Wollt Ihr mich zu den Weingärten begleiten? Dann können wir uns unterwegs unterhalten. Und bedankt Euch nicht bei mir, denn ich tue es gern.«

»Es wird mir ein Vergnügen sein.«

Doña Laura gab Anweisung, für den Ausritt in die endlosen Weingärten, die zum Landgut gehörten, zwei Pferde zu satteln. Und dann stellte sie ihm ohne Umschweife eine Frage, die sie innerlich ungeheuer beschäftigte.

»Hat mein Gatte etwas mit Eurem Unglück zu tun?« Sie deutete auf sein krankes Bein.

»Wie nicht! Er ist dafür verantwortlich!«

»Ich verstehe …« Sie strich sich immer wieder eine widerspenstige Haarsträhne aus dem Gesicht, die ihr die Sicht nahm, band sich eine Schürze um und steckte eine große Schere in eine der Taschen.

Obwohl sie sich kaum kannten, betrachtete sie Fabián, da Luis Espinosa ihnen beiden übel mitgespielt hatte, gewissermaßen als Leidensgefährten. Sie sah ihn von der Seite an, bis die Pferde gebracht wurden, und kam entgegen ihrem ersten Eindruck zu dem Schluss, dass er ein guter Mensch war. Sie überlegte noch einmal, seufzte, zweifelte, ob es wirklich angebracht war, und beschloss nach längerem Schweigen, doch offen zu sprechen.

»Vor wenigen Wochen ist mein Gatte aus Jamaika zurückgekehrt und hat unsere Verbindung gelöst, ich vermute, um eine andere einzugehen …«

»Dazu kann ich Euch nur gratulieren!«, bemerkte Fabián zu ihrer Überraschung, während er auf eine prächtige kastanienbraune Stute stieg.

»Wie meint Ihr das?«

Fabián lenkte sein Pferd auf ihre rechte Seite und berichtete, ohne sie zu Wort kommen zu lassen, was er von ihrem Mann wusste, an welchen Verbrechen er beteiligt und in welche schmutzigen Geschäfte er verwickelt war und wie weit diese gingen. Auch die beiden Mordversuche, deren Ziel er selbst gewesen war, verschwieg er nicht.

»Vielleicht sollte ich es Euch nicht erzählen, doch Ihr scheint mir eine gutherzige Frau, die von seinen Taten nichts wusste. Ich wollte Euch nur seinen wahren Charakter offenbaren, falls das noch notwendig ist. Deshalb beglückwünsche ich Euch zu dieser Trennung. Ich hoffe, Ihr versteht mich recht…«

Nachdem sie einen sanften Hang hinabgeritten waren, erreichten sie die ersten Weinstöcke. Doña Laura hatte keineswegs die Absicht, einem weiteren Gespräch über Luis auszuweichen, aber als sie abgestiegen waren und vor den Reben standen, erklärte sie ihm lieber, woran man den Reifegrad der Trauben erkannte, welche Vorteile ein guter Schnitt brachte, wie sich der Wein verbessern ließ, wenn man mehr als die Hälfte der Trauben vom Weinstock entfernte. Fabián beeindruckte die Leidenschaft, die sie für den Weinbau empfand, für sie die schönste Beschäftigung, die sie sich vorstellen konnte; es sei, als würde man der Erde ihre Essenz, ihr Blut entnehmen, schwärmte sie. Während sie erläuterte, welche Krankheiten die Weinstöcke schädigen konnten, und gleichzeitig hier und dort Geiztriebe abschnitt, kam sie wieder auf das Thema zu sprechen, das sie beide beschäftigte.

»Wie kann ich Euch dabei helfen, ihn für all den Schaden, den er verursacht hat, zur Verantwortung zu ziehen?«

»Da mir nicht gelungen ist, ihn festzunehmen, möchte ich ihn auf andere Weise vernichten.« Fabián sagte dies in einem derart kategorischen Ton, dass sie ihn mit der Schere in der Hand erstaunt ansah. »Ich möchte sein Reich des Bösen ein für alle Mal zerstören.«

»Dann zählt auf mich!« Sie zog den Handschuh aus und streckte ihm mit einem liebenswürdigen Lächeln die Hand hin.

Mit diesem Vorhaben machte Fabián ihr eine große Freude. Etwas gegen ihren Gatten zu unternehmen, war das Beste, was man ihr vorschlagen konnte. Angesichts ihrer Bereitschaft, ihn zu unterstützen, tat Fabián einen ersten Schritt und fragte, ob sie wisse, wo er sich aufhalten könnte.

»Sicher weiß ich es nicht, aber mir ist zu Ohren gekommen, dass er möglicherweise einer bestimmten Frau den Hof macht, einer gewissen Christine von Habsburg in Genua.«

Fabián merkte sich den Namen, die Stadt, und bat sie, ihm jedes Detail mitzuteilen, das sein Auffinden erleichtern könnte.

Doña Laura zog den Handschuh wieder an und fuhr fort, hier und dort Weinstöcke zu beschneiden.

»Werdet Ihr ihn töten, wenn Ihr ihm eines Tages begegnet?«, fragte sie dann.

»Ich muss Euch gestehen, dass ich es mir schon mehr als ein Mal gewünscht habe, mehr als Ihr es Euch vorstellen könnt, vielleicht viel mehr, als ich dürfte.«

»Ihr scheint mir kein Mörder zu sein. Ihr nicht …«

»Vielleicht habt Ihr recht, aber es ist doch sehr verlockend.«

»Ich verstehe Euch, aber vielleicht ist es gar nicht notwendig, sich mit Blut zu beflecken.« Ein eigenartiges Lächeln huschte über ihr Gesicht. »Seien wir klüger als er …«

»Habt Ihr etwas Bestimmtes im Sinn?«

»Ich nicht, aber Ihr ganz gewiss. Ihr besitzt viele Talente, das könnt Ihr nicht verbergen, Ihr seid schlau und gewitzt. Euer Wunsch, an meinem Gatten Rache zu nehmen, ihn zugrunde zu richten, wie Ihr mir gerade erzählt habt, muss auf einem Plan gründen. Ich bin froh, dass Ihr so intelligent seid, und ja, es stimmt, ich habe etwas im Sinn. Ich beabsichtige, ihm eine Falle zu stellen, eine sehr böse Falle. Gefällt Euch die Idee?«

IX

Yago war bunt gekleidet. Er trug eine Kapuze, zu große, an den Fesseln geschnürte Sandalen und um den Hals eine schwere Kette, die ihn mit zehn anderen Verrückten zusammenschloss. Sie kamen aus der Calle Real, in der der Haupteingang des Spitals lag, und gingen nun Richtung Stadtmitte auf einer der großen Straßen, über die man von Norden aus nach Sevilla gelangte.

Derartige Almosenprozessionen gab es hier jede Woche. Gewöhnlich endeten sie auf einem Platz in der Nähe der Kathedrale, der Plaza de los Cantos, doch damit waren nicht alle Bewohner einverstanden. Die meisten hielten ängstlich Abstand zu diesen Individuen mit den bleichen Gesichtern und leeren Blicken, die gelegentlich gewalttätig wurden. Gestalten, die nach Ansicht vieler Leute das Spital niemals verlassen sollten.

Es war sein erster Ausflug nach einem frühmorgendlichen Aderlass und einem weiteren eiskalten Tauchbad. Beltrán versicherte ihm, es werde ihm bald besser gehen, doch Yago verstand nicht, worauf sich dieses »besser« beziehen sollte, und konnte deshalb auch nicht beurteilen, ob die Behandlung anschlug oder nicht.

Was er sehr wohl merkte, war, dass er von Tag zu Tag schwächer wurde und kaum mehr die Arbeit verrichten konnte, die er seit drei Wochen tat: schwere Steinblöcke, mit denen eine Mauer ausgebessert werden sollte, von einem Wagen in einen der Höfe des Spitals zu tragen.

Diese Dinge gingen ihm durch den Kopf, als er mitten auf der Straße mit dem Mann aneinandergeriet, der in der Reihe der Einfältigen vor ihm ging – ein Buckliger, der furchtbar stank und ihn außerdem ständig schikanierte. Er bekam von ihm eine Ohrfeige, auf die er nicht reagieren konnte, weil der Schließer sie aus nächster Nähe überwachte. Hinter ihm ging ein anderer Anstaltsinsasse, ein Junge in seinem Alter, dem offenbar nichts weiter fehlte, als dass er schielte. Wegen seiner Behinderung wusste man nie, wohin er den Blick richtete, im Übrigen jedoch war er fröhlich und ging fast ohne zu straucheln.

Auf einem großen, hellen und mit riesigen Palmen bepflanzten Platz angekommen mussten sie sich alle nebeneinander in eine Reihe setzen, an der man kaum vorbeikam. Auf diese Weise wurden sie mehr beachtet. Yago wusste nicht, was von ihm erwartet wurde, machte es aber den anderen bald nach: Er streckte die Hand aus und stimmte in das Lied ein, das er nicht kannte, aber vor sich hin summte, bis er es beherrschte. Er wandte den Blick zum Himmel, atmete den Duft der Orangenblüten ein und fühlte sich auf einmal großartig. Allein die Tatsache, dass er aus dem finsteren Spital herauskam und den warmen Mittagswind, ja sogar ein paar zaghafte, aber wärmende Sonnenstrahlen im Gesicht spürte, war das Angenehmste, was er nach fast zwei Monaten des Eingesperrtseins erlebte.

Bevor sie loszogen, war er mit seinem Zellenkameraden Sancho zusammen gewesen, der keinerlei Reaktion gezeigt hatte. Seit fünf Tagen redete dieser kein einziges Wort mehr, war verlorener in seiner eigenen Welt als gewöhnlich, und im Gegensatz zu früher machte er auch keine Anstalten, ins Leben zurückzukehren. Yago dachte, es handele sich um einen vorübergehenden Wahnanfall oder dass er sich in irgendeinem Winkel seines Geistes verlaufen habe. Was in Sancho vorging, hatte er nie verstanden, auch nicht, was die extremen Schwankungen auslöste, die er in seinem Wesen und Verhalten zeigte. Doch seit er eines Tages mit einer kleinen Wunde an der Schläfe aufgetaucht war, schien er absolut verwandelt. Yago hatte sich die Verletzung neugierig angesehen. Sie befand sich zwei oder drei

Fingerbreit neben einer Augenbraue, hatte die Größe einer Erbse und war noch kaum von Schorf bedeckt.

»Sancho, hörst du mich?« Kurz bevor sie gingen wiederholte er seine Frage ein ums andere Mal, ohne eine Antwort zu erhalten. Er stellte fest, dass die Wunde eiterte, und säuberte sie mit seinem eigenen Speichel, da er sonst nichts zur Verfügung hatte. Doch obwohl er äußerst vorsichtig vorging, löste sich beim Säubern die Haut, und Yago kam es vor, als hätte der andere dort ein Loch. Er musste sich abwenden, weil ein übler Geruch davon aufstieg.

»Schau mich an.« Er nahm sein Gesicht in beide Hände.

Sancho schien nichts zu sehen. Sein Blick war leer, wie tot. Außerdem war er nun schon zwei Mal erst im Morgengrauen zurückgekehrt, nachdem der Schließer ihn nach dem Abendessen abgeholt hatte. Yago wusste nicht, wo sie ihn hinbrachten, oder was er dort machte, aber Sancho war stumm geworden. Wenn er zurückkam, war er eiskalt, vielleicht, weil er lange auf der Straße gewesen war, und beide Male hatte er blutige Hände.

Yago tat es weh, ihn so zu sehen. Trotz seiner Wahnanfälle war er der Einzige im Spital, mit dem er ein wenig Nähe und Zuneigung erlebt hatte. Er begann Beltrán zu verdächtigen. Zwar wusste er nicht, was der ihm getan hatte, doch seit fünf Tagen, seit seiner Operation, war etwas Schlimmes mit Sancho geschehen. Seine Arme waren zerstochen. Vielleicht verabreichte man ihm Spritzen mit der Medizin, die ihn aus seiner Krankheit holen sollte, wie der Direktor gesagt hatte. Aber Yago hatte den gegenteiligen Eindruck. Sancho blieb eingeschlossen in einer fremden Wirklichkeit, die anderen Menschen nicht zugänglich war und keinen Ausgang hatte.

Auch aß er fast nichts.

Yago begann die übrigen Insassen zu beobachten. Mindestens zwei wiesen die gleichen Wunden am Kopf auf, wenn auch nicht an der gleichen Stelle. Sie wirkten ganz in sich versunken. Ihr Ausdruck ähnelte dem von Sancho. Keiner der drei sprach, sie gehorchten aber wie Maschinen und taten, was ihnen aufgetragen wurde.

Etwas Seltsames ging im Spital vor sich.

Den ganzen Vormittag verbrachte er auf dem Platz bei der Kathedrale – auf dem Boden sitzend wie die anderen Kranken. Einer der Schließer stimmte einen Psalm an, und dann folgte jeder seinem Rhythmus, kaum einer kannte den gesamten Text, und heraus kam alles andere als ein Chorgesang. Doch die Leute fanden das wohl lustig, denn sie näherten sich lächelnd und warfen Münzen in einen breitkrempigen Hut, der vor der Gruppe aufgestellt war.

Yago hörte mehrere Frauen ihre Männer bitten, ihnen einen der Burschen zu kaufen. Besonders oft zeigten sie auf die Zwerge, von denen es an diesem Tag drei in der Gruppe gab. Die Leute waren bereit, für sie zu bezahlen, um mit ihnen ihre Feste zu beleben und sie stolz ihren Freunden vorzuführen. Offenbar war es in besseren Kreisen gerade Mode, es hob sie aus der Masse heraus und rückte sie in die Nähe der Könige, die sich Hofnarren hielten.

In den drei Stunden, die sie auf dem Platz zubrachten, genoss Yago vor allem die Blicke der Kinder. Diese waren unschuldig, rein, unverstellt, und er verstand sie. Von allen Blicken, die ihn an diesem Morgen trafen, beeindruckte ihn besonders der eines dunkelhaarigen, sehr schmächtigen Mädchens, das sich von seiner Mutter losriss, zu ihm lief und ihn auf die Wange küsste. Nachdem sie ihm Hallo gesagt hatte, drehte sich die Kleine um und eilte zu ihrer erschrockenen Mutter zurück. Als Yago die Stelle berührte, wo sie ihn geküsst hatte, empfand er tiefes Glück. Er war im Leben nicht oft geküsst worden, aber der Kuss dieses Mädchens machte das wett, vielleicht, weil er so überraschend kam. Ihm war ja inzwischen klar, dass er anders war als alle anderen, doch die Hoffnung, irgendwann auf jemanden anziehend zu wirken, hatte er nicht aufgegeben.

Dieser Kuss half ihm zu begreifen, dass das Glück mit dem Willen zu tun hatte, damit, sich anderen zuzuwenden. Sofort musste er an seinen Freund Sancho denken und nahm sich vor, etwas für ihn zu tun, was auch immer, damit sie ihm nicht weiter Schaden zufügten.

Stunden später, im Büro des Direktors, hörte er ein Gespräch zwischen Beltrán Dávalos und dem Barbier, das ihn beunruhigte. Yago streckte gerade den Arm aus, um wie gewöhnlich zur Ader gelassen zu werden. Er machte einen abwesenden Eindruck, war aber ganz da.

»Meine Technik ist nicht kompliziert, doch das Durchbohren des Knochens erfordert große Präzision.« Marcos hielt einen Schädel mit zwei unterschiedlich großen Löchern oberhalb der Augenhöhle in der Hand. »Wie Ihr wisst, hat der Erste, bei dem wir es probiert haben, die Sehfähigkeit und die Sprache verloren.«

»Ich werde dort bohren, wo Ihr es mir gezeigt habt«, erklärte Beltrán, der sich bereits zutraute, die Operation alleine durchzuführen, nachdem er sechs Mal zugesehen hatte, zuletzt bei Sancho.

»Ich weiß. Es stimmt. Einige Tumore sind so klein, dass man sie von außen schwer lokalisieren kann. Ihr habt mich den Knochen mit dem Hammer abschlagen sehen, aber ich konnte kaum eine Veränderung im Ton wahrnehmen. Der Unterschied war so gering, dass ich die falsche Stelle erwischte«, kommentierte Marcos, während er gleichzeitig ohne jede Umsicht Yago die Lanzette in den Arm stach. Der Junge beschwerte sich.

Beltrán schlug ein Buch auf und suchte die Abbildung eines in zwei Teile gespaltenen Schädels, auf der dargestellt war, in welcher Gehirnregion jede Körperfunktion angesiedelt war. Er reichte es Marcos.

»Es ist umstritten, ob es ein Zentrum gibt, in dem der Wille entsteht und sich folglich auch ausschalten ließe. Aber ich glaube, ich habe es gefunden.« Er zeigte in dem Buch auf eine Stelle zwei Fingerbreit über dem Ohr, ein wenig links davon – genau dort hatte man es auch bei Sancho probiert.

»Die besten Ärzte, die das Gehirn studiert haben, bestätigen, dass in allen vier Gehirnkammern das Gedächtnis, die Vorstellungskraft und der Intellekt sitzen«, erklärte Marcos. »Vielleicht sitzt in einer von ihnen auch der Wille ... Ich weiß es nicht, aber ich weiß aus Erfahrung, dass die Entfernung eines Teils bestimmter Zonen unmittelbare Auswirkungen auf das Individuum hat, bis hin zum Verlust bestimmter Sinne. Darum habe ich den Eindruck, dass es nicht nur geistige, sondern auch Körperfunktionen gibt, die vom Gehirn gesteuert werden.«

Beltrán schlug ein anderes Buch auf, in dem es um Geisteskrankheiten ging, und suchte rasch nach einer bestimmten Seite. Doch zuvor ließ er Yago in ein anderes Zimmer bringen, wo ihm Dämpfe verabreicht werden sollten, die er an ihm zum ersten Mal ausprobieren wollte. So bekam der Junge nur das halbe Gespräch mit, doch die Männer unterhielten sich weiter.

»Ich glaube, bei Sancho habe ich den Ort gefunden, oder zumindest annähernd, denn seitdem ist er vollkommen verändert. Natürlich muss ich ihn weiter beobachten, bevor ich endgültige Schlüsse ziehe, aber ich habe den Eindruck, dass er die Fähigkeit, selbstständig zu denken, verloren hat.« Beltráns Augen funkelten freudig erregt.

Ein wenig enttäuscht musterte ihn Marcos.

Manchmal hatte er den Eindruck, der Direktor selbst sei verrückter als die Insassen des Spitals. Er war von der Idee besessen, Individuen ohne Denkfähigkeit zu erschaffen, die eher Tieren glichen als Menschen, um sie anschließend seinem Bruder zu schicken.

Allein die Tatsache, dass er sich an diesen Experimenten beteiligte, sein umfangreiches Wissen in ihren Dienst stellte, erschien ihm abscheulich, und er machte sich deshalb Vorwürfe. Und trotzdem, seit seinem Scheitern und seinem Ausschluss aus der Kammer blieb ihm nichts anderes übrig, als weiter das zu tun, was der Direktor von ihm verlangte, obwohl es ihn jeden Tag mehr quälte.

Er brachte Beltrán das Operieren bei, obwohl er das nicht hätte tun dürfen, und wusste, welch schreckliche Folgen der kleinste Fehler bei dieser Art chirurgischer Eingriffe haben konnte.

Er hatte den ärztlichen Eid geleistet.

Jeden Tag aufs Neue schwor er sich, ihm nicht mehr zu helfen, aus dem Spital zu fliehen und bei diesem Unsinn nicht mehr mitzumachen, aber der Schnaps, der Wein, jedes alkoholische Getränk waren stärker, und die Bequemlichkeit tat ein Übriges. Da Beltrán das wusste, fehlte es in Marcos' Zimmer nie an Getränken.

Eine Äußerung des Direktors holte ihn in die Gegenwart zurück.

»Zu den Nächsten, die ich aufbohren möchte, gehört dieser Junge, Yago. Er ist stark, hat eine gute Konstitution, und herkömmliche Methoden haben bei ihm nichts ausgerichtet. Wenn ich den Druck vermindere, den der Überschuss an schwarzer Galle in seinem Kopf verursacht, und gleichzeitig sein Denken ausschalte, wird er meinem Bruder sehr von Nutzen sein. Ihr helft mir doch, oder?«

Marcos gab keine Antwort. Er entschied, dass seine Hirngespinste nun zu weit gingen. In einer einzigen Woche hatte er sechs Operationen durchgeführt, mit vernichtenden Ergebnissen. Mehrere Insassen waren sogar gestorben.

»Dieser Junge wird mit einer solchen Operation nicht geheilt.« Seine Hände waren schweißnass und ihm schwindelte. Plötzlich erinnerte er sich mit großem Schmerz an das, was mit jenem anderen Jungen geschehen war, der ähnliche Symptome gehabt hatte wie Yago. Der Sohn eines wichtigen Staatsmannes. An ihm hatte er den Eingriff durchgeführt, und schlussendlich war der Junge blind und stumm geworden, konnte seinen Schließmuskel nicht mehr kontrollieren, und seine Arme und Beine zitterten unablässig. Die Trepanation hatte ihn für den Rest seines Lebens nutzlos gemacht, und der Vater hatte ihm das nie verziehen und seinen Ausschluss aus der Medizin erwirkt.

»Soll ich dann allein operieren?«, bohrte Beltrán nach.

Marcos seufzte. Was sollte er darauf sagen? Sein Herz raste. Er empfand Mitleid mit Yago. Seit Wochen beobachtete er ihn und wusste mit absoluter Sicherheit, dass er nicht geisteskrank war. Er wollte den gleichen Fehler nicht noch einmal begehen, doch er schaffte es nie, sich Beltrán zu widersetzen.

»Na gut, vielleicht helfe ich Euch, ja.« Er klang wenig überzeugt.

»Großartig. Marcos, jetzt lasse ich Euch Yago noch einmal bringen, damit Ihr den Aderlass beenden könnt. Ich muss gehen.« Beltrán zog sich seinen Überrock an und klopfte ihm auf die Schulter.

»Es wird nicht lange dauern«, sagte Marcos.

Er nahm ihm bloß eine kleine Ampulle Blut ab und brachte ihn dann zurück in seine Zelle. Ein Schatten der Besorgnis verdüsterte seinen Geist. In nur vier Tagen stand ihm eine Operation bevor, die er nicht durchführen wollte. Er musste sich etwas einfallen lassen …

Yago schlief schlecht in dieser Nacht. Sein Arm schmerzte vom Aderlass, und die Nase von den stinkenden Dämpfen, die er hatte inhalieren müssen. Vor allem aber machte er sich Sorgen, weil Sancho schon wieder nicht da war und er gehört hatte, was Beltrán und der Barbier besprochen hatten.

Seine Verwunderung wuchs, als sein Zellenkamerad auch an den beiden folgenden Tagen nicht zurückkam. Verzweifelt fragte er einen Schließer, doch der sagte ihm bloß, er solle zum Teufel gehen.

Er wusste nicht, was er davon halten sollte.

An diesem Nachmittag kamen sie ihn holen und brachten ihn in Beltráns Arbeitszimmer. An den Stuhl gefesselt, wartete er unruhig und voller Angst darauf, dass jener Mann auftauchte. Als er schließlich eintrat, trocknete er sich gerade seine Hände mit einem Tuch ab.

»Mein lieber Yago …« Der Junge fuhr zusammen, als er ihn hinter sich hörte. »Man hat mir erzählt, dass du nach Sancho gefragt hast, stimmt das?«

Der Junge nickte.

»Der Ärmste ist vor drei Tagen gestorben«, platzte es aus ihm heraus.

Yago empfand großen Schmerz und hatte plötzlich das Gefühl zu ersticken. Er brachte kein Wort hervor.

»Du sagst nichts?« Beltrán kam mit seinem Gesicht Yago so nahe, dass er ihn berührte, und wartete auf eine Reaktion. »Aber wieso hast du solche Schwierigkeiten dich auszudrücken? Du bist ein merkwürdiger Kauz ... Ich nehme an, dass es dir nahe geht, aber zeigen kannst du es nicht.«

»Ihr ... ihr habt ihn getötet«, brachte Yago schließlich heraus.

»So darfst du es nicht sehen, nein. Dank Sancho habe ich sehr interessante Forschungsergebnisse erzielt, die anderen, vielleicht auch dir, zugutekommen werden. Es ist besser, es so zu betrachten – er hat sein Leben für die anderen gegeben.«

Yago brachte das Loch in Sanchos Schädel mit seinem Tod in Zusammenhang, und Angst überkam ihn. Er sah sich um, welches Instrument wohl dazu verwendet wurde, und dachte mit Schrecken daran, dass er sich nun in der gleichen Lage befand. Er versuchte, die Fesseln abzustreifen, und seufzte resigniert, als es ihm nicht gelang. Beltrán verließ das Arbeitszimmer, und Yago befürchtete das Schlimmste.

Als er zurückkam, brachte er verschiedene Utensilien mit, die Yago voller Angst betrachtete – es waren nicht die für Aderlässe üblichen.

»Heute werde ich selbst dich zur Ader lassen und morgen auch. Doch beim nächsten Mal bekommst du am Abend vorher nichts zu essen, und nach der Operation wird für dich ein neues Leben beginnen. Es wird dir helfen, du wirst sehen.«

Als der Tag gekommen war, band man Yago fester als gewöhnlich an den Stuhl und legte ihm ein großes Baumwolltuch um, das seinen ganzen Körper bedeckte. Zusammen mit einem Helfer fixierte Beltrán seinen Kopf mit Metallklammern, sodass er sich überhaupt nicht mehr rühren konnte.

Ohne weitere Erklärungen begann der Direktor eine beunruhigende Sammlung von Metallinstrumenten auf Tabletts neben dem Stuhl aufzubauen. Während er kam und ging, pfiff er immer wieder die gleiche Melodie vor sich hin. Er wartete auf Marcos, den er gerade hatte rufen lassen, damit er ihn bei der schwierigen Trepanation anleitete, die er an Yago durchführen wollte.

»Ist sein Kopf gut gekühlt?«, fragte der Direktor seinen zweiten Helfer.

»Er hat Widerstand geleistet wie noch nie, aber er war mindestens zehn Mal unter Wasser, jedes Mal mehrere Minuten lang. Das Wasser war eiskalt, ich habe es an den Händen kaum ertragen.«

»Perfekt, wunderbar.« Beltrán begann wieder fröhlich zu pfeifen und baute sich vor Yago auf. »Keine Angst, Junge. Eines Tages wirst du mir dankbar sein!«

Da Yago außer den Augen nichts bewegen konnte, richtete er diese schreckerfüllt auf ihn. Er wusste, was ihn nun erwartete. Er würde später die gleiche Wunde haben wie Sancho und das gleiche Ende. Eine Träne stahl sich seine Wange hinab, als ihm klar wurde, dass dies die letzten Stunden seines Lebens waren. Nie hatte er solche Angst gehabt wie in diesem Moment.

Sie rasierten ihm den Schädel und wuschen ihn anschließend mit Seife. Beltrán nahm den Deckel von einem kleinen Fläschchen und hielt es ihm unter die Nase. Der saure Geruch bewirkte, dass Yago zunächst schwindelig wurde und sich dann schwer zu fühlen begann. Die Geräusche schienen von immer weiter weg zu kommen, und das wenige, was er von seinem Platz aus sehen konnte, verschwamm zusehends.

Er hörte die Stimmen um ihn herum, verstand aber nicht, was gesagt wurde.

»War auch Zeit, dass Ihr kommt!« Beltrán sah Marcos hereintaumeln.

Dieser war sturzbetrunken.

»Tag auch.« Er rülpste, ohne sich dafür zu entschuldigen, stieß gegen ein paar Stühle und hatte Mühe, überhaupt zu dem Stuhl zu gelangen, auf dem Yago saß.

Beltrán warf wütend eine Pinzette auf ein Tablett. Das Geräusch ließ den Jungen, der halb weggetreten war, aufschrecken. Er glaubte Marcos zu sehen, aber seine Lider waren so schwer, dass er sie wieder schließen musste.

»Verflucht nochmal. So könnt Ihr nicht operieren!«

»Keine Sorge … Ihr, mir geht's prima.« Er zischte mehr als üblich, wenn er ein »s« sprach. »Wenn alles fertig is, kann's losssgeh'n.«

Beltrán reichte ihm einen Kohlestift, damit der Barbier den genauen Punkt markierte, wo der Knochen aufgebohrt werden musste. Der Mann schaffte es mit Müh und Not – obgleich er in seiner Ungeschicklichkeit womöglich etwas übertrieb, denn er zeichnete keinen Punkt, sondern eher einen Halbmond.

Unter dem aufmerksamen Blick des Direktors, der zornerfüllt schnaubte, versuchte er die Stelle mit dem Finger zu präzisieren, doch zu Beltráns Verzweiflung gelang es ihm nicht, ihn ruhig zu halten.

»Ja, ja, Euch geht es bestens! Wenn ich auf Euch höre, dann weiß ich nicht, ob er hinterher blind oder lahm sein wird. Jetzt konzentriert Euch endlich, Ihr stehlt mir die Zeit. Ich muss für das Fest morgen noch viele Vorbereitungen treffen.«

Marcos merkte, dass sein Plan funktionierte. Er hatte keinen Tropfen getrunken, sondern er war auf die Idee verfallen, den Betrunkenen zu spielen, um die Operation wenigstens aufzuschieben und mehr Zeit zu haben, eine Lösung zu finden.

Beltrán markierte die Stelle, an der begonnen werden sollte, mit einem kleinen x, trennte mit einem Skalpell ein kreisförmiges Stück Haut ab und säuberte die Wunde von Blut. Um sicherzugehen, dass es die richtige Stelle war, holte er einen kleinen Hammer und begann damit an Yagos Schädel zu klopfen und aufmerksam zu lauschen, wie sich das Geräusch um den gewählten Ort herum anhörte.

»Hört Ihr einen Unterschied?«, fragte er Marcos.

Der Barbier schüttelte verneinend den Kopf und gab einen tonlosen Schluchzer von sich.

»Ich sehe schon, dass Ihr gar nichts mehr hört als das Geräusch des Weins, der in Euer Glas fließt.« Eine Stelle, die ihm weniger hohl zu klingen schien, klopfte er dreimal ab und entschied, dass dort die schwarze Galle saß, von der Yago zu viel hatte. Er nahm einen schweren Handbohrer vom Tisch und reichte ihn Marcos, der diesen Teil der Operation, den schwierigsten von allen, gewöhnlich durchführte. Allerdings bezweifelte er, dass er in seinem Zustand dazu in der Lage war.

»Soll ich vielleicht anfangen?«

»Nein, nein. Auf keinen Fall. Lasst mich nur machen.« Marcos streckte die Hand nach dem Instrument aus, schätzte aber das Gewicht nicht richtig ein, und es fiel zu Boden. Als er es umständlich aufhob, stieß er gegen Beltrán, verlor das Gleichgewicht und wäre fast umgefallen, wenn ihn nicht die Hände des Direktors rechtzeitig gestützt hätten.

»Danke. Ich fange jetzt an.«

Er hob die Spitze des Bohrers über Yagos Kopf, schwang das Instrument übertrieben herum, bis er es schaffte, die kleine offene Wunde zu berühren, und sah in diesem Moment zu Beltrán hinüber. Dann verzog er die Lippen zu einem grotesken Lächeln und brach auf dem Boden zusammen. Im Fallen riss er den Tisch mit all den Instrumenten mit.

X

Der sechsundzwanzigste September war das Fest der Heiligen Cosmas und Damian, der Schutzpatrone des Hospitals der Irren und Einfältigen, welches in Sevilla groß begangen wurde.

Das Spital öffnete seine Pforten den höchsten Würdenträgern der Stadt, die den ganzen Tag mit den Kranken verbrachten und sogar die Mahlzeiten mit ihnen einnahmen. Es war ein Tag der Almosen, der Wohltätigkeit, des Mitleids und der Musik.

Mittags wurde eine feierliche Messe mit allen Besuchern abgehalten, an der auch die weniger gewalttätigen Insassen teilnahmen. Es wurden gute Musiker und Chöre verpflichtet und auch ein berühmter Prediger, dessen Rede üblicherweise hinterher in der Stadt sehr gerühmt wurde.

Die Insassen wurden gründlich gewaschen und herausgeputzt, damit niemand glaubte, dass es ihnen dort an Pflege mangelte oder dass die Almosen, die ihre Lebensbedingungen ja verbessern sollten, nicht bestimmungsgemäß eingesetzt wurden. Auch wenn die nackte Realität nicht dem entsprach, was die Besucher zu sehen bekamen, waren am Ende doch alle zufrieden.

Schon eine Woche zuvor waren im Spital Putztrupps zusammengestellt worden. Manche mussten die Böden kehren und wischen, andere weißelten Wände, und wieder andere verbrannten riesige Haufen des Strohs, auf dem die Insassen schliefen. Aus dem Keller wurden ein paar wenige Pritschen geholt und in jenen Schlafsälen aufgestellt, die vorgezeigt wurden. Nach dem Besuch wurden sie bis zum nächsten Jahr wieder eingelagert. Es waren nicht mehr als fünfzehn Metallbetten, die zum Schein aufgestellt wurden, und die Zahl der Insassen betrug über zweihundert.

Auch die Aborte wurden für diese Gelegenheit hergerichtet, vor allem wurde der penetrante Gestank mit Essig und Ätzkalk erträglicher gemacht. Die Kleidung der Insassen wurde gründlich gewaschen, manche Stücke sogar gefärbt, damit sie nicht so abgenutzt aussahen. Der ganze Tag glich einem Maskenball, nichts blieb dem Zufall überlassen, denn man wollte auf die Stadtobrigkeit den bestmöglichen Eindruck machen.

Doch Yago sollte niemanden zu Gesicht bekommen.

Man hatte ihn in eine winzige Zelle gesperrt, wo er auf die Fortsetzung der misslungenen Operation wartete, die Beltrán für den folgenden Vormittag angesetzt hatte. Dann war das Fest, das jeden in der Anstalt beschäftigt hielt, vorbei, und sein Barbier würde sich in einer besseren Verfassung befinden als am Nachmittag zuvor.

Yago fühlte sich entsetzlich und immer noch benommen, vor allem aber überkam ihn schreckliche Angst, als er die Wunde an seinem Kopf entdeckte. Bestimmt hatten sie bei ihm das Gleiche gemacht wie bei Sancho. Als gedämpft die Stimmen der ersten Besucher zu ihm hereindrangen, versuchte er die Zellentür gewaltsam zu öffnen, doch sie war fest verriegelt und verrammelt. Er seufzte verzweifelt auf, fühlte er sich doch an der Schwelle zum Tode.

Dann untersuchte er das einzige Fenster der Zelle. Vielleicht konnte er auf diesem Weg entkommen? Doch auch dieses ließ sich nicht öffnen, abgesehen davon, dass die drei Eisenstäbe eine Flucht sowieso verhindert hätten. Ohne zu wissen, was ihn erwartete, hatte er doch nur einen Gedanken: die Flucht. Er beschloss, keinen Tag länger innerhalb dieser Mauern zu ertragen, um anschließend wie ein Hund zu sterben. Er brauchte frische Luft, die Sonne auf der Haut, er sehnte sich danach, zumindest in seinen letzten Lebensstunden in Freiheit zu sein.

»Und wie alt bist du?«

»Siebzehn, Señora«, antwortete ein sabbernder Junge auf die Frage einer älteren Frau, die ihn nach der Messe in seiner Zelle besuchte.

»Na, blöd scheinst du nicht zu sein.« Sie betastete seine Arme und kam zu dem Schluss, er sei zu dünn.

Der Junge trug ein langes rotes Hemd, das ihm zu groß war und die vielen blauen Flecken und Einstichwunden von den Aderlässen an seinen Armen verdeckte.

»Sie geben euch nicht genug zu essen. Ich werde mit eurem Direktor sprechen und mich beschweren.«

Die Frau nahm die Zelle unter die Lupe und erschrak über die armseligen Lebensbedingungen der Insassen. Der Junge trat näher und küsste ihre Hand.

»Wie aufmerksam.« Die alte Dame zog die Hand zurück, weil sein nasser Speichel sie ekelte, aber seine Geste gefiel ihr. In diesem Augenblick läuteten die Glocken.

»In wenigen Minuten beginnt das Essen«, verkündete Beltrán Dávalos, der in die Zelle gekommen war, in der sich die Frau zusammen mit fünf weiteren aufhielt. »Es ist üblich, dass jeder Gast einen Insassen wählt und mit ihm zusammen isst.«

»Möchtest du mit mir essen, Junge?«

»Ja, Señora, gerne.«

Am Nachmittag wollte eine Gruppe von illustren Gästen die Zellen besuchen, in denen die ungefährlichsten Insassen untergebracht waren, um in Augenschein zu nehmen, in welcher Weise sie sich pekuniär beteiligen könnten, denn der Direktor hatte während des Essens um Unterstützung gebeten. Es handelte sich um die höchsten Vertreter der städtischen Institutionen und dem Domkapitel oder traditionsreichen Klöstern angehörende Kirchenfürsten, aber auch der Vogt war unter ihnen sowie der Verweser, ehrenwerte Richter, Ärzte und einige führende Persönlichkeiten aus der sevillanischen Oberschicht.

In drei Gruppen verteilten sie sich auf die verschiedenen Abteilungen. Eine wurde von Beltrán selbst angeführt, die anderen beiden von Schließern. Die Gäste bestimmten, welche Zellen oder anderen Orte, die sie sehen wollten, für sie geöffnet werden sollten. Die Gruppe, die den Ostflügel besuchte, wünschte den Zustand der Einzelzellen zu überprüfen. Sie kamen überein, dass hier grundlegende Renovierungsmaßnahmen nötig seien. Auf dem Weg von diesem Gang zum nächsten, in dem die Insassen fortgeschrittenen Alters untergebracht waren, gingen sie durch einen Abschnitt mit nur einer einzigen Tür.

»Öffnet uns diese«, ordnete einer der Ärzte an, der sich in der Stadt durch seine Behandlung von Bauchkrankheiten einen Namen gemacht hatte.

Die Gruppe ließ den Schließer vorbei, der nach dem Schlüssel suchte, ohne zu wissen, dass Beltrán verboten hatte, diese Zelle zu öffnen.

Das Schloss quietschte bei der zweiten Umdrehung, doch die schwere Tür bewegte sich erst, nachdem es vernehmlich geknackt hatte. Der Schließer drückte sie mit der Schulter auf und trat beiseite, um die Neugierigen durchzulassen, doch in diesem Augenblick stürzte ein junger Mann aus der Zelle, rempelte ein paar der Gäste an, stieß an die gegenüberliegende Wand und verschwand wie der Blitz in dem Korridor zur Rechten.

Yago rannte durch die Gänge, ohne jemandem zu begegnen, bis zur Haupttreppe, die er hinunter musste, um nach draußen zu gelangen. Er war so schnell, dass er gegen eine schwere Steinvase stieß, die das Treppengeländer schmückte. Sie fiel herunter und zerbrach, und der Lärm machte die vielen Leute aufmerksam, die sich im Erdgeschoss aufhielten. Alle blickten in seine Richtung. Unter ihnen befand sich jemand, den Yago kannte – Don Bruno de Ariza, der das Spital als Vertreter der Kartäuser in Sevilla besuchte. Der Mönch erkannte ihn sofort, verstand aber nicht, was vor sich ging oder was der Junge da machte. Yago war stehen geblieben, um zwischen den vielen Leuten einen Weg hinauszusuchen.

Er hörte Rufe, man schlug Alarm, und ein zweiter Blick auf die vielen ihn beobachtenden Menschen machte ihm klar, wie schwierig seine Lage war. Er sprang mehrere Stufen auf einmal die Treppe hinunter, brachte seine rechte Schulter nach vorn, stürmte mit aller Kraft in die erste Gruppe hinein und rannte mehrere Leute um. Zwar stürzte auch er selbst zu Boden, war jedoch sofort wieder auf den Beinen und suchte zu seiner Linken den Weg zum Ausgang.

Es schlug sechs Uhr.

Er warf sich gegen die nächste Gruppe, die aus drei Frauen bestand, die unter Schreckensschreien ebenfalls zu Boden stürzten, kam dann aber nicht weiter, weil jemand ihn aufhielt. Er versuchte sich loszureißen, doch starke Hände hielten ihn mit ungewöhnlicher Kraft fest. Als er dem Mann ins Gesicht sah, erkannte er Don Bruno de Ariza, den Prior des Kartäuserklosters von Jerez.

»Lasst mich … fliehen, hier bringen sie mich um …«

»Ich weiß nicht, was das alles zu bedeuten hat«, flüsterte ihm der Mönch ins Ohr, ehe er ihn freigab, »aber komm zu mir, ins Kloster dieser Stadt.«

Dann rannte Yago wieder auf den Gang zu. Noch ein paar Schritte, dann wäre er auf der Straße, doch wie sollte er an dem bewaffneten Posten an der Tür vorbeikommen? Ein Blick zurück zeigte ihm, dass drei Wachleute ihn verfolgten. Vor ihm in der Halle, der letzten Station, die ihn von der Freiheit trennte, befanden sich zahlreiche Besucher, die das Spital gerade verlassen wollten. Er nutzte die Verwirrung, die durch sein Hereinstürmen und die Alarmschreie seiner Verfolger entstand, wich diesen aus, indem er sich unter die Leute mischte, die dem Ausgang zuströmten, und fand sich plötzlich auf der anderen Seite des Tors wieder.

Schließlich gelang es ihm auch noch, den Händen des Türhüters zu entschlüpfen. Er nahm die Beine in die Hand und verschwand zwischen all den Menschen, die um diese Uhrzeit die Straßen von Sevilla bevölkerten.

XI

Volker und Carmen setzten sich am Hafen auf ein paar Ballen und warteten darauf, dass ihre wenigen Habseligkeiten von dem Schiff abgeladen wurden, das sie aus Jamaika hergebracht hatte. Als die Pferde an die Reihe kamen, sahen sie aufmerksam hin. Azul und eine Halbblutstute, die Carmen ausgesucht hatte, kamen stolpernd und schwankend die Rampe herunter. Als sie schließlich festen Boden unter den Hufen hatten, waren sie verschreckt, vor allem aber schwach. Die sechs Wochen auf dem Schiff hatten für sie ein wahres Martyrium bedeutet.

Angesichts ihres beklagenswerten Zustands brachten Volker und Carmen sie zunächst in eine nahe Stallung, wo sie gepflegt werden würden.

»Macht Euch keine Sorgen, ich werde sie behandeln wie meine eigenen.« Der Pferdeknecht erhielt zwei Goldmünzen zum Lohn, denen er jedoch kaum Beachtung schenkte. Er hatte nur Augen für Azul und konnte sich einen anerkennenden Fluch nicht verkneifen. Dann meinte er: »Noch nie habe ich ein erstklassigeres Pferd gesehen als dieses!«

»Kümmere dich darum wie um den wertvollsten Schatz, sonst, das kann ich dir versichern, werden deine schlimmsten Albträume nichts sein gegen das, was ich dir antun werde«, warnte Volker, der wusste, dass in dergleichen Stallungen Diebstähle an der Tagesordnung waren.

Carmen wartete draußen in der Nähe des Tors auf ihn. Wie so oft in letzter Zeit war sie unruhig und empfand ein bitteres Unbehagen, das sie von innen aufzufressen schien. Der Grund dafür waren ihre Überlegungen ihre eigene Zukunft betreffend. Sie fühlte sich seltsam, wollte nach Neapel zurück, wo sie sich beschützt wusste, konnte aber den Gedanken nicht abschütteln, dass sie dort ihr Scheitern würde eingestehen müssen. Ihre Eltern rechneten nicht mit ihr, und es würde nichts wie früher sein, auch weil ihre Rückkehr an und für sich schon Eingeständnis genug wäre, dass sie einen schweren Fehler begangen hatte.

Im Augenblick hatte sie vor, Volker zunächst ins Kartäuserkloster von Jerez zu begleiten, um dort die vom Vizekönig bestellten Pferde zu kaufen, und anschließend nach Córdoba weiterzureisen, wo zwei weitere Guzmáns abzuholen waren. Das allein würde schon einen guten Monat dauern. Und danach? Dieser Gedanke ängstigte sie. Was sollte sie anschließend mit ihrem Leben anfangen? Wie würden ihre Eltern die Kunde aufnehmen, dass sie Witwe war? Was würde geschehen, wenn sie von der wahren Natur ihres brutalen Ehemannes erfuhren? Wegen der riesigen Entfernung zwischen Jamaika und Neapel hatten sie keinerlei Kontakt gehalten. Alles käme für sie völlig überraschend.

Die Zweifel, die Carmen quälten, betrafen auch noch andere Bereiche. Würde sie je wieder einen Mann lieben können? Würde es ihr gelingen, je zu vergessen, dass ihr Mann sie mit Gewalt genommen hatte? Würde sie je wieder Lust empfinden können, wenn Hände ihren Körper streichelten, oder würde sie zeit ihres Lebens von diesem Unglück gezeichnet bleiben?

Diese und viele andere Fragen plagten sie Tag und Nacht und raubten ihr den Schlaf.

Als Volker aus dem Stall zu ihr kam, bemerkte er ihren Schmerz sofort.

»Ich kann dich nicht traurig sehen. Was ist los, Carmen?«

Ihr Gesichtsausdruck veränderte sich, und sie lächelte ihn an, als wäre alles bestens.

»Ich bin nicht traurig, keine Sorge. Es ist gar nichts, wirklich nicht. Können wir jetzt zum Kloster gehen?«

Volker wusste, dass sie nicht ehrlich war, respektierte jedoch ihre Zurückhaltung.

»Es scheint, dass in ein paar Minuten der Wagen losfährt, der die Post nach Jerez befördert. Wenn wir uns beeilen, erwischen wir ihn vielleicht noch.«

»Dann sollten wir keine Zeit verlieren.« Sie begann sehr schnell auszuschreiten. »Ach ja, und danke, dass du dir Gedanken um mich machst!« Sie küsste ihn auf die Wange. »Ich fühle mich wirklich beschützt ...«

Auf einer steinigen, staubigen Straße zu fahren, machte es nicht einfach, das propere Äußere zu bewahren, das von Käufern weithin bekannter Pferde erwartet wurde. Ihre Kleidung und ihr Haar wurden weiß von dem Staub, den die drei Maultiere aufwirbelten, und außerdem saßen sie zwischen Dutzenden Bündeln und Postsäcken sehr beengt. Doch all diesen Widrigkeiten zum Trotz mussten sie lachen, als sie einander am Ziel angelangt in diesem Zustand betrachteten. Nachdem sie sich, so gut es ging, wieder hergerichtet hatten, suchten sie den Weg zum Kartäuserkloster Santa María de la Defensión.

Sie brauchten nicht zu klopfen, denn zufälligerweise öffnete sich das Tor genau in diesem Moment, und ein Mönch trat heraus, dem seine ernste Ausstrahlung und sein beträchtliches Alter Autorität verliehen. Der Mann war so in Gedanken versunken, dass er sie gar nicht beachtete, sondern einfach seines Weges ging.

»Entschuldigen Sie, Padre«, sagte Volker ziemlich laut, um sich Gehör zu verschaffen. »Wir suchen den Prior.« Der Mann musterte sie von Kopf bis Fuß, doch keiner der beiden kam ihm bekannt vor.

»Ich habe es eilig. Ihr findet ihn drinnen.«

Ein anderer, jüngerer Mönch kam ganz erhitzt angerannt und dankte Gott, ihn noch erwischt zu haben.

»Prior, Ihr müsst für mich diesen Brief mitnehmen und meinem Bruder übergeben. Ich habe erfahren, dass Ihr ins Kloster von Sevilla zurückkehrt, und dort wird er, Bruder Anselmo, die Klausur mit euch teilen.«

Carmen und Volker wechselten einen verwirrten Blick. Wenn dieser Mann, wie der Jüngere behauptete, der Prior war, warum hatte er dann gerade gesagt, sie würden ihn drinnen antreffen?

»Seid Ihr der Prior?«, fragte Carmen.

»Ich war es, meine Tochter, ich war es.« Er nahm den Umschlag aus der Hand des anderen Mönches entgegen und verwahrte ihn in einer Tasche. »Bis vor kurzem war ich für dieses Kartäuserkloster verantwortlich, und deshalb sprechen manche mich noch mit diesem Titel an. Jedenfalls ist es nicht von Bedeutung.« Er verabschiedete sich mit einem Segen von dem jungen Mönch. »Wie gesagt, den neuen Prior findet ihr drinnen.« Er zog die Kordel straff und blickte auf die Sonnenuhr an einer der Mauern des Hauptgebäudes. »O je, es ist zu spät. Ich glaube, jetzt empfängt er keinen Besuch mehr. Versucht es besser morgen.«

Volker fühlte sich geringschätzig behandelt.

»Hört, wenn Euer Prior wüsste, warum und woher wir kommen, würde er uns mit Sicherheit empfangen.« Er machte eine geheimnisvolle Miene.

Seine Äußerung weckte Don Brunos Neugier.

»Erzählt es mir, dann kann ich Euch sagen, ob sich der Versuch lohnt oder nicht. Doch Euch«, wandte er sich an Carmen, »wird in jedem Fall der Eintritt verwehrt bleiben. Ihr seid eine Frau, und in dieser Hinsicht sind die Ordensregeln sehr streng.«

»Wir kommen, um Eure zwei besten Stuten zu kaufen, und zwar für den Vizekönig von Neapel, den illustren Don Pedro Álvarez de Toledo y Zúñiga«, erklärte sie entschieden.

Don Bruno, der im Kloster für diesen Bereich verantwortlich gewesen war, freute die Nachricht, umso mehr als er wusste, an welch edlen Hof die Tiere gehen würden. Von Anfang an hatte er Pferde allerhöchster Güte zu züchten versucht, doch nun war er dafür nicht mehr zuständig, und außerdem war er schon spät dran.

»Versucht Einlass zu bekommen, wenn Ihr wollt.« Er blickte Volker an. »Ich werde ihn Euch nicht verweigern. Und jetzt muss ich los.«

Volker fiel plötzlich Camilo ein, und er dachte bei sich, wenn er erst einmal im Kloster war, könnte ihm das den Zugang zum Prior erleichtern. Er fragte nach ihm, erklärte, dass sie sich in Jamaika kennengelernt hatten und erzielte mit seinen Worten bei Don Bruno eine Wirkung, mit der er nicht im Mindesten gerechnet hätte. Dieser machte auf der Stelle kehrt und blickte ihn mit großem Interesse an.

»Sagt mir erst, wer Ihr seid.«

»Mein Name ist Volker, Volker von Wortmann, und das ist Carmen Bartelli. Wir kommen gerade von jener Insel zurück, wo wir Bruder Camilo unter, sagen wir, etwas seltsamen Umständen kennengelernt haben«, antwortete der Deutsche ein wenig vorsichtig. Das Verhalten des Mönchs hatte ihn doch ein wenig befremdet.

Don Bruno schwieg eine Zeitlang und dachte nach.

»Bruder Camilo müsste vor ein paar Monaten zurückgekommen sein«, fuhr Volker fort. »Wir sind gute Freunde geworden, und vielleicht hilft er uns, vom Prior empfangen zu …«

»Ihr werdet ihn hier nicht finden«, unterbrach ihn Don Bruno. Die Kirchturmglocke schlug fünf Uhr. »Aus Gründen, die hier keine Rolle spielen, wurde er in ein anderes Kloster geschickt, nach Padula, südlich von Neapel. Auf seine Hilfe könnt Ihr also nicht rechnen.«

Als Volker diese Neuigkeit vernahm, sah er all seine Möglichkeiten erschöpft. Er teilte es Carmen mit, und sie kamen überein, dass er es am nächsten Morgen allein probieren würde. Sie dankten Don Bruno für die Zeit, die er ihnen gewidmet hatte, und machten sich enttäuscht auf den Rückweg. Doch schon nach wenigen Schritten fiel Carmen Yago ein, dessen Schicksal sie interessierte.

»Entschuldigt, wenn ich Euch noch eine Frage stelle.«

»Sprecht, meine Tochter.«

»Wisst Ihr, ob Camilo bei seiner Rückkehr einen jungen Mann dabeihatte?«

Don Brunos freundliche Miene verdüsterte sich schlagartig. Er hatte das Kloster nur aufgesucht, um für ihn eine neue Bleibe zu finden, und das, was er über seinen Aufenthalt im Irrenhaus erfahren hatte, machte ihm immer noch zu schaffen.

»Ihr kennt offenbar auch Yago. Der arme Junge … Ich habe ihn gerade aus Sevilla hergebracht, um ihm auf einem der Gestüte dieses Klosters Arbeit zu verschaffen. Als ich ihn zufällig traf, floh er gerade von einem grauenvollen Ort, aber das ist eine lange Geschichte.«

»Wir würden sie gerne hören«, wandte Carmen ein. »Wenn Euch der Junge leidtut, und das entnehme ich Euren Worten, dann interessiert Euch vielleicht auch eine andere Geschichte, die zu seinem Unglück auch nicht sehr gut ausgegangen ist.«

Don Bruno ließ sie sofort wissen, dass er dieses Gespräch weiterführen wollte, dazu aber mehr Zeit brauchte, als jetzt zur Verfügung stand.

»Ich kann mir vorstellen, dass er sich freuen wird, Euch zu sehen. Sprecht es morgen dem Prior gegenüber an. Da Ihr unser Gestüt Humeruelos aufsuchen werdet, um die Pferde auszusuchen, werdet Ihr den Jungen antreffen, denn dorthin wird er noch heute Abend gebracht. Und nun – da wir uns offenbar interessante Dinge zu erzählen haben, wollen wir uns nicht gleich heute Abend in Jerez treffen? Dort muss ich jetzt schnellstens hin, und morgen reise ich zurück nach Sevilla. Ich gebe zu, dass alles, was diesen Jungen betrifft, mein tiefstes Mitgefühl auslöst. Aber ich werde Euch auch erklären, aus welchem Grund Bruder Camilo in eine so weit entfernte Enklave geschickt wurde.«

Wenige Stunden später, es war bereits Abend, erwarteten Carmen und Volker Don Bruno am Eingang der Kathedrale von Jerez. Um zehn Uhr war er immer noch nicht da, neun Uhr war vereinbart gewesen. Carmen zweifelte nicht daran, dass er noch auftauchen würde, doch Volker war kurz davor aufzugeben. Menschen, die nicht fähig waren, Verabredungen einzuhalten, hatten kein Vertrauen verdient, aber weil Carmen darauf bestand, hielt er noch ein wenig durch.

Eine halbe Stunde später kam Don Bruno mit langen Schritten herangeeilt.

»Entschuldigt meine Verspätung«, meinte er bedauernd. »Folgt mir. Ich weiß nicht, wie es euch geht, ich jedenfalls habe ein bisschen Hunger. Ich kenne in der Nähe ein Wirtshaus, wo wir ungestört reden können.«

Die Wirtin wies ihnen einen Tisch zu, an dem sie den übrigen Gästen den Rücken zuwandten. Don Bruno kam sofort auf den Punkt und erzählte ungeschönt von Bruder Camilo und seiner Entscheidung, ihn in das Kloster von Padula zu schicken.

»Aber ich hätte nie geglaubt, dass Yago ihm folgen würde, und angesichts dessen, was dem armen Jungen anschließend passiert ist, verzeihe ich mir immer noch nicht, dass ich die beiden auseinandergerissen habe.«

»Was in Jamaika geschah, erzählen wir Euch gleich, jedenfalls hat Camilo mir gestanden, Yago sei fast wie ein Sohn für ihn«, deutete Volker an.

»Das weiß ich nur zu gut.« Don Bruno wirkte nachdenklich. »Darum habe ich auch versucht, sie auf Abstand zu halten, denn eine solche Beziehung ist für einen Kartäuser eine Unmöglichkeit. Versteht Ihr meine Gründe?«

Voller Grauen hörten Carmen und Volker, was Yago in Sevilla widerfahren war. Don Bruno hatte seinerseits bereits von Camilo gehört, dass der Junge in Jamaika die Sklaverei kennengelernt hatte und was er sonst noch Schreckliches hatte durchmachen müssen.

Mehr als eine Stunde lang sprachen sie mit großer Traurigkeit über die Wechselfälle in Yagos Leben, der von frühester Jugend an kaum einen glücklichen Augenblick erlebt hatte.

»Der Ärmste hat niemanden gehabt, der auf ihn aufpasst«, schloss Don Bruno. »Beziehungsweise nur Camilo ... und ich habe ihn ihm weggenommen. Ich muss euch gestehen, dass ich ihn persönlich hierhergebracht habe, weil das schlechte Gewissen so auf mir lastet.

Ich fühle mich derart schuldig an dem, was ihm widerfahren ist, dass ich jetzt nicht weiß, wie ich ihm helfen soll…«

Don Brunos Worte offenbarten, wie schwer ihm das Herz war, und das rührte Carmen, der gerade etwas Gutes eingefallen war. Bevor sie es aussprach, dachte sie schweigend darüber nach. Es mochte als vollkommener Irrsinn erscheinen und war es vielleicht auch, aber möglicherweise war es dennoch die beste Art und Weise, Yago zu helfen. Sie biss sich auf die Lippen, fasste Mut und legte dann ohne Umschweife ihre Idee dar.

»Wir könnten ihn mit nach Neapel nehmen.« In Carmens Gesicht zeigte sich ansteckende Freude. Sie sah Volker an. »Du könntest ihm eine Arbeit als Pferdeknecht in den Stallungen des Vizekönigs besorgen, wenn wir ihm schon neue Tiere bringen. Und er wäre näher bei Camilo, ohne deshalb das Leben in Klausur, das Ihr ihm zugedacht habt, zu stören.« Sie sah Don Bruno forschend an.

Die beiden Männer wechselten einen Blick, ohne schon eine Antwort zu haben. Der Gedanke war nicht abwegig. Zwar konnte es Schwierigkeiten geben, doch für Yago war es sicher eine gute Lösung.

Volker wurde seltsam unruhig. Er sollte eine Verantwortung übernehmen, auf die er nicht vorbereitet war. In unbekannten Gewässern schwamm er nicht gern, und da es hier um Yago ging, war vorstellbar, dass er ihm nicht nur eine Arbeit besorgen, sondern auch anfangen müsste zu…

»Je länger ich darüber nachdenke«, wandte sich Don Bruno an Carmen, »desto besser gefällt mir der Gedanke. Aber vielleicht müssten wir Yago fragen, was ihm lieber ist.«

»Eine gute Lösung«, stimmte Carmen zu. »Wir werden morgen versuchen mit ihm zu reden.«

Don Bruno beschloss, seine Rückkehr nach Sevilla um einen Tag zu verschieben, um die Angelegenheit persönlich mit dem Prior zu besprechen und dabei zu sein, wenn Yago sich entschied.

»Ich nehme an, dass Ihr ihn gern sehen wollt.«

Yago begrüßte sie mit einem schiefen Lächeln, als sie ihn in den Stallungen aufsuchten, wo er die Nacht verbracht hatte. Carmen küsste ihn auf die Wange, um ihm zu zeigen, wie sehr sie sich freute ihn zu sehen, während Volker ihm die Hand hinstreckte.

Der Junge hatte sich seit ihrer letzten Begegnung sehr verändert. Er war inzwischen eher ein Mann als ein Knabe. Seine Haare waren gewachsen, aber immer noch dunkel und gelockt, und seine gebräunte Haut bildete wie eh und je einen auffälligen Kontrast zu seinen großen blauen Augen.

Sie baten ihn, sie zu begleiten, wenn sie die Pferde auswählten, die sie nach Neapel bringen sollten. Mehr verrieten sie ihm vorerst nicht. Don Bruno und der neue Prior kamen mit ihnen, um nichts zu verpassen.

Yago sprang über einen Zaun, um ein paar Stuten näher zu treiben, damit sie sie besser begutachten konnten. Es waren nicht viele, denn die Mittel, die das Kloster für die Zucht zur Verfügung stellen konnte, waren sehr begrenzt, aber alle Tiere waren apfelgrau bis fast weiß und wunderschön. Volker fühlte sich unfähig, eine Wahl zu treffen, denn er sah kaum Unterschiede zwischen den einzelnen Tieren. Er bat Yago, eines nach dem anderen vorbeizuführen, um sich besser konzentrieren und die zwei heraussuchen zu können, die ihm am besten gefielen.

Kaum hatte er seine Wahl getroffen, beobachtete er verwundert, wie die Tiere auf Yago reagierten, nachdem sie nur eine einzige Nacht mit ihm verbracht hatten. Eine Stute wieherte vor Freude, als sie seine Arme um ihren Hals spürte, und beschnupperte glücklich den Jungen, während sie sich von ihm liebkosen ließ. Die andere näherte sich folgsam und berührte Yago mit einem Lauf am Rücken, um ihn auf sich aufmerksam zu machen. Sie wollte auch so behandelt werden wie die andere. Man konnte den Eindruck haben, als wären sie alte Freunde, obwohl sie sich erst seit ein paar Stunden kannten.

Die Zärtlichkeit, die die beiden Stuten Yago gegenüber zeigten, rührte Carmen zu Tränen. Dann wandte sich Volker an ihn, um nach seiner Meinung zu fragen.

»Wir möchten dir etwas Wichtiges sagen.«

Don Bruno und der neue Prior hörten gespannt zu.

»Was … was denn?«, erwiderte Yago und trat zu ihnen.

Carmen nahm seine Hände in die ihren und suchte mit den Augen seinen Blick. Viel war darin nicht zu lesen, wohl aber verriet er ein zartes, vom Leben verletztes Wesen, das ihr tiefes Mitgefühl weckte. Sie fühlte sich ihm so nah, dass sie wieder ihre Tränen nicht zurückhalten konnte. Mit der Hand tastete sie nach seiner Wange, streichelte sie und küsste ihn auf die Stirn.

»Wir haben gedacht, du möchtest vielleicht mit uns nach Neapel kommen«, erklärte sie ihm. »Dort könnte Volker dir eine Arbeit als Stallbursche verschaffen, und du hättest die Möglichkeit, noch andere Fertigkeiten zu erlernen und unabhängiger zu werden. Wenn du zusagst, und das wünschen wir uns, dann möchten wir dir helfen, die Zukunft zu gestalten, deine Zukunft, in unserer Nähe …«

Yago blickte nachdenklich zu Boden und sah dann erst Carmen und schließlich Volker an.

»Ich weiß nicht.« In einer Geste der Unsicherheit drehte er die Handflächen nach oben.

»In Neapel«, fuhr Carmen fort, »habe ich meine Familie, Volker seine Arbeit, und nicht weit entfernt liegt das Kartäuserkloster von Padula, wo Camilo jetzt wohnt.« Ein breites Lächeln legte sich auf Yagos Züge, als er den Namen hörte. »Du könntest ihn also wiedersehen. Und wenn das alles noch nicht reicht, Neapel wird dich überraschen. Es ist eine Stadt, in der die Künste wie nirgends sonst gepflegt werden. Dort gibt es Möglichkeiten zuhauf, und alle sind ganz verrückt nach Pferden. Es ist die Pferdestadt.«

Die Erwähnung Camilos hatte Yago den letzten Zweifel genommen. Hoffnung keimte in ihm auf. Er sehnte sich danach, von seinem Freund zu hören, schon allein deshalb lohnte sich die mühselige Reise. Außerdem wurde ihm bewusst, dass man ihm die Möglichkeit anbot, ein neues Leben zu beginnen, das allem Anschein nach viel besser sein würde als die qualvolle Existenz, die er bisher geführt hatte. Neue Arbeit, Freunde, Pferde und die Künste.

Innerhalb kürzester Zeit jagten viele Gedanken und Träume durch seinen Kopf. Er hatte nie gewusst, wozu er auf dieser Welt gut war, noch, wie er sich den Respekt anderer verdienen konnte, doch jetzt, wo seine Träume im Begriff waren, Gestalt anzunehmen, leuchteten seine blauen Augen vor Freude, und er gab zur Antwort:

»Yago will mit, will leben.«

FÜNFTER SCHAUPLATZ

Entdeckungen

Neapel
Anno 1540

I

Es war unerträglich.

Er griff nach einem großen Holzhammer und wandte sich dem monumentalen Bleiglasfenster zu. Niemand konnte vorhersehen, was er tun würde, es war schlicht undenkbar. Doch Juan Bautista de Toledo, vom Vizekönig in Neapel berufener Architekt, schlug mit einem Zorn darauf ein, der eines sensiblen Menschen, eines Künstlers, nicht würdig war.

Mit dem ersten Schlag zertrümmerte er die Mitte, doch das Fenster widerstand. Beim zweiten jedoch neigte es sich gefährlich ins Innere der Kirche, des Gotteshauses, das zu erbauen er beauftragt war.

Zwei Maurer versuchten ihn aufzuhalten, doch er riss sich los und kletterte mit einer Gewandtheit, die man ihm gar nicht zugetraut hätte, auf dem Holzgerüst bis zur höchsten Ebene. Dort überlegte er, wo er den größten Schaden anrichten könnte, und zielte mit dem Hammer auf diesen Punkt bei einem nun noch größeren Fenster, das ein Drittel der Mittelapsis einnahm. Was ihm bei dem anderen Fenster nicht gelungen war, hoffte er diesmal zu erreichen. Und mit dem vierten Schlag, nachdem er sich bei den ersten dreien in Schwung gebracht hatte, erreichte er sein Ziel: Hunderte von Pfund an Glasstücken in den schönsten Farben mitsamt der Einfassung aus Blei stürzten mit einem gewaltigen Lärm zu Boden.

Als in der Kirche wieder Ruhe eingekehrt war, ertönte ein Schrei des Triumphs – von Juan Bautista. Und offenbar wollte er mit seinem zerstörerischen Werk fortfahren, wie die Zuschauer zu ihrem Leidwesen feststellen mussten, denn nun eilte er dort oben zur nächsten Apsis mit zwei Glasfenstern, dieses Mal auf der rechten Seite, deren

Gestaltung ihm ebenfalls nicht zusagte. Sie waren wesentlich schmaler als die vorherigen, und es trennte sie eine schlanke Säule aus Granit, die sich am höchsten Punkt in zwei Rundbögen teilte. Mit neuem Schwung machte er weiter, und dieses Mal gelang es ihm mit Leichtigkeit, die Fenster zu zerstören.

»Darf man fragen, was Ihr da macht?«

Als der Architekt sich umwandte, um zu sehen, wer ihn angesprochen hatte, sah er den Vizekönig Don Pedro Álvarez de Toledo y Zúñiga unten stehen, dem fast die Augen aus dem Kopf fielen; er konnte nicht glauben, was er da sah.

»Haltet Euch fern«, rief ihm der Architekt von hoch oben zu, »oder es fällt Euch alles auf den Kopf!« Er holte tief Luft, schwang den Hammer erst nach rückwärts, um möglichst viel Kraft in den nächsten Schlag zu legen, und ließ das schwere Werkzeug dann auf ein paar pausbäckige Engel niederdonnern, die über einer liebreizenden Jungfrau Maria schwebten. Die Cherubim zersprangen in tausend Stücke, und einige Fragmente farbigen Glases fielen dem Vizekönig vor die Füße.

»Steigt hinauf, und nehmt ihn fest!«, befahl er den Männern seiner Garde. »Aber seht zu, dass ihr ihm keinen Schaden zufügt ...«

Schon kletterten zwei Gardisten das Holzgerüst zu Juan Bautista hinauf, der sich bereits anschickte, auch den Rest – und das war nicht viel – noch zu zerstören. Er bestritt gar nicht, dass die Figuren aus farbigen Glasstücken, mithilfe von Feuer zusammengefügt, durchaus schön anzusehen waren. Er kannte die Werkstatt, aus der sie kamen, und, was noch schlimmer war, der von ihm mit der Arbeit beauftragte Künstler war ein alter Bekannter von ihm, sehr talentiert, aber zu eigenwillig; immer wollte er seine eigene »Handschrift« hinterlassen.

Am meisten wurmte Juan Bautista, dass die Darstellungen in den Fenstern nicht seinen ursprünglichen Zeichnungen entsprachen und noch weniger seinen Entwürfen. Die Farben waren durchweg blasser als gewünscht, was eine andere als die von ihm beabsichtigte Wirkung in der Kirche zur Folge hatte. Für ihn als Architekten war das Licht das wichtigste immaterielle Element, um dem Stein, den Bögen und Winkeln, der Kuppel Leben einzuhauchen. Für ihn war das Licht unerlässlich, um den Gläubigen die in den verschiedenen Szenen auf Glas oder in Fresken dargestellten Botschaften zu vermitteln, in diesem Gotteshaus, das den Namen San Giacomo degli Spagnoli tragen sollte. Juan Bautista wollte das einfallende Licht tanzen sehen, es sollte sich in jede Farbe verwandeln oder sich auflösen, in jedem Fall aber den Gläubigen eine Stütze im Gebet sein. Zudem hatte er einige geometrische Symbole entworfen, die im Zusammenspiel mit dem Licht eine kuriose Wirkung ergaben, und er war entschlossen, seine neue Idee zum ersten Mal in dieser Kirche umzusetzen.

Als die Gardisten bei ihm anlangten, bedrohte er sie mit seinem schlagkräftigen Werkzeug, doch sie konnten ihn ohne große Mühe überwältigen. Dann befahlen sie ihm, von dem Gerüst hinabzusteigen, wozu er sich murrend anschickte. Drei Mal versuchte er ihnen erfolglos zu entwischen, bis sie ihn schließlich vor den Vizekönig schleppten.

»Seid Ihr verrückt geworden?«

Juan Bautista – schwarzer Vollbart, dunkle, lebhafte Augen, Adlernase – war erst fünfundzwanzig Jahre alt und stets untadelig gekleidet. Trotz seines jungen Alters hatte er sich bereits zu einem der besten Architekten zwischen Rom und Neapel hochgearbeitet.

Don Pedro Álvarez de Toledo hatte ihm den Bau der Kirche San Giacomo im Vertrauen darauf übertragen, ihn zukünftig als seinen Hofarchitekten zu beschäftigen, doch niemand hatte ihn aufgeklärt, wie jähzornig der junge Mann reagierte, wenn ihm etwas missfiel oder jemand es wagte, auch nur um ein Jota von seinen Entwürfen oder Vorstellungen abzuweichen.

»Nie mehr wieder werde ich nach Neapel kommen!« Seine Augen blitzten vor Zorn.

»Ich muss Euch um Entschuldigung bitten … Ihr habt vollkommen recht.« Don Pedro hatte nämlich den Glasermeister, damit die

Arbeit schneller voranging, bereits kommen lassen, als Juan Bautista sich noch in Rom aufhielt, aber leider den großen Fehler begangen, dessen Änderungsvorschläge am Originalentwurf von Giovanni Baptista, wie sich der Architekt gerne nennen ließ, gutzuheißen.

»Ich bin eigens aus Rom gekommen, um die Arbeiten zu beaufsichtigen, und finde das hier vor…« Der Architekt legte sich den Umhang um die Schultern. Mit einem Mal hatte er das Gefühl, keine Luft mehr zu bekommen, er musste hinaus, ins Freie, auch wenn es regnete. Schnell entschlossen eilte er durch den Chorumgang auf eine Seitentür zu, gefolgt von Don Pedro, dem diese Exaltiertheit gehörig auf die Nerven ging. Dass Künstler fast immer recht überspannt waren, das wusste er, und auch, dass er falsch gehandelt hatte, aber dieses unentwegte Gemurre begann ihn zu ärgern.

Draußen auf der Straße empfing sie der Regen, eigentlich mehr ein Nieseln, doch innerhalb kurzer Zeit waren sie fast nass bis auf die Haut.

»Ich werde anordnen lassen, dass alle Bleiglasfenster entfernt und gemäß Eurem ursprünglichen Entwurf neu hergestellt werden. Seid Ihr dann zufrieden?«

Juan Bautista ließ den neapolitanischen Architekten rufen, der mit ihm zusammen an der Kirche arbeitete und sich bislang mit Bedacht in gebührendem Abstand gehalten hatte. Er tauchte aus dem Innern der Kirche auf, blieb jedoch am Portal stehen, denn er hatte keine Lust, sich dem Regen auszusetzen. Sein Name war Ferdinando Manlio.

»Ferdinando, passt du auf, dass es so gemacht wird?«

Manlio warf dem Vizekönig einen fragenden Blick zu, ehe er antwortete; schließlich musste jemand für die anfallenden Kosten aufkommen. Als er dessen Einverständnis bemerkte, bejahte er die Frage.

»Dann bin ich beruhigt.« Er wischte einen Regentropfen fort, der an seiner Nasenspitze hing, sah dem Vizekönig in die Augen und verpflichtete sich, bis zur Fertigstellung der Kirche mitzuarbeiten.

Don Pedro Álvarez de Toledo nahm die Zusicherung trotz allem mit einem gewissen Vorbehalt zur Kenntnis.

In diesem Augenblick läuteten die Glocken von San Lorenzo Maggiore, und dem Vizekönig fiel ein, dass er noch mit einem anderen Künstler verabredet war, mit dem Komponisten Diego Ortiz, der ebenfalls einen etwas eigenwilligen Charakter besaß. Da hieß es, sich mit Geduld wappnen, dachte er seufzend. Ehe er sich von Juan Bautista verabschiedete, lud er ihn noch zu einer Zusammenkunft ein, die ihm schon seit Längerem vorschwebte. Nun sollte sie am folgenden Tag stattfinden.

»Es wäre mir eine Freude, Euch morgen um die Mittagsstunde in Castel Nuovo zu sehen, ehe Ihr nach Rom zurückkehrt. Ich habe noch weitere vier Männer eingeladen, alles illustre Persönlichkeiten, die sich wie Ihr der Kunst verschrieben haben – in verschiedenen Disziplinen. Ich möchte diese Stadt umgestalten, von Grund auf, nicht nur in baulicher Hinsicht, sondern auch was die Lebensart, den Geist, die Mentalität der Menschen betrifft. Und dazu würde ich gerne auch Eure Meinung hören. Für Euch wird es eine neue Erfahrung sein, eine lohnende, wie ich hoffe, denn bei der schöpferischen Diskussion, die ich im Sinn habe, wird es keine Regeln geben, keine Beschränkungen, keine Begrenzung der finanziellen Mittel. Dafür verbürge ich mich. Darf ich mit Eurem Kommen rechnen?«

Juan Bautista erschien die Idee des Vizekönigs verlockend, doch ehe er zusagte, wollte er wissen, wer denn noch komme.

»Tiziano Vecellio, der Maler, und Diego Ortiz, mein Kapellmeister, mit dem ich mich anschließend treffe. Außerdem der Dichter Luigi Tansillo und schließlich noch Giovanni Battista Pignatelli.«

»Von Letzterem habe ich jedenfalls schon reden hören …«

»Pignatelli begründet gerade eine neue, hoch interessante Disziplin: die Reitkunst.«

»Sind jetzt auch schon lebende Pferde Kunstwerke?« Er kratzte sich verwundert den Bart, fuhr dann aber, ohne dem Vizekönig Zeit für eine Erwiderung zu lassen, gleich fort: »Allein schon um diese neue Idee zu verstehen, würde ich kommen. Ihr könnt auf mich zählen.«

In dem großen Raum, in dem Diego Ortiz täglich komponierte und probte, herrschte eine beklemmende Stille, als der Vizekönig eintrat. Ortiz' Lieblingsinstrument war die Viola da gamba, aber mehr noch begeisterte er sich für die Chormusik.

Don Pedro suchte den Musiker in der Gruppe junger Sänger, die aus irgendeinem Grund schweigend und zu Statuen erstarrt dastanden und ängstlich-besorgt auf einen Wandschirm blickten. Als der Vizekönig näher trat, um nachzusehen, was sich hinter dem Schirm verbarg, fand er Ortiz dort schluchzend auf dem Boden kauernd vor.

»Was ist mit Euch, Diego?« Er bückte sich, um ihm ins Gesicht sehen zu können.

»Ich hasse sie!«

Er wies mit dem Finger in Richtung der Sängerknaben, die im Durchschnitt wohl nicht älter als zwölf Jahre waren.

»Habt Geduld, mein Freund. Es ist doch nicht das erste Mal, dass Euch dergleichen passiert, und am Ende ist Euch und ihnen noch alles gelungen …«, versuchte er ihn aufzumuntern.

Schnaubend erhob sich der Musiker, und plötzlich wurden seine Wangen flammend rot. Er murmelte Unverständliches, stieß dann einige obszöne Worte hervor und endete mit zwei gotteslästerlichen Flüchen, die Don Pedro nun wirklich zu viel waren.

»In Gottes Namen, ich bitte Euch! Mäßigt Euch! Zeigt ein wenig mehr Respekt vor der Bedeutung dieses Palastes, der doch immerhin Regierungssitz des Vizekönigreichs ist. Ihr seid in keiner Hafenschänke!«

Diego Ortiz sah ihn mit überheblicher Miene an, das Kinn hoch erhoben, packte dann den nächstbesten Knaben an der Schulter und ohrfeigte ihn gnadenlos. Den anderen zwölf Sängern, die erschrocken zur Seite wichen – unter ihnen befand sich auch ein Kastrat –, drohte er mit der Faust.

»Wie oft habe ich dir schon gesagt, dass sich bei einer Motette der Cantus firmus, die tragende Melodie, über die anderen erheben muss …« Er rückte so nah an ihn heran, dass sich ihre Wimpern fast berührten. »Und trotzdem beharrst du stur darauf, vor allem deinem Hemdkragen vorzusingen. Mein Gott, die Musik ist das größte Geschenk des Himmels, aber du bist der größte Esel!«

Einige der jungen Sänger lachten schadenfroh.

»Und ihr schweigt, ihr seid auch nicht besser!« Er wandte sich einem blonden Jungen mit hervorquellenden Augen zu und hieß ihn, seinen Part vorzusingen.

Don Pedro wartete ein wenig, denn er wollte sehen, wie es weiterging, doch der Junge sträubte und wand sich, und so hüstelte er Aufmerksamkeit heischend.

Als der Junge dann endlich begann, sang er die höheren Noten derart falsch, dass die anderen in Gelächter ausbrachen.

»Ich kann nicht mehr! Fort mit euch, und kommt mir nicht mehr unter die Augen!« Diego Ortiz griff sich verzweifelt an den Kopf und ließ sich schließlich theatralisch in einen Sessel sinken. »Ich kann nicht mehr, nein …«

Don Pedro trat zu ihm und legte ihm begütigend die Hand auf die Schulter.

»Sie müssen es eben noch lernen …«

»Nein! Das ist es nicht!« Der Musiker sprang auf. »Da steckt der Teufel drin … Wisst Ihr, ich komponiere Musik! Für mich ist Musik das, was dem Flügelschlag der Engel, oder dem Atem Gottes, am nächsten kommt. Ich leide und genieße beim Komponieren. Wenn ich spüre, dass meine Musik nicht die Schönheit besitzt, die ich mir vorstelle, habe ich das Gefühl, Ihm nicht gerecht zu werden.« Er wies mit dem Zeigefinger in die Höhe. »Aber gleichzeitig verschafft es mir einen Genuss, dass ich meine, sterben zu müssen. Der Schaffensakt ist, als würde man in einem Augenblick hundert Leben leben.« Er sank wieder in den Sessel und ließ den Kopf hängen, sodass er beinahe die Oberschenkel berührte. »Ich glaube nicht, dass Ihr mich versteht …«

»Doch, doch, durchaus. Aber Ihr müsst auch ein wenig mehr Geduld haben. Nicht jeder eignet sich Eure Kunst mit derselben Geschwindigkeit an. Diese Sängerknaben sind die besten von Neapel, ich habe mich persönlich um die Auswahl gekümmert. Geht achtsam mit ihnen um, denn ich werde Euch keine anderen geben!«

Diego erbleichte. Damit hatte er nicht gerechnet, und schon der Gedanke, ohne Chor auskommen zu müssen, rief einen derart heftigen Schmerz in seinen Eingeweiden hervor, dass er sich zusammenkrümmte. Er begann zu stöhnen, über sein Unglück zu klagen, über das schwere Leben, das ihm das Schicksal zugedacht hatte …

Wieder einmal sah sich Don Pedro wohl oder übel genötigt, einem Mann Trost zuzusprechen, der zu schwach und von unstetem Charakter war. Doch immerhin brachte dessen Geist die schönste Musik hervor, die man in ganz Neapel hören konnte.

Er berichtete ihm noch von der Zusammenkunft mit den anderen Künstlern, die er arrangiert hatte, und dann verließ er den Musiker, der sich an seine Viola da gamba klammerte und wie ein Kind weinte.

»Künstler …«, seufzte er ein weiteres Mal. »Wirklich komplizierte Menschen …«

Die imposante Festung Castel Nuovo, nahe der Küste erbaut, war der offizielle Sitz des Vizekönigs von Neapel, wo Don Pedro Álvarez de Toledo y Zúñiga seit acht Jahren lebte.

Im Saal der Barone, wo sich gewöhnlich der *Consiglio Collaterale* versammelte, ein Organ der Regierung, das aus den Vertretern der wichtigsten Institutionen des Reiches und dem Vizekönig selbst bestand, hatten sich an diesem ersten Montag des Monats Mai im Jahre 1540 erstmals und in gespannter Erwartung fünf eigenwillige Persönlichkeiten eingefunden. Sie bereicherten das Leben der Stadt seit einigen Jahren in ganz besonderer Weise – mit ihrer Kunst.

Dem Consiglio, dem Großen Rat, oblag die Organisation und Festlegung der Regeln für eine gut funktionierende Gemeinschaft, diese Männer arbeiteten jedoch mit einem anderen Werkstoff: mit Gefühlen. Sie ergründeten die Schönheit, die Natur, und versuchten, daraus Verbindungen zwischen Mensch und Schöpfung zu knüpfen. Man kannte ihre Namen in zunehmendem Maße, auch wenn einige erst noch am Anfang ihrer künstlerischen Laufbahn standen. Es waren dies Juan Bautista de Toledo, Tiziano Vecellio, Luigi Tansillo, Freund von Garcilaso de la Vega, Diego Ortiz und zu guter Letzt Giovanni Battista Pignatelli. Der Erstgenannte war Architekt, der Zweite Hofmaler des Kaisers Karl und Venezianer, der Dritte Dichter, der Vierte Musiker und der Fünfte stand einer Schule vor, die mit den althergebrachten künstlerischen Disziplinen wenig zu tun hatte, denn dort übte man sich in einer neuen Fertigkeit: der Reitkunst.

Don Pedro Álvarez de Toledo saß auf einer Fensterbrüstung und hörte tief bewegt zu. Die fünf so unterschiedlichen Männer ihm gegenüber erschienen ihm wie Halbgötter. Jeder von ihnen auf seinem Gebiet mit einem herausragenden Talent begabt, konnten sie ästhetische Glanzleistungen erzielen, die allen anderen Sterblichen versagt blieben, und mit allem, was ihre Hände berührten, priesen und erhöhten sie dessen Schönheit.

Die Denker jener Zeit führten die Schöpfung nicht mehr ausschließlich auf Gott zurück, sondern waren der Ansicht, dass sie auch dem Menschen als Sein Vermächtnis zu eigen sei, ja, dass sie sogar einen Sinn in sich selbst haben könne.

Als Vizekönig von Neapel wollte Don Pedro mit dieser Zusammenkunft einen tiefgreifenden Wandel bewirken, zuerst bei den fünf Künstlern selbst und danach bei allen Einwohnern seines Reiches. Sein Traum war es, die Empfindsamkeit der Kunst auf das gesamte Vizekönigreich zu übertragen, es gewissermaßen mit diesem hohen Geist anzustecken.

Don Pedro war ein kultivierter und empfindsamer Mann, in seiner Bibliothek war ein Gutteil des damaligen universellen Wissens versammelt. Er sah im Menschen die Krone der Schöpfung, alle Tugenden in ihm vereint. Und deshalb war er überzeugt, dass vom Menschen die notwendigen Veränderungen ausgehen müssten, damit die

Gesellschaft höhere Ziele erreichen könne, die Menschen glücklicher, Fortschritt und Studium gegenüber aufgeschlossener werden könnten.

Und darum sah sich Don Pedro Álvarez de Toledo nicht nur als Regent, er war ein Träumer, ein Reformator.

Nun beobachtete er jeden seiner Gäste, während sie begannen, sich über ihre Ansichten auszutauschen. Das Gespräch entwickelte sich aus ihren unterschiedlichen Lebenswelten heraus, aus den Buchstaben und den Versen, unter Mitwirkung ihrer Malerpinsel oder Partituren. Der eine drückte sich in Stein aus, der andere in Holz, ein dritter in der Dressur des schönsten Tieres, das Gott erschaffen hatte. Jeder von ihnen verwendete einen anderen Werkstoff, aus dem unterschiedliche Formen der Verständigung wurden, doch eines war ihnen allen gemeinsam: Sie lösten Gefühle aus.

Die fünf Rundtürme von Castel Nuovo, die sich auf dem Fundament einer mächtigen Mauer erhoben, standen an diesem Tag auch symbolisch für die fünf in der Residenz vertretenen Kunstdisziplinen. Und diese fünf Welten wollte der erlauchte Hausherr fördern, um den Bewohnern seiner Stadt die Literatur, die Architektur, die Malerei, die Musik und schließlich die Reitkunst nahezubringen.

»Edler Herr«, begann Tiziano im Namen der anwesenden Künstler, »wir wissen, dass Ihr uns hierhergerufen habt, weil Ihr ein neues Neapel erstehen lassen wollt, eine Stadt, in der die Kunst mehr Geltung erhält, als sie bislang hatte. Doch wir haben in dieser Hinsicht noch keine Fortschritte erzielt, vielleicht weil wir zu individuell arbeiten, nicht das Gesamtbild vor Augen haben … Wir haben uns bemüht, die während des Schaffensprozesses entstehenden Gefühle heraufzubeschwören, von dem zu lernen, was jeder Einzelne erlebt, doch weiter sind wir noch nicht gekommen.« Der berühmte Maler nahm wieder Platz – ihn quälten heftige Rückenschmerzen – und streckte seufzend die Beine aus. »Wir arbeiten jeder für sich, in der Stille unserer kleinen Welten, und sind es nicht gewohnt, etwas gemeinsam zu tun.«

Der Dichter Luigi Tansillo, der sich voller Stolz rühmte, das Können seines Meisters Garcilaso geerbt zu haben, suchte die Wärme des riesigen Kamins, in dem mehrere Holzscheite sich gerade in Glut verwandelten. Neben ihm saß Juan Bautista de Toledo, der sich von den Zielen der vizeköniglichen Einladung ebenfalls angesprochen fühlte.

»Luigi, glaubst du, dass es Regeln gibt in der Kunst?«

Der Dichter antwortete, ohne lange zu überlegen.

»Wenn ich Ja sage, dann würde ich davon ausgehen, dass unsere Arbeit etwas Gekünsteltes hat, und der Meinung bin ich tatsächlich. Wir Dichter geben bestimmten Worten eine Bedeutung, die von sich aus großen Wohlklang besitzen. Damit rücken wir bestimmte Gefühle in den Vordergrund – manche öffnen das Herz, andere verschließen es. Bedenkt doch nur, dass ein Wort, ein einziges Wort, zwischen zwei Menschen manchmal Liebe entfachen kann. Ja, so ist es. Wir, die wir mit der Sprache spielen, können in anderen Menschen die unterschiedlichsten Gefühle wachrufen. Vielleicht liegt das an einer den Worten innewohnenden Eigenschaft, vielleicht ist es Zufall. Ich weiß es nicht. Aber haben wir es nicht schon selbst erlebt?«

»Ihr habt recht, mir selbst ist es auch schon häufig so ergangen«, warf Juan Bautista ein.

»Die Kunst ist eine Erhöhung der Gefühle, und sie benötigt ein Material, um sich auszudrücken«, erklärte Luigi. »Ich arbeite mit Wörtern, mit Reimen, mit der Emphase, aber auch mit dem Tonfall und mit Pausen. Für mich ist die Sprache der Stoff, aus dem ich meine Gedichte forme, so wie Ihr mit dem Stein arbeitet, Tiziano mit Ölfarben oder Pignatelli mit Pferden. Es ist einerlei, welche Werkzeuge wir benützen, um der Natur ein Stück ihrer Schönheit zu rauben und sie anschließend auf unsere Weise zu verwandeln.«

Nun ergriff Juan Bautista das Wort. In der Architektur besäßen diese Regeln einen höheren Stellenwert, erklärte er. Sie seien die großen Prinzipien, die Säulen, ohne die man in seinem Metier nicht auskomme.

»Unsere Bauwerke gehorchen bestimmten Formeln, die seit dem frühen Altertum niedergeschrieben sind – in der Geometrie, in der Physik, in der Arithmetik. Unsere Regeln leiten sich aus den Zahlen und ihren Gesetzen ab. Beispielsweise kann eine Kirche eine bestimmte Höhe haben, wenn die Tiefe ihres Fundaments in einem bestimmten Verhältnis zur Breite ihrer Mauern steht.«

Nun wollte Pignatelli seine Ansicht erläutern.

»Ihr habt gerade gesagt, dass die Kunst ihre eigenen Regeln besitzt und man einen bestimmten Werkstoff braucht, um sich auszudrücken. Wenn dem so ist, wenn ich will, dass die neue Disziplin, in der ich seit einiger Zeit arbeite, als Kunst angesehen wird, dann wäre in meinem Fall das Tier der Werkstoff, doch mir ist bewusst geworden, dass das allein nicht genügt.«

»Wie meint Ihr das?«, fragte Juan Bautista nach.

»Ich will damit sagen: Ihr erbaut Kirchen, Kathedralen oder Paläste, so wie Diego Ortiz Musik erschafft, die sich zu komplexen Kompositionen vereint. Aber glaubt nicht, dass die Kunst sich in dem Material befindet, dessen Ihr Euch bedient, um sie zu erschaffen, und auch nicht in der dabei verwendeten Technik. Die Kunst liegt in der Wirkung, die Euer Werk auf denjenigen hat, der es hört oder betrachtet … Es ist etwas, was ich unmöglich bestimmen kann, aber es bewirkt, dass das eine Werk Gefühle auslöst und ein anderes nicht. Ich für meine Person, das muss ich leider gestehen, habe bislang nicht mehr zustande gebracht, als schöne Pferde zu züchten …«

Don Pedro Álvarez de Toledo verstand Pignatelli nicht, obwohl er aufmerksam zuhörte. Er war darüber unterrichtet, wie viel Mühe Pignatelli darauf verwandte, die Ästhetik der Pferde in seiner Reitschule immer weiter zu verbessern, ein lobenswertes Unterfangen, mit dem er sich seit Jahren beschäftigte. Er wollte seine Pferde veredeln, indem er nur die Tiere mit den besten Eigenschaften zur Zucht auswählte; diejenigen, die dafür nicht infrage kamen, wurden mit anderen Pferden aus der näheren Umgebung des Vizekönigreichs gekreuzt. Sein Ziel war es, für Neapel und für seine Reitschule die prächtigsten Pferde zu züchten, die die Welt je gesehen hatte, Pferde von solcher Schönheit, dass sie jeden adelten, der auf ihnen ritt.

Die ersten Ergebnisse seiner Bemühungen hatte Don Pedro bereits persönlich in Augenschein genommen, und er war äußerst angetan gewesen. Deshalb verstand er Pignatellis Enttäuschung nicht, und dies äußerte er nun auch.

»Meiner Ansicht nach habt Ihr gute Arbeit geleistet ... und die ersten Resultate sind durchaus vielversprechend. Meint Ihr nicht, dass sie ebenso großartige Kunstwerke sind wie eine gelungene Skulptur oder ein von einem der besten Meister angefertigtes Gemälde?«

»Ich danke Euch für die guten Worte, edler Herr, und muss einräumen, dass sich durchaus etwas geändert hat, aber was ich bislang erreicht habe, genügt nicht, nein.« Pignatelli wandte sich Tiziano zu. »Sicherlich gibt es viele unbekannte Maler, die mit der gleichen Akribie und Geschicklichkeit malen wie Ihr, aber was ist es, das eines Eurer Werke für den, der es betrachtet, zu einem beglückenden Erlebnis macht, das ein anderes Werk nicht bietet? Was hat es in sich, das einen so in den Bann schlägt? Das einem den Atem verschlägt, sich der Seele bemächtigt?«

»Ich vermute, es ist das, was wir Kunst nennen«, erwiderte der Maler aus Venedig.

Schwungvoll erhob sich nun Luigi Tansillo aus seinem Sessel. Er war sich bewusst, dass Pignatelli mit seinen Ausführungen einen entscheidenden Punkt berührt hatte, und deshalb wandte er sich mit seiner Folgerung an ihn.

»Ihr arbeitet mit einem lebendigen Tier und wir Übrigen mit Materialien, die kein Leben besitzen, das wir ihnen jedoch verleihen. Vielleicht ist das der Schlüssel! Dem Künstler gelingt es, einem unbelebten Material oder Gegenstand Leben einzuhauchen, einem Stein oder einem Musikinstrument, und das ist es, was das Gefühl auslöst, von dem Ihr sprecht. Doch etwas bereits Lebendigem könnt Ihr nicht Leben verleihen, Ihr könnt es nur formen …«

Der Architekt Juan Bautista schloss sich der Meinung des Dichters an, ergänzte seine Ausführungen jedoch um eine Nuance.

»Ein Werk berührt uns, wenn es Seele besitzt. Darin liegt das Wesen der Kunst: dass ein Gegenstand aufhört zu sein, was er ist, und ein Eigenleben annimmt und seine Seele zeigt … ja, seine Seele …« Er schwieg ein paar Augenblicke und wandte sich dann wieder an Pignatelli, der ihm von Angesicht zu Angesicht gegenüberstand. »Damit ein Pferd durch Euch zur Kunst werden kann, müsst Ihr zuerst seine Seele entdecken. Wenn Euch das gelingt, werdet Ihr uns in Erstaunen versetzen, unser Innerstes berühren können, da bin ich sicher, und Ihr werdet in vielen Menschen Gefühle wecken, wie es zuvor noch mit keinem Tier gelungen ist. Aber, wie ich schon sagte, Ihr müsst zuerst seine Seele finden …«

Bei den letzten Worten legte sich eine feierliche Stille über die versammelte Gesellschaft. Don Pedro blickte einem nach dem anderen ins Gesicht und stellte zufrieden fest, dass diese Zusammenkunft die von ihm erhoffte Wirkung gehabt hatte.

»Die Seele der Pferde …«

Pignatelli kostete jedes dieser Wörter aus, bis Juan Bautista sich wieder meldete.

»Diese Rasse, die Ihr veredeln wollt, muss äußere Vollkommenheit und innere Schönheit besitzen, Materie und Geist, in einem besonderen Tier vereint. Ausgewogen in seinen Formen, prächtig und erhaben …«

»Und wie soll ich es anstellen, ihre Seele zu finden?«, dachte Pignatelli laut nach. »Bislang habe ich an der physischen Verbesserung des Pferdes gearbeitet, damit es schwierige Bewegungen ausführen kann, es ist mir gelungen zu erkennen, was ein Pferd braucht, um Stil zu entwickeln, wie man eine kräftigere Kruppe erzielt oder wie man seine Beine stärker machen kann, aber seine Seele zu finden, dazu war ich noch nicht imstande ...«

Da erwiderte Juan Bautista im Brustton der Überzeugung:

»Es ist eine schwierige Aufgabe, die Ihr da vor Euch habt, wohl wahr. Deshalb mein Rat: Sucht Euch jemanden, der dazu imstande ist, nur dann werdet Ihr eine wirklich bedeutende Rasse heranzüchten können, ein Pferd, das Kunst, Wesensart und Gefühl besitzt.«

II

Hoffnungsfroh blickte Yago auf die Stadt. Vom Hafen aus breitete sich Neapel in seiner ganzen Schönheit vor ihm aus.

Fast unmittelbar am Ufer erhob sich eine Festung mit fünf markanten Türmen, und westlich davon eine weitere Burg, die älter und massiver schien.

Gegenüber, auf einer Hügelkuppe, lag das Kastell Sant' Elmo, sodass die Stadt zum Meer hin fast vollständig geschützt war.

Ließ man den Blick über die Silhouette Neapels schweifen, fielen die zahlreichen Kirchtürme ins Auge, und man spürte, wie das Leben in der nach Paris bevölkerungsreichsten Stadt Europas brodelte.

Wandte man den Kopf nach rechts, rückte die Insel Capri ins Blickfeld, und ein Stück davor, im Osten und weiter landeinwärts gelegen, erhob sich ein Berg, der in den Bewohnern Neapels und der benachbarten Landstriche schreckliche Erinnerungen weckte: der Vulkan Vesuv.

»Du wirst in dieser Festung am Meer leben, sie heißt Castel Nuovo.« Volker deutete auf das prächtige Bauwerk. »Es ist die Residenz unseres Vizekönigs, dort spielen sich die wichtigsten Ereignisse des gesellschaftlichen, des politischen und des wirtschaftlichen Lebens des Reiches ab. So bald wie möglich werde ich mich mit dir zu Camilo in seinem Kloster aufmachen. Vielleicht dauert es noch ein wenig länger, als dir lieb ist, denn ich muss mich erst erkundigen, ob wir für unseren Besuch eine besondere Erlaubnis benötigen. Die Kartause, in der er jetzt lebt, ist nicht allzu weit von der Stadt entfernt, aber zwei oder drei Tage muss man für den Hin- und Rückweg schon rechnen.«

Obwohl Yago sich nichts sehnlicher wünschte, als Camilo endlich wiederzusehen, verstand er auch, dass es bis dahin wohl noch ein Weilchen dauern würde, aber er fühlte sich schon allein deshalb besser, weil er sich nun in seiner Nähe wusste.

Fasziniert betrachtete er die Silhouette der Festung.

Er wusste zwar nicht, wie sein Leben nun weitergehen würde, doch er fühlte sich zum ersten Mal entspannt, frei von Angst, geliebt und nicht mehr allein. Bewirkt hatten diese Veränderung Carmen und Volker, die ihm mit ihrer Nähe, Zuwendung und vor allem ihrem Respekt einen nie gekannten Seelenfrieden geschenkt hatten. Niemals in seinem ganzen Leben hatte er so lange Zeit keine Demütigungen und Schmerzen erdulden müssen, hatte ihn niemand wegen seiner Andersartigkeit getadelt.

Während der vielen gemeinsam verbrachten Tage auf der Reise von Jerez nach Córdoba, wo sie weitere Pferde kauften, und dann auf dem Schiff nach Neapel hatte Yago reichlich Zeit zum Nachdenken gehabt. In der stets entspannten Atmosphäre hatte er begriffen, dass er an seinem Verhalten gegenüber anderen Menschen etwas ändern musste. Als Erstes nahm er sich vor, künftig besser zuzuhören, sich auf das zu konzentrieren, was die anderen sagten, und nachzufragen, wenn er etwas nicht verstand. Dahinterzukommen, was der eine oder andere Gesichtsausdruck bedeutete, und herauszufinden, wie man ein bestimmtes Gefühl mithilfe der Mimik ausdrücken konnte, war für ihn eine große Herausforderung, die jedoch auch sein Selbstwertgefühl stärkte. Was bei anderen Menschen ebenso einfach wie intuitiv vonstatten ging, war in seinem Fall fast unmöglich. Und ebenso fest nahm er sich vor, seine Aussprache zu verbessern, sich die Wörter besser zu überlegen, ehe er sie aussprach, und dem Menschen, der mit ihm sprach, in die Augen zu sehen.

Kurz bevor das Schiff im Hafen festmachte, überfiel Yago wieder Verwirrung, und seine Freude verwandelte sich in Traurigkeit.

Ihm war bewusst, dass in Neapel ein neues Leben für ihn beginnen würde. Aber die drei Wochen, die er fast ständig mit Carmen und Volker zusammen gewesen war, konnte er nicht einfach vergessen, und wenn er daran dachte, dass er sich von ihnen trennen musste, sobald sie festen Boden betraten, wurde er sehr traurig. Volker hatte ihm zwar versichert, dass er ganz in seiner Nähe arbeiten werde, aber er wusste nicht, was das genau bedeutete, und Carmen würde zukünftig wieder bei ihrer Familie leben.

»Carmen!«, rief er.

Die beiden kamen gerade vom Schiff herunter, und er hatte Angst, sie nicht mehr wiederzusehen.

»Ja, was ist, Yago?« Sie fasste ihn liebevoll am Kinn.

»Kommst du mich besuchen?«

Sie versprach es ihm hoch und heilig. Yagos Gegenwart hatte sie verändert und sie ihr eigenes Unglück für einen Moment vergessen lassen, und so hatte sie diesem Jungen, der sein Leid seit seiner Geburt mit sich herumtrug, ihre ganze Zuneigung geschenkt. Doch auf dieser Überfahrt hatte sie auch eine Entscheidung getroffen, deren Folgen sie noch nicht absehen konnte: Sie würde alles daransetzen, die Beziehung zu Volker aufrechtzuerhalten; nichts wünschte sie sich mehr.

Neapel lebte zwei große Passionen: zum einen die Pferde, zum anderen die Verschönerung seiner Gebäude und Plätze.

Deshalb scharten sich sogleich Trauben von Neugierigen um die Pferde, die sie von den Kartäusern und später in Córdoba gekauft hatten, sobald sie auf der Hafenmole standen, denn die Menschen erkannten ihre Qualität.

Die meiste Aufmerksamkeit zogen die beiden vierjährigen Fohlen des Herzogs von Sessa auf sich, die berühmten Guzmáns; sie waren von außergewöhnlicher Schönheit. Die Tiere schnaubten stolz, denn sie spürten, wie viel Bewunderung sie erregten, ja, sie schienen sich ihrer Anziehungskraft bewusst zu sein und jeden zu mustern, der sich ihnen näherte. Die Mähne fiel ihnen in die Stirn, verdeckte beinahe die Augen; sie war so lang, dass sie fast bis zu den Sprunggelenken reichte. Stolz bewegten sie den Kopf hin und her. Beide waren Rappen und von einzigartiger Klasse.

Neben den beiden Guzmáns fielen noch zwei weitere Pferde auf, zwei Kartäuser-Stuten, grauschimmelfarben gefleckt und fünf Jahre alt. Mit der Zeit würden die dunkelgrauen Flecken verblassen, bis das Fell fast weiß wirkte. Jedenfalls war es bei den meisten Pferden so, die an jenem der inneren Sammlung und Gott geweihten Ort zur Welt kamen, der den Namen Santa María de la Defensión trug. Ihr Fell war fast schwarz, wenn sie geboren wurden, und wurde mit den Jahren immer heller, bis es fast weiß war, wenn sie ausgewachsen waren.

Die beiden Stuten mit feinem Profil und runder, leicht abfallender Kruppe wirkten ruhiger als die anderen Tiere. Sie ertrugen das Gedränge mit stoischer Gelassenheit, bis zwei Stallburschen kamen und die vier Pferde mitnahmen. Mit ihnen beabsichtigte Volker die Kavallerie des Vizekönigs aufzufrischen, konkret, er wollte Pferde mit einer kräftigeren Hinterhand heranzüchten. Die beiden Guzmáns waren, sobald sie ausgewachsen waren und die notwendige Schulung erhalten hatten, zum persönlichen Gebrauch von Don Pedro Álvarez de Toledo bestimmt.

Volker und Yago begleiteten Carmen zum Palais der Familie in der Via Toledo, an der innerhalb weniger Jahre die prächtigsten Häuser der ganzen Stadt entstanden waren. Yago ritt auf Azul, wie stets, seit sie sich in Jerez wiedergefunden hatten, seine beiden Begleiter auf Pferden, die seinem Tier an Eleganz nicht nachstanden.

Carmens Eltern freuten sich ungeheuer über die unerwartete Rückkehr ihrer Tochter und bedankten sich bei Volker für seine Dienste. Die Mutter rätselte, warum sie nicht in Begleitung ihres Gatten kam, den sie noch gar nicht kennengelernt hatte, doch das würde sie sicher erfahren, sobald sie mit ihrer Tochter allein war.

Yago bemühte sich, einen guten Eindruck zu machen. Er strengte sich sehr an, normal zu erscheinen, und da er kaum ein Wort sagte, fielen seine Schwierigkeiten nicht weiter auf. Auch was es mit dem Jungen auf sich hatte und welche Art von Verpflichtung ihre Tochter da übernommen hatte, war der Mutter ein Rätsel. Doch auch das würde sie bei Gelegenheit herausbekommen.

Als Carmen ihre Begleiter an der Tür verabschiedete, drückte sie Yago einen Kuss auf die Wange und war im Begriff, Volker ebenfalls zu küssen, als sie im letzten Moment leicht errötend innehielt und statt der Lippen seine Hand küsste. Die Eltern beobachteten die Geste mit Befremden.

»Gleich morgen besuche ich dich!«, sagte sie, ausdrücklich an Yago gewandt. »Willkommen in Neapel!«

Wenig später gingen Volker und Yago eine nahe Straße hinunter in Richtung der Festung Castel Nuovo, um sich ein wenig Bewegung zu verschaffen.

»Ich werde dir die Ställe zeigen, wo du bald arbeiten wirst. Aber du wirst auch die Männer meines Vertrauens kennenlernen, vielleicht auch den Vizekönig, und vor allem einen mir besonders wichtigen Menschen, einen Menschen mit derart geschickten Händen, dass er Kunstwerke erschafft – Giacomo Bellatesta, unseren offiziellen Geschirrmacher.«

»Was ist Geschirrmacher?«

Volker wandte sich zum Hauptportal der Festung, das von zwei Rundtürmen flankiert und von einem prächtig ornamentierten Marmorbogen überspannt wurde.

»Sieh es dir lieber selber an, was er macht, oder, noch besser, Giacomo erklärt es dir …«

Von jedem, dem sie in der Festung begegneten, wurde Volker herzlich willkommen geheißen. Zuerst passierten sie einen langen Gang, dann stiegen sie eine Treppe hinunter, und plötzlich hatte Yago vertrauten Stallgeruch in der Nase. Ob denn die Pferde, die sie mitgebracht hatten, unter ihnen auch Azul, dort eingestellt würden?, fragte er Volker.

»In Castel Nuovo gibt es nicht genügend Platz für alle Pferde, die der Vizekönig benötigt. Hier stehen nur die besten und diejenigen, die am häufigsten gebraucht werden. Die Guzmáns und Azul bleiben also hier. Die Stuten werden in einen anderen Stall im Zentrum der Stadt gebracht. Du wirst ihn noch sehen.«

Die Truppe, die Don Pedro Álvarez de Toledo schützte und die von Volker befehligt wurde, bestand aus hundert Männern, den sogenannten »Getreuen«. Es waren zur Hälfte adelige Neapolitaner, zur Hälfte Spanier. Jeder von ihnen stellte sein Pferd selbst, in Friedens- wie in Kriegszeiten. Fast alle gehörten einem höheren Stand an und verfügten über reichlich finanzielle Mittel: Es waren Fürsten darunter, wie die von Piemont, oder Herzöge, wie die von Nardò oder von Sessa, und auch zahlreiche Markgrafen und Grafen. Sie alle stellten dem Kaiser – und in Neapel seinem höchsten Vertreter, dem Vizekönig – ihre Truppen zur Verfügung und besaßen außerdem einen Palast in der Stadt, Ländereien, Weingärten und weiteren Besitz, vor allem aber prächtige Stallungen mit Pferden. Sie mussten eine bestimmte Anzahl an Pferden besitzen, so verlangte es der Kaiser, wenn sie zu den »Getreuen« gehören wollten, und wenn sie auf gute Geschäfte mit der Krone erpicht waren, mussten sie mindestens hundert Lanzenkämpfer stellen.

Sie gelangten in einen Raum, in dem ein Dutzend junger Burschen an einem großen runden Tisch saßen und Lederstücke bearbeiteten. Unter ihnen befand sich ein Mann von vielleicht vierzig Jahren, der den Kopf hob, als er seinen Namen aus Volkers Mund hörte, aufsprang und ihn erst einmal fest umarmte, ehe er sich Yago zuwandte.

»Meine Güte!… Wie lange haben wir uns nicht gesehen!« Der Mann musterte Volker von Kopf bis Fuß und stellte fest, dass er ziemlich viel an Gewicht verloren hatte. »Diese ferne Insel, zu der du gereist bist, hat dich recht schlecht behandelt, scheint mir. Wie ist es dir dort ergangen, lieber Freund?«

»Ich werde dir noch berichten, Giacomo, aber es war jedenfalls eine Reise mit starken Kontrasten. Einerseits hätte ich fast mein Leben verloren, andererseits habe ich vielleicht gefunden, was mein Leben zukünftig erfüllen könnte …«

»Soso«, grinste der andere verschmitzt. »Das hört sich gut an. Besser gesagt, das hört sich nach einer Frau an, oder irre ich mich?«

»Nicht unbedingt …« Volker klopfte ihm freundschaftlich auf die Schulter.

»Und wer ist dieser Bursche?« Giacomo blickte über den Rand seiner Brille hinweg auf Yago, der sich hinter Volker versteckt hatte.

»Das ist Yago. Ich wäre dir dankbar, wenn du ihn ab heute bei dir aufnehmen könntest, damit er dein Handwerk erlernt. Er ist ein guter Junge, glaub mir. Ich habe ihn auf Jamaika getroffen, und er hat schon zu viel in seinem Leben erdulden müssen, mehr, als viele von uns ertragen könnten. Deshalb bitte ich dich: Hab Geduld mit ihm, und sieh es ihm nach, wenn er deinen Anweisungen anfangs nicht richtig folgt oder sich Schwierigkeiten mit den anderen ergeben. Es kostet ihn alles große Mühe …«

Der Mann trug Lederhandschuhe, bei denen der obere Teil der Finger abgeschnitten war, außer bei den beiden Zeigefingern, die zum Schutz beim Nähen zusätzlich verstärkt waren. Er hatte helles, gelocktes Haar und eine glatte Haut, auf der fast kein Barthaar spross. Als Yago ihm in die grünen, fast durchsichtigen Augen blickte, meinte er, anders als bei vielen Menschen, denen er in seinem Leben begegnet war, einen guten Charakter darin zu erkennen.

Während er mit seinem Besucher sprach, behielt der Geschirrmacher stets seine Lehrjungen im Auge. Einer war gerade im Begriff, ein Stück Rohleder zu schneiden, aus dem er einen Sattelgurt und zwei Riemen für eine Reitpeitsche machen wollte, und Giacomo ging zu ihm und griff korrigierend ein.

»Das kommt uns hier sehr gelegen, Volker, wirklich … Du kannst auf meine Unterstützung zählen.« Er reichte Yago zum Abschied die Hand und besah sich dessen Finger, als er die seine ergriff. »Schau dir deine Finger noch einmal gut an, Junge, denn in ein paar Wochen wirst du sie nicht mehr wiedererkennen.«

»Er wird eine Unterkunft brauchen, Verpflegung und einen kleinen Lohn...« Volker hatte den Eindruck, dass Yago sich in der Werkstatt wohlfühlte, und Giacomo schien von dem Jungen auch angetan. »Wenn du meinst, dass er so weit ist, sag mir Bescheid, und ich nehme ihn mit, damit er die Aufgaben eines Pferdeknechts kennenlernt.«

»Seit es in Mode gekommen ist, mit der Kutsche zum Vergnügen auszufahren, zur Jagd oder nur, um seinen Reichtum zur Schau zu stellen, nimmt die Arbeit in dieser Werkstatt kein Ende mehr, und dabei gibt es inzwischen noch zahlreiche andere in der Stadt. In den Straßen drängen sich Kutschen mit sechs, manchmal sogar acht Gespannen. Und das bedeutet, wir haben eine enorme Menge an Zaumzeug, Sätteln, langen Riemen für Steigbügel, Scheuklappen, Sattelkissen und vieles andere anzufertigen.«

Volker trat an den großen runden Tisch, um sich anzusehen, was dort gemacht wurde.

In der Mitte stapelten sich Stücke unterschiedlich dicken Leders, aus dem verschiedene Teile des Pferdegeschirrs werden sollten. Von dem Leder ging ein durchdringender Geruch aus, weil es angefeuchtet werden musste, damit es sich besser verarbeiten ließ. Zwei Lehrlinge waren damit beschäftigt, aus einem großen Lederstück zwei Streifen von etwa sechs Fingern Breite und sechs Spannen Länge zu schneiden, aus denen Riemen für ein Brustgeschirr werden sollten. Ein anderer, mit einem ähnlichen, jedoch bereits trockenen Streifen Leder vor sich, begradigte die Kanten und entfernte überstehende Fasern.

Giacomo ermunterte Yago, sich neben einen der Burschen zu setzen. Dieser hielt einen schon sehr abgenutzten Zügel in der Hand, den er gerade reparierte. Auf die Seite, die besonders schlecht aussah, hatte er einen Streifen dickes, neues Leder gelegt, und nun nähte er beides mit festen Stichen zusammen. Yago wäre fast auf den Tisch geklettert, so genau wollte er alles sehen.

Als Volker und Giacomo die Werkstatt verließen, um unter vier Augen miteinander reden zu können, fragte der Bursche, der sich als Tazio vorstellte, was Yago denn gelernt habe.

Yago dachte eine Weile nach, ehe er antwortete.

»Ich weiß nicht … Nichts, glaube ich.«

III

Luis Espinosa kannte den Mann seit zwei Jahren, und er hatte keine Angst vor ihm, auch wenn alle anderen Sterblichen in seiner Nähe Grund genug hatten, um ihr Leben zu fürchten.

Er hieß Sinau, manche nannten ihn auch den Juden aus Smyrna, und er befuhr zusammen mit Dragut von Rhodos, Aydin, einem abtrünnigen Christen, und Hassan auf seinem gefürchteten Kaperschiff das Mittelmeer.

Sie spazierten durch die Festungsanlage auf dem Felsen gegenüber dem alten Hafen, die die Spanier vor nicht einmal dreißig Jahren errichtet hatten. Die Festungsmauern aus weißem Stein umschlossen eine Stadt, die sie *Kasbah* nannten, ein Gewirr von Gässchen auf einem Hügel, auf dessen höchstem Punkt sich die Festung selbst erhob, und dorthin strebten die beiden Männer.

Die uneinnehmbare Bastion hatte sich zu einem Zufluchtsort für diese Straßenräuber des Meeres gewandelt, und in ihrem Rücken, im Hafen, lagen sechzig Galeeren und siebenundzwanzig Galeonen vor Anker – die imposante Seestreitmacht eines Mannes, den man im Okzident Barbarossa nannte, wiewohl er eigentlich Khair ad-Din hieß. Gleichzeitig war er der Vertreter des osmanischen Reiches in Algier und den restlichen berberischen Ländern, die er höchstselbst Kaiser Karl V. entrissen und dem osmanischen Reich einverleibt hatte.

Jedes Frühjahr verteilte sich diese gigantische Flotte auf dem gesamten westlichen Mittelmeer, um Häfen anzugreifen, Sklaven zu erbeuten und Schiffe aller Art zu überfallen, die von Genua, Neapel oder Marseille auf dem Weg nach Mallorca, Barcelona oder einem anderen Hafen an der spanischen Küste waren.

Sinau war ein harter Mann und stand in dem Ruf, die Kunst der schwarzen Magie wie kein Zweiter zu beherrschen. Seine tief liegenden Augen mit den grün-gelblichen Pupillen blickten gefährlich. Er hatte dünne, knochige Finger mit schmutzigen Nägeln, etliche waren auch abgebrochen. Nun sah er Luis mit offensichtlicher Ungeduld an.

»Ihr müsst Euch schon besser erklären, wenn alle hier sind … Man fragt sich, was ein Christenmensch mit Eurer Macht und Eurem Einfluss wohl von uns wollen kann. Ich rate Euch: Seid so überzeugend, wie Ihr nur könnt, denn das Lösegeld für Euch könnte durchaus Appetit machen.«

Luis wusste bereits, wie er vorgehen würde, wollte aber zuerst bei Sinau das Terrain sondieren, ehe er mit allen vier Korsaren konfrontiert war. Und da ihm die in Aussicht gestellte Lösegelderpressung nicht sonderlich gefiel, beschloss er, seinen Vorschlag ganz unverblümt und verständlich darzulegen. Diese vier waren Männer der Tat, die wenig Worte machten.

»Ich erkläre es Euch besser, wenn wir alle beisammen sind.«

»Besser für Euch, denn wir vergeuden nicht gern unsere Zeit.«

Als sie an einer kürzlich eingelaufenen Galeere vorbeikamen, ließ Luis prüfend die Finger über Ballen von Seidendamast gleiten, die einige Christensklaven gerade entluden.

»Ausgezeichnete Qualität. Wohin verkauft Ihr diesen Damast?«

»Äh … nach Kairo. Aber ich weiß wirklich nicht, warum Ihr ständig Fragen stellt. Ich lasse mich nicht gerne ausfragen.«

In diesem Augenblick kam eine Prozession von Sklaven auf sie zu, die am Hals und an den Füßen aneinandergekettet waren, und diese Ketten verursachten ein derart unangenehmes, lautes Geräusch, dass man kaum hören konnte, in welcher Sprache sie redeten. Als sie näher kamen, meinte Luis spanische Laute zu vernehmen, sicherlich stammten sie aus einer Hafenstadt an der Ostküste; es gab aber auch Genueser darunter, Katalanen, und auch Französisch glaubte er zu hören.

Sinau rückte seinen Turban gerade und ging auf die Gruppe von Sklaven zu, um sich die beiden anzusehen, die ganz vorne standen. Es waren zwei schöne Frauen mittleren Alters, die ein hochmütiges Gesicht machten. Ihm gefielen die Spanierinnen, sie waren kräftig und besaßen Stolz. Und sie widersetzten sich am längsten, wenn man sie zur Liebe zwingen wollte, doch mit der Zeit wurden sie sehr anschmiegsam.

»Wir haben zu viele…«, bemerkte Sinau mit besorgter Miene. Am Vorabend waren drei Galeeren eingetroffen, vollgestopft mit neuer menschlicher Fracht; sie wussten schon nicht mehr, wohin mit ihnen. Ihm oblag es, all diese Menschen am Leben zu erhalten, und diese Aufgabe bescherte ihm monatelang nichts als Kopfschmerzen und Schwierigkeiten. Es ärgerte ihn, wenn sie starben, denn damit verlor er das Geld, das er durch einen eventuellen Verkauf erlösen würde, und außerdem war alles Essen vergeudet, das sie bis zu ihrem Tod bekommen hatten.

»Habt Ihr eine Idee, wie man die Sache mit dem Lösegeld für dieses Gesindel beschleunigen könnte?« Der Jude kratzte sich an seinem langen, zu einem Zopf geflochtenen Bart. »Viele, die wir im Frühjahr einfangen, werden erst ein Jahr später zurückgefordert, und dadurch entstehen unerträglich hohe Kosten. Es ist ein Trauerspiel…«

Luis Espinosa hütete sich, ihm sogleich eine Lösung vorzuschlagen, versprach aber, darüber nachzudenken. Wenn es Geld zu verdienen gab, würde er versuchen, sich einen Teil davon zu sichern. Er hatte von Händlern in London gehört, die sich damit eine goldene Nase verdienten.

Sie hatten sich vor ein paar Jahren kennengelernt, als Luis erfuhr, dass er, um Pferde an die Ägypter verkaufen zu können – bei diesem Geschäft hatte er viel Geld verdient –, nicht nur die in Spanien geltenden Gesetze für die Ausfuhr verbotener Güter umgehen musste, sondern diesen Korsaren allein für das Vorrecht, an der nordafrikanischen Küste Handel treiben zu dürfen, einen Tribut zahlen musste.

Mittlerweile waren sie bei einem Festungsturm angelangt, vor dem zwei Soldaten mit Schwertern Wache standen, deren blaue Turbane nur zwei drohend funkelnde Augen freiließen.

Über eine Treppe aus Muschelkalk stiegen sie bis ins oberste Geschoss hinauf. Dort stieß Sinau eine niedrige Tür auf, die grässlich knarrte und sie zwang, die Köpfe einzuziehen. Dann standen sie in einem Raum mit drei Fenstern, die einen wunderbaren Blick auf den Hafen und das Meer boten.

In der Mitte stand ein runder Tisch, darauf Schalen mit Früchten, an dem drei Männer saßen, die auch bei ihrem Eintreten nicht aufhörten zu lachen.

Sinau deponierte sein Schwert auf einem Stuhl bei den anderen Waffen, setzte sich und legte die Füße auf den Tisch.

»Hassan, erzähl doch noch einmal, was du uns gerade berichtet hast«, meldete sich Dragut zu Wort, der dank seiner bemerkenswerten Intelligenz durchaus der nächste Reîs werden konnte, sobald Khair ad-Din Barbarossa einmal das Zeitliche segnete.

Hassan war ein merkwürdiger Mensch, dessen Kindheit schwierig und deren Folgen schrecklich gewesen waren. Auf Sardinien geboren, war er als kleiner Junge von nicht einmal acht Jahren von den eigenen Eltern als Sklave verkauft worden. Der Käufer vernarrte sich derart in ihn, dass er ihn kastrieren ließ, damit er für alle Zeit jung blieb. Deshalb hatte er eine hohe Stimme, und er wirkte auch äußerlich viel zarter als seine grobschlächtigen Gefährten, aber es hieß, er sei über alle Maßen grausam. Er beherrschte Sprachen, und überdies hasste er die Frauen. Bei der Verhandlung mit dem Christen musste er als Dolmetscher fungieren.

»Unser geliebter Reîs ist, wie ihr wisst, ein unverbesserlicher Romantiker ...«, begann er. »Ich möchte euch nun von seinem neuesten Abenteuer berichten, es ist kaum zwei Wochen her. Er hatte offenbar von einer schönen Frau gehört, der Herzogin von Traetto, Gräfin von Fondi, mit Namen Giulia Gonzaga. Sie sei die schönste Frau aller Königreiche Italiens, sagt man, der überdies die meisten Liebesgedichte gewidmet werden. Da er diese Schöne für sich wollte und wusste, dass sie sich in Fondi aufhielt, machte er sich nächtens in gestrecktem Galopp dorthin auf den Weg. Da aber unser Reîs so bekannt und sein roter Bart so auffällig ist, erfuhr die Frau davon, und ihr blieb Zeit genug, ihr Bett zu verlassen und, begleitet von einem Diener, Hals über Kopf zu flüchten – angesichts der Eile jedoch nur spärlich bekleidet, mit einem Hauch von transparentem Nichts …«

»Unser Reîs hat es noch nie geschätzt, den Kürzeren zu ziehen«, bemerkte Aydin, der gerade mit zwei Bissen eine Orange verspeist hatte und genussvoll rülpste.

»Was hat er also getan?«, wollte der Jude wissen.

»Nun, er war zutiefst enttäuscht, dass sein Plan fehlgeschlagen war und sich seine Wünsche nicht erfüllt hatten, aber hört nur, was die Frau tat, von der es heißt, dass sie bei aller Schönheit ein Herz aus Stahl besitzt. Kaum dass sie in Sicherheit war, ließ sie ihren Diener töten, und das nur, weil er sie auf der Flucht begehrlich angesehen hatte.«

Die vier Korsaren brüllten vor Lachen, und Luis bemühte sich, es ihnen gleichzutun, obwohl er die Episode nicht sonderlich lustig fand – Seeräubergeschichten eben …

Als sie sich wieder beruhigt hatten, ergriff Sinau das Wort und stellte Luis vor.

»Luis Espinosa besitzt zwei Vorzüge, die ihn für unser Geschäft, wie ich meine, interessant und willkommen machen. Als Hauptmann der kaiserlichen Kavallerie kann er aus nächster Nähe verfolgen, was bei Hofe vor sich geht, und er hat natürlich Zugang zu den besten Informationen. Außerdem aber ist er ein Mann, der Geschäfte macht, bedeutende Geschäfte. Seiner Meinung nach könnten wir miteinander etwas auf die Beine stellen, was, wie er versichert, unsere Vormachtstellung im Mittelmeer noch erheblich stärken könnte.«

»Dieser Christenhund will uns nur um unser Geld bringen. Ich kenne sie doch, die sind alle gleich.« Aydin kratzte sich die leere Höhle eines Auges, das er beim Überfall auf ein Marseiller Schiff eingebüßt hatte. Er sagte immer geradeheraus, was ihm in den Sinn kam. Die anderen, die ihn kannten, mieden seine Nähe, wenn er wieder einmal vor Zorn tobte, und warteten, bis er sich beruhigt hatte. Doch den Sklaven, die ihm dann zufällig über den Weg liefen, erging es schlecht.

Dragut antwortete ihm.

»Schon als er noch in Jerez de la Frontera lebte, und jetzt in Genua, hatten wir mit ihm zu tun. Wie ihr euch erinnern werdet, haben wir ihm erlaubt, unseren Brüdern in Ägypten Pferde zu verkaufen, und ich muss sagen, dass er uns stets rechtzeitig unseren Anteil bezahlt und seine Versprechen gehalten hat. Ich habe nicht den geringsten Grund zur Klage. Allein, dass er hierher zu uns gekommen ist, beweist, dass er Mut hat und sich von Gefahren nicht schrecken lässt. Hören wir ihn an.«

Die vier Männer musterten den Besucher interessiert. Es kam nicht gerade oft vor, dass ein Christenmensch ihnen ein Geschäft vorschlug, und auch wenn sie wie finstere Gesellen aussahen, betrachteten sie sich selbst nicht als Piraten. Als Korsaren waren sie Teil einer vom osmanischen Herrscher ersonnenen Strategie, deren Ziel es war, einigen Häfen im Mittelmeer den Handel zu erschweren, dadurch andere zu stärken und auf diese Weise Geld für die Erweiterung des osmanischen Reiches entlang der nordafrikanischen Küste zu beschaffen. Ungebildet waren diese Männer trotz ihres grimmigen Aussehens nicht.

Hassan übersetzte, was Luis sagte, damit niemandem etwas entging.

»Ich habe mich bislang mit Wein beschäftigt, mit der Pferdezucht, habe Olivenöl und Weizen erzeugt, ich besitze Rinderherden, und mit all diesen Gütern handle ich auch, manchmal transportiere ich sie auf meinen eigenen Schiffen, meistens jedoch auf gepachteten.«

»Sehr interessant, was Ihr macht, durchaus«, unterbrach Aydin ihn ungeduldig. Solche Verhandlungen machten ihn krank, und außerdem konnte er nicht erkennen, wo da ein Geschäft für sie zu machen sein sollte. »Wir hingegen beschäftigen uns damit, Hafenstädte zu plündern, Sklaven zu erbeuten und Lösegeld für Gefangene zu fordern, wir verkaufen Frauen, bringen Schiffe in unsere Gewalt und versteigern deren Besatzung, wir brennen feindliche Dörfer nieder, wenn nicht ganze Hafenstädte, wenn sie uns allzu sehr im Weg sind.« Er schlug mit der Hand derart heftig auf den Tisch, dass die irdenen Obstschalen hüpften. »Was könnten Eure Interessen mit den unseren gemein haben?«

Luis sah ihm furchtlos in die Augen.

»Das Gold aus der Neuen Welt!«

Allgemeines Gemurmel setzte ein. Das waren große Worte, fürwahr. Sogleich baten sie ihn, sich näher zu erklären.

»Alle sechs Monate macht sich von einer der größten Inseln der jüngst eroberten Territorien ein Konvoi von Schiffen auf den Weg, die mit Gold und Silber beladen sind. Bis vor wenigen Jahren haben sie ihre Fracht nach Sevilla oder Sanlúcar gebracht, aber da die Schulden des Kaisers bei den Bankiers in Genua, Neapel und der Lombardei nur steigen und steigen, hatten die letzten Konvois Genua oder Neapel zum Ziel, und so wird es auch zukünftig sein. Und ich weiß, wann die Überfahrten stattfinden …« Er legte eine Pause ein, die allen übertrieben lang erschien, und fuhr dann fort. »Darin liegt mein Vorteil, die Differenz und der hohe Preis, den ich von Euch dafür verlangen werde.«

Die vier Korsaren blickten sich an, ohne Interesse erkennen zu lassen. Sie wussten, dass diese Konvois stets unter schwer bewaffnetem Geleitschutz fuhren. Einen offenen Kampf auf See würden sie schwerlich bestehen, vielmehr sehr wahrscheinlich hohe Verluste erleiden. Niemand wagte zu schätzen, wie viele Schiffe und Männer sie bei einer solchen Schlacht verlieren würden.

»Sehr aufregend klingt Euer Vorschlag nicht, ich würde eher sagen, überaus riskant. Deshalb verstehen wir nicht recht, warum Ihr so begeistert seid von dieser Idee, und ebenso wenig, wie Ihr dazu kommt, hinsichtlich Eures Anteils besondere Ansprüche zu stellen, denn ich vermute, das meint Ihr doch, wenn Ihr von dem Preis für Eure Informationen sprecht …« Hassan setzte ein zynisches Lächeln auf.

Luis Espinosa war zufrieden, denn fürs Erste hatte er sie dort, wo er sie haben wollte. Nun war es Zeit für den nächsten Schritt.

»Die Konvois laufen eher kleinere, versteckt liegende Häfen an, die nicht darauf eingerichtet sind, sich gegen einen Überfall zu verteidigen, sie sind kaum mit Waffen ausgestattet, und das ist der entscheidende Punkt.« Wieder legte er eine Pause ein. »Ich weiß und werde es auch zukünftig erfahren, wo die Konvois bei jeder einzelnen Überfahrt vor Anker gehen. Ich werde die geheimen Routenpläne besitzen.« Er sah einen nach dem anderen an. »Erscheint Euch das Geschäft immer noch absurd? Klingt das lächerlich in Euren Ohren?«

Da ergriff Dragut das Wort.

»Nach dem, was Ihr gerade enthüllt habt, sieht die Sache schon ganz anders aus, das muss ich sagen. Wenn wir die Konvois in einem kleinen Hafen überfallen können, ist das wesentlich günstiger für uns. Ein Angriff auf See, von Angesicht zu Angesicht, wäre tollkühn, geradezu Selbstmord. Also, uns erscheint das Ganze recht interessant, durchaus. Aber was wollt Ihr daran verdienen?« Obwohl er Espinosa besser kannte als die anderen, war er nicht weniger perplex als sie.

»Sieben von jeweils zehn Pfund Gold, die auf den Schiffen transportiert werden. Das soll mein Anteil sein. Das Silber könnt ihr alles behalten. Der nächste Konvoi wird wahrscheinlich Gold im Wert von drei Millionen Escudos mitführen. Also rund eine Million für euch und zwei für mich.«

Sie lachten laut auf; andernfalls hätten sie ihn im nächsten Augenblick wohl dem Schwert durchbohrt. Offensichtlich empfanden sie diese Aufteilung als Beleidigung.

»Und warum nicht umgekehrt?« Aydin ging entschlossenen Schrittes auf Luis zu und blieb so nah vor ihm stehen, dass dieser seinen fauligen Atem riechen konnte. »Wollt Ihr später vielleicht noch Forderungen an uns stellen?«

»Aber ja, selbstverständlich!« Er setzte alles auf eine Karte. »Darf ich euch daran erinnern, wer ich bin und was ich alles von euch weiß? Wenn ihr mir das ganze Gold verprasst, schicke ich euch die größte Kriegsflotte auf den Hals, die ich versammeln kann, und lasse euren Hafen mitsamt all euren Schiffen in die Luft jagen … Admiral Andrea Doria wäre entzückt zu erfahren, wo er euch aufstöbern und das Gold des Kaisers zurückerobern kann. Mich würde niemand verdächtigen, das versichere ich euch, vielleicht würde ich sogar noch belohnt.«

Er möge sich seine Drohungen sparen, riet ihm Dragut, wenn er diesen Raum nicht mit den Füßen voraus verlassen wolle.

»Am besten beruhigen wir uns alle«, fuhr Dragut dann fort. »Ihr müsst verstehen, dass eine derartige Erpressung kein hinreichendes Argument für uns ist, diese Aufteilung als gerecht anzusehen. Ihr werdet Euch schon anstrengen müssen, Don Luis, und uns eine bessere Begründung liefern, sonst werden wir Euren Wunsch nicht erfüllen.«

Seufzend setzte Luis zu einer längeren Erklärung an.

»Ohne meine Informationen geht ihr vollkommen leer aus. Zudem werde ich das Gold, sobald wir es uns verschafft haben, über ein ausgedehntes Netz von Mittelsmännern verkaufen lassen. Es sind ihrer so viele, dass man ihnen kaum auf die Spur kommen wird. Dadurch streuen wir das Risiko, aber es kostet uns auch ein wenig Geld, denn ich muss auf Käufer zurückgreifen, die weder Fragen stellen noch Erklärungen verlangen, dafür aber eine fette Provision einstreichen. Das bedeutet einen etwas geringeren Verdienst, aber keinen wesentlich geringeren, wie ich hoffe.«

Nun ergriff zum ersten Mal der Jude Sinau das Wort.

»Auch wir wüssten das Gold an den Mann zu bringen …«

Dragut wollte Namen hören, um zu sehen, ob Luis' Plan auch Hand und Fuß hatte, doch dieser weigerte sich, sie preiszugeben. Der Korsar begann mit seinem langen, geflochtenen Bart zu spielen und umkreiste zwei Mal schweigend den Tisch, während die anderen erwartungsvoll einer Entscheidung harrten.

»Ich muss zugeben, dass es eine gehörige Menge Gold ist, die wir zu verkaufen hätten, aber auch wenn wir nicht über ein so hilfreiches ›Netz‹ verfügen, wie Ihr es nennt, könnten wir mit mehr Zeit, sagen wir, in Jahresfrist, Käufer finden.«

»Wozu der Zeitaufwand, wenn ich euch in weniger als einem Monat euren Anteil auszahlen kann?«, unterbrach ihn Luis, der aus Gründen, die er diesen Korsaren keinesfalls enthüllen würde, unbedingt die Kontrolle über das Gold behalten wollte.

Dragut erkannte sofort den Vorteil. Sie würden ohne zusätzliche Anstrengung dieselbe Summe erlösen wie durch die Plünderung von zehn Städten und zwanzig Handelsschiffen.

»Einverstanden, ich muss zugeben, Euer Vorschlag ist reizvoll, aber wir möchten einen größeren Anteil. Mindestens die Hälfte des Goldes. Das ist doch nur angemessen, oder nicht? Wir tragen das Risiko, wir stellen die Männer und die Schiffe, und Ihr wenig mehr als die Information.«

Luis tat, als würde er nachdenken.

Er hatte damit gerechnet, dass sie seinen ersten Vorschlag nicht akzeptieren würden, und die Hälfte erschien ihm angemessen, doch ehe der Handel galt, wollte er noch einen zweiten Köder auslegen. Falls die Idee sie ansprach, hätten sie einen größeren Gewinn, ohne dass sich sein Anteil verringern würde.

»Ihr versteht es wirklich, uns neugierig zu machen«, bemerkte Hassan.

»Erklärt Euch!«, forderte Dragut.

»Zuerst müsst Ihr Euch in irgendeiner Weise verpflichten.«

»Das kommt nicht infrage. Erklärt Euch, sonst lassen wir die Sache.«

Luis spürte, dass er seinen Spielraum nun ausgereizt hatte.

»Wenn die Kriegsflotte des Kaisers eine wichtige Mission zu erfüllen hat, bleiben bestimmte Häfen ohne Schutz, und das könnte ich rechtzeitig erfahren, damit Ihr …«

»Ihr seid ein tüchtiger Mann, fürwahr!« Endlich hatte er die vier

Korsaren auf seiner Seite, doch es war Hassan, der es aussprach: »Es scheint, dass wir gemeinsam große Geschäfte machen werden ...«

»Dann gilt unsere Abmachung als besiegelt?«, fragte Luis Espinosa. »Bedenkt, dass dieses Gold die Situation der Korsaren im Mittelmeer entscheidend verändern wird.«

»Wann kommt der nächste Konvoi?«, wollte Dragut wissen.

»In fünf Monaten, zu Beginn des Frühjahrs.«

»Gefallen Euch die Frauen?«

»Welchem Mann nicht?«, entgegnete Luis.

»Nun, Hassan zum Beispiel ...«, erwiderte Sinau lachend.

IV

Als sich der Mörtel zu lösen begann, fielen auch die ersten Steine. Niemand wusste, was sich hinter der Mauer verbarg. Die Weinkeller der Laura Espinosa waren so weitläufig, dass manche Bereiche zehn oder zwanzig Jahre von niemandem aufgesucht wurden.

Gegenüber einem Gang kratzten zwei verschwitzte Arbeiter im Licht einer Fackel die Ritzen zwischen den Steinen aus, einer mit einem Meißel, der andere mit einer Eisenstange, um anschließend einen Stein nach dem anderen abtragen zu können.

Es war zwar nicht warm in diesen unterirdischen Gewölben, doch die Arbeit überaus anstrengend, deshalb hätten die beiden Männer am liebsten eine Karaffe Wein auf einen Zug geleert. Niemand erinnerte sich daran, warum man diese Mauer errichtet hatte, und die Herrin hatte ihnen befohlen, sie einzureißen, um im Keller mehr Raum zu gewinnen.

»Du schaufelst mir den Staub in die Augen!« Der ältere der Arbeiter gab dem anderen, einem Jungen von vielleicht fünfzehn Jahren, einen Klaps auf den Hinterkopf. »Pass besser auf, oder ich ramme dir den Meißel zwischen die Rippen, du Tölpel!«, brummte er, während er sich die Augen rieb.

»Ist ja schon gut«, erwiderte der Bursche, der bei der spärlichen Beleuchtung kaum sah, wo er sein Werkzeug ansetzen sollte. Damit der andere nicht wieder schimpfte, kratzte er an einer Fuge etwas über Kopfhöhe, sodass der Mörtel auf ihn selbst fiel – leider in seinen geöffneten Mund. Er stieß einen deftigen Fluch aus und spuckte den Sand angeekelt auf den Boden.

»Diese Mauer hat der Gatte der Herrin vor vielen Jahren errichtet, wozu, weiß ich nicht …« Der Ältere der beiden arbeitete schon seit Jahr und Tag bei den Espinosas.

Der junge Bursche, Mauricio, kratzte weiter Mörtel heraus, bis sich ein hinreichend großer Spalt ergab, um zwei Keile hineinzuschieben, und anschließend setzten sie zwei Eisenstangen als Hebel ein und brachen damit den Stein heraus, der ein erstes, allerdings kleines Loch hinterließ.

Mauricio hielt eine der Fackeln daran, um sehen zu können, was sich dahinter verbarg, doch er hatte nicht genug Platz. Nur ein Schwall modriger Luft schlug ihm entgegen, ein Zeichen dafür, wie lange der Raum schon verschlossen war. Er musste niesen.

Er häufte ein paar Steine aufeinander, um hinaufsteigen und besser hineinsehen zu können, ehe sie sich den Rest der Mauer vornahmen.

»Mach weiter, verdammt noch mal! Ihr jungen Burschen seid doch alle gleich. Sobald ihr etwas Interessantes zu sehen meint, ist die Arbeit sofort vergessen.«

Nachdem sie noch zwei weitere Steine entfernt hatten, war das Loch groß genug, um hineinspähen zu können. Und was der Junge dann sah, erschreckte ihn derart, dass er einen Schrei ausstieß, den Halt verlor und rücklings zu Boden stürzte.

Wie es der Zufall wollte, stattete Fabián Mandrago Laura Espinosa gerade einen Besuch ab, als man die Entdeckung machte, und so stiegen sie gemeinsam in den Weinkeller hinab, um sich den Fund näher anzusehen.

Der Knochen, den die Arbeiter von jenseits der Mauer geholt hatten, ließ keinen Zweifel zu: Es war ein menschlicher Knochen, und von der Größe her der einer Frau. Sie blieben in angemessener Entfernung stehen, bis der Hohlraum groß genug war, um hineingehen zu können.

Mithilfe eines großen Hammers schlugen die beiden Arbeiter nun mit noch mehr Energie auf die letzten Mauerreste ein, sodass bei jedem Schlag die Funken sprühten. Alle anderen verharrten in angespanntem Schweigen.

Laura beunruhigte der grausige Fund sehr, mehr noch aber die Frage, wer diese Person gewesen war. Fabián meinte, es handle sich vielleicht um ein Grab aus alter Zeit, möglicherweise von früheren Besitzern des Landgutes, doch das wollte Laura nicht recht glauben.

Nicht nur die Kälte, die vom Boden aufstieg, ließ sie frösteln.

Ungeduldig näherte sie sich, um zu sehen, wie viel noch eingerissen werden musste, und in diesem Moment fiel fast ein Drittel der Mauer in sich zusammen, und es eröffnete sich ein Zugang. Laura bat, man möge ihr eine Fackel reichen, raffte die Röcke und trat in den Hohlraum. Fabián und ein zweiter Mann folgten ihr. Zu dritt hatten sie nun reichlich Licht, und so sahen sie das Skelett, das wie an die Mauer geklebt wirkte. Es schien, als wollten die Knochenfinger verzweifelt an den Steinen kratzen. Am Schädel hing noch ein Gutteil der langen Haare, die noch vorhandenen Reste des Kleides ließen auf eine einfache Herkunft schließen. Kein Zweifel, diese Frau war bei lebendigem Leib eingemauert worden.

»Es muss die Hölle für sie gewesen sein …« Doña Laura bückte sich, um nachzusehen, ob sich unter den Knochen etwas fand, was ihnen verraten konnte, um wen es sich handelte.

Untersuchungen dieser Art waren nicht Fabiáns Fachgebiet, doch seiner Ansicht nach lag das Skelett noch nicht allzu lange hier, jedenfalls keine Jahrhunderte, sondern vielleicht zehn oder zwanzig Jahre. An einem der Handgelenke fand sich ein Armband, auch ein Paar Ohrringe entdeckten sie, einen kleinen Ring mit zwei winzigen, kaum zu erkennenden Figuren. Beides sah Laura sich genau an, doch die Schmuckstücke sagten ihr nichts.

Auch eine gründliche Durchsuchung des Hohlraums erbrachte keine weiteren Spuren.

»Habt Ihr den Weinkeller selbst anlegen lassen, oder bestand er bereits?« Fabiáns Forscherinstinkt war nun doch zum Leben erwacht.

»Das Gut befindet sich seit vielen Generationen in Besitz meiner

Familie, und ebenso die Weinkeller«, erwiderte Doña Laura. »Aber, wie es aussieht, gab es unter meinen Vorfahren einen Mörder ...«

»Ohne Zweifel, und zudem war er sehr grausam ...« Nachdenklich betrachtete Fabián das Skelett. »Was sich hier abgespielt hat, wird wohl für alle Zeit ein Geheimnis bleiben.«

Die beiden Arbeiter lauschten schweigend dem Gespräch und warteten auf neue Anweisungen. Der Ältere von ihnen jedoch, der schon lange auf dem Gut arbeitete, musste dauernd daran denken, dass es Luis Espinosa gewesen war, der diese Mauer errichtet hatte. Er war sich nicht sicher, ob die Herrin das wusste oder wie sie reagieren würde, wenn er es ihr sagte, deshalb beschloss er, vorerst lieber den Mund zu halten.

»Holt eine Kiste, in der die Knochen Platz finden, und öffnet ein Grab unter der alten Eiche oben auf dem Hügel, ihr wisst schon, welche ich meine«, wies Doña Laura die Arbeiter an. »Obwohl wir nicht einmal einen Namen auf den Gedenkstein schreiben können, wollen wir der armen Frau doch wenigstens ein würdiges Begräbnis geben.«

Mit diesen Worten wandte Doña Laura sich zum Gehen und lud Fabián ein, sie noch zu den Gärbottichen zu begleiten, in denen der neue Wein angesetzt war, dessen Qualität man bereits prüfen konnte.

»Ihr müsst ihn unbedingt kosten. Er ist vielversprechend, Ihr werdet sehen.«

In den beiden folgenden Tagen geriet die grausige Entdeckung beinahe in Vergessenheit, denn es war ein großer Gärbottich gebrochen – wohl wegen der schlechten Holzqualität – und der gesamte Inhalt verloren. Angesichts der damit verbundenen Aufregung hatte Doña Laura weder Zeit noch Lust, bei der Bestattung der sterblichen Überreste anwesend zu sein.

Bei den Bediensteten jedoch wurde über kaum etwas anderes als die schreckliche Entdeckung gesprochen. Als wäre eine Epidemie ausgebrochen, gingen die Gerüchte von Mund zu Mund, und einer meinte sogar, Don Luis habe möglicherweise damit zu tun; er wusste nämlich, dass dieser die Mauer errichtet hatte. Es war kein Geheimnis, dass Don Luis recht undurchsichtige Geschäfte gemacht hatte, und deshalb nahmen die Leute an, es handle sich um irgendeine Art von Abrechnung oder dergleichen. Es gab auch den einen oder anderen in der Dienerschaft, der meinte, man müsse mit Doña Laura sprechen, doch da es lediglich Mutmaßungen waren, fand sich niemand dazu bereit.

Bis eine der älteren Dienerinnen sich ein Herz fasste. Als sie von den Ohrringen hörte, verlangte sie, sie zu sehen, und als sie erfuhr, dass sie sich in Händen der Herrin befanden, beschloss sie, zu ihr zu gehen.

Am nächsten Morgen empfing Doña Laura die alte Dienerin.

»Verzeiht, Herrin, aber ich muss mir Gewissheit verschaffen ...«
Marta, inzwischen grauhaarig und faltig geworden, angetan mit einer schmutzigen Schürze, blickte Doña Laura ängstlich an. Sie wisse von dem Fund im Weinkeller, erklärte sie, und rechtfertigte ihr Interesse damit, dass sie einer Intuition folge.

»Auch dieses Armband haben wir gefunden«, sagte Doña Laura und reichte ihr die Schmuckstücke, die sie in einem Tüchlein aufbewahrt hatte.

Mit zitternden Händen und klopfendem Herzen besah Marta sich die Sachen. Mit einem Mal tauchten die Schatten der Vergangenheit wieder auf, schmerzliche Erinnerungen, die sie längst vergessen glaubte, überfielen sie. Ihr Mund wurde trocken, ihre Beine begannen zu zittern, und sie verspürte einen starken Brechreiz. Eine Entschuldigung stammelnd, floh sie aus dem Zimmer und übergab sich in der nächstbesten Ecke.

Die Ohrringe noch deutlich vor Augen, stieg sie schließlich schwankend und schwindelig die Treppe hinunter. Ihre Gedanken eilten achtzehn Jahre zurück, zu der Zeit, als sie eine Freundin verloren hatte. Sie erinnerte sich daran, wie die Ohrringe leise geklingelt hatten, als Isabel im Pferdestall ihr Kind gebar. Sie war sich ganz sicher und tief erschüttert. Eines nach dem anderen wurden die Bilder in ihrer Erinnerung wieder lebendig, und sie musste immerzu an Isabel denken. Es war, als würde ihre Freundin nun Gerechtigkeit einfordern wollen.

In dieser Nacht fand Marta kaum Schlaf.

Sie weinte und weinte, so schwer war ihr das Herz. Und am nächsten Morgen, als würde ihre Freundin sie mit sanftem Nachdruck dazu drängen, bat sie, noch einmal mit Doña Laura sprechen zu dürfen.

»Gestern hast du mich nur beunruhigt, aber nach dem Gesicht, das du heute machst, hast du mir etwas Wichtiges mitzuteilen.«

»Ich fürchte, ja, Herrin.« Nervös strich Marta über ihre Schürze. »Erinnert Ihr Euch an eine junge Zofe, die Ihr einmal hattet, mit Namen Isabel?«

Doña Laura hatte viele Zofen gehabt, doch nun tauchte aus dem dichten Nebel der Erinnerung das Bild eines Mädchens auf, das von einem Tag auf den anderen verschwunden, einfach weggelaufen war, wie sie angenommen hatten. Als sie jedoch ein wenig in ihrem Gedächtnis kramte, fügte sich plötzlich das eine zum anderen wie die Perlen eines Rosenkranzes.

»Isabel, ja, ich erinnere mich … Aber das ist schon lange her … Hast du noch etwas von ihr gehört?«

»Nein, meine Herrin, nie wieder. Es war alles so seltsam.« Sie blickte zu Boden, wusste nicht, wie sie anfangen sollte. Tränen stiegen ihr in die Augen. »Als ich gestern diese Ohrringe sah, öffnete sich plötzlich eine Tür zur Vergangenheit, die ich verschlossen glaubte«, stieß sie schließlich hervor.

»Du glaubst doch wohl nicht, dass das Skelett, das wir gestern gefunden haben, dieses Mädchen ist?«

Marta schlug erschrocken die Hand vor den Mund.

»Ich weiß nicht … Vielleicht …« Ihre Stimme zitterte. Mit einem Mal brach wieder eine Flut von Erinnerungen über sie herein, von

Isabels schwieriger Entbindung dort im Stall, von der sie keinem Menschen jemals erzählt hatte. Sie erbleichte.

Doña Laura spürte eine dunkle Ahnung in sich aufsteigen, als belauerte sie ein dunkler Schatten.

»Beruhige dich und versuche dich verständlich auszudrücken.«

Nun war der Augenblick gekommen, da alles gesagt werden musste.

»Seht, meine Herrin, es ist tatsächlich etwas geschehen. Ach, es war alles so verwickelt, so schwierig.«

»Was meinst du? Was willst du mir erzählen?«

»Nun, dass Isabel ... ein ...« Ihr versagte die Stimme, und sie brach in Tränen aus. Nie hatte sie die Geschichte von der Flucht geglaubt, doch sie hatte auch nie jemandem von ihrem Verdacht erzählt, noch angezeigt, was sie wusste. Seit achtzehn Jahren hatte sie das Geheimnis in ihrem Herzen bewahrt.

»Nun, willst du mir endlich sagen, was du weißt?« Des Hin und Her überdrüssig, runzelte Doña Laura etwas gereizt die Stirn.

Marta stieß einen tiefen Seufzer aus.

»Isabel gebar ein Kind in Eurem Pferdestall ...«

»Wie bitte?«

Marta schlug die Augen nieder.

»Es war wie ein Wunder, wir hielten ihn schon für tot, aber auf einmal kam ein Engel vom Himmel herab in Gestalt eines Pferdes und gab ihm das Leben wieder. Der Kleine bekam den Namen Yago. Ich hatte ihn einige Stunden bei mir, hielt ihn im Arm, bis Isabel ihn zu ihrer Schwester nach Sanlúcar brachte. Doch nicht einmal zwei Tage später waren sie verschwunden, und niemand hat mehr etwas von ihnen gehört, weder von Isabel noch von dem Kind.«

Doña Laura konnte nicht glauben, was ihr da berichtet wurde. An viel erinnerte sie sich nicht, was diese Zofe betraf, aber eine Schwangerschaft wäre ihr sicher nicht entgangen.

»Sie hat es geschickt verheimlicht, vor Euch und allen anderen ...« Marta schien Gedanken lesen zu können.

Es wäre absurd, nach so langer Zeit die Motive dafür ergründen zu wollen, dass sie ihre Schwangerschaft geheim hielt, aber wenn es sich bei dem nun aufgefundenen Skelett tatsächlich um ihre ehemalige Zofe handelte, dann musste die Sache unbedingt aufgeklärt werden. Doña Laura wusste sich keinen Rat. Je mehr sie sich zu erinnern versuchte, desto weniger gelang es ihr. Sie musste sich auf das verlassen, was die Dienerin ihr berichtete. So viele Fragen gingen ihr durch den Kopf, dass sie keinen klaren Gedanken fassen konnte. Ob es wirklich Isabel war, die sie gefunden hatten? Und wenn ja, wer hatte sie getötet und warum?

»Aber das Kind muss einen Vater gehabt haben, und du musst es wissen. Vielleicht lebt sie mit ihrem Sohn bei ihm … und deine Befürchtungen sind vollkommen unbegründet …«

Marta schluckte, denn ihr war bewusst, welche Wirkung ihre Antwort haben würde.

»Das kann nicht sein, Herrin, und Ihr werdet verstehen, warum: Der Vater des Kindes war Euer Gatte.«

»Diese Kanaille!« Laura fasste sich mit den Händen an den Kopf. »Er hatte ein Kind mit meiner Zofe! Ich fasse es nicht! Aber, warte, wenn sie ihre Schwangerschaft so geheim gehalten hat – wusste er überhaupt davon?«

»Isabel hat ihm nichts gesagt, nun ja, zumindest nicht, bis der Kleine zur Welt kam, später … ich weiß nicht …«

Diese Enthüllung kehrte in Lauras Gedächtnis das Unterste zuoberst, und mit einem Mal erinnerte sie sich wieder an die Stunden vor dem Verschwinden ihrer Zofe. Wie eines ihrer Maultiere durch Isabels Schuld plötzlich zu Tode kam, die Strafe, die sie selbst ihr dafür auferlegt hatte, in ebenjenen Kellergewölben, und wie ihr Gatte Isabels überraschende Flucht später gerechtfertigt hatte.

Ein böser Gedanke ging ihr durch den Kopf. Und wenn Luis sie eingemauert hatte, um das Problem aus der Welt zu schaffen? Sie bedachte die Möglichkeit. Ihrem Gatten musste damals klar gewesen sein, dass sie einen Seitensprung nicht hingenommen hätte, er besaß noch nicht die Macht und den Einfluss, den er brauchte, um nicht mehr von ihr abhängig zu sein, und vielleicht hatte Isabel ihm gestanden, dass ihre amouröse Beziehung nicht ohne Folgen geblieben war.

Erschrocken teilte sie Marta ihre Überlegungen mit. So sehr sie ihren Gatten auch hasste: Dass er ein derart schreckliches Verbrechen begangen haben könnte, konnte sie sich doch nicht vorstellen. Aber wer, wenn nicht er, hätte einen Grund gehabt, sich das Mädchen vom Hals zu schaffen?

»Er muss es gewesen sein ... Das steht für mich jetzt außer Zweifel ...« Sofort dachte Doña Laura an das Kind. Im Weinkeller hatten sie keine anderen menschlichen Überreste gefunden als diejenigen von Isabel. Wenn Luis den Kleinen in Händen gehabt hätte, dann hätte er ihn, diesen lebendigen Beweis seines Fehltritts, niemals am Leben gelassen. Deshalb musste Isabel ihn irgendwo versteckt oder in die Obhut einer Person gegeben haben, der sie vollkommen vertraute. Aber wer konnte das sein?

»Marta, kennst du Isabels Schwester?«

»Nein, ich habe sie nie gesehen«, erwiderte Marta aufrichtig. »Aber ich glaube, Isabel erzählte einmal, sie besitze eine Weinschänke in Sanlúcar. Es dürfte für Euch ein Leichtes sein, sie zu finden.«

»Vielleicht will ich es gar nicht so genau wissen, schließlich geht es um einen Bastard meines ehemaligen Gatten«, meinte Laura zögerlich. »Oder, wenn ich's recht überlege, doch, es interessiert mich. Dann weiß ich, ob ich ihn wegen eines oder wegen zweier Verbrechen anklagen soll ...«

V

Volker schaute jeden Morgen bei Yago in Castel Nuovo vorbei. In den mehr als zwei Monaten seit ihrer Ankunft in Neapel hatte er nur darauf verzichtet, wenn es wegen seiner Verpflichtungen nicht anders ging.

In aller Frühe verließ er sein Haus zu einer ersten Runde am Hafen, wo er sich informieren ließ, welche Schiffe in den letzten Stunden ein- oder ausgelaufen waren, und anschließend besprach er mit dem Vizekönig kurz die Pläne für den jeweiligen Tag.

Gewöhnlich legte er die gesamte Strecke auf dem Rücken von Azul zurück, einem Pferd, das so prächtig war wie kein anderes. Der imposante Hengst zog alle Aufmerksamkeit auf sich, wenn Volker auf ihm durch die Straßen Neapels ritt, diese Stadt, in der der Sinn für Ästhetik alles beherrschte, von den Palästen bis zu den Kutschen, vom schmückenden Beiwerk an den Kleidern bis zu den Sätteln und dem Zaumzeug der Pferde. Nur wenige Tiere hatten ein so edles und ausgeglichenes Naturell wie Azul. Er folgte den Wünschen seines Reiters prompt, sein Verhalten war stets vorhersehbar, ja, er konnte seine Befehle geradezu vorausahnen.

Zu den Aufgaben, die Volkers Stellung als Hauptmann der vizeköniglichen Garde mit sich brachte, war kurz nach seiner Rückkehr in die Stadt noch eine ungewöhnliche Bitte seitens des Direktors der Reitschule gekommen, der sich auch Don Pedro Álvarez de Toledo uneingeschränkt angeschlossen hatte. Pignatelli hatte ihn um Unterstützung bei der Zucht besserer Pferde für seine Reitschule gebeten – schönere, wesentlich beweglichere Tiere, fast eine neue Rasse; sie sollten gewissermaßen die Schönheit selbst verkörpern. Man hatte die Bitte an Volker herangetragen, weil er auf diesem Gebiet über die meiste Sachkunde in ganz Neapel verfügte.

Volker hatte zwar spontan zugesagt, als Pignatelli dann jedoch davon zu reden begann, wie wichtig die Seele der Pferde sei, damit das Unternehmen gelinge, sah er ernsthafte Schwierigkeiten auf sich zukommen. Es war ihm ein Rätsel, was diese besondere Voraussetzung praktisch bedeuten sollte, und er hatte das Gefühl, dass er nicht der richtige Mann war, um diesen Erwartungen gerecht zu werden. Ihm fehlte die Sensibilität eines Künstlers, er ließ sich viel mehr von seiner Vernunft lenken als von seinen Gefühlen, war ein praktisch denkender Mensch, sicherlich weit entfernt von dem, was Pignatelli suchte. Aber er wollte es auf jeden Fall versuchen.

Doch zuvor musste gewissermaßen ein Fundament gelegt, musste zumindest skizziert werden, was man erreichen wollte, und um sich das dafür nötige Wissen anzueignen, begann er zu lesen.

Er ging alle Abhandlungen über Pferde durch, die er in den Bibliotheken seiner Freunde und vor allem in derjenigen des Vizekönigs fand.

Was er Pignatelli als erste Schlussfolgerung mitteilen konnte, war, dass sie nur im Wissen der Antike und insbesondere bei den griechischen Autoren die nötigen Grundlagen finden könnten, um die gegenwärtige Pferderasse zu veredeln. Die zweite Schlussfolgerung eher praktischer Art war, dass sie für diese Arbeit Jahre brauchen würden. Es würde mindestens drei bis vier Generationen von Pferden dauern, bis sie den gewünschten Charakter herangezüchtet hatten, und das unter der Voraussetzung, dass ihnen kein Fehler unterlief.

Pignatelli hatte ihm erzählt, dass er Tiziano beauftragt hatte, das ideale Pferd zu zeichnen, seine Formen, die Höhe, die es haben könnte, und den Architekten Juan Bautista hatte er gebeten, ihm ein Modell davon anzufertigen. In einer Art kollektiver Imagination hatten die drei Schritt für Schritt beschrieben, wie die Formen und Maße des neuen Pferdes sein sollten, bis sie eine Art Modell erarbeitet hatten, einen Plan, auf dem er aufbauen konnte.

Sobald Pignatelli die Zeichnungen in Händen hatte, übergab er sie Volker, der nun entscheiden musste, mit welchen Zuchthengsten und -stuten er Pignatellis heimische Napoletanos verbessern sollte. Sein Auftrag lautete, unter den berühmtesten Pferderassen in Europa, im Jemen und in Nordafrika diejenigen Eigenschaften ausfindig zu machen, die der heimischen Rasse fehlten.

Doch obwohl Volker sich wirklich sehr bemühte, wurde er zunehmend unsicher in dem, was er tat. Tatsächlich halfen ihm bei diesem Unterfangen weder die Umstände noch seine Befähigung. Zunächst war er gezwungenermaßen über einen Monat nicht in Neapel, da er im Auftrag des Vizekönigs eine heikle Mission in Siena wahrnehmen musste, was schon zur ersten Verzögerung führte. Vor allem aber hatte er nach seiner Rückkehr noch einmal über seine Fähigkeiten nachgedacht und war zu dem Schluss gekommen, dass er der von ihm geforderten Aufgabe einfach nicht gewachsen war.

Er wusste, wie man die Körperkraft eines Pferdes verbesserte, welche Eigenschaften ein Zuchthengst aufweisen musste, damit seine Nachkommenschaft besonders schnell war, und Gleiches galt für die Ausdauer und andere Qualitäten, aber Pignatelli hatte ihm von Kunst gesprochen, von Sensibilität, von Seele, und wie man diese Eigenschaften heranzüchten sollte, das wusste er nicht.

Deshalb war das ehrgeizige Vorhaben, aufgeteilt auf unterschiedliche Künstler und abgesegnet von Don Pedro Álvarez de Toledo höchstpersönlich, vorerst zum Stillstand gekommen.

Das Leben in Neapel hatte sich für Yago nicht ganz so gut angelassen, wie er es sich vorgestellt hatte. Der Besuch bei Camilo, von dem er schon so lange träumte, verschob sich wegen Volkers Abwesenheit wieder einmal, und auch bei der Arbeit lief es nicht besonders gut.

Das Leder zu nähen, die verschiedenen Stücke zu formen oder fertigzustellen, die Giacomo ihm anvertraute, das war eine interessante und abwechslungsreiche Arbeit, doch er brauchte dreimal soviel Zeit wie die anderen, und die Sachen wurden fast nie einwandfrei. Aus diesen beiden Gründen übertrug man ihm eine andere, einfachere Arbeit, die seinen Fähigkeiten besser entsprach: das gesamte Inventar der Sattelkammer in Schuss zu halten.

Jeden Morgen fettete er die Teile aus Leder ein, das Zaumzeug und die Kummete, sodass die »Getreuen«, jene edlen Herren, die die Garde des Vizekönigs bildeten, sie jederzeit benutzen konnten. Wenn sie dann kamen und ihre Pferde holten, oblag es Yago, ihnen das gewünschte Geschirr anzulegen.

Einer der Ersten an diesem Morgen war Volker, der Hauptmann der Garde.

Er sah ihn durch die breite Tür eintreten, gleichzeitig mit einem der Getreuen, einem neapolitanischen Adligen, den Yago überhaupt nicht mochte, ein finsterer, wortkarger Kerl, der fast immer einen Grund fand, ihn auszuschimpfen. Angesichts seines schwierigen Charakters zog Yago es vor, ihn als Ersten zu bedienen.

»Kurze Zügel, Herr, oder ... oder lange?«

Ob Sättel, Geschirre oder jegliches andere Utensil, das benötigt werden konnte – Yago hielt stets alles einsatzbereit und wählte die für den jeweiligen Reiter am besten geeignete Ausstattung aus. Dieser Gardist nun, das wusste er, bevorzugte besonders reich verziertes Geschirr aus sehr dunklem, fast schwarzem Leder. Yago wählte eine leichte Trense mit einem geflochtenen Nasenriemen aus schwarzem Leder mit Troddeln aus Wolle und Seide, dazu einen Sattel mit üppig punziertem Blatt.

»Diesmal kurze, heute reite ich ein neues Pferd, da muss ich sie vielleicht einsetzen.«

Yago wunderte sich, dass der Mann, anders als sonst, so viel redete.

Volker stieg von Azul ab und beobachtete interessiert, wenngleich aus gewisser Distanz, was sich zwischen den beiden abspielte. Er hatte Yago nie bei der Arbeit erlebt und war neugierig, denn er wollte wissen, wie er auf die Leute reagierte, wie er mit ihnen sprach und umging. Nun bot sich eine gute Gelegenheit dazu.

Der Gardist, der Yago schon häufig gesehen hatte, musterte ihn heute, als wäre es das erste Mal. Insbesondere dessen Blick fiel ihm auf, er wirkte irgendwie sonderbar, als würde er durch einen hindurchsehen.

»Ich habe dich nie gefragt, wie du heißt.«

»Yago … Yago aus Jerez.«

»Aus Jerez, soso … Es soll eine schöne Stadt sein, reich an Palästen, Kirchen und auch Pferden, wie es heißt, wiewohl mir die Napoletanos immer noch am liebsten sind.«

Ein Stallbursche führte sein neues Reittier herein.

Der Edelmann griff nach dem Halfter und ließ es ein paar Runden gehen, damit er seinen Gang beurteilen konnte. Das Pferd schnaubte unruhig. Yago ging zu ihm hin und strich ihm über den Hals, damit es sich beruhigte, spürte jedoch eine eigenartige Spannung. Er blickte ihm in die Augen und sah Angst darin.

»Du bist doch immer mit Pferden zusammen, sag mir, wie du dieses findest.«

Yago kannte diese Rasse gut, wie alle, die in den Ställen von Castel Nuovo standen. Es war ein Napoletano mit trockenem, langem Kopf und runder Kruppe, schwer abzurichten, aber gut für Ausritte. In den Ställen des Vizekönigs standen jedoch überwiegend keine Napoletanos, sondern Murgese-Pferde, eine zähe, lebhafte Rasse, die Volker für die militärischen Aufgaben ausgewählt hatte, eine Kreuzung aus spanischem Pferd, Napoletano und Araber. Und es gab noch eine andere Rasse mit schönem Profil und ebenso schönem Namen, die Sanfratellaner aus dem Ort San Fratello auf Sizilien, in deren Adern sowohl ungarisches Blut wie auch das von Marismeños und ein wenig von Napoletano floss.

»Es ist schön …«, erwiderte Yago zurückhaltend. Er wollte nicht unhöflich wirken. Das Tier wies deutliche Mängel auf, die einem sofort ins Auge sprangen, doch davon sagte er lieber nichts, während er ihm den Sattel auflegte.

»Man merkt, dass du ein gutes Auge hast, Junge.« Der Gardist setzte einen Fuß in den Steigbügel und stieg auf, nahm die Zügel in eine Hand und schnalzte, damit sich das Pferd in Bewegung setzte. Kurz darauf waren Ross und Reiter verschwunden.

Nun näherte Volker sich Yago und stellte ihm dieselbe Frage, denn er war sicher, dass er nicht gesagt hatte, was er wirklich über das Pferd dachte.

»Es war groß, breit … aber nicht …« – er verhaspelte sich – »pro … proportioniert.«

Diese Beurteilung machte Volker neugierig.

»Könntest du mir erklären, warum? Und welche Proportionen meinst du?«

Yago nahm sich Azul zu Hilfe. Ohne weitere Erklärung fuhr er mit seiner Hand sanft über den Hals des Hengstes und dann ganz langsam bis zum Brustkorb. Von dort hinauf zum Widerrist und, ohne die Hand ein einziges Mal anzuheben, weiter bis zum Schweifansatz, dann mit gespreizten Fingern den Oberschenkel und das Bein entlang bis zum Huf.

Volker erinnerte sich daran, wie er Yago zum ersten Mal bei solchem Tun beobachtet hatte, in Jamaika bei Blascos Pferden, doch er hatte nie verstanden, was Yago damit bezweckte. Dass es sich nicht um Liebkosungen handelte, war offensichtlich; der Junge schien mit seinen Händen vielmehr Maß zu nehmen. Ein kleines Büchlein über Pferde aus der Privatbibliothek des Vizekönigs fiel ihm wieder ein, das er fasziniert gelesen hatte. Darin hatte es geheißen, dass die Schönheit eines Pferdes ebenso wie bei einer Skulptur und einem Bauwerk von einer gewissen Ausgewogenheit der Proportionen abhänge. Der Autor des Buches vertrat die Ansicht, das Pferd sei wegen eines einzigartigen Verhältnisses zwischen Höhe, Tiefe und Breite eines der schönsten Geschöpfe der Natur, und in ebendiesen Proportionen liege das Geheimnis seiner ästhetischen Erscheinung. Abstände, Achsen, Referenzpunkte. Das Buch enthielt mehrere Zeichnungen mit bestimmten Linien, die sich über den Pferdekörper zogen und, je nachdem, wie sie miteinander im Verhältnis standen, eine entsprechende Bewertung ergaben. Eine dieser Linien verlief vom Ohransatz bis zum Widerrist, eine andere vom höchsten Punkt des Rückens bis hinunter zum Huf des Vorderbeins, und dergleichen Linien gab es noch viele mehr.

Aber das Sonderbare war, dass Volker Yago nun mit seinen Händen einige dieser Linien nachziehen sah, obwohl ihm gewiss niemand davon erzählt hatte. Er fuhr ihm liebevoll über den Kopf.

»Ich bin mir von Tag zu Tag sicherer, dass da drinnen« – er deutete mit einem Finger auf Yagos Kopf – »eine wundersame Welt steckt, die wir noch nicht kennen, und es aus irgendeinem mir unerklärlichen Grund mit Pferden zu tun hat, wenn du uns hin und wieder Einblick in sie gewährst.«

Yago hörte ihm aufmerksam zu, während er Azul striegelte, wenngleich er abwesend wirkte.

Und dann äußerte Volker einen Gedanken, der ihm gerade durch den Kopf gegangen war.

»Mit deiner vorherigen Arbeit haben wir nicht ins Schwarze getroffen, und was du jetzt machst, bringt dich auch nicht viel weiter, denke ich … Hättest du Lust, mich bei einer schwierigen Aufgabe zu unterstützen, mit der man mich beauftragt hat? Vielleicht könntest du mir helfen, vielleicht sogar sehr.«

»Yago helfen … ja.« Er sah Volker glücklich an.

»Wunderbar, aber zuallererst müssen wir dafür sorgen, dass eine bestimmte Person dich kennenlernt … Ich werde es gleich morgen so einrichten.«

»Und Camilo?« Yagos Stimme bekam einen flehentlichen Ton.

Volker fühlte sich verantwortlich für die Verzögerung, unter der der Junge so litt, und versprach, Camilo mit ihm zusammen zu besuchen, sobald er von einer Reise nach Sizilien mit dem Vizekönig zurück sei.

»In spätestens zwei Wochen siehst du ihn wieder, ich gebe dir mein Wort.«

VI

Am nächsten Morgen erschien Carmen in einem wunderschönen grünen Kleid, mit dem hübschesten Lächeln der Welt im Gesicht und einem klaren, fröhlichen Blick.

Sie suchte Yago, aber auch Volker.

Ihre großen schönen Augen hatten eine unwiderstehliche Anziehungskraft auf jeden, der ihrer ansichtig wurde, Volker aber fühlte sich dabei als der glücklichste Mensch auf Erden.

Die beiden hatten sich verändert in letzter Zeit, vor allem aufgrund der unterschiedlichen Lebensumstände.

Ihre Beziehung gründete nun nicht mehr auf einem gewissermaßen dienstlichen Auftrag wie damals in Jamaika, und Volker hatte aufgehört, seine Gefühle ihr gegenüber aus Pflichtgefühl zu verbergen. Ihre spontane Art entzückte ihn und lockerte seine geistige Starre, denn sie war so ganz anders als die strenge, manchmal unnachgiebige Mentalität, die für ihn typisch war. Doch was ihn in seinem Innersten berührte, war zweifellos ihr Lächeln, es brach seinen Schutzpanzer auf, sodass er sich am liebsten ganz in ihrer Welt verloren hätte.

Was Volker für sie empfand, war Carmen sehr bald bewusst, und sie vermisste ihn, als er nach Siena reisen musste, nutzte jedoch seine Abwesenheit, um nachzudenken und sich über ihre eigenen Gefühle klarzuwerden.

Volker gefiel ihr, doch sie hatte Angst, ihm nicht geben zu können, was er verdiente, Angst, dass ihre Seele noch immer zu sehr verletzt war von den schrecklichen Erlebnissen. Sie empfand sich als zu sehr von ihrer Vergangenheit belastet und unfähig, sich einem Mann von

Neuem hinzugeben. Sie war sich der schweren Last bewusst, die sie mit sich trug, und deshalb beschloss sie, ihm ihre Gefühle nicht zu offenbaren, ihn nicht an sich zu binden, damit er frei war für eine andere Frau, die ihn glücklicher machen konnte, eine Frau ohne eine Vergangenheit wie die ihre und ohne so heftige seelische Turbulenzen.

Sie fand Yago in einem der Nebengebäude unweit der Stallungen von Castel Nuovo, wo er gerade eine Kutsche auf Hochglanz polierte. Man hatte sie gerade gebracht, sie war noch kein einziges Mal benützt worden. Sie hatte nicht nur eine beachtliche Größe, auch das warme Holz und die Fülle an Verzierungen auf Wagenlampen und Türen fielen ins Auge, die Einlegearbeiten aus Kupfer und das prachtvoll ausgestattete Innere mit samtbezogenen Sitzbänken.

»Du scheinst mir heute recht glücklich, darf man fragen, was der Grund ist?«

Yago lächelte, als Carmen ihm einen Kuss auf die Wange drückte.

»Yago … bald Camilo sehen … glücklich.«

Carmens Freundeskreis hatte wenig Verständnis dafür, dass sie sich für Yago einsetzte, und noch weniger ihre Eltern. Die einen wie die anderen hatten kaum Gespür für die Schwierigkeiten des Jungen gezeigt, und natürlich auch nicht das geringste Verständnis ihr gegenüber nach alledem, was in Jamaika geschehen war. Ihr eigener Vater hatte sie sogar für Blascos Wahnsinn verantwortlich gemacht. Seine Worte hatten Carmen zutiefst verletzt.

»Ihr seid alle gleich, ihr Frauen!«, hatte er ausgerufen. »Kaum taucht ein anderer auf, der sich ein wenig um euch bemüht, gilt euer Gatte nichts mehr. Am Ende treibt ihr den einen wie den anderen in den Wahnsinn!«

Abgesehen davon, dass solche Worte aus dem Mund des eigenen Vaters schwer zu ertragen waren, empfand Carmen seine Bemerkung auch als demütigend und falsch. Wäre doch nur ein Eifersuchtsanfall der Auslöser für Blascos Wahnsinn gewesen und nicht sein krankes Gehirn.

Sie blickte Yago an. Sich um ihn zu kümmern, war keineswegs eine undankbare Aufgabe, ganz im Gegenteil. Die Wochen vergingen, und mit jedem Tag schien er Fortschritte zu machen, ruhiger zu werden. Ihr selbst hingegen ging es nicht besonders gut. Das Palais ihrer Familie erschien ihr von Tag zu Tag mehr wie ein Gefängnis, und die bissigen Bemerkungen über ihre Qualitäten als Frau kamen sie härter an als eine Strafe. Ihre Mutter war überzeugt, dass sie niemals mehr einen liebenden Gatten finden würde, und ihr Vater wollte ihr die gescheiterte Verbindung mit Blasco schlichtweg nicht verzeihen. Beide gaben ihr selbst die Schuld an ihrem traurigen Schicksal, schrieben es ihrem Eigensinn und ihrer Unreife zu. Hätte sie sich wie eine richtige Frau verhalten, meinten beide, hätte sie ihren Gatten auch glücklich gemacht, und es wäre nicht zum Bruch gekommen.

Angesichts des harschen Tons, mit dem man über ihr Unglück sprach, fühlte Carmen sich in ihrem eigenen Elternhaus wie ein ungebetener Gast: abhängig von einem Vater, der nicht aufhörte, ihre Anwesenheit zu verfluchen, und einer Mutter, die seine Ansicht zwar nicht teilte, sie aber bestenfalls halbherzig verteidigte.

Bei dieser unangenehmen Atmosphäre zu Hause war Carmen jedes Mal überaus erleichtert, wenn sie ihre Freunde besuchen konnte.

Diesen Gedanken hing sie gerade nach, als Volker auf der Bildfläche erschien.

»In wenigen Minuten beginnen wir mit dem Einreiten der Fohlen, die wir aus Córdoba mitgebracht haben«, meinte er lächelnd. »Ich erwarte euch im Zelt! Und ich habe jemanden eingeladen, den du kennenlernen solltest, Yago ...«

Yago verstaute sein Werkzeug ordentlich in einer Holzkiste und säuberte sich mit einem Lappen sorgfältig die Hände. Als er fertig war, hob er den Blick und sah sich suchend nach Carmen um; er spürte ihr herzliches Lächeln auf sich ruhen.

Sie hakte sich bei ihm unter, und gemeinsam gingen sie in Richtung Reitbahn. Plötzlich machte er ein trauriges Gesicht und seufzte schwer, denn ihr Duft rief Erinnerungen an Hiasy in ihm wach.

Carmen fiel sofort auf, dass ihn etwas bedrückte.

»Du hast etwas, stimmt's?«

»Ist Hiasy …«, erwiderte er vertrauensvoll.

Der Junge tat Carmen schrecklich leid. Beide hatten sie in Jamaika ein Stück ihres Herzens begraben. Yago hatte Hiasy verloren, das einzige weibliche Wesen, das sich je für ihn interessiert hatte, und ihre Träume hatte ein Mann zerstört, den sie anfänglich zu lieben glaubte. Diese tiefen Wunden konnten nur zwei Dinge heilen: Zeit und Zuneigung.

»Ich verstehe gut, wie du dich fühlst.«

»Niemand wird Yago lieb haben … wie … sie. Nie mehr.« Dieser Gedanke quälte ihn, seit er Hiasy verloren hatte.

»Das ist nicht wahr! Ich habe dich lieb, und ich versichere dir, irgendwo gibt es eine Frau, die genau für dich geschaffen ist, und du wirst es auf den ersten Blick spüren. Glaubst du mir das?«

Yago schlug die Augen nieder und schüttelte den Kopf.

»Yago ist seltsam … sie wird wieder fortgehen.«

»Aber nein! Das darfst du nicht sagen!« Carmen nahm sein Gesicht in beide Hände, damit er sie ansah. »Diese Frau lebt irgendwo, und eines Tages wird sie dich lieben, wie es dir gebührt. Ich weiß es. Und sag nicht, du seiest seltsam. Jeder Mensch ist anders, jeder hat seine Talente, auch du. Dein Anderssein wird dich eines Tages noch groß machen, für mich bist du etwas ganz Besonderes. Und ich versichere dir, dass nichts dich daran hindern wird, glücklich zu sein. Du wirst lieben und geliebt werden, du wirst schon sehen.«

»Yago weiß nicht, wie lieben.«

»Ach, Yago! Ich weiß nicht, ob gerade ich die Richtige bin, dir da zu helfen … Willst du wissen, was Liebe ist?«

»Ja.«

»Liebe ist, den Atem anzuhalten, wenn du an den geliebten Menschen denkst oder ihn siehst, sich in ihm zu verlieren, für alle Zeit mit ihm zu verschmelzen, ein Stück seiner Seele in dich aufzunehmen, sich hinzugeben mit Haut und Haaren, ganz für den anderen zu leben … Liebe ist, zu sterben, wenn der geliebte Mensch nicht an deiner Seite ist, und ebenso, wenn er bei dir ist, aber dann in seinen Augen, in seinen Worten, in seinen Händen, wenn er dich liebkost.«

Carmen spürte, dass Yago große Mühe hatte, sie zu verstehen, und sah ihn bekümmert an.

Als sie die Reitschule betraten, sahen sie sich suchend nach Volker um.

Er unterhielt sich gerade mit drei Männern; der eine war Giovanni Batista Pignatelli, neben ihm der Vizekönig Don Pedro Álvarez de Toledo, sowie Giacomo. Die beiden vierjährigen Fohlen standen in der Mitte der Reitbahn und warteten darauf, zum ersten Mal in ihrem Leben einen Reiter auf ihrem Rücken zu spüren.

Yago erkannte Tazio, einen Kameraden aus der Werkstatt. Er hielt eines der Fohlen am Halfter fest, und neben ihm, mit dem anderen, stand ein rothaariges Mädchen, das er noch nie gesehen hatte.

Giacomo wandte sich gerade an Pignatelli.

»Wenn Ihr mehr Abstand haben wollt, dann kann ich Euch Zügel machen, die dreimal länger sind als die jetzigen.« Der Direktor der Reitschule war für Yago kein Unbekannter, er hatte ihn schon hin und wieder in den Pferdeställen gesehen.

»Ja, das erscheint mir unerlässlich«, erwiderte Pignatelli. »Aber achtet auf Eure Tochter Francesca. Wenn man das Pferd so nah bei sich hält, weiß das Tier nicht, was wir von ihm wollen, selbst nicht bei einfachen Dingen, wie in den Galopp zu wechseln oder ein Bein zu strecken.«

Er rief Tazio zu, er solle mit seinem Fohlen zu ihnen kommen.

Der Junge riss grob an dem Halfter, und das Fohlen wieherte gereizt, stemmte die Hinterbeine in den Sand und weigerte sich schnaubend, auch nur einen Schritt zu tun. Yago beobachtete die beiden aus der Ferne, konnte sich aber nicht mehr zurückhalten, als er sah, wie Tazio dem Fohlen nun mit einer Gerte auf die Nase schlug, und lief zu ihnen hin. Das Tier begann zornig zu wiehern und legte die Ohren an.

»Er tut ihm weh!«, rief Carmen empört aus. »So gebietet ihm doch Einhalt!«

Pignatelli lächelte ob der Empörung der Dame. Nach seinem Dafürhalten, und so stand es auch in jeder klassischen Abhandlung über die Ausbildung von Pferden, war ein wenig Schmerz von Vorteil, wenn man ihnen etwas beibringen wollte. So hatte er es von seinem Lehrer Federico Grisone, der die erste Reitschule in Neapel gegründet hatte, gelernt. Und so stand es auch in dem besten Buch über die Reitkunst geschrieben, das man in Europa kannte. Seiner Theorie zufolge war es unerlässlich, dass ein Pferd jeden Fehler mit Schmerz assoziierte, damit es lernte, das auszuführen, was sein Reiter von ihm verlangte.

Yago ging über die Reitbahn zu dem aufgeregten Fohlen und legte sich, zum Erstaunen aller Anwesenden, mit ausgebreiteten Armen und Beinen rücklings auf den Boden und blieb, wenige Ellen von den Hufen des Tieres entfernt, ruhig liegen. Tazio betrachtete ihn verblüfft. Doch für Yago zählte in diesem Augenblick nur das Fohlen, das bereits auf ihn reagiert hatte, ihn zuerst neugierig beschnupperte und dann spielerisch an seinen Haaren herumzupfte.

Gleichzeitig hatte das Fohlen aber aufmerksam verfolgt, was in seiner Umgebung vorging, und Tazio argwöhnisch im Auge behalten. Und nun versetzte es ihm bei der erstbesten Gelegenheit einen Stoß, um ihn zu vertreiben. Woraufhin der Junge es mit zornrotem Gesicht am Zügel zu packen versuchte, doch da mischte sich Yago ein.

»Lass!«, schrie er ihn an. »Nicht mehr wehtun!«

Plötzlich suchte das Fohlen Yagos Körper, der immer noch am Boden lag, legte sich zur Überraschung aller daneben und ließ sich vollkommen ruhig von ihm liebkosen. Yago tätschelte seinen Hals und entdeckte in seinen schönen, ausdrucksvollen und glänzenden Augen eine große Vitalität.

Francesca beobachtete die Szene tief beeindruckt, aber auch erfreut darüber, dass jemand es endlich wagte, Tazio in die Schranken zu weisen, den sie wegen seiner Überheblichkeit ohnehin nicht mochte. Sie wollte gleich selbst ausprobieren, was der mutige Bursche gerade getan hatte, und legte sich ebenfalls vor ihrem Fohlen auf den Boden, breitete Arme und Beine aus und wurde von ihrem Pferd sofort mit demselben Interesse beschnuppert. Und Yago schenkte ihr ein Lächeln.

»Aber meine Tochter, was tust du da!«, schalt sie ihr Vater.

»Ich gewinne sein Vertrauen, so wie er es gemacht hat...« Das Fohlen begann an ihrem Hemd zu knabbern, an ihren Haaren und Beinen.

Giacomo musste lächeln; seine Tochter war sein Augenstern.

Allen Leuten erzählte er, dass sie nicht nur eine gute Hand für Tiere hatte, sondern auch überaus geschickt war im Bearbeiten von Leder. Francesca kam nie nach Castel Nuovo, liebte aber die Arbeit ihres Vaters und half ihm zu Hause, so oft es ging, vor allem bei den feineren Näharbeiten.

Erstaunt gingen Volker und Pignatelli auf die beiden zu.

Der gedemütigte Tazio betrachtete die Szene voller Zorn. Ihm war immer noch nicht klar, wie unangemessen sein Verhalten zuvor gewesen war, und so ging er mit einer Gerte in der Hand auf Francescas Fohlen zu, um allen zu zeigen, wie gut er ein Pferd kommandieren konnte. Doch Yago ahnte, was er vorhatte, und schrie aus Leibeskräften:

»Nicht Gerte!... So lernen nicht!«

»Was weißt du denn schon!« Tazio blieb nicht stehen.

»Niemand kann sich in die Gedankenwelt eines Pferdes hineinversetzen«, erklärte Pignatelli, während er dem Fohlen einen Klaps auf die Kruppe gab, damit es aufstand. »Oder weißt du vielleicht, was sie denken?« Seine Frage galt Yago.

»Ja...«, erwiderte dieser selbstsicher.

Pignatelli sah Volker an, und beide wussten, ohne dass ein Wort gesagt wurde, dass der Junge vielleicht Qualitäten besaß, die ihnen bei ihrem Vorhaben nützlich sein konnten. Er hatte noch keinen Menschen gekannt, der behauptet hätte, was Yago so selbstsicher einräumte – jemanden, der die Seele der Pferde zu erkennen vermochte.

»Hör auf mit dem Unsinn, und halt den Mund!«, schrie Tazio ihn an.

»Er hat recht!«, kam Francesca Yago zu Hilfe. Ihre Wangen röteten sich, doch sie ließ sich nicht entmutigen. »Die Pferde reagieren viel besser auf Belohnungen, man gewinnt sie nicht für sich, wenn man sie schlägt.«

Yago blickte sie dankbar an.

Auf den Rücken ihres Fohlens gestützt, sprach Francesca mit sanfter Stimme auf das Tier ein. Es drehte sich ein Stück um, erschrak aber nicht. Sie streichelte seinen Kopf und ließ dann ihre Hände mit ein wenig Druck über seinen Rücken gleiten, damit es sich daran gewöhnte. Dann packte sie seine Mähne und schwang erst das eine, dann das andere Bein darüber. Noch nie hatte jemand auf dem Pferd gesessen. Francesca flüsterte ihm ins Ohr. Nun drehte sie ihren Körper langsam, bis sie ganz auf dem Tier saß, den Oberkörper an den Hals des Fohlens gepresst, das alles ruhig mit sich geschehen ließ. Dann drückte sie ihm die Fersen leicht in die rechte Flanke, und das Fohlen drehte sich bereitwillig in diese Richtung; auch als sie es auf der anderen Seite machte, reagierte es sofort.

»Sehr gut, du bist ein kluges Tier!« Zur Belohnung tätschelte sie seinen Hals.

Yago saß neben seinem Fohlen auf dem Boden und beobachtete die Bewegungen des anderen, auf dem nun Francesca saß. Jeden Muskel, jede Sehne sah er sich genau an, wenn sie in Aktion traten, er studierte den gesamten Bewegungsablauf. Er konzentrierte sich so sehr darauf, was das Fohlen machte, dass man den Eindruck haben konnte, er sei in das Tier hineingeschlüpft und würde alles so miterleben und spüren, als wäre er eins mit ihm.

Das Fohlen wirkte ganz entspannt, es folgte Francescas Befehlen, wenn sie es plötzlich anhielt oder in einen leichten Trott fallen ließ.

Yago verfolgte alles mit großem Interesse und verstand, wie und warum sich das Tier so bewegte, wie Francesca es von ihm verlangte, und von da an wollte er es genauso machen.

Sie beherrschte das Tier, ohne ihm Schmerzen zufügen zu müssen.

Yago schloss die Augen und begann zu träumen.

Er träumte davon, die Seele der Pferde kennenzulernen und aus diesem Wissen Nutzen zu ziehen.

VII

Yago vertraute auf Volkers Wort, doch es drängte ihn allzu sehr, Camilo endlich wiederzusehen.

Er wusste lediglich, dass die Kartause von Padula sich in Salerno befand, knapp zwei Tage zu Pferd von Neapel aus und in Richtung Süden.

Seit vier Monaten befand er sich nun schon in Neapel, und es waren bereits wieder zwei Wochen verstrichen, seit Volker ihm einen Besuch bei Camilo versprochen hatte. Yago war überzeugt, dass der Deutsche alles daransetzte, sein Wort zu halten, doch zuerst kamen seine Verpflichtungen gegenüber dem Vizekönig und die Aufgaben, die dieser ihm übertrug.

Seine Erklärungen leuchteten Yago durchaus ein, doch allmählich gewann das Verlangen, Camilo wiederzusehen, die Oberhand, er wollte sich nicht mehr in Geduld fassen und vernünftig sein. Deshalb holte er mit gebotener Vorsicht Informationen ein, welchen Weg er von Neapel nach Salerno nehmen musste, sattelte eines Tages in aller Herrgottsfrühe ein Pferd und marschierte mit ihm, das Tier am Zügel führend, aus Castel Nuovo hinaus. Die Wachsoldaten am Tor ließen ihn anstandslos passieren, als er erklärte, er müsse es zu einem anderen Stall des Vizekönigs in der Stadt bringen. Seine List war geglückt.

Als er sich von der Festung weit genug entfernt wusste, konnte er ruhiger atmen. Er stieg auf das Pferd und machte sich, nachdem er an der Küste entlang die Stadt verlassen hatte, auf den Weg nach Süden.

Er hatte nur Verpflegung für einen Tag bei sich und bloß eine ungefähre Vorstellung, wie er an sein Ziel gelangte, doch auch den festen Glauben, dass er es erreichen würde.

Er ritt fast nur im Galopp, damit niemand, dem er begegnete, ihm unangenehme Fragen stellte, und so musste er nach einigen Stunden bereits eine Pause einlegen, damit das schweißbedeckte Tier sich ein wenig ausruhen konnte. Er verließ den Weg, ritt noch ein Stück am Fuße des Vesuvs entlang und ließ sich dann im Schatten einer Baumgruppe in der Nähe eines munteren Bächleins nieder.

Stille lag über dem Land, das Wetter war gut, und es wehte ein erfrischendes Lüftchen. Yago fühlte sich wohl und war überzeugt, die richtige Entscheidung getroffen zu haben. Doch er bemerkte nicht, dass ihm jemand folgte.

In der Kartause von Padula überstand Camilo seine erzwungene Zurückgezogenheit zwischen Sonaten, Schlafsaal und Gebeten in dem Wissen, dass nur noch zwei Monate fehlten, bis er sein Versprechen gegenüber dem Prior eingelöst hätte.

Dank des ständigen Alleinseins, ganz seinen wehmütigen Erinnerungen ausgeliefert, wuchs sein Repertoire an Kompositionen beachtlich, doch es griff ihn auch seelisch an. Die Melodien, die er tagtäglich komponierte, entstanden auf einer alten, verstimmten Orgel im Untergeschoss der Klosterkirche.

Dass er nichts über Yagos Schicksal wusste, lastete ihm schwer auf der Seele, doch nicht das allein quälte ihn. Es gab noch eine ungelöste Frage in seinem Leben, eine Frage, die ihn bedrückte und nicht zur Ruhe kommen ließ, eine Entscheidung, die noch ausstand.

In den ersten vier Monaten spürte er, dass er geistig zwischen zwei Polen gefangen war: auf der einen Seite die Pflicht, auf der anderen der Wunsch nach Freiheit. Da er sich keine Vorstellung von seiner Zukunft machen konnte, fand er auch keinen Sinn in der Gegenwart. Seine Zweifel beschränkten sich nicht mehr nur darauf, ob er seine Hingabe an Gott inner- oder außerhalb einer Klosterzelle leben sollte. Inzwischen gingen seine Zweifel noch tiefer, es würden möglicherweise einschneidende Konsequenzen folgen müssen.

In seinem Innern lieferten sich seine Ängste und Träume einen erbitterten Kampf. Es würde Folgen haben, wenn er sich vom Herrn lossagte, er wusste jedoch nicht, welche, und da seine Gründe vorläufig noch geringer wogen als die möglichen Folgen, fühlte er sich vollkommen verloren. Nur in der Musik und in der Erinnerung an Yago fand er Trost, denn irgendwann hatte er aufgehört, Trost bei Gott zu suchen.

Eines Tages, während er seine Finger über die zwei Manuale der Orgel gleiten ließ und eine improvisierte Komposition zu einer Melodie verschmolz, schloss er die Augen in der Erinnerung daran, wie er Yago an die Musik herangeführt hatte, damals im Kartäuserkloster Santa María de la Defensión.

Je mehr er in seine Erinnerungen eintauchte, desto gefühlvoller wurden die Klänge, die er den Tasten entlockte. Camilo fühlte sich immer kleiner werden und gleichzeitig in einer anderen, unendlich schönen Welt wiedergeboren, getragen von den Klängen der Orgel. Deshalb bemerkte er zuerst gar nicht, wie sich jemand neben ihn auf das Bänkchen setzte. Erst als plötzlich einige fremde dissonante Töne erklangen, die sich dennoch mit seinen eigenen vertrugen, wurde es ihm bewusst.

Und als er die Augen öffnete, war die Musik mit einem Mal vergessen, und zwei Menschen lagen sich bewegt in den Armen.

Camilo begriff nicht, wo der Junge plötzlich herkam, aber seine Freude war grenzenlos.

»Du, du hast dich sehr verändert ...« Obwohl kaum zehn Monate vergangen waren, war Yago zum Mann geworden.

Der Junge sah ihn mit schief gelegtem Kopf an, mit dieser vertrauten, typischen Geste, strahlend, und schlang erneut die Arme um den Mönch.

»Yago suchen Camilo ... aber weggesperrt ...«

Camilo erinnerte sich an den traurigen Abschied in Humeruelos und erkundigte sich, was denn später geschehen sei.

Yago begann zu erzählen, wie er auf der Suche nach ihm bis Sevilla gekommen war, wo ihn sich eine Bande skrupelloser Männer gegriffen und gezwungen hatte, Almosen für sie zu erbetteln, und dass er lange im Spital für Irre eingesperrt gewesen war. Der Mönch hörte ihm voller Entsetzen zu und bedauerte unendlich, dass er nicht zur Stelle gewesen war, um dem Jungen zu helfen. Doch er freute sich sehr, als er erfuhr, was Don Bruno de Ariza alles für ihn getan hatte, und dass er die Reise nach Neapel in Gesellschaft von Carmen und Volker hatte machen können.

Im Dunkeln, am oberen Ende der Treppe zum Untergeschoss, wartete ein Mann. Er hörte die beiden miteinander reden und wollte ihre erste Wiedersehensfreude nicht stören, doch als er seinen Namen vernahm, ging er hinunter und ließ sich sehen.

»Yago ist ein Dickkopf, wie du weißt, und so konnte er mit seinem Besuch bei dir einfach nicht länger warten.«

Verblüfft drehte sich Camilo um, und als er Volker erkannte, streckte er ihm hocherfreut die Hand entgegen. Seit Jamaika hatte er nichts über seinen Verbleib erfahren.

»Nie hätte ich gedacht, Euch wiederzusehen … Heute ist wirklich ein Glückstag!«, rief Camilo.

Es sei allein seine Schuld, dass er nicht früher gekommen sei, meinte Volker, doch das habe seine Gründe.

»Als ich erfuhr, dass Yago aus Castel Nuovo verschwunden war, gab es für mich keinen Zweifel, was er vorhatte. Voller Sorge machte ich mich zu Pferd auf die Suche nach ihm, denn die Wege zwischen Neapel und Salerno sind recht unsicher, wie man weiß. Auf halbem Weg entdeckte ich ihn schließlich.«

Die folgende Stunde verging wie im Flug mit dem Austausch von Neuigkeiten über dieses und jenes, was dem einen oder anderen widerfahren war, vor allem aber sprachen sie über Yagos schlimme Zeit im Irrenspital von Sevilla. Camilo krampfte sich das Herz zusammen, als er hörte, welche Qualen Yago ein weiteres Mal hatte erleiden müssen, doch es stimmte ihn trotz aller Beschwernisse froh, dass er sich mittlerweile wesentlich besser ausdrücken konnte. Nie hatte er erlebt, dass er so lebhaft und verständlich von sich selbst erzählte.

»Armer Junge... Dir hat das Glück im Leben wahrlich nur den Rücken zugekehrt.«

Camilo seinerseits gestand ihnen, warum er sich nun in dieser Kartause befand, und berichtete von den Zweifeln hinsichtlich seiner Zukunft, jetzt, da seine Zeit hier bald vorbei war.

Yago spürte, wie der Mönch sich quälte, und überlegte, wie er ihm helfen könnte. Sein Blick fiel auf die Orgel, und schon ließ er die Finger über die Tasten springen, als wollte er wirklich spielen. Oft hatte er sich des Nachts, wenn er wach lag, und gelegentlich auch im Traum an die bewegenden Momente erinnert, wenn Camilo ein Stück gespielt und er neben ihm gesessen hatte.

»Nicht traurig... Musik...«

Camilo erfasste sogleich, was Yago meinte, und begann zuerst verhalten, dann jedoch mit aller Inbrunst, aber auch Zartheit, derer er fähig war, eine seiner jüngsten Kompositionen zu spielen, die er am stärksten als eigene Schöpfung empfand.

Volker und Yago hörten gebannt zu, ergriffen von der Intensität seines Gefühls.

Sie genossen die auf- und absteigenden Harmonien, die manchmal miteinander verschmolzen, und es berührten sie seine Vibrati, die doppelte Melodie, die sich zu einem kurzen Kanon fügte. Beeindruckt verfolgten sie, wie Camilo in einen Zustand geradezu mystischer Entrücktheit geriet und, während er spielte, sein Innerstes preisgab.

Volker hatte von Camilos musikalischem Talent gar nichts gewusst, war jedoch so beeindruckt von der Schönheit des Musikstücks, dass er wissen wollte, ob er denn mehrere Werke komponiert habe, was der Mönch bestätigte. Ob er denn bereit wäre, einmal vor dem Vizekönig zu spielen?

»Es wäre mir eine Freude, aber vielleicht fehlt es meiner Musik doch noch an Qualität für einen solch erlauchten Zuhörer.«

»Vielleicht ist sie aber auch besser als das, was er sonst gewohnt ist...«

»Außerdem bin ich nicht sicher, ob ich noch lange hier sein werde...«

Da seine Bemerkung große Verwunderung auslöste, offenbarte Camilo, wie seine Pläne nach den nächsten zwei Monaten aussahen.

»Ich habe beschlossen, das Mönchshabit abzulegen.«

Eine Entscheidung von derartiger Tragweite bedurfte näherer Erklärung; Volker wartete.

»Ich weiß noch nicht, wohin ich gehen werde, aber ich möchte den Menschen helfen, die der Hilfe am meisten bedürfen, den Armen dieser Welt, die alles verloren haben. Ich glaube, nur so werde ich der Stimme meines Gewissens gerecht.«

Yago begriff weder, was Camilo zu seiner Entscheidung bewog, noch das ganze Ausmaß seiner inneren Kämpfe, fühlte sich aber den von Camilo genannten Menschen absolut zugehörig. Wer, wenn nicht er selbst, konnte sich als arm betrachten, wer als Bedürftiger?, dachte er bei sich. Es kränkte ihn, dass Camilo dies nicht ebenso klar erkannte. Warum sollte Camilo weit fortgehen, anstatt bei ihm zu bleiben?, fragte er sich.

Volker erfasste auch ohne Worte, wie es dem Jungen ging, und er fühlte sich aufgerufen, dem einen wie dem anderen zu helfen. Ihm war klar, dass Camilo eine schwere Zeit durchmachte und seelisch sehr durcheinander war, weshalb er Yagos Bedürfnisse und Gefühle nicht mehr wahrnahm.

Während er überlegte, wie sich ihre verschiedenen Wünsche vereinbaren ließen, kam ihm plötzlich eine Idee, wie er beider Schicksal miteinander verknüpfen könnte, ohne dass es nach Zwang aussah.

»Wohin auch immer du gehen magst, was auch immer du tun magst, um deinen Weg zu finden, zwei Dinge werden dich immer begleiten: die Zuneigung deiner Freunde und dein Musiktalent...

Stimmst du mir zu?« Camilos Gesicht drückte weder Zustimmung noch Ablehnung aus, vielleicht weil er nicht restlos überzeugt war von Volkers Ausführungen. »Deshalb schlage ich vor, dass du dich auf diese beiden Dinge stützt und nach Castel Nuovo kommst, um dein Können dort zu zeigen. Außerdem lebt Yago dort. Ich werde dich jemandem vorstellen, der dir helfen kann, er ist auch Musiker … Vielleicht kannst du auf diese Weise deine Zukunft in Angriff nehmen, ohne noch länger darüber grübeln zu müssen, wie und wo du beginnen sollst. Dass du talentiert bist, steht außer Frage, und in Castel Nuovo könntest du dich dem Komponieren widmen.« Volker sah an Camilos Miene, dass ihm sein Vorschlag zusagte. »Neapel erlebt gerade eine Renaissance der Künste. In den klassischen Helden von einst – in Göttern, großen Kämpfern oder den Rittern der Heldenepen – finden die Menschen sich nicht mehr wieder. Heute suchen und schätzen sie die Kunst, die Schönheit. Die Stadt braucht Künstler, Männer, die in der Lage sind, ihr Können in den Dienst der Gesellschaft zu stellen, sie mit ihren Werken zu begeistern. Und so, wie du Orgel spielst, wird dir das sicher gelingen, das weiß ich. Deshalb brauchst du die folgende Frage nur mit einem schlichten Ja zu beantworten: Kommst du mit?«

Camilo überlegte sich seine Antwort gut. Volkers Vorschlag bedeutete, dass er in Yagos Nähe und zudem von seiner Musik leben könnte, und vielleicht hätten auch seine ewigen Zweifel dann ein Ende. Ein dem Gebet und der Hingabe an Gott gewidmetes Leben hinter sich zu lassen, war keine leichte Entscheidung, und allein schon bei dem Gedanken daran versetzte es ihm einen Stich. Wie oft hatte er seinen Herrgott nicht darum gebeten, ihm ein Zeichen zu schicken, ob er auf dem rechten Weg war. Und als er seine beiden Freunde ansah, kam ihm plötzlich der Gedanke, dass ihr unerwartetes Auftauchen vielleicht gerade das Zeichen war, um das er so sehr gebetet hatte.

Er empfahl sich Gott, ehe er antwortete, und als er es dann tat, brach Yago in Jubel aus.

»Du kommst Castel Nuovo!« Er klatschte beglückt in die Hände. »Mit mir, endlich, zusam … zusammen.«

Camilo ging das Herz auf.

VIII

Domenico Bartelli musste den Goldbarren mit beiden Händen halten, so schwer war er. Das helle Licht, das durch das große Fenster seines Palastes in Neapel fiel, ließ das Edelmetall aufblitzen, sodass er einen Moment lang fast nichts sah. Dann warf er seinem Besucher einen überraschten Blick zu.

Der Bankier Enrico Masso aus Genua, ein alter Bekannter Bartellis und, wenn es sich ergab, Partner bei dem einen oder anderen undurchsichtigen Geschäft, ließ sich maliziös lächelnd in einem bequemen Lehnstuhl nieder und zwang Domenico durch sein Schweigen, das Gespräch zu beginnen. Damit hatte er sein erstes Ziel erreicht.

»Was wollt Ihr dieses Mal von mir?« Der Neapolitaner gab ihm den Goldbarren zurück. Enrico steckte ihn in einen Samtbeutel, den er wiederum in einer ledernen Tasche verstaute.

»Wie viel Gold könntet Ihr verkaufen?«

Domenico schenkte sich ein wenig Haselnusslikör nach, nachdem er seinem Gast das Glas gefüllt hatte, und setzte eine neutrale Miene auf, ehe er eine Antwort gab.

»Das hängt davon ab, wie viel ich daran verdienen kann ... Ehe ich nicht weiß, von welcher Menge wir sprechen, vermag ich Euch nichts Näheres zu sagen.« Er nippte an dem Likör und leckte sich die Lippen. Sein Lieblingstrank war doch immer ein Genuss.

Drei Viertel des Goldes, das Luis Espinosa in wenigen Monaten liefern würde, hatte Enrico bereits so gut wie sicher untergebracht, doch das letzte Viertel verursachte ihm Ausgaben über Gebühr. Domenico war seine letzte und vielleicht beste Chance. Wenn er nicht anbiss, musste er sich an gewisse Leute wenden, die er im Vizekönigreich Sizilien kannte, Leute ohne alle Skrupel.

»Rechnet mit dreitausendfünfhundert bis viertausend Pfund.«

»Herr im Himmel!« Domenico konnte seine Überraschung nicht verhehlen. »Derartige Summen lassen sich vor den Steuereinnehmern des Vizekönigs nicht so leicht verbergen, denn ich vermute… dass die Obrigkeit nicht unbedingt davon wissen soll…«

Das lag auf der Hand, deshalb gab Enrico auch keine Antwort, sondern wartete auf Bartellis Vorschlag.

Domenico ging in Gedanken alle Männer durch, mit denen er bei derlei Geschäften zusammenzuarbeiten pflegte, doch ihm schien, dass sie für einen Handel dieser Größenordnung nicht die Richtigen waren.

»Das wird wahrlich nicht einfach«, bemerkte er, während er eine neue Möglichkeit erwog, die ihm gerade in den Sinn gekommen war, eine Möglichkeit, auf die er normalerweise nicht zurückgriff. »Obwohl ich jemanden wüsste, der in diesem Fall vielleicht geradezu ideal wäre. Mit einer sauberen, schnellen Abwicklung, fast ohne Risiko. Saubere Abwicklung heißt, dass keine Spuren zurückbleiben, was für beide Seiten von Vorteil ist. Der Nachteil jedoch ist, ich will es Euch nicht verschweigen, dass es die teuerste Möglichkeit von allen ist, besser gesagt, überaus teuer.« Er öffnete ein silbernes Kästchen und reichte es seinem Besucher. »Möchtet Ihr ein wenig Tabak?«

Aus Neugier nahm Enrico ein kleines Stück und begann darauf herumzukauen. Es schmeckte überaus bitter, sodass er rasch einen Schluck Likör nahm, doch das machte die Sache auch nicht besser. Angeekelt verzog er das Gesicht, schluckte den Tabak dann aber der Höflichkeit halber hinunter, obwohl er ihn am liebsten sofort ausgespien hätte.

»Ich werde Euch nicht nach dem Namen des Betreffenden fragen, denn das ist Eure Sache. Aber da Ihr von teuer sprecht, und falls ich darauf eingehe: Welche Garantie habe ich, dass es sich um einen vertrauenswürdigen Abnehmer handelt? Es wäre im Moment nicht opportun, wenn in dieser Angelegenheit auch nur das Geringste publik würde. Warum, erkläre ich Euch später.«

Domenico offenbarte ihm immerhin soviel, dass sein Mann Französisch sprach, über ein gewaltiges wirtschaftliches Potenzial, sehr viel Macht und genügend Einfluss verfügte, um die gesamte Menge an Gold aufzukaufen.

»Ihr seid der Bankier, Enrico, deshalb wisst Ihr besser als ich, dass dieses Metall als Referenz für den Wert der verschiedenen Münzen genommen wird. Ich denke an eine Person, die den Wert ihres Geldes dringend absichern muss, und eine Goldmenge, wie die von Euch vorgeschlagene, könnte für sie mehr als interessant sein.«

»Ihr geht ein hohes Risiko ein, wenn Euer Kaiser von diesem Handel mit den Franzosen erfährt, denn Ihr sprecht von Frankreich, oder irre ich mich?«

Für Domenico bedeutete dieses Risiko ein Drittel des Gewinns. Er bestätigte seinem Gast, dass er mit seiner Vermutung recht habe, und fügte hinzu, dass ihm nicht nach Feilschen sei, er habe inzwischen vielmehr Hunger. Seine Gattin und Tochter erwarteten sie bereits im Speisezimmer.

»Könnt Ihr mir nicht eine formelle Zusage geben, eine Art Garantie, dass Ihr dieses neue Geschäft zu einem guten Ende bringen werdet?« Da Enrico bemerkte, dass seine Forderung alles andere als höflich gewesen war, versuchte er einzulenken. »Versteht mich recht: Wenn das Gold eintrifft, muss ich dafür sorgen, dass es unverzüglich und gut versteckt wird, oder, anders gesagt, dass es so schnell wie möglich wieder aus meinen Händen verschwindet. Könnt Ihr mir garantieren, dass Ihr einen anderen Abnehmer an der Hand habt, falls dieser erwähnte Mittelsmann von Euch nicht rechtzeitig antwortet?«

»Ihr kennt mich nun schon seit Jahren, deshalb kann ich Euch schlecht verhehlen, dass die mit manchen Feinden des Kaisers getätigten Geschäfte meiner Prosperität durchaus förderlich waren.

Mit den Osmanen gab es früher einige Probleme, doch einige dieser Kontakte bestehen noch, für den Fall … Seid also unbesorgt. Für das Gold, das Ihr mir zukommen lasst, wird sich immer ein Abnehmer finden. Und nun, da das Geschäftliche erledigt ist: Habt Ihr keinen Appetit? Habt Ihr schon einmal unsere Focaccia probiert?«

In diesem Augenblick trat ohne Vorankündigung seine Tochter ein.

»Vater, das Abendessen wartet.« Sie schenkte dem Gast ein höfliches Lächeln. »Beim ersten Gang werde ich Euch Gesellschaft leisten, dann muss ich nach Castel Nuovo.«

»Ich verstehe wirklich nicht, warum du so oft dort hingehst, Carmen.« Domenicos Miene verriet, dass es ihm nicht genehm war. »Vielmehr, ich verstehe es nur allzu gut …«

Carmen wusste, dass er an Volker dachte.

»Ihr wisst von meiner Freundschaft zu diesem Hauptmann der Garde, aber ich gehe nicht seinetwegen dorthin, sondern um den Jungen zu besuchen, den ich Euch am Tag meiner Rückkehr aus Jamaika vorgestellt habe. Yago braucht meine Hilfe.«

Enrico betrachtete bewundernd die schöne junge Frau, während ihr Vater nicht aufhören wollte, sie zu ermahnen.

»Man wird Schlechtes denken. Du scheinst mir diesen Mann übertrieben oft aufzusuchen, auch wenn du versicherst, dass dies heute nicht der Fall ist. Ich meine dennoch, dass es sich für eine Dame nicht gehört, sich allzu oft zu zeigen, aber du weißt hoffentlich, was du tust …«

Carmen hatte keine Lust, sich seine Vorhaltungen anzuhören, drehte sich um und verließ schnellen Schrittes den Salon; sie ärgerte sich über das Verhalten ihres Vaters. Nachdem sie im Speisezimmer Platz genommen hatte, warteten sie und ihre Mutter darauf, dass die Herren ebenfalls zu Tisch kamen.

Enrico wartete, bis die Tür sich hinter Carmen geschlossen hatte.

»Ihr habt eine entzückende Tochter!«

Hätte Domenico nicht gewusst, dass der Genueser verheiratet war, hätte er dessen Bemerkung als Bewerbung aufgefasst. Schön wär's, dachte er im Stillen.

»Das ist auch das einzig Gute an ihr, denn als Frau und Ehegattin hat sie versagt.« Enrico verwunderten diese harschen Worte, doch er enthielt sich jeden Kommentars, während sie sich auf den Weg zum Speisezimmer machten.

Nach einem höflichen Handkuss nahmen sie Platz und begannen eine beiläufige Unterhaltung über dies und das, bis Carmens Mutter das Wort ergriff und dem Gast erklärte, was ihn mit der Focaccia erwartete.

»Focaccia ist ein rechteckiges Fladenbrot, das mit Olivenöl bestrichen und dann mit Oliven, Trüffeln und Würzkräutern belegt wird. Es ist sehr beliebt hier in Neapel. Bei Familien von niedrigem Stand ist der Belag natürlich bescheidener, aber es schmeckt dennoch gut. Ich hoffe, es mundet Euch.«

Der Gast lobte den köstlichen Geschmack schon nach dem ersten Bissen, doch er hatte die Focaccia noch nicht ganz verspeist, als er das Gespräch absichtlich auf Don Pedro Álvarez de Toledo lenkte, der zu Domenicos Freunden zählte, wie er wusste.

»In Genua erzählt man sich, Euer Vizekönig habe ein überaus enges Vertrauensverhältnis zu Kaiser Karl. Wisst Ihr, ob dem wirklich so ist?«

Domenico bestätigte diese Vermutung nicht nur, er schwang sich geradezu zum Zeugen auf.

»Sie führen eine rege Korrespondenz, ihre vertraute Beziehung ist mehr als offensichtlich, und Seine Majestät rühmt bei seinen Aufenthalten nicht nur stets die Stadt, die ihm ausnehmend gut gefällt, sondern auch die Gesellschaft seines Vertrauten. Derzeit hält er sich in seiner Geburtsstadt Gent auf, glaube ich, und ...«

»Ich muss Euch um einen Gefallen bitten«, unterbrach ihn Enrico.

»Nur zu!« Er blickte ihn gespannt an, ebenso Carmen und ihre Mutter.

»Nun ... also ...«, er räusperte sich nervös, »ich wollte Euch bitten, mit dem Vizekönig zu sprechen, damit er sich beim Kaiser für einen Mann verwendet, der gerne sein nächster Sekretär werden möchte … Es handelt sich um einen mehr als guten Freund von mir, vor allem aber ist es ein guter Mann, der zwar schon das Vertrauen des Kaisers besitzt, jedoch nicht die nötige Abstammung für dieses hohe Amt. Wenn dem Kaiser jedoch mehrere Empfehlungen von derart einflussreichen Fürsprechern wie Eurem Vizekönig angetragen würden, würde ihm dies die Sache wesentlich erleichtern.«

Domenico verstand vor allem etwas von Geschäften. Was Enrico ihm antrug, war bei Hofe gang und gäbe und konnte ihm zukünftig nur von Nutzen sein. Noch ehe er erfahren hatte, um wen es sich handelte, ließ er sich versichern, dass der Betreffende auch gewiss erfahren würde, wer ihm wie geholfen hatte. Enrico versprach es, und dann offenbarte er den Namen.

»Er heißt Luis, Luis Espinosa, und kommt …«

»Dieser Mann ist ein Lump!«, rief Carmen ohne lange zu überlegen aus, da sie sofort an Jamaika dachte. Ihre Wangen röteten sich vor Zorn, während ihre Mutter sie entsetzt ansah und ihr Vater sie sofort zurechtwies.

»Was du gerade getan hast, ist nicht nur unhöflich unserem Gast gegenüber, es passt auch nicht zu der guten Erziehung, die du genossen hast. Ich verlange, dass du dich sofort entschuldigst!«

Domenico war es gleichgültig, wer oder was dieser Mann war. Die Bemerkung seiner Tochter war äußerst unangemessen und bestätigte lediglich seinen Eindruck von ihrer bedenklichen Geistesverfassung.

»Aber es ist die Wahrheit, Vater! Unterstützt diesen Mann nicht, bitte! Ich habe ihn kennengelernt, als er bei Blasco in Jamaika zu Besuch war, er ist ein schlechter Mensch, wo er doch sogar die Pferde gestohlen hat vom …«

»Das Maß ist voll!«, fiel ihr der Vater ins Wort. »Halte endlich den Mund, und verlasse das Zimmer, auf der Stelle. Ich befehle es dir!« Er schlug mit der Faust so heftig auf den Tisch, dass die Weingläser klirrten.

Enrico, unangenehm berührt ob der Szene und der bedrückten Miene der Mutter, der dieser Vorfall sichtlich peinlich war, hielt es für angebracht, sich zu verabschieden, kaum dass Carmen anmutig wie stets das Zimmer verlassen hatte.

»Ihr braucht nicht zu gehen. Verzeiht meiner Tochter, und verlasst Euch darauf, dass ich so bald wie möglich mit Don Pedro Álvarez de Toledo sprechen werde, um Euren Mann zu empfehlen. Dessen dürft Ihr gewiss sein.«

»Vielleicht hat Eure Tochter ihn verwechselt, sein Familienname ist recht häufig… Doch ich bin sicher, dass es sich nicht um den Mann handelt, von dem ich sprach, denn nicht zuletzt hat er gerade meine Nichte Christine geheiratet.« Mit dieser Erklärung wollte Enrico bei Domenico jeden Zweifel an Luis' Rechtschaffenheit verscheuchen. »Ich würde mir doch keinen Lumpen in die Familie holen!«

»Dann lasst uns auf unser nächstes Geschäft trinken, und vergesst diesen hässlichen Vorfall!« Domenico hob sein Weinglas, um mit seinem Gast anzustoßen. »Auf unsere Freundschaft, auf die Geschäfte und auf den zukünftigen Sekretär des Kaisers!«

»Euer Wort in Gottes Ohr!«, erwiderte Enrico lächelnd.

IX

Für seinen nächsten Reitversuch wählte Yago ein männliches Jungtier, Sohn einer auf dem Gestüt der Kartäuser in Jerez geborenen Stute und eines Hengstes aus Córdoba. Zwischen ihnen bestand ein nahezu uneingeschränktes Verständnis, seit er auf Anweisung von Volker auf der Festung lebte, wo er zum Pferdeknecht ernannt worden war.

In dieser Nacht sah ihn sein Pferd etwas schläfrig, aber durchaus wohlwollend an.

Geräuschlos legte Yago ihm einen speziellen Sattel mit breiten Pauschen und dickem Sattelpolster auf, das die Nierengegend stützte, dann suchte er sich Doppelzügel wie diejenigen, die er die anderen Burschen benutzen sah, wenn sie die Pferde einritten, und dazu eine gerade Trense. Während er die Steigbügel vom Sattel nahm, sprach er dem Pferd auf seine Weise zu, als könnte es seine Worte verstehen.

Seine Anfälle traten zwar noch gelegentlich auf, waren aber weniger heftig als früher. Er zwängte sich nicht mehr zwischen die Pferdeleiber zur Linderung seiner Angst, und doch schlüpfte er immer noch gerne in den engen Raum zwischen Boden und Strohsack, oder er drückte sich im Schlafraum in eine Ecke, was die anderen Pferdeknechte, die sich die Kammer mit ihm teilten, sehr verwunderte.

Seit er in Neapel lebte, bemühte er sich nicht mehr so sehr darum, seine eigenartigen Verhaltensweisen zu überspielen, und es kümmerte ihn auch nicht mehr so sehr, was die anderen von ihm dachten; aber er hatte immer noch das Gefühl, dass fast niemand ihn verstand. Auch in seinen persönlichen Beziehungen zu anderen Menschen tat er sich weiterhin sehr schwer, alles war für ihn kompliziert und frustrierend; auf dem Rücken eines Pferdes dagegen war alles anders und Yago wie ausgewechselt.

Es lag vor allem an Francesca, dass er sich in der Dunkelheit zur Reitbahn aufmachte. Als er sah, mit welcher Geschicklichkeit sie ritt, schwor er sich, es ebenso gut zu erlernen. Und so stand er regelmäßig noch vor Tagesanbruch auf und machte sich auf den Weg zur Reitbahn, um dort allein zu üben, wenn niemand über ihn lachte. Anfangs führte er das Pferd an der Longe, und als er es daran gewöhnt hatte, begann er auf ihm zu reiten.

Yago hatte gelernt, das Alleinsein zu schätzen.

Er musste allein sein, um zu verstehen, was er im Innersten eines Tieres entdecken konnte und was er in sich selbst hatte. Er wollte wissen, was er von den Pferden bekam und was er selbst ihnen geben konnte.

In der Stille der Nacht, während er sich bemühte, die Bewegungen des Pferdes mit den seinen abzustimmen, versuchte er sich auch geistig in sie zu versetzen, um herauszufinden, welche Empfindungen sie wirklich bewegten, welche Reflexe sie dazu veranlassten, im normalen Tempo zu gehen, im Schritt oder im Trab.

In dieser Nacht probierte er unterschiedliche Gangarten aus, lernte, das Pferd mit Fingerspitzengefühl zum Stehen zu bringen, und als es ihm gelang, es zu kleinen, kurzen Sprüngen zu motivieren, eine Bewegung, die er schon häufiger vom Boden aus mit ihm geübt hatte, verschmolz er mit dem Pferd zu einem Wesen.

Obwohl er sich schon seit Wochen jede Nacht hinausstahl, hatte ihn bislang noch niemand bei seinem heimlichen Tun überrascht. Er umwickelte die Hufe mit alten Lappen, damit man das Getrappel nicht hörte, und führte das Pferd dann ganz langsam, Schritt für Schritt, zur Reitbahn, wo er, während alle anderen noch schliefen, fast eine Stunde lang ritt.

Sobald er auf dem Pferd saß, durchströmte ihn die pure Wonne. Seine Beine schmiegten sich an den Bauch des Pferdes, seine

Hände verschmolzen mit seinem Hals, als wäre das Tier nur eine Verlängerung seiner selbst.

Er probierte auch andere Pferde aus, aber nicht alle waren gleichermaßen gelehrig.

Nachdem er schon recht gut reiten gelernt hatte, entdeckte Yago, dass Geduld allein nicht genügte, damit die Pferde schwierigere Schritte ausführten, manche waren bereits vom Körperbau her nicht in der Lage, beispielsweise das Gewicht auf das hintere Drittel zu verlagern oder die Vorderbeine vollkommen gestreckt nach vorne zu werfen. Nicht alle Pferde waren also fähig, die Übungen durchzuführen, die er Francesca und andere Reiter hatte machen sehen.

Doch das Pferd, dem er wegen seiner stillen Art schließlich den Namen Sigiloso gab – der Leise –, schien mit Yago auf seinem Rücken über sich hinauszuwachsen.

Es gehorchte seinem Reiter, ohne dass der ein Wort sagen musste. Die beiden verstanden sich stumm. Yago kostete es Mühe zu sprechen, und da Sigiloso auf die Sprache der Menschen nicht reagierte, lernten sie, sich in der Sprache der Gefühle zu verständigen.

Wenn Yago ihm befahl, sich auf der Hinterhand zu erheben, dann zeigte sich das Pferd überaus geschickt, vielleicht wegen seiner langen Kruppe, die in scharfem Winkel abfiel. Als er es mit anderen Pferden verglich, wurde ihm bewusst, wie wichtig die anatomischen Gegebenheiten des Tieres waren, um bestimmte Übungen erfolgreich durchführen zu können.

Bei diesen Übungsstunden am frühen Morgen mit Sigiloso spürte Yago dessen Muskeln, als wären es seine eigenen. Er hörte seinen rhythmischen Atem, das leise Echo seiner Tritte, wenn er die Vorderbeine nach vorne warf und elegant auf dem Boden aufsetzte.

Was dieses Pferd auch zum Ausdruck brachte, es war das Ergebnis einer geradezu magischen Seelenverwandtschaft zwischen den beiden. Yago spürte jeden Schritt des Tiers im eigenen Leib, spürte bei jeder Bewegung Sigilosos seine entsprechenden Muskeln vibrieren und Sehnen sich anspannen.

Den Kopf anmutig gebogen, langsamen Schrittes, den Körper von einer Seite zur anderen wiegend und kraftvoll die Beine in den Sand stemmend – so durchmaß Sigiloso zum Ergötzen seines Reiters die Reitbahn. Konnte ein Pferd allein durch seine Bewegungen etwas Großes ausdrücken? Yago wusste, dass dem so war, er konnte es in Sigilosos Blick lesen, aber würde ihm jemand glauben?

Er schloss die Augen, ließ die Zügel sinken und gab sich ganz den tänzelnden Bewegungen des Tieres hin, den harmonischen Bewegungsabläufen und Schrittfolgen.

Auch das Pferd wusste, dass es nicht wie alle anderen ging – es schwebte.

»Du siehst müde aus, Yago«, bemerkte Volker mit einem Blick auf seine Augenringe, als sie zu den Ställen der Reitschule gingen.

»Yago geht es gut ...« Wiewohl die Spuren seiner nächtlichen Unternehmungen ihn verrieten, wollte er doch niemandem davon erzählen.

Auf dem Weg von Castel Nuovo zur Reitschule am anderen Ende der Stadt besprachen sie, was an diesem Tag anstand.

»Weißt du, dass du einen ausgezeichneten Eindruck hinterlassen hast?«

»Bei wem?«

»Entschuldige, ich hätte das Pferd nicht von hinten aufzäumen sollen ... Ich spreche von Pignatelli. Wenige Tage nachdem er dich auf der Reitbahn mit den Fohlen aus Córdoba gesehen hatte, haben wir über dich gesprochen. Er hat sich sehr interessiert gezeigt, dich näher kennenzulernen, um zu sehen, wie gut du dich wirklich mit Pferden verständigen kannst. Und er möchte verstehen, was du so selbstsicher zu ihm gesagt hast: dass du weißt, was sie denken. Wenn das zutrifft, dann wäre es seiner Meinung nach eine ganz außergewöhnliche Gabe, und es könnte dich für das ehrgeizige Vorhaben geeignet machen, an dem er arbeitet und bei dem ich mitwirke – ich meine, seine Pferde zu veredeln.«

Vor lauter Verwunderung über das Gehörte stieß Yago mit einer Frau zusammen, die einen Korb mit Obst trug. Pignatelli hatte etwas in ihm gesehen und interessierte sich dafür, es eingehender zu ergründen – eine solche Anerkennung hatte der Junge selten erfahren. Gleichzeitig aber war er verwirrt, denn er war sich nicht im Klaren darüber, was an ihm Pignatelli beeindruckt hatte, und deshalb würde er es an dem Tag, wenn er es erklären sollte, auch nicht in Worte fassen können. Dennoch kostete er Volkers letzte Worte richtiggehend aus.

»Die Pferde ... veredeln ...« Er half der Frau die Äpfel aufzusammeln, die auf der Erde herumrollten. »Yago und du ...«

Da nahm Volker aus einem Filzbeutel, der an seinem Gürtel hing, eine wunderschön geschnitzte Holzfigur und reichte sie Yago.

»Dieses Pferd haben die Hände von Juan Bautista de Toledo erschaffen, einem hochberühmten Architekten, dem Pignatelli den Auftrag gab, seine Vision dieses neuen Pferdes in Holz umzusetzen. Und das ist das Ergebnis.«

Yago nahm die Figur in die Hand und fuhr mit dem Finger die Konturen nach. Als er das Pferd in allen Nuancen erfasst hatte, schloss er die Augen, umfasste die Figur mit beiden Händen, führte sie an die Lippen und küsste sie.

Nun war in seinem Kopf gespeichert, wie das Pferd sein musste, das sie suchten.

Einige Straßen von ihrem Ziel entfernt begann Volker ihm zu erläutern, worin seine Mitarbeit bestehen würde.

»Zunächst müssen wir deine Fähigkeiten einschätzen, unter anderem deine Fähigkeit, in die Pferde hineinzusehen. In den Händen hältst du ein Modell, das uns als Vorlage zum Heranzüchten dieses Tieres dienen wird. Heute werden wir diesem Traum einen weiteren Schritt näher kommen: Pignatelli hat eine Gruppe Stuten in einem Stall zusammengeholt, und wir werden dabei sein, wenn sie gedeckt werden. Dort wirst du auch sehen, was bislang zur Verbesserung der Rasse unternommen worden ist.«

Das stattliche Steingebäude, in dem sich die Reitschule befand, erinnerte äußerlich eher an einen Palast, doch drinnen waren mehr als zweihundert Hengste und Stuten versammelt.

Zwei große, geschwungene Rampen waren zu sehen; eine davon führte zu einem weitläufigen Seitenflügel, in dem die Dressurübungen stattfanden.

Zur gleichen Zeit wie sie war eine Gruppe von fünf Pferdeknechten unterwegs; sie führten die Stuten, die gedeckt werden sollten.

»Wartet!«, befahl Volker. Er ging auf eine Stute zu, die offenbar lahmte. Sie hatte ein entzündetes Sprunggelenk, das sich sehr heiß anfühlte. »Diese hier bringt wieder zurück, sie ist nicht in der richtigen Verfassung. Die anderen führt ihr bis zum Deckstand.« Zwei weitere Burschen näherten sich mit Zaumzeug. »Und ihr folgt uns. Wir schauen uns zuerst die Stuten an, dann wählen wir die passenden Hengste aus.«

Da tauchte aus einem Gang Pignatelli auf und begrüßte sie mit breitem Lächeln.

»Willkommen in der Reitschule, Yago!«

Der Junge schlug verlegen die Augen nieder und bedankte sich kaum hörbar für den freundlichen Empfang.

Volker erläuterte, wie er sich die Arbeit vorstellte und was er vor dem Deckvorgang noch zu tun gedachte.

»Mit der Wahl des Deckhengstes verfolgen wir das Ziel, mangelhafte Eigenschaften einer Stute auszugleichen, die sich, wenn sie nicht berichtigt werden, bei deren Nachkommenschaft nachteilig auswirken könnten. Unsere erste Aufgabe wird also sein, zu entscheiden, was es zu verbessern gilt.«

Er näherte sich der ersten Stute und betrachtete sie aufmerksam.

Volker hatte schon vielfach bewiesen, dass er für derlei Analysen ein scharfes Auge besaß. Er prüfte jedes Tier gründlich und fand dank seiner langjährigen Erfahrung in kürzester Zeit heraus, wo seine Schwachpunkte, aber auch seine Stärken lagen. Diese kastanienbraune Stute nun hatte einen zu geraden Rücken und konnte deshalb die Vorderbeine weniger gut strecken, und auch für lange Distanzen war sie nicht geeignet, wie er Yago erklärte.

Bei der nächsten Stute, einer der jüngsten und fast weiß, konnte er auf den ersten Blick keinen einzigen Makel erkennen. Deshalb beschloss er, sie mit gespreizten Händen zu vermessen, wie er es in dem Buch in der vizeköniglichen Bibliothek beschrieben gefunden hatte. Er vermaß die Tiefe des Brustkorbs und in welchem Winkel dieser am Hals ansetzte. Bei einem stumpfen Winkel, das wusste er, würden die Nachkommen über eine größere Beweglichkeit verfügen. Er ging in die Hocke, um die Stute besser betrachten zu können.

»Weißt du, warum man sagt, dass Pferde mit weißem Fell diejenigen mit dem besten Charakter und besonders ausgeglichen sind?«

Yago schüttelte den Kopf. Die Antwort gab Pignatelli.

»Seit undenklichen Zeiten wird das Temperament eines Pferdes mit seiner Fellfarbe in Zusammenhang gebracht, und diese mit den vier Grundelementen der Schöpfung: Wasser, Luft, Feuer und Erde. Wie du sicher weißt, sind die Pferde, bei deren Fell das Feuer vorherrscht, also diejenigen mit rötlichem oder orangefarbenem Farbton, meist cholerisch und ungestüm, und sie gehorchen ungern … Diejenigen jedoch, die stärker von Wasser oder Luft beeinflusst sind, sind phlegmatisch. Diejenigen aber, bei denen die Farbe Weiß vorherrscht – die einen sagen, in diesem Fall fehle jede Farbe, die anderen meinen, sie sei eine Mischung aus allen vier Elementen –, zeigen eine ideale Ausgewogenheit, die dem Tier den besten Charakter verleiht, es mit Gehorsamkeit ausstattet und es gelehrig macht.«

Bei der nächsten Stute hielt Volker sich etwas länger auf.

Yago bemühte sich, die Mängel zu erkennen, die es bei ihr auszugleichen galt, in Gedanken stets die Figur vor Augen, die er vor kurzem in der Hand gehalten hatte. Er betrachtete ihren Kopf, während Volker das Gleiche tat, und prüfte, ob er höher saß als das Genick.

»Kurzer Hals …« Yago deutete mit dem Finger darauf.

»Gut erkannt«, lobte Pignatelli, »kurz und fleischig, das heißt, es ist ein Tier, das sich schwer mit der Hand führen lässt. Wenn du gut hinschaust, siehst du, dass die Hüftgelenke lotrecht zum Fesselgelenk stehen, das heißt, dass dieses Tier mit viel Härte von hinten gehen muss, weil es die Sprunggelenke nur schwer abbiegen kann.«

Bei der vierten Stute müsste lediglich der Rücken ein wenig verkürzt werden, damit ihre Nachkommenschaft mehr Kraft sammeln und auch abrupte Bewegungen würde durchführen können, eine unerlässliche Fähigkeit, um Bewegungen aus dem Stand ausführen zu können.

Bei den beiden letzten Stuten fand Yago heraus, wo ihre Schwachpunkte lagen, noch bevor Volker sie benannte, doch er sagte nichts – er konnte es also auch! Als jedoch die Zuchthengste an die Reihe kamen, überraschte ihn das Vorgehen des Deutschen.

Volker ging bei seiner Prüfung sehr systematisch vor. Er begann am Kopf und inspizierte das Tier peinlich genau, bis er am Schweif anlangte, wobei er stets die gleiche Abfolge beibehielt. Mit dieser Methode kam er, sobald er ein Detail bei einem Zuchthengst erfasst hatte, stets rasch zu einer Entscheidung, welcher spezielle Mangel sich bei einer Stute damit ausgleichen ließ. Den einen lehnte er ab, weil er Fieber hatte, einen anderen, weil er seiner Meinung nach weibliche Nachkommen mit überbreiten Hinterbacken zeugen würde, und er entschied sich schließlich nach reiflicher Überlegung für den Hengst, der die geradesten Linien und einen klugen Charakter aufwies, als den geeigneten Deckhengst für die Stute mit den meisten Vorzügen.

Der schweigend neben ihm hergehende Yago wusste, dass auch er in der Lage war, die Vorzüge und Schwachpunkte eines Pferdes zu erkennen, wenn auch auf andere Weise. Ihm genügte ein einziger Blick, er erfasste alle Einzelheiten auf einmal und ohne große Mühe. So machte er es schon von klein auf, und nicht nur bei Pferden, sondern auch bei Gemälden oder bei einer Landschaft. Yago nahm ein Objekt oder ein Tier nicht abstrakt wahr, sondern in allen seinen Bestandteilen. Volker und Pignatelli gelangten vielleicht zu demselben Schluss wie er, doch erst nachdem sie die Anatomie des Tieres Schritt für Schritt analysiert hatten, bestimmte strittige Punkte besprochen, sein Profil gewissermaßen herausgeschält hatten.

Warum sahen nicht alle Menschen die Dinge so wie er?, fragte Yago sich im Stillen.

Während sie sich wieder zu dem Stall mit den Stuten begaben, wälzte er seine Zweifel im Kopf hin und her und wünschte sich nichts sehnlicher, als einmal eine solche Arbeit wie Volker zu machen, einmal die gleiche Anerkennung wie sein Freund zu bekommen.

Als sie vor einer nicht ganz dreijährigen Stute standen, die zum ersten Mal gedeckt werden sollte, wandte sich Pignatelli an Volker und flüsterte ihm etwas ins Ohr. Der Deutsche nickte zustimmend, forderte Yago auf, sich vor die Stute zu stellen, und erklärte ihm, was sie von ihm wollten.

»Jetzt bist du an der Reihe, Yago. Wir möchten gerne wissen, wie du sie beurteilst, welche inneren Qualitäten sie deiner Meinung nach besitzt.«

Yago trat einige Schritte zurück, um das Erscheinungsbild der jungen Stute aus einer gewissen Entfernung zu betrachten, konzentrierte sich auf ihren Gesichtsausdruck, sah in die Augen hinein und gab dann, ohne lange zu überlegen, sein Urteil ab.

»Nicht gut.«

»Was sagst du da?« Mit einer derart drastischen Äußerung hatte Volker nicht gerechnet, vor allem nicht bei einem Pferd, das vielleicht das beste war, das Pignatelli besaß.

»Nicht gut. Yago weiß … hat eine dunkle Seele.«

X

Die Idee stammte von Pignatelli.

Er besprach sich mit Volker, und sie kamen zu dem Schluss, dass es Yago sehr nützen und ihnen selbst die endgültige Bestätigung bringen konnte, dass in dem Jungen große Talente schlummerten. Pignatelli kannte den Künstler seit vielen Jahren und wusste, dass er fähig war, in einem Menschen das volle Potenzial zu erkennen, das er besaß. Er beschloss also, Yago nach Rom zu bringen.

In der Kapelle roch es nach Farbe, Terpentin und Schweiß.

Als die Tür sich schloss, fluchte jemand aus großer Höhe von einem Gerüst herab, weil sie ohne Erlaubnis eingetreten waren. Ein schmales, bärtiges Gesicht mit rosafarbenen, blauen und grünen Farbspritzern auf Wangen, Stirn und Nase blickte herunter, um zu sehen, wer es gewagt hatte, ihn in seiner Arbeit zu unterbrechen.

»Pignatelli?«

Diesem blieb keine Zeit für eine Antwort, denn der Künstler begann gleich darauf laut zu husten, spuckte nach der Seite aus und kam eilig herunter, um ihn zu umarmen.

Der Reitmeister war einer seiner liebsten Freunde, und sie hatten sich lange nicht gesehen. Er lief auf ihn zu und sah dann erst einen sehr jungen Mann neben ihm, der mit einem Ausdruck unendlichen Staunens die Decke der Kapelle betrachtete.

Pignatelli hingegen konnte den Blick nicht von der Wand hinter dem Hauptaltar wenden.

»Aber was, um aller Heiligen willen, malst du denn da jetzt?« Er musste lachen, so sehr beeindruckte ihn das großartige Fresko mit den vor einem blauen Himmel schwebenden Gestalten. Nur das untere rechte Drittel fehlte noch, und genau daran arbeitete der Künstler gerade.

»Das Jüngste Gericht, Pignatelli, *dies irae*... Du siehst, dreißig Jahre, nachdem ich mit der Decke fertig geworden bin...« Er breitete resigniert die Arme aus. »Wieder hat ein starrsinniger Papst dafür gesorgt, dass ich noch einmal hier bin, an diesem Ort, der mir Hölle und Paradies in einem gewesen ist.« Er lächelte. »Eine Aufgabe, die mich halb umbringen wird, genau wie damals, das kann ich dir versichern.«

Der Mann sah Yago an und drückte ihm neugierig die Hand. Er wusste nicht, warum er seinen Freund begleitete und wer er war, aber es gab sicher einen Grund für seine Anwesenheit, und zwar, wie er Pignatelli kannte, einen sehr guten.

»Ich heiße Michelangelo Buonarroti. Und du?«

»Yago.« Er lächelte schüchtern. »Ja, Yago.«

»Nichts weiter, nur Yago? Der Familienname ist wichtig für einen Mann. Wie lautet deiner?«

»Ich habe keinen... nur Yago.«

Michelangelo bemerkte in seinem Gesicht einen interessanten Widerschein, etwas Magnetisierendes.

»Weißt du, was das ist?« Er wies zur Decke.

Yago hob den Blick und verspürte ein unbekanntes Gefühl, so, als wäre das dort Gemalte unermesslich. Einige Minuten lang bewunderte er still die tausenderlei Einzelheiten des Werkes. Er konnte sich nicht vorstellen, wie etwas so Großartiges, Prächtiges und Unglaubliches aus einer einzigen Hand stammen sollte, der Hand dieses Mannes. Er studierte die verschiedenen Szenen von vorn bis hinten, nahm Farben und Gestalten in sich auf, überwältigt von so viel Schönheit, bis ihm fast der Atem stockte. Er ballte die Hände, ein Schauer lief ihm über den Rücken, und er versuchte, die Frage zu beantworten, die noch in der Luft hing – darauf zu antworten, was dort dargestellt sei. Seine Augen waren an dem Hauptmotiv hängen geblieben: einer großartigen Gottesgestalt, die einem Mann die Hand hinstreckte – die schönste Begegnung zwischen Göttlichem und Menschlichem, die er je erblickt hatte.

»Es ist der Anfang… von allem«, antwortete Yago schließlich.

Dieser Mann von mehr als sechzig Jahren, der geniale Schöpfer dieses unvergleichlichen künstlerischen Werkes, schwieg darauf, seufzte und warf seinem Freund Pignatelli einen verschwörerischen Blick zu.

»Ich denke, ihr solltet einander kennenlernen, euch unterhalten…« Der Reitmeister begriff, nachdem er Michelangelos Einverständnis gespürt hatte, dass seine Anwesenheit in der Kapelle nun überflüssig war. Er kannte den Künstler gut genug, um zu wissen, dass er sich, wenn er jemanden entdeckte, der vielleicht eine besondere Gabe besaß, dieser Person von da an voll und ganz widmete. Alles andere war dann nebensächlich, bis er herausgefunden hatte, worin diese Gabe bestand, wie sie sich zeigte oder in welcher Weise sie zur Anwendung kam. Und offenbar geschah dies gerade mit Yago.

»Und… Ihr seid…«, sprach Yago weiter, der nur Augen für das großartige Gemälde hatte – »in allem. Dort.« Er zeigte auf den Lebensbaum, um den sich eine Schlange wand. »Und dort.« Nun wies er auf eine Gottesgestalt, die das Dunkel vom Licht schied.

Pignatelli zog sich diskret zurück und schloss die Tür hinter sich, zufrieden mit seiner Entscheidung, Yago zum Besuch bei dem größten Genie mitzunehmen, das er je kennengelernt hatte.

In der Kapelle erkannte Michelangelo in Yago, dessen letzte Antwort ihn verwundert hatte, eine interessante Persönlichkeit. Er versuchte, sein eigenes Werk mit den Augen des Jungen zu betrachten. Der Blick des jungen Mannes wanderte verzückt über das Gemälde. Yago war beeindruckt, wie fein jede einzelne Gestalt ausgearbeitet war, wie gelungen die Proportionen des Ganzen. Aber auch der ausgeklügelte Lichteinfall bei jeder einzelnen Figur in jeder einzelnen

Szene nahm ihn gefangen. Er entdeckte plötzlich, dass jede noch so kleine Nuance in den Händen jenes Mannes so stark wurde, dass sie als Mittelpunkt hätte dienen können.

»Jedes Detail ist alles ...«, erklärte Michelangelo und fasste damit seine Gedanken in Worte, »und das muss man immer vor Augen haben. Wenn man etwas tun will, nicht nur beim Malen, braucht es vollkommene geistige, seelische und spirituelle Hingabe. Macht man es anders, wird das Ergebnis mittelmäßig sein.«

Als wollte er ihn berühren, streckte Yago eine Hand nach einem Gott aus, der mit einer energischen, kraftvollen Geste Meer und Erde schied. Michelangelo verfolgte weiter aufmerksam seine eigenartigen Reaktionen. Er sah ihn mit ausgebreiteten Armen gehen, als begleitete er die Bilderfolge an der Decke. Ihm entging nicht, wie er sie förmlich liebkoste, wie er ihre Umrisse mit den Fingern nachfuhr, als wollte er selbst Teil dieser Schöpfung sein.

Zu hören waren nur Yagos Schritte und sein Atem.

Für beide blieb die Zeit stehen, während Yago durch die wunderbare künstlerische Arbeit reiste, die auf dem schlichten Gips dargestellt war.

»Was bist du?« Michelangelo blieb stehen, und sie sahen sich in die Augen.

Yago blinzelte. Er spürte seinen Blick, der, erfüllt von großartigen Welten, tief in ihn einzudringen, geradewegs in sein Inneres zu blicken schien. Und er ließ es zu ...

»Ich weiß nicht«, antwortete er ehrlich.

»Ich kann dir helfen.«

»Tut es.«

»Komm mit.« Er nahm ihn bei der Hand, und sie gingen zur Wand hinter dem Altar der Sixtinischen Kapelle, an der sich eine bedeutende Darstellung befand. Fünf Jahre lang hatte er ohne Pause daran gearbeitet, er allein, und dabei mehr als vierhundert Seelen erfasst, jede einzelne in ihrer Eigenart.

Er stellte Yago in etwa zehn *cuerdas* Entfernung mittig davor und begann zu erklären.

»Menschen wie du, wie ich, leben von Gemütsbewegungen und sind nicht mehr wir selbst, wenn etwas uns berührt...« Er nahm die Palette zur Hand, mischte mit dem Pinsel ein wenig Purpur und Indigoblau und näherte sich der Wand. Mit ein paar leichten Strichen übertrug er sein Innerstes auf eine weiße Ecke zwischen einem lodernden Feuer und dem Himmel, unter dem ein Boot viele Menschen, lauter verwundete Seelen, zu ihrem Schrecken vor den Toren der Hölle ablud.

Yago verfolgte den Vorgang sehr still, ganz vertieft in Michelangelos Tun.

»Wo kommt das her?«

Michelangelo wandte sich ihm zu, das Gesicht runzelig vom Alter, der dunkle Bart und das Haar von vielen grauen Strähnen durchsetzt. Seine Augen lagen tief, versanken fast im Schädel. In diesem Moment, angesichts dieser Frage, wusste er, dass er dem Jungen seine Seele öffnen musste, damit er darin seine geheimsten Geheimnisse entdecken konnte.

»Yago, die Schönheit ist immer da gewesen...« Er deutete auf die Wand, an der er malte. »Schon vor meiner Malerei, so, wie sie auch in einem Block reinen, sauberen Marmors schlummert, der keine Maserung, kein störendes Merkmal aufweist. So ist das... Gott hat ein paar Glücklichen wie dir und mir Augen geschenkt, die mehr sehen als die der anderen. Und mit diesen Augen, mit diesem Geschenk, versetzt er uns in die Lage, die Schönheit zu sehen, intuitiv zu spüren, wo sie steckt, und er hilft uns auch noch, sie darzustellen. Die Schönheit wartet geduldig, bis eine von Gott geliehene Hand es vermag, sie ans Licht zu holen. Denn etwas anderes tun wir Künstler nicht. Wir helfen bloß, das zur Welt zu bringen, was bereits seit Anbeginn der Zeit geschaffen ist. Wir schlagen nur das überflüssige Gestein weg, das es verhüllt, das verhindert hat, dass auch der Rest der Welt staunend davorsteht. Verstehst du mich?«

Und ob Yago ihn verstand.

Immer schon, sein ganzes Leben lang, hatte er etwas empfunden, was er nicht erklären konnte. Er erfasste das Wesen von allem, was sich um ihn her bewegte, sei es Musik, sei es ein Bild, ein Mensch oder ein Pferd; Reize, die ihn einluden, ebendiese Schönheit zu entdecken, von der Michelangelo gerade gesprochen hatte. Auch er besaß diese Augen, ein Geschenk Gottes, das ihm die Fähigkeit verlieh, tiefer zu blicken als die anderen; und auch die Gabe, die Hände zu benutzen, um sich auszudrücken, hatte er erhalten.

Er betrachtete seine Finger, streckte sie und ballte die Hände zu Fäusten. Sein Seufzer erreichte Michelangelo, der ihn, ohne zu verstehen, was er vorhatte, zu dem Fresko gehen sah, an dem er gerade arbeitete. Dann stieg Yago auf das Gerüst.

Oben streckte er beide Hände aus und legte sie auf die Malerei. Dabei schloss er die Augen … Er wollte sie unter seinen Fingerkuppen spüren, sich davon durchdringen lassen, damit sie in sein Blut überging; er wollte, dass sie sich in seinem ganzen Körper ausbreitete. Aber er stieß auf eine neue Schwierigkeit, denn es gelang ihm nicht wie bei anderen Gelegenheiten.

Und er fühlte sich ohnmächtig, leer, sehr einsam.

Und weinte.

Die Tränen liefen ihm über das Gesicht, weil er nicht wie sonst mit den Händen sehen konnte, während er über einige Engel fuhr, die die Menschen von der Erde in den Himmel holten.

»Was tust du?«, fragte der Künstler.

»Ich berühre und suche, aber ich finde nicht.«

»Versuche mit dem Herzen zu sehen, ohne auf irgendetwas anderes zu achten, lass dich nur von deinen Gefühlen leiten …«

Yago nahm die Hände von der Wand und betrachtete die gewaltige Darstellung des Jüngsten Gerichts so, als würde er selbst unvermittelt die Szene betreten. Er flog über den Himmel, berührte den Mantel der Jungfrau, die mit resigniertem, traurigem Gesicht ihrem Sohn beistand. Er erkannte jeden einzelnen Apostel, die Heiligen, die wie eine Aureole den Herrn umgaben. Er stieg empor, bis er einen Cherub sah, der ein Kreuz trug, einen anderen mit der Geißelungssäule, einen dritten mit der Dornenkrone. Er spürte den Klang der Trompeten, die viel weiter unten von einer Gruppe Engel geblasen wurden, um die Menschheit zum letzten Gericht zu rufen.

Ohne den Blick abzuwenden, setzte Yago sich auf den Boden, da er kaum mehr die Kraft hatte, sich auf den Beinen zu halten. Ihm zitterten die Knie, die Hände, der ganze Körper. Er spürte, dass seine Seele über das gesamte Gemälde ausgebreitet war, dass sie von einem Ende des Wandbilds zum anderen flog und dass jegliche Worte unnötig waren. Ihm war, als führte dieser Mann ihm all diese Gestalten vor, um ihn ihr Schicksal nachempfinden zu lassen.

»Yago, auch du besitzt jenen inneren Reichtum, von dem ich dir gesprochen habe. Du hast die Gabe, die es braucht, um die Schönheit in den Dingen zu erkennen, du verstehst es zu sehen, und du übermittelst Gefühle. Aber noch weiß ich nicht, welcher Sache du deine Talente widmest.« Er nahm ein wenig Inkarnat und skizzierte den Arm eines der Männer im Boot.

»Den Pferden … Ich weiß, was sie fühlen …«

»Willst du damit sagen, dass deine Mission sein wird, dich mittels der Pferde auszudrücken? Wie schön und wie anders als alle anderen Künste!«

Es gelang Yago, in seiner ganz eigenen Sprechweise, sich manchmal verhaspelnd, einen Teil seiner tiefsten Gedanken mitzuteilen. Dank des gesunden Umfelds, in dem er nun in Neapel lebte, hatte sich sein Denken verändert. Ihm war bewusst, dass er in dieser kurzen Zeit innerlich gewachsen war und nun einen anderen Blick auf das Leben hatte. War ihm früher am wichtigsten gewesen, dass ihm niemand zu nahe kam, so ging es ihm nun um die Suche nach sich selbst und um die Frage, was er aus seinen Fähigkeiten machen konnte.

Seit Jahren waren Pferde seine treuesten Gefährten.

Er hatte Zugang zu der wunderbaren inneren Energie gefunden, die in diesen Tieren floss, einer Energie, die man nur wahrnehmen konnte, wenn eine entsprechende Verbindung zustande kam, die herzustellen ihn kaum Mühe kostete.

Wenn sie diese Kraft mit einem teilten, konnte man alles bei ihnen erreichen; dass die eigenen Bewegungen sie erbeben ließen, dass sie lernten, etwas so Normales wie den Gang in einen Akt reinster Schönheit, in reinsten Ausdruck zu verwandeln. In den vielen bei den Pferden verbrachten Nächten hatte Yago erkannt, dass er andere im Innersten berühren konnte, sowohl die Pferde selbst wie auch jeden, der ihre Verwandlung miterlebte. Auch er selbst war in solchen Augenblicken tief berührt und oft weinte er dann, die Arme um den Hals des Pferdes geschlungen, den Kopf liebevoll an die Mähne geschmiegt.

»Ich möchte die Pferde spüren, weil ... ich kenne ... ihre Se ... Seele«, offenbarte er seine tiefsten Gefühle.

Michelangelo hielt, den Pinsel in der Hand, inne und sah nachdenklich vor sich hin.

»Du überraschst mich, mein Sohn. Aber der Weg, den du einschlagen willst, erscheint mir aufregend und schön. Die Schönheit, die diese Tiere besitzen, wartet auf Hände wie die deinen. Du musst die Schönheit zuerst nur wahrnehmen und dann ans Licht bringen. Wenn du das tust, wirst du dich an der Schöpfung beteiligt fühlen, wie der Gott, den du dort an der Decke siehst und der alles geschaffen hat: die Sterne, die Sonne, den Mond ... Dies ist das Geschenk, das Er uns, die Er mit einem Teil seiner schöpferischen Fähigkeit bedacht hat, anbietet. Diese Wonne, dieses wundervolle Gefühl, das man empfindet, wenn man als Vermittler der Schöpfung tätig wird, macht unsere Arbeit einzigartig. Deshalb ist es mir nicht wichtig, ob ich genug schlafe oder esse und dass ich kaum aus dieser Kapelle herauskomme. Was ich tue, fasziniert mich so sehr, dass mir alles außerhalb leer erscheint.«

Yago prägte sich jeden einzelnen Moment, den er hier erlebte, genau ein, nahm die Worte des Künstlers in sich auf, um sie später, wenn er sie brauchte, hervorholen zu können. Er wusste, dass es eine der wichtigsten Erfahrungen in seinem Leben war.

Mehr als vier Stunden lang sprachen sie miteinander, teilten sich mit.

Michelangelo enthüllte ihm seine geheimsten Regeln, derer er sich bediente, um jedem seiner Werke Einzigartigkeit zu verleihen.

Das Schicksal hatte sie an diesem Tag für wenige Stunden zusammengeführt, doch das Vertrauen, das zwischen ihnen entstand, glich eher dem zwischen Menschen, die einander immer schon kennen.

»Seid Ihr anders?«

Yago stellte diese Frage, weil er immerzu an seine eigene Wirklichkeit denken musste.

Er brauchte seinen Rat.

Der Künstler runzelte die Stirn und entsann sich seiner Vergangenheit. Früher habe er sich so gefühlt, erklärte er dann, ja sogar den unheilvollen Hochmut besessen, sich als den anderen überlegen zu betrachten. Und er hatte es als unerträglich empfunden, in irgendjemandes Schatten zu stehen. Er erinnerte sich zurück an seine ersten Jahre als Künstler in seinem geliebten Florenz, wo er Leonardo kennenlernte, mit dem zusammen er an der Darstellung der Schlacht von Anghiari arbeiten und in Konkurrenz treten musste. Inzwischen kam es ihm absurd vor, doch damals neidete er ihm sein Können, und er versuchte ihn lächerlich zu machen, wo er nur konnte. Es war eine Zeit der Geisteswissenschaft, der Poesie, und er wollte mit allem, was er unternahm, den Himmel berühren.

»Wir sind nicht anders, auch wenn die anderen das so sehen und sogar glauben … Es ist nur so, dass wir vor der Zeit gesegnet wurden, das ist unsere Wahrheit. Wir müssen nicht erst in den Himmel kommen wie die anderen nach dem Tod, uns hat man schon ein wenig eher, im Leben, einen Teil der ewigen Seligkeit geschenkt. Das bedeutet eine große Verantwortung. Für mich ist es eine wunderbare Pflicht, die mich immer dann ruft, wenn ich ein neues Werk beginne. Das geschieht bei jeder Skulptur, jedes Mal, wenn mein Pinsel den Gips liebkost und ich Menschen, Heilige oder Himmel male. Doch dieses Geschenk hat einen hohen Preis: nämlich, dass wir es mit den anderen teilen müssen. Deine Talente müssen vielen Menschen zugutekommen… Unsere Sünde wäre, sie für uns zu bewahren. Nein, so darf es niemals sein. Wir sind verpflichtet, sie zu nutzen, damit auch die anderen durch uns das wundervolle Stückchen himmlischer Seligkeit spüren können, das man uns geschenkt hat, damit sie die Schönheit des Reinen spüren und Nutzen aus ihr ziehen.«

»Was muss ich tun?«

»Deine Fähigkeit, das Innerste zu berühren, muss nach außen dringen, deine Gabe, in der Seele eines Pferdes zu lesen, ebenfalls… Das ist der Preis deiner vorzeitigen Seligkeit, der Tatsache, dass man dir früher als den anderen ein Stück Himmel geschenkt hat. Wir sind ein wenig wie die Hände Gottes.« Er seufzte und wandte sich wieder seiner Palette voller Farben zu. »Das sind wir, Yago. Ja, das sind wir.«

XI

Die Nachricht vom Raub des Goldes aus der Neuen Welt durch die Korsaren Khair ad-Din Barbarossas verletzte Europa, das sich den Angriffen dieses Barbaren immer stärker ausgeliefert fühlte, tief in seinem Stolz. Besonders aber traf sie den Kaiser, denn nun war das Geld, mit dem er einen beträchtlichen Teil seiner Schulden hatte begleichen wollen, mit einem Schlag dahin.

Niemand konnte sich erklären, wie sie den Konvoi mit dem Gold hatten aufspüren können, noch dazu am einzigen Ort auf der Route, wo eine Verteidigung besonders schwierig war. Also wurde beschlossen, mögliche Fehler in der Organisation des Transports zu untersuchen und die Verantwortlichen zur Rede zu stellen, doch bislang war nicht viel dabei herausgekommen.

Inzwischen kam das Edelmetall über die dunkelsten Kanäle des Kontinents in Umlauf, stets in kleinen Mengen, damit es nicht zu sehr auffiel. Der Hauptanteil, fast drei Viertel, gelangte nach Frankreich, was zu einer Aufwertung des Geldes führte, bei denjenigen, die den massiven Geldbewegungen keine eindeutige Herkunft zuordnen konnten, für Verwirrung sorgte, und einem gewissen Vermittler, der gleichzeitig als Generalverwalter der öffentlichen Finanzen fungierte, eine fette Kommission bescherte.

Doch außerdem gab es noch einen Mann, das eigentliche Hirn der Unternehmung, der dank dieses gewaltigen Raubes seinen Reichtum unverhältnismäßig mehren konnte.

»Unsere Bank wird dafür sorgen, deine Einkünfte auf verschiedene Konten und Städte zu verteilen, damit diese große Summe auch meinen Angestellten weniger auffällt, obwohl ich mich um deine Angelegenheiten persönlich kümmere.« In einem kleinen, wenige Meilen außerhalb der Stadt Gent gelegenen Gasthaus stieß Enrico Masso mit Luis Espinosa an, der Kaiser Karl hierher begleitet hatte.

»Wie hoch ist gegenwärtig der Saldo?«

»Vor der Zahlung an Eure Freunde in Nordafrika und nach Abzug meines Anteils verfügt Ihr über zwei Millionen Escudos. Ihr seid inzwischen mein bester Kunde, vielleicht der mächtigste Mann Genuas, gleichzeitig aber auch ein Verwandter, dessen Frau ständig nach ihm fragt. Sie will wissen, wann Ihr zurückkommt, und hat mich gebeten, Euch das zu sagen.«

»Es tut mir aufrichtig leid, sie allein zu lassen«, log Luis. »Jedes Mal, wenn ich unser Haus verlassen muss, bin ich voller Kummer, doch ich muss natürlich dem Kaiser zu Diensten stehen.«

Enrico verstand das, doch ihm waren auch Gerüchte zu Ohren gekommen über eine gewisse Witwe, Erbin eines riesigen Vermögens sowie eines guten Teils der Stadt Maastricht, mit der Luis angeblich regen Umgang pflegte. Er zögerte, ob er die peinliche Sache zur Sprache bringen sollte, entschied sich aber, es zu lassen und das Thema zu wechseln. Schließlich war es nicht seine Aufgabe, Luis' Ehrbarkeit in Zweifel zu ziehen, und außerdem stand zu viel Geld auf dem Spiel, wenn er sich ohne vernünftigen Grund einmischte und seine gute Beziehung zu ihm belastete.

»Habt Ihr schon genügend Geld, um Euer Ziel zu erreichen?«

»Ich fürchte, nein. Ich muss noch für einen Gefallen zahlen, den man mir in Jamaika getan hat, das wird nicht billig sein, und wie Ihr Euch erinnern werdet, muss ich auch Euch noch den Kredit zurückzahlen, um den ich Euch gebeten hatte, um das Palais in Genua zu finanzieren. Ich schätze, dass ich noch das Doppelte meines derzeitigen Saldos brauchen werde, um mir die Gunst des Kaisers zu erwerben.«

»Ihr denkt also an eine neue Unternehmung?«

»So ist es. Für das Frühjahr zweiundvierzig. Bald werde ich die nötigen Einzelheiten erfahren, und dann werden wir ebenso erfolgreich sein wie jetzt.«

Darauf stießen sie an.

Nachdem die wichtigsten Angelegenheiten besprochen waren, erinnerte Enrico sich an den unangenehmen Vorfall in Neapel, als die Tochter von Domenico Bartelli Luis einen Lumpen genannt hatte. Als er Luis davon erzählte, merkte er, dass die Nachricht ihm zu schaffen machte.

»Nun… es gefällt mir überhaupt nicht zu erfahren, dass ich mit jemandem Geschäfte mache, der seiner Tochter erlaubt, in dieser Weise meine Ehre zu beschmutzen. Vielleicht sollten wir die nächste Lieferung ohne Domenico abwickeln. Meint Ihr nicht auch?«

»Ich verstehe Euch, aber ich kenne ihn gut, und es gibt keinen Grund zur Beunruhigung. Er hat seine Tochter streng ermahnt und ihren Behauptungen natürlich keinerlei Glauben geschenkt.«

Luis Espinosa wollte nicht insistieren, war aber beunruhigt. Die Tatsache, dass Carmen von seinen Geschäften mit ihrem Vater wusste, konnte zu einem ernsten Problem werden. Er beschloss, sich eine Lösung zu überlegen.

Viele Meilen von Gent entfernt, in Jerez de la Frontera, sprachen im selben Augenblick zwei Personen von ihm, die eine gemeinsame Mahlzeit einnahmen und ein gemeinsames Ziel hatten: ihn zu vernichten.

Fabián Mandrago lobte den Fasan, nachdem er mit Laura Espinosa zunächst frischen Spargel von deren eigenem Gut genossen hatte. Sie wollten sich bei dem Essen darüber austauschen, welche Informationen sie über Luis zusammengetragen hatten.

»Ich habe endlich gute Neuigkeiten.« Fabián wischte sich den Mund ab, nachdem er einen Schluck Wein genommen hatte. »Zum Glück ist es mir trotz meiner Verbannung gelungen, an die gute Beziehung anzuknüpfen, die ich stets mit einem der Richter von Sanlúcar und mit den Inspekteuren, die lange unter mir gearbeitet haben, unterhalten habe. Jeder von ihnen hat verstanden, was wir suchen, und war jetzt die ganze Zeit bemüht, eine Spur ans Licht zu bringen, die für uns sehr interessant sein könnte. Ich erkläre es Euch.« Er machte es sich in seinem Stuhl bequem und legte das Besteck auf den Teller. »Seit meiner Rückkehr aus Jamaika ist mir Luis' Verhalten nicht aus dem Kopf gegangen, weil ich es nicht nachvollziehen konnte, aber am Ende bin ich auf eine mögliche Erklärung gekommen.«

»Ich bin neugierig, erzählt!«

»Ein ums andere Mal habe ich mich gefragt, welche weiteren Gründe ihn bewogen haben mochten, nach Jamaika zu reisen. Eurer Erklärung zufolge war Blasco der Grund, sein bester Abnehmer von Pferden in der Neuen Welt. Er wäre demnach auf die Insel gereist, um seine bestehenden Geschäftsbeziehungen zu vertiefen und auszuweiten. Aber das schien mir stets ein etwas kurz gefasstes Ziel für seine gewohnte Handlungsweise. Nachdem er ein Jahr lang den Spuren der berühmten Christine gefolgt war – ich bedaure es, diesen Namen in Eurer Gegenwart erwähnen zu müssen –, hat mein Richter nun erfahren, dass es in ihrer Familie wichtige Amtsträger gibt, die dem Kaiser nahe stehen, viele und bekannte Adelige sowie einen renommierten Bankier, konkret ein gewisser Enrico Masso, der offenbar in dem Ruf steht, dass es bei seinen Geschäften nicht immer sauber zugeht.«

»Mein ehemaliger Gatte hat nie etwas ohne guten Grund getan.«

»Das habe ich mir auch gedacht, vor allem als ich erfuhr, dass jener Masso mit dem Schwarzmarkt für Gold zu tun hat …« Er trank einen Schluck Wasser. »Und auch, dass es vor nicht langer Zeit, wie Ihr wisst, zu einem spektakulären Überfall kam, bei dem Korsaren das aus Jamaika stammende Gold in ihren Besitz gebracht haben.« Er blickte sie vielsagend an. »Erscheint Euch das nicht ein seltsamer Zufall?«

Laura pflichtete ihm bei. Seine Schlussfolgerungen klangen logisch, alles passte zusammen. Sie bat ihn fortzufahren.

»Das Beste aber war, was mein alter Gefährte aus der *Saca* entdeckt hat. Endlich haben wir einen Namen. Dank der Nachforschungen eines zweiten Inspekteurs, der von der *Saca* nach Jamaika entsandt wurde und mit meinem Freund gut befreundet ist, haben wir so gut wie alles herausbekommen. Der Mann, auf den unser Verdacht nun fällt, ist ein hoher Verantwortlicher im Umfeld des Gouverneurs. Dies alles in Erfahrung zu bringen, was ich Euch heute erzähle, hat sehr viel Zeit in Anspruch genommen, und unzählige Briefe mit Instruktionen sind zwischen jener Insel und Jerez hin und her gegangen. Der Inspekteur, der mich unterstützt, heißt Tomás und ist, wie gesagt, ein ehemaliger Mitarbeiter. Der auf der Insel heißt Jorge und hat auf meinen ausdrücklichen Wunsch hin nachgeforscht, ob es irgendeine Möglichkeit gibt, dass Luis den Verdächtigen kennt. Und er hat nicht nur das beweisen können, sondern auch noch in Erfahrung gebracht, dass die betreffende Person mit nichts Geringerem als der Organisation der Goldkonvois nach Spanien und zu Orten in anderen Ländern des Reiches betraut ist.«

»Und Luis steckt mittendrin …«, meinte Laura.

»So scheint es, ja. Nun gilt es noch zu verstehen, welche Rolle diese Korsaren spielen und vor allem, wie die Information aus Jamaika zu Eurem Gatten gelangt. Das ist einer der Punkte, die wir noch klären müssen.«

Laura konnte ihre Freude über die so vielversprechenden Ergebnisse seiner Nachforschungen nicht verhehlen und dankte ihm überschwänglich.

»Mein lieber Fabián, ich muss Euch gratulieren. Es war alles andere als einfach, bis zu dem Punkt zu gelangen, an dem Ihr jetzt steht. Wirklich, ich bewundere Eure Klugheit und weiß es zu schätzen, wie viel Zeit Ihr der Sache widmet.«

Er seinerseits bedankte sich für die überaus wertvolle finanzielle Hilfe, die sie leistete und dank derer er seine Ermittlungen hatte fortsetzen, sich ihnen ganz und gar hatte widmen können.

Dann nahm er wieder Gabel und Messer zur Hand und begann das köstliche Fleisch von einem Fasanenknochen zu lösen.

»Ich habe mich stets bemüht, mein Netz an Gewährsleuten beizubehalten, das ist die Grundlage jeden Erfolgs. Doch leider reicht dieses Netz nicht bis ins Umfeld der Korsaren, somit haben wir noch einen weißen Fleck in der Geschichte. Welche Beziehung Luis mit diesen Barbaren pflegen könnte, ist ein verwirrender Punkt, wir müssen mehr darüber herausfinden. Wenn Euer Gatte bei dem Raub eine gewichtige Rolle spielt, wovon ich fast überzeugt bin, muss ich wissen, wie er sie beteiligt haben kann und wie ihre Vereinbarung aussieht. Dazu wäre es zunächst sehr gut zu wissen, ob er irgendwann Kontakt zu ihnen hatte, und da fiel mir ein, dass Martín Dávalos uns nützlich sein könnte ...«

»Ich verstehe, worauf Ihr hinauswollt, und werde mich darum kümmern. Mit seiner Frau bin ich sehr gut befreundet, ich kann sie also häufig besuchen, ohne Verdacht zu erregen. Wie ich es herausbekomme, werde ich dann sehen, aber ich tue mein Bestes.«

Von ihrem guten Willen überzeugt, teilte Fabián ihr seine übrigen Erkenntnisse mit.

»Es muss etwas oder jemanden geben, der ihn genau und frühzeitig genug über die Goldtransporte informiert. Wir wissen, dass alle sechs Monate ein Konvoi organisiert wird, der nächste also in vier Monaten fällig ist. Sollte Luis auch hier einen Überfall planen, müsste er die Einzelheiten eigentlich jetzt schon erfahren, um in Ruhe alles in die Wege leiten zu können. Darum wird mein nächster Schritt sein, die Passage aller Schiffe zu überprüfen, die in den letzten Wochen von dort eingetroffen sind oder in den nächsten Wochen eintreffen werden.«

Laura gab Anweisung, noch Wein zu bringen, und ließ ihren im Glas kreisen.

Ihr Weingut gewann an Ansehen, aber den weicheren Weißwein zu produzieren, der ihr vorschwebte, war ihr bisher nicht gelungen, wie sie Fabián beiläufig erzählte. Dann berichtete sie ihm von den Ergebnissen ihrer eigenen Bemühungen.

»Ich habe ebenfalls Neuigkeiten, und zwar über den Sohn, den Luis mit meiner Kammerzofe hat.« Laura hatte den bewussten Weinausschank ausfindig gemacht, und obwohl dieser seit Jahren geschlossen war, durch Befragung der Nachbarn herausgefunden, dass der Junge mehrere Jahre lang in diesem Haus gelebt hatte. »Offenbar wurde er von Isabels Schwester jahrelang gnadenlos misshandelt und im Keller eingesperrt, bis sie durch einen Unfall ums Leben kam. Danach kümmerten sich Nachbarn um den Jungen, brachten ihn aber schließlich bei den Kartäusern von Santa María de la Defensión unter, wo er wiederum eine Zeit lang blieb. Da man mich in dem Kloster seit Jahren kennt, hat mir der Prior viel von seinem wechselvollen Leben erzählt. Ich weiß sogar, dass ihn ein Hauptmann der vizeköniglichen Garde unter seine Fittiche genommen hat und er jetzt in Neapel lebt.«

Fabián äußerte sich anerkennend und konnte gar nicht aufhören, seine Bewunderung zu bekunden. Schließlich handelte es sich bei dem Jungen um die Frucht eines Seitensprungs ihres Gatten, da mussten ihr diese Nachforschungen doppelt schwergefallen sein.

»Ich habe ins Vizekönigreich geschrieben, um mehr in Erfahrung zu bringen, vor allem, wo er zu finden ist.«

»Sehr gut. Hoffen wir, dass man uns antwortet. Aber ich glaube, wenn es uns gelingt, die Sache mit dem Gold zu regeln, wird dieser Junge uns auch helfen können, Luis ausfindig zu machen.«

»Ich weiß nicht, wie es Euch geht, aber mich würde das wirklich überaus freuen...«

Camilo klopfte den Staub von seinen Sandalen, drehte sich noch einmal um und warf einen letzten Blick auf das Portal des Kartäuserklosters von Padula, das im vergangenen Jahr sein Zuhause gewesen war. Das Jahr war nun vorüber und damit auch die Zeit seiner Buße. Er fühlte sich rundherum seltsam, und mehr noch ohne das Mönchshabit, das er zwanzig Jahre lang getragen hatte.

Er sah ohne großes Wohlgefallen an sich hinunter, doch machte es ihm Freude, seine Beine zu sehen, die so lange unter der Kutte versteckt gewesen waren.

Zuerst holte er tief Luft, dann blickte er mit halb geschlossenen Augen – die Morgensonne blendete schon recht – zum Himmel empor, dankte dem Herrn für die neue Gelegenheit, ihm zu dienen, lächelte und machte sich zügig auf den Weg, um bald in Neapel einzutreffen.

Um diese frühe Stunde waren noch keine Karren unterwegs, die ihn hätten mitnehmen können, aber das machte nichts weiter. Ein eisiger Wind erinnerte ihn daran, dass es tiefster Winter war, doch trotz der Kälte nahm er sich vor, alles Gute zu genießen, was der Weg ihm bot. Er sah so viel Neues, Schönes, Faszinierendes.

Wenig später kam doch ein Gefährt vorbei, das ihn mitnahm, und einen halben Tag später setzten ihn seine Wohltäter an einer Wegkreuzung ab, wo sie eine andere Richtung einschlugen. Die Nacht verbrachte er, in eine schwere Decke gewickelt, unter einer mächtigen Eiche, bis Vogelgezwitscher ihn weckte.

Ein paar Monate zuvor hatte er den gleichen Weg zurückgelegt, um dem Vizekönig seine Kompositionen vorzustellen, wie Volker ihm empfohlen hatte. In Gegenwart von Don Pedro Álvarez de Toledo hatte der Hofmusiker Diego Ortiz seine Werke begutachtet, und das Ergebnis hätte nicht besser ausfallen können. Man wollte ihn auf der Stelle als Organisten und Komponisten für Castel Nuovo engagieren, hatte sich aber gedulden müssen, bis er sein Versprechen eingelöst hatte.

An jenem Tag hatte er Yago zum letzten Mal gesehen, der immer reifer und selbstständiger wurde. Jetzt, wo er endlich frei war, wollte er das Gespräch mit ihm wieder aufnehmen und seine persönliche Entwicklung mitverfolgen. Während seines kurzen Aufenthalts in Neapel hatte er gemerkt, dass es ihm besser ging denn je. Und er war stolz auf die Arbeit, die der Junge leistete, dass er sich nützlich machte und geschätzt wurde.

Am Mittag des zweiten Reisetages erreichte er Neapel, eine schöne Stadt, die er kaum kannte. Er wusste, dass er nur am Meer entlang bis zum Hafen gehen musste, um sein Ziel zu erreichen. Die Vielzahl der Eindrücke auf dem Weg erstaunte ihn, er genoss jetzt jede Kleinigkeit ganz unbefangen, erfüllt von einem eigenartigen Gefühl von Freiheit. Im Gassengewirr nahe der Mole priesen ein paar Händler mit lauten Rufen die Vorzüge ihrer Waren an; man hörte die hohen hölzernen Absätze edler Damen klappern – einige, die ihm begegneten, waren ausgesprochen schön –, und es roch nach den getrockneten roten Pfefferschoten, die an den Ständen hingen, nach Basilikum, Thymian oder Knoblauch; Kinder mit schmutzigen Gesichtern spielten auf dem Boden mit Knöchelchen und lachten dabei lauthals. Er hatte das Gefühl, einem großartigen Schauspiel beizuwohnen, das für die meisten Menschen Alltag, für ihn jedoch etwas ganz Neues war: das pralle Leben.

»Zu wem wollt Ihr?« Der Wachsoldat am Haupttor von Castel Nuovo musterte den Mann misstrauisch von Kopf bis Fuß. Obgleich er keine Kutte trug, hatte er den Eindruck, dass es sich um einen Mönch handelte.

»Yago, oder Volker, oder Don Diego Ortíz ... egal, wen Ihr zuerst findet.« Ein breites Lächeln im Gesicht, wirkte er übertrieben glücklich. »Von nun an werde ich hier leben!«

Als Erster erschien Yago, gleich darauf Volker. In ihrer Umarmung lag alles an Sehnsucht und Gefühlen, was sie füreinander empfanden. Camilo fühlte sich wohl, aber auch ein wenig fremd. Für ihn begann ein neues Leben, und das beunruhigte ihn, auch wenn er Menschen, die er schätzte, um sich haben würde und sicher war, dass er sich richtig entschieden hatte. Trotz seiner fröhlichen Stimmung wusste er nicht, was er sagen oder tun sollte. Er kam sich vor wie ein fremder Gast, der zum ersten Mal ein Haus betritt und die dort herrschenden Gepflogenheiten ebenso wenig kennt wie die Eigentümer oder das Haus selbst.

Volker spürte dies, und er animierte Yago, Camilo Stockwerk um Stockwerk im Gebäude herumzuführen und ihm die Menschen vorzustellen, die ihnen begegneten. Camilo sollte sein neues Umfeld kennenlernen, vor allem aber das Instrument, dem er von nun an einen Großteil seiner Zeit widmen würde: ein zweimanualiges Cembalo, an dem er komponieren konnte. Man hatte es gerade für ihn in einem Salon untergebracht, der gewöhnlich für private Feiern sowie für die musikalische Schulung der Familie des Vizekönigs genutzt wurde.

»Yago, endlich sind wir wieder zusammen ... Ich kann es noch gar nicht glauben!«

»Dort«, Yago zeigte auf ein Fenster, das von der Kapelle auf die Reitbahn hinausging, »arbeite ich ... mit den Pferden ...«

»Großartig, dann werde ich dich sehen können, so oft ich will«, antwortete Camilo, während er zum ersten Mal die Tasten anschlug. Er probierte den tiefen Ton des unteren und den hohen des oberen Manuale aus. Die Signatur bestätigte, dass es in Piacenza hergestellt war, sicher von einem der berühmtesten Handwerksmeister, den Pascalli-Söhnen. Er spielte ein Arpeggio.

»Es gab einen Mann ...«, Yago sprach langsam, was seinen Worten einen besonderen Nachdruck verlieh, er bemühte sich aber, keines auszulassen, »... der vor ein paar Tagen ... mir ... gesagt hat« – er blickte auf seine Hände und rief sich die wunderschöne Kapelle in Rom und ihre Decke in Erinnerung –, »wofür ich gut bin.«

Camilo bemerkte, dass Yagos Augen ein bislang unbekanntes Gefühl ausstrahlten.

»Weißt du noch, was wir besprochen haben, bevor ich dich in Humeruelos verließ? Damals wusste ich nicht, was das Leben für dich bereithielt, und ebenso wenig, was aus mir werden würde.«

Yago spürte ein leichtes Zittern in den Armen.

»Das kann ich noch nicht beherrschen, siehst du?« Er hielt sich die Arme fest. »Yago muss noch viel verstehen ... und fühlen.«

Camilo begann ein Stück zu spielen und beobachtete, wie Yago reagierte. Er sah ihn die Augen schließen und die Hände heben, um die Noten in sich aufzunehmen, die aus dem Cembalo drangen. So, wie er es immer gemacht hatte.

»Es ist seltsam.« Er spielte einen zweistimmigen Satz mit Stimm-kreuzung. »Jetzt bin ich es, der nicht weiß, wofür er gut ist und was er tun soll, und ebenso wenig, was der Herr von mir will. Ich habe mehr Fragen als Antworten und fühle mich ein wenig verloren. Wirst du mir helfen herauszufinden, wer ich bin? Yago, jetzt brauche ich dich.«

»Yago wird helfen … aber wie?«

Camilo nahm die Hände von den Tasten.

»Ohne zu überlegen, ohne etwas Spezielles zu tun. Eigentlich tust du es schon, durch deine Anwesenheit …«

XII

C armen küsste Volker mit feuriger Hingabe.

Weder der Ort noch der Zeitpunkt waren besonders glücklich gewählt, aber er hatte sein Verlangen nicht länger bezähmen können, und sie ebenso wenig, denn sobald sie seine Lippen auf ihrem Mund spürte, erwachte eine bisher schlummernde Leidenschaft.

Nach ihrer gescheiterten Ehe mit Blasco war Carmen davon ausgegangen, dass sie sich nie wieder geliebt fühlen würde. Doch mit Volker war alles anders, immer schon anders gewesen.

Engumschlungen wälzten sie sich auf dem Boden ihres Schlafzimmers im Palais der Bartelli. An diesem Morgen war er nun endlich gekommen. Zwei Tage lang hatten sie nichts voneinander gehört.

Sie liebten sich ungeschickt.

Er entkleidete sie hastig, er musste ihren Körper kennenlernen, nachdem ihre Seele bereits alle Vorsicht abgelegt hatte. Carmen gab sich ihm, der zunächst Beschützer, dann Freund und nun ihr Liebhaber war, ganz und gar hin.

Und so, in einem Meer der Gefühle fast ertrinkend, wie ein einziges Wesen atmend, Haut an Haut, so fanden sie Domenico und seine Frau, als sie das Schlafzimmer betraten, ohne zu ahnen, dass ihre Tochter derart intimen Besuch hatte.

»Wie könnt Ihr es wagen?« Die zornig funkelnden Augen von Carmens Vater durchbohrten Volker förmlich. »Wart Ihr etwa nicht von uns beauftragt, die Ehre unserer Tochter in Jamaika zu schützen? Das habt Ihr rasch vergessen, wie?«

Carmen hob ihr Kleid vom Boden auf und bedeckte beschämt ihre Blöße.

Volker, der seine Kleidung nicht gleich zur Hand hatte, versteckte sich hinter ihr, eine entwürdigende Situation.

»Ihr müsst verzeihen«, erwiderte der Deutsche. »Eure Verstimmung ist nachvollziehbar, doch Ihr müsst wissen, dass es nur einen einzigen Grund für mein Handeln gibt: Ich liebe sie.«

»Unsinn! Wenn das die Wahrheit wäre, würdet Ihr sie nicht missbrauchen«, gab Domenico wütend zur Antwort. »Ich schwöre Euch, Hauptmann, dass Eure Unverschämtheit nicht ungestraft bleiben wird. Ihr werdet dafür bezahlen!«, erklärte der Vater entschlossen.

Die Mutter eilte zu ihrer Tochter, um ihr beim Anziehen behilflich zu sein.

»Wie kannst du uns das antun, in unserem eigenen Haus!«, klagte sie bitter.

»Es geht um mein Glück, Mutter... Ich schade niemandem damit.« Carmen verteidigte sich, denn nach der langen Zeit der Einsamkeit, die sie seit ihrer Flucht aus Jamaika durchgemacht hatte, wusste sie, was sie wollte.

Domenico konnte nicht länger an sich halten und ließ seinen Zorn an Volker aus.

»Verschwindet aus diesem Haus, sofort!«, schrie er hysterisch. »Noch heute werde ich Don Pedro Álvarez de Toledo ersuchen, Euch zu bestrafen, wie Ihr es verdient! Nicht zu fassen!« Er schlug die Hände an den Kopf.

Volker verspürte einen Anflug von Reue, allerdings mehr wegen der möglichen Folgen als aus Schuldgefühl.

»Ich bitte Euch, bedenkt den Schaden, den es für Eure Tochter bedeuten könnte, wenn man erfährt, was niemanden angeht außer uns. Von dem Schaden, den Eure Ehre in dieser Stadt nehmen würde, die Ihr besser kennt als ich und die jedes Gerücht ins Unendliche aufbauscht. Darum ersuche ich Euch, unbeschadet meines in Euren Augen verabscheuungswürdigen Verhaltens, ihr gegenüber so handeln zu dürfen, wie sie es verdient: Ich bitte Euch um ihre Hand.«

Carmen drehte sich zu ihm um und antwortete mit einem Kuss;

jedes Wort erübrigte sich. Sie nahm seinen Antrag an und warf sich in seine Arme, ohne ihre Eltern zu beachten. Aus dem Augenwinkel schielte sie bittend zu ihrer Mutter hinüber, sie solle sie unterstützen und eingreifen, doch diese wusste nicht recht, was sie tun sollte. Sie kannte ihren Mann gut, und wenn sie für die Tochter Partei ergriff, würde er ihr das nie verzeihen. Domenico war außer sich. Er ließ ihr keine Gelegenheit, etwas zu sagen, sondern verlangte mit noch lauterer Stimme, dass Volker augenblicklich das Haus verließ.

Volker zog sich eilends an und stürmte mit einem bitteren Gefühl aus dem Zimmer. Er war sich bewusst, dass er soeben seine Karriere im Dienst des Vizekönigs aufs Spiel gesetzt hatte. Über Domenico wurde viel erzählt und nicht immer Schmeichelhaftes, doch außer Zweifel stand der Einfluss, den er auf Don Pedro ausübte. Mit absoluter Sicherheit würde er aus der Garde entlassen und vielleicht sogar aus Neapel verbannt werden. Er hatte erlebt, wie in ähnlichen Situationen verfahren wurde, und sogar selbst mitgeholfen, solche Strafen in die Tat umzusetzen.

Es kostete ihn Mühe, schnell einen Entschluss zu fassen, war er doch immer noch trunken vor Liebe und gerührt von Carmens Reaktion auf seinen Heiratsantrag. Doch wenn der Vizekönig sich gegen ihn stellte, war er möglicherweise ruiniert.

Als die Familie allein war, immer noch in Carmens Schlafzimmer, machte Domenico seiner Tochter schwere Vorwürfe wegen ihres Verhaltens und drohte mit den Konsequenzen, die sie würde erleiden müssen.

»Zwei Monate lang wirst du dieses Palais nicht verlassen.«

»Ich werde nicht gehorchen.« Sie war nicht bereit, ihre Liebe aufzugeben.

»Wirst du sehr wohl!« Er packte sie so heftig an den Armen, dass es weh tat. »Du wirst schon sehen!« In diesem Augenblick fiel Domenico das Konzert ein, das am nächsten Tag stattfinden sollte. »Die einzige Ausnahme wird das morgige Madrigal sein. Wir zählen zu den sechs Familien, die es organisiert haben, und müssen uns zusammen zeigen. Abgesehen davon wirst du dich ausschließlich in diesem Haus aufhalten.«

Stunden später erörterte das Ehepaar noch immer, wie bezüglich Carmen und ihrer Zukunft vorzugehen sei, bis Domenicos Gattin schließlich eine Idee hatte.

»Ich billige ihr Tun in keiner Weise«, rechtfertigte sie sich. »Das weißt du. Und auch, dass es mir überhaupt nicht gefallen würde, einen Plebejer wie diesen Hauptmann in unserer Familie zu wissen. Aber denk einmal nach. Vielleicht ist es besser, wenn wir jetzt einen Skandal vermeiden, nachdem wir gerade erst das Vertrauen des Vizekönigs wiedererlangt haben, das durch deine seltsamen Geschäfte ins Wanken geraten war.«

Der Mann ballte die Hände zu Fäusten und versuchte sich zu beruhigen. Es stimmte, seine Beziehung zu Don Pedro Álvarez de Toledo war gefährdet, und es war nicht ratsam, sie jetzt erneut zu belasten.

»Du bist nicht dumm, Frau, aber was schlägst du vor? Lassen wir sie einfach weitermachen?«

»Vielleicht finden wir eine andere Lösung…« Die positive Wirkung ihres Vorschlags auf ihren Mann ermutigte sie fortzufahren. »Carmen soll erst einmal die von dir auferlegte Strafe abbüßen. So können wir sie vorerst von Volker trennen und, warum nicht, inzwischen einen Dritten ins Spiel bringen?«

Domenico lächelte ob dieser Idee und sah seine Frau stolz an.

»Erinnerst du dich an den jungen adeligen Venezianer, der Carmen zwei Jahre vor ihrer Abreise nach Jamaika so gut gefallen hat? Vor nicht einmal einer Woche habe ich ihn getroffen, und ich weiß nun, dass er nach wie vor in Neapel lebt und immer noch Junggeselle ist. Außerdem hat er nach ihr gefragt. Niemand versteht, warum er, der so vermögend ist und umwerfend gut aussieht, die Frau seiner Träume noch nicht gefunden hat, aber vielleicht flammt ja, wenn wir ein wenig den Weg dafür ebnen, die Anziehung wieder auf, die sie einmal füreinander empfunden haben … Wir sollten ihn zu dem morgigen Konzert einladen.«

Domenico erinnerte sich an den Mann, und der Gedanke gefiel ihm. Wenn sie es – und das erschien ihm durchaus machbar – schafften, den Vizekönig davon zu überzeugen, dass Volkers unverzeihliches Verhalten seiner Tochter gegenüber nur mit Verbannung gesühnt werden konnte, sprach nichts dagegen, dass der Venezianer ins Spiel kam, bis Carmens Interesse wieder erwachte.

Er dankte seiner Frau mit einem innigen, langen Kuss für diesen Plan.

»Morgen werden wir uns an den neuen Kompositionen von Meister Arcadelt erfreuen, aber auch unsere Carmen jemandem vorstellen können, der, so Gott will, ihr neuer Gatte werden wird …«

Kurz vor Einbruch der Dunkelheit, als ihre Eltern das Palais verlassen hatten, um zu einer Abendeinladung zu gehen, konnte Carmen ihre Kammerzofe überreden, die Tür offen stehen zu lassen. Es kostete sie einige Dukaten und das Versprechen, vor ihren Eltern zurück zu sein, damit sie keine Schwierigkeiten bekam.

Sie schlüpfte aus ihrem Schlafzimmer, rannte die Treppe hinunter auf die Straße und schnurstracks nach Castel Nuovo. Sie musste Volker berichten, was vorgefallen war, ihn bitten, zu dem Konzert zu kommen, damit sie sich sehen konnten, und vor allem zu entscheiden, was sie von nun an mit ihrem Leben anfangen sollten.

In der Festung angekommen, lief Carmen auf der Suche nach Volker durch die langen Gänge, fand ihn aber nicht. Man erklärte ihr, er sei als Eskorte mit dem Vizekönig unterwegs und werde erst spät zurückerwartet.

Entmutigt wollte sie, ehe sie ganz unverrichteter Dinge zum Palais zurückkehrte, wenigstens nachsehen, wie es Yago ging. Zeit hatte sie bis zur Rückkehr ihrer Eltern genug.

Sie war durcheinander, es war, als könnte sie dem Leben plötzlich nichts mehr abgewinnen. Der süße Moment der Leidenschaft, den sie vor wenigen Stunden mit Volker geteilt hatte, wollte ihr nicht aus dem Kopf. Es war ihr unmöglich erschienen, noch einmal jemanden zu lieben, noch einmal den Wunsch zu verspüren, sich ganz und gar hinzugeben. Volker aber war es gelungen, in ihrem Herzen neue Räume zu öffnen, wo auch jetzt noch etwas Wunderschönes wachsen konnte, obwohl sie geglaubt hatte, da sei nur noch Ödland.

Es war Abend, aber nicht so spät, dass es sie verwundert hätte, Yago nicht in der für die Stallburschen vorgesehenen Unterkunft zu finden. Sie kannte ihn und wusste, wo sie ihn vielleicht antreffen konnte. Doch auch in den Stallungen war er nicht. Verwundert ging sie Richtung Sattelkammer, und da hörte sie die Musik. Sie blieb stehen, lauschte und fand heraus, woher sie kam: von der Reitbahn.

Yago befand sich mitten in der Arena.

Mit geschlossenen Augen und ohne Zügel ritt er einen Wallach mit fast weißem Fell. Ohne Zaumzeug, ohne Sattel. Zunächst sah sie die beiden in langsamem Schritt, das Tier warf die Beine in einem seltsamen Rhythmus nach vorn, doch als die Bahn zu Ende war, machte das Pferd anmutig kehrt und begann zu traben, wechselte schließlich in den Galopp, blieb erst im letzten Moment abrupt stehen und vollführte eine Drehung. Es schien unmöglich. Aus einem der Seitengänge kam ein zweites Pferd, schwarz diesmal, auf die Bahn. Geritten wurde es von Francesca. Auch sie verwendete weder Zügel noch Zaumzeug, sondern lenkte das Tier allein mit ihrem Körper, wobei sie sich nur leicht an der Mähne festhielt.

In der Mitte trafen sich die beiden Reiter.

Carmen verhielt sich ganz still, setzte sich hin, um keine Aufmerksamkeit zu erregen und die beiden in Ruhe beobachten zu können.

Die Pferde berührten einander an der Schulter. Yago und Francesca reichten sich die Hände, schlossen die Augen, und dann erklang eine

Musik, die aus einer der Ecken des Innenhofs kam. Eine sanfte zwei-stimmige, kanonartige Melodie.

Carmen entdeckte Camilo, der auf seinem tragbaren Cembalo spielte. Er sah sie nicht.

Im Rhythmus der Musik begannen die beiden Tiere sich synchron zu bewegen, in außerordentlich kurzem Trab, wobei sie jeweils das diagonale Beinpaar gemeinsam vorschwangen. Sie bewegten sich in vollkommenem Einklang mit der Melodie, die Camilos Hände den Tasten entlockten. Eine wunderschöne wiegende Bewegung, die den Eindruck vermittelte, dass die Pferde für kurze Zeit buchstäblich in der Luft hingen.

Die beiden jungen Leute reichten einander wieder die Hände, und Yago öffnete gleichzeitig mit Francesca die Augen. Sie näherten sich einander, während sanfte, getragene Klänge sie einhüllten.

»Genau das will ich in meiner Schule ...«

Carmen fuhr herum. Unmittelbar hinter ihr stand, die Hände staunend auf den Mund gepresst, Giovanni Battista Pignatelli. Ohne den Blick auch nur eine Sekunde von den beiden jungen Leuten zu wenden, stellte er sich vor.

»Ich habe gehört, dass Ihr in der Reitkunst unterweist, und ich frage mich, ob das, was wir vor uns sehen, einen Namen hat«, meinte Carmen.

»Wir nennen diese Übung *passagio*, aber noch nie habe ich sie so wunderschön ausgeführt gesehen ... Diese beiden jungen Leute bewegen die Pferde mit einer seltenen Eleganz, glaubt mir. Es sind edle Tiere, sie besitzen Klasse, doch seht Euch vor allem den Jungen und sein Pferd an. Es scheint, als sei der eine mit dem anderen ver-wachsen. Sie sind wie ein einziges Wesen ... Das Tier reagiert auf die Wünsche des Jungen, ohne dass Worte, Gesten oder Druck notwen-dig wären wie bei jedem anderen Reiter.«

Carmen war stolz und zugleich zutiefst gerührt, als sie dieses Lob-lied auf Yago hörte.

»Was meint Ihr, wie macht er das wohl?«

»Yago lenkt die Seele des Pferdes aus der Stille seiner eigenen heraus ...«

Ein Akkord, den Camilo mit dem Pedal zum Vibrieren brachte, nahm Pignatellis Aufmerksamkeit gefangen. Zu seinem Erstaunen begannen sich die Tonfolge und der Gang der Tiere in einer ebenso präzisen wie schönen Weise einander anzugleichen; die Tiere bewegten sich dazu diagonal über die Bahn.

»Das hätte ich nie für möglich gehalten! Die Musik bewegt die Pferde, die Gefühle, die in ein paar Akkorden stecken, übertragen sich und lenken den Schritt der Tiere, deren Seelen ganz ihren Reitern hingegeben sind, und gemeinsam bringen sie ein geniales und wunderschönes Ganzes hervor. Das ist, ist ... wunderbar!« Sein Blick trübte sich angesichts des überwältigenden Eindrucks. »Das sind Rassepferde, sie drehen sich auf engem Raum und bewegen sich mit der Anmut und Leichtigkeit, die ihnen ihr Geblüt verleiht. Aber gleichzeitig werden sie geschickter geführt, als ich es mit meinen Napoletanos je vermocht habe. Vor allem jedoch ist das ... Kunst. Und genau die brauche ich.«

Carmen verstand seine Worte nicht bis ins Letzte, war aber sensibel für den Gefühlssturm, der Pignatelli angesichts des Schauspiels erfasst hatte. Sie selbst war vor allem von der Erkenntnis ergriffen, dass dessen Hauptfigur bis vor kurzem als Mensch mit beschränkten geistigen Fähigkeiten gegolten hatte.

Als sie ihn so sah, weinte sie vor Rührung, vor Freude und auch vor Schmerz.

Sie weinte, weil ihr bewusst wurde, dass Yago ein bedeutender Mensch war, sehr viel bedeutender als viele andere; ein Mensch mit der einzigartigen Begabung, seinen inneren Reichtum durch ein Tier, ein Pferd, auszudrücken.

Auch Pignatelli war ergriffen. Er ließ sich keinen einzigen Takt entgehen, nicht die kleinste Tempoveränderung.

Und dann tauchte der Schein einer der großen Lampen, die die

Bahn beleuchteten, Yago plötzlich in strahlende Helligkeit, vom Boden stieg eine Wolke feinen Staubes auf, von den Hufen aufgewirbelt, und die Staubkörner tanzten in dem gelblichen Lichthof. Eine magische Szene voller Musik, Empfindsamkeit und Größe.

XIII

Die Post war das Erste, was aus den Schiffen ausgeladen wurde, wenn sie im Hafen vor Anker gingen. Und so verließ, kaum hatte man die Laufplanke angelegt, ein dicker, schwitzender und ziemlich dreckiger Matrose, einen riesigen Sack voller Briefe von der Insel auf den Schultern, den soeben aus Jamaika eingetroffenen Schoner.

Fabián beobachtete zusammen mit einem Mann, den er gerade angeheuert hatte, die ganze Zeit über den Weg, den der Postsack nahm, und hielt gleichzeitig nach einem Soldaten niederen Ranges namens Bernardo de Santibáñez Ausschau, von dem er nur eine vage Beschreibung besaß.

»Diesen Matrosen dürft Ihr um nichts in der Welt aus den Augen lassen«, wies er seinen Begleiter leise an. »Und vor allem merkt Euch, dass Ihr den Sack, den er trägt, mit einem roten Kreuz markieren müsst, sobald er ihn am Postamt abgeliefert hat. Habt Ihr alles Nötige bei Euch?«

Der schon etwas ältere, aber gewitzte Mann zeigte ihm ein Stück rotes Wachs.

Mit Fabiáns Einverständnis folgte er dem Matrosen.

Er wurde für diesen Dienst großzügig bezahlt. Die Hälfte hatte er bereits erhalten, den Rest sollte er bekommen, wenn er den Auftrag erledigt hatte. Da sich in seinem Alter nicht allzu oft eine gute Arbeit fand und deshalb der Tisch nicht gerade üppig gedeckt war, würde er seinen Auftraggeber sicher nicht enttäuschen. Er verfolgte den Matrosen in geringem Abstand, sah, wie dieser den Postsack achtlos auf einen Handkarren warf, und hörte, wie er dessen Besitzer anwies, ihn zum Postamt zu schaffen, und zwar sofort. Alles so, wie der Mann, der ihn bezahlte, vorausgesehen hatte.

Jener Bernardo war Fabián verdächtig erschienen, als er die Mannschaftslisten der vergangenen zwei Jahre geprüft und festgestellt hatte, dass dieser übertrieben oft zwischen Jamaika und Sanlúcar hin und her pendelte. Die endgültige Bestätigung war allerdings vor zwei Wochen mit einem anderen Schiff gekommen: in Form eines Briefes des Inspekteurs der *Saca* auf Jamaika, aus dem hervorging, dass jener Bernardo für Hugo de Casina arbeitete. Casina war ein Kontaktmann von Luis Espinosa und verantwortlich für die Planung der Goldtransporte für die Krone.

Daraus hatte Fabián gefolgert, dass der Mann wohl Nachrichten zwischen Hugo und Luis Espinosa überbrachte. In welcher Form er Luis Informationen zukommen ließ, wenn dieser sich im fernen Genua oder auf einer seiner häufigen Reisen mit dem Kaiser befand, war jedoch unklar. Was Bernardos frühere Aufenthalte anging, gab es keinerlei Gewissheit, dass er anschließend zu Treffen mit Espinosa gereist sei – vielmehr kehrte er stets mit dem gleichen Schiff, das ihn nach Sanlúcar gebracht hatte, zurück auf die Insel, manchmal schon eine Woche später. Also hatte er entweder eine direkte Kontaktperson in Sanlúcar, oder er bediente sich eines einfacheren und logischeren Systems: der Post selbst.

Aus diesem Grund hatte er den Mann auf die Spur des Postsacks gesetzt. Wenn ein Brief an Luis existierte, dann würde er ihn in dieser Nacht, nach der Schließung des Postamts, finden.

Über die Schiffstreppe des Schoners kam ein gutaussehender Mann an Land, tadellos gekleidet, mit gezwirbeltem Schnurrbart und mürrischer Miene. Als er an Fabián vorbeiging, sah dieser das auffällige Muttermal an seinem Kinn – ein eindeutiges Zeichen, dass es der Mann war, auf den er wartete. Damit begann die zweite Phase seines Plans. Er folgte ihm in knappem Abstand bis in die Stadt hinein, und als einmal nicht viele Leute in der Nähe waren, packte er ihn von hinten und hielt ihm einen Dolch an den Bauch. Dabei richtete er es so ein, dass kein Passant die Waffe sehen konnte, wohl aber der Mann selbst.

»Was wollt Ihr von mir?«, fragte der ohne zu zögern.

»Folgt mir, und in Eurem eigenen Interesse solltet Ihr keine Schwierigkeiten machen, sonst zerstückle ich Euch die Leber.« Fabiáns feste Stimme machte unmissverständlich klar, dass er zu den Menschen zählte, die ihre Drohungen auch in die Tat umzusetzen bereit waren.

Bernardo ging so schnell, wie die Spitze des Dolchs es verlangte, bis in die Nähe der dem Hafen benachbarten Werft. Der Mann wirkte nicht besonders angespannt und unternahm auch nichts, um sich zu wehren. Das verwunderte Fabián, doch er führte es darauf zurück, dass der Mann Soldat war.

Als sie die Halle betraten, erinnerte sich Fabián daran, wie er dort vor ein paar Jahren zusammengeschlagen worden war. Es schauderte ihn kurz, doch dann war er wieder ganz bei der Sache. Hinter gewaltigen Taurollen fand er eine versteckte Ecke und sorgte ohne Vorwarnung mit einem Stoß dafür, dass der Mann sich auf eine davon setzte.

Bernardo beobachtete ihn furchtlos. Er griff sich an den Gürtel und tastete nach seinem kleinen Dolch. Im Zweifelsfalle würde er ihn ohne Zögern einsetzen. Er verstand noch nicht, was der Mann von ihm wollte, ein Raubüberfall war das jedenfalls nicht.

»Wenn Ihr mit mir zusammenarbeitet, lasse ich Euch bald wieder gehen.«

»Sagt, was Ihr wollt, umso schneller ist es erledigt...« Bernardo hatte bemerkt, dass Fabián hinkte, unterschätzte aber keineswegs seine Körperkraft. Wollte er ihm die Stirn bieten, so viel war klar, dann musste er äußerst vorsichtig vorgehen. Er hatte keinen einfachen Gegner vor sich.

»Ja, das ist mir auch lieber.« Fabián setzte sich auf eine andere Taurolle, ohne ihn eine Sekunde aus den Augen zu lassen. »Wie Ihr wohl schon erkannt habt, habe ich es nicht auf Euer Geld abgesehen, und ich möchte auch möglichst wenig Zeit verlieren. Also komme ich gleich zur Sache. Ich weiß sehr genau, wer Ihr seid und für wen Ihr arbeitet ...« Er sah ihm prüfend in die Augen und wartete einen Moment. »Ihr hingegen wisst noch nicht, dass Don Hugo de Casina verhaftet wurde und demnächst wegen Hochverrats verurteilt wird. Für den Fall, dass Ihr mir nicht glaubt, und um jeden Zweifel am Wahrheitsgehalt meiner Worte auszuräumen, lasst Euch noch sagen, dass es geschehen ist, als Ihr an Bord wart, und dass es sich um eine akribisch geplante Unternehmung handelt, die von langer Hand vorbereitet worden ist ...«

Bernardos Gesichtsausdruck veränderte sich. Er hatte keine Möglichkeit herauszufinden, ob dieser Mann die Wahrheit sagte oder nicht, jedenfalls aber hatte die Nachricht ihn betroffen gemacht. Ob nun wenig oder viel, irgendetwas wusste dieser Mann über ihn und seine Kontaktleute, und deshalb begann er um sein Schicksal zu fürchten.

»Woher soll ich wissen, dass Ihr die Wahrheit sagt?«

»Ich an Eurer Stelle würde mich mit dieser Frage nicht allzu lange aufhalten, sondern versuchen, meinen Kopf zu retten ...« Fabián beschloss, mit seinem Täuschungsmanöver fortzufahren. »Wir wissen über Euer Tun so genau Bescheid, dass es das Beste für Euch ist, mit mir zusammenzuarbeiten. Genauer gesagt, ich brauche eine ganz konkrete Information: Ich muss die Nachricht sehen, die Ihr Don Luis Espinosa zukommen lassen wollt.«

Bei diesen Worten wurde Bernardo klar, dass er auf verlorenem Posten stand. Dass dieser Mann so viel wusste, ohne dass er selbst irgendwen in den Grund seiner Reise eingeweiht hatte, beunruhigte ihn über die Maßen. Doch plötzlich kamen ihm erneut Zweifel: Wenn der Mann, wie er sagte, so gut über seine Verwicklung im Bilde war, warum hatte er ihn dann nicht festgenommen? Was sollte dieses Verhör an einem so abgelegenen Ort bedeuten?

»Sagt mir, wer Ihr seid, dann antworte ich Euch vielleicht.« Einen Augenblick lang wuchs Bernardos Mut wieder.

»Mein Name ist Fabián Mandrago, und ich bin Inspekteur der *Saca*. Meine Hauptaufgabe ist die Verfolgung genau jener Delikte, wie sie von Euch begangen worden sind.« Er zauderte keine Sekunde lang, während er diese Worte aussprach.

Bernardo kam der Name bekannt vor. Er durchforstete sein Gedächtnis, woher er ihn wohl kennen mochte, und dann fiel es ihm plötzlich ein.

Monate zuvor hatte ihn Hugo de Casina auf Wunsch von Don Luis Espinosa in Jamaika auf die Spur genau dieses Mannes gesetzt. Er hatte dabei mit einem anderen Halunken zusammengearbeitet, der anschließend mit durchschnittener Kehle in einer Gasse im Hafenviertel von Sevilla la Nueva aufgefunden worden war. Für das Verbrechen war Fabián verantwortlich gemacht worden, dem jedoch die Flucht gelang.

»Und warum steckt Ihr mich dann nicht ins Gefängnis? Und was tun wir hier überhaupt?«

Fabián hatte die Gerissenheit seines Gegenübers unterschätzt und wusste nun nicht, wie er reagieren sollte. Um eine Antwort verlegen, schwieg er eine kurze Weile.

»Es stimmt, sowohl der Ort als auch das Verhör mögen seltsam oder gar regelwidrig erscheinen, doch ich habe meine Gründe …« Er klopfte mit dem Fuß auf den Boden und verriet damit eine gewisse Unsicherheit. »Die Wahrheit ist, ich möchte Euch den Galgen ersparen, doch dazu müsstet Ihr Euch auf eine Abmachung einlassen.«

»Ich werde versuchen, Euch zufriedenzustellen. Sagt an.«

»Erzählt mir, wie Ihr Don Luis Espinosa die Informationen zukommen lasst, nur das, dann verspreche ich Euch, dass Ihr nicht als Verräter vor Gericht kommt. Ich will seinen Kopf, aus, sagen wir, persönlichen Gründen.«

»Verstehe …« Bernardo konnte sich diese Gründe vorstellen, schließlich wusste er, dass Fabián Mandrago in Jamaika um ein Haar von Don Luis getötet worden wäre. Er holte tief Luft, überlegte noch einmal und verlangte Garantien.

»Der Kaiser selbst wird über Eure Mitarbeit unterrichtet werden, und Ihr könnt sicher sein, dass er nicht nur über Eure Beteiligung am Raub des Goldes hinwegsehen, sondern sich auch großzügig zeigen wird. Ich glaube nicht, dass er jemanden vergessen wird, der mit seinen Auskünften dazu beiträgt, Gelder wiederzuerlangen, die er sehr nötig braucht. Seht es auf diese Weise.«

Bernardo erwog das Angebot und bedachte seine wenigen Alternativen. Er könnte seinen Dolch benutzen, und wenn er Glück hatte, gelang ihm die Flucht, doch nach Jamaika zurückzukehren, wäre ausgeschlossen, wenn seine Beteiligung an dem Goldraub bekannt wurde. Dann erwartete ihn mit Sicherheit der Kerker. Entkam er aus dieser Halle, würde er sich ein Leben lang verstecken müssen, wenn er nicht verurteilt werden wollte. Er dachte schweigend nach, spielte alle Möglichkeiten durch, auch wenn sie noch so abwegig erscheinen mochten. Doch da ihm nicht viel anderes einfiel, kam er zu dem Schluss, dass es die beste Lösung war, auf den Vorschlag des Mannes einzugehen.

Er würde ihm vertrauen.

Er seufzte. Dann dauerte es noch einmal eine Weile, bis er zu sprechen begann. Fabián wurde schon unruhig, doch endlich ergriff Bernardo das Wort.

»Seht die Post durch, die mit dem Schiff gekommen ist. Darunter findet sich ein Brief mit den Informationen, die Luis benötigt. Aber man muss sie natürlich lesen können …«

»Was soll das heißen?« Fabian zeigte offen seine Ungeduld. Er konnte keine Umschweife mehr dulden.

»Die Botschaft ist chiffriert.«

»Und wie kann ich sie entschlüsseln?«

Bernardo musste sich sehr überwinden, Einzelheiten preiszugeben, doch schließlich erklärte er es ihm.

»Lest in der ersten Zeile das erste und das letzte Wort. Und wiederholt dieses Vorgehen bei der fünften und der vierzigsten Zeile. Dort findet Ihr die Angaben über die Abfahrt von der Insel und die Orte, an denen vor Anker gegangen wird – Letztere in abgekürzter Form. Wie Euch sicher nicht entgangen ist, sind die fraglichen Zeilen entsprechend den Zahlen des laufenden Jahres gewählt. Ganz einfach, oder?«

»Und wie garantiert Ihr mir, dass Ihr Luis nicht auf anderem Wege informieren werdet?«, fragte Fabián.

Darauf konnte ihm Bernardo nur sein Wort geben, und Fabián musste es akzeptieren.

Stunden später, um Mitternacht, machte er sich auf die Suche nach dem Brief, der in einem mit rotem Kreuz markierten Postsack stecken musste. Sobald er ihn in der Hand hielte und die Informationen entschlüsselt hätte, würde sein Plan in die nächste Phase gehen. Er würde den Brief noch einmal schreiben und unter der auf dem Umschlag angegebenen Adresse an Luis Espinosa schicken. Daten und Orte an den Schlüsselstellen würde er durch andere ersetzen, damit Espinosa keinen Verdacht schöpfte und seine Vorbereitungen weiterlaufen ließ.

Wenn sein Plan aufging, erwartete seinen Todfeind die größte Überraschung seines Lebens.

SECHSTER SCHAUPLATZ

Überwindung

Neapel
Anno 1542

I

W ährend der Chor sich einsang, strömte das Publikum bereits in den Hauptsaal des Castel Capuano, eines prächtigen, auf ausdrücklichen Wunsch des Vizekönigs Don Pedro Álvarez de Toledo restaurierten Schlosses, das nun als Gerichtsgebäude der Stadt diente. Wegen seiner hervorragenden Akustik wurden hier auch Konzerte veranstaltet, wie an diesem Abend anlässlich des Auftritts des berühmten Musikers Jakob Arcadelt.

Jakob, niederländischer Herkunft, war zum *magister puerorum* der Sixtinischen Kapelle ernannt worden, und sein Ruhm verbreitete sich in den italienischen Fürstentümern mit der gleichen Geschwindigkeit, in der er bedeutende Motetten und Madrigale komponierte. Daher erfreute sich das Konzert großen Zulaufs. Es war recht warm an diesem ersten Märzabend, und viele Menschen waren neugierig auf seine neuen Kompositionen. Kaum jemand aus neapolitanischen oder spanischen Adelskreisen wollte sich den Anlass entgehen lassen.

Die Sitzordnung in dem imposanten, mit schönen Fresken an Wänden und Decken gestalteten Saal war keineswegs willkürlich. Die Reihen direkt beim Podium waren für das Gefolge des Vizekönigs, seine Familie und ihn selbst reserviert. Zu beiden Seiten und durch leichte Holzbarrieren abgeteilt saßen die sechs Familien, die das Konzert ausrichteten, direkt dahinter die übrigen ihrer Abstammung nach bedeutendsten Familien. Etwas weiter entfernt und mit weniger Platz zwischen den einzelnen Sitzen folgten der niedere Adel, die Bürgerlichen und wichtige Handelstreibende.

Ein Türsteher in Livree verbeugte sich vor der Ehefrau Domenico Bartellis, als diese am Arm ihres Mannes den Saal betrat.

»Signori Bartelli? Wenn ihr so gut sein wollt, mir zu folgen. Eure Sitze befinden sich zur Rechten des Vizekönigs, wie immer die besten Plätze.«

Carmen folgte ihnen wenig begeistert. Ihre außerordentliche Schönheit zog das Interesse vieler anwesender Männer auf sich. Man drehte sich nach ihr um, doch sie bemerkte es kaum, denn sie suchte in der Menge nur nach Volker, ohne zu wissen, ob sie ihn würde sehen können.

Die Familie schottete sie so erfolgreich von der Außenwelt ab, dass sie ihm nicht einmal eine Nachricht hatte zukommen lassen können. Doch womit sie keineswegs gerechnet hatte, war die große Überraschung, die ihre Eltern eingefädelt hatten und die sich bereits ganz in ihrer Nähe befand.

»Die Crème von Neapel ist versammelt, ja, ich würde sogar sagen, auch die der Nachbarstaaten«, flüsterte Domenico seiner Gattin ins Ohr. »Dort drüben sehe ich den Fürsten von Piemont, daneben die von Bisignano und Ascoli, und ich glaube, auch den von Salerno erkannt zu haben, obwohl man ihm selten bei derartigen Anlässen begegnet.« Sie gingen an der ersten Reihe entlang und begrüßten die übrigen Würdenträger. Als sie auf seiner Höhe waren, stand der Herzog von Sessa sofort auf und küsste Doña Carmen höflich die Hand. Der Marquis del Gasto und natürlich die Grafen von Golisano und Potenza, Letztere ebenfalls neapolitanischen Geblüts, taten es ihm nach.

»Wo der Fürst von Salerno auftaucht, sind die Golisanos nicht weit. Emporkömmlinge, weiter nichts«, kommentierte Domenicos Frau mit gesenkter Stimme, kaum hatten sich Letztere verabschiedet.

Der Redner, der durch das Konzertprogramm führte, ergriff ein ums andere Mal das Wort und drängte die Menschen immer eindringlicher, doch Platz zu nehmen. Dank seiner Beharrlichkeit und seines unbeirrbaren Tons gelang es ihm schließlich, sich über Begrüßungen und Gelächter hinweg Gehör zu verschaffen und die Aufmerksamkeit des Publikums zu gewinnen.

Während er erklärte, wer Jakob war, und über die gleich zu hörende Partitur sprach, betrat Volker in Galauniform den Saal. Als Verantwortlicher für die Sicherheit der Anwesenden mahnte er seine Gardisten zu größter Aufmerksamkeit – nichts durfte ihnen entgehen. Er war sich bewusst, dass in diesem Konzertsaal sehr viele erlauchte Persönlichkeiten versammelt waren, da durfte er sich keinen Fehler erlauben.

Carmen drehte sich suchend um. Zwar hatte sie ihn wegen der vielen Menschen nicht gesehen, spürte jedoch seine Anwesenheit.

Sie blickte wieder nach vorn, und dabei bemerkte sie, dass sich gerade ein Mann neben sie gesetzt hatte – wie das? Diese Plätze waren doch reserviert. Im ersten Moment war sie verwundert, dann beunruhigt. Obwohl sie ihm mehrmals von der Seite einen Blick zuwarf, wusste sie nicht, wer es war, bis ihre Mutter sich umdrehte und ihr auf die Sprünge half.

»Meine Liebe, erinnerst du dich nicht an Tomasso?«

Die Antwort war ein fragender, vorwurfsvoller Blick. Als Carmen Tomasso zuletzt gesehen hatte, war sie sechzehn Jahre alt gewesen. Zwei Jahre später brach sie nach Jamaika auf. Tomasso war von ihren wenigen damaligen Männerbekanntschaften die interessanteste gewesen.

»Erinnerst du dich nicht an mich, Carmen?«

Fassungslos sah sie ihn an, denn sie begann zu ahnen, welche Absichten ihre Mutter verfolgte.

»Doch, natürlich«, erwiderte sie kurz angebunden.

Der Beifall der Konzertbesucher lenkte ihre Aufmerksamkeit auf den genialen Musiker, der soeben durch die Haupttür den großen Saal betrat. Auf dem Podium wartete bereits ein gemischter Chor, der die Partitur zum Leben erwecken sollte. Zehn Stücke waren für den Abend geplant.

Jakob verbeugte sich vor dem begeisterten Publikum, das nicht aufhören wollte zu klatschen. Er begrüßte seine Sängerinnen und Sänger und verlangte dann mit einer anmutigen Armbewegung vollkommene Stille und Aufmerksamkeit für den Chor.

Nachdem er ganz leise den Anfangston jeder Stimme vorgegeben hatte, erklangen auf sein Zeichen hin im Saal die ersten gesungenen Töne. Das Timbre der Sängerkehlen brach die Trägheit der Anwesenden und weckte ihre Neugier. Voller Spannung verfolgten sie, welche ungewohnten Wendungen diese Motette nehmen würde. Einzig Tomasso war anderweitig beschäftigt. Er konnte die Augen nicht von Carmen lassen. Wie hatte er vergessen können, wie schön sie war? Ihre Nähe rief Erinnerungen in ihm wach, und wenn er auch nicht ganz verstand, warum ihre Eltern so darauf beharrt hatten, dass er dieses Konzert besuchte, so war er doch glücklich, gekommen zu sein.

»Du siehst wunderschön aus«, flüsterte er ihr ins Ohr.

Sie sah ihn tadelnd an, doch ihre Nerven waren zum Zerreißen gespannt, wenn sie daran dachte, wie schwierig es sein würde, ihn in der Pause loszuwerden, um sich mit Volker zu treffen, falls dieser überhaupt Zeit haben würde.

Das nächste Stück, ein Madrigal, wurde begeistert beklatscht. Ausgehend von einem ungestümen Beginn mit verknüpften Melodien gewann es stetig an Intensität. Die sechs Stimmen kreuzten sich, bis sie gegen Ende zu einer einzigen verschmolzen, wie es bei dieser Art Komposition üblich war.

Ohne der Musik Beachtung zu schenken, die die anderen genossen, stand Volker auf der anderen Seite des Saals und dachte schweren Herzens an das Gespräch, das er wenige Stunden zuvor mit dem Vizekönig geführt hatte. Es war um Domenico gegangen, und das Ergebnis der Unterredung war ziemlich quälend für ihn gewesen. Don Pedro vertraute ihm hinreichend, um ganz unverhohlen mit ihm zu sprechen. Und das hatte er auch angesichts der schweren Vorwürfe getan, die Carmens Vater gegen Volker vorgebracht hatte. Seine Worte hallten noch immer in Volkers Kopf nach.

»Mein hochgeschätzter Volker … Dein Verhalten lässt mir keine große Wahl. Ich vertraue dir, du bist einer meiner besten Männer, doch Domenico ist ein Edelmann hiesiger Abstammung, und wie du sehr wohl weißt, ist er schon seit Jahren unser Gegner. Ich kann mir eine solche Anschuldigung, wie man sie gegen dich vorbringt, in meiner derzeitigen Lage nicht leisten, das würde die Adelskreise noch mehr gegen mich aufbringen. Verstehst du?«

»Sagt mir, was Ihr von mir verlangt, und ich werde es, ohne zu zögern, tun«, entgegnete Volker, der schon ahnte, was kommen würde.

»Als Erstes wirst du deinen Posten als Hauptmann aufgeben müssen, und darfst dich, zweitens, eine Zeit lang nicht in Neapel blicken lassen«, entschied der Vizekönig, ohne Rücksicht darauf zu nehmen, wie hart seine Worte klangen.

»Ich werde gehorchen, mein Herr, doch ich werde nicht alleine gehen.«

Der Vizekönig seufzte missmutig, denn er erriet, wer ihn begleiten würde.

»Das wird die Angelegenheit noch verkomplizieren.«

»Ich weiß.«

»Nun gut«, willigte Don Pedro ein, »ich werde versuchen, die Folgen der vorhersehbaren Reaktion Domenicos im Rahmen zu halten, aber ich kann nicht garantieren, dass er dich nicht suchen und ergreifen lässt. Wenn ihm das gelingt, werde ich dir kaum helfen können, wie du gewiss verstehst. Ich befinde mich in einer schwierigen Lage …«

»Ich bleibe bei meiner Entscheidung. Ich werde mit ihr fliehen, gebt meinen Posten einem anderen und tretet nicht für mich ein. Ich danke Euch für alles, was Ihr bisher für mich getan habt, und glaubt mir, wenn ich Euch sage, dass mich allein schon die Tatsache, Euch so nah gewesen zu sein, mit Stolz erfüllt, und dass ich die Schwierigkeiten, die ich Euch bereite, durchaus nachvollziehen kann. Das Konzert heute Abend wird meine letzte Mission für Euch sein. Anschließend reiche ich mein Abschiedsgesuch ein.«

Der Chor zog die Anwesenden weiter in seinen Bann, doch der Deutsche war außerstande, sich auf seine Virtuosität einzulassen. Er musste sich vergewissern, dass seine Garde auf dem Posten war, um bei jedwedem Zwischenfall unverzüglich reagieren zu können. Immer wieder prüfte er nach, ob alle parat standen und auf seine Befehle warteten.

Die hellsten Stimmen des Chores malten in schönsten Farben die Hauptmelodie, während die tieferen sie in getragenem Bass unterstützten. Doch Volker konnte dem nichts abgewinnen, denn er hatte Carmen entdeckt. Er seufzte erleichtert. Sein Plan hatte darin bestanden, sie nach dem Konzert mit zwei Pferden aufzusuchen, um gemeinsam mit ihr zu fliehen. Wie er allerdings in das Palais der Familie gelangen sollte, wusste er nicht. Nun, da sie ebenfalls hier war, würde sich das viel einfacher ergeben.

Sie mussten miteinander sprechen, und das würde nur in der Pause möglich sein. Er veränderte seinen Standort, damit sie ihn bemerkte.

Carmen spürte Tomassos Hand auf ihrem Bein.

»Was fällt dir ein!« Sie drohte ihm mit dem Finger. Ihr Gesichtsausdruck war ernst und streng, doch dann sah sie plötzlich aus dem Augenwinkel Volker, und ihre Blicke begegneten sich. Er lächelte und bedeutete ihr mit einer Geste, sie sollten sich später treffen. Dies entging Tomassos Aufmerksamkeit nicht.

»Wer ist das?«

Carmen hieß ihn zu schweigen.

»Das geht dich nichts an.«

Tomasso begriff, dass Carmen diesbezüglich Diskretion wünschte, und versuchte, sich das zunutze zu machen.

»Und deine Eltern?«

Sie sah ihn wütend an. Da die beiden ständig redeten, wurden sie von anderen Konzertbesuchern bereits zum Schweigen gemahnt. Carmen entschuldigte sich und widmete ihre Aufmerksamkeit wieder dem Chor, ohne sich jedoch konzentrieren zu können. Sie war überzeugt, dass sich außer in der Pause keine andere Gelegenheit mehr ergeben würde, mit Volker zu sprechen, und Tomasso wurde langsam zu einem echten Problem. Sie bat ihn, in sein Ohr flüsternd, um Diskretion.

»Was bekomme ich dafür?«

Sie wusste, was er wollte.

»Ihr könnt mich morgen zu Hause besuchen.«

»Nur einmal?«

»Vielleicht auch öfter…«

Der Mann gab sich damit zufrieden und willigte ein, Stillschweigen zu bewahren, nahm sich aber vor, während des ganzen Konzerts stets in ihrer Nähe zu bleiben.

Als die ersehnte Pause endlich da war, erhob sich Carmen eilig und erklärte, sie müsse ihre Frisur richten. Ihre Mutter wollte sie begleiten, Tomasso ebenfalls, um sie nicht aus den Augen zu verlieren.

Carmen ging durch die Menschenmenge hindurch und warf dabei immer wieder verstohlene Blicke in Volkers Richtung. Der Deutsche erwog, welche Möglichkeiten ihnen blieben, und hatte eine Idee. Er winkte einen seiner Gardisten heran und bedeutete ihm mit einem Blick, Tomasso aufzuhalten. Der Offizier gehorchte, ohne nach Gründen zu fragen, und ging auf den Venezianer zu. Wenige Sekunden später bat er ihn bereits, sich auszuweisen. Tomasso war verblüfft und verlor Carmen und ihre Mutter aus den Augen, während er von dem Offizier, der sich als Gardist des Vizekönigs vorgestellt hatte, eine Erklärung verlangte.

Volker sah, dass Carmen nur noch ihre Mutter an ihrer Seite hatte. Nun musste er es bewerkstelligen, die beiden für einen Moment voneinander zu trennen, damit er Carmen die Nachricht zuspielen konnte, die er soeben verfasst hatte. Er hatte schon geahnt, dass sie kaum ungestört miteinander würden reden können.

Er schätzte die Entfernung ab, die Carmen noch von den Räumlichkeiten trennte, zu denen sie zweifellos unterwegs war, und be-

schleunigte seinen Schritt. Sie sah ihn kommen, ihre Mutter ebenfalls.

»Ich wünsche keine Szene«, warnte sie ihre Tochter.

Carmens Herz schlug bis zum Halse. Was sollte sie bloß tun?
Volker würde an ihr vorbeigehen, und ihre Mutter würde nicht einmal zulassen, dass sie ihn begrüßte. Als er auf ihrer Höhe war, spürte
sie die zarte Berührung seiner Hand, die ein kleines Stück Papier in
die ihre schob. Sie versteckte es, unbemerkt von ihrer Mutter, im Ärmel und begab sich zu den Frisiertischen. Kaum war sie allein, faltete
sie das Blatt auseinander. Was sie da las, ließ ihr Gesicht erstrahlen.

Nach dem Konzert würde er mit zwei Pferden warten, um mit ihr
zu fliehen.

II

A uf der Insel Tabarca, unweit von Alicante, besaßen die berberischen Korsaren einen geheimen Treffpunkt, der nur ihnen bekannt war und wo sich nötigenfalls alle Eingeweihten einfanden. Das
Eiland war im Laufe seiner wechselvollen Geschichte schon durch
viele Hände gegangen, mal flatterte die Korsarenfahne über der Insel, mal gehörte sie den Christen. Doch ihren Zweck hatte sie stets
erfüllt, egal für welches Lager.

Dort wurden, wie auch an einigen anderen geheimen Orten entlang der Küste, die Lösegelder gezahlt. Allerdings gab es auch Büros
in Städten wie London oder Paris, in denen auf höherem Niveau
verhandelt wurde, wenn es um einen berühmten Namen oder eine
große Sache ging.

Von allen schmutzigen Geschäften der Korsaren brachte dieses das
meiste Geld ein. Daher widmeten sie einen Großteil des Jahres Plün-
derungen in Küstenregionen, bei denen sie auch einen Teil der Bevölkerung verschleppten, und entführten die komplette Besatzung
anderer Schiffe oder Einzelpersonen, um die Gefangenen anschließend entweder als Sklaven zu verkaufen oder gegen Geld auslösen
zu lassen.

Die für solche Geldübergaben gewählten Orte, wie auch die Insel Tabarca, waren nicht frei zugänglich. Man erreichte sie nur über
einen Mittelsmann, meist Angehörige eines bestimmten Ordens, des
Ordens der Heiligen Dreifaltigkeit und des Freikaufs von Sklaven,
der sich seit über dreihundert Jahren ebendieser Aufgabe widmete.
Die Trinitariermönche, wie man sie gemeinhin nannte, erhielten aus
Algier oder anderen Häfen an der afrikanischen Küste Briefe mit den

Namen der auszulösenden Christen sowie der geforderten Summe. Sie stellten die Verbindung zu den jeweiligen Angehörigen her und regelten schließlich das Treffen.

Da diese Tauschgeschäfte höchst rentabel waren, prüften die Korsaren ihre Opfer gründlich. Menschen mit schwieligen Händen brachten kein Lösegeld ein, da sie wahrscheinlich aus bescheidenen Verhältnissen stammten; sie wurden an die Osmanen, manchmal auch an die Mauren verkauft, die sie für die härtesten Arbeiten, insbesondere auf dem Bau, einsetzten. Anders lagen die Dinge bei Opfern mit gepflegten Händen. Das waren entweder Rechtsgelehrte, Priester, Beamte oder gebildete Leute, vielleicht sogar Adelige; bei ihnen ging man davon aus, dass sie wirtschaftlich besser gestellt waren, was bedeutete, dass man von ihren Angehörigen einen höheren Preis verlangen konnte.

Die Niederlassungen der Korsaren wie jene auf der Insel Tabarca waren für die Angehörigen eine bequeme Möglichkeit, die Ihren wieder frei zu bekommen, ohne sich auf eine gefährliche Reise entlang der afrikanischen Küste begeben zu müssen.

Fabián Mandrago traf den Trinitariermönch, als dieser gerade mit einem Fischer im Hafen von Santa Pola über den Preis für ein Boot verhandelte. Der Mönch hieß Andrés.

»Wie könnt Ihr es wagen, für diesen schäbigen Kahn hundert Maravedís am Tag zu verlangen? Ihr wisst, dass wir arm sind und alles Geld, das wir besitzen, dafür verwenden, Gotteskinder aus den Händen dieser Barbaren zu befreien.«

Seine weiße Kutte mit dem rot-blauen Kreuz hob sich gegen die dunkle Kleidung des Fischers ab, der sich von seinen Vorstellungen nicht abbringen ließ. »Vielleicht habt Ihr mich falsch verstanden, ich möchte es Euch nicht abkaufen, ich brauche es nur für ein paar Stunden...«

Fabián wartete etwas abseits, bis der Handel geschlossen war. Er lächelte, als er den Mönch eine kleine holzgeschnitzte Madonna aus dem Beutel ziehen sah, die er dem Mann mit einer Geste zeigte, die halb Drohung und halb Angebot war.

»Ihr gebt es mir für die Hälfte, dann sorge ich dafür, dass auch die Zahl Eurer Tage im Fegefeuer halbiert wird. So, wie Ihr ausseht, erwarten Euch nicht wenige …«

Bruder Andrés wandte sich um und bemerkte Fabián, reichte ihm die Hand und lud ihn ein, mit ins Boot zu steigen. Er tat, als würde der Handel nun gelten.

»Wartet, ich habe nicht Ja gesagt«, protestierte der arme Seemann, doch es war schon zu spät. Aus einer Tasche der Mönchskutte fielen drei Kupfermünzen zu je sechzehn Maravedís. Der Mann klaubte sie vom Boden auf und beschwerte sich, weil auf fünfzig immer noch zwei Maravedís fehlten.

»Glaubt nicht, dass ich alles beisteuere, denn schließlich seid Ihr es, der diese Fahrt machen will …«, wandte der Mönch sich an Fabián, der dem armen Mann ohne Murren das fehlende Geld gab. Dann stieg er in das Boot und merkte sofort, dass der Trinitarier nicht gut rudern konnte.

Also ergriff er die Ruder und nahm Kurs auf die Insel, die etwa viereinhalb Meilen vom Hafen entfernt lag.

»Ich weiß wenig über Euch …«, eröffnete Bruder Andrés das Gespräch. »Mein Prior hat mir nur gesagt, dass ich Euch mit den Korsaren helfen soll. Aber Eure Motive kenne ich nicht. Wahrscheinlich die gleichen wie bei allen anderen auch, oder? Ihr bezahlt für jemanden, den Ihr kennt?«

Fabián bat um Entschuldigung – er könne es ihm nicht erklären.

»Außerdem würde ich es vorziehen, wenn Ihr bei dem Gespräch nicht zugegen wäret«, fügte Fabián hinzu. »Ihr mögt mich für unhöflich halten, aber glaubt mir, bestimmte Dinge mitanzuhören, wäre zu riskant für Euch.«

»Wie Ihr wünscht. Ich weiß nicht, was für Angelegenheiten das sein sollen, von denen ich nichts wissen darf – gewiss könnt Ihr Euch vorstellen, dass ich unzählige seltsame, manchmal sogar abscheuliche Händel mit diesen Leuten habe schließen müssen… Mich entsetzt nichts so schnell. Ich habe große Geldsummen überbracht und das eine oder andere wichtige Landeskind sogar mit Schmuck freigekauft.«

»Es geht nicht um Geld… sondern um etwas viel Schwerwiegenderes. Vergebt mir, dass ich Euch keine weiteren Einzelheiten nennen kann. Ich habe Euch gebraucht, weil ich sonst nicht mit ihnen hätte reden können, doch einmal vor Ort ziehe ich es vor, die Sache allein zu erledigen.«

Der Mönch war ein wenig verwirrt, gab sich jedoch am Ende damit zufrieden. Er lehnte sich zurück, nahm eine bequemere Haltung ein und seufzte glücklich, als die ersten wärmenden Sonnenstrahlen auf seine Glatze fielen.

Weder die frische Brise noch der sanfte Wellengang brachten Fabián Entspannung. Ganz im Gegenteil, er blickte sich ständig um und konnte es nicht erwarten, die Insel zu erreichen. Er wusste, dass er ein hohes Risiko einging. Zwar glaubte er an das, was er ihnen vorzuschlagen hatte, aber nicht alle standen hinter ihm. Doña Laura hatte Martín Dávalos keinerlei konkrete Informationen über seine mutmaßlichen Geschäfte mit den Korsaren entlocken können. Dafür hatte sie mit anderen Mitteln herausgefunden, dass es diese Orte gab, an denen Geldübergaben stattfanden. Fabián erschien es wahrscheinlich, dass Tabarca als einer der wichtigsten dieser Stützpunkte der richtige Ort war, um sein Vorhaben zu inszenieren.

Die Insel Tabarca war ziemlich klein, vollkommen flach und an diesem Tag voller Menschen. Der Grund dafür lag an einem Kai vertäut: eine mit Sicherheit den Christen abgejagte Karavelle mit geringem Tiefgang, die unter osmanischer Flagge segelte. Die Mannschaft hatte beschlossen, sich vor der nächsten Etappe auf der Insel auszuruhen. Es handelte sich um eines der Schiffe, die verschiedene Orte ansteuerten, um dort Geld einzutreiben.

Fabián und der Trinitarier sprangen von ihrem Boot und zogen es an Land; der Mönch, die Kutte bis zu den Knien gerafft, um nicht nass zu werden, und Fabián, besorgt wegen der zwei großen Blasen, die sich an seinen Händen zeigten. Was damit auf der Rückfahrt passieren würde, wollte er sich lieber nicht ausmalen.

Er sah sich um und versuchte unter den vier Gebäuden das auszumachen, das er suchte. Bruder Andrés zeigte auf das bescheidenste.

»Vertraut mir, ich komme nicht zum ersten Mal her.«

Sie betraten einen Raum, der kaum diesen Namen verdiente und in dem eigentlich niemand mehr Platz hatte. Der Trinitarier bahnte sich durch die Menge einen Weg zur gegenüberliegenden Tür und rempelte dabei ohne jede Umsicht etliche Menschen an. Entschlossen wandte er sich an den Türsteher.

»Wir kommen aus dem gleichen Grund wie immer ...«

Der Wachmann blickte erst auf sein zweifarbiges Kreuz und musterte dann Fabián von Kopf bis Fuß, sagte aber kein Wort. Er trug einen großen Ohrring aus Gold, und sein Kopf war mit einem roten Tuch bedeckt. Er drehte sich um, suchte sich einen Stuhl und ließ seine gewaltige Körpermasse hinuntersinken.

»Aber – was ist denn los?«, fragte der Mönch. Die Vene an seinem Hals sah aus, als wollte sie gleich platzen.

»Man erwartet Euch nicht ...«, antwortete der Mann unbeirrt.

»Wir suchen einen Osmanen.« Fabián ergriff das Wort, ohne zu bedenken, dass sie nicht allein waren. Schallendes Gelächter war die Antwort. Einige Leute hoben die Hand, als wollten sie sich anbieten, denn sie alle waren Osmanen.

Der Türsteher murmelte etwas, was Fabián nicht verstand, und verfiel dann wieder in sein mysteriöses Schweigen.

»Wollt Ihr nicht reden?«, beharrte der Mönch.

Fabián wartete ab, was der Trinitarier tun würde. Angeblich war er doch Experte. Die Situation grenzte ans Absurde. Der Mann hatte sich in tiefes Schweigen gehüllt, aus dem ihn nichts mehr herausreißen zu können schien. Bis plötzlich Bruder Andreas einfiel, was er vergessen hatte: die Losung – ein auf dieser Insel höchst wichtiges

Detail. Er haderte mit sich wegen seiner Vergesslichkeit, denn nun brauchte er auch noch eine Weile, bis ihm die Worte einfielen. Endlich sprach er sie mit leiser Stimme aus.

»Zwei Oberschenkelknochen und ein Schienbein ...«

Als wäre ein Wunder geschehen, erwachte der Mann aus seiner Apathie.

»Auf der dunklen schwarzen Erde«, steuerte er seinen Teil bei. »Endlich ist Euch eingefallen, dass es das war, was fehlte. Wartet einen Augenblick.«

Er klopfte an die Tür und öffnete sie erst, als laut sein Name gerufen wurde. Sie betraten ein kleines, fensterloses Gelass. Ein einziges Oberlicht sorgte für ein wenig Helligkeit, nicht aber für Belüftung. Der Mann, der hier saß – dreckig, mit verfilztem Haar und einem ehemals vielleicht weißen Hemd –, stank unerträglich. Hinter ihm befand sich eine weitere Tür.

»Wen sucht Ihr?«, fragte er. Als er den Mund auftat, traf sie sein fauliger Atem.

»Wie soll ich sagen ...«, ergriff Fabián das Wort. »Vielleicht irgendeinen Anführer der Korsaren.«

Der Mann schob sich einen Finger ins Ohr und bohrte mit Hingabe darin herum, zog aber eine ärgerliche Grimasse. Fabián konnte nicht einschätzen, ob sich diese darauf bezog, dass sein Gebohre kein Ergebnis brachten, oder auf seine wenig konkreten Angaben.

»Ihr versteht nicht.« Er hustete ungehemmt. »Also, wie heißt Euer Angehöriger? Vor dem Zahlen müsst ihr sicher sein, dass er bei uns ist – könnte ja auch in andere Hände gefallen sein, oder etwa nicht?«

Fabián begriff, dass ein Missverständnis vorlag, und erklärte, er sei nicht aus diesem Grund hier, sondern um im Auftrag von Luis Espinosa mit ihnen über etwas Wichtiges zu sprechen. Das war der Anfang des Schwindels. Wenn sie auf diesen Namen ganz normal reagierten, so bewies das, dass sie Beziehungen zu ihm unterhielten. Aber Fabiáns Pläne gingen noch weiter.

»Ich weiß nicht, wer dieser Espinosa ist, von dem Ihr sprecht, aber seid auf der Hut. Auf der anderen Seite dieser Tür sitzt ein Mann, der weniger Geduld hat als alle anderen, die Ihr je kennengelernt habt, und der genießt es, seine Gegner mit einem kleinen Messer, seinem kostbarsten Besitz, auszuweiden. Wagt Ihr es, die Probe aufs Exempel zu machen?«

»Er wird mir dankbar sein, das versichere ich Euch.«

Der Mann mochte jämmerlich aussehen, war aber nicht auf den Kopf gefallen. Die Anwesenheit des Trinitariers war zwar eine Garantie, doch er wollte mehr über die Absichten seines Begleiters wissen, um sich nicht den Vorwurf einzuhandeln, es in dieser Hinsicht an Diensteifer fehlen zu lassen. Als er erfuhr, dass es um das Gold aus der Neuen Welt ging, hielt er es für gerechtfertigt, ihn einzulassen. Nun war es an Bruder Andrés, überrascht zu reagieren.

Der Mann klopfte an die Tür und öffnete sie halb, um sie durchzulassen.

»Ich gehe allein«, entschied Fabián.

Ein listig wirkender Mann mit tiefer, heiserer Stimme stellte sich Fabián als Harbid vor. Wie er der Schilderung des Mannes im Vorraum zufolge vorzugehen pflegte, passte nicht zu dem ersten Eindruck, den er vermittelte.

»Was wollt Ihr?«

Fabians Antwort fiel diesmal präziser aus als zuvor. »Ich überbringe eine Nachricht von Luis Espinosa.«

»Und was hat unser Freund Luis zu erzählen?«

Fabián seufzte tief. Sein erstes Ziel war erreicht. Um seine Anspannung abzubauen, holte er ganz langsam Luft und sprach dann erst weiter.

»Er schickt mich, damit Ihr bestätigt, dass Ihr den Brief erhalten habt, in dem er Euch den Ort nennt, wo der nächste Goldkonvoi vor Anker gehen wird. Vor allem möchte er Euch die neuesten Nachrichten übermitteln, die er in dieser Angelegenheit erhalten hat.«

»Wir haben den Brief erhalten und stecken bereits mitten in den Vorbereitungen. Was muss ich sonst noch wissen?«, erwiderte Harbid vertrauensvoll.

»Offenbar wird die Geleitflotte zahlenmäßig viel kleiner sein als gewöhnlich, nicht mehr als drei Galeonen. Die Gründe hierfür kennt er nicht, aber er schickt mich, damit ihr Bescheid wisst und besser planen könnt, wie viele Schiffe ihr einsetzt.«

Harbid, der eine Botschaft von mehr Belang erwartet hatte, musterte Fabián nochmals eindringlich, und da weder sein Aussehen noch sein Verhalten ihm überzeugend schienen, beschloss er, ihn auf die Probe zu stellen. Als Vertrauter von Hassan und Kapitän eines seiner Schiffe kannte er die bevorstehende Mission bis ins Detail.

»Wenn ich Euch Glauben schenken soll, muss ich mir Eurer sicherer sein. Sagt mir, wo ist der Ort, an dem wir die Flotte angreifen sollen …?« Er spuckte ein Stück Leder aus, auf dem er zur Zerstreuung herumgekaut hatte, und streichelte sein kleines Messer. »Ihr habt nur eine einzige Gelegenheit …« Er lächelte boshaft.

Fabián räusperte sich, ehe er antwortete. Ihm war bewusst, dass es um seinen Kopf ging. Das Ziel, das die Korsaren kannten, musste mit dem übereinstimmen, das er selbst in dem an Luis Espinosa gerichteten und in Sanlúcar abgefangenen Brief ausgetauscht hatte. Aber wenn das nicht der Fall war?

»Im Osten Siziliens, in einem Meeresarm zwischen der Küste und der Hauptinsel«, gab er überzeugend Auskunft.

Da es sich um denselben Ort handelte, den Luis ihm genannt hatte, entspannte sich Harbid, akzeptierte die Gründe für seinen Besuch und bot ihm sogar ein Stück Ziegenkäse an.

»Das heißt, wir brauchen diesmal keine so große Flotte, stimmt's?«

Das Pferd verweigerte jede Bewegung und erst recht den Gehorsam gegenüber Pignatelli, der langsam die Geduld verlor. Zwar war der sechsjährige Hengst mit der breiten Brust, dem kurzen Rücken, der perfekten Kruppe und dem wohlproportionierten Kopf eines seiner besten Tiere, doch schon seit zwei Wochen wollte er keine der Übungen vollführen, die ihm bei anderen Gelegenheiten nicht schwergefallen waren.

Pignatelli verstand das einfach nicht – schließlich war er doch Direktor einer Schule, die die Kunst des Reitens lehrte.

»Du bist vielleicht ein Dickkopf!« Er rammte ihm die Knie in die Flanken, um ihn dazu zu bewegen, in die Mitte der Reitbahn zu gehen, wo er Tag für Tag mehr als zwanzig Pferde trainierte. Er versuchte, ihn zu einem *passagio* zu bewegen, aber er mühte sich vergebens.

Yago beobachtete ihn von den Sitzreihen aus. Nach seiner Rückkehr aus Rom hatte ihn Pignatelli, der fest an die Gaben des Jungen glaubte, eingeladen, zwei Mal die Woche zu ihm in die Schule zu kommen und sich anzusehen, was dort unterrichtet wurde und wie das geeignete Pferd beschaffen sein musste. Der Künstler Michelangelo hatte ihn gedrängt, jede Anregung aufzunehmen, die hinsichtlich der Pferde von Yago kam, und die Gabe, die er in dem Jungen entdeckt hatte, mit einem Satz zusammengefasst, der Pignatelli sehr bedeutsam schien.

»In Yagos Adern fließt die Seele der Pferde …«

Keiner von Pignatellis Mitarbeitern, die seine Übungen auf der Bahn ebenso verfolgten wie Yago, begriff, was mit dem Pferd los war, denn diese Übung wurde fast täglich durchgeführt. Yago hingegen wusste Bescheid.

Er sprang auf und rannte zur Überraschung aller Anwesenden, auch der ebenfalls eingeladenen Francesca, aus der Reitschule.

Während Pignatelli sich – jetzt unter Einsatz der Gerte – weiter bemühte, das Tier zu bewegen, tauchte Yago plötzlich auf dem Dach der Reitschule auf, das er über ein Deckenfenster erklommen hatte. Er ging ein schmales Band entlang, das am Rand des Daches verlief, bis er die vier Oberlichter erreichte, durch die Licht auf den Sand der Reitbahn fiel. Er trug etwas, das man von unten nicht erkennen konnte.

»Yago! Sei vorsichtig! Was machst du denn da oben?«, rief Francesca.

Ihre Frage war rasch beantwortet, als er eines der Fenster mit einem Stück Stoff abdeckte. Auf diese Weise verhinderte er, dass Licht hindurchdrang, Licht, das um diese Tageszeit gerade an dieser Stelle sehr stark hereinfiel, und zwar direkt auf den Sand, zwanzig Ellen von der Stelle entfernt, an der Pignatellis Pferd stehengeblieben war. Das Tier hatte einfach nur den störenden Lichtstrahl gescheut, der es seit Tagen in Panik versetzte. Kaum war die vermeintliche Gefahr gebannt, tat das Pferd genau die Schritte, die sein Meister von ihm verlangte, nun nur noch bemüht, alles so gut wie möglich zu machen. Es wieherte glücklich, als es zum Dank am Hals getätschelt wurde.

»Unglaublich, dieser Bursche…« Pignatelli sah Yago an. Der Junge winkte vom Dach herunter, stolz, dass er ein Problem hatte lösen können, das allen anderen unlösbar schien.

»Komm runter und nimm dir ein Pferd!«, bat der Direktor der Schule.

Minuten später erschien Yago auf einem schönen schwarzen Ross, dessen besonders anmutig geschwungenen Hals eine gelockte, langhaarige und seidenweiche Mähne schmückte. Es war eines der edelsten Tiere, die Pignatelli besaß.

Yago kam in kurzem Galopp heran und blieb an seiner Seite stehen.

»Ich frage mich, wie du es schaffst, in ihre Köpfe zu dringen und zu erraten, was mit ihnen los ist, was sie fühlen oder fürchten, so wie du es uns eben bewiesen hast.«

»Ich sehe sie bloß an, und sie sagen es mir.«

Pignatelli seufzte enttäuscht. Er brachte Stunden um Stunden damit zu, die Pferde zu beobachten, doch es gelang ihm nicht zu sehen, was Yago sah. Er wusste einfach nicht, wie eine solche Verständigung zwischen Tier und Mensch zustande kam.

Sie trennten sich und ritten in entgegengesetzten Richtungen die

Bahn entlang. Pignatelli sah ihm nach. Sein Vertrauen in den Jungen wuchs tagtäglich.

Seit er ihn und Francesca zu den Melodien Camilos hatte reiten sehen und dabei erlebt hatte, wie Yago rein intuitiv die Pferde bändigte, während andere das jahrelang üben mussten, hatte er beschlossen, dass der Junge, das Mädchen und auch der alte Kartäusermönch für seine Schule arbeiten sollten. Er brauchte Yago, damit in seinen Stallungen immer edlere Rösser standen, und Camilo, um Geist und Sensibilität der Pferde weiter zu entwickeln.

Volker, der inzwischen abgereist war, hatte seine Idee sofort gutgeheißen. Er war stolz, dass Yago aufgrund seiner eigenen Verdienste angestellt wurde, und auch Camilo nahm die Herausforderung an. Die Vorstellung, an einem ungewöhnlichen Ort Musik zu machen, auf einer Reitbahn mit Pferden als Publikum, hatte ihn fasziniert.

Bei Francesca hatte er weniger Erfolg, da ihr Vater dagegen war, weil er sie mehr in seiner Nähe haben wollte. Aber Pignatelli erwirkte das Versprechen, dass sie einen Tag in der Woche kommen durfte.

Nur noch ein Monat, dann würde er sie alle bei sich in der Schule haben. Arbeit gab es in Hülle und Fülle. Die Pferde mussten zugeritten, der Nachwuchs der neapolitanischen Adelskreise Tag für Tag im Reiten unterrichtet werden. Dazu kam, was er sich vorgenommen hatte – die ehrgeizigste Aufgabe von allen: mit dieser neuen Pferderasse die Menschen zu berühren.

Yago, der nichts von seinen Vorhaben wusste, näherte sich ihm, um ihm seine Empfindungen mitzuteilen.

»Die Pferde verstehen uns ...«

»Da bin ich mir sicher, aber es überrascht mich, dass sie nicht auf jeden gleich reagieren. Wenn man sie mit Respekt behandelt, sind sie fügsam, doch ihren Zauber entfalten sie nicht bei jedem.«

Mehr als einen Tag lang hatte Yago die jungen Leute beim Reitunterricht beobachtet, und fast alle waren ungeschickt im Umgang mit den Tieren. Gehorchte das Pferd nicht, stießen sie ihm sofort ihre spitzen Stiefel in die Flanken, oder, in Ermangelung von Sporen, sogar die Steigbügel. Er litt bei diesem Anblick, denn er spürte den Schmerz der Tiere am eigenen Leib und empfand die gleiche Angst, die ihr Blick verriet.

»Ein Pferd braucht es … sich sicher zu fühlen …«, sagte Yago abschließend und übte gleichzeitig, wenn auch noch mit wenig Erfolg, einen neuen Schritt, bei dem das Pferd die Beine kreuzweise setzte und sich auf diese Weise seitlich fortbewegte. »Immer ist es wachsam, immer … damit es fliehen kann …«

»Und woher weißt du das alles?«

»Ich weiß es nicht, aber ich weiß es …«

Aus der entgegengesetzten Ecke kam Francesca auf einem Bruder von Yagos Pferd hereingeritten, das diesem fast bis aufs Haar glich.

Bei ihnen angekommen, bat das Mädchen sie, sich etwas anzusehen, was sie gelernt hatte. Pignatelli gefiel ihre Initiative, Yago erfreute sich an ihrer Gegenwart. Schon seit einer Weile sah er sie mit anderen Augen. Er empfand mehr für sie als nur Bewunderung. Inzwischen genoss er es, sie in seiner Nähe zu haben. Allerdings ließ er es sich nicht anmerken, denn er konnte sich kaum vorstellen, dass ein so schönes Mädchen sich für ihn interessierte. Doch ganz tief in seinem Inneren begann er sich zu wünschen, das möge sich eines Tages ändern.

Hiasy war schon lange nicht mehr da, und doch war der Schmerz über den Verlust noch lebendig. Aber Francesca war ganz anders. Immer fröhlich, konnte sie über alles lachen. Sie war großzügig, spontan und zugleich stets ganz bei dem, was sie gerade tat. Sie verrichtete ihre Pflichten sanft und leidenschaftlich, erledigte alles, was sie sich vornahm, korrekt und pünktlich und hasste es, wenn es Meinungsverschiedenheiten gab, weil sie eine Frau war.

»Schau zu, Yago!« Francesca, die gemerkt hatte, dass er nicht bei der Sache war, forderte seine Aufmerksamkeit ein.

Das Mädchen warf den Oberkörper zurück und drückte die Knie leicht nach unten, stützte dann die Hände am Hals des Tieres ab und flüsterte ihm etwas ins Ohr.

Zu Yagos und Pignatellis Erstaunen beugte das Pferd die Knie, bis sie den Boden berührten, während sein Hinterteil in der Luft blieb. Es bog den Kopf hinunter zur Brust, und in diesem Augenblick ließ Francesca mit einem ebenso schönen wie glücklichen Lächeln die Zügel los.

»Du bringst sie zum Tanzen, aber bei mir beten die Pferde!«

III

Yago bekam der Wechsel des Lebensumfelds von Castel Nuovo in das Palais, in dem sich die Reitschule befand, ausgesprochen gut, Camilo jedoch weniger.

Dass er nun in der Nähe seines Schützlings lebte, sich schöpferisch betätigen konnte, Arbeit und Unterkunft sicher hatte – all das brachte ihm nicht den ersehnten Seelenfrieden. Für sich genommen war dies alles überaus erfreulich, aber dennoch plagte ihn bereits nach wenigen Tagen das schlechte Gewissen, und er geriet ins Grübeln.

Camilo war nie zum Priester geweiht worden. Er hatte den Kartäusern lediglich als Laienbruder angehört und dem Orden Treue gelobt, doch diese Bindung galt nun als beendet. Außerdem hatte er aufgrund seiner Funktion als Padre Prokurator nicht ganz so streng nach den Regeln und Gebräuchen gelebt wie die Priestermönche. Dennoch, seit er sein früheres, der Askese gewidmetes Leben hinter sich gelassen hatte, herrschte in seiner Seele Verwirrung, und er fühlte sich sehr verloren. Angesichts der schwierigen Umstände waren ihm nur wenige Dinge wirklich klar – die meisten sah er nämlich überhaupt nicht. Obwohl er nun besaß, wonach er sich so oft gesehnt hatte – geliebte Menschen an seiner Seite, seine Musik und eine interessante Aufgabe –, fehlte ihm doch etwas. Er spürte eine große Leere in sich, ein Loch, von dem er nicht wusste, wie er es füllen sollte, auch wenn er ahnte, dass es mit Gott zu tun hatte.

Er hatte sich mehr als erwartet von Ihm entfernt, sehr viel mehr, als er sich jemals hätte vorstellen können.

Diese ungeheure Leere, die er in sich spürte, kam von nichts anderem als Seiner Abwesenheit. In dem Augenblick, als er die Tür seiner Mönchszelle für alle Zeit hinter sich zugezogen hatte, hatte er auch die innige, fast lebenslange Beziehung zu Ihm zurückgelassen.

Doch darüber sprach er weder mit Yago noch mit sonst jemandem.

Die einzigen Mittel, die ihm einfielen, um seiner inneren Unruhe Herr zu werden, waren Beten und Nachdenken. Während er Cembalo spielte und den Reitschülern zusah, oder wenn er Yago dabei beobachtete, wie er mit den Pferden Kunststücke übte, betete er. Wenn er in dem Zimmer, das man ihm zugewiesen hatte, allein war, betete er. Und auch auf den Spaziergängen in der Umgebung der Reitschule, die er unternahm, wenn er sich allzu eingesperrt fühlte, betete er.

Und so kreuzte eines Tages das Schicksal seinen Weg, das Schicksal in Gestalt der Armen und Ausgestoßenen.

In den Straßen Neapels herrschte geschäftiges Treiben, Händlerinnen und Händler boten Waren aller Art an, man sah prächtige Kutschen und herausgeputzte Damen, Soldaten und andere Menschen aus den fernsten Gegenden der Welt. Es war eine Stadt der Lebensfreude, doch gleichzeitig gab es zahllose ausgesetzte Kinder, Waisenkinder, schmutzig und schutzlos, arme Seelen, deren Anblick einem das Herz zerriss.

Und Camilo fühlte sich aufgerufen, ihnen beizustehen.

Wie er wusste, hatte in der Nähe der Reitschule, keine vier Straßen weiter, ein neues Waisenhaus gerade seine Pforten geöffnet – dank der Großzügigkeit einiger Damen, die ihre Zeit, ihr Geld und vor allem viel Arbeit dafür aufwandten. Inzwischen hatte man in dem Palais trotz des heruntergekommenen Zustandes bereits zahlreiche verlassene Kinder und Jugendliche aufgenommen, um ihnen die Unbill des harten Winters zu ersparen, ihnen eine Unterkunft zu geben und ein etwas menschenwürdigeres Leben zu ermöglichen als auf den Straßen.

Am selben Tag, als Camilo sich beim Verantwortlichen erkundigte, was dort für die Kinder getan wurde, was ihre größten Probleme und Nöte seien, erkannte er schon an der Tür in aller Deutlichkeit, welche Aufgabe seiner harrte. Der Anblick der Kinder, ihre Verlassenheit und der Mangel an so vielem, was zum Funktionieren dieser Einrichtung notwendig war, berührten ihn zutiefst. Hier wurde er gebraucht, in diesem Haus voller Straßenkinder, in dem der Putz von den Wänden bröckelte. Nur dort würde er ein neues geistiges Fundament errichten können, sein belastetes Gewissen stärken, mit Nächstenliebe und Arbeit das tiefe Loch füllen können, das immer größer geworden war, seit er die Kartause verlassen hatte.

Das Palais war fast eine Ruine, bot jedoch große Möglichkeiten. Als Erstes machte Camilo sich daran, die als Schlafsaal genutzte Galerie herzurichten, was zwei Wochen in Anspruch nahm, denn es fand sich dort fast mehr Schmutz als in den dunklen Gassen, aus denen die Kinder kamen. Es folgten der Speisesaal, einige improvisierte Klassenzimmer und die restlichen Räume, wobei er von drei Männern unterstützt wurde, die dem Waisenhaus ebenfalls ihre Zeit und Kraft zur Verfügung stellten. Dann, als die dringendsten Reparaturen erledigt waren, hörte er sich die dramatische Lebensgeschichte jedes einzelnen Kindes an, spielte mit ihnen, brachte ihnen Lesen und Schreiben bei. Mit Verständnis und liebevoller Zuwendung versuchten Camilo wie auch alle anderen großherzigen Menschen, die dort mitarbeiteten, diese Kinder ihr schlimmes früheres Leben vergessen zu lassen.

Es war keine leichte, aber eine schöne Aufgabe.

Camilo freute sich über jeden Neuzugang im Waisenhaus, denn er wusste, dass er nicht nur eine weitere Seele aus dem Elend rettete, sondern ihn auch wieder die spannende Aufgabe erwartete, einen Menschen aus ihm zu machen.

Die Arbeit beschäftigte ihn gedanklich und nahm einen Gutteil seines Tages in Anspruch, sein Leben erfuhr eine Bereicherung wie nie zuvor. Die existenziellen Zweifel, die ihn so sehr gequält hatten, lösten sich nach und nach auf. Er fand Gott im Gesicht eines jeden

Kindes, wenn es zum ersten Mal unbeschwert lachte, in seiner Zukunft, oder wenn er erlebte, wie einer seiner Schützlinge einem anderen, der mit noch weniger kam, großzügig das Wenige schenkte, was er besaß.

Er betete weiterhin sehr viel, aber auf andere Weise. Nun hatten seine Gebete mit der Arbeit zu tun, der hingebungsvollen Arbeit für andere. Nachdem er seinen Herrn solange um Erleuchtung und Beistand angefleht hatte, bedankte er sich nun bei ihm, da er spürte, wie er innerlich aufblühte.

Am frühen Morgen ging er ins Waisenhaus, und am frühen Nachmittag verließ er es wieder, um in der Reitschule zu arbeiten. Man bemerkte seine Anwesenheit dadurch, dass man ihn Musik spielen hörte, während noch bis Einbruch der Dunkelheit mit den Pferden geübt wurde. Er nutzte diese Zeit des Alleinseins, um sich von seiner aufopferungsvollen Arbeit im Waisenhaus zu erholen, sich geistig zu entspannen und nachzudenken.

Nun, da er mit Erleichterung feststellte, wie sehr er in seiner neuen Berufung aufging, begann er wieder inbrünstig zu beten, das Gloria und das Salve Regina, aber auch Gott öffnete er wieder sein Herz und hielt mit Ihm stundenlang Zwiesprache.

Yago sah Camilo nur noch selten, was er sehr bedauerte, doch er spürte, dass die Arbeit im Waisenhaus seiner Seele sehr gut tat. Er strahlte eine große Zufriedenheit aus, wenn er von dort zurückkehrte, auch wenn er erschöpft und abgespannt aussah.

Außerdem hatte Yago den ganzen Tag über in der Reitschule zu tun.

Pignatelli hatte ihm von Beginn an zwei Aufgaben übertragen. Das war zum einen seine Mitarbeit bei dem großen Projekt, eine veredelte Pferderasse heranzuzüchten, und zum anderen die üblichen, in der Reitschule anfallenden Aufgaben.

Zu Ersterem gehörte, alle Tiere im Besitz der Reitschule zu prüfen, vor allem aber die Stuten und Hengste, die Volker bereits vor seiner

Abreise für die Züchtung ausgewählt hatte. Bislang waren aus diesen gezielten Anpaarungen noch kaum Fohlen zur Welt gekommen, deshalb beurteilte er vor allem die erwachsenen Pferde. Erst vor kurzem hatte man wieder einige aus so entfernten Gegenden wie Arabien und Ägypten zugekauft, andere stammten aus Sizilien und Ungarn, die meisten aber kamen aus den benachbarten Regionen Kalabrien und Apulien.

Pignatelli erinnerte ihn häufig daran, dass seine Aufgabe die allerwichtigste war, denn was nützte es, ein vom ästhetischen Standpunkt perfektes Tier auszuwählen, wenn sich dann herausstellte, dass es ihm an Ausdruck fehlte, und ebendies konnte Yago erkennen. Er ritt auf ihnen Stunde um Stunde, erforschte jedes Tier überaus gründlich in der Absicht, seine inneren Fähigkeiten zu entdecken und an seinem Charakter zu arbeiten. Doch nur in den wenigsten fand er jene Vorzüge, die an Nachkommen weiterzugeben sich lohnte, oftmals mangelte es ihnen an Qualität. Bei den meisten entdeckte er nichts weiter als Sturheit, Eigensinn und allgemein eine große Gefühlsleere.

Jeden Tag kam Pignatelli vorbei und erkundigte sich, welche Tiere er für die Zucht als geeignet betrachte, sodass deren Söhne und Töchter mit dem besten aller Charakter ausgestattet wären, also das ideale Pferd, aber Yago gab immer die gleiche Antwort:

»Sind noch nicht gut, ihre Seele taugt nicht …«

Worauf der Direktor der Reitschule, enttäuscht ob der ausbleibenden Ergebnisse und ebenso von Volkers Verschwinden, erwiderte:

»Such weiter. Ich weiß, es wird uns gelingen …«

Noch nicht einmal zwei Monate waren vergangen, seit Volker und Carmen Neapel verlassen hatten, doch ihre Abwesenheit wirkte sich bereits spürbar aus, sowohl bei Yago, der die beiden arg vermisste, wie auch bei Pignatellis großem Projekt, dem idealen Pferd, von dem alle träumten.

Man wusste wenig von ihnen, nur dass sie geheiratet hatten und in der Nähe von Caserta lebten, einem Ort östlich von Neapel, weniger als eine Tagesreise entfernt, doch bis dorthin reichten Domenicos Einflussmöglichkeiten nicht.

Dennoch hatte Yago immer noch nicht verwunden, dass die beiden fortgegangen waren.

Carmen fehlte ihm sehr, ihre Warmherzigkeit und das Gespräch mit ihr. Sie hätte ihm erklären können, was mit ihm geschah, sobald Francesca in seine Nähe kam. Und Volker hätte ihm helfen können, seine Ängste bei der zweiten Aufgabe zu überwinden, die Pignatelli ihm übertragen hatte: in der Reitschule als Lehrer zu arbeiten. Denn sie brachte ihm zwar Anerkennung, doch Yago fürchtete, sie könnte ihn überfordern und zu seinem schlimmsten Albtraum werden. Als Lehrer musste man mit den Schülern sprechen, sich ihnen verständlich machen, ihre Absichten erahnen und sie Schritt für Schritt an ihr Ziel heranführen. Doch er gab sich alle Mühe, trotz der vielfältigen Anforderungen und seiner eigenen Schwierigkeiten, und stellte sich entschlossen der neuen Herausforderung.

Pignatelli hatte ihm sechs Schüler zugewiesen, Jungen im schwierigen Alter von vierzehn Jahren. Von Anfang an machten sie sich über Yago lustig, ohne Unterlass und zudem auf recht gemeine Weise …

Die Folgen dieser ständigen Hänseleien ließen nicht lange auf sich warten.

Schon am ersten Tag begann es schlecht, als er ihnen zeigte, wie man sich mit den Pferden vertraut machte, und dazu gehörte, dass man sie sorgsam striegelte, sich bei ihnen im Verschlag aufhielt und ganz natürlich mit ihnen umging. Er wies jedem Schüler ein Pferd zu, das von diesem Moment an nicht nur eine Art lebendes Lehrbuch für ihn war – er war auch für das Tier verantwortlich. Yago bemühte sich mit all seiner Intuition darum, das passende Pferd für den jeweiligen Schüler auszuwählen, was ihn zwar Zeit kostete, sich am Ende aber lohnte, wie er meinte.

Deshalb schluckte er auch die Spötteleien der ersten beiden Tage, überzeugt davon, dass ihre Ausbildung einem höheren Ziel diente. Zudem konnte er sich auf diese Weise selbst beweisen, welche Fähigkeiten er hatte. Er bemühte sich um verständliche Formulierungen, achtete auf eine sorgfältige Aussprache – kurzum, er gab sich allergrößte Mühe. Am dritten Tag jedoch wurden ihm die Hänseleien und das Gelächter zu viel, denn die Jungen begnügten sich nicht mehr damit, über seine Sprache zu spotten, sondern begannen sich auch über seine Art, etwas anzuschauen, seinen Gang und sogar darüber zu mokieren, wie lange er brauchte, um eine ihrer Fragen zu beantworten.

Jener dritte Tag war nicht nur ein weiterer Tag voller Demütigungen, es war der schlimmste.

»Striegle dein Pferd, und solange ...« – er begann zu stottern –, ...«solange ... du nicht fertig bist, kommst du nicht, nicht ... hinaus.«

Der Junge, mit dem er sprach, ein Bursche mit pechschwarzen Locken, aufgewecktem Blick und ebensolchem Charakter, war der Erstgeborene einer der vornehmsten Adelsfamilien in Neapel. Ein anderer Schüler neben ihm, der gerade versuchte, seinem Pferd das Zaumzeug anzulegen, konnte sich nicht mehr beherrschen und prustete los. Einer nach dem anderen stimmte in das Gelächter ein, und als Yago sich abwandte, äfften sie seine Sprache und seine Gesten nach, aber er bekam alles mit. Wenig später, als er alle Schüler auf der Reitbahn versammelt hatte, wurde es noch schlimmer.

Als alle aufgesessen waren, wies er sie an, sich in einer Reihe aufzustellen und ihm zu folgen.

Die Übung bestand darin, dass sie stets die Gangart übernehmen sollten, die er ihnen vorgab, und lernten, ihrem Pferd mithilfe von Zügel und Knien die richtigen Befehle zu geben, damit es entsprechend reagierte.

Doch keiner hörte auf ihn.

Ein paar lieferten sich ohne seine Erlaubnis ein Rennen darum, wer das Ende der Reitbahn zuerst erreichte, versuchten andere Pferde bei höchstem Tempo abzudrängen, und wetteten darum, wen es als Ersten aus dem Sattel werfen würde.

Eine Weile sah Yago diesem wüsten Treiben zu, bis er es nicht mehr ertrug, wie sie ihre Pferde behandelten, und sie aufgebracht anschrie. Daraufhin hielten sie sich eine Weile an seine Anweisungen und folgten ihm auf der Reitbahn, doch bald war es ihnen wieder zu langweilig, und sie begannen erneut, sich über ihn lustig zu machen.

Und Yago wurde sehr nervös. Er spürte wieder die gewissen Anzeichen, die ihn an die dunkelsten Zeiten seines Lebens erinnerten. Das leichtfertige und verantwortungslose Verhalten seiner Reitschüler, ihr mangelnder Respekt und seine Unfähigkeit, die Situation in den Griff zu bekommen, lösten eine schon fast vergessene Unruhe und Angst in ihm aus. Am schlimmsten aber war, dass er nicht wusste, mit wem er seine Probleme bereden sollte. Und wie er verhindern sollte, dass das Zittern überhandnahm.

Die Einzige, die ihn vor dem Absturz retten konnte, war Francesca.

Seit Yago in der Reitschule arbeitete, kam sie ein Mal in der Woche, um mit den Pferden zu arbeiten, die sie besonders gerne mochte. Sie ließ sie eine Weile an der Longe gehen, damit ihre Muskeln warm wurden, und dann versuchte sie die neuen Gangarten zu reiten, die sie Yago vorführen sah.

An dem bewussten dritten Tag war sie ebenfalls erschienen, und ihr fiel sofort auf, dass er wesentlich unruhiger war als sonst. Als sie ihn fragte, was denn los sei, erfuhr sie den Grund für seine Aufregung.

»Am besten sprichst du mit Pignatelli darüber. Vielleicht hat er gedacht, dass er dir mit dieser Aufgabe einen Gefallen tut, und in Wirklichkeit ist es gerade das Gegenteil.« Sie griff Yagos Pferd in die Zügel, damit es stehen blieb. Es tat ihr sehr leid, dass er so traurig war, deshalb drückte sie ihm einen liebevollen Kuss auf die Wange. Yago erschauderte, als ihre Lippen seine Haut berührten.

»Ich tauge nicht für diese Arbeit.«

»Und ich nicht für das, was du mit den Pferden kannst«, erwiderte sie, um ihn zu trösten.

»Warum haben sie keinen Respekt vor mir?«

»Es sind nur dumme Jungen ... vielleicht ist das normal. Vergiss sie, und denk daran, dass andere Leute dich lieb haben ...« Francesca gab ihm noch einen Kuss auf die Wange, ohne zu ahnen, was sie damit bei Yago auslöste, in dem plötzlich eine zarte Hoffnung aufkeimte. Mit einem Mal erschien ihm Francesca hübscher denn je, und er stellte fest, dass sie ihm gefiel, ja, sehr gefiel. Eine Weile zweifelte er noch und prüfte seine Gefühle jedes Mal, wenn er sie traf, doch ihr Verhalten war wie Balsam für seine von Unsicherheit gemarterte Seele. Sein Gesichtsausdruck veränderte sich, er vergaß die Schwierigkeiten mit seinen Schülern und beschloss, darum zu kämpfen, ihr Interesse zu gewinnen, sogar ohne irgendwelche Erwartungen an sie zu stellen. Jene beiden Küsse auf die Wange hatten in ihm ganz besondere Empfindungen geweckt. Es war wie damals mit Hiasy.

Er sah ihr wie betäubt nach, als sie im Trab über die Reitbahn ritt, bis der Klang der Glocken Francesca daran erinnerte, wie spät es geworden war, und sie sich eilig von Yago verabschiedete.

»Wann kommst du wieder?«

»Hm, warte mal ...« Sie stieg ab und überlegte laut, was sie in den nächsten Tagen zu tun hatte. »Diese Woche komme ich noch einmal, übermorgen, ja, in aller Frühe ... Pignatelli hat mich gebeten, drei Pferden die Mähne zu flechten, weil er mit ihnen auf eine Ausstellung will, glaube ich.« Sie stand schon an der Tür. »Pass gut auf dich auf, bitte, und vergiss nicht, ihm von deinen Problemen mit der Arbeit zu erzählen.«

Yago versprach es, aber in den nächsten beiden Tagen tat er nichts anderes, als an sie zu denken. Er träumte von Francesca, dachte an sie, wenn er aufwachte, während er mit den Pferden arbeitete oder aß, und sogar den Reitunterricht fand er erträglicher, vielleicht weil er jetzt mit weniger Aufmerksamkeit bei der Sache war.

Für ihn war Francesca eine Stütze in schwieriger Zeit, als er wieder einmal eine Demütigung nach der anderen erfuhr, wie schon so oft in seinem Leben. Francesca war wie ein Lichtstrahl, an den er sich klammerte, um aus seinem tiefen Loch herauszukommen. Und da seine Gefühle für sie so stark waren, nahm er sich vor – ohne zu wissen, ob es wirklich klug war, ohne eine Ahnung, wie man sich in solchen Fällen verhielt, und ohne Möglichkeit, einen guten Freund um Rat zu bitten –, ihr bei nächster Gelegenheit zu eröffnen, wie es in seinem Herzen aussah.

IV

Am übernächsten Tag kam Francesca wie angekündigt wieder, jedoch nicht allein.

Sie erschien an der Hand eines Offiziers, von dem Yago noch nie hatte reden hören. Dieser unerwartete Begleiter missfiel Yago sehr, jedoch noch mehr, als er mit ansehen musste, wie sie sich mit einem Kuss auf die Lippen von ihm verabschiedete, der ihm eine Ewigkeit zu dauern schien. Gleich darauf erzählte sie ihm alles, ganz aus dem Häuschen vor Freude und mit einem besonderen Glanz in den Augen, der nicht nur ihre ganze Person zum Strahlen brachte, sondern auch jegliche Hoffnung in Yago zerstörte.

Schlimmer hätte ihn keine Nachricht treffen können.

Resigniert hörte er zu, wie sie ihm von dem jungen Offizier erzählte, der im sogenannten spanischen Viertel wohnte, wie die anderen sechstausend Soldaten des kaiserlichen Heeres, die dem Vizekönig in Neapel zur Verfügung standen, und wie er sich Hals über Kopf in sie verliebt hatte.

Yago brachte kein Wort heraus. Seine Kehle war trocken, er hatte einen Kloß im Hals, und deshalb schwieg er.

Er senkte den Blick und zog sich, zutiefst getroffen und verwirrt, zurück. Seine Hoffnungen auf Francesca hatten sich zwar zerschlagen, kaum dass sie aufgekeimt waren, doch es war nicht nur diese Enttäuschung allein. Hinzu kam noch das Gefühl, versagt zu haben, weil er seiner neuen Aufgabe nicht gerecht wurde. Francescas Enthüllung kam in einem Moment größter Niedergeschlagenheit, und zudem waren die Menschen, die ihm am nächsten standen, für ihn unerreichbar oder – wie Camilo – fast immer abwesend.

All diese Enttäuschungen machten ihm schwer zu schaffen und beeinträchtigten seine seelische Verfassung derart, dass er nicht mehr ein noch aus wusste. Von diesem Augenblick an fühlte sich Yago unfähig, auch nur die geringste Verantwortung mehr zu übernehmen, und das schadete nicht nur seinem Charakter, sondern auch seinem Verhalten und sogar der Art und Weise, wie er mit den Pferden arbeitete.

Weder interessierte ihn jetzt die Reitschule, noch die Erforschung der Pferdeseelen oder irgendeine andere seiner täglichen Aufgaben. Jedes Mal, wenn er Francesca auftauchen sah, versetzte es ihm einen Stich, und noch schlimmer war, dass er tagtäglich seine Reitschüler ertragen musste, obwohl Pignatelli ihn zum Glück von dieser Aufgabe entband, als er ihm einmal von seinen Schwierigkeiten berichtete.

Sein seelischer Zustand verschlechterte sich so rapide, dass er sich schon bald vollkommen verloren vorkam, wie ausgelöscht.

Dies fiel auch Pignatelli sehr bald auf, und er machte sich große Sorgen. Er kannte zwar nicht den Grund, aber als er eines schönen Tages sah, wie Yago ein Pferd zu Übungen zwang, für die es noch gar nicht bereit war – was der Junge sonst nie getan hatte –, war er äußerst beunruhigt. Er sagte nichts, doch als er ihn einige Tage später wieder dabei erwischte, konnte er nicht länger schweigen.

»Dieses Pferd ist noch nicht hinreichend ausgebildet, und das weißt du. Was ist los mit dir?«, fragte Pignatelli streng und wartete auf Antwort.

»Nichts ist mit mir …« Yago zog übermäßig scharf an den Zügeln, und das Tier reagierte gereizt.

Pignatelli ärgerte sehr, was er den Jungen tun sah. Er wusste, dass Yago ein Pferd zu fast allem bringen konnte, was ihm in den Sinn kam, und zwar ohne jeden Zwang.

»Seit einigen Tagen verhältst du dich anders als sonst, ich habe dich beobachtet. Ich weiß nicht, was mit dir los ist, aber ich würde es gerne erfahren. Bitte, sag es mir.«

Yago sprang vom Pferd, drehte sich um und warf dem verblüfften Pignatelli, als er die Reitbahn schon fast verlassen hatte, nur hin:

»Yago nicht gut … Yago taugt nichts.«

Wenige Tage nach Yagos eigenartiger Reaktion ärgerte sich Pignatelli wieder über ihn, als er ihn mit finsterer Miene auf einem Pferd, das noch kaum geritten worden war, auf die Reitbahn kommen sah.

Er hatte ihn gebeten, zusammen mit Francesca einige Übungen vorzuführen, die bei den Reitschülern auf dem Plan standen, damit die Jungen sich an ihnen ein Beispiel nahmen.

Zuerst führte Yago sein Pferd an der Longe, und schon da begannen die Schüler zu lachen. Später äfften sie in demütigender Weise seinen Gang nach, und wie er dabei immer den Kopf schief legte. Yago beobachtete sie aus dem Augenwinkel, zutiefst gekränkt, bis er es nicht mehr ertrug und wütend wurde, auf sein Pferd stieg und lostrabte.

Auch Pignatelli hatte gesehen, wie gemein sich die Reitschüler benahmen, und ermahnte sie, doch sein Verweis kam zu spät.

»Lauf!«, befahl Yago seinem Pferd mit lauter Stimme.

Pignatelli bat ihn, das Pferd zu wechseln und ein anderes zu nehmen, das bereits besser eingeritten war, doch Yago gab nur ein Knurren zur Antwort.

In diesem Augenblick kam Francesca auf einem der besten Pferde der Reitschule hereingeritten, vielleicht dem besten überhaupt. Es war ein wohlproportioniertes Tier mit geradem Profil, sehr elegant in der Bewegung.

Sie begrüßte Yago und Pignatelli und ritt dann im Trab zwei komplette Bahnen, ließ ihr Pferd anschließend im Kreis gehen, einige Male bremsen und wieder schnell lostraben, bis sie sich zu einem Kunststück entschloss, das sie bei Yago gesehen hatte – eine Levade. Es war das erste Mal, dass sie diese Übung versuchte, die vom Pferd höchste Konzentration, eine hervorragende körperliche Konstitution und absolute Stille erforderte.

Zuerst ließ sie das Pferd einige kurze Schritte machen, beinahe kleine Sprünge, und als ihr der Moment günstig erschien, warf sie ihren Körper nach hinten, presste die Knie mit aller Kraft gegen den Leib des Pferdes und zog die Zügel an, damit das Tier die Vorderbeine hob. Das Pferd verstand, was von ihm erwartet wurde, stemmte die Hinterbeine in den Sand, und nach zwei Versuchen gelang es ihm, sich zu erheben und einige Sekunden bewegungslos in dieser unglaublichen Haltung zu verharren. Die Reitschüler applaudierten begeistert, als sie ihr Pferd wieder in die normale Haltung brachte, Francesca lächelte strahlend und hob triumphierend die Arme.

»Fantastisch!«, beglückwünschte sie Pignatelli. An die Schüler gewandt wiederholte er noch einmal die einzelnen Schritte für diese schwierige Übung und bat sie um einen weiteren Applaus.

Yago bewunderte sie ebenso wie die anderen.

Seit Tagen übten sie gemeinsam, schweigend, doch Yago litt jedes Mal Höllenqualen, wenn er sie sich in den Armen des Offiziers vorstellte. Daran etwas zu ändern, erschien ihm schwierig, aber irgendetwas trieb ihn immer wieder dazu, um ihre Aufmerksamkeit zu buhlen. Deshalb wagte er sich an immer schwierigere, glanzvollere Übungen heran, die keinen anderen Zweck hatten, als ihre Bewunderung zu erringen, einen Blick oder schlicht ein Lächeln. Eines Tages vielleicht sogar ihr Herz, dachte er voller Sehnsucht.

Mit diesem einzigen Gedanken im Kopf ließ er sein Pferd auf der Reitbahn Pirouetten drehen, und das übermäßig schnell, obwohl er wusste, dass es sich nicht sonderlich gut dafür eignete. Er wollte es motivieren, die gleiche Übung wie von Francesca gezeigt durchzuführen, nur noch besser, und sich so nicht nur ihre, sondern auch die Bewunderung seiner Reitschüler verdienen, die ihren Vorführungen allzu viel Aufmerksamkeit schenkten, wie er fand.

Doch Pignatelli ahnte, was er vorhatte, und rief ihm zu, er solle sofort stehenbleiben, aber Yago kümmerte sich nicht darum. Ihn beherrschte ein einziger Gedanke: Francesca zu beeindrucken.

»Yago!«, rief der Direktor erneut, dieses Mal mit lauterer Stimme. »Lass das sein!«

Aber Yago ließ sich nicht beirren, und das immer nervöser werdende Pferd machte zunächst auch mit, doch das genügte Yago nicht. Bis das Pferd sich schließlich nicht mehr von der Stelle rührte und Yagos Anweisungen vollständig verweigerte.

»Hör auf damit!« Francesca lief auf die Reitbahn, um ihm Einhalt zu gebieten.

Doch Yago trieb das Pferd bis zum anderen Ende der Reitbahn, bremste es scharf am Zügel und wiederholte das Ganze noch einmal, damit es sich auf die Hinterbeine erhob. Beim dritten Versuch gelang es ihm, Yago riss ein paar Mal ruckartig an den Zügeln, und das Tier tänzelte auf den Hinterbeinen, eine überaus erzwungene Haltung. Das Pferd wieherte, warf gequält den Kopf hin und her, weil es diese unnatürliche Übung nicht länger ertrug, doch der Reiter auf seinem Rücken zwang es mit aller Härte dazu. Es erhob sich noch einige weitere Male, dann jedoch gaben seine Beine nach, und man hörte nur noch ein lautes Knacken. Schmerzerfüllt wiehernd, stürzte das Tier zu Boden. Yago konnte gerade noch abspringen, ehe das Pferd ihn unter sich begrub, und blieb erschrocken daneben stehen.

Pignatelli und Francesca eilten zu dem Pferd, wollten ihm irgendwie helfen, stellten aber fest, dass es schwer verletzt war. Ein Bein war oberhalb des Sprunggelenks gebrochen, der Knochen stand heraus. Besorgt betrachtete der Direktor der Reitschule die Verletzung, denn er befürchtete, dass vielleicht auch eine Sehne gerissen war.

»Francesca, hol schnell den Pferdeheiler Ferrari, zum Glück ist er gerade hier, weil er Pferde zur Ader lässt. Das sieht böse aus …« Er wandte sich Yago zu. »Ich hoffe um deinetwillen, dass man dem armen Tier helfen kann, denn sonst …«

Der Anblick des schwitzenden Pferdes, dem die Zunge aus dem Maul hing und die Augen schier aus den Höhlen traten, während es deutlich zeigte, welche Schmerzen es verspürte, machte Yago erst bewusst, welches Unheil er angerichtet hatte. Panische Angst ergriff ihn, er ließ sich auf den Boden sinken und kauerte sich zusammen, unfähig, auch nur einen Muskel zu rühren.

Die Reitschüler bildeten einen Kreis um das verletzte Tier, während Francesca lief, um den Pferdeheiler zu holen. Wenige Minuten später kehrte sie in Begleitung eines Mannes mittlerer Statur zurück, der eine bauchige lederne Tasche bei sich trug. Sein sonnengegerbtes Gesicht ließ ihn älter wirken, als er wahrscheinlich war, und seine auffallend hellen Augen strahlten eine große Ruhe aus.

Pignatelli reichte ihm die Hand, und dann wandte sich der Heiler dem Pferd zu. Mit einem Blick hatte er erfasst, dass es schwer verletzt war, er machte ein bedenkliches Gesicht.

Nachdem er darum gebeten hatte, die drei gesunden Beine mit einem Strick zusammenzubinden, damit er ungefährdet arbeiten konnte, suchte er in seiner Tasche nach einem Fläschchen aus blauem Glas, das Alkohol enthielt. Dann entstöpselte er ein anderes, kleineres Fläschchen mit einer Säure auf der Basis von Schwefel und mischte sie in einer kleinen Schüssel mit dem Alkohol, worauf sogleich eine Art Gas aufstieg, das in die Nüstern des Pferdes drang. Auf diese Weise narkotisierte er das Pferd, damit er bequemer arbeiten konnte. Er zeigte Pignatelli, was er tun musste, damit das Tier nicht ausschlug, und fragte dann mit einem Blick auf Yago, der immer noch in seiner eigenartigen Haltung verharrte:

»Was ist mit ihm?«

Pignatelli gab keine Antwort. Er konzentrierte sich ganz auf seine Aufgabe und dachte bereits an die Folgen, die der sichere Verlust des Tieres haben würde.

Der Heiler vergaß seine Frage wieder, holte eine Zange aus seiner Tasche und begann die Haut über dem gesplitterten Knochen anzuheben. Es handelte sich um einen dreifachen offenen Bruch, und zudem fehlte ein gutes Stück vom Knochen, das wohl irgendwo im Sand lag.

»Oje, oje …«, murmelte der Mann in sich hinein.

Francesca hielt sich die Augen zu, sie konnte es nicht mitansehen. Dann ging sie zu Yago.

»Wie geht es dir?«, fragte sie und strich ihm über das Haar.

»Lass mich!«

»Es war ein Unfall, wie er jedem passieren kann.«

»Nein, das ist nicht wahr ...« Gequält, mit geröteten Augen, blickte er zu ihr auf. »Das werde ich mir nie verzeihen.«

»Seid still!«, mahnte sie der Heiler und bat gleichzeitig, man möge doch die Reitschüler fortschicken, denn manche rückten ihm allzu dicht auf den Leib. Pignatelli wies sie an, die Reitbahn zu verlassen, was sie unter Protest auch taten.

Der Pferdeheiler besah sich das seitliche Kniescheibenband, das am meisten gelitten hatte; es war vollständig durchgerissen. Er konnte es zwar wieder zusammennähen, aber das Pferd würde das Bein nach einer solchen Verletzung niemals wieder normal bewegen können, noch dazu, wo man so extreme Kunststücke von ihm verlangte. Während er noch überlegte, wie er Pignatelli und den anderen diese schlechte Nachricht beibringen sollte, setzte er die Untersuchung fort. Er entdeckte, dass ein weiteres Band geschädigt war, dasjenige zum Strecken des Beins, weshalb er sich entschloss, nun doch offen zu sprechen.

»Da lässt sich leider nichts mehr machen, ich bedaure, Euch das sagen zu müssen. Meiner Ansicht nach bleibt nichts anderes, als das arme Tier zu erlösen. Jetzt schläft es noch, und es scheint ihm nicht schlecht zu gehen, aber sobald es wieder aufwacht, wird es höllische Schmerzen haben.«

Er sah Pignatelli an.

Der Direktor der Reitschule ballte zornig die Fäuste, als er hörte, dass sich seine schlimmsten Befürchtungen bestätigten. Und Yago drückte es schier die Luft ab, dass nun seinetwegen ein Pferd sterben musste.

Als er zu Pignatelli aufsah, bemerkte er in seinem Blick eine Veränderung, einen Ausdruck, den er nicht einordnen konnte, von dem er aber annahm, dass es tiefste Enttäuschung war. Yago fiel in sich zusammen. Er hatte sich zu allem fähig geglaubt, mit seinem Verhalten jedoch nur eine unverzeihliche Unreife bewiesen. Nicht nur Pignatelli hatte er enttäuscht, auch sich selbst. Er verdiente sein Vertrauen nicht, hatte sich unverantwortlich verhalten und mit seiner Hirnlosigkeit schreckliches Unheil verursacht.

»Dann erlöst es so bald wie möglich ...«, sagte Pignatelli und betrachtete das Pferd mitleidig.

»Ich gehe.« Yago stand vom Boden auf und schickte sich an, Reitbahn und Reitschule zu verlassen. Er hatte hier nichts mehr verloren.

Zutiefst erschrocken lief Francesca zu ihm hin.

»Was hast du vor?

Yago reagierte nicht, sondern ging einfach weiter.

»Yago!«, rief Pignatelli ihm in strengem Ton nach. »Wohin gehst du?«

Dass das Pferd sterben musste, war ein harter Schlag und die Unbesonnenheit des Jungen unverzeihlich, doch er wollte ihn trotz allem nicht verlieren und noch weniger sein gesamtes Unternehmen riskieren, das ohnehin auf wackeligen Beinen stand.

Yago blieb stehen, drehte sich aber nicht um.

»Du hast nicht gehorcht, als ich dich gewarnt habe, und dort siehst du die Folgen.« Er wies auf das Pferd. Der Heiler öffnete ihm gerade die Halsschlagader, damit es rasch ausblutete und sein Herz für immer zu schlagen aufhörte. »Aber ich nicht, dass du uns verlässt.«

»Mir ist alles eins ... ich muss gehen ...«, erwiderte Yago gleichgültig und ging weiter. Er hatte alles falsch gemacht, ihn beherrschte ein einziges Gefühl – dass er versagt hatte. Eine Träne lief ihm über die Wange, eine zweite, dann eine nach der anderen. Zornig wischte er sie weg, und dann begann er zu laufen, um das arme Pferd nicht mehr sehen, von Pignatelli und den anderen nichts mehr hören zu müssen.

Als er die Straße erreichte, lief er weiter, ohne zu wissen, wohin, noch was er machen sollte. Nur eines wusste er ganz sicher: Pignatellis Reitschule war für ihn Vergangenheit.

V

Die Galeeren der Korsaren kreuzten mit wenig Tiefgang, da ihre leeren Frachträume sich schon bald mit dem spanischen Gold füllen sollten. Doch der Meeresarm, den sie Luis Espinosas Angaben folgend aufgesucht hatten, war so flach, dass die fünf Schiffe unvermeidlich auf Grund liefen.

Den Kapitänen erschien ihre Lage aberwitzig, denn jene Meeresenge zwischen dem Festland und der sizilianischen Küste war ihnen zunächst höchst geeignet erschienen, um die kaiserliche Flotte unvorbereitet abzufangen und ihren Widerstand ohne große Komplikationen zu brechen. Doch sie hatten nicht mit der geringen Wassertiefe gerechnet, deretwegen sie nun selbst sehr angreifbar waren.

Was wenig später geschah, ging unbegreiflich schnell vonstatten und endete verhängnisvoll. In Windeseile tauchten hinter ein paar Inselchen nicht weniger als sechs Karacken und vier Schiffe auf, alle mit glänzenden Kanonen bewaffnet. Einige der flatternden Fahnen zeigten den zweiköpfigen Adler auf gelbem Grund, das Symbol des Kaisers, andere das Andreaskreuz in Rot, Emblem der spanischen Marine, und schließlich eine Standarte mit zwei Säulen und der Devise Plus Ultra.

Harbid, der oberste Korsar, verlangte ein Fernrohr, um die Identität der Feinde feststellen zu können. Als er die Embleme erkannte, war er sofort alarmiert.

»Beim Barte des Propheten! Das ist nicht der Konvoi aus der Neuen Welt, sondern die Kaiserliche Armada ...« Nachdem er rasch überschlagen hatte, wie schlagkräftig seine eigene Mannschaft war, gab es für ihn keinen Zweifel, wie die Sache ausgehen würde. Er bereute, weniger als die ursprünglich vorgesehenen zwanzig Schiffe eingesetzt zu haben, denn mit dieser Stärke hätten sie noch eine kleine Chance gehabt – so waren sie verloren. Sie steckten mitten im Nirgendwo fest, kamen weder vor noch zurück und würden von den Kanonen zerfetzt werden.

»Auf Ehre und Tod«, sagte er bei sich.

Das war das Einzige, was ihnen blieb. Und dafür zu sorgen, dass jemand von ihnen entkam, damit der Reîs von dem Verrat erfuhr, durch den sie in diesen Hinterhalt geraten waren.

Von der Galeone, die ihnen am nächsten war, hörte man den ersten Kanonenschuss. Dieser Angriff ohne jede Vorwarnung ließ keine Zweifel über die Absichten der Gegner aufkommen. Doch man hatte die Flugbahn falsch berechnet, und die tödliche Ladung landete ziemlich weit von den Spanten ihrer Schiffe entfernt im Meer.

»Korsaren, hört mir zu!« Etwa hundert Osmanen, Algerier und Bewohner anderer nordafrikanischer Küstenländer versammelten sich unter der Kommandobrücke, um Harbids Befehle entgegenzunehmen. Da sie alle nicht zum ersten Mal dabei waren, war ihnen der Ernst ihrer Lage wohl bewusst. »Wir sind in einen heimtückischen Hinterhalt gelockt worden, wir stecken im Sand fest, und unser Feind ist uns zahlenmäßig überlegen und schwerer bewaffnet.« Schmährufe übertönten seine Worte. Als er sich wieder Gehör verschaffen konnte, sprach Harbid weiter. »Bald werden wir Kanonenfutter für sie sein. Wir verfügen nur über fünf Beiboote, mit denen nicht mehr als fünfundzwanzig von uns entkommen können. Lassen wir das Schicksal entscheiden! Das halte ich für die gerechteste Lösung.«

Während sie die Boote zu Wasser ließen, wurde ausgelost, wer die keineswegs einfache Flucht versuchen sollte. Eine erste Kanonenkugel traf den Bug der ersten Galeere und schleuderte fünf Mann von der Besatzung in die Luft.

Kapitän Harbid wischte sich mit einem Taschentuch den Schweiß von der Stirn und ordnete an, die Gefechtsflaggen zu hissen. Wenn sie schon untergehen mussten, dann wenigstens in Würde. Er befahl die Kanonen scharf zu machen und die Munition vorzubereiten. Seinen Offizier wies er heimlich an, reichlich Pulver in den Laderäumen der fünf Galeeren deponieren zu lassen, damit diese, falls nötig, in die Luft flogen und nicht dem Feind in die Hände fielen.

Alles wurde wunschgemäß ausgeführt.

Anschließend, noch bevor sie in Schussweite waren, wählte er fünf Kuriere aus, von denen jeder in einem der Boote fliehen sollte, um sicherzustellen, dass Dragut oder ein anderer der obersten Korsaren erfuhr, dass Luis Espinosa sie verraten hatte.

Durch einen glücklichen Zufall drehte der Wind, und das Segel von Harbids Galeere blähte sich bei einer heftigen Böe so stark, dass sie plötzlich freikam und wieder manövrierfähig war. Sie wendeten nach steuerbord, und ohne eine Minute Zeit zu verlieren, dirigierte der Kapitän das Schiff geradewegs gegen die gegnerische Flotte. Von vorn bot er dem feindlichen Feuer am wenigsten Angriffsfläche. Mit ein wenig Glück, so dachte Harbid, würde die Armada nicht genug Zeit haben, um sie steuerbord zu erwischen. Eine einzige Chance hätten sie, eine kleine nur, aber immerhin eine.

Die Mannschaft wuchs über sich hinaus. Mit einem Lied, das den Kampfgeist und den Glauben an die eigenen Fähigkeiten beschwor, feuerten sie sich an. Das Schiff nahm Fahrt auf, korrigierte leicht seinen Kurs und schob den Bug gegen das Gros der feindlichen Flotte. Die Männer waren mit Säbeln und Haken, einige auch mit Armbrüsten und andere mit Beilen bewaffnet. In ihren Augen loderte der Hass, und sie sehnten den Kampf herbei, waren begierig darauf, mit der Waffe in der Hand Christenfleisch zu durchbohren. Sie wussten, es war eine ungleiche Schlacht, doch wenn sie schon sterben sollten, so würden sie wenigstens versuchen, so viele Christen wie möglich mit in den Tod zu nehmen.

Harbids Korsarenschiff zerschnitt, begleitet von einer Schusssalve des Feindes, die Wellen. Bei einem Blick zurück stellte er fest, dass die Kanonen der Armada drei seiner Galeeren getroffen hatten; eine sank bereits, die anderen beiden Mannschaften nahmen gerade unter weiterem ständigen Beschuss durch die Christen die Schäden in Augenschein. Nur eines seiner Schiffe, das von der Schusslinie der Christen am weitesten entfernte, war noch intakt. Mit Hilfe seines Fernrohrs ortete er die fünf Boote, in denen seine Kuriere zu fliehen versuchten. Zu seiner Erleichterung befand sich eines bereits in Küstennähe. Bei zwei anderen hatte er kurz zuvor mitansehen müssen, wie sie getroffen wurden.

Er drehte am Steuerrad, um das christliche Schiff, von dem die letzten Kanonenschüsse gekommen waren, anzugreifen und den Beschuss auf seine Galeere zu lenken. Dem Untergang geweiht, wollte Harbid doch noch ein paar letzte Worte an seine Männer richten. Lauthals bat er sie, ihr Blut voll Stolz zu vergießen und den Zorn der Korsaren unter Beweis zu stellen. Allen Hindernissen zum Trotz erklärte er seinen festen Willen, den Feind und alles, was sich ihnen in den Weg stellte, auszulöschen. Die Mannschaft, von seinem Kampfesmut angesteckt, fackelte nicht lange und griff zu den Waffen – eine nach Christenblut dürstende Meute.

Eine heftige Explosion zerriss die letzte unversehrte Korsarengaleere in zwei Teile. Angesichts des Schicksals der vier Galeeren, die bereits alle vom feindlichen Feuer beschädigt waren, hisste man auf dem von Harbid kommandierten Schiff eine rote Fahne, die das vereinbarte Zeichen gab. Kaum eine Minute später zerriss der Sprengstoff, der auf seine Anweisung hin deponiert worden war, die vier Schiffe. Holz, Warenteile und Tote trieben im Meer.

Zwei Schiffe der kaiserlichen Armada hatten fünf Barkassen zu Wasser gelassen, die den Fluchtbooten der Korsaren den Weg abschneiden sollten. Die Christenboote waren schneller, und so musste man für die wenigen, die zu fliehen versucht hatten, das Schlimmste befürchten. Harbid, der sich dessen bewusst war, flehte Allah um Hilfe an, denn mehr konnte er nicht für sie tun.

Als seine Galeere vom Gros der spanischen Armada nur noch eine halbe Meile entfernt war, wies er zwei seiner Männer an, die Lunten parat zu halten, um das Schiff in die Luft zu jagen, sobald sie sich inmitten der feindlichen Flotte befanden, um ihr auf diese Weise größtmöglichen Schaden zuzufügen. Vom Flaggschiff der Christen aus befal deren Kapitän, die Formation zu öffnen und von allen Schiffen aus auf sie zu schießen.

Daraufhin schlugen zwei Kanonenkugeln auf dem Korsarendeck ein, ohne die Navigation zu beeinträchtigen. Harbid begutachtete den Schaden und befal nach steuerbord zu drehen, um den nächsten Salven auszuweichen. Zwischen seinem Bug und einer Gruppe von vier christlichen Schiffen lagen nur noch etwa hundert *cuerdas*.

Nun kamen von der Armada auch Gewehrschüsse, und die ersten Korsaren fielen.

Zwei Meilen entfernt in südlicher Richtung entbrannte ein erbitterter Zweikampf zwischen jenen, die zu flüchten versuchten, und den Barkassen der Armada, die sie inzwischen eingeholt hatten. Nur ein Korsarenboot erreichte die Küste. Seine Besatzung verfolgte von Land die schrecklichen Szenen, denen sie um Haaresbreite entkommen war, und musste mitansehen, wie die einzige verbleibende Galeere in eine Gruppe von vier feindlichen Schiffen hineinsteuerte. Der Großmast war durch eine Kanonenkugel geborsten und das Focksegel durch eine andere so gut wie zerstört. Trotz der Entfernung sahen sie, wie der Kapitän seinen Säbel in der Luft gegen den Feind schwang, der nun von allen vier Seiten angriff. Und dann explodierte die Galeere.

»Seid verflucht, ihr werdet den Zorn der Korsaren am eigenen Leib zu spüren bekommen ...«

Barcelona empfing den Kaiser bei seiner Rückkehr aus Monzón, wo er die vergangenen drei Monate verbracht hatte, mit allen militärischen Ehren. Er wurde vom Herzog von Alba, dem von Cardona sowie den Bischöfen von Barcelona, Vich und Gerona erwartet. Man schrieb Montag, den sechzehnten Oktober. Kaiser Karl wollte sich den Rest des Monats in der Stadt aufhalten, sie besichtigen, in seinen

Festungen nach dem Rechten sehen und die dringendsten Angelegenheiten erledigen.

Luis Espinosa, seines Zeichens Hauptmann der kaiserlichen Garde, zog zwei Tage vor dem jungen Prinzen Philipp in die Stadt ein, um ihn im Kloster Valdoncella zu erwarten. Dort machten die Mitglieder der kaiserlichen Familie bei Besuchen in der Stadt oft Station. Am achten November sollte der Thronfolger des Hauses Aragón in Barcelona den wichtigsten Würdenträgern vorgestellt werden.

Bevor er sich um den Schutz des Prinzen kümmerte, hatte Luis Espinosa dem Kaiser selbst seine Aufwartung gemacht, der im Palast der Grafen von Barcelona residierte. Diese Reise war ihm höchst ungelegen gekommen, zwang sie ihn doch, Genua zu verlassen, wo er eigentlich das Gold hätte in Empfang nehmen sollen, das seine Verbündeten, die Korsaren, nun sicher schon in Händen hielten. Zudem hatte er vor der Reise noch einen mysteriösen anonymen Brief erhalten, der ihn sehr beunruhigte.

Die Botschaft, die ihn auf Umwegen erreicht hatte, war äußerst knapp gehalten. Es hieß, er habe einen Sohn aus der Beziehung mit einer der Kammerzofen seiner ersten Frau Laura. Er entsann sich des Vorfalls ebenso wie des Mädchens und seines verhängnisvollen Schicksals. Die Existenz eines Nachkommens jedoch hatte er vergessen, obgleich er damals große Bemühungen unternommen hatte, ihn aufzuspüren. Dem Brief zufolge hieß er Yago, lebte in Neapel und arbeitete am Hof des Vizekönigs.

Zwar hatte er keine Ahnung, wer hinter der Mitteilung stecken mochte, doch sie wühlte ihn sehr auf, und so beschloss er, den jungen Mann so bald wie möglich aufzusuchen.

Im Ehrensaal erwartete ihn Kaiser Karl. Nachdem die nächste Reise geplant und Neuigkeiten besprochen worden waren – angeblich war einer seiner Männer in ein Verbrechen verwickelt –, drehte sich das Gespräch um seinen Nachfolger, Prinz Philipp.

»Du hast keine Nachkommen, Luis, aber wenn du wüsstest, wie schwer es ist, sie gehen zu lassen ...« Luis fand, dass der Kaiser in den drei Sommermonaten gealtert war. Daran war ein neuerlicher und schwerer Gichtanfall schuld. »Ich möchte, dass du meinen Sohn Philipp heute Abend aufsuchst und ihn unter Wahrung strikter Diskretion zu mir bringst. Offiziell soll er erst am achten in die Stadt kommen, aber ich muss ihn vorher sehen.«

Da der anonyme Brief ihn noch so beschäftigte, erwog Luis, ihm von seinem Sohn zu erzählen. Das Gespräch hätte Anlass dazu gegeben, doch er schwieg.

»Ich habe fünf eheliche Kinder«, fuhr der Kaiser fort, »und vier außereheliche. Ich liebe sie alle und will allen eine gute Bildung zukommen lassen und sie schützen, doch Philipp ist mein Erbe, und daher gelten in erster Linie ihm meine Sorgen, meine Verpflichtungen und meine Fürsorge. Sein Blut an die nächste Generation weitergegeben zu sehen ist das, was manche die große Pflicht des Erbes nennen, doch ich glaube, ich würde genauso empfinden, wenn ich nicht mit so ehrenvollen Nachnamen gesegnet wäre. Die Kinder sind der ersprießlichste Beitrag, den ein Mensch zur Vollendung der Schöpfung leisten kann. Sie sind unser Tribut an Gott.« Er ging hinüber zu einem Bleiglasfenster, durch das Licht hereinflutete und das müde Gesicht des Kaisers erhellte. »Die schwerste Bürde meines Amtes, das darfst du mir glauben, ist es, sie nicht aufwachsen zu sehen, und das gilt vor allem für Philipp. Ich habe ihn als Vater und als Kaiser in Form von Briefen beraten, die ihm eines Tages, wenn er seine große Aufgabe übernimmt, als eine Art Kompass dienen mögen. Und doch, wie gern hätte ich das nicht schriftlich getan, wie gern hätte ich Gelegenheit gehabt, seine Fragen von Angesicht zu Angesicht zu beantworten, wie gern hätte ich ihn aus der Nähe erzogen und nicht auf dem Umweg über Schreiberlinge… Niemand kann sich vorstellen, wie selten wir Gelegenheit hatten, beieinander zu sein. Und Philipp verehrt mich.«

Luis war derart überrascht von den zutiefst menschlichen Worten, dass er fast schon Gewissensbisse bekam. Er ließ das Gesagte auf sich wirken. Den Wunsch nach Nachkommenschaft hatte er schon sein ganzes Leben lang verspürt. Er war sogar mit ein Grund gewesen, sich von Laura zu trennen, wenn auch nicht der einzige. Einen Sohn zu haben bedeutete für ihn, seinen Namen weiterzugeben, eine Abstammungslinie weiterzuführen und dafür zu sorgen, dass, wer künftig den Namen Espinosa trug, in den Genuss einer Anerkennung kommen würde, die ihm bei seinen Ahnen noch nicht gewährt worden war.

Doch noch wichtiger, als einen Nachfahren zu haben, war vielleicht, sich in ihm spiegeln zu können.

Da er nun also wusste, dass dieser Sohn existierte und wo er ihn finden konnte, wuchs sein Interesse, und sein Entschluss, ihn zu suchen, festigte sich.

Als er sich wieder dem Kaiser zuwandte, fragte er sich, ob dies nicht der geeignete Augenblick wäre, ihm von seinen Plänen hinsichtlich des Postens als Sekretär zu berichten. Noch verfügte er nicht über genügend Geld, um sich für dieses Amt ins Gespräch zu bringen, aber schon bald könnte es so weit sein. Das Gold aus dem letzten Konvoi würde ausreichen. Er lehnte sich im Ehrensaal des kaiserlichen Palastes in seinen Sessel zurück und versuchte, seine Gedanken in Worte zu fassen

»Majestät, schon seit geraumer Zeit möchte ich Euch etwas fragen …«

Der König zeigte sich neugierig.

»Nur zu, sprecht.«

Luis räusperte sich. Die Bedeutung des Augenblicks war ihm bewusst. Er wählte die Worte mit Bedacht, war jedoch derart nervös, dass der erste Satz unzusammenhängend geriet.

»Nur die Ruhe, lass dir Zeit.«

»Das mache ich, und ich bitte Euch, meine Unbeholfenheit zu entschuldigen … Ihr kennt mich gut, und so wird es Euch wohl nicht überraschen, dass ich mich für einen Posten interessiere, an dem ich Euch besser unterstützen kann als bisher, und damit meine ich …«

Die Tür des Ehrensaals wurde aufgerissen und herein stürmte ein sehr entschlossen wirkender Mann mit glänzender Glatze und einem langen, von grauen Strähnen durchzogenen Bart.

»Ich bringe Euch die letzten Neuigkeiten.«

»Nicolás, das ist doch keine Art, so hereinzuplatzen!« Der Mann entschuldigte sich und begrüßte Luis, den er noch nicht kannte.

»Verzeiht, aber es ist wichtig, wie Ihr gleich erfahren werdet …«

»Erst möchte ich euch einander vorstellen«, wandte sich Kaiser Karl an den soeben Eingetroffenen. »Luis Espinosa ist Hauptmann in meiner Garde. Und Nicolás de Perrenot, den kennenzulernen du bisher keine Gelegenheit hattest, da er gerade erst an den Hof gekommen ist, ist seit gestern mein neuer Sekretär.« Schlagartig wich die Farbe aus Luis' Gesicht. »Er ist Franzose, ein großer Staatsmann, und wird einige der Aufgaben wahrnehmen, mit denen bislang Don Francisco de los Cobos betraut war, dessen Arbeitsgebiet inzwischen zu groß geworden ist.«

Das waren keine guten Nachrichten für Luis. Es bedeutete das Ende seiner Bemühungen um einen Posten, von dem er nicht nur geträumt, sondern der zu großen Teilen sein Leben und natürlich seine Geschäfte, all seine Anstrengungen und seine Opfer bestimmt hatte. Ihm war, als müsste er ersticken. Mit unverhohlenem Zorn musterte er den Neuankömmling, ohne wirklich glauben zu können, was er gerade vernommen hatte. Dieser Mann hatte ihn seiner Stellung, seiner Zukunft beraubt. Ein Ding der Unmöglichkeit.

Doch nicht nur er war überrascht – auch Nicolás konnte nicht glauben, was er soeben gehört hatte. Stand tatsächlich in diesem Moment der Urheber des größten Verrats am Kaiser ihm direkt gegenüber? Er wusste nicht, was er tun sollte. Erst an diesem Morgen war der Brief eines gewissen Fabián Mandrago eingetroffen, in dem jener versicherte, er verfüge über ausreichend Beweise, um Luis Espinosa dafür anzuklagen, den Raub des Goldes aus der Neuen Welt arrangiert zu haben. Seine Majestät war noch nicht informiert. Der Kaiser wusste nur von einer bereits vor einem Monat eingetroffenen Botschaft ebendieses Fabián Mandrago. Damals hatte dieser in allen Einzelheiten beschrieben, wie vorzugehen sei, um eine Korsarenflotte zu stellen und zu zerstören, die an einem bestimmten Tag an ein bestimmtes Ziel gelockt würde, vermeintlich, um zum zweiten Mal den Goldkonvoi zu überfallen.

»Was ich Euch zu berichten habe, Majestät, bedarf absoluter Diskretion.« Nicolás sah Luis an, und dieser begriff. Vernichtet durch den Schlag, den er hatte einstecken müssen, verließ er den Saal, schloss aber die Tür nicht ganz hinter sich. Er wollte hören, was dieser Mann dem Kaiser zu sagen hatte.

»Entschuldigt, Majestät, aber ich komme mit äußerst dringlichen Nachrichten. Einer guten und einer weiteren, die Euch sicher schmerzen wird. Die erste betrifft die Korsaren.« Luis konnte nicht alles verstehen, wohl aber das letzte Wort, und das ließ ihn aufhorchen.

»Erzählt, erzählt …« Der Kaiser riss die Augen weit auf, so begierig war er, etwas über den Ausgang des Hinterhalts, in den man diese Barbaren gelockt hatte, zu erfahren.

»Der Hinweis, den wir erhalten haben, hat sich als vollkommen wahr herausgestellt. Am vereinbarten Tag tauchten fünf Galeeren auf, die im Kampf gegen unsere Flotte vernichtet wurden. Selbstverständlich befand sich das Gold aus der Neuen Welt in weiter und sicherer Ferne. Ein voller Erfolg, der meiner Meinung nach rechtfertigen würde, dass Ihr seinen Urheber Fabián Mandrago belohnt.« Dieses Mal verstand Luis fast gar nichts, nur, dass von Gold gesprochen wurde. Doch es bedurfte keiner großen Schlauheit, um sich den Rest zusammenzureimen. Er nahm an, dass der Kaiser über den Raub unterrichtet worden war, der zehn Tage zuvor stattgefunden haben musste und über den er bisher nichts Genaues erfahren hatte.

Der Kaiser beglückwünschte sich und seine Admiräle zu ihrer exzellenten Arbeit und erteilte dem Sekretär den Befehl, das Vorgefallene in seinem gesamten Herrschaftsgebiet zu verbreiten, um die Osmanen und ihre Helfershelfer überall zum Gespött zu machen. Sie hatten dem Handel und vor allem seiner Autorität schon genug geschadet.

»Ich werde diesen Mann, der uns über die Absichten der Korsaren informiert hat, mit einem Titel und einträglichen Ländereien ausstatten. Wie war doch gleich sein Name?«

Luis Espinosa konnte die Antwort des Kaisers nicht hören und verstand auch nicht, von welchen Absichten die Rede war. Denn in diesem Moment tauchten zwei Soldaten auf, die den Kaiser, der ausgehen wollte, eskortieren sollten. Er musste von der Tür wegtreten, doch vorher war ihm, als hätte er einen Namen vernommen, der ihn zutiefst beunruhigte: Mandrago. Wenn er sich recht erinnerte, hatte so jener Inspekteur der *Saca* geheißen: Fabián Mandrago.

Während er immer zwei Stufen auf einmal nehmend die Palasttreppe hinuntereilte, dachte er über dieses letzte Detail nach. Er hatte Fabiáns Spur in Jamaika verloren, nachdem er sich vergeblich bemüht hatte, ihn zu töten, und seitdem wusste er nichts mehr von ihm. Allein die Tatsache, seinen Namen aus dem Mund des Kaisers zu hören, bedeutete mit Sicherheit nichts Gutes. Eine schreckliche Ungewissheit, zusammen mit der enttäuschenden Nachricht, was den Sekretärsposten betraf, sowie der Angst, dass die Wahrheit über den Goldraub irgendwann ans Licht kommen könnte, ergriff von ihm Besitz. Seine Intuition riet ihm, sofort aus Barcelona zu fliehen. Er holte sein Pferd, nahm noch ein zweites zum Wechseln mit und verließ in fliegender Hast das Palastgelände in Richtung Norden, um über Frankreich nach Genua zu gelangen, das nicht zum Reich gehörte. Wenn er erst einmal zu Hause war, würde er überlegen, was zu tun sei. Ein Gedanke jedoch setzte sich als fixe Idee in seinem Kopf fest: Er wollte unbedingt seinen Sohn kennenlernen, der in Neapel lebte.

Im Ehrensaal vernahm Kaiser Karl V., zunächst ungläubig und später mit unbezähmbarer Wut, die zweite Nachricht, die sich auf seinen Hauptmann bezog.

Die Beweise lagen auf der Hand, und doch konnte er es nicht recht glauben. Vielleicht, weil er weder verstand, wie sein Vertrauter ihn in dieser Weise hatte hintergehen können, noch, welcher Fehler dazu geführt hatte, dass niemand, auch er selbst nicht, schon früher darauf gekommen war. Er verfluchte ihn, sprang, ohne an seine Gicht zu denken, vom Sessel auf und befahl, Espinosa augenblicklich zu verhaften und ihm vorzuführen.

»Ich will seinen Kopf!«

Nicolás, der annahm, dass Luis noch draußen wartete, ging hinaus, um ihn persönlich festzunehmen, traf ihn aber dort nicht an. Er schickte die kaiserliche Garde aus, die ihn überall im Palast suchen sollte, doch er blieb unauffindbar. In den Stallungen hieß es, er sei mit zwei Pferden davongaloppiert, habe aber kein Ziel genannt.

Beschämt, dass er Luis auf so leichtsinnige Weise hatte davonkommen lassen, ging Nicolás zurück in den Ehrensaal.

»Angesichts der Informationen, die du über ihn hattest, verstehe ich nicht, warum du ihn aus den Augen gelassen hast. Das ist mir wirklich unbegreiflich …« Der Kaiser biss sich zornig auf die Lippen.

»Majestät, ich nahm an, er wisse nicht Bescheid, und dass er fliehen würde, wie es nun geschehen ist, hätte ich nie gedacht …«

Kaiser Karl ging zum Balkon, um sich Abkühlung zu verschaffen.

»Du wirst ihm ja sofort die Truppen hinterhergeschickt haben, oder?«

»Nein, edler Herr. Niemand weiß, wohin er sich gewendet hat, doch die letzte Botschaft Fabián Mandragos besagt, dass Espinosa wohl einen Sohn hat, der in Neapel lebt«, erklärte Nicolás, der sich an diese winzige Möglichkeit klammerte.

»Ich will seinen Kopf. Das ist alles, was ich dazu zu sagen habe …«

VI

Yago musste sich die Gasse, in der er Zuflucht gefunden hatte, auch mit der einen oder anderen Ratte teilen. Zudem stank es nach dem Urin von Betrunkenen, die wohl keinen besseren Ort gefunden hatten, um ihr Wasser abzuschlagen, und über allem lag ein ekelerregender Geruch nach Abfall.

Nachdem er die Reitschule verlassen hatte, war er orientierungslos durch die Straßen geirrt. Er kannte die Stadt ja nicht, nur die zwei oder drei Straßen, die von Castel Nuovo zu den Pferdeställen des Vizekönigs führten, oder von der Reitschule zu diesen beiden Orten. Doch nun war ihm alles gleichgültig.

Er rieb sich die müden Augen, um nicht einzuschlafen und um gleichzeitig die bittere Erinnerung an seine letzten Stunden in der Reitschule fortzuwischen. Doch es versetzte ihm jedes Mal einen Stich, wenn er an das verletzte Pferd dachte, an Francescas trauriges Gesicht, als sie sich von ihm verabschiedete, oder an Pignatellis letzte versöhnliche Worte. Gegen das übermächtige Gefühl, alles zunichte gemacht zu haben, waren ihre guten Worte nicht angekommen.

Von Gewissensbissen geplagt, hatte er weder Hunger noch Lust, sich einen besseren Schlafplatz für die Nacht zu suchen als diese dunkle Gasse. Ihm war alles eins.

Als der Tag sich verabschiedete und die Dunkelheit hereinbrach, wurden ihm die Augenlider doch schwer, er gab seiner Müdigkeit nach und schlief schließlich ein, auch wenn ihn die Umgebung ekelte.

Am nächsten Morgen stellte er fest, dass die Gasse nicht nur zwei Häusern als Patio diente, sondern auch als Müllplatz für einen Gasthof, dessen Hintertür auf die Gasse ging. Durch diese Tür warf hin und wieder jemand Abfall heraus, irgendwelche Essensreste, aber auch den einen oder anderen betrunkenen Gast.

Nun, bei Tageslicht, suchte Yago sich eine weniger verdreckte Ecke, und dort ließ er sich nieder, barg den Kopf zwischen den Knien, um von all dem Schmutz nichts mehr zu sehen, und dachte nach.

Er hatte versagt. Diese drei Worte fassten seine Situation am besten zusammen.

Mit seinem Verhalten hatte er allen, die ihn mochten und schätzten, deutlich gezeigt, dass er zu nichts nütze war. Aus Feigheit gegenüber den Reitschülern war er vor einer Aufgabe geflohen, die Pignatelli ihm in der Hoffnung zugeteilt hatte, dass er daran wachsen würde. Und wenn er überlegte, aus welchen Gründen er das arme Pferd malträtiert hatte, das nun wahrlich nichts für seine persönlichen Schwierigkeiten konnte, tauchte immer wieder der Name Francesca auf. Warum nur hatte er sie auf diese Weise beeindrucken wollen, da er doch wusste, dass ihr Herz schon einem anderen Mann gehörte? In dieser Sache, wie in fast allen anderen auch, wusste er sich nur wie ein ungehobelter Lümmel zu benehmen. Bloß wenn er jemanden in seiner Nähe hatte, der ihn behutsam lenkte, kam er mit dem Leben zurecht; das erkannte er jetzt.

Gegen Mittag wurde er aus seinen Gedanken gerissen, als die Tür des Gasthofs aufgestoßen wurde und zwei Männer schwankend auf die Gasse traten. Sie unterhielten sich laut miteinander, lachten ohne Unterlass und waren so betrunken, dass sie ihn nicht einmal bemerkten, als sie an ihm vorbeikamen.

Dann wurde es wieder still, Yago ließ den Kopf sinken und kehrte in seine Gedankenwelt zurück.

Er hatte weder Vater noch Mutter gekannt. Was andere als unabdingbar erachteten, hatte er nie gehabt. Er wusste nicht, ob sie überhaupt noch lebten, hatte niemals ihre Liebe gespürt. Er wusste nicht, wie sich die Liebkosungen einer Mutter anfühlten, und noch weniger, wie viel einem Kind ihr Verständnis bedeutete. Was wohl aus ihm geworden wäre, wenn er all dies gehabt hätte, fragte er sich. Er hätte sicherlich nicht so viel Leid erdulden müssen, sich nicht vor lauter Angst in sich selbst zurückgezogen, nicht in dunklen Weinschänken oder im Irrenspital dahinvegetieren müssen; auch die Schrecken des Sklavendaseins wären ihm wohl erspart geblieben. Bestimmt hätten ihm seine Eltern geholfen, mit Schmerz, mit dem Leben, mit der Liebe und auch mit enttäuschter Liebe besser zurechtzukommen.

Ursache allen Übels war die Tatsache, dass er ein Waisenkind war, das stand nun für ihn fest. Und da überkam ihn ein derart heftiges Selbstmitleid, dass er hemmungslos zu schluchzen begann, bis er auf einmal spürte, dass etwas an seinem Fuß knabberte. Als er hinuntersah, entdeckte er eine schmutzige Ratte und versetzte ihr einen derart wütenden Fußtritt, dass sie durch die Luft flog und schließlich an eine Mauer prallte.

Camilo gelang es, Volker in Caserta ausfindig zu machen. Er suchte ihn persönlich auf, nachdem er erfahren hatte, dass Yago verschwunden war. Er war in großer Sorge um Yago und wurde das Gefühl nicht los, dass nicht nur er, sondern alle, die dem Jungen nahestanden, sich in letzter Zeit zu wenig um ihn gekümmert hatten.

Carmen vernahm betrübt, was in der Reitschule vorgefallen war, und bot ihre Hilfe an. Doch es erschien den Männern nicht opportun, dass sie sich an der Suche beteiligte. Und obwohl es für ihn selbst schwerwiegende Folgen haben konnte, wenn er sich in Neapel zeigte, erklärte sich Volker ohne zu zögern bereit, den Suchtrupp anzuführen.

In der Stadt angelangt, teilten sie sich auf, doch obwohl sie alles in ihrer Macht Stehende taten, hatten sie auch nach zwei Tagen noch nicht die geringste Spur gefunden.

»Den dritten Tag haben wir nun schon nichts von ihm gehört, es bricht mir das Herz …«, sagte Camilo, während er mit Pignatelli und Volker durch eine der belebteren Straßen von Neapel ritt und sie überlegten, was sie noch unternehmen könnten, um Yago zu finden. Seit Tagen fiel feiner Regen, der einzige Zeuge ihrer Unterhaltung.

Da ergriff Pignatelli das Wort.

»Zwei Drittel der Stadt müssen wir noch absuchen. Erinnert ihr euch vielleicht an irgendetwas, was uns als Anhaltspunkt dienen könnte?«

Entmutigt sah Camilo zum Himmel auf. Er war nass bis auf die Haut und erschöpft. Seit man ihn benachrichtigt hatte, hatte er keine einzige Pause machen wollen, doch nach zwei Tagen ununterbrochener Suche forderte die Müdigkeit allmählich ihren Tribut.

»Darüber habe ich schon nachgedacht, aber es ist mir nichts eingefallen, was uns helfen könnte. Bestimmt ist ihm etwas passiert.«

»Quäl dich nicht«, meinte Volker aufmunternd. »Er wird schon wieder auftauchen. Wenn er die Sache mit dem Pferd verwunden hat, ist er plötzlich wieder da.«

»Ich glaube, das war nicht der einzige Grund für sein Verschwinden …« Camilo dachte an Francesca. Er hatte beobachtet, dass Yago sich in ihrer Gegenwart anders benahm, und das berichtete er seinen Begleitern nun, und dass die junge Frau sich kürzlich mit einem anderen Mann verlobt habe.

»Ich glaube auch, dass er für dieses Mädchen besondere Gefühle hegt …«, warf Pignatelli ein. »Deshalb wollte er sie wohl auch mit seinen Kunststücken zu Pferd beeindrucken.«

»Wenn es zutrifft, was Ihr sagt, dann würde er vor einer doppelten Enttäuschung davonlaufen«, schloss Volker.

»Vielleicht gibt es noch einen weiteren Grund. Vor ein paar Tagen kam er mit der Bitte zu mir, ich solle ihn von seinen Aufgaben als Reitlehrer befreien. Die Schüler wuchsen ihm über den Kopf.«

Wenige Schritte vor ihnen ritt eine Abteilung von acht Gardisten des Vizekönigs, die Volker für die Suche nach Yago hatte gewinnen können. Seine Rückkehr nach Neapel war mit einer bedeutsamen Neuigkeit zusammengefallen, die sein freiwilliges Exil beenden konnte. Der Vizekönig selbst hatte ihm erzählt, dass er erst zwei Tage zuvor Carmens Vater, Domenico Bartelli, hatte festnehmen lassen müssen, zusammen mit fünf weiteren Männern von höchster gesellschaftlicher und wirtschaftlicher Bedeutung für die Stadt. Die Haftbefehle seien vom Kaiser persönlich unterzeichnet gewesen, und allem Anschein nach sei es auch in mehreren Städten nördlich von Rom zu Verhaftungen gekommen. Als Volker Zweifel anmeldete, versicherte ihm Don Pedro, dass er selbst nicht wisse, was der Grund für die Verhaftungen sei, denn sogar die Verhöre würden in Barcelona stattfinden, wo sich der Gerichtshof befand. Der Vorfall hatte alle möglichen Gerüchte und Mutmaßungen ausgelöst, doch für Volker bedeutete er, dass der Hauptgrund für sein Exil nun entfiel und die Türen des Vizekönigs ihm wieder offenstehen würden.

Am frühen Vormittag, nachdem sie zwei weitere Planquadrate von den sechzehn durchkämmt hatten, in die die Stadt von ihnen unterteilt worden war, stießen sie auf die erste Spur, und zwar durch zwei Zeugen, die unabhängig voneinander beschworen, eine Person gesehen zu haben, die der Beschreibung Yagos entsprach. Der Junge sei herumgelaufen, als hätte er sich verirrt, sagten sie, und auch die Orte, wo sie ihn gesehen haben wollten, lagen nicht weit voneinander entfernt.

Dank dieser ersten Spur konnten sie nach und nach durch zahlreiche Befragungen rekonstruieren, welchen Weg Yago vor zwei Tagen genommen hatte. Und als ein junger Mann schwor, er habe ihn außerhalb der Stadt gesehen, in der Nähe eines Gasthofs von nicht allzu gutem Ruf, erhielt ihre Hoffnung neue Nahrung.

Im Galopp machten sie sich auf den Weg, sich ihres Erfolges so gut wie sicher, doch so oft sie auch nachfragten und nacheinander jede Gasse, jedes Grundstück und auch das eine oder andere verlassene Haus absuchten – sie fanden keinen Hinweis darauf, dass Yago sich dort aufgehalten hatte. Außer dem Jungen, der sie hergeführt hatte, hatte niemand ihn gesehen, auch im Gasthof erhielten sie keine günstigere Auskunft. Entmutigt und erschöpft, es war schon dunkel geworden, ritten sie in die Stadt und zurück zur Reitschule, um sich einige Stunden auszuruhen. Sie ließen jedoch ein paar Gardisten zurück, die weiter die Umgebung absuchen sollten.

Ein Knurren weckte Yago auf.

Er versuchte die Augen zu öffnen, doch die Sonne des neuen Tages war bereits so stark, dass sie ihn blendete. Als ihm ein durchdringender Gestank in die Nase stieg, tastete er mit den Händen umher, und es schien ihm, als läge er auf einem Haufen Abfall. Doch dann ließ ihn das undeutliche Gefühl, dass Gefahr in Verzug war, sofort die Augen aufreißen. Ihm fiel wieder ein, dass er am Abend zuvor stundenlang umhergeirrt war, irgendwann die letzten Häuser hinter sich gelassen und sich schließlich in ein Waldstück zurückgezogen hatte, wo er Beeren und Ähnliches zu finden hoffte. Doch bald hatte er zwischen den dunklen Bäumen die Orientierung verloren. Des Herumlaufens müde, nur von dem Wunsch getrieben, sich ausruhen zu können, hatte er sich schließlich irgendwo niedersinken lassen, wo es ihm weich erschien. Es roch zwar nicht sonderlich angenehm, aber schließlich schlief er doch ein.

Wie sich herausstellte, hatte er sich keinen guten Schlafplatz ausgesucht, denn er lag tatsächlich auf einem Berg von Abfällen, und um ihn herum pickten schwarze Vögel gierig in Essensresten herum. Das Knurren, das ihn aufgeweckt hatte, kam von einer Meute verwilderter Hunde, die sich am Fuß des Abfallhaufens um einen Fleischbrocken rauften.

Er spürte, dass ihm die Tiere gefährlich werden konnten, und überlegte fieberhaft, wie er ihnen entkommen könnte.

Die Hunde schienen ihn nicht entdeckt zu haben, sie waren ganz mit ihrem Kampf um Futter beschäftigt, doch wenn er aufstand, überlegte er, würden sie ihn bemerken, und dann erginge es ihm vermutlich schlecht.

In der Ferne hörte er Vögel zwitschern, und neben denen, die schon in den Abfällen herumpickten, ließen sich noch zwei weitere Raben nieder. Seine Muskeln waren ganz steif vor Anspannung. Als er sich langsam umdrehte, sah er mit Erleichterung ein halb verfallenes Haus in der Nähe, das ihm als Unterschlupf dienen konnte.

Den Atem anhaltend, begann er sich vorsichtig zu bewegen, wobei er die Hunde keine Sekunde aus den Augen ließ, falls er doch ganz schnell weglaufen müsste. Er zählte fünf, und gerade in diesem Moment hob derjenige, der am wildesten aussah, den Kopf, sah in seine Richtung und witterte. Yago verharrte reglos, starr vor Angst, ohne den Blick von ihm abzuwenden. Bei den tausend Gerüchen, die der Abfallhaufen verströmte, würde der Hund nur schwerlich den seinen herausfinden, hoffte er. Da machte der Hund vier Schritte in seine Richtung, senkte den Kopf und begann erneut in den Abfällen herumzuschnüffeln.

Yago wartete noch ein paar Minuten, bis er sich wieder entspannt hatte. Sein ganzer Körper juckte, und außerdem kribbelte es ihn in der Nase, sodass er fast niesen musste, weil ihn plötzlich ein säuerlicher, besonders ekelhafter Geruch anwehte. Woher er kam, wusste er nicht, er wollte nur jedes Geräusch vermeiden. Also schloss er die Augen, hielt sich die Nase zu, und so gelang es ihm, einen und noch zwei weitere Nieser zu unterdrücken.

Wieder blickte er sich um, wie weit es noch bis zu dem verfallenen Haus war, und er war enttäuscht, als er feststellen musste, dass er kaum vorangekommen war. Es war mindestens noch zwanzig *cuerdas* entfernt, die Hundemeute vielleicht zehn. Entsetzt sah er, dass sie näher gekommen waren.

Er musste möglichst rasch von hier fort. Also schob er sich schneller rückwärts und achtete weniger darauf, keine Geräusche zu machen. Er vernahm ein Bellen, und dann sah er zwei Hunde, die sich ineinander verbissen hatten und einen blutigen Kampf austrugen. Geifer tropfte aus ihrem Maul, die Augen waren blutunterlaufen, sie versetzten sich gegenseitig tödliche Bisse. Einen Moment lang sah er sich schon selbst von ihnen angegriffen, und es überkam ihn eine entsetzliche Angst. Er nutzte das Durcheinander des Kampfes, um sich weiter zurückzuziehen und die Entfernung zu den Tieren zu vergrößern.

Doch er hatte das Metallrohr nicht bemerkt, das im Weg lag. Als er daranstieß, rollte es fort und prallte gegen irgendwelche Eisenteile, ohne dass er Zeit gehabt hätte, es abzufangen. Das dadurch verursachte Geräusch ließ sofort die Hunde auf ihn aufmerksam werden.

Sie hatten ihn entdeckt.

VII

In der Reitschule schlief niemand in dieser Nacht.

Die drei Männer besprachen bis zum Morgengrauen, was sie noch tun könnten, um Yago zu finden. Sie fühlten sich für sein Unglück verantwortlich und gemeinsam aufgerufen, eine Lösung zu finden. Durch diesen Jungen hatten sich ihre Lebenswege gekreuzt, und jetzt musste auch jeder aufgrund seiner Beziehung zu ihm sein Gewissen beschwichtigen.

»Ich habe ihm mehr Verantwortung aufgebürdet, weil ich mir Arbeit vom Hals schaffen wollte«, gestand Pignatelli.

»Und ich habe kein Gespür dafür gehabt, wie sehr ihm meine Abwesenheit schaden könnte«, gab Camilo zu.

Und Volker machte sich Vorwürfe, ihm viel zu wenig Zeit gewidmet zu haben, obwohl sie nicht weit entfernt voneinander gewohnt hatten.

»Auch ich habe mich nicht genug um ihn gekümmert…«

Allen dreien war bewusst, wie sehr Yago gelitten haben musste, allein, schutzlos und kaum fähig, mit anderen Menschen in Kontakt zu treten. Gerade als die ersten Hähne krähten, kam einer der Gardisten hereingestürzt, die sie bei dem Gasthof zurückgelassen hatten.

»Vor einer Stunde haben wir eine neue Spur gefunden, die uns zu einem Wald führte, aber wir brauchen Euch… Es ist ein größeres Waldstück mit dichtem Unterholz, das wir nicht allein durchkämmen können. Wir brauchen Eure Hilfe. Folgt mir!«

Wenige Minuten später hatten sie die Pferde gesattelt und folgten dem Gardisten in gestrecktem Galopp. Kurz nach dem berüchtigten Gasthof bogen sie in einen Pfad ein, der sich eine Talsohle entlangschlängelte und in einen dichten Kiefernwald führte. Volker, der auf seinem besten Pferd ritt, auf Azul, und ein wenig vor der restlichen Gruppe, biss die Zähne zusammen, drückte Azul die Knie in die Seite und betete, dass er den Jungen noch rechtzeitig finden möge. Als er zum Himmel blickte, entdeckte er zwischen den Baumkronen einen ganzen Schwarm Raben und Möwen.

Yago schluckte, sah, wie die Hunde bellend näher kamen, schätzte die Entfernung bis zu dem verfallenen Haus, in dem er Schutz finden könnte, und kam zu dem fatalen Schluss, dass ihm nicht genug Zeit blieb, sich kriechend zurückzuziehen. Er sprang auf und begann zu rennen, wie er noch nie gerannt war, ohne sich umzudrehen, den Blick starr auf die Steinmauern des Hauses gerichtet. Zweimal stolperte er, dreimal strauchelte er, weil er umknickte, am schlimmsten aber war, dass er hinter sich die Hunde hecheln hörte.

Er war nur noch drei oder vier *cuerdas* von dem rettenden Haus entfernt, als er spürte, dass ihn einer der Hunde gleich anfallen würde, und so griff er sich einen langen Stock vom Boden und schlug ihm damit so heftig auf den Kopf, dass er zerbrach. Das Tier jaulte vor Schmerz auf, stürzte und rollte auf die anderen zu, die es dadurch ebenfalls zu Fall brachte.

Diesen Augenblick nutzte Yago und rannte noch schneller. Er bekam kaum noch Luft, aber seine Beine schienen ihm besser zu gehorchen denn je, und so gewann er einen kleinen Vorsprung.

Im Wald erreichte Volker die Gardisten, die die Spur gefunden hatten, und sie zeigten ihm, wo sie weiterführte. Als er die letzten Bäume hinter sich gelassen hatte, stieg ihm plötzlich ein widerlicher Geruch in die Nase; es musste ein Abfallhaufen in der Nähe sein. Über dem Hügel, den er nun hinaufpreschte, flogen Möwen.

Gerade sah Yago sich wieder nach den Hunden um, als einer von ihnen sich von hinten auf ihn stürzte und ihn zu Boden riss. Er konnte sich gerade noch schützend den Arm vor den Hals halten und auf diese Weise verhindern, dass der Hund seine Zähne hineinschlug, doch aus dem Augenwinkel sah er schon die anderen drei heranjagen.

Sein Ende war gekommen.

Er blickte zum Himmel, suchte Camilos Gott, betete, dass es möglichst schnell ginge, und schloss die Augen, als der Hund geifernd über ihm stand, gierig auf Fleisch, auf Blut, auf sein Leben.

»Lasst ihn los, ihr Bestien! Fort mit euch!« Als Volker sah, was vor sich ging, preschte er mit seinem Pferd direkt auf die Hunde zu, die sich, als sie ihn erblickten, von dem Jungen entfernten – nur einer nicht, derjenige, der ihn gestellt hatte. Er hatte sich in seinen Arm verbissen und zerrte daran, um seine Beute in Sicherheit zu bringen. Yago sah Volker näher kommen, suchte etwas, womit er sich gegen den Hund wehren könnte, fand aber nichts, und die Reißzähne des Hundes verursachten ihm höllische Schmerzen.

Auf dem Rücken seines Pferdes tauchte nun auch Camilo auf und erkannte voller Schrecken, in welch verzweifelter Situation sich Yago befand.

Volker stieg vom Pferd ab und lief auf den Hund zu, der nicht gewillt schien, von seiner Beute zu lassen. Er knurrte Volker drohend an, als der sich ihm näherte, bemerkte dabei jedoch nicht, dass Yago einen spitzen Stein gefunden hatte, den er ihm nun auf den Kopf schlug. Der Hund war einen Augenblick verwirrt, und diesen Moment nutzte Volker, um ihn mit beiden Händen am Hals zu packen und umzuwerfen. Die gefährlichen Eckzähne des Tieres nur wenige Fingerbreit von seiner Kehle entfernt, versuchte er ihn mit bloßen Händen zu erwürgen. Mit aller Kraft ließ Yago noch einmal den Stein auf den Kopf des Hundes niedersausen, der aufheulte und sich noch umdrehte, aber da machte Volker ihm schon den Garaus.

Camilo eilte zu Yago, um ihn auf der Stelle aus dieser Hölle zu befreien. Mit stockender Stimme und noch voller Panik stammelte der

Junge ein paar Worte, glücklich darüber, dass er nun wieder seine liebsten Menschen um sich hatte. In den letzten drei langen Tagen hatte er Angst, Hunger und Traurigkeit erlebt, am schlimmsten aber war die Einsamkeit gewesen.

»Du hast da eine hässliche Verletzung! Wir sollten sie möglichst schnell säubern und versorgen«, meinte Camilo mit Blick auf den Hundebiss und bat Volker, den Jungen auf seinem Pferd mit in die Stadt zurückzunehmen.

Auch Pignatelli war froh, den Jungen in Sicherheit zu wissen, und kraulte ihm den Kopf, wollte ihm aber noch etwas sagen, ehe er aufs Pferd stieg.

»Ich verstehe, was du getan hast, und warum, wirklich. Aber du sollst auch etwas wissen, was vielleicht neu für dich ist…« Yago hörte ihm aufmerksam zu. »Ich brauche dich nicht nur wegen deiner guten Arbeit, nicht nur wegen unseres gemeinsamen Vorhabens, das seine dunkelsten Stunden gesehen hat. Für mich bist du nicht einer von vielen, die sich täglich in der Reitschule tummeln, nein, abgesehen von allem anderen, was ich sagte, liegt mir an dir als Mensch.«

Yago lächelte ihn dankbar an. Er hatte soeben begriffen, dass es nichts nützte, wenn man im Leben jemand war oder den anderen seinen Wert bewiesen hatte, wenn man das nicht mit den Übrigen teilen konnte. Er hatte einen Fehler begangen, hatte nicht gewusst, wie er ihn wiedergutmachen sollte, und sich für die falsche Lösung entschieden: Probleme ließen sich nie dadurch lösen, dass man vor ihnen davonlief.

»Das mit dem Pferd… tut mir leid…« Dieses Eingeständnis musste Yago unbedingt loswerden.

»Als du fort warst, habe ich nachgedacht, wie du mich entschädigen könntest, und ich hatte eine Idee, aber jetzt ist nicht der richtige Augenblick, um darüber zu reden.« Er wandte sich an den Deutschen. »Es betrifft alle, die hier sind, auch Euch. Ich würde es gerne morgen Mittag besprechen, auf der Reitbahn.« Dann sah er Camilo an. »Auch Euch, Bruder, geht es an. Vergesst Eure Verpflichtungen im Waisenhaus für einen Tag, ich bitte Euch. Es ist der Mühe wert.«

»Das hört sich aber sehr geheimnisvoll an«, meinte Camilo.

»Ich werde Euch einen Vorschlag machen, einen großartigen Vorschlag.«

Pignatelli erschien als Letzter.

Auf der Reitbahn standen fünf Pferde Parade, unruhig, jedes von einem Stallburschen gehalten. In geringer Entfernung hatten sich Camilo, Volker und Yago versammelt, dessen Arm inzwischen verbunden worden war.

Pignatelli hatte einen kurzen Stock und Zaumzeug bei sich. Er bedankte sich für ihr Kommen und ging geradewegs zu dem ersten Pferd.

»Diesem hier mangelt es beim Brustkorb an Tiefe, und der Rücken ist etwas zu lang für gute Drehungen ...« Mit zwei Schritten stand er vor dem nächsten. »Dieses hier ist ein schönes Tier, ausgewogen in den Gliedmaßen, es hat schlanke, aber kräftige Schienbeine. Doch für komplexe Bewegungen ist es wegen seines Temperaments nicht geeignet, es drängt zu sehr nach vorne und hat sich nicht unter Kontrolle.« Dem nächsten Pferd, einem kastanienbraunen mit ängstlichem Blick, tätschelte er liebevoll den Hals. »Und dieses hier ist ängstlich, zu leicht erregbar, es hat schon viele Reitschüler abgeworfen, und die Kruppe setzt für die Übungen, die wir von ihm fordern, nicht im idealen Winkel an ...« Er wandte sich um und ließ den Blick über seine gespannt zuhörenden Besucher wandern. »Den Rest erspare ich Euch. Ich will Euch nur noch sagen, zu welchem Schluss ich gekommen bin.« Er drehte sich wieder zu den fünf Pferden um. »Sie taugen nicht für uns, nein! So lautet meine Schlussfolgerung.«

»Erklärt Euch!«, meldete sich Volker zu Wort. »Wie seid Ihr zu diesem Schluss gekommen?«

»Die Rassen und Unterrassen der Pferde, die wir bislang in der

Reitschule verwendet haben, wurden früher als Schlachtrösser, als Trag- oder Zugtiere eingesetzt, aber nicht für die Zwecke, die ich mir zum Ziel gesetzt habe und an denen wir gemeinsam gearbeitet haben. Das bedeutet, dass die Auswahl, die wir bisher auf Grundlage des Napoletano, des Kalabreser-Pferdes oder deren Kreuzungen mit ungarischen und Berberpferden getroffen haben, nicht ausreicht, auch wenn wir Fortschritte gemacht haben, große Fortschritte. Deshalb« – Pignatelli senkte die Stimme, um seinen Worten mehr Gewicht zu verleihen – »müssen wir neu anfangen. Ich habe lange über das nachgedacht, was ich Euch jetzt sagen werde, nachdem ich verstanden hatte, welche Fehler ich gemacht habe. Jetzt weiß ich, dass es nicht darum geht, eine Pferderasse zu verbessern, zu veredeln, nein: Wir müssen eine ganz neue Pferderasse schaffen. Mein Ziel wird nun sein, ein Pferd zu schaffen, das mit besonderen Fähigkeiten ausgestattet ist, ästhetisch und geistig ausgewogen, perfekt in seiner körperlichen Gestaltung und mit dem nötigen Temperament, damit es zum Ausdruck bringen kann, was keinem Pferd zuvor möglich war. Für diese neue Aufgabe müssen wir hier ein neues Geblüt von Pferden züchten, das wir dann der ganzen Welt zeigen können. Es muss in der Lage sein, mit jeder seiner Bewegungen Schönheit, mit jedem Atemzug Noblesse auszudrücken.« Er blickte nach oben, als könnte er dort das imaginäre ideale Pferd sehen. »Und für diese neue Aufgabe, diese schöne, großartige, die Zeiten überdauernde Aufgabe brauche ich euch drei.«

»Aber wir haben Euch doch bislang schon unterstützt in Eurer Arbeit …«, wandte Camilo ein. »Was können wir denn von heute an anders machen?«

»Ihr habt recht, ihr habt mir geholfen, sehr sogar, doch obwohl ihr euer Bestes gegeben habt, wie ich weiß, und gemeinsam versucht habt, diesem idealen Pferd eine Gestalt zu geben, bringt das, was wir bisher erreicht haben, nicht die gewünschte Wirkung, vermittelt es dem Betrachter nicht die Gefühle, die es vermitteln soll, wenigstens für mein Dafürhalten. Mit anderen Worten, die Frucht unserer Be-

mühungen ist nicht in der Lage, ein wirklich tiefes Gefühl auszulö-
sen, sie besitzt nicht genügend Kunstfertigkeit ...« Pignatelli streichelte eines der Pferde am Hals und seufzte auf. »Doch nun weiß
ich, wo mein Fehler lag. Ich hatte kein Gesamtbild vor Augen und
auch nicht genügend Talent, um dieses Vorhaben zum gewünschten
Ziel zu führen, vielleicht weil ich selbst keine klare Vorstellung davon hatte. Deshalb brauchen wir jetzt gewissermaßen einen Architekten für dieses neue Pferd, einen begabteren Mann als mich, mit
einer klareren Vorstellung von dem, was dieses Pferd leisten können soll, in seiner Gesamtheit und in jedem seiner Bestandteile, einen schöpferischen Menschen, ein Genie. Und es gibt jemanden unter uns, der diese Gabe besitzt ...« Er blickte Yago an. »Und der bist
du!«

»Ich, ein ... ein ... Genie?«

»Wer dich kennt, Yago, der weiß, dass du eine einzigartige Gabe
besitzt. Auch Michelangelo hat es erkannt und mich darauf hingewiesen, doch ich habe nicht richtig zugehört«, fuhr Pignatelli fort.
»Du sollst von heute an der Hauptverantwortliche für dieses Vorhaben sein, derjenige, der das neue Pferd, eine neue Pferderasse,
schafft. Wir werden dich in allem unterstützen, einen Meisterplan
ausarbeiten, ein Konzept entwerfen, in dem festgehalten ist, welche
Maße es haben soll, welche Schwerpunkte und welche Proportionen, und bei welchen Rassen wir diese finden. Wir machen heute einen Neuanfang, und alles wird in deinen Händen liegen, alles muss
von Anfang an anders werden ...« Er wandte sich an Volker. »Ihr
werdet ihm bei der Auswahl helfen, bei der Entscheidung, wie dieses neue Pferd beschaffen sein muss, um seine motorischen Fähigkeiten, besser gesagt, seine Beweglichkeit zu verbessern. Ihr werdet
auf Reisen gehen, um die besten Pferde zu finden, wo sie auch sein
mögen, und sie hierherbringen. Und was Euch betrifft« – er blickte
Camilo an –, »Euch bitte ich zu skizzieren, wie dieses neue Pferd mit
Eurer Musik harmonieren soll, über welche Sensibilität es verfügen
muss, damit es sie zu interpretieren weiß ...« Pignatelli breitete weit

die Arme aus, als wollte er symbolisch dieses große Vorhaben umfassen. »Es geht nicht mehr darum, die heutigen Pferde zu verbessern – eine neue Rasse soll entstehen! Und dieses neue Pferd soll die Klänge, die Ihr den Tasten entlockt, in seinem Innersten spüren, soll sich von ihnen dazu angeregt fühlen, zu schweben, zu tanzen, die Melodien lebendig werden zu lassen, die nur Ihr mit Eurer Sensibilität komponiert.«

»Eine schöne Aufgabe«, meinte Camilo und drückte damit aus, was alle Anwesenden empfanden.

»Ihr könnt auf mich zählen«, erklärte Volker zustimmend.

Pignatelli wartete auf Yagos Antwort. Dieser schien seine Schuhe zu studieren, denn er hatte schon seit einer ganzen Weile den Blick nicht gehoben.

»Und du, was sagst du?«

»Ich werde das nicht können …«, erwiderte er überzeugt, obwohl er sich geehrt fühlte und Pignatellis lobende Worte ihm halfen, sich endlich nicht mehr als Versager zu fühlen.

»Doch, du kannst es. Nur du bist imstande, die inneren Qualitäten der Pferde zu erkennen, du schaust in sie hinein, du siehst mit ihren Augen, denkst wie sie, weißt, was sie wollen und auch, wie du sie dazu bringst, deine Wünsche zu erfüllen …«, argumentierte Pignatelli. »Du weißt schon längst, wie dieses neue Pferd sein muss, das habe ich jetzt begriffen, aber ich habe dich nie danach gefragt. Willst du derjenige sein, der es erschafft?«

Yago hob den Kopf und blickte die Anwesenden einen nach dem anderen an, ein wenig ängstlich angesichts der großen Aufgabe, aber zugleich glücklich.

»Ja … das möchte ich.«

»Wir auch!«, erwiderten Volker und Camilo wie aus einem Mund.

»Wunderbar! Dieses neue Pferd, einzigartig, nie dagewesen, wird mit Volkers Sachverstand, Camilos Musik, vor allem aber dank Yagos Sensibilität und Intuition, die es zur Kunst erheben, das Licht der Welt erblicken.«

Dann reichte Pignatelli jedem Einzelnen die Hand und erklärte mit lauter Stimme:

»Von heute an werden wir gemeinsam eine neue Pferderasse erschaffen und mit ihr das schönste Pferd der Welt!«

VIII

In Genua brachte dieser Januar nicht nur Kälte, sondern Eiseskälte. Seit zwei Tagen warteten die beiden Männer nun schon auf den Verräter, den die berberischen Korsaren seit der Katastrophe vor der sizilianischen Küste unbedingt in die Finger bekommen wollten. Kaum hatte er erfahren, was mit seiner Flotte geschehen war, hatte Dragut sie zu diesem Palais geschickt. Doch sie waren nicht die Einzigen mit der Anweisung, den Verräter zu ergreifen; auch an anderen Orten, wo er sich aufhalten konnte, wurde er bereits erwartet.

Steif gefroren vor Kälte, rieben sie sich die Hände an den schäbigen Mänteln warm, die sie sich für die ermüdende Überwachung beschafft hatten.

Zwei Tage standen sie sich nun schon die Beine in den Leib, ohne dass der Mann aufgetaucht war, was hinlänglich zu beweisen schien, dass er sich auf Reisen befand, doch ihre Anweisungen waren unmissverständlich: Sie hatten sich nicht von der Stelle zu rühren, bis sie einen neuen Befehl bekamen.

»Ob es der ist, der dort die Gasse entlangkommt?« Ein Mann, das Gesicht unter einem breitrandigen Hut verborgen, näherte sich ihnen.

»Hm, vielleicht. Ich gehe mal nachsehen ...«

Der Ungeduldigere verließ ihr Versteck, um ihn sich genauer anzuschauen. Er versuchte das Gesicht des Mannes zu erkennen, doch es gelang ihm nicht. Der Verdächtige hielt den Kopf gesenkt und schien in Gedanken versunken, bis von einem Fenster aus eine Frauenstimme ihm laut etwas zurief. Es war nicht Luis Espinosa. Er entsprach ihm weder vom Alter noch vom Erscheinungsbild her.

Also kehrte er um und drückte sich wieder in die Ecke, wo sein Gefährte mit Leidensmiene wartete; er konnte nicht mehr.

Zu ihrer Überraschung blieb der Mann vor Luis Espinosas Residenz stehen und betätigte den Türklopfer. Fast im gleichen Moment wurde das Portal geöffnet, eine schöne Dame zeigte sich, und kurz kreuzten sich sogar ihre Blicke. Christine hatte die beiden Kerle schon am Tag zuvor dort stehen sehen, was ihr überhaupt nicht gefiel. Sie würde mit ihrem Onkel Enrico Masso darüber sprechen, den sie soeben empfangen hatte.

»Nicht schlecht, oder?«

»Dieser Espinosa hat ein Glück ... So ein Haus, und so eine Frau!« Sie wechselten einen Blick und wussten ohne ein Wort, dass sie gerade dasselbe gedacht hatten ...

»Das wäre eine interessante Alternative, durchaus ...«

Doch es erübrigte sich, denn in derselben Nacht trug die langweilige Warterei mitsamt ihren Unannehmlichkeiten endlich Früchte.

Sie sahen ihn zu Pferd die Hauptstraße heraufkommen. Der Mann, durchaus erkennbar unter seinem breitrandigen Hut, blickte nervös nach rechts und links. Tausend Mal hatten sie schon überlegt, wie sie ihn ergreifen würden, doch nun waren sie wie gelähmt. Sie mussten vorsichtig sein, diskret und schnell, denn in Djerba wartete der Galgen auf sie, wenn sie ohne Luis Espinosa zurückkehrten.

Sie verließen ihr Versteck, und einer ging auf die andere Straßenseite. Zu Pferd würde er das Palais vermutlich vor ihnen erreichen, deshalb beschleunigten sie ihren Schritt. Luis stieg ab, sah an dem Palais hinauf, klopfte sich den Staub ab, um nach der langen Flucht, die er hinter sich hatte, nicht gar so schäbig auszusehen, und strich sich die Haare nach hinten. Er war schmutzig und roch schlecht, er würde sich zuerst ein wenig waschen und saubere Kleidung anziehen müssen; vor allem aber musste er sich möglichst bald mit Enrico treffen, um sich über den Stand der Dinge zu informieren. Was er nach seinem Gespräch mit dem Kaiser an den Türen des Ehrensaals über die Korsaren und Fabián Mandrago gehört hatte, war überaus beunruhigend gewesen.

Er sah sich um, konnte aber nichts Auffälliges entdecken, und wollte gerade den Türklopfer betätigen, als sich zwei Männer auf ihn warfen.

»Was soll das?« Er versuchte, sich zu befreien, doch die beiden waren zu stark. »Lasst mich sofort los!«

»Bleibt ruhig, und haltet den Mund. Mein Dolch ist direkt auf Eure Nieren gerichtet. Wenn Ihr Euch bewegt oder schreit, seid Ihr des Todes!«

Luis sah die Ohrringe, die sie trugen, ihre groben Gesichter mit der sonnengegerbten, runzligen Haut, wie sie Seefahrern eigen ist. Ihm stockte der Atem, denn es gab nicht den geringsten Zweifel für ihn, zu wem die Leute gehörten. Mit einem Mal erinnerte er sich daran, dass der neue Sekretär in Barcelona die Korsaren erwähnt hatte. Er wusste zwar nicht, in welchem Zusammenhang, doch allein ihre Erwähnung hatte ihn schon über die Maßen beunruhigt. Deshalb hatte er sich auch vorgenommen, in Genua möglichst bald mit Christines Onkel zu sprechen, um die neuesten Informationen zu bekommen. Er wusste, dass seine Geschäfte ein gewisses Risiko mit sich brachten, aber dass die Korsaren ihn ergreifen ließen, bedeutete nichts Gutes, besser gesagt, überaus Schlechtes.

Sein Entschluss stand fest: Er musste fliehen …

Er schlug um sich, versetzte einem der Kerle einen mächtigen Schlag gegen das Kinn und konnte ihn dadurch zu Fall bringen, doch als er Fersengeld geben wollte, schlang sich von hinten ein starker Arm um seinen Hals. Der Mann hatte nicht nur die Größe, sondern auch die Kräfte eines Bären. Luis versuchte sich noch umzudrehen, sich zu wehren, doch da traf ihn schon ein Handkantenschlag im Nacken.

Dann wurde es dunkel um ihn herum.

»Die Raben werden sich über Euer fettes Fleisch freuen ...« Aydin spuckte ihm ins Gesicht.

In die leere Augenhöhle zu blicken, hätte auch in jedem anderen ein unbehagliches Gefühl ausgelöst, für Luis Espinosa aber war es, als würde er dem Tod persönlich ins Auge sehen.

Er befand sich in der *Kasbah* über dem Hafen von Algier, er erkannte den Raum wieder, in dem er den Korsaren vor knapp zwei Jahren ein außergewöhnliches und überaus rentables Geschäft vorgeschlagen hatte. Zu seinem Unglück waren nun dieselben Männer wie damals anwesend. Erst zwei Wochen zuvor hatte man ihn in Genua gefangen genommen.

Nun ergriff der Jude Sinau das Wort.

»Durch Eure Schuld, durch Euren Verrat haben wir fünf Galeeren, eine Hundertschaft Männer und das Gold verloren, das Ihr uns versprochen habt ...« Er kratzte mit seinen langen spitzen Fingernägeln über den Holztisch, dass allen bei dem Geräusch die Haare zu Berge standen. »Aber das war noch nicht das Schlimmste, nein. Ihr habt außerdem dafür gesorgt, dass wir dort auf dem Wasser unsere Ehre verloren haben ... Die ganze Welt lacht nun über uns!« Er sah Luis mit bohrendem Blick in die Augen, und dieser rechnete jeden Moment damit, dass einer der Männer die Geduld verlor und ihn auf der Stelle einen Kopf kürzer machte. Er zitterte vor Angst. Sie hatten ihn, noch bewusstlos, auf eine Galeere geschafft, die unverzüglich abgelegt und Ziel auf Algier genommen hatte, wo man ihn in ein dunkles Verlies einschloss und Qualen jeglicher Art unterzog. Doch angesichts dessen, was ihn erwartete – und das sagte ihm ein einziger Blick in die Gesichter seiner Häscher –, wusste er, dass dies nur ein kleiner Vorgeschmack gewesen war.

Das Glück hatte sich so blitzartig gewendet, dass er noch gar nicht begriff, was geschehen oder schiefgegangen war. Als ihm in Barcelona der neue Sekretär des Kaisers vorgestellt wurde, löste sich sein großer Traum in Luft auf; der geplante Goldraub war zu einem schmählichen Fiasko geraten; und zu allem Überfluss befand er sich nun in der Hand brutaler Barbaren, die nach Rache gierten. Auch wenn er sein Ende nahen fühlte, steckte Luis Espinosa der Schrecken noch in allen Knochen.

»Ihr schimpft mich einen Verräter, aber das bin ich nicht, das schwöre ich«, versuchte er sich zu rechtfertigen.

Zornig sprang Hassan von seinem Stuhl auf, zog einen türkischen Dolch aus der Scheide, ging wortlos auf ihn zu und schnitt ihm mit einer einzigen Bewegung, bei dem er den Nerv durchtrennte, ein Auge heraus. Es rollte auf dem Boden davon, während der Gepeinigte vor Schmerzen schrie.

»Töte ihn noch nicht.« Dragut, intelligenter und beherrschter als die anderen, fiel Hassan in den Arm, als dieser Luis Espinosa schon den Dolch an die Kehle hielt.

»Erst schickt er uns einen Emissär auf die Insel Tabarca und lässt uns mitteilen, dass wir für den Überfall auf den Goldkonvoi weniger Schiffe als geplant einsetzen sollen, und jetzt behauptet er, er wisse von nichts… Ich konnte mich einfach nicht mehr beherrschen«, rechtfertigte sich Hassan mit seiner hohen Kastratenstimme.

Luis musste sich in sein Schicksal fügen, denn seine Hände waren hinter dem Rücken zusammengebunden, und aus der leeren Augenhöhle quoll Blut. Doch er wusste, dass seine Qualen erst begonnen hatten. Aber von welchem Emissär sprachen sie?

»Ich habe niemanden zu euch geschickt.«

»Ihr lügt!«, fuhr ihn der Jude an. »Ihr lügt, ein ums andere Mal! Wir haben genug von Euch! Wie konnten wir einem Christenhund wie Euch nur vertrauen! Noch ein Wort, und wir knüpfen Euch am nächsten Baum auf!«

»Dann tötet mich, tut es, im Namen Allahs oder wessen auch immer. Ich bitte Euch…«

Da ergriff Dragut das Wort.

»Das wäre einfach, zu einfach… Euer Tod würde zwar unseren Zorn ein wenig abkühlen, aber andererseits können wir unsere

Rache mehr genießen, wenn wir sie ein wenig hinauszögern.« Sein Blick offenbarte Grausamkeit.

»Ich möchte Euch etwas fragen«, fuhr Dragut fort, dem Espinosas Beweggründe noch immer ein Rätsel waren. »Warum?« Er starrte ihn an. »Was habt Ihr mit Eurem Verrat gewonnen? Ich habe Euch voll und ganz vertraut und mit viel Zureden auch die anderen überzeugen können …« Er trat an seine Seite, packte ihn an den Haaren und riss ihm den Kopf nach hinten, sodass die leere Augenhöhle mit Blut volllief. »Deshalb ist meine Enttäuschung noch größer. Ihr werdet mir jetzt ohne Umschweife Antwort geben, denn wenn Ihr weiterhin auf Eurer Unschuld beharrt, dann rechnet mit den schlimmsten Todesqualen, die ein Mensch je erlebt hat, und diese wird die Wirklichkeit noch weit übertreffen.«

Luis begriff, dass er nun gut überlegen musste. Sein Kopf dröhnte, die leere Augenhöhle schmerzte unerträglich, und ebenso zahllose andere Stellen seines Körpers, denn er hatte in dem Verlies eine Art Anschauungsunterricht bekommen. Doch dann gab er Antwort.

»Der Brief, den ich Euch zukommen ließ, der Brief mit der Angabe des Ortes, an dem der Goldkonvoi aus der Neuen Welt vor Anker gehen würde, hat in keiner Weise meinen Argwohn erregt, weder vom Inhalt noch vom Urheber her. Er kam von absolut zuverlässiger Quelle …« Während er sprach, ging ihm unablässig der Name Fabián Mandrago im Kopf herum. Ihn machte er für all seine Probleme verantwortlich, doch da er keinen Beweis hatte, ließ er ihn lieber unerwähnt. »Ich betone: Weder habe ich jemanden zu euch geschickt, noch habe ich dazu geraten, die Anzahl der Schiffe zu verringern. Deshalb muss der Mann, der zu euch kam, auch derjenige gewesen sein, der euch die Falle stellte.«

Aydin bat Dragut um Erlaubnis, Espinosa auch das zweite Auge herausschneiden zu dürfen, denn dessen Kaltblütigkeit ging ihm gewaltig auf die Nerven, doch Dragut und die anderen meinten, diese Aufgabe solle man doch besser den Raben oben auf dem Festungsturm überlassen.

»Nachdem Ihr die unbarmherzige Sonne dieses Landes und seine unersättlichen Vögel kennengelernt habt, werden wir Euch auf einem Sklavenmarkt verkaufen. Ihr werdet so hart arbeiten müssen, wie Ihr es Euch in Euren schlimmsten Träumen nicht vorgestellt hättet, Ihr werdet Hunger leiden, jeder einzelne Knochen und Muskel wird Euch schmerzen, und wir werden Euch stets im Auge behalten. In jeder Minute Eures restlichen Lebens werdet Ihr Euch wünschen, heute gestorben zu sein, Ihr werdet Euren Gott anflehen, Euch zu erlösen, aber es wird Euch nicht leicht gemacht werden...« – Dragut warf Espinosa einen Blick zu, der ihm kalte Schauer über den Rücken jagte –, »denn ein Korsar vergisst nie.«

Viele Meilen entfernt, in einer anderen Festung, die dem Grafen von Cardona gehörte, empfing Kaiser Karl den Mann zur Audienz, der aufgedeckt hatte, wer hinter dem Raub des Goldes aus der Neuen Welt steckte und welche honorigen Männer in das Komplott verwickelt waren. Er hatte ihn zu sich gebeten, um ihm eine gebührende Anerkennung für seine Verdienste zukommen zu lassen und ihn von den jüngsten Verhaftungen in Kenntnis zu setzen, aber auch, um seine Neugier zu befriedigen.

Hinkend trat Fabián Mandrago in den großen Empfangssaal der Festung, angetan mit schwarzen Beinkleidern und einem gut geschnittenen Wams, einem breiten Lächeln im Gesicht und einem warmen Gefühl im Herzen. Neben dem Kaiser hatte sich der Hochadel von Aragón versammelt, zwei Kardinäle, Dutzende von Offizieren, eine Abordnung der Bürgerschaft sowie einige der wirtschaftlich einflussreichsten Männer von Barcelona.

Stille herrschte, während er auf den Kaiser zuging und sich dann tief vor ihm verbeugte. Als er vorgestellt wurde, brandete spontaner Beifall auf, was ihn sehr bewegte.

»Wie du siehst, sind wir alle voller Bewunderung für deinen unermüdlichen Einsatz«, sprach der Kaiser, sichtlich zufrieden.

»Ich danke Euch für die freundlichen Worte«, erwiderte Fabián und neigte den Kopf, überwältigt von der unerwarteten Wertschätzung.

Auf ein Zeichen hin näherten sich dem Kaiser zwei Pagen, jeder mit einem Kissen in den Händen, auf·dem etwas glitzerte und funkelte.

Nun entrollte der Zeremonienmeister ein Pergament und fing an, Fabián Mandragos Lebenslauf vorzulesen, beginnend mit seiner Familie. Als Fabián den Namen seines Vaters vernahm, erfüllte ihn großer Stolz, und während das eine und andere Ereignis aufgezählt wurde, zog er selbst Bilanz. Dem Umstand, dass er den väterlichen Ratschlägen treu geblieben war, sich ihrer in Momenten größter Beschwernis erinnert hatte, verdankte er es, dass er heute hier stehen und die Anerkennung des Kaisers höchstpersönlich entgegennehmen konnte. Noch einmal ließ er seine schlimmsten Tage in Cudillero und auf Jamaika Revue passieren, als ihn das Verlangen, an Luis Espinosa Rache zu nehmen, vollkommen beherrschte. Wie er diese Gier nach Rache überwand, indem er sich an den weisen Rat seines Vaters erinnerte, und endlich zu dem Schluss kam, dass die Gerichtsbarkeit Luis Espinosa für alles, was er getan hatte, zur Verantwortung ziehen musste.

Unter den Anwesenden befand sich auch Doña Laura Espinosa, die sich sehr freute, bei der Ehrung eines Mannes dabei sein zu dürfen, der sich – wie sie auch – danach gesehnt hatte, ihren früheren Gatten in den Händen der Justiz zu sehen. Drei lange Jahre hatten sie nach ihm gesucht, seine Spur bis zu entfernten Orten wie Genua, Jamaika und der Insel Tabarca verfolgt. Sie hatten das schreckliche Verbrechen entdeckt, das er an ihrer Kammerzofe begangen hatte, und ihm dank Fabiáns Nachforschungen die Falle stellen können, die schließlich bewies, dass er hinter dem Goldraub steckte. Dennoch, ein Wermutstropfen blieb: Man hatte ihn noch nicht ergreifen können.

Die Versammelten hörten aufmerksam zu, als der Zeremonienmeister von den zahlreichen Widrigkeiten berichtete, die Fabián bestanden hatte, und wie er durch die Schuld eines Mannes, der einmal die rechte Hand des Kaisers gewesen war, beinahe sein Leben verloren hätte. Mit der geschickt eingefädelten Falle, die zur Zerstörung eines Teils der Korsarenflotte führte, zur Rettung der größten Goldsendung des letzten Jahrzehnts und zur Enttarnung des Kopfes der Verschwörung, Don Luis Espinosa, schloss sich der Kreis.

»Mein lieber Fabián, Ihr sollt heute nicht nur meinen Dank entgegennehmen und das Ehrenzeichen eines neuen Mitglieds des Ordens vom Goldenen Vlies. Ich möchte auch allen Anwesenden kundtun, dass Ihr hiermit zum höchsten Bevollmächtigten der *Saca* für das Königreich Spanien ernannt werdet, aufgrund des unermüdlichen Eifers, den Ihr bei Eurer Arbeit bewiesen habt, Eurer überragenden Intelligenz und Eurer Fähigkeiten. So lautet meine Entscheidung, und sobald sie schriftlich niedergelegt ist, werde ich mit Freuden unterzeichnen.«

Wieder applaudierten die Anwesenden geschlossen, und Fabián bedankte sich mit einer tiefen Verbeugung.

Dann ergriff der Kaiser noch einmal das Wort, denn eine Frage beschäftigte ihn noch.

»In diesen Tagen sind nicht nur ein einflussreicher Genueser festgenommen worden, der Bankier Enrico Masso, und in Neapel ein Adliger, der meinem Vizekönig sehr nahe stand. Man hat auch über hundert Männer festgesetzt, die in der einen oder anderen Weise mit Luis Espinosa zusammengearbeitet haben, und außerdem – dank deiner Hinweise – seinen Kompagnon in Jerez, Don Martín Dávalos. Möglicherweise wird sich sogar ein Teil des geraubten Goldes wiederbeschaffen lassen, wie man mir sagte. Doch meine Freude ist nicht ganz ungetrübt. Ich möchte noch den Kopf des Komplotts in meinen Händen wissen, denn dann …« Sein Gesicht rötete sich vor Zorn, und er hielt inne, stellte sich diesen Augenblick bildlich vor, doch gleich darauf sprach er weiter. »Fabián, seit mir bekannt ist, wie viel Leid dir dieser Mann zugefügt hat, beschäftigt mich eine Frage, auf die ich gerne eine Antwort hätte, ehe ich dich gehen lasse.«

»Sagt an, Majestät.«

»Es liegt auf der Hand, welche Strafe ihn erwartet, wenn er festgenommen und verurteilt wird. Wirst du selbst das Schwert führen wollen…? Ich würde es verstehen, glaube mir…«

Fabián stellte sich vor, wie Luis Espinosas entblößter Hals unter der Klinge seines Schwertes lag, und er verspürte einen wohligen Schauder. Die Möglichkeit, über das Leben dieses Mannes zu verfügen, erschien ihm überaus verlockend. Nie hätte er gedacht, dass dieser Gedanke derart starke Gefühle in ihm wachrufen würde.

Suchend sah er sich nach Laura um, blickte sie an, dann schloss er die Augen und rief sich in Erinnerung, wie sein Vater auf eine solche Frage geantwortet hätte. Und er erkannte es in aller Klarheit. Er fasste in der Tasche nach dem Säckchen mit Sand von einem Strand in Jamaika, den er seit vielen Jahren aufbewahrte, und drückte es. Erst dann antwortete er.

»Majestät, ich wünsche es mir, doch ich werde es nicht tun. Mir ist lieber, die Gerichtsbarkeit vergilt ihm seine zahlreichen Verbrechen. So möge es geschehen!«

SIEBTER SCHAUPLATZ

Gefühle

Neapel
Anno 1550

I

In den folgenden acht Jahren bereisten Yago und Volker einen Gutteil Europas auf der Suche nach den besten Pferden, mit denen sie das lebendige Meisterwerk in neuer Form erschaffen wollten – wie Pignatelli es ihnen aufgetragen hatte.

Sie lernten die Staaten im Norden Italiens kennen. Hier, wie zum Beispiel im Herzogtum Mantua oder Ferrara, war die Zucht und Veredelung der Pferde die große Passion des dort ansässigen Adels. In Triest entdeckten sie wunderschöne Pferde, die das Ergebnis einer Kreuzung von einheimischen Stuten mit Hengsten aus dem osmanischen Reich waren. In Siena wohnten sie einem der legendären Pferderennen auf der Piazza del Campo bei, und in der Toskana stellte man ihnen die besten Züchter dieser Rasse vor, deren Exemplare der Maler Botticelli in seinen Werken unsterblich gemacht hatte.

Das Schönheitsideal, das sie in dem neuen Pferd verewigt sehen wollten, war bereits in den Werken der größten Meister gegenwärtig, wie zum Beispiel in Bartolomeo Colleonis Reiterstandbild in Venedig oder in Leonardo da Vincis Reitermonument des Herzogs Francesco Sforza auf der Piazza del Duomo in Mailand. Hier sitzt Sforza auf einem wunderschönen und prächtigen Pferd mit bis dahin nie gesehenen Proportionen – das Tier ist viermal größer als ein Mensch.

Auf ihren verschiedenen Stationen wählten sie die besten Zuchthengste aus, die Volkers Vorstellungen vom Exterieur der gewünschten Rasse entsprachen. Die Maremmanos aus der südlichen Toskana waren sehr flinke und wendige Pferde mit einem feingliedrigen, länglichen Kopf und breiten Schultern, allerdings mit einem zu kurzen Hals. Viele der Rassen, die sie kennenlernten, hatten sich durch

Einkreuzungen mit Arabern und Andalusiern entwickelt, so zum Beispiel die Calabreser oder die Salerner. Oder sie waren, wie im Fall der aus dem Südwesten Frankreichs stammenden Camargue-Pferde, mit andalusischen Hengsten veredelt worden.

Bei ihren Reisen durch Flandern und Burgund wählten sie auf Volkers Vorschlag hin ein auffallend massiges Pferd aus, einen Ardenner – dieses Tier sollte den neuen, in der Reitschule geborenen Hengsten eine größere Wuchtigkeit verleihen – und ein Bayerisches Warmblut, weil diese Tiere gut bemuskelt waren und sich überaus harmonisch bewegten.

Yago beschäftigte sich mit ihren inneren Qualitäten – sie sollten ruhig, anpassungsfähig, vertrauensvoll, aufgeweckt, lebhaft und gehorsam sein –, Volker hingegen interessierte mehr das Äußere.

Ihre weiteste Reise führte sie nach Ungarn und weiter über die Karpaten bis ins persische Reich, wo die Aserbaidschaner eine der in Europa am meisten bewunderten Rassen besaßen, den sogenannten *Karabagh*.

Jedes Frühjahr machten sie sich auf den Weg, und meist kehrten sie erst zurück, wenn es bereits Sommer war. Von all ihren Reisen war jedoch diejenige, die sie auf Gestüte nach Córdoba, Baza und Jerez führte, die erfolgreichste. In dieser Region, wo er den Großteil seines Lebens verbracht hatte, fand Yago die Basis und das richtige Naturell für die neue Rasse.

Von den zweihundert ausgewählten Pferden, die fortan die Ställe der Reitschule füllten, hatten sie rund zwei Drittel in Südspanien erworben, eins davon sogar im Kartäuserkloster Santa María de la Defensión. Den Mönchen war die Züchtung eines Hengstes mit großem Kopf, ausdrucksstarken Augen, kurzem Schienbein, muskulösem Hals und stolzem Gang, kompaktem Körperbau und abgerundeter, breiter Kruppe gelungen. Von diesem äußeren Erscheinungsbild ausgehend, begannen sie ihre Arbeit. Sie wollten den Rumpf eines großen Pferdes formen, das spanisches und toskanisches Blut, dazu auch ein wenig vom Calabreser-, vom persischen und vom Ardenner-

Pferd haben sollte. Und dieser Mischung fügten sie noch die Essenz der besten Guzmáns bei.

Ab dem vierten Lebensjahr – früher sollten Fohlen nicht dressiert und geritten werden –, begannen Yago und Francesca mit ihrer Unterweisung. Bei diesen Übungen bildeten sie sich ein Urteil, durch welche Einkreuzungen sich die angestrebten Qualitäten weiter entwickeln ließen.

Seit ihrer Rückkehr nach Neapel und nachdem ihr Vater auf Sardinien im Kerker saß, setzte sich auch Carmen tatkräftig dafür ein, dass der gemeinsame Traum aller in Erfüllung ging. Entweder begleitete sie die Männer auf ihren Reisen oder sie kümmerte sich mit um die Aufzucht der Fohlen, die inzwischen immer mehr wurden. Doch vor allem hatte sie stets ein Auge auf Yago, war seine größte Stütze und wachte umsichtig über seine Fortschritte.

Das Jahr 1550 hatte gerade begonnen, als Yago sich große Sorgen um Camilo machte. Innerhalb kürzester Zeit nahm dieser stark ab und wog schließlich nur noch halb so viel wie früher. Zudem litt er unter starkem Zittern und Schüttelfrost. Doch das Schlimmste war, dass sich in seinem Bauch eine hässliche Geschwulst in der Höhe der Leber gebildet hatte und seine Haut sich seltsam gelblich verfärbte. Von da an schwand seine Lebenskraft.

Niemand wollte das Schlimmste denken und schon gar nicht darüber reden.

Von allen ahnte Yago am wenigsten, wie schlimm es um Camilo stand. Er lebte in dem Glauben, dass der Mönch bald genesen würde.

Doch Camilo selbst schien vom Gegenteil überzeugt zu sein.

Der Frühling in jenem Jahr brachte ein wahres Feuerwerk an Farben, Gerüchen und Erinnerungen.

Für Camilo ein unvereinbarer Gegensatz, denn als alles um ihn her vor Leben strotzte, Freude und Fülle verströmte, verbrauchte er sich unaufhaltsam, ohne Hoffnung auf Heilung.

An den Tagen, an denen ihm seine Beschwerden eine Pause gönnten, ging er hinab in die Gärten der Reitschule, um die gerade geborenen Jungfohlen zu besuchen. Die Hälfte war weiblich und gehörte einer neuen Pferderasse an, die schon bald die schönste im gesamten Kaiserreich sein würde, die schönste, die man je gesehen hatte.

Durch ihre ausgezeichnete und beständige Arbeit war ihnen ein Pferd gelungen, dessen Größe und Abmessungen ideal, ja perfekt waren, das jedoch vor allem über ein gelehriges und sanftes Naturell verfügte. Somit besaßen die Hengste, wenn sie einmal kastriert waren, das erforderliche Rüstzeug für die Dressur mit noch nie gesehenen Kunststücken und Bewegungen.

Die Verantwortlichen – Volker, Pignatelli und vor allem Yago – hatten wirklich alles für dieses Vorhaben gegeben.

Camilo stellte in dem Bereich, der in seiner Verantwortung lag, jeden neuen Zuchthengst und sämtliche seiner Nachkommen auf die Probe, um zu sehen, wie sie auf die Motetten, Madrigale, Messen und Kanons reagierten. Manche spitzten schon die Ohren, kaum dass sie die ersten Noten vernommen hatten, reckten den Hals und bewiesen ein außergewöhnliches Gespür für die kleinsten Nuancen und Variationen. Zudem zeigten sie mit ihrem Bemühen, ihre Bewegungen der Musik anzupassen, dass sie darauf reagierten. Es war, als durchlebten sie jeden Akkord in aller Intensität. Manche schnaubten, wenn sie ein Arpeggio vernahmen, piaffierten, wenn die Musik sich steigerte, oder begannen beim Gloria einer Messe zu traben. Mit Erstaunen sah Camilo, wie einige der neuen Pferde sogar auf das Echo reagierten, das die Töne an den Wänden der Reithalle erzeugten, woraufhin der Sand beim Schlag ihrer Hufe aufspritzte.

Es war eine neue Rasse, geboren, um Großartiges zu leisten, und ausgestattet mit einer unglaublichen Musikalität. Dazu genügte es schon zu sehen, wie die Tiere über die Bahn liefen und nicht nur die zu hörenden Töne interpretierten, sondern auch das Wesen der Noten zu erfassen schienen, die im Raum schwebten.

Unter allen Pferden, die im Laufe jener acht Jahre in der Reitschule geboren wurden und hier aufwuchsen, gab es drei, die Camilo und die anderen besonders ins Herz schlossen.

Zwei davon waren Rappen und eines ein gescheckter, fast weißer Grauschimmel.

Ihre Hälse waren nicht so dick, wie man es in Neapel mochte, sondern länger und gut angesetzt. Der Brustkorb war schmal, der Rücken kurz, und die Kruppe fiel nicht zu steil ab. Sie besaßen ein unglaublich schönes Profil, und sogar die Pferde selbst schienen es zu wissen, was man an der Grazie erkannte, mit der sie gingen und sich bewegten.

Doch unter all ihren Vorzügen stachen zwei besonders hervor, die für gewöhnlich in Neapel nicht zu finden waren: ihre Sprungkraft und ihr eleganter Gang.

Diese beiden Merkmale waren das Ergebnis einer wohl überlegten, von Volker getroffenen Auswahl, doch es war Camilo, der dies mit seiner Musik unter Beweis stellte.

Camilo traf Yago nur selten zufällig, doch an jenem Morgen sah er ihn mit einem Fohlen, mit dem er arbeiten wollte. Das vierjährige Tier war noch zu jung, um geritten zu werden. Es hörte auf den Namen Turco, ein Hinweis auf die Herkunft seiner Mutter, die mit einem spanischen Hengst gekreuzt worden war.

Yago nahm die Tiere ab diesem Alter an die Longe, um sie an ihre Umgebung zu gewöhnen, obwohl ihre Eignung für die Dressur bereits feststand und er ihre Seele kannte wie seine eigene.

Gelegentlich hatte Camilo gesehen, wie er auf ein größeres Fohlen stieg und sein Gewicht mal ein wenig nach vorne, mal ein wenig nach hinten verlagerte. Dadurch konnte er erkennen, wo seine Kraftachse lag, der Punkt, an dem die Kraft des hinteren Drittels sich mit dem von den Vorderbeinen ausgehenden Druck traf. Genau diesen Punkt zu finden, war unerlässlich, damit man die Pferde später dazu brachte, Drehungen und Pirouetten zu vollführen oder einen schlichten Seitwärtsgang zu absolvieren.

An einem strahlenden Frühlingsmorgen ging Camilo zur Reitbahn, um zu sehen, was Yago machte. Als dieser ihn bemerkte, ließ er das Fohlen auf der Bahn allein herumspringen und genoss die Unterbrechung, um ein wenig mit Camilo zu plaudern.

»Du bist gerade achtundzwanzig Jahre alt geworden, und wenn ich mich recht entsinne, kennen wir uns nun seit gut zwanzig.« Camilo spürte plötzlich einen stechenden Schmerz im Unterleib, doch das verbarg er, so gut er konnte, und fuhr fort. »Ich suche schon länger einen geeigneten Moment, um dich nach bestimmten Dingen zu fragen, und ich denke, nun ist der Tag gekommen...« Yago sah ihn erwartungsvoll an.

Er kannte Camilo gut, doch seit er krank geworden war, lebte dieser fast ausschließlich sehr zurückgezogen in seiner eigenen Gedankenwelt. Er meditiere über das Leben, sagte er. Schon so manches Mal hatte Yago ihn begleitet und mit ihm über die Wechselfälle des Lebens gesprochen. Andere Male genügte es, das Schweigen mit ihm zu teilen. Ein Schweigen, das von Camilos Seite mit Ängsten beladen war, weil er sich der Verschlechterung seines Zustandes bewusst war. Bei Yago dagegen war es erfüllt von Hoffnung, denn er nutzte diese Gelegenheiten, um sich auszumalen, welche Kunststücke er den Pferden später noch beibringen würde, oder er genoss einfach das bisher Erreichte.

»Ich wüsste gerne zwei Dinge von dir, Yago. Um meine erste Frage beantworten zu können, musst du vielleicht ein bisschen deine Fantasie bemühen. Aber für die zweite Frage brauchst du einfach nur dein Herz zu erforschen.«

Yago stützte sich auf die Halbtür, durch die man auf die Reitbahn kam.

»Yago... wird antworten...«

»In deinem Leben hast du schon allzu oft Verzweiflung, Verachtung und Schmerz kennengelernt. Du weißt nicht, wer deine Eltern sind, und immer wieder hattest du unglaubliches Pech. Erst seit kurzem geht es besser bei dir. Manchmal hast du sogar gedacht, dass du niemals jemanden kennenlernen wirst, der dich so annimmt, wie du bist, und schon gar niemanden, der dich liebt. Wie also, glaubst du, wird dein Leben in ein paar Jahren aussehen?«

»Ich sehe mich ... allein«, antwortete Yago, ohne daran den geringsten Zweifel zu haben.

»Aha, allein ...«, meinte Camilo und kratzte sich am Kinn. »Ich verstehe. Und, leidest du darunter?«

»Oft, ja«, erwiderte Yago in aller Aufrichtigkeit.

Bekümmert sah der Mönch ihn an. Es war offensichtlich, dass Yago sich in so vieler Hinsicht verbessert hatte. Inzwischen konnte er Dinge, die früher undenkbar gewesen wären. Auch seine Fähigkeit, sich anderen mitzuteilen, hatte deutliche Fortschritte gemacht. Nur in seinen Gesten, seinen Blicken oder manchmal auch in seinen Antworten merkte man, dass er anders war, und wer ihn nicht kannte, ließ sich dadurch leicht irritieren.

Camilo war bewusst, wie schwierig es für ihn sein würde, eine Frau zu finden, die sich in ihn verliebte.

»Das Herz lässt sich mit vielen anderen Dingen füllen ... Nimm mich zum Beispiel: In meinem Herzen war nie Platz für eine Frau, und war ich deshalb unglücklich? Liebe ist auch in dem, was du tust, bei deinen Freunden, in den Erfolgen, die du erringst, oder bei den Menschen, die dir helfen, diese zu erlangen. Ja, du findest sie auch bei denen, die dich verletzt haben, wenn du ihnen vergibst. Und natürlich ist die Liebe in Gott zu finden.« Er hustete schwach, holte tief Luft und wurde feierlich. »Yago, suche das Glück in allem, was dich in deinem Sein und deinem Leben aufrichtig berührt. Genieße deine Träume, genieße, was du in Angriff nimmst, was du erlebst, was du fühlst.« Er fuhr mit der Hand durch das lockige Haar seines Schützlings und sah, dass er tief bewegt war.

»Yago will auch ... etwas sagen ...«

Camilo ermunterte ihn dazu.

»Dank dir ... weiß ich ... was Liebe ist ... ja. Und Yago fühlt für Camilo wie ... für ... wie für einen Vater.«

Sie umarmten sich beide voller Dankbarkeit. Ohne die zweite Frage überhaupt gestellt zu haben, hatte Yago sie ihm schon beantwortet, und dank seiner Bestätigung bekam Camilos Leben einen Sinn.

In diesem Moment kam Francesca auf die Bahn geritten. Als sie die beiden so innig sah, konnte sie sich ein Lächeln nicht verkneifen.

»Habe ich etwas verpasst?«, erkundigte sie sich.

»Kommt einen Augenblick zu uns«, bat Camilo sie.

Sie stieg ab, band die Zügel ihres Pferdes fest und fragte, womit sie ihnen helfen könne. Zu Camilo selbst hatte sie kein enges Verhältnis, aber sie wusste von seiner tiefen Bindung zu Yago und was er alles für ihn und seine Entwicklung getan hatte. Als sie näher kam, erschrak sie darüber, wie dünn der alte Mann geworden war.

Yago verschwand kurz, um sein Fohlen suchen zu gehen, was Camilo nutzte, um mit dem Mädchen allein sprechen zu können.

»Du musst auf ihn Acht geben«, meinte er, was sie ein wenig verwirrte. »Denk daran, wenn ich nicht mehr da bin, was – wie ich fürchte – bald der Fall sein wird.«

Francesca tat es sehr leid, ihn so reden zu hören.

»Ihr wisst doch, dass ich das tun werde.«

Camilo sah sie leicht beunruhigt an. Seit einiger Zeit wollte er zu gerne etwas wissen, was er sich aber bisher nie zu fragen getraut hatte. Unter anderen Umständen hätte er weiter geschwiegen, doch ihm blieb nicht mehr viel Zeit.

»Francesca, sag mir eins, hast du ihn je geliebt?«

Ihre Wangen röteten sich, verlegen band sie ihr Haar nach hinten und suchte nach einer Antwort. Es fiel ihr schwer, ihr Herz einem Mann zu öffnen, den sie kaum kannte, noch dazu bei einer für sie so schwierigen wie wichtigen Frage.

»Ich weiß nicht.« Sie senkte den Blick.

»Du weißt es nicht?« Camilo konnte es nicht fassen. »Das musst du doch wissen!«

»Ich erkläre es Euch. Als ich ihn das erste Mal sah, war Yago noch sehr jung. Seine Begabung, seine Schlichtheit und seine geheimnisvolle Gedankenwelt zogen mich an, das muss ich zugeben, obgleich ich sein Verhalten in vielerlei Hinsicht sehr merkwürdig fand. Der Unterschied zu anderen Männern fiel einem sofort auf, doch das störte mich nicht, weil er es mit anderen Tugenden und Fähigkeiten wettmachen konnte. Doch als ich merkte, dass er begann, mich anders anzusehen, und spürte, dass er sich zu mir hingezogen fühlte, überlegte ich, was ich wirklich für ihn empfand. Und da begann das Problem.«

Camilo wurde mit einem Mal schwindlig und schwarz vor Augen. Er senkte für einen Moment den Kopf, damit er sich wieder besser fühlte. Besorgt, weil er gar nicht gut aussah, eilte Francesca davon, um Wasser zu holen, und sie wich ihm nicht von der Seite, bis sie das Gefühl hatte, er habe sich ein wenig erholt.

Camilo bat sie weiterzureden.

»Ich musste mir erst über meine Gefühle klarwerden, weil ich sie selbst nicht verstand. Wenn es um Yago geht, können Zuneigung und Mitleid oft ganz nahe beieinanderliegen, und das war es, was mich zurückhielt. Ich wusste nicht, was schwerer wog. War es tatsächlich Liebe oder nur Nächstenliebe? Wollte ich ihn beschützen oder begehrte ich ihn? Und da ich so sehr in meinen Zweifeln gefangen war, traute ich mich nicht, den nächsten Schritt zu tun. Bis dieser Offizier in mein Leben trat ...«

»Ich verstehe. Aber angenommen, dieser Mann verlässt dich eines Tages, würdest du dann noch immer so denken?«

Sie überlegte kurz und wählte jedes ihrer Worte mit Bedacht.

»Nachdem ich mit Yago so vieles erlebt habe, ihm so viele Jahre nahe war und so viele bewegende und ungewöhnliche Momente mit ihm geteilt habe, die aus dem Zusammenspiel der Pferde, Eurer Musik und seiner Kunst entstanden sind, weiß ich, dass ich ihn sehr, sehr mag, aber nicht liebe ... Versteht Ihr?«

Mit einem Taschentuch putzte sich Camilo die Nase und wischte eine Träne fort. Nun, wo das Ende seines Lebens näher rückte, erlebte er die Dinge viel intensiver und kostete alles aus, auch wenn es sich nur um Kleinigkeiten handelte. Er konnte Francescas Verhalten Yago gegenüber nachvollziehen. Und obwohl er sich natürlich gewünscht hätte, dass sich ihrer beider Lebenswege vereinten, verstand er, warum Francesca sich anders entschieden hatte.

»Gib stets auf ihn Acht, schenke ihm deine Zuneigung, und wenn du kannst, respektiere sein Anderssein.« Er ergriff ihre Hände. »Versprich es einem alten kranken Mann.«

»Das verspreche ich Euch, doch nicht nur, weil Ihr mich darum bittet, sondern weil er mich gelehrt hat, dass Anderssein eine ganz wunderbare Tugend ist.«

II

Auf einem Kaperschiff, das Kurs auf Zypern genommen hatte, befand sich unter den fünfzig Ruderern einer, der nur noch ein Schatten seiner selbst war.

Luis Espinosa hatte erlebt, wie sich die Bläschen an seinen Händen durch die Reibung der Ruder erst in dicke Blasen und schließlich in Schwielen verwandelten, doch letztlich erschien ihm die Galeere angenehmer als die vorherigen Strafen.

Die Stunden, die Tage verstrichen, während Luis sich auf sein schweres und langes Ruder konzentrierte, um das Schiff bei Flaute gemeinsam mit den anderen neunundvierzig voranzubringen. Bei eingeholten Segeln und ruhiger See war diese Arbeit nicht so schwer, als wenn sie mit einem aufgewühlten Meer und peitschenden Wellen zu kämpfen hatten, die das Hauptdeck überspülten. Mehr als einmal hatte er das in den nun schon vier Jahren erlebt, die er zwischen diesen Holzspanten, dem Geruch nach Salpeter und Schweiß und schrecklichen Strafen zugebracht hatte.

Er betrachtete seine Beine und seinen nackten Oberkörper. Manchmal staunte er selbst über seine Zähigkeit, konnte gar nicht verstehen, woher er die Kraft nahm, denn das Essen, das man an sie verteilte, reichte kaum zum Überleben.

»Starr keine Löcher in die Luft, sondern arbeite, elender Christenhund!« Jeder einzelne Riemen der neunschwänzigen Katze, an deren Enden Eisenspitzen saßen, brannte wie Feuer auf seinem Fleisch. Als der Aufseher das Leder zurückzog, riss er ein ordentliches Stück Haut mit ab, doch Luis jammerte nicht. Ein einziger Klagelaut würde ihn teurer zu stehen kommen, als wenn er den

Schmerz schweigend ertrug. Diese Leuteschinder legten jede Äußerung als mangelnden Respekt ihnen gegenüber aus und zahlten es einem mit einer Menge Grausamkeiten heim. Das hatte er schon mehrfach erlebt.

Wie schon so viele Male zuvor, biss er auch jetzt die Zähne zusammen, murmelte einen Fluch in sich hinein und hielt trotz der Schmerzen das Ruder fest umklammert, während ihm das Blut über den Rücken lief.

Er sah nach links.

Rund ein Dutzend Männer, die eher Skeletten glichen, vollführten jene anstrengende und ermüdende Bewegung, die schon so viele zugrunde gerichtet hatte, wieder und wieder. Sein Blick fiel auf einen, den die Erschöpfung übermannt zu haben schien – er war über dem Ruder zusammengebrochen.

Als dies dem Sklaventreiber auffiel, ließ er seinen Zorn an dem Unglücklichen aus. Erneut knallte die neunschwänzige Katze gut ein Dutzend Mal auf den geschwächten Körper nieder, doch die Peitschenhiebe riefen keine Reaktion hervor. Nachdem der Leuteschinder nachgeprüft hatte, ob der Mann tatsächlich tot war, gab er gotteslästerliche Flüche von sich, zerrte den leblosen Körper im Nu mit nur einer Hand von seinem Platz und starrte den Rest der Sklaven wütend an: Er würde nicht zulassen, dass sich noch jemand vor der Arbeit drückte.

Luis grübelte über sein Schicksal nach und konnte seine Verzweiflung nicht verhehlen, wenn er an all das Leid dachte, das er seit seiner Verurteilung zur Sklaverei vor acht Jahren durchlitten hatte. So hatten es die Korsaren-Richter bestimmt. Wieder sah er sich vor dem Tribunal stehen, als sie ihn verurteilten. Nach seinen vergeblichen Versuchen sich zu entlasten, hatten sie ihm unverzüglich zu verstehen gegeben, was ihn erwartete. Als kleine Kostprobe ließen sie ihn noch am gleichen Nachmittag an einen Pfahl gefesselt mit offenen Wunden in der Sonne stehen. Es war sein eigenes Blut, das die Raben anlockte, die gierig nach jedem Tropfen pickten. In seiner

Verzweiflung sehnte er den Tod herbei. Doch seine Qualen hatten erst begonnen.

Tage später wurde er als Sklave an einen Barbaren verkauft, und zwar auf die Insel Rhodos, die alte Bastion der Ritter Sankt Johannis vom Spital zu Jerusalem, die inzwischen zum Osmanischen Reich gehörte. Sein Besitzer, ein reicher Bauer, hatte sich vorgenommen, sämtliche Maultiere durch Sklaven zu ersetzen. So war es von nun an seine Aufgabe, den Pflug Tag für Tag über die Felder zu ziehen und die Erde zu beackern. Zudem musste er die Olivenbäume beschneiden, bis seine Hände blutig waren, und das Korn mit einer Art Besen dreschen, mit dem es dreimal so lange dauerte.

Noch nie in seinem Leben hatte er so viel gearbeitet und so wenig gegessen.

Die vier Jahre auf dieser Insel waren die Hölle auf Erden. Ständig wurde er schikaniert, Pausen gab es keine, und schließlich gelangte er zu der Überzeugung, jeder Hund habe mehr Rechte als er, und zu essen gab es ohnehin nicht viel. Einer der Aufseher verging sich sogar an ihm. Man behandelte ihn wie den letzten Dreck, Tag für Tag.

Sehnsüchtig erinnerte er sich an früher, an die Jahre, als er noch im Luxus schwelgte und Macht besaß. Doch mit jedem Tag, an dem die Sonne auf ihn niederbrannte, wurden diese Erinnerungen eine nach der anderen ausgelöscht. Nun, wo er als Mensch nicht mehr weniger wert sein konnte, hielt ihn nur ein einziger Gedanke aufrecht: der Wunsch, zu entkommen und sich für all das Übel an dem Mann zu rächen, der ihm das angetan hatte. Dieses Gefühl hielt seine Seele am Leben. An allem gab er Fabián die Schuld und schwor, ihn zu töten. Ja, sein Wahn ging so weit, dass er glaubte, danach in sein früheres Leben zurückkehren und seinen Namen reinwaschen zu können und wieder von allen respektiert zu werden.

Nur weil er so dachte, spürte er weiterhin, wie das Blut durch seine Adern floss, und brachte die nötige Kraft auf, einen weiteren Tag durchzustehen.

Luis schaute stur auf den Rücken seines Vordermannes, um nicht aus dem Rhythmus zu kommen, als plötzlich ein gewaltiges Krachen zu hören war. Nach einer kurzen Schrecksekunde stellte er fest, dass sich links von ihm mit einem Mal ein riesiges Loch in der Schiffswand auftat. In einiger Entfernung konnte man drei Galeonen mit rauchenden Kanonen erkennen. Und Luis sah auch die verstreuten Überreste von fünf Ruderern, die sich unglücklicherweise in der Flugbahn der Kugel befunden hatten, als das Schiff seitlich getroffen wurde.

Der Sklaventreiber mit der Peitsche hatte ein Bein verloren und lag wimmernd am Boden, während die Gefangenen erschrocken aufschrien und versuchten, sich von ihren Ketten zu befreien. Luis blickte sich suchend nach den Schlüsseln um, mit denen man sie öffnete. Sie lagen unmittelbar neben dem Sklaventreiber. Schon streckte er seine Hand aus, um danach zu greifen, doch wegen seiner Fußfesseln konnte er sich nicht so weit vorbeugen. Er zog und zog so lange, bis seine Waden bluteten, doch das war ihm einerlei. Er ließ in seinem Bemühen nicht nach und machte eine allerletzte Anstrengung, bis er schließlich mit den Fingerspitzen das Metall berührte, doch in dem Moment packte die Hand des Mannes sein Handgelenk. Ihre Blicke kreuzten sich.

»Verflucht seist du! Wage es ja nicht! Sonst töte ich dich, das schwöre ich!«, fauchte ihn dieser an.

Luis nahm sein letzte Kraft zusammen, um sich aus der Umklammerung zu befreien, öffnete das Schloss oberhalb seiner Knöchel und reichte den Schlüssel an seinen Sitznachbarn weiter. Einer nach dem anderen machte sich von seinen Eisen los, was der Aufseher mit Schrecken beobachtete, und dann stürzten sich die Gefangenen wutentbrannt auf ihn, um ihn nach Leibeskräften zu verprügeln.

Luis gehörte zu den Ersten, die sich entschlossen, das Schiff über das durch die Kanonenkugel gerissene Loch zu verlassen. Er sprang ins Wasser und sah sich nach etwas um, woran er sich festhalten konnte. Wenn er an Deck gegangen wäre, hätte man ihn sofort getötet. So war der Sprung ins Wasser seine einzige Möglichkeit zu entkommen. Vielleicht würden ihn ja sogar die Angreifer aus dem Meer ziehen.

Aus nächster Nähe wurde er Zeuge der erbitterten Schlacht, die sich die Galeonen der spanischen Armada und die Galeere der Korsaren lieferten, bis diese unterging. Im Wasser schwamm jede Menge Holz, Segeltücher, Leichenteile und rund ein Dutzend Männer, denen es – wie ihm – gelungen war, sich an irgendetwas festzuklammern. Nun versuchten sie verzweifelt, sich über Wasser zu halten, und kämpften um ihr Leben.

Wenige Stunden später befand sich Luis Espinosa an Deck der Esmeralda, einer Galeone der kaiserlichen Flotte, und berichtete einer Gruppe von Offizieren die unglaubliche Geschichte seiner Gefangenschaft, ohne jedoch seine wahre Identität preiszugeben.

»Ich heiße Carlos Partida«, log er, »und bin vor acht Jahren von ein paar Korsaren vor der Insel Mallorca gefangengenommen worden.«

Der Kapitän hörte sich seine Geschichte an. Ihn dauerte sein jämmerlicher Zustand, und so reichte er ihm ein Stück Schafskäse, ein ordentliches Stück Schwarzbrot und einen kleinen Krug Rotwein.

»Ihr habt Glück, dass wir Euch gefunden haben und dass Ihr noch rechtzeitig von der Galeere gekommen seid, ehe wir sie versenkt haben.«

Mit großem Genuss verspeiste Luis den Käse und sah zum Horizont, kurz bevor die Sonne im Meer verschwand.

»Und wohin seid Ihr unterwegs?«, fragte er den Kapitän.

»Unser Ziel ist Neapel, mein Freund, wir segeln nach Neapel.«

Pignatelli hielt den Moment für gekommen.

In seinen Ställen stand nun eine Pferderasse, die in der Welt ihresgleichen suchte. Zudem verfügte er über einen Reiter, der aus seiner Welt des Schweigens heraus den Tieren Dinge beibrachte, wie es kein anderer vermochte. Und er hatte Camilo, der – trotz seiner Krankheit und wenn es seine Kräfte ihm erlaubten – dank seiner Musikalität dieses Schauspiel zu etwas machte, was man in Neapel noch nicht gesehen hatte.

Daher beabsichtigte Pignatelli die ganze Stadt einzuladen, damit sie das in seiner Reitschule neu gezüchtete Pferd kennenlernte und der Geburtsstunde einer neuen Kunstform beiwohnte: der klassischen Reitkunst.

»Es soll die aufsehenerregendste Eröffnung werden, die die Stadt je gesehen hat.« Pignatelli wanderte unermüdlich um das Bett herum, in dem Camilo lag, der sich schonen sollte. »Als ich die Pforten meiner Schule öffnete, glaubte niemand an meine Vision, doch nun, nachdem wir so lange hart gearbeitet haben, möchte ich aller Welt zeigen, was wir erreicht haben.«

Der ehemalige Kartäusermönch hatte ihm nicht nur gesagt, wie sehr er sich darüber freue, sondern ihm auch versprochen, in jedem Fall bei der Eröffnung zu spielen, auch wenn es gesundheitlich nicht zum Besten mit ihm stand.

»Ich denke, dass Ihr ein solches Ereignis sicher mit einem Auftritt Eurer neuen Rasse krönen wollt, die schließlich nur dank Eurer Bemühungen entstanden ist. Doch darüber hinaus möchte ich Euch hier und heute um einen großen Gefallen bitten.«

»Sprecht frei heraus, mein lieber Freund.«

»Ihr müsst dafür Sorge tragen, dass auch Yago stolz auf das Geleistete ist. Wie Ihr wisst, hat er alles gegeben, um Euren Traum zu verwirklichen, und ich glaube, ihm gebühren Eure Anerkennung und die des anwesenden Publikums. Das würde ihm sehr helfen und wäre seiner Entwicklung förderlich. Vielleicht ist es töricht, und womöglich komme ich Euch zuvor, aber ich wüsste gern, ob Ihr etwas in dieser Richtung geplant habt. Eine solche Gelegenheit wie diese kann ich mir nicht entgehen lassen, um Euch zu fragen …«

Seit er bei Camilo war, hatte Pignatelli sichtlich nervös an den Knöpfen seines Mantels herumgespielt, doch als dieser zu reden begann, unverzüglich damit aufgehört. Er bestätigte ihm, dass er beabsichtige, Yago zu ehren. Das habe er selbstverständlich schon vor Camilos Bitte vorgehabt, denn er wolle ihm für den Aufbau der neuen Rasse danken und ihn darüber hinaus als besten Reiter der Schule auszeichnen.

»Yago hat nicht nur seine ganze Leidenschaft in dieses Vorhaben gesteckt, er hat auch jede von mir an ihn herangetragene Aufgabe exzellent bewältigt. Mit seinen Händen, seiner Intuition und dank seiner Fähigkeit, die Seele dieser Tiere zu erfassen. Wenn er ihnen nur in die Augen schaut, hat er als Erster verstanden, was wir brauchen, und so hat er anschließend in seinem Kopf das Bild des zukünftigen Pferdes entstehen lassen, das in der Lage ist, unser Innerstes zu berühren, wie es sonst nur ein Gemälde, ein Gebäude oder ein Musikstück vermag. Wenn er nicht unterwegs auf Reisen war, hat er stets und unermüdlich mit den Pferden gearbeitet. Er hat sich meiner Träume angenommen, als wären es seine, und dank seines Talents sind sie nun tatsächlich wahr geworden, trotz der vielen Zweifler, die nicht an unseren Erfolg geglaubt haben. Doch darüber hinaus ist Yago, wie alle großen Künstler, an seinen Aufgaben gewachsen, hat seine Arbeit mit den Tieren vervollkommnet und einen persönlichen Stil entwickelt, mit dem er uns bei seinem Auftritt sicher in Erstaunen versetzen wird.«

Müde wandte Camilo seinen Blick zum Fenster. Am liebsten hätte er gierig das ganze Licht dieser letzten Maitage in sich aufgesogen. Er ließ seine Blicke schweifen. Er durfte auf keinen Fall vergessen, Pignatelli für sein Vertrauen in Yago zu danken, was bestimmt erheblich zur Verbesserung seines Zustandes beigetragen hatte.

»Ihr habt dem Jungen einen großen Gefallen getan, als Ihr ihm so viel Verantwortung übertragen habt.«

»Nicht mir gebührt der Dank, den größten Einfluss hatten zweifellos die Pferde, da bin ich mir ganz sicher.« Pignatelli zog die Vorhänge auf, damit mehr Licht ins Zimmer kam und Camilo von seinem Bett aus die Stadt sehen konnte. Der Kranke hustete geschwächt, räusperte sich und bestätigte seinen Eindruck.

»Zum Teil bin ich mit Euch einer Meinung. Ich denke, die Pferde und Yago haben sich gegenseitig geholfen. Yago hat ihnen gezeigt, wie sie die Gefühle, die sie unbewusst haben, zum Ausdruck bringen können. Im Gegenzug haben die Pferde ihm geholfen, reifer zu werden, sowohl als Mensch als auch als Mann. Es war ein gegenseitiges Geben und Nehmen, beide Seiten verdanken einander viel.«

Als Camilo die Sonne ins Gesicht fiel, bemerkte Pignatelli, wie fahl der alte Mann geworden war und wie sehr seinem Blick die Lebensfreude fehlte. Sein Zustand ließ ihn das Schlimmste befürchten, denn so hatte er ihn noch nie gesehen.

»Soll ich nicht besser einen Arzt rufen lassen? Bei aller Zuversicht, Ihr seht nicht gut aus. Wie fühlt Ihr Euch?«

Camilo schloss die Augen und dachte an die Worte des Arztes, der ihn vor zwei Wochen untersucht hatte.

»Macht Euch nicht die Mühe. Es ist nicht mehr nötig.«

»Wie könnt Ihr so etwas sagen? Man darf die Hoffnung nie aufgeben.«

»Ich lebe ein geliehenes Leben«, erwiderte Camilo gefasst. »Wenn es nach den Ärzten ginge, wäre ich schon tot … Jeder weitere Tag ist ein Geschenk Gottes, so sehe ich es.«

Pignatelli erschrak zutiefst, als er diese Nachricht hörte, doch im nächsten Augenblick dachte er an Yago.

»Weiß er es schon?«

»Ich vermute, er ahnt es, aber ausdrücklich darüber gesprochen haben wir noch nicht. Erst soll er die Früchte seiner Arbeit ernten, das ist es, was ich mir wünsche. Und dann reden wir …«

Während die beiden Männer in ihr Gespräch vertieft waren, konnte Yago sich beim besten Willen nicht vorstellen, wer ihn an der Pforte der Reitschule erwartete, als man ihm sagte, er habe Besuch.

Aufgeregt sprang er die Stufen hinab. Nur sehr selten fragte jemand nach ihm. Im ersten Moment dachte er, es handele sich um Carmen, die er, seit sie ihr erstes Kind von Volker bekommen hatte, nur noch selten sah. Vielleicht war es auch einer der Kartäusermönche aus Jerez, aber das wäre ihm trotz der wenigen Bekannten, die er hatte, doch seltsam vorgekommen. Er bog um die Ecke des Ganges, der zur Pforte der Reitschule führte, und wäre beinahe mit einem Mann zusammengestoßen, der ärmlich und abgerissen aussah, einen schlecht gestutzten Bart und verfilztes, struppiges Haar hatte, das zum Pferdeschwanz gebunden war. Als er dem Fremden in die Augen sah, stellte er fest, dass diesem eines fehlte. Der Mann behagte ihm gar nicht. Verdutzt blieb er stehen, ohne zu wissen, wer der Fremde war und was er von ihm wollte.

»Wer seid Ihr?« Sonderbarerweise beunruhigte ihn seine Gegenwart.

»Ich heiße Luis Espinosa und suche dich schon sehr lange…«

Mit unverhohlener Neugier betrachtete Luis seinen Sohn. Er durchlebte gerade einen der bedeutungsvollsten Momente seines Lebens und wollte sich nicht die kleinste Kleinigkeit entgehen lassen. Der junge Mann hatte so einen merkwürdigen Blick.

»Und darf man fragen, warum Ihr mich sucht?«

»Aus einem sehr wichtigen Grund…« Er räusperte sich und wurde ganz ernst. »Ich bin hierher, zu dir gekommen, nach einer langen und beschwerlichen Reise voller Katastrophen und anderer Abgründe, die du dir nicht im Entferntesten vorstellen kannst, um dir eines zu sagen…« Er machte eine Pause, um seinen Worten mehr Gewicht zu verleihen. »Obwohl es womöglich auf den ersten Blick nicht so aussehen mag, bin ich für dich mehr als ein Name, mehr als ein fremder Besucher, der hier einfach aufkreuzt und nach dir fragt…« Er sah ihm direkt und geradezu zärtlich in die Augen. »Ich bin dein Vater…«

Yago war wie vom Donner gerührt.

Ungläubig musterte er sein Gegenüber von Kopf bis Fuß. Seine Lippen zitterten, als er zu sprechen versuchte. Das kann nicht sein, dachte er. Sein Vater…? Nie hatte er gewusst, wer er war. Woher auch? Wer war dieser Mann überhaupt? All das fragte er sich, während sein Atem immer schneller ging.

Mit sanftem Blick betrachtete Luis seinen Sohn, während er auf irgendeine Geste wartete. Vielleicht hatte der Junge ja gehofft, ihn eines Tages zu treffen, oder war zumindest daran interessiert, ihm zu begegnen. Doch Yago war nicht in der Lage, auch nur zwei zusammenhängende Worte herauszubringen. Nach anfänglichem Stottern wollte er ihn etwas fragen, doch er brachte seine Frage nur verdreht heraus.

»Ich bin dein Vater?« Yago formulierte die Frage mit den gleichen Worten, die auch der Mann verwendet hatte. Wenn er sich gedrängt und angespannt fühlte, passierte ihm das schon mal.

»Nein, nein, was redest du? Ich bin dein Vater. Ganz ruhig, mein Junge! Ich verstehe, dass dich diese Nachricht aufwühlt. Kann sein, dass du mir nicht glaubst, aber ich weiß, dass es die Wahrheit ist. Im Übrigen sehen wir uns ähnlich …«

Von seinen Gefühlen überwältigt, musste Yago sich anlehnen. Schützend legte er die Hände vor das Gesicht, weil er nicht wusste, wie er sich verhalten sollte. Konnte es tatsächlich sein, dass dieser Mann sein Vater war? Wie sollte er das nachprüfen? Durch seinen Kopf schwirrten alle möglichen Gedanken, eine Mischung aus Zweifeln und Fragen. Wieso kam ausgerechnet jetzt, nach achtundzwanzig Jahren, eine solch bedeutungsvolle Erklärung? Wenn er sein Vater war, was hatte er dann in all den Jahren gemacht? Wo war er in dieser Zeit gewesen?

»Ich sehe Euch nicht ähnlich …«

»Ich werde dir Sachen erzählen, die dir kein Mensch zuvor hat erklären können. Ich lernte deine Mutter auf dem Weingut in Jerez de la Frontera kennen, das meiner ersten Frau gehörte. Ich versichere dir, sie war wunderschön, o ja. Sie hieß Isabel und …«

»Schweigt still!«, schrie Yago, während er sich an der Wand entlang auf den Boden sinken ließ und sich die Ohren zuhielt.

»Deine Mutter hat mir nichts von ihrer Schwangerschaft erzählt, während ich neun Monate lang fern von Jerez auf Reisen war. Und als ich nach meiner Rückkehr erfuhr, dass du geboren warst, durfte ich dich nicht sehen, weil sie dich vor mir versteckt hielt, und eines Tages war auch sie verschwunden ...«

Yago redete laut vor sich hin, um ihn nicht hören zu müssen.

Er wollte das alles nicht wissen, und außerdem spürte er, dass es ihm nicht guttat.

»Nein, ich glaube Euch nicht. Es stimmt nicht, was Ihr da sagt«, wiederholte er wieder und wieder.

Luis erinnerte sich daran, dass alle Espinosas mit einem untrüglichen Zeichen auf die Welt kamen – ein winziges Loch im Ohrläppchen. Er näherte sich Yago, um nach diesem Löchlein zu suchen – und tatsächlich, er fand es. Ein weiterer Beweis für seine Vaterschaft.

»Natürlich fällt es dir im Moment schwer, mir zu glauben, doch irgendwann wirst du es dir eingestehen müssen. Ich verstehe deine Verwirrung, aber die wird sich legen. Wahrlich, ich habe schon bessere Zeiten gesehen, doch nun bin ich, unter merkwürdigen Umständen, hier gelandet und kann wieder neu beginnen. Diesen Weg würde ich gerne gemeinsam mit dir beschreiten. Vieles, was ich verloren habe, muss ich zurückgewinnen, vor allem meinen Sohn, mit dem ich nie zusammen sein konnte, doch nun habe ich die Zeit und überdies große Beharrlichkeit.« Er lächelte ihn liebevoll an; eine Geste, wie sie für den skrupellosen Mann, der er einst gewesen war, undenkbar gewesen wäre.

Bei seinen letzten Worten erschien, auf Pignatelli gestützt, Camilo. Er konnte sich nur mit Mühe bewegen. Die beiden waren vom Schließer darüber informiert worden, dass ein sonderbar aussehender Besucher unbedingt Yago zu sehen wünschte. Als er den Namen des Mannes hörte, wollte Camilo auf der Stelle nach dem Rechten sehen.

Yago sprach in ernstem Ton.

»Nein, nein, du bist nicht mein Vater. Er ist mein Vater«, sagte er und deutete auf Camilo, den er stürmisch und mit einem Kuss begrüßte, wodurch dieser bei seinem geschwächten Zustand Mühe hatte, sich auf den Beinen zu halten.

»Ihr seid ein elender Schurke, ein Mörder und ein Betrüger…«, fuhr Camilo Luis an. »Wie könnt Ihr es wagen, hierherzukommen? Was wollt Ihr?«

»Er sagt… er ist mein Vater«, erklärte ihm Yago.

Camilos Miene verhärtete sich. In solchen Momenten schien er seine Krankheit zu vergessen, denn er richtete sich kerzengerade auf und wandte sich in ernstem Ton an Luis.

»Wie kommt Ihr dazu, so etwas zu behaupten?«

»Der Junge hat recht. Ich unterhielt eine Beziehung zu einer der Kammerzofen meiner Frau, und sie wurde schwanger. Ich erfuhr davon an dem Tag, als das Kind geboren wurde, doch bis heute habe ich es nie gesehen. Das ist die Wahrheit.«

Yago betrachtete ihn voller Unbehagen.

Camilo wusste genügend Schlechtes über diesen Mann und erinnerte sich noch gut an Jamaika.

»Ich weiß nicht, ob Ihr die Wahrheit sprecht oder nicht, doch man ist nicht einfach Vater, nur weil man ein Kind gezeugt hat, man muss sich auch wie ein Vater verhalten, für das Kind da sein, es beschützen. Und wenn Ihr tatsächlich sein Vater seid, so habt Ihr ihm doch nie zur Seite gestanden.«

»Ihr seid nicht mein Vater, auch wenn… Ihr es schwört… nein, nein… Ihr seid es nicht!«

Resigniert lauschte Luis Yagos Worten. Was der Junge sagte, berührte ihn nicht, in Wahrheit hörte er ihm nicht einmal zu. Er hatte so viele Demütigungen und Qualen durchlitten, und alles, was er nun wollte, war, dass sein Name, seine Identität durch diesen Sohn weiterlebte. Dies war sein einziges Bestreben.

»Du musst mitkommen!«

Yago blickte nicht auf.

Die Neuigkeit hatte ihn zunächst nur verwirrt und seinen Blick getrübt, doch nun sah er klarer. Es hatte ihn viele Mühen gekostet zu wissen, wer er war, wem er etwas verdankte und was er aus seinem Leben machen wollte. Und dieser Mann hatte dabei nicht die geringste Rolle gespielt, es bedeutete ihm rein gar nichts, ob er nun sein Vater war oder nicht.

Er seufzte und überlegte seine Worte gut, und als er wusste, was er sagen wollte, tat er es laut und deutlich.

»Das ist meine Familie«, erklärte er und sah zu Camilo und Pignatelli hinüber. »Niemals werdet Ihr für mich so etwas sein wie ... wie ein Vater. Verschwindet!«

»Euch bleibt genau eine Minute, um das Gebäude zu verlassen. Sonst werde ich Euch persönlich hinausbefördern«, drohte ihm Pignatelli. »Nutzt diese Gelegenheit, sonst rufe ich die Garde. Vielleicht freuen sie sich ja über Eure Ergreifung. Man hört ja so einiges über Euch.«

Pignatelli bedeutete dem Schließer, den Mann hinauszubegleiten.

Als er seine Hoffnungen schwinden sah, stürzte sich Luis Espinosa auf Yago, um ihn einfach mit sich fortzureißen, doch er wurde von einer Hand, begleitet von einem eisigen Blick, davon abgehalten: der Hand seines eigenen Sohnes.

Yago machte kehrt und sah noch einmal zu ihm hinüber, bevor er in den Gängen der Reitschule verschwand und sich mit einem letzten Gruß von ihm verabschiedete.

»Fahrt zur Hölle!«

Luis Espinosa irrte durch die Straßen, mit verlorenem Blick und zerbrochenen Hoffnungen, ohne jede Zukunft. Die letzten Worte seines Sohnes klangen ihm noch unheilvoll in den Ohren. Nichts, rein gar nichts in seinem Leben hatte sich so entwickelt, wie er es sich erhofft hatte. Er war allein, am Boden zerstört, aller Kampfgeist hatte ihn verlassen.

Zu seinem Unglück, oder vielleicht zu seinem Glück, kam die Hölle, die ihm sein Sohn an den Hals gewünscht hatte, schneller als gedacht. Eine Patrouille des Vizekönigs, durch sein Äußeres auf ihn aufmerksam geworden, forderte ihn auf stehenzubleiben. Luis wusste genau, was er tun musste, nun, da er begriffen hatte, dass alles zu

Ende war. Ohne jede Hoffnung, noch einmal von vorne beginnen zu können, traf er eine Entscheidung.

»Ich bin der größte Feind eures Kaisers. Ich bin Luis Espinosa.«

III

Um die große Reitbahn herum hatte man zwanzig Laternen aufgestellt, und zwanzig Männer drehten gleichzeitig große Wandschirme, mit denen sie ihr Licht abschirmen oder reflektieren lassen konnten, je nachdem, welche Seite beleuchtet werden sollte. Nun, bei gedämpftem Licht, richtete sich die Aufmerksamkeit des zahlreich erschienenen Publikums auf die Mitte der Arena, wo man gerade vier gewaltige, mehrflammige Öllampen entzündete.

Man schrieb den neunzehnten Juni 1550, und alle wichtigen Persönlichkeiten Neapels waren voller Neugier in Pignatellis Reitschule gekommen, um zu erfahren, was es mit dem geheimnisvollen »Reiter der Stille« auf sich hatte, der ganz oben auf der Einladung erwähnt wurde.

Nun erklangen die ersten Töne einer mächtigen Orgel.

Camilos müde Hände brachten ein schwungvolles Musikstück dar, das Zeichen dafür, dass ein Tor geöffnet wurde und zwei Pferde – ohne Reiter – im Schritt hereinkamen. Man sah kaum etwas von ihnen, denn eine Schabracke und Kapuze verhüllten sie fast gänzlich. Vollkommen synchron trabten sie in die Mitte der Arena, wo sie zwischen den vier großen Öllampen stehen blieben. Ihr Aussehen blieb den Zuschauern verborgen, doch sie bewiesen Eleganz, senkten und hoben graziös den Kopf, zeigten Stolz auf sich selbst.

Dann verstummte die Musik, und es herrschte gespannte Stille. Das Publikum konzentrierte sich ganz auf die beiden Pferde, die, als die Musik wieder einsetzte, im gleichen Atemzug zu wiehern begannen. Und während sich die Melodie steigerte, beugten sie die Knie wie zu einer formvollendeten Begrüßung, und es brandete Applaus auf.

In dem dunklen Rondell sah man nur die beiden Pferde mit den schwarzen Schabracken, auf denen sich schimmernd das Licht der vier Öllampen spiegelte. Minutenlang waren sie die Hauptdarsteller, bis ein Mann aus dem Halbdunkel trat, sich zu ihnen gesellte und die Anwesenden um ihre Aufmerksamkeit bat.

Giovanni Battista Pignatelli dankte allen, die seiner Einladung gefolgt waren, und erläuterte, welche Ziele er mit der Gründung seiner Reitschule verfolgt hatte. Und dann verkündete er mit feierlicher Stimme die Geburt einer neuen Pferderasse, die sie nun zum ersten Mal erblicken würden, der schönsten von allen, einer für die Reitkunst geborenen Rasse.

»Es gab eine Zeit, da brauchte man Pferde nur im Krieg und zum Kampf. Es gab eine Zeit, da schätzte man sie nur als Arbeitstiere oder wegen ihres Fleisches. Doch hier und heute werdet ihr etwas absolut Einzigartiges erleben. Meine Pferde werden euch etwas Wunderbares zeigen, das sie schon immer in sich trugen: ihre Seele, ihr Gemüt…« Er hielt inne, ließ den Blick über einige Gesichter wandern und genoss das gebannte Interesse, das er in ihnen wahrnahm. Dann modulierte er seine Stimme, damit sie noch kräftiger klang. »Heute Abend laden wir euch zu einem einzigartigen Erlebnis ein. Ihr werdet feststellen, dass diese Pferde – abgesehen von vielen anderen Vorzügen – in der Lage sind, euer Innerstes zu berühren, Schönheit zu vermitteln, Kunst, ja, dass sie sogar schweben können …«

Pignatelli gab seinen Mitarbeitern ein Zeichen, dass sie die Schabracken abnehmen sollten, damit alle die ersten zwei Exemplare der neuen Pferderasse sahen.

»Verehrte Damen und Herren! Willkommen in meiner Reitschule! Mögen euch die neuen Pferde Freude bereiten! Und hier – der Reiter der Stille …«

Die vier großen Öllampen wurden gelöscht, die Arena lag in völliger Dunkelheit. Lediglich der Klang von Pferdehufen und ein leises Wiehern waren zu hören. In gespannter Erwartung der Überraschung, die nach diesem vielversprechenden Auftakt kommen würde, hielt das Publikum den Atem an.

Dann erklang wieder die Orgel, dieses Mal mit zwei verschiedenen Tempi und gegenläufigen Tonleitern. Die Wandschirme wurden gedreht, das Licht der Lampen beleuchtete wieder die Arena und in deren Mitte Yago auf einem kastanienbraunen Pferd. Sein Gesicht war in denselben Farben bemalt wie der Kopf seines Lieblingspferdes Sigiloso, die linke Hälfte kastanienbraun, die rechte weiß. Pferd und Reiter wirkten wie ein einziges Wesen – ein überraschender, aufsehenerregender Effekt.

Tief bewegt blickte Yago zu Camilo.

Er wusste, welch ungeheure Anstrengung es ihn kostete, an diesem Abend teilzunehmen. Sein Freund an der Orgel gab ihm den liebevollen Blick zurück, die Hände schon erhoben, um die beiden Manuale zum Klingen zu bringen. Camilo war entschlossen, sich bis zum Letzten zu verausgaben an diesem Abend, dem wichtigsten in Yagos ganzem Leben. Nicht einmal sein äußerst geschwächter Zustand hatte ihn an der Teilnahme hindern können, und er hatte fest vor, bis zum Ende durchzuhalten.

Yago tätschelte den Hals von Sigiloso, mit dem ihn eine Seelenverwandtschaft wie mit keinem anderen Pferd verband. Er flüsterte ihm etwas ins Ohr, setzte sich im Sattel zurecht, zog sacht am Zügel, und da begann das Tier um eine junge, ganz in Weiß gekleidete Frau herumzutänzeln, die kurz zuvor in der Arena erschienen war. Es war Francesca, die nun die Arme anmutig hob und geradewegs auf das Pferd zuschritt. Der Reiter wartete, bis sie vielleicht noch eine Elle entfernt war, und ließ Sigiloso dann im Kreis um sie herumgehen, bis sie sich wieder von Angesicht zu Angesicht gegenüberstanden. Daraufhin verbeugte sich Francesca und wartete, bis das Pferd es ihr gleichtat. Anschließend stampfte sie, die Arme in die Hüften gestemmt wie beim Flamenco, mit den Füßen auf und drehte sich, bis sie sich wieder gegenüberstanden. Ihre expressiven Bewegungen sollten das Pferd zum Tanzen animieren. Und das Tier schien sie zu verstehen, denn es wiederholte jede ihrer Bewegungen in leichtem Trab. Dann drehte sich Francesca, die in ihren Bewegungen immer lebhafter wurde, wieder um sich selbst und ermunterte das Tier erneut, es ihr gleichzutun. So ging es eine ganze Weile weiter, bis die Schuhabsätze der jungen Frau und die Hufe des Pferdes im gleichen Rhythmus aufstampften, den Camilo mit seiner Musik vorgab.

Staunend verfolgte das Publikum, wie die junge Frau und das Pferd einander förmlich streiften, Schulter an Schulter, und das Pferd bald darauf wieder vor ihr stand, mit gebogenem Hals und hoch erhobenem Schweif.

Die Zuschauer wollten ihren Augen nicht trauen. Dass ein Pferd dem Rhythmus einer Musik folgte, dass es tanzte, als wäre es ein Mensch und den Anweisungen seines Reiters so exakt gehorchte wie dieses, das hatte die Welt noch nicht gesehen.

Dann begann das Pferd mit Vorder- und Hinterbeinen aufzustampfen und machte so den Rhythmus von Francescas Tanzschritten nach – den restlichen Körper bewegte es fast nicht –, bis es sich schließlich voller Schwung auf die Hinterhand erhob, wobei die junge Frau unter ihm kniete, eine gewagte, nicht ungefährliche Übung, die das Publikum mit respektvollem Schweigen quittierte, aber dann, als die Gefahr vorüber war und das Pferd wieder seine normale Haltung einnahm, den beiden hingerissen zujubelte.

Wieder hob Francesca die Arme über den Kopf, sah dem Pferd in die Augen, griff dann mit einer Hand nach dem Volant ihres Rockes und drehte sich einmal rasch um sich selbst, eine Woge von Farbe, die das Pferd zur gleichen Bewegung animierte. Und dann, als sie sich nicht nur ein Mal, sondern viele Male hintereinander immer schneller drehte, was das Tier ähnlich anmutig wiederholte, als sich seine Mähne und die Haare der jungen Frau fast verflochten, im Einklang mit der Musik durch die Luft flogen, sich die beiden beinahe berührten, brandete ein unglaublicher Applaus auf.

Wieder wurde das Licht gedämpft, und Francesca verließ die Arena. Als Nächstes würde Yago eine der schwierigsten Übungen zeigen, die höchste Konzentration erforderte, und zwar zusammen mit zwei anderen Pferden, die gerade von Helfern hereingeführt wurden. Sie platzierten die Pferde links beziehungsweise rechts von Sigiloso und gaben Yago, der die Zügel losließ, zwei kurze Stäbe in die Hand.

Camilo beobachtete die Szene aus den Augenwinkeln, um seinen Einsatz nicht zu verpassen, doch plötzlich verspürte er einen so heftigen, stechenden Schmerz in der Brust, dass er sich über der Orgel zusammenkrümmte, die daraufhin einen eigenartigen Klangbrei von sich gab und alle Aufmerksamkeit auf sich zog. Pignatelli eilte zu ihm, doch Camilo hatte sich bereits wieder aufgerichtet, ehe er bei ihm anlangte, und bedeutete ihm mit einer Handbewegung, dass alles in Ordnung sei. Er hatte sich vorgenommen, bis zum Ende der Vorstellung zu spielen, und das würde er auch tun. Mit einiger Anstrengung hob er den Kopf, um zu sehen, wann ihm Yago das Zeichen zum Einsatz gab, und sah, dass er nun beginnen konnte.

Er gab eine Reihe dreistimmiger Akkorde an als Hintergrundmusik für Yago, der nun die drei Pferde in einem synchronen Seitwärtsgang bewegte. An der hinteren Barriere der Arena angelangt, wiederholte er das Ganze in die andere Richtung. Als der Rhythmus der Musik sich änderte, ließ er die Tiere in eine langsamere Gangart wechseln, wobei sie die Vorderbeine fast bis zur Horizontale streckten. Es wirkte sehr elegant und fein abgestimmt, als würde ein Pferd leicht versetzt hinter dem anderen defilieren. Danach schloss sich ein sehr kurzer, versammelter Trab an, bei dem die Hufe einmal nach innen, einmal nach außen gerichtet waren, ein Tanz, der wenig mit der normalen Bewegung der Extremitäten bei dieser Gangart zu tun hatte, und alles vollzog sich bei den drei Pferden in perfekter Harmonie. Das Publikum verfolgte das Ganze sprachlos vor Staunen und fragte sich, wer dieser Reiter war, der die Pferde zu so herrlichen Kunststücken anfeuerte. Die Pferde schwitzten und waren erschöpft von der Konzentration, die sie für jede Bewegung aufbringen mussten, wobei Yago sie nur mit einer leichten Berührung am Rücken mit dem Stab dirigierte und das eigene Pferd durch leichten Druck seiner Knie.

Nun begann Camilo mit einer lebhaften Melodie, die von den Pferden mit einem scharfen Galopp quer durch die Arena umgesetzt wurde. Wenige Ellen vor der ersten Sitzreihe bremsten sie scharf ab, sehr zur Freude der Zuschauer, die sich anschließend den Sand abklopften.

Nun erschien Pignatelli wieder und gab Anweisung, dass die fünfzehn Reitschüler auf ihren Pferden hereinreiten sollten, einer hinter dem anderen. Yago stellte sich an die Spitze der Gruppe und begann mit einer Reihe einfacherer Schritte, die alle Schüler nachmachten, was ihnen den Beifall ihrer Eltern und das Wohlwollen des restlichen Publikums eintrug.

Erst jetzt erkannte man wirklich die Klasse des neuen Pferdes, eines Tieres, das formvollendet Schönheit, Kraft sowie hohe Körper- und Selbstbeherrschung in sich vereinte. Die fünfzehn Pferde waren alle Grauschimmel, die Reiter trugen eine Art Uniform mit weißer Hose, blauer Jacke und Hochschaftstiefeln.

Sie ließen die Pferde durch die Arena preschen, sich kreuzen, zeigten Übungen in kurzem Schritt, und zum Schluss ihres Auftritts bildeten sie in der Mitte einen Kreis, bei dem die Pferde fast Kopf an Kopf standen.

Anschließend verschwanden sie durch die verschiedenen Türen, die von der Arena wegführten, ebenso wie Yago, begleitet vom begeisterten Applaus des Publikums, das sich nun erhoben hatte, tief beeindruckt von dem noch nie dagewesenen Schauspiel.

In der Pause machten die neuesten Gerüchte die Runde, und es gab angeregte Gespräche unter den Besuchern, die sich hingerissen zeigten. Die Damen benutzten ihre Fächer, um sich in der warmen Juninacht ein wenig Kühlung zu verschaffen, und die Herren unterhielten sich über alle möglichen Themen.

Dann kehrten sie erneut auf ihre Plätze zurück, und am Ende der viereckigen Arena erschienen fünf Musiker mit Violas, Lauten und Flöten. Zwei Helfer Pignatellis trugen ein Klavichord herein, stellten es in der Mitte ab und dazu Stühle für die Musiker.

Unter den Anwesenden befanden sich an diesem Abend die angesehensten Männer des Reiches, Prinzen, verschiedene bedeutende Künstler und alte Bekannte Pignatellis, und natürlich auch der Vizekönig, Don Pedro Álvarez de Toledo, der die Vorführung mit besonderer Bewunderung verfolgte. Vor vielen Jahren hatte er sich zum Ziel gesetzt, der Welt ein neues Pferd zu schenken, das pure Kunst ausdrücken sollte, ein Geschöpf mit schöner Seele, fähig, Gefühle zu erwecken, und nun konnte er zum ersten Mal tief bewegt das Ergebnis all dieser Bemühungen sehen.

An seiner Seite saß der Herzog von Tessa, Eigentümer der berühmtesten Pferdeherde in ganz Europa, der Guzmáns, und pries ein ums andere Mal die Klasse der neuen Pferde und die Ausführung der Übungen, die sie zeigten.

»Und das Schönste an diesem Abend ist, dass ich mich immer noch frage, ob wir einem Konzert beiwohnen, einem Theaterstück, einer bewegenden Vorführung dessen, wozu Pferde in der Lage sind, oder ob es alles zusammen eine künstlerische Demonstration eigener Art ist.« Der Herzog wandte sich dem Vizekönig zu, der ihm völlig überzeugt antwortete:

»Das ist pure Kunst, mein lieber Freund, pure Kunst … Die Atmosphäre ist voller Gefühl, voller Leidenschaft, eine Flut an Empfindungen, die sich auf alles überträgt. Welche bessere Definition von Kunst könnte es geben als das, was wir heute hier erleben dürfen?«

Auf Pignatelli und einen seiner Helfer gestützt, schleppte sich Camilo mit größter Anstrengung in die Arena. Das Publikum dankte ihm für seinen Einsatz mit anhaltendem Applaus.

»Sie applaudieren Euch!« Pignatelli musste ihm fast ins Ohr schreien. Es tat ihm in der Seele weh, wie erschöpft der Mann war.

»Ich danke Euch, dass Ihr mich bei Euch aufgenommen habt«, erwiderte Camilo, ebenfalls nah an seinem Ohr. »Ihr habt dazu beige-tragen, dass ich noch eine Weile glücklich sein konnte.«

»Das klingt, als wolltet Ihr Euch verabschieden...« Im gleichen Augenblick kam ein Helfer auf Pignatelli zu und meldete, dass die Feuer vorbereitet seien, und deshalb hörte er nicht, was Camilo ant-wortete.

»Dann nehmt es als Abschied, denn das ist es...«

Bei den Pferden im Stall lagen Yago und Francesca sich in den Armen, überwältigt von diesem großen Erfolg. Yago war zutiefst be-wegt, und Francesca konnte ihre Tränen nicht zurückhalten, als sie ihn so sah. Es war, als würde ihm das Leben selbst als strahlendes Licht und reinstes Glück aus den Augen leuchten.

»Yago, sie feiern dich... Ist das nicht wunderbar?« Sie ergriff seine Hände, drückte ihm einen Kuss auf die Wange und sah ihn voller Stolz an. »Das ist dein großer Abend! Genieße ihn!«

»Es ist das Schönste, was ich je erlebt habe, Francesca. Ja, ich ge-nieße es.«

Sechs große Feuer bildeten eine Art Gang aus orangefarbenem Licht in der Arena. In der Mitte begannen die Musiker, begleitet von Ca-milo am Klavichord, ein sanftes, sehr melodisches Stück zu spielen.

Diesmal führte Yago sein Pferd am langen Zügel herein, in der anderen Hand hatte er einen kurzen Stab. Es war ein mächtiger isabellfarbener Hengst mit kastanienbrauner Mähne, glänzenden Augen und ruhigem Ausdruck, das einzige Pferd, das keine Angst vor Feuer hatte und zudem die beste körperliche Konstitution besaß, und die brauchte es auch für das Kunststück, das den Abschluss der Vorstellung bilden sollte.

Musik erklang, und mit nur zwei Befehlen erhob sich der Hengst auf die Hinterbeine und hielt die Balance. Dann gab ihm Yago mit dem Zügel ein paar sanfte Klapse auf den Widerrist, und das Tier be-gann auf den Hinterbeinen in recht schnellem Tempo den von den beiden Feuerlinien gebildeten Raum entlangzutänzeln. Das Publikum verfolgte die Darbietung mit ungläubigem Staunen. Niemand begriff, wie ihm das gelang. Dann ließ Yago den Hengst einmal um sich selbst drehen und anschließend die vorige Übung in der Gegenrichtung durchführen. Wieder brandete Applaus auf.

Er hatte diesen Teil der Vorführung noch nicht beendet, als Camilo einen neuen Schwächeanfall bekam, schlimmer denn je, die Augenlider wurden ihm schwer, er bekam kaum noch Luft. Doch ein Blick auf Yago sagte ihm, dass das letzte Kunststück, das spektakulärste von allen, noch nicht beendet war. Er brauchte noch ein wenig Zeit, noch ein bisschen Kraft, um die letzte Komposition zu Ende zu spielen, die den Abschluss der lange ersehnten Vorstellung bildete.

Er bat seinen Herrn, ihm diese Spanne noch zu schenken.

Ganz auf seine Aufgabe konzentriert, schloss er die Augen, legte sein Leben und seine Seele in die Hand Gottes. Er fühlte sich in eine ferne Zeit versetzt, als er sich ganz den mystischen Erfahrungen und der Musik hingab. Dieser Essenz seines Lebens wollte er nun mit seinem Spiel Ausdruck verleihen, und es gelang ihm. Er entlockte dem Klavichord eindringliche, bewegende Klänge wie nie zuvor, so wie Yago das Innerste der Pferde hervorholen konnte oder ein Maler auf jeder neuen Leinwand eine einzigartige, herrliche Darstellung schuf.

Es beglückte ihn, dass er in diesem Augenblick anwesend sein durfte, da Yago über sich hinauswuchs, sein Pferd tanzen und dann die vier Extremitäten derart strecken ließ, dass es aussah, als würde es fliegen, begleitet einzig von den sanften Tönen der Violas und Lauten und den feierlichen Klängen des Klavichords im Hintergrund.

Es hielt das Publikum nicht mehr auf den Sitzen.

Sie jubelten Yago zu, applaudierten, bis ihnen die Hände schmerzten – dergleichen hatten sie noch nie gesehen. Voller Stolz ließ Yago den Blick über die Sitzreihen schweifen, und so bemerkte er nicht, dass Camilo sich erhoben hatte und auf ihn zuging, um ihn zu beglückwünschen. Pignatelli wollte zu ihm eilen, ihn stützen, doch Camilo, den Blick unverwandt auf Yago gerichtet, mit unsagbarer Freude im Herzen und dem sicheren Gefühl, die Aufgaben erfüllt zu haben, die ihm der Herr für seinen Weg auf Erden zugedacht hatte, sank zu Boden.

Ein Gutteil des Publikums sah, was geschehen war, etliche schrien erschrocken auf und wiesen auf die Stelle, wo Camilo nun reglos lag. Yago wandte sich um, ohne zu wissen, was das Interesse der Zuschauer erregt hatte, und eilte, das Schlimmste befürchtend, zu seinem Freund.

Noch war ein wenig Leben in Camilo, als er bei ihm anlangte, er hatte die Augen geöffnet.

»Vater, geh jetzt nicht!« Yago kniete sich neben ihn und nahm ihn in den Arm.

»Meine Zeit ist gekommen, aber ich gehe glücklich über deinen Triumph ...«

Mit schmerzerfüllter Miene kam Francesca hinzu, mit ihr Volker und Carmen, denen Tränen in den Augen standen. Pignatelli wies seine Helfer an, das Publikum hinauszukomplimentieren; man wollte keine neugierigen Zuschauer.

Die Helfer taten, wie ihnen geheißen, respektvoll, schweigend, ohne den Mann aus den Augen zu lassen, der von diesem Tag an als der Reiter der Stille bekannt sein sollte. Yago, ganz auf Camilo konzentriert, nahm seine Hand und küsste sie voller Respekt und Zuneigung. Einige konnten sehen, wie der Sterbende ihm noch seinen Segen gab, ehe der junge Mann, der von sich sagte, er sei sein Sohn, ihm einen letzten Kuss auf die Stirn drückte und Camilo sein Leben aushauchte.

Yago hielt den ehemaligen Mönch mehr als eine Stunde lang in den Armen, hemmungslos schluchzend, und weder Pignatelli noch Francesca gelang es, ihn von ihm zu trennen.

Er bat, man möge ihn mit dem Toten allein lassen.

Alle noch Anwesenden verließen die Arena. Yago ließ die Lampen brennen, legte sich neben Camilo und breitete die Arme aus, den Blick nach oben zur Decke gerichtet.

»Ich muss dir etwas sagen ... Ich weiß, dass du mich hörst, wo immer du jetzt auch sein magst.« Er wischte sich die Tränen aus den Augen und fuhr dann mit leiser Stimme fort, jeden Satz achtsam formulierend. »Ich bin nie ein normales Kind gewesen. Du wirst dich noch an die Hänseleien der anderen Kinder im Waisenhaus der Kartäuser erinnern, oder mit welcher Grausamkeit mich meine Tante behandelte, die mich im Keller einsperrte, oder an die Verachtung mancher Leute, die mich vom Teufel besessen glaubten oder für einfältig hielten. Mein Vater… Camilo… Dein Gott wollte, dass du meinen Weg kreuzt, dass du mir auf meinem Lebensweg leuchtest, wie du es getan hast. Zuerst im Kartäuserkloster, als du mich halb ertrunken aus dem Fluss gerettet hast, als du mir beigebracht hast, wie ich meine Ängste beherrschen kann, mir die Musik nahegebracht und die Welt der Pferde eröffnet hast, die mir alles gegeben haben, was ich heute bin. Wegen mir bist du nach Jamaika gereist, hast mich aus der Sklaverei befreit und warst immer an meiner Seite, um mich auf den rechten Weg zu führen. Du hast mir die Augen geöffnet für alles, was ich nicht verstand, und du hast mich wie einen Sohn geliebt, dies vor allem anderen… du hast mich geliebt.« Er holte tief Luft, seufzte, und dann hatte er eine Idee, was er ihm zu Ehren, zu seinem Abschied tun könnte. Doch zuerst sprach er weiter, er musste ihm sein Herz öffnen und ihm für die Reise ins Jenseits alles mitgeben, was er für ihn empfand.

»Erinnerst du dich, wie ich dir eines Tages von meinem Gespräch mit dem Maler Michelangelo erzählte? Er sprach von einem Weg, den ich gehen müsse, um alles zum Ausdruck zu bringen, was ich in mir habe, und dieser Weg waren die Pferde. Mit ihnen habe ich die Schönheit entdeckt, aber auch verborgen in der Stille meiner Einsamkeit habe ich sie gefunden, als ich nicht aus mir herauskonnte, in meinen Eigenarten gefangen war und mich vor allen versteckte. Ich habe darum gekämpft, jemand zu sein, allen zu zeigen, dass auch ich Talente besitze, und dank dir habe ich es geschafft. Es hat viele gegeben, die mich verletzt, verfolgt und schlecht behandelt haben, aber gegen keinen von ihnen hege ich einen Groll. Sie wussten nicht, was sie taten. Camilo, eines will ich dir vor allem sagen: Immer wenn ich mir einen Vater gewünscht habe, standest du mir vor Augen. Denn nur du bist mir ein Vater gewesen.« Gerührt betrachtete er sein Gesicht und versprach ihm einen ganz besonderen Abschied.

Er erhob sich und ging einen der Musiker holen. Unter Camilos Noten fand er die Partitur zu dem von ihm komponierten Stück, das er ihm damals in der Kirche des Kartäuserklosters vorgespielt hatte, als er zum ersten Mal Musik hörte. Dann bat er drei Burschen, zwanzig Pferde hereinzubringen. Er ließ Carmen, Francesca, Pignatelli und vor allem auch Volker rufen.

Erneut wurde die Reitbahn beleuchtet, dieses Mal nur für vier Zuschauer, die nicht wussten, was Yago vorhatte. Zusammen mit dem fünften, dem auf dem Boden liegenden Toten, der vielleicht schon auf dem Weg ins Jenseits war, würden sie den ganz besonderen Abschied erleben, den Yago ihm bereiten wollte.

Der Musiker begann das Stück zu spielen.

Und da kamen sie herein.

Zwanzig Pferde, alle in den Ställen der Reitschule geboren, fast Yagos Kinder und alle ausgewählt schöne Exemplare einer außergewöhnlichen Rasse. Fast geräuschlos trabten sie hinter Yago herein, der auf dem vordersten Pferd saß. Sie schritten feierlich, als wüssten sie, dass hier um einen geliebten Menschen getrauert wurde.

Das von Camilo komponierte Stück begann mit einem Kanon, dessen Hauptstimme ihren Platz bald der zweiten überließ, die einen Ton später einsetzte. Als würden sie alle demselben Herrn gehorchen, folgten die Tiere dem, auf dem Yago saß, der jetzt den Schritt verlangsamte.

Mit tränenüberströmtem Gesicht ritt Yago nun zu seinem letzten Gruß auf Camilo zu, und die anderen Pferde folgten ihm.

Als die zwanzig Pferde sich um Camilo gruppiert hatten, senkten sie den Kopf fast bis zum Boden. Yago stieg ab und legte sich neben Camilo. Und dann legten sich die Pferde, zur Überraschung der wenigen Zuschauer, wie in einer symbolischen Nachschöpfung des Kanons, der noch immer erklang, in einem Kreis um die beiden herum ebenfalls nieder. Vollkommen still, fast reglos, bezeugten sie so ihren Respekt zum Klang einer Melodie, die zur inneren Sammlung, zum Schweigen einlud.

Doch als das Stück lebhafter wurde, kniete Yago nieder und begann zu jenem Gott zu beten, der Camilo zufolge im Himmel wohnte, dort, wo sich nun wohl seine Seele mit den Klängen traf, die zum Dach der Reitschule aufstiegen. Dann schnalzte er ein Mal mit der Zunge, und sofort sahen die Pferde aufmerksam zu ihm hin. Als wären sie ein einziges Wesen, erhoben sie sich im gleichen Augenblick, und gingen – eine erneute Respektbezeugung – vor Camilos Leichnam auf die Knie, begleiteten Yago gewissermaßen bei seinem Gebet.

Tief bewegt ließ er den Blick über die Gesichter der Pferde wandern, und dann sah er nach oben, zu jener imaginären Kuppel, und richtete noch eine letzte Bitte an Gott.

»Wenn Du möchtest, kannst Du die Seele dieses Deines Sohnes Camilo nun zu Dir nehmen. Lass ihn oben in Deinem Himmel über die Wolken reiten, und gib ihm eine Orgel, damit er Dich mit seinem Spiel erfreuen kann. Aber tu mir einen Gefallen: Halte ihm ein Fenster frei, damit er hin und wieder zu mir herunterschauen kann und mich von dort oben weiter beschützt. Denn ich brauche seinen Schutz aus einem sehr wichtigen Grund, den Du sicher verstehst – er ist mein Vater.«

Mit den letzten Akkorden der verklingenden Melodie stieg Camilos Seele zum Himmel auf, ganz weit hinauf, wo sein Herr schon auf sie wartete.

In der Arena, inmitten seiner geliebten Pferde, seine liebsten Menschen an der Seite schloss Yago die Augen und nahm für immer von Camilo Abschied.

EPILOG

Bei jedem neuen Roman geht es mir darum, das Interesse des Lesers zu gewinnen, vor allem aber sein Herz – eine schwierige, gleichzeitig aber spannende Herausforderung.

Ich bediene mich dazu der Lebensgeschichte eines Menschen, mehr oder weniger kräftig gewürzt mit Abenteuern, Dramatischem oder Humor, füge einen historischen Inhalt hinzu, der mich aus dem einen oder anderen Grund fasziniert, und schließlich teile ich das Ergebnis mit jedem, der sich in mein Buch versenkt. Manches entwickelt sich mit der Zeit zum Hintergrund, anderes zum tragenden Moment.

Mit jenen Zutaten machte ich mich daran, diesen neuen Roman zu schreiben. Allerdings geschah bei *Der Reiter der Stille* gleich zu Beginn des Schreibprozesses etwas Außergewöhnliches, und schuld daran ist der Protagonist der Geschichte. Yago entwickelte sich zu einer starken Persönlichkeit, die bald ein Eigenleben annahm und mich vollkommen in ihren Bann schlug. Sein Anderssein, der Autismus, und konkret eine seiner häufigsten Ausprägungen, das Asperger-Syndrom, eröffnete mir eine Wirklichkeit, über die vielleicht nicht allzu viel bekannt ist, außer durch den einen oder anderen Film. Für den, der nichts darüber weiß, kann der Autismus in seinen verschiedenen Erscheinungsformen durchaus beunruhigend sein, er ist aber auch eine bereichernde Erfahrung für all diejenigen, denen das Schicksal zugedacht hat, ihn aus nächster Nähe zu erleben, vielleicht mit einem Kind, einem Bruder oder einer Schwester.

Für die Handlung meines Romans habe ich bewusst einen jungen Menschen gewählt, dessen Lebensweg wir vom Augenblick seiner

Geburt an begleiten. Wir können mitverfolgen, wie er sich im Laufe der Jahre entwickelt, und an seiner Seite erfahren, auf welch ganz besondere Weise er wahrnimmt, was ihm geschieht; wie er die ersten Regungen der Liebe spürt; wie er mit seiner Umgebung in Kontakt zu treten versucht; wenn er leidet; wie er sich mit den großen Fragen des Lebens auseinandersetzt; oder wie er als Erwachsener darum ringt, seine Begabung praktisch zu nutzen.

Auch die Wahl der historischen Periode geschah nicht zufällig. In der Zeit, als Neapel spanisches Vizekönigreich war, kam es dort zu kulturellen und gesellschaftlichen Umwälzungen wie in wenigen Regionen Europas. Und zu den vielen Kunstdisziplinen gesellte sich eine neue, die mit der Eröffnung der ersten Reitschule der Welt zusammenfällt – die Reitkunst. Mit dem 16. Jahrhundert hört das Pferd auf, ein bloßes Werkzeug für Kriegsführung und Transport zu sein, oder Prestigeobjekt für einige wenige; es wird zum lebendigen Beispiel dessen, was die Renaissance ausmacht – das Streben nach Schönheit.

In diesem Zusammenhang wird sich auch das Exterieur der Pferde verändern, und das Iberische Pferd, in jenen Rassen verkörpert, die sich damals in Jerez wie in Córdoba eines exzellenten Rufs erfreuten, wird mit seinem Blut viele der Pferderassen veredeln, die wir heutzutage in Europa antreffen. Mit seinem gutmütigen Charakter und seiner schönen Gestalt wird es den Ansprüchen der Zeit mehr als gerecht, und es wird zu Bewegungen und spektakulären Kunststücken fähig sein wie keine andere Rasse zuvor. Das Iberische Pferd wird gewissermaßen zum Eckstein der klassischen Reitkunst und der hohen Schule der Dressur.

Inzwischen hat sich das Tandem Autismus und Pferd zu einer der besten Therapien entwickelt, mit denen sich bei bestimmten Einschränkungen, die Autisten das Leben schwer machen, Verbesserungen erzielen lassen. Die pferdegestützte oder Reittherapie bietet eine wunderbare Möglichkeit der Verständigung zwischen einem edlen, schönen und sensiblen Tier und diesen Menschen mit ihrer besonderen Art, die Welt wahrzunehmen. Diese andere Art der Wahrnehmung sollte man keinesfalls als Krankheit betrachten.

Durch die Arbeit mit diesen gut ausgebildeten Pferden lässt sich die nervöse Übererregung dämpfen, unter der Autisten leiden, sodass sie sich besser auf andere Aufgaben konzentrieren können, die sie ohne den Kontakt mit dem Pferd nur wesentlich langsamer und schwieriger bewältigen könnten. Dank der positiven Resultate, die mit dieser pferdegestützten Therapie erzielt werden, kommen immer mehr Eltern autistischer Kinder auf dieses Angebot zurück.

Deshalb möchte ich meinen Roman zum Zeichen meiner Wertschätzung den vielen Menschen widmen, die mit großem Einsatz in diesem Bereich tätig sind. Ich danke ihnen.

Doch Yago gelang es, wie ich vorher schon sagte, mein Herz zu erobern.

Ich litt mit ihm, als er im Keller seiner Tante eingesperrt war, während seiner Zeit im Waisenhaus, als sich die ersten Muster seines Andersseins zeigten, die fast immer falsch interpretiert wurden. Wir müssen bedenken, dass Autismus in jener fernen Zeit nicht als solcher diagnostiziert wurde, denn erst seit Mitte des 20. Jahrhunderts begann man ihn als neurologische Störung zu sehen und diese Bezeichnung zu verwenden. Als ich mir überlegte, wie man dessen Symptome in jener Zeit verstanden haben könnte, insbesondere die spezielle Beziehung eines Autisten zu seinem Umfeld, kam ich darauf, dass man sie wohl am ehesten als Wahnsinn, geistige Beschränktheit oder sogar Besessenheit gedeutet hätte.

Der fiktive Yago ist ein Beispiel für das Asperger-Syndrom, einer Variante des Autismus, und die Betroffenen unterscheiden sich dadurch, dass bestimmte sensorische und intellektuelle Fähigkeiten bei ihnen wesentlich stärker entwickelt sind als bei einem sogenannten normalen Menschen, abgesehen davon aber leiden sie an denselben Beeinträchtigungen wie alle anderen Autisten.

An dieser Stelle möchte ich mit größter Hochachtung auf die unglaubliche Arbeit einer Frau hinweisen, der amerikanischen Wissenschaftlerin Temple Grandin, einer Autistin, deren Bücher mir als Vorlage für Yagos psychologisches Profil und seine geistige Entwicklung im Laufe der Jahre gedient haben. Frau Dr. Grandin ist ein wunderbares Beispiel für eine Wirklichkeit, die hoffen lässt. Dank ihrer außergewöhnlichen intellektuellen Fähigkeiten war sie in der Lage zu erklären, wie das Denken eines Autisten funktioniert, die Ursachen vieler seiner Verhaltensweisen zu beschreiben und die unglaubliche Nähe anschaulich zu machen, die solche Menschen zu Tieren entwickeln. Durch sie habe ich gelernt, den Autismus mit anderen Augen zu betrachten, durch sie habe ich begriffen, dass Autisten Begabungen besitzen, die sie zu einzigartigen und auch sehr kompetenten Menschen machen.

Es ist mir bewusst, dass ich mir durch die Bearbeitung dieses Stoffes in Form eines Romans erzählerische Freiheiten herausnehme, und ich hoffe sehr, dass sich weder die Fachleute für diese Störungen und noch viel weniger die selbst davon Betroffenen oder ihre Angehörigen dadurch verletzt fühlen. Für sie alle empfinde ich allerhöchsten Respekt. Dass ich dieses Thema in Romanform abhandle, geschah lediglich in der Absicht, es einem größeren Publikum zugänglich zu machen, damit man es als andere Form des Zugangs zum Leben begreift und nicht als pathologische Störung.

Wir alle kommen mit bestimmten Begabungen, aber auch Einschränkungen zur Welt. Nicht anders die Autisten, nur dass sie das Pech haben, dass in ihrem Fall die Defizite allzu offensichtlich sind. Auch wir, die wir uns »normal« nennen, haben zahlreiche Schattenseiten, versagen in der Lebensführung, im Gefühlsbereich oder im Umgang mit anderen, nur dass man es bei uns nicht so einfach bemerkt; wir können es besser kaschieren.

Große Regenten und großartige Pferde

Im 16. Jahrhundert gab es in Europa zwei große Regenten, die Pferde abgöttisch liebten, was vielleicht nicht allgemein bekannt ist. Kaiser Karl V. und sein Sohn, Philipp II. von Spanien, bewunderten dieses Tier aus unterschiedlichem Blickwinkel: Ersterer schätzte es als Transportmittel bei seinen endlosen Reisen, als treuen Gefährten im Kampf, und war beeindruckt von seiner Schönheit. Philipp II. hingegen betrachtete das Pferd als Symbol seines Imperiums und schuf in Córdoba eine neue Rasse, mit der er die ganze Welt in Staunen versetzen wollte. Es ist das Iberische Pferd, das wir heute kennen.

Man muss bedenken, dass Kaiser Karl V. sein halbes Leben der Sicherung der Grenzen seines Imperiums widmete, und daher bevorzugte er die leichteren, beweglicheren Pferde, die damals in Spanien südlich des Tajo vorherrschten.

Historischen Beschreibungen zufolge soll er bei vielen Kämpfen ein Iberisches Pferd geritten haben, fast immer einen Grauschimmel. Und es heißt sogar, dass bei den Feierlichkeiten in Brüssel anlässlich seines Todes sein Lieblingspferd, ohne Reiter und ganz allein, das Ende des langen Trauerzuges bildete, was sicher alle Teilnehmer sehr bewegte.

Die verschiedenen Handlungsstränge in meinem Buch habe ich immer wieder mit realen Ereignissen verknüpft, in deren Mittelpunkt das Pferd stand. Das Verbot, Maultiere zu züchten, als man um die Zukunft der Pferdezucht fürchtete; die verschiedenen Dekrete zum Schutz der edelsten Rassen, die das südliche Spanien hervorbrachte und noch immer hervorbringt; das Auftauchen einer neuen Unterrasse, der sogenannten Guzmáns, die ein halbes Jahrhundert später als Valenzuelas größere Bekanntheit erlangten. Diese Pferde genossen damals ein ähnlich hohes Ansehen, wie man es, auf heutige Verhältnisse übertragen, den exklusiven Automobilen einer im Rennsport bekannten Marke zuschreibt. Wir sitzen bei der Eröffnung der ersten Reitschule sozusagen mit im Publikum; erfahren, welch wichtige Rolle die Pferde bei der Eroberung der Neuen Welt spielten; und wir reisen nach Jamaika, wo ebenfalls ambitionierte Pferdezuchten aufgebaut wurden. Dies sind nur einige wenige Beispiele.

Das Pferd bildete die Brücke zwischen dem europäischen Mittelalter und der Renaissance. Es wurde zum Dreh- und Angelpunkt des gesamten Adels beim Übergang vom mittelalterlichen Ritter zum Kavalier.

In der Renaissance entdeckten die Adeligen, dass sie andere ausstechen konnten, wenn sie den prächtigen Gespannen vor ihren Kutschen noch ein paar Pferde hinzufügten – nicht der zusätzlichen Zugkraft, sondern ausschließlich ihrer Schönheit wegen. Und es entwickelte sich ein bedeutender Handel, dessen Zahlungsmittel der Wert einer Pferderasse war, ihr Blut und ihr Stammbaum.

Der Roman begleitet das Pferd beim Übergang vom Schlachtross des Mittelalters zum neuen Pferdetyp der Renaissance – dem höfischen Pferd.

Zwei Pferdetypen in zwei unterschiedlichen Gesellschaften.

Danksagung

Zu guter Letzt möchte ich mich bei all jenen Freunden und Mitarbeitern bedanken, die mir geholfen haben, dieses Buch Wirklichkeit werden zu lassen. Seit dem Erscheinen meines vorherigen Romans *Der Heiler der Pferde* hat mich die Zunft der Tierärzte in einer Weise unterstützt, wie ich es mir nie hätte träumen lassen. Doch wenn ich einige im Besonderen hervorheben müsste, möchte ich meine großartigen Kollegen vom Tierärzteverband in Cádiz nennen, vor allem Federico Vilaplana und Lorenzo Macías, die mir die wundervolle Gegend um Jerez – Schauplatz meines Romans – gezeigt haben. Mit ihnen gemeinsam habe ich auch die Yeguada de la Cartuja – Hierro del Bocado besucht, die illustre Wiege des Kartäuserpferdes und für all diejenigen von Interesse, die mehr über das Iberische Pferd wissen möchten. Der Direktor dieser Institution, Don Javier Mota, ist mir mit unglaublicher Herzlichkeit begegnet und hat mich nicht nur mit reichhaltigem Material über die Kartäuserpferde versorgt, sondern auch über das benachbarte Kartäuserkloster Santa María de la Defensión in Jerez.

Meine größte Hochachtung gilt dem Elan, der Ermutigung und Unterstützung, die ich von den Fakultäten für Tiermedizin in Córdoba, Murcia und Madrid im Zuge ihrer Mitarbeit an diesem Roman erfahren habe. Ihre Dekane, Lehrstuhlinhaber und Professoren, vor allem aber Don Joaquín Sánchez de Lollano, haben mir gezeigt, dass sie nicht nur fachlich und intellektuell kompetent sind, sondern auch menschlich große Anerkennung verdienen, was mich mit Dank und Stolz erfüllt.

Ebenfalls anerkennend erwähnen möchte ich die großartige Arbeit, die täglich von den Mitarbeitern in den Archiven von Simancas, des königlichen Palastes, im Hause Alba und im Historischen

Nationalmuseum geleistet wird. Sie haben mir meine Arbeit erleichtert, auch durch ihre Liebenswürdigkeit und ihre Geduld.

Stets werde ich mich an die anregenden Gespräche erinnern, die ich mit meinem verehrten Kollegen und Spezialisten für Pferde, Don José Luis Pinedo, geführt habe, der inzwischen zu einem Freund geworden ist. Dank ihm habe ich verstanden, welche anatomischen Voraussetzungen bei einem Pferd nötig sind, damit es in der Lage ist, Pirouetten zu drehen oder eine der wundervollen Schrittfolgen auszuführen, die typisch für die Hohe Schule der Reitkunst sind.

Danken möchte ich auch Don Gonzalo de Mora, der mir gestattete, einige wundervolle Inkunabeln aus seiner Privatbibliothek über die Kunst des Geschirrmachers zu studieren. Sie waren mir sehr nützlich, um die eine oder andere Technik dieses noblen Handwerks zu beschreiben, das im Neapel zur Zeit des Vizekönigs allerhöchstes Ansehen genoss.

Es ist nur gerecht, wenn ich speziell meinen lieben Freund Antonio Quintanilla erwähne, mit dem dieser Roman gewissermaßen von Beginn an gewachsen ist. Seine Hilfe bei der Entwicklung der diversen Handlungsstränge, seine unermüdliche Analyse oder sein nicht nachlassender Eifer, damit mir auch kein einziges Detail entgeht, war mir eine große Stütze. Das werde ich ihm nie vergessen.

Ein Schriftsteller braucht ein gutes Verlagsteam, damit sein Werk in die richtigen Lektorenhände gerät, und ich kann voller Stolz behaupten, dass ich eines der besten Teams hatte. Die Menschen, die bei Temas de Hoy arbeiten, von der Verlagschefin Bélen bis hin zu jedwedem Mitarbeiter, sind nicht nur alle sehr erfahren in ihrem Metier, sondern üben ihren Beruf auch mit großer Leidenschaft aus. Danke.

Meiner Verlegerin Raquel Gisbert möchte ich nur soviel sagen: Wenn wir uns bislang ausführlich über Bücher unterhalten haben, war doch keine Erfahrung für mich so wundervoll, wie die Begeisterung für dieses Projekt zu spüren. Dieser Roman ist speziell dir gewidmet.

Zum Abschluss meiner Geständnisse ist mir aufgefallen, dass mich bei jedem meiner Bücher, die ich im Laufe der Jahre geschrieben habe, während dieses kreativen Prozesses, stets andere überaus wichtige Ereignisse begleitet haben.

Die Bücher haben mir Gewinn, aber auch Verluste gebracht.

Bei einem habe ich für mein bisheriges Leben sehr wichtige Menschen verloren, bei anderen, wie zum Beispiel bei diesem, sind neue Menschen auf mich zugekommen, bei denen ich das Gefühl hatte, sie schon ewig zu kennen. So begreift man, dass diese Tätigkeit nicht nur sehr schön, sondern auch kostbar ist. Als ich *Der Heiler der Pferde* schrieb, habe ich meinen Vater verloren, doch mit *Der Reiter der Stille* habe ich viele Freunde gewonnen, die auf sehr unterschiedliche Weise zu mir gefunden haben – weil sie mich an ihren Gefühlen teilhaben ließen, an ihrer Kritik oder an ihrer Dankbarkeit. Ich danke ihnen für das, was sie für mich getan haben, und möchte ihnen sagen, welch große Hochachtung ich für sie empfinde, und hoffe, sie mit diesem Roman nicht zu enttäuschen, den ich am dreißigsten Dezember 2010 beendet habe.

Wie weit wird sie gehen, um die Liebe ihres Lebens zu erobern?

416 Seiten. ISBN 978-3-442-37975-0

Siena, 1723. Die schöne Pia Tolomei wird dem Erben der ersten Familie Sienas versprochen. Doch ihr Verlobter stirbt beim Palio, dem berühmten Pferderennen, und Pias Vater zwingt sie, seinen gewalttätigen Bruder Nello zu heiraten – ein Schachzug im Machtbündnis gegen die Gouverneurin von Siena. Pia jedoch hat ihr Herz an den geheimnisvollen Riccardo Bruni verloren. Rasend vor Eifersucht will Nello beide ermorden, nicht ahnend, dass dem jungen Paar auch die Zuneigung der Regentin gilt. Als der Aufstand der Verschwörer losbricht, zeigt sich, für wen das Herz von Siena schlägt.

»Fein gesponnen, opulent und voll prickelnder Gefühle.«

Freizeit Express

512 Seiten. ISBN 978-3-442-38060-2

Hamburg, anno 1399. Nach dem brutalen Mord an ihrem Mann beginnt Cristin ein neues Leben in der Hansestadt. Ihr Talent als Goldspinnerin hat sich bis nach Venedig herumgesprochen, wo ein Tuchhändler sich für ihr Handwerk interessiert. Trotz der beschwerlichen Route über die Alpen macht sie sich mit dem Henkerssohn Baldo, der sie einst vor dem Tod rettete, auf den Weg in die Lagunenstadt. Doch unterdessen schmiedet jemand in Hamburg, wo Cristins kleine Tochter wartet, grausame Rachepläne, und Cristins Lebensglück ist erneut in Gefahr …

blanvalet

DAS IST MEIN VERLAG

... auch im Internet!

 twitter.com/BlanvaletVerlag

 facebook.com/blanvalet